을 유 세 계 문 학 전 집 · 100

전쟁과 평화

(하)

을유세계문학전집 · 100

전쟁과 평화

VOINA I MIR

(하)

레프 톨스토이 지음, 박종소 · 최종술 옮김

❀ 을유문화사

옮긴이 박종소

서울대학교 노어노문학과와 동 대학원을 졸업했으며, 러시아 모스크바 국립대학교 어문학부
에서 박사 학위를 받았다. 현재 서울대학교 노어노문학과 교수로 재직 중이다. 공저로 『한 단
계 높은 러시아어 1, 2』, 번역서로는 바실리 로자노프의 『고독』, 표도르 도스토옙스키의 『아저
씨의 꿈』, 블라디미르 솔로비요프의 『악에 관한 세편의 대화』, 베네딕트 예로페예프의 『모스
크바발 페투슈키행열차』, 류드밀라 울리츠카야의 『우리 짜르의 사람들』 등이 있으며 공역으
로 『말의 미학』, 『무도회가 끝난 뒤』 등 다수가 있다.

옮긴이 최종술

서울대학교 노어노문학과와 동 대학원을 졸업했다. 러시아학술원 산하 러시아문학연구소에
서 박사 학위를 받았다. 현재 상명대학교 러시아어권지역학전공 교수로 재직 중이다. 저서로
『알렉산드르 블로크-노을과 눈보라의 시, 타오르는 어둠의 사랑 노래』, 번역서로 알렉산드르
블로크의 『블로크 시선』, 블라디미르 나보코프의 『절망』, 공역으로 리디야 긴즈부르크의 『서
정시에 관하여』 등이 있다.

을유세계문학전집 100
전쟁과 평화(하)

발행일·2019년 12월 15일 초판 1쇄 | 2023년 8월 30일 초판 2쇄
지은이·레프 톨스토이 | 옮긴이·박종소, 최종술
펴낸이·정무영, 정상준 | 펴낸곳·(주)을유문화사
창립일·1945년 12월 1일 | 주소·서울시 마포구 서교동 479-48
전화·02-733-8153 | FAX·02-732-9154 | 홈페이지·www.eulyoo.co.kr
ISBN 978-89-324-0482-0 04890 978-89-324-0330-4(세트)

- 값은 뒤표지에 표시되어 있습니다.
- 옮긴이와의 협의하에 인지를 붙이지 않습니다.

차례

등장인물

드루베츠코이가(家)

안나 미하일로브나 드루베츠카야 공작 부인. 프랑스식 이름은 아네트.

보리스 드루베츠코이 공작 안나의 아들. 애칭은 보랴, 보렌카.

로스토프가(家)

일리야 안드레예비치 로스토프 백작 프랑스식 이름은 엘리. 애칭은 일리유시카, 일류시카.

나탈리야 로스토바 백작 부인 일리야의 부인.

베라 일리니치나(혹은 일리니시나) 로스토바 백작 영애 일리야의 맏딸. 애칭은 베루시카, 베로치카.

니콜라이 일리이치 로스토프 백작 일리야의 맏아들.

나탈리야 일리니치나 로스토바 백작 영애 일리야의 작은딸. 프랑스식 이름은 나탈리, 애칭은 나타샤.

표트르 일리이치 로스토프 백작 일리야의 작은아들. 애칭은 페탸, 페티카.

소피야 알렉산드로브나 로스토프 백작 부부의 조카딸. 프랑스식 이름은 소피, 애칭은 소냐, 소뉴시카.

베주호프가(家)

키릴 블라디미로비치 베주호프 백작

표트르 키릴로비치(혹은 키릴리치) 베주호프 키릴의 아들. 프랑스식 이름은 피에르, 애칭은 페탸, 페트루샤 등.

피에르의 사촌인 마몬토프가(家)의 세 자매 각각의 이름은 카테리나(프랑스식 이름은 카티시), 올가, 소피야.

볼콘스키가(家)

니콜라이 안드레예비치(혹은 안드레이치) 볼콘스키 공작

안드레이 니콜라예비치 볼콘스키 공작 니콜라이의 아들. 프랑스식 이름은 앙드레, 애칭은 안드류샤.

마리야 니콜라예브나 볼콘스카야 공작 영애 니콜라이의 딸. 프랑스식 이름은 마리, 애칭은 마샤, 마셴카.

옐리자베타 카를로브나 볼콘스카야 공작 부인 안드레이의 아내. 프랑스식 이름은 리즈, 애칭은 리자, 리자베타.

니콜라이 안드레예비치 볼콘스키 공작 안드레이와 리자의 아들. 프랑스식 이름은 니콜라, 애칭은 니콜루시카, 니콜렌카, 니콜린카, 니콜라샤, 코코, 콜랴.

쿠라긴가(家)

바실리 세르게예비치(혹은 세르게이치) 쿠라긴 공작

이폴리트 바실리예비치(혹은 바실리이치) 쿠라긴 공작 바실리의 큰아들.

아나톨 바실리예비치 쿠라긴 공작 바실리의 작은아들.

옐레나 바실리예브나 쿠라기나 공작 영애 바실리의 딸. 프랑스식 이름은 엘렌, 애칭은 룔랴.

그 밖의 인물

드론 자하리치 보구차로보 마을의 촌장.

라브루시카 데니소프의 종졸. 이후 니콜라이 로스토프의 종졸이 됨.

라스톱친 모스크바 총독.

마리야 드미트리예브나 아흐로시모바 모스크바 사교계의 노부인.

뮈라 나폴레옹의 매제이자 프랑스 장군. 후에 나폴리 왕국의 왕이 됨.

바그라티온 러시아군 사령관.

바실리 드미트리치 데니소프 경기병 장교이자 니콜라이 로스토프의 친구. 애칭은 바샤, 바시카.

빌라르스키 폴란드 백작인 프리메이슨.

스페란스키 알렉산드르 1세 때 개혁을 주도한 정치가.

아락체예프 군인이자 정치가로 알렉산드르 1세의 총신.

아말리야 예브게니예브나 부리엔 마리야 공작 영애의 프랑스인 말벗. 애칭은 아멜리, 부리엔카, 아말리야 카
　를로브나.

안나 파블로브나 셰레르 페테르부르크에서 귀족 살롱을 이끄는, 마리야 페오도로브나 황태후의 시녀.

알퐁스 카를리치 베르크 보리스의 친구인 젊은 러시아 장교. 아돌프라고도 불림.

야코프 알파티치 볼콘스키 영지의 관리인.

오시프(혹은 이오시프) 바즈데예프 프리메이슨의 주요 인사.

줄리 카라기나 마리야 공작 영애의 친구이자 부유한 상속녀.

티혼 볼콘스키 노공작의 하인. 애칭은 티시카.

쿠투조프 러시아군 총사령관.

투신 쇤그라벤 전투에서 러시아 포병 중대를 이끈 대위.

표도르 이바노비치(혹은 이바니치) 돌로호프 아나톨의 친구인 러시아 장교. 애칭은 페댜.

플라톤 카라타예프 프랑스군의 포로 막사에서 피에르와 친해진 농부 출신의 말단 병사.

드미트리 바실리예비치 로스토프가의 집사. 애칭은 미텐카.

제3권

제3부

I

인간의 이성으로는 운동의 절대적인 연속성을 이해할 수 없다. 어떤 운동이든 인간이 그 법칙을 이해하는 것은 인간이 자의적으로 취한 그 운동의 단위들을 고찰할 때뿐이다. 그러나 그와 동시에 연속적인 운동을 이처럼 임의로 나누어 불연속적인 단위로 만드는 데서 인간의 망상 대부분이 비롯된다.

아킬레우스가 거북이보다 열 배나 더 빠른데도 불구하고 앞에서 걸어가는 거북이를 결코 따라잡을 수 없다는 이른바 고대인의 궤변이 널리 알려져 있다. 왜냐하면 아킬레우스와 거북이를 벌려놓은 그 공간을 아킬레우스가 통과하는 순간 거북이는 그 공간의 10분의 1만큼 아킬레우스보다 앞서고, 또 아킬레우스가 그 10분의 1만큼 나아가면 거북이는 그 100분의 1만큼 앞서고, 그 과정은 무한히 계속된다. 고대인들에게 이 과제는 해결할 수 없는 것으로 보였다. (아킬레우스는 거북이를 결코 따라잡을 수 없다는) 답의 부조리함은 오로지 아킬레우스와 거북이의 운동이 연속적으로 일어나고 있는 데 반해, 운동의 불연속적인 단위들은 임의로 허용되었다는 사실에서 비롯된다.

더 작은 운동 단위를 취하면 우리는 문제 해결에 더 가까이 접근할 수 있다. 그러나 결코 그것에 도달하지는 못한다. 무한소와 그로부터 시작하여 10분의 1에 이르는 급수를 가정하고 그 기하급수의 합을 취할 때만 우리는 문제 해결에 도달한다. 무한소를 다루는 기술을 획득한 수학이라는 새로운 분야는 운동이라는 더 복잡한 다른 문제에서도 예전에는 풀 수 없을 것처럼 보였던 질문들에 대해 이제 해답을 주고 있다.

고대인들이 알지 못한 이 새로운 분야인 수학은 운동의 문제에 대한 고찰에서 무한소, 즉 운동의 주요 조건(절대적 연속성)을 회복하는 수량을 가정하고, 또 그렇게 함으로써 인간의 이성이 연속적인 운동 대신 운동의 개별 단위들을 탐구하면서 범하게 되는 불가피한 오류를 수정한다.

역사의 운동 법칙을 탐구하는 경우에도 똑같은 일이 발생한다.

인류의 운동은 인간들의 자의지(自意志)의 무한한 양에서 흘러나오면서 연속적으로 이루어진다.

이 운동 법칙을 이해하는 것이 역사의 목적이다. 그러나 인간들의 자의지의 총합인 연속적 운동의 법칙을 이해하기 위해 인간의 이성은 임의적이고 불연속적인 단위들을 가정한다. 역사의 첫 번째 방법은 연속적인 사건들 중에서 임의로 한 단락의 사건들을 취하고 그것들을 다른 것들과 분리하여 고찰하는데, 그 경우 마치 어떤 사건도 그 시작점이 없으며 있을 수도 없는 것처럼 되지만, 언제나 한 사건은 다른 사건으로부터 연속되어 흘러나온다. 두 번째 방법은 차르든 장군이든 한 인간의 행위를 사람들의 자의지의 총합으로 고찰하는 것이다. 그러나 그때 사람들의 자의지의 총합은 결코 한 역사적 인물의 활동으로 표현되는 것이 아니다.

역사학은 고찰을 위해 그 운동 속에서 언제나 더 작은 단위를 취하고, 그러한 방법으로 진리에 접근하려고 노력한다. 하지만 역사가 취한 그 단위가 아무리 작아도, 다른 것과 분리된 단위를 가정하고 어떤 현상의 **시작점**을 가정하고 모든 사람의 의지가 한 역사 인물의 행위로 표현된다고 가정하는 것 자체가 거짓임을 우리는 느끼고 있다.

역사의 모든 결론은 비판하는 쪽이 최소한의 노력조차 기울이지 않아도, 다만 크든 작든 불연속적인 단위를 관찰 대상으로 삼기만 하면 먼지처럼 흔적도 없이 무너져 버린다. 비판하는 쪽에는 언제나 그럴 권리가 있는데, 역사가가 취한 역사 단위란 언제나 임의적이기 때문이다.

관찰을 위해 무한소 단위(역사의 미분, 즉 인간들의 동질적인 욕구)를 가정하고 적분법(이 무한소의 총합을 취하는 것)을 달성할 때만 우리는 역사의 법칙에 대한 이해를 기대할 수 있다.

유럽에서 19세기 초반의 15년 동안 수백만 인간들의 평범하지 않은 움직임이 제시된다. 사람들은 자신의 일상을 버리고 유럽의 한쪽에서 다른 한쪽으로 돌진하여 약탈하고 서로 죽이고 의기양양해하고 낙담한다. 몇 년 사이에 삶의 흐름 전체가 바뀌고 그것이 강화된 움직임을 나타낸다. 그 움직임은 처음에 강성해지다가 그다음에는 쇠약해진다. 이 움직임의 원인은 무엇이고, 그것은 어떤 법칙에 따라 일어난 것일까? 하고 인간의 이성은 묻는다.

역사가들은 이 질문에 답하면서 파리 시내의 한 건물에 모인 수십 명의 행동과 말을 우리에게 서술하고, 그 행동과 말을 혁명이라 일컫는다. 그다음에 나폴레옹과 그에게 찬성하거나 반대한 몇몇 인물들의 상세한 전기를 제공하고, 이들의 일부가 다른 인물들에게 미친 영향을 이야기한다. 그러고는 그것이야말로 이 움직임이 일어난 원인이라고, 그것이 바로 움직임의 법칙이라고 말한다.

하지만 인간의 이성은 그러한 설명을 믿기를 거부할 뿐 아니라 그 설명 방법이 신뢰할 만하지 않다고 직설적으로 말하는데, 왜냐하면 그러한 설명에서는 가장 미미한 현상이 가장 강력한 현상의 원인으로 채택되곤 하기 때문이다. 인간들의 자의지의 총합이 혁명과 나폴레옹을 만들었으며, 오직 이 자의지의 총합만이 혁명과 나폴레옹을 용인하고 파멸시켰던 것이다.

'정복이 일어났을 때는 언제나 정복자가 있었다. 그리고 국가에 격변이 일어날 때는 언제나 위대한 인물들이 있었다.' 역사는 이렇게 말한다. 실제로 정복자들이 출현했을 때에는 언제나 전쟁이 있었다고 인간의 이성은 답한다. 그러나 이것이 정복자들이 전쟁의 원인이었으며, 한 사람의 개인적 행동에서 전쟁의 법칙들을 발견할 수 있었다는 증거는 아니다. 내가 시계를 보는데 시곗바늘이 10시에 가까워진 것을 보게 되면 매번 이웃한 교회에서 기도를 알리는 종소리가 들려온다. 그러나 시곗바늘이 10시에 가까워질 때마다 교회 종이 울렸다고 해서 시곗바늘의 위치가 종의 운동의 원인이라고 결론지을 권리가 나에게는 없다.

내가 기관차가 움직이는 것을 볼 때는 매번 기적 소리가 들리며, 밸브가 열리고 바퀴가 움직이는 것을 본다. 하지만 그렇다고 해서 기적 소리와 바퀴의 운동이 기관차가 움직이는 원인이라고 결론지을 권리가 나에게는 없다.

농부들은 늦봄에 찬 바람이 부는 것은 참나무에서 싹눈이 트기 때문이라고 말한다. 실제로 해마다 봄에는 참나무에 싹눈이 틀 때 찬 바람이 분다. 그러나 내가 참나무의 싹눈이 틀 무렵에 찬 바람이 부는 원인을 모른다고 할지라도, 참나무의 싹눈이 트는 것이 찬 바람의 원인이라는 농부들의 말에 동의할 수는 없다. 바람의 힘은 싹눈의 영향력 밖에 존재하기 때문이다. 나는 다만 삶의 모든 현상에서 일어나곤 하는 온갖 조건들이 동시적으로 발생하는 것만 볼 뿐이다. 그리고 시곗바늘, 기관차의 밸브와 바퀴, 참나무의 싹눈을 아무리 오래 자세히 관찰한다 해도 교회 종소리와 기관차의 움직임과 봄바람의 원인은 알 수 없을 것이라는 사실을 볼 뿐이다. 원인을 알기 위해서는 관찰 시점을 완전히 바꾸어야 하고, 증기와 종과 바람의 움직임의 법칙을 연구해야 한다. 역사도 마찬가지로 똑같이 해야 한다. 그리고 이를 위한 시도는 이미 이루어졌다.

역사의 법칙을 연구하기 위해 우리는 관찰 대상을 완전히 바꾸어 황제들과 대신들과 장군들은 가만 내버려 두고, 대중을 다스리는 동질적인 무한소의 요소들을 연구해야 한다. 인간이 이러한 방법으로 어느 정도나 역사의 법칙들에 대한 이해에 도달할지는 누구도 말할 수 없다. 그러나 분명한 것은 오직 이 방법에만 역사의 법칙을 포착할 가능성이 놓여 있다는 점과, 이 방법에 인간의 이성이 들인 노력은 역사가들이 온갖 황제와 사령관들과 대신들의 활동을 기술하고 그 활동에 대한 자신의 판단을 서술하는 데 들인 노력의 1백만분의 1도 되지 않는다는 점이다.

2

유럽의 12개 각각의 언어를 사용하는 국가들의 병력이 러시아
에 밀고 들어왔다. 러시아 군대와 주민은 충돌을 피하면서 스몰렌
스크로, 그리고 다시 스몰렌스크에서 보로디노로 퇴각한다. 프랑
스 군대는 지속적으로 향상되는 추진력을 띠면서 모스크바로, 그
운동의 목적지로 질주한다. 낙하하는 물체의 속도가 지면에 가까
워질수록 빨라지듯, 그들의 추진력도 목표에 가까워질수록 증가
한다. 후방에는 먹을 것이 없는 적대적인 나라가 수천 베르스타
펼쳐지고, 전방에는 그들과 목적지를 갈라놓은 수십 베르스타가
펼쳐져 있다. 나폴레옹 군대의 모든 병사들은 이를 느끼고 있었
고, 침공은 저절로 추진력만으로 진행되어 간다.

러시아군 내에서는 퇴각을 거듭할수록 적에 대한 증오심이 더
욱더 불타오른다. 퇴각하는 동안 그 증오심은 점차 집적되고 고조
된다. 보로디노 부근에서 충돌이 발생한다. 어느 쪽 군대도 괴멸
하지 않는다. 그러나 맹렬한 속도로 굴러온 공과 충돌하는 또 다
른 공은 필연적으로 튕겨 물러가게 마련이듯 러시아 군대도 충돌
직후 그처럼 필연적으로 퇴각한다. 기세 좋게 굴러오던 침공의 공
은 그와 똑같이 필연적으로 (충돌로 모든 힘을 잃었음에도 불구

하고) 조금 더 앞 공간으로 굴러가게 된다.

러시아군은 120베르스타 더 퇴각하여 모스크바 너머로 가고, 프랑스군은 모스크바에 이르러 그곳에서 멈춘다. 이후 5주가 지나는 동안 단 한 차례의 전투도 일어나지 않는다. 프랑스군은 움직이지 않는다. 많은 피를 흘리며 상처를 핥는 치명적인 상처를 입은 짐승처럼 5주 동안 아무것도 하지 않고 모스크바에 머무르다가 별다른 이유도 없이 갑자기 퇴각한다. 그들은 칼루가 가도로 돌진하고, (승리를 거둔 후, 말리 야로슬라베츠의 전장이 다시 그들에게 넘어간 상태였기 때문에) 단 한 차례의 격전도 없이 한층 더 신속하게 스몰렌스크로, 스몰렌스크 너머로, 빌나 너머로, 베레지나강* 너머로 계속 퇴각한다.

8월 26일 저녁에는 쿠투조프도, 러시아군 전체도 보로디노 전투의 승자가 자신들이라고 확신했다. 쿠투조프는 군주에게도 그렇게 편지를 썼다. 쿠투조프는 적을 완전히 격파하기 위해 새로운 전투를 준비하라고 명령했다. 누군가를 속이기 위해서가 아니라 전투에 참가한 모든 이들과 마찬가지로 그 역시 적이 패한 것으로 알았기 때문이다.

하지만 그날 저녁과 그다음 날 그동안 알려지지 않은 손실이며 군대의 절반에 달하는 손실에 관한 소식이 도착하면서 새로운 전투는 물리적으로 불가능하다는 사실이 판명되었다.

아직 정보도 수집되지 않았고, 부상자도 이송되지 않았고, 포탄도 보충되지 않았고, 전사자 수도 집계되지 않았고, 전사한 이들을 대신할 새 지휘관도 임명되지 않았고, 사람들은 충분히 먹지도 자지도 못했다. 이런 때에 전투를 벌이는 것은 **불가능했다**.

그와 동시에 전투 직후인 그다음 날 아침, 프랑스 군대는 이미 (거리의 제곱에 반비례하여 가속되는 운동의 추진력에 따라) 저절로 러시아 군대를 향해 밀려오고 있었다. 쿠투조프는 다음 날 공격하고 싶어 했고, 군 전체도 그러기를 바랐다. 그러나 공격하기 위해서는 그것을 실행하려는 의욕만으로는 충분치 않다. 그것을 실행할 가능성이 필요한데 그 가능성이 없었다. 한 번 행군하는 거리만큼 퇴각하지 않을 수 없었다. 그다음에도 똑같이 또 한 번, 다시 또 한 번 퇴각하지 않을 수 없었다. 마침내 9월 1일 군대가 모스크바에 거의 도달했을 무렵, 군의 여러 부대의 사기가 한껏 고조되었음에도 불구하고 상황의 힘은 이 부대들이 모스크바 너머로 이동할 것을 요구했다. 그리하여 군대는 한 번 더, 마지막으로 행군하는 만큼 퇴각했고, 모스크바를 프랑스군에 내주고 말았다.

우리가 각자 자기 서재에 앉아 지도를 펼쳐 놓고 나라면 이런저런 전투에서 어떻게 명령을 내렸을까 하고 상상하듯, 지휘관들도 그렇게 전쟁과 전투 계획을 세울 거라고 생각하는 것이 익숙한 사람들에게는 다음과 같은 질문들이 떠오를 것이다. 왜 쿠투조프는 퇴각할 때 이런저런 식으로 행동하지 않았을까, 왜 그는 필리*에 도달하기 전에 진지를 차지하지 않았을까, 왜 모스크바를 버린 후 칼루가 가도로 곧장 퇴각하지 않았을까 등등. 그렇게 생각하는 데 익숙한 사람들은 모든 총사령관들의 활동이 항상 벌어지게 되는 그런 불가피한 상황을 잊어버렸거나 모르는 것이다. 지휘관의 활동은 우리가 서재에 자유롭게 앉아 일정한 병력을 갖춘 양 군대가 일정한 장소에서 벌이는 모종의 전투를 지도상에서 분석하거나 어떤 일정한 시점으로부터 판단을 시작하며 상상하는 활동과 조금도 유사하지 않다. 총사령관은 우리가 언제나 사건을 고찰하는, 어떤 사건의 **개시**라는 조건 속에 놓이는 경우가 결코 없다. 총사령관은 언제나 일련의 움직이는 사건들의 한복판에 있고, 그 어느 때도, 어느 한순간에도 사건의 의미 전체를 깊이 숙고해 볼 수 없는 상황에 놓이게 된다. 사건은 알아채지 못하게 순간순간 그 의미를 또렷이 드러내고, 그처럼 단절 없이 연속적으로 사건이 드러나는 순간마다 총사령관은 복잡하기 짝이 없는 책략, 음모, 걱정, 종속, 권력, 계획, 조언, 위협, 속임수의 한복판에 놓이게 되며, 그에게 제기되는, 대개는 흔히 서로 충돌하는 수많은 질문에 답해야 한다.

군사 전문가들은 우리에게 쿠투조프가 필리로 향하기에 훨씬 앞서 칼루가도로 군대를 움직였어야만 했다고, 심지어 누군가 그러한 계획을 제안했다고 매우 진지하게 말한다. 그러나 총사령관 앞에는, 특히 어려운 순간에는 제안이 하나가 아니라 수십 개씩 동시에 제시되기 마련이다. 그리고 전략과 전술에 근거를 둔 이 각각의 제안들은 서로 충돌한다. 총사령관의 임무는 이 제안들 가운데 하나를 택하는 것뿐인 듯 보인다. 하지만 그는 그것조차 해낼 수 없다. 사건과 시간은 기다려 주지 않는다. 가령 28일에 총사령관이 칼루가도로 이동하자는 제안을 받았고, 그때 밀로라도비치의 부관이 말을 몰고 달려와 지금 당장 프랑스군과 전투를 시작할지, 아니면 퇴각할지를 묻는다. 그는 당장, 이 순간 명령을 내려야 한다. 그런데 퇴각 명령은 아군이 칼루가도로 진로를 바꾸는 데 방해가 된다. 부관에 뒤이어 병참관이 식량을 어디로 운반할지 묻고, 병원 책임자가 부상자들을 어디로 옮길지 묻는다. 그리고 페테르부르크에서 특사가 모스크바를 버릴 가능성을 허락하지 않는 군주의 편지를 가져온다. 그런데 총사령관의 경쟁자로서 총사령관을 계략에 빠뜨리려는 자가 (그런 자들은 언제나 있기 마련인데, 그것도 한 명이 아닌 몇 명이나 된다) 칼루가도로 이동하는 것과 정반대인 새로운 계획을 제안한다. 그런데 총사령관의 체력은 수면과 회복을 요구한다. 그런데 포상에서 제외된 훌륭하신 장군이 불평을 늘어놓으러 온다. 그런데 주민들은 보호를 간청한다. 그런데 지형을 시찰하기 위해 파견된 장교가 돌아와 그보다 앞서 파견된 장교와 정반대로 보고한다. 척후병, 포로, 정찰을 하고 온 장군이 적군의 상태에 대해 저마다 다르게 설명한다. 모든 총사령관의 이런 불가피한 활동 조건을 이해하는 데 익숙하지 않거나 쉽게 잊는 사람들은 우리에게 예를 들어, 필리에서 군대가 점한 위치를 제시하며, 총사령관은 9월 1일에 모스크바를 버릴지 방어할지의 문제를 완전히 자유롭게 해결할 수 있었다고 가정한다. 그러나 러시아군이 모스크바로부터 5베르스타 떨어져 있던 상황에서 이러한 질문은 불가능하다. 그렇다면 그 문제는 언제 결정되었는가? 그것은 드리사 근교에서, 스몰렌스크 근교에서, 무엇보다 뚜렷하게는 24일의 셰바르디노 근교와 26일의 보로디노 근교에서, 그리고 보로디노에서 필리까지 퇴각하는 동안 매일, 매시, 매분 결정되고 있었다.

3

러시아 군대는 보로디노에서 퇴각해 필리에 주둔하고 있었다.

진지를 시찰하고 온 예르몰로프가 원수에게 다가갔다.

"이 진지에서 싸우는 건 가능성이 없습니다." 그가 말했다. 쿠투조프는 놀란 얼굴로 그를 쳐다보더니 그 말을 다시 해 보라고 했다. 그가 그 말을 되풀이하자 쿠투조프는 그에게 손을 내밀었다.

"손을 쥐 보게." 쿠투조프가 말했다. 그는 예르몰로프의 손을 뒤집어 맥을 짚고는 말했다. "자네, 건강이 안 좋군. 이보게, 자네가 무슨 말을 하고 있는지 잘 생각해 보게."

쿠투조프는 도로고밀로보 관문으로부터 6베르스타 떨어진 포클론나야 언덕에서 승용 마차에서 내렸고, 길가에 있는 긴 의자에 앉았다. 장군들의 큰 무리가 그의 주위에 모였다. 모스크바에서 온 라스톱친 백작도 그 무리에 있었다. 이 눈부신 집단은 몇몇 작은 그룹으로 나뉘어 진지의 장단점에 대해, 군대의 상태에 대해, 예상되는 계획에 대해, 모스크바의 상황에 대해, 전반적인 군사 문제에 대해 이야기를 나누었다. 비록 그 때문에 소집된 것도 아니고 그 모임이 그렇게 불린 것도 아니었지만 모두들 그것이 군사 회의라고 느꼈다. 모든 대화가 일반적인 문제의 범위에 머물렀다. 개인적인 소식을 전하거나 이를 확인하려는 사람은 목소리를 낮추어 소곤거리다가 이내 다시 일반적인 문제로 돌아가곤 했다. 이 사람들 사이에서는 농담도, 웃음소리도, 심지어 미소조차 눈에 띄지 않았다. 모두들 상황에 맞추어 행동하려고 노력했다. 그리고 모든 그룹들이 서로 이야기를 나누며 총사령관 (그의 긴 의자는 이들 그룹의 중심을 이루었다) 근처에 있으려고 애썼으며, 자신들의 말이 그에게 들리도록 이야기했다. 총사령관은 귀를 기울여 들었고, 가끔씩 그의 주변에서 한 말에 대해 되물었다. 하지만 그 자신은 대화에 참여하지도 않았고, 어떤 의견도 표명하지 않았다. 대부분의 경우 어느 그룹의 이야기를 듣고 난 후에는 실망한 표정으로, 마치 자신이 알고 싶어 하는 것에 대해 그들이 전혀 말하지 않았다는 듯 고개를 돌렸다. 어떤 사람은 선택된 진지에 대해 이야기하되, 진지보다는 그 진지를 선택한 사람들의 지적 능력을 비판했다. 다른 사람들은 실책은 이미 앞서 저질러졌다고, 그저께 전투를 치렀어야 했다고 논증했다. 세 번째 사람들은 살라망카 전투에 대해 이야기했다. 그 이야기는 방금 도착한 스페인 군복 차림의 프랑스인 크로사르*가 (이 프랑스인은 러시아군에 복무하는 독일 출신의 공작과 함께 모스크바도 똑같이 방어할 수 있다고 예상하며, 사라고사 포위전*을 분석했다) 들려준 것이다. 네 번째 그룹에서는 라스톱친 백작 자신은 모스크바 민병들과 함께 수도의 성벽 밑에서 기꺼이 죽을 각오가 되어 있지만, 그럼에도 여전히 자신에게 닥친 불분명한 상황에 대해 유감스러워하지 않을 수 없다고, 만약 자신이 미리 알았다면 상황이 달라졌을지도 모른다고 말했다. 다섯 번째 그룹은 자신들의 전략적 식견을 드러내며 군대가 앞으로 취해야 할 방향에 대해 이야기했다. 여섯 번째 그룹은 아무 의미 없는 이야기들을 지껄였다. 쿠투조프의 얼굴이 점점 더 근심 어리고 비통스럽게 되어 갔다. 쿠투조프는 이 모든 대화들 중에서 한 가지를 보았다. 말 그대로 모스크바 방어는 **물리적으로 완전히 불가능하다는 것**, 즉 어느 정신 나간 총사령관이 전투 명령을 내린들 혼란만 일어날 뿐 전투는 벌어지지 않을 정도로 불가능하다는 것이었다. 모든 최고 지휘관들이 이 진지를 불가능한 것으로 시인할 뿐 아니라, 진지를 버린 후에 (의심의 여지가 없는 일이었다) 무슨 일이 벌어질까만 논의하고 있었기 때문에 어쨌든 전투는 일어나지 않을 터였다. 지휘관들이 스스로도 불가능하다고 여기는 전투에 어떻게 자기 부대를 끌고 갈 수 있겠는가? 하급 지휘관들, 심지어 병사들도 (그들도 사리 분별을 한다) 그 진지를 무리라고 인정했다. 그러므로 패배를 뻔히 알면서 싸우러 나갈 수는 없었다. 만약에 베니히센이 이 진지의 방어를 주장하고, 다른 사람들도 이를 협의한다 해도, 그 문제는 이미 그 자체로서 의미가 없고 그저 논쟁과 음모를 위한 구실로서만 의미를 지닐 뿐이었다. 쿠투조프는 이 점을 잘 이해하고 있었다.

그 진지를 선택한 베니히센은 자신의 러시아적인 애국심을 열렬히 내보이면서 (쿠투조프는 얼굴을 찌푸리지 않은 채 그 말을 끝까지 들을 수가 없었다) 모스크바 방어를 고집했다. 쿠투조프는 베니히센의 목적을 대낮같이 훤히 알아보았다. 그 목적이란 방어에 실패할 경우 전투도 치르지 않고 군대를 보로비요비 고리까지 후퇴시킨 쿠투조프에게 잘못을 덮어씌우고, 방어에 성공할 경우에는 그것을 자기 공으로 돌리고, 자신의 주장이 거부될 경우에는 모스크바를 버렸다는 죄를 씌우려는 것이었다. 그러나 이런 음모의 문제가 이 노인을 사로잡지는 않았다. 한 가지 무시무시한 질문이 그의 마음을 사로잡았다. 그리고 그 질문에 대한 답을 그는 어느 누구에게서도 듣지 못한 터였다. 지금 그에게 문제가 된 것은 바로 다음과 같은 질문이었다. '과연 나폴레옹을 모스크바까지 오도록 허용한 것이 나란 말인가? 그리고 도대체 내가 언제 그런 짓을 했단 말인가? 그것이 언제 결정되었는가? 내가 플라토프에게 전령을 보내 퇴각 명령을 내린 어제인가, 아니면 내가 졸면서 베니히센에게 지휘하라고 명령한 그저께 저녁인가? 아니면 그보다도 더 이전인가? 그러나 언제, 도대체 언제 그 무시무시한 일이 결정되었단 말인가? 모스크바를 버리지 않으면 안 된다. 군대는 퇴각해야만 하고, 이 명령을 내려야만 한다.' 그 무시무시한 명령을 내리는 일이 그에게는 군대의 지휘를 포기하는 것과 똑같아 보였다. 그는 권력을 사랑했고, 그것에 익숙할 뿐 아니라, (그가 튀르크에서 프로조롭스키 공작에게 배속되어 있던 시절에 공작이 받았던 사람들의 존경이 그를 자극했다) 러시아의 구원이 자신에게 예정되어 있고, 바로 그 때문에 군주의 의지에 반하여 민중의 의지에 따라 총사령관으로 선택된 것이라고 확신했다. 그는 자기 혼자만이 이 어려운 조건에서 군의 수장을 맡을 수 있으며, 불패의 나폴레옹을 자신의 적으로 두려움 없이 인식할 수 있는 전 세계에서 유일한 사람이라고 확신했다. 그 때문에 그는 자신이 내려야만 하는 명령을 생각하며 공포에 휩싸였다. 그러나 무언가를 결정해야만 했고, 지나치게 자유로운 성격을 띠기 시작한 주변의 대화들을 중지시켜야만 했다.

그는 고위급 장군들을 자기 쪽으로 불렀다.

"내 머리가 좋든 나쁘든, 더 이상 타인에게 의지하지 않겠소."

그는 긴 의자에서 일어나면서 이렇게 말했고, 그의 승용 마차가 대기하고 있는 필리 쪽으로 말을 타고 떠났다.

4

농부 안드레이 사보스티야노프의 가장 좋은, 널찍한 통나무 집채에서 2시에 회의가 소집되었다. 농부의 대가족을 이루는 남자들, 여자들, 아이들이 현관방 건너편의 굴뚝 없는 통나무 집채에 모여 북적대고 있었다. 대공작이 귀여워해서 차 마시는 시간에 설탕 한 조각을 준 안드레이의 손녀인 여섯 살짜리 여자아이 말라샤만 큰 통나무 집채의 페치카* 위에 남아 있었다.

말라샤는 페치카 위에서 통나무 집채로 연이어 들어와 성화가 놓여 있는 구석 쪽, 성화들 아래의 널찍한 긴 의자에 자리를 잡는 장군들의 얼굴과 군복과 십자 훈장을 수줍고도 즐거운 표정으로 구경했다.

할아버지 자신은 (말라샤는 마음속으로 쿠투조프를 이렇게 불렀다) 그들과 다소 떨어져 페치카 뒤의 어두운 구석에 따로 앉아 있었다. 그는 접이식 팔걸이의자에 몸을 깊이 파묻고 앉아 계속 끙끙거리며 프록코트의 옷깃을 바로잡았다. 그것은 단추가 끌러져 있었지만 계속해서 목을 죄는 듯했다. 연이어 들어온 사람들이 원수에게 다가왔다. 그는 몇몇 사람들과는 악수를 나누었고, 몇몇 사람들에게는 고개를 끄덕여 보였다. 카이사로프 부관이 쿠투조프 맞은편 창문의 커튼을 걷으려고 했다. 그러나 쿠투조프가 화를 내며 손을 내저었고, 카이사로프는 대공작이 자신의 얼굴을 사람들에게 보이기를 원하지 않는다는 것을 알아차렸다.

지도들, 약도들, 연필들, 서류들이 놓여 있는 농부의 전나무 테이블 주위로 너무 많은 사람들이 모여드는 바람에 졸병들이 긴 의자를 하나 더 가져와 테이블 옆에 놓았다. 그 긴 의자에는 방금 도착한 예르몰로프와 카이사로프와 톨이 앉았다. 성화 바로 아래 상석에는 바르클라이 드 톨리가 앉았다. 그는 목에 게오르기 훈장을 걸고 있었는데, 창백하고 병약한 얼굴에 대머리와 이어지는 높은 이마를 갖고 있었다. 그는 벌써 이틀째 열로 괴로웠으며, 이때도 오한이 나고 온몸이 쑤셨다. 그와 나란히 우바로프가 앉아 있었고, 빠르게 손짓하며 크지 않은 목소리로 (다른 모든 사람들과 마찬가지로) 바르클라이에게 무슨 말을 전하고 있었다. 작고 뚱뚱한 도흐투로프는 눈썹을 치켜올리고 두 손을 배 위에 얹은 채 주의 깊게 귀를 기울였다. 반대편에는 오스테르만-톨스토이 백작이 굵직한 얼굴선과 반짝이는 눈을 지닌 커다란 머리를 한 팔로 괴고 앉아 자기 생각에 잠긴 듯 보였다. 라옙스키는 초조한 표정을 띤 채 습관적인 손놀림으로 구레나룻의 검은 털을 앞쪽으로 비비 꼬면서 쿠투조프와 출입문을 번갈아 쳐다보았다. 코노브니친의 굳건하고 잘생기고 선한 얼굴은 부드럽고도 교활한 미소로 빛났다. 그는 말라샤와 시선이 마주치자 눈으로 신호를 보내 여자아이를 미소 짓게 했다.

모두들 베니히센을 기다리고 있었다. 그는 진지를 새로 시찰하러 간다는 핑계로 맛있는 식사를 즐기고 있었다. 사람들은 4시부터 6시까지 그를 기다렸고, 그동안 그들은 협의에 들어가지 않고 나직한 목소리들로 줄곧 부차적인 이야기만 나누었다.

베니히센이 통나무 집채에 들어섰을 때에야 쿠투조프는 구석 자리에서 나와 테이블 쪽으로 다가왔다. 그러나 테이블 위에 놓인 촛불이 그의 얼굴을 밝히지 않을 정도까지였다.

베니히센은 다음과 같은 질문으로 회의를 시작했다. "전투를 해 보지도 않고 러시아의 신성한 고대의 수도를 버릴 것인가, 아니면 방어할 것인가?" 긴 침묵이 이어졌다. 모든 이들의 얼굴이 찌푸려졌고, 정적 속에서 쿠투조프의 노기 어린 신음 소리와 기침 소리가 들렸다. 모든 눈들이 그를 바라보았다. 말라샤도 할아버지를 바라보았다. 그녀는 그와 가장 가까이 있었고, 그의 얼굴이 일그러지는 것을 보았다. 마치 울음을 터뜨릴 것 같았다. 하지만 그 것은 오래가지 않았다.

"러시아의 신성한 고대의 수도!" 갑자기 그가 성난 목소리로 베니히센의 말을 반복하며, 그 말의 위선적인 어조를 지적했다. "백작 각하, 당신께 감히 말씀드리면, 그 질문은 러시아인에게 아무런 의미도 없소. (그는 무거운 몸을 들썩이며 앞쪽으로 기울였다.) 그런 질문을 제기해서도 안 되고, 그런 질문은 아무런 의미도 없소. 내가 이 신사분들에게 모여 달라고 청한 것은 군사적인 문제 때문이오. 그 문제란 이것이오. '러시아의 구원은 군대에 있다. 군대와 모스크바를 잃을 위험을 무릅쓰고 전투에 임하는 것이 이득인가, 아니면 전투 없이 모스크바를 내주는 것이 이득인가?' 나는 바로 이 문제와 관련해 여러분의 의견을 알고 싶소."

(그는 팔걸이의자 등받이에 몸을 기댔다.)

논쟁이 시작되었다. 베니히센은 아직 게임에 졌다고 생각하지 않았다. 필리 부근에서 방어전을 하는 것이 불가능하다고 말하는 바르클라이와 여러 사람들의 의견을 인정하면서도, 그는 러시아적인 애국심과 모스크바에 대한 사랑에 고취되어 밤사이 군대를 오른쪽에서 왼쪽 측면으로 이동시킨 뒤 다음 날 프랑스군의 오른쪽 날개를 공격할 것을 제안했다. 의견은 나뉘었고, 그 견해에 대한 찬반 논쟁이 벌어졌다. 예르몰로프와 도호투로프와 라옙스키는 베니히센의 의견에 동의했다. 수도를 버리기에 앞서 희생물을 찾는 감정에 이끌린 것인지, 아니면 다른 개인적인 생각들에 이끌린 것인지, 여하간 이들은 지금 회의가 전쟁의 필연적인 흐름을 바꿀 수 없으며, 모스크바는 지금 벌써 버려졌다는 점을 이해하지 못하는 듯했다.

다른 장군들은 이 점을 이해하고 있었다. 그래서 모스크바에 관한 문제는 제쳐 두고 군대가 퇴각할 때 어느 방향으로 할 것인지에 대해 이야기했다. 눈을 떼지 않고 자기 앞에서 벌어지는 광경을 지켜보던 말라샤는 이 회의의 의미를 다르게 이해했다. 그녀에게는 문제가 다만 '할아버지'와 '옷자락이 긴 남자'의 (그녀는 베니히센을 이렇게 불렀다) 개인적인 싸움에 있는 것처럼 보였다. 그녀는 그들이 서로 이야기할 때 화내는 것을 보았고, 마음속으로 할아버지 편을 들었다. 대화 도중에 그녀는 할아버지가 베니히센에게 재빨리 던진 교활한 시선을 눈치챘고, 그 뒤에 할아버지가 옷자락이 긴 남자에게 뭐라고 말하면서, 그의 콧대를 꺾어 놓은 것을 알아차리고 기뻐했다. 베니히센은 갑자기 얼굴이 붉어졌고, 화가 나서 통나무집 안을 이리저리 돌아다녔다. 베니히센에게 그 같은 영향을 끼친 말은 밤중에 군대를 오른쪽에서 왼쪽 측면으로 이동시켜 프랑스군의 오른쪽 날개를 공격하자는 베니히센의 제안의 장단점에 관해 쿠투조프가 침착하고 낮은 목소리로 밝힌 것이었다.

"여러분!" 쿠투조프가 말했다. "나는 백작의 계획에 찬성할 수 없소. 적과 근접한 거리에서 군대를 이동하는 것은 항상 위험한 법이오. 전쟁의 역사가 이 판단을 확증하오. 그러니까 예를 들면…… (쿠투조프는 빛나는 순박한 눈으로 베니히센을 쳐다보며, 사례를 찾느라 생각에 잠긴 듯했다.) 그렇소, 내 생각에는 백작도 잘 기억하고 있을 것 같은…… 프리틀란트 전투* 정도를 예로 들어 봅시다. 그 전투가 성공적이지 않았던 것은 오로지 적으로부터 지나치게 가까운 거리에서 아군이 재편성되었기 때문이오……." 순간 모두에게 아주 길게 느껴지는 침묵이 흘렀다.

논쟁은 다시 재개되었으나 자주 끊어졌다. 더 이상 할 말이 없는 듯했다.

대화가 중단되던 어느 한순간에 쿠투조프가 뭔가 말하려는 듯 무겁게 한숨을 내쉬었다. 모두 그를 돌아보았다.

"여러분, 내가 깨진 항아리값을 물어내야 할 것 같소." 그가 말하고는 천천히 몸을 일으켜 테이블로 다가갔다. "여러분, 나는 여러분의 의견을 들었소. 몇몇 분은 내 의견에 동의하지 않을 것이오. 그러나 나는 (그는 말을 멈췄다) 폐하와 조국이 내게 부여한 권한으로, 나는 퇴각을 명하는 바이오."

이 말에 뒤이어 장군들은 장례식 후에 떠날 때처럼 엄숙하고 조용하고 조심스럽게 떠나기 시작했다.

장군들 중 몇 사람은 나지막한 목소리로, 회의에서 말할 때와는 완전히 다른 음정으로 총사령관에게 무언가를 전달했다.

벌써 한참 동안 저녁을 먹기 위해 가족들이 기다리고 있던 말라샤가 자그마한 맨발로 페치카의 단을 디디면서 페치카 위의 침상을 등진 채 조심스레 내려왔다. 그러고는 장군들의 다리 사이를 빠져나가 재빨리 문으로 뛰어갔다.

장군들을 돌려보낸 쿠투조프는 테이블에 팔을 괸 채 오랫동안 앉아 있었다. 그리고 그 무시무시한 질문에 대해 계속 생각했다.

'도대체 언제, 도대체 언제 모스크바를 버리는 것이 최종적으로 결정되었단 말인가? 언제 그 문제를 결정지은 사건이 일어난 것이고, 누가 이 일에 책임이 있는 것인가?'

"이런 것, 이런 걸 예상했던 건 아니야." 그는 이미 밤이 깊은 후에야 들어온 부관 시네이데르에게 말했다. "이런 것을 예상했던 게 아니야! 이런 것은 생각지도 못했어!"

"쉬셔야 합니다, 대공작 각하." 시네이데르가 말했다.

"아니야! 그놈들도 튀르크인들처럼 말고기를 처먹게 될 거야." 쿠투조프는 부관의 말에 대꾸도 하지 않고 투실투실한 주먹으로 테이블을 쾅 내리치며 부르짖었다. "그놈들도 그렇게 될 거야, 만약 하기만 한다면……."

5

전투 없이 군대를 퇴각시킨 것보다 훨씬 더 중요한 사건, 즉 모스크바를 버리고 방화한 사건에서 우리에게 이 사건의 주모자로 보이는 라스톱친은 바로 그 시각에 쿠투조프와 완전히 정반대로 행동했다.

이 사건, 즉 모스크바를 버리고 방화한 사건은 보로디노 전투 이후 싸움 없이 모스크바 너머로 퇴각한 것과 마찬가지로 피할 수 없는 것이었다.

러시아인이라면 누구나 이성적인 추론을 토대로 하는 것이 아니라, 우리 마음속에 있고 우리 선조들의 마음속에 있었던 그 감정을 토대로 일어난 일을 예측할 수 있었을 것이다.

스몰렌스크를 시작으로 러시아 대지의 모든 도시들과 농촌들에서 모스크바에서 벌어진 것과 똑같은 사건이 라스톱친 백작의 개입이나 그의 전단 없이 일어나고 있었다. 민중은 태평하게 적을 기다렸고, 폭동을 일으키지 않았으며, 동요하지 않았다. 한 사람도 흩어지지 않았고, 가장 어려운 순간 무엇을 해야 할지 깨달을 힘이 자기 안에 있다고 느끼면서 침착하게 자기 운명을 기다렸다. 그리고 적이 다가오자마자 주민들 가운데 부유한 부류는 자신들의 재산을 버리고 달아났으며, 가난한 부류는 그대로 남아 모스크바에 남은 것을 불태우고 파괴했다.

'그것은 그렇게 될 것이고, 항상 그렇게 될 것이다'라는 의식이 러시아인의 마음속에 놓여 있었고, 지금도 놓여 있다. 그리고 이러한 의식과 나아가 모스크바가 점령될 것이라는 예감이 1812년 러시아의 모스크바 사회에 팽배해 있었다. 벌써 7월과 8월 초에 모스크바를 떠나기 시작한 사람들은 자신들이 그렇게 예상했다는 사실을 보여 준 셈이었다. 집과 재산의 절반을 버리고 가져갈 수 있는 만큼 가지고 떠난 사람들은 숨은(잠재적인) 애국심 때문에 그렇게 행동한 것이다. 그 애국심은 미사여구나 조국의 구원을 위해 자식을 죽이는 부자연스러운 행위로 표현되는 게 아니라 눈에 띄지 않게 단순하고 유기적으로 나타나고, 그 때문에 애국심은 언제나 가장 강력한 결과를 낳는다.

"위험을 피해 달아나는 것은 수치스러운 일이다. 겁쟁이들만 모스크바에서 달아난다." 그들에게 그렇게 말했다. 라스톱친은 전단을 통해 모스크바를 떠나는 것은 치욕이라는 생각을 불어넣었다. 그들은 겁쟁이들이라는 칭호를 얻는 것이 부끄러웠고, 떠나는 것이 부끄러웠으나, 그럼에도 불구하고 그래야만 한다는 것을 알았기 때문에 떠났다. 그들은 왜 떠났는가? 라스톱친이 그들에게 나폴레옹이 정복지에서 행한 끔찍한 일들을 알려 겁을 주었다고 가정할 수는 없다. 많은 이들이 떠났다. 그리고 맨 처음 떠난 사람들은 부유하고 교양 있는 사람들이었다. 그들은 빈과 베를린이 온전히 남았다는 점, 나폴레옹이 그 도시들을 점령한 동안 그곳 주민들이 매력적인 프랑스인들과 즐거운 시간을 보냈다는 점을 잘 알고 있었고, 당시 러시아 남자들, 특히 귀부인들은 프랑스인들을 대단히 좋아했다.

그들이 떠난 것은 모스크바에서 프랑스인의 지배를 받는 것이 좋을지 나쁠지 하는 것이 러시아 사람들에게는 질문거리가 될 수 없었기 때문이다. 프랑스인의 지배하에 놓이는 것은 있을 수도 없는 일이었다. 그것은 가장 끔찍한 일이었다. 그들은 보로디노 전투 이전에 피란을 떠났고, 보로디노 전투 이후에는 피란을 더욱 서둘렀다. 방어를 호소하는 말에도, 이베르스카야 예배당의 이콘을 받들고 적과 싸우러 가겠다는 모스크바 총사령관*의 선언에도, 틀림없이 프랑스인들을 괴멸시킬 것이라는 기구(氣球)에도, 라스톱친이 전단에 휘갈긴 온갖 헛소리에도 아랑곳하지 않고 떠났다. 그들은 전투를 치러야 하는 것은 군대라는 점, 군대가 전투에 나설 수 없다고 해서 자신들이 나폴레옹과 싸우러 귀족 아가씨들과 하인들을 데리고 트리 고리로 갈 수는 없다는 점, 자신들의 재산이 파괴되도록 내버려 두고 가는 것이 아무리 가슴 아파도 결국 떠날 수밖에 없다는 점을 알았다. 그들은 주민들에게 버림받아 불태워질 게 분명한 (주민들이 버리고 간 큰 도시는 불에 타 버릴 수밖에 없었다) 이 거대하고 부유한 수도의 위대한 의미에 대해서는 생각지 않고 떠났다. 그들은 각자 자신을 위해 떠났지만, 그와 함께 오직 그들이 떠난 결과로 인해서 러시아 국민의 가장 빛나는 영광으로 길이 남게 될 위대한 사건이 벌어졌다. 6월에 벌써 흑인 하인들과 여자 광대들을 데리고 모스크바를 떠나 사라토프 마을로 향한 어느 귀부인은 자신이 보나파르트의 종이 아니라는 불안한 의식과 라스톱친 백작의 명령으로 발목이 잡혀 머물지 않을까 하는 두려움을 갖고 러시아를 구한 그 위대한 과업을 단순하고 진실하게 수행했다. 한편 라스톱친 백작은 피란 가는 사람들을 비난하기도 하고, 관청들을 이전하기도 하고, 술 취한 어중이떠중이들에게 아무짝에도 쓸모없는 무기를 지급하기도 하고, 이콘을 들어내기도 하고, 아브구스틴*이 성자의 유골과 이콘을 옮기지 못하게 금지하기도 하고, 모스크바에 있는 개인의 짐수레를 전부 징발하기도 하고, 레피흐가 제작한 기구를 136대의 짐마차에 실어 옮기기도 하고, 모스크바에 불을 지를 것을 암시하기도 하고, 직접 자택을 불태웠으며 프랑스인들이 자신의 보육원을 파괴한 것에 대해 엄중히 비난하는 성명서를 써 보내기도 했다고 말하기도 하고, 그는 모스크바 소각의 영예를 받아들이기도 하고, 그것을 거부하기도 하고, 민중에게 첩자를 전부 붙잡아 끌고 오라 명령하기도 하고, 또 그렇게 했다며 민중을 비난하기도 했고, 모든 프랑스인을 모스크바에서 추방하기도 하고, 모스크바에 거주하는 모든 프랑스인들의 중심인물인 마담 오베르 살메를 도시에 머물게도 하고, 연로하고 덕망 높은 우체국장 클류차료프를 특별한 죄목도 없이 체포하여 유형을 보내도록 명령을 내리기도 했다.* 또한 프랑스군과 싸우도록 민중을 트리 고리에 모으기도 하고, 그 민중으로부터 벗어나기 위해 그들에게 한 사람을 넘겨주어 죽이게 만들고는 뒷문으로 도망치기도 하고, 자신도 모스크바의 불행을 견딜 수 없다고 말하기도 하고, 자신이 이 사건에 관여한 것에 대한 시*를 프랑스어로 써서 앨범에 넣기도 했다. 이 남자는 당시에 벌어지고 있던 사건의 의미를 이해하지 못했고, 다만 자신이 직접 무언가를 하고, 누군가를 놀라게 만들고, 애국적이고도 영웅적인 무언가를 성취하고 싶었을 뿐이다. 그래서 마치 소년처럼, 사람들이 모스크바를 버리고 불태운 그 위대하고 필연적인 사건에 장난질을 하면서, 그도 함께 휩쓸고 가려 하는 거대한 민중의 흐름을 조그마한 손으로 때로는 부추기기도 하고, 때로는 제지하려고도 애썼다.

6

궁정 사람들과 함께 빌나에서 페테르부르크로 돌아온 엘렌은 난처한 상황에 놓였다.

페테르부르크에서 엘렌은 국가에서 가장 높은 직위 가운데 하나를 차지하고 있던 어느 고관의 후원을 받았다. 그런데 그녀는 빌나에서 외국의 젊은 왕자와 가까워졌던 것이다. 그녀가 페테르부르크로 돌아왔을 때, 왕자와 고관 모두 페테르부르크에 있었고, 두 사람 모두 자신의 권리를 주장했다. 그리하여 어느 쪽에도 모욕을 주지 않고, 두 사람 모두와 친분을 유지해야 한다는, 이제까지 엘렌의 이력에 없던 새로운 과제가 그녀 앞에 제시되었다.

다른 여자에게는 어렵고 또 심지어는 불가능하게까지 보였을 문제지만 베주호바 백작 부인이 그 때문에 고심한 적은 단 한 번도 없었고, 그녀가 가장 똑똑한 여성이라는 명성을 누린 것은 이유 없이 그냥 된 것이 아닌 듯했다. 만약 그녀가 자기 행동을 감추려 들고 교활한 술책을 부려 거북한 상황에서 벗어나려 했다면 그로 인해 스스로 잘못을 인정하는 셈이 되어 일을 망치고 말았을 것이다. 그러나 엘렌은 반대로 마치 자신이 원하는 것은 무엇이든 할 수 있는 진정한 위인처럼, 즉시 자신을 정당한 입장에 놓고, 자신의 정당성을 진심으로 믿었으며, 다른 모든 사람들을 잘못된 입장으로 몰아넣었다.

젊은 외국인이 처음으로 과감히 그녀를 비난했을 때 그녀는 아름다운 머리를 오만하게 치켜들고 몸을 반쯤 그를 향해 돌린 채 단호하게 말했다.

"이런 게 남성들의 이기주의와 잔인함이에요! 저도 더 나은 것은 전혀 기대하지도 않았어요. 여성은 당신네들을 위해 자신을 희생물로 바치고, 괴로움을 겪죠. 그런데 이런 것이 여성에게 주어지는 보상이군요. 전하, 전하께서는 무슨 권리로 저에게 애정과 우정의 감정을 해명하라고 요구하시나요? 그분은 저에게 아버지 이상의 의미를 지닌 분이셨어요."

젊은 외국인은 뭐라고 말하려 했지만 엘렌이 그의 말을 가로막았다.

"그래요, 어쩌면 그분이 저에게 품은 감정이 아버지의 감정이 아닐 수도 있어요. 그렇다고 해서 제가 그분을 우리 집에 오지 못하게 막을 수는 없어요. 전 배은망덕을 일삼는 남자가 아닙니다. 그리고 전하도 아시게 되겠지만, 전 제 진실한 감정에 대해서는 하느님과 제 양심에만 해명할 거예요." 그녀는 풍만하게 솟은 아름다운 가슴에 한 손을 가볍게 댄 채 하늘을 응시하며 말을 맺었다.

"그렇지만 제발 내 말 좀 들어 봐요."

"저와 결혼해 주세요. 그럼 전 당신의 노예가 되겠어요."

"하지만 그건 불가능합니다."

"당신은 저와 결혼할 만큼 스스로를 낮추려 하지 않는군요. 당신은……" 엘렌이 울음을 터뜨렸다.

젊은 외국인은 그녀를 위로하기 시작했다. 엘렌은 어떤 것도 자신의 결혼을 방해할 수 없으며, 그런 예는 있다고, (당시에는 그런

예가 아주 적었지만 그녀는 나폴레옹과 다른 높은 지위의 사람들을 들먹였다) 자신은 지금 남편의 아내였던 적이 없었으며, 자신은 희생물이 되었을 뿐이라고 눈물을 흘리며 말했다. (그녀는 자신을 잊은 듯했다.)

"그러나 법률이, 종교가……." 젊은 외국인은 이미 누그러든 채 말했다.

"법률이, 종교가…… 이런 일을 해낼 수 없다면 도대체 무엇을 위해 그런 것들을 만든 거죠!" 엘렌이 말했다.

중요 인사는 그런 단순한 생각이 자신의 머리에 떠오르지 않았던 것에 깜짝 놀랐다. 그리하여 그는 친한 예수회 신부들에게 조언을 구했다.

그로부터 며칠 후 엘렌은 카멘니 오스트로프에 있는 자신의 별장에서 베푼 매혹적인 축연에서 눈처럼 하얀 머리칼과 반짝이는 검은 눈동자를 지닌, 그다지 젊지 않지만 매력적인 무슈 드 조베르를 소개받았다. **짧은 옷을 입은 예수회 신부***인 그는 조명의 불빛이 비치고 음악이 흐르는 정원에서 하느님과 그리스도와 성모의 마음을 향한 사랑에 관하여, 유일하고 참된 가톨릭교가 현세와 내세에서 베푸는 위안에 관하여 엘렌과 오랫동안 이야기를 나누었다. 엘렌은 감동받았고, 몇 차례나 그녀와 무슈 드 조베르의 눈동자에 눈물이 고였으며 그들의 목소리는 떨렸다. 엘렌의 춤 상대인 남성이 춤을 청하러 오는 바람에 엘렌과 앞으로 그녀의 **양심의 지도자**가 될 무슈 드 조베르의 대화는 중단되었다. 그러나 다음 날 저녁 무슈 드 조베르는 홀로 엘렌을 찾아왔고, 그 후로도 자주 그녀의 집을 방문했다.

어느 날 그는 백작 부인을 가톨릭 성당으로 데려갔고, 그곳에서 그녀는 자신이 이끌려 간 제단 앞에 무릎을 꿇었다. 그다지 젊지 않은 매력적인 프랑스인이 그녀의 머리에 두 손을 얹었다. 그녀가 나중에 직접 이야기한 바에 따르면, 한 줄기 신선한 바람 같은 무언가가 자신의 영혼에 내려오는 것을 느꼈다고 한다. 사람들은 그녀에게 그것은 **은총**이라고 설명했다.

그런 다음 **긴 옷을 입은** 수도원장이 그녀에게 안내되어 왔고, 그는 그녀의 고해를 들은 후 죄를 용서해 주었다. 다음 날 성찬이 든 함이 그녀 앞으로 배달되었고, 그녀가 집에서 사용하도록 그것을 두고 갔다. 며칠 후 엘렌은 자신이 진정한 가톨릭교에 입교했다는 것, 며칠 있으면 교황도 그녀를 알게 되어 어떤 서류를 보내리라는 것을 알고 만족스러워했다.

이 시기에 그녀 주위와 그녀 자신에게 일어난 일들, 그토록 지적인 사람들이 그녀에게 보인, 그처럼 기분 좋고 세련된 형식으로 표현된 모든 관심, 지금 그녀를 감싼 비둘기 같은 순결함(그녀는 이 시기 내내 하얀 리본이 달린 하얀 드레스를 입었다), 그 모든 것이 그녀에게 만족을 주었다. 하지만 그 만족감 때문에 그녀가 자신의 목적을 단 한 순간이라도 내려놓은 적은 없었다. 그리고 어리석은 자가 더 똑똑한 사람들을 상대로 계책을 꾸미는 경우에 늘 그러하듯, 그녀는 이 모든 말과 보살핌의 목적이 무엇보다 그녀를 가톨릭교로 개종시켜 예수회 기관들을 위해 돈을 취하기 위해서라는 점을 (그녀는 그에 대한 암시를 받았다) 깨닫고는 돈을 주기에 앞서, 자신을 남편으로부터 자유롭게 해 줄 여러 가지 수속들을 처리해 달라고 주장했다. 그녀가 이해하기로는, 모든 종교의 의의는 인간적 욕구를 충족할 때 두루 인정되는 품위를 지키는 데 있었다. 그리고 이런 목적으로 그녀는 고해 신부와 나눈 대화에서 그녀가 한 결혼이 그녀를 어느 정도 구속하는가 하는 문제에 답을 달라고 집요하게 요구했다.

그들은 응접실 창가에 앉아 있었다. 날이 어둑어둑해지고 있었다. 창문으로 꽃향기가 흘러들었다. 엘렌은 어깨와 가슴이 환히 비치는 하얀 드레스를 입고 있었다. 매끈하게 면도한 투실투실한 턱과 인상 좋고 야무진 입매를 지닌 뚱뚱한 대수도원장이 하얀 두 손을 포개어 무릎 위에 온화하게 올려놓고 엘렌 옆에 가까이 앉아 있었다. 그는 입가에 엷은 미소를 띤 채 그녀의 미모에 취한 다정한 눈길로 가끔씩 그녀의 얼굴을 쳐다보며, 두 사람의 관심사에 대한 자신의 의견을 말했다. 엘렌은 걱정스럽게 웃으면서 그의 곱슬머리와 매끈하게 깎인 거무스름하고 투실투실한 볼을 바라보았고, 화제가 바뀌기를 이제나저제나 기다렸으나 대수도원장은 그럼에도, 분명히 대화 상대의 아름다움을 즐기는 듯, 자신의 능란한 수완에 도취되어 있었다.

양심의 지도자가 전개한 사유의 과정은 다음과 같았다. 당신은 자신이 시작하려는 행동의 의미도 모른 채 한 남자와 결혼 신뢰의 서약을 했다. 그런데 그 남자도 결혼의 종교적 의의를 믿지 않은 채 결혼했으니 신성 모독을 범했다. 이 결혼은 결혼이 지녀야 마땅할 이중의 의미를 지니지 않았다. 하지만 그럼에도 불구하고 당신의 서약은 당신을 구속하고 있다. 당신은 서약에서 벗어났다. 당신이 그렇게 함으로써 무엇을 행한 것인가? **용서받을 만한 죄인가? 아니면 대죄인가?*** 용서받을 만한 죄다. 당신은 결코 악한 의도로 그렇게 행동하지는 않았기 때문이다. 만약 당신이 자녀를 가질 목적으로 재혼한다면 당신의 죄는 용서받을 수 있을 것이다. 하지만 문제는 다시 두 갈래로 갈라진다. 첫 번째는……

"그렇지만 내 생각에는……." 지루해진 엘렌이 갑자기 특유의 매력적인 미소를 짓고 말했다. "난 참된 종교에 입교했으니 거짓된 종교가 나에게 부과한 것에 구속받을 수 없어요."

양심의 지도자는 자기 앞에서 너무도 간단하게 콜럼버스의 달걀이 세워진 것에 깜짝 놀랐다. 그는 제자의 예상치 못한 빠른 진보에 내심 기뻐했으나, 자신의 지적인 정신노동으로 세워 올린 논쟁의 구축물을 포기할 수는 없었다.

"함께 의논해 봅시다, 백작 부인." 그는 미소를 지으며 말한 뒤, 자신의 영적인 딸의 사유를 반박하기 시작했다.

7

엘렌은 이 문제가 종교적 관점에서 볼 때는 매우 단순하고 쉽다는 것, 그러나 세속의 권력이 이 문제를 어떤 식으로 바라볼지 그녀의 지도자들이 두려워하기 때문에 상황을 어렵게 만들고 있다는 것을 깨달았다.

그 때문에 엘렌은 상류 사회 안에서 이 문제를 대비할 필요가 있다고 판단했다. 그녀는 늙은 고관의 질투를 자극하며, 그에게도 첫 번째 구혼자에게 한 것처럼 똑같이 말했다. 즉 그녀에 대한 권리를 얻을 유일한 방법은 그녀와 결혼하는 것뿐이라고 문제를 제기했다. 늙은 고관은 처음에는 젊은 인물과 마찬가지로 살아 있는 남편을 버리고 결혼하겠다는 이 제안에 매우 큰 충격을 받았다. 그러나 처녀가 결혼하는 것과 마찬가지로 이 결혼도 단순하고 자연스럽다는 엘렌의 흔들림 없는 확신이 그에게도 영향을 미쳤다. 엘렌 자신이 조금이라도 흔들리거나 수치스러워하거나 숨기는 기색을 보였다면, 그녀가 하려는 일은 의심의 여지 없이 실패로 돌아갔을 것이다. 하지만 그녀는 숨기거나 수치스러워하는 기색이 전혀 없었을 뿐 아니라, 반대로 단순하고 선량해 보일 정도로 천진하게, 왕자와 고관이 청혼을 했으며, 자기는 두 사람을 모두 사랑하는데 이 사람, 저 사람을 괴롭게 할 것 같아 두렵다고 자신의 가까운 친구들에게 (그런데 이것은 온 페테르부르크 전체였다) 이야기하곤 했다.

소문은 페테르부르크에 순식간에 퍼졌다. 소문의 내용은 엘렌이 남편과 이혼하려 한다는 것이 아니라 (만약 그런 소문이 퍼졌다면 매우 많은 사람들이 그 불법적인 계획에 반대하고 나섰을 것이다) 불행하고 매력적인 엘렌이 두 사람 가운데 누구와 결혼할지 결정을 못하고 있다는 것이었다. 문제는 이미 그것이 어느 정도 가능한 것인가가 아니라, 어느 파트너와 결혼하는 것이 더 이득이 될 것인가, 궁정은 이를 어떻게 볼 것인가에 있었다. 실제로 문제의 이 고지에 오르지 못하고 이런 의도를 결혼 성례에 대한 모독으로 보는 완고한 몇몇 사람들도 있었다. 그러나 그런 사람들은 소수에 불과했고, 그들은 침묵했다. 대다수 사람들은 엘렌에게 찾아온 행복과 어떤 선택이 더 나은가 하는 문제들에 관심을 보였다. 살아 있는 남편을 버리고 결혼하는 게 좋은 일인지 나쁜 일인지에 관해서는 말하지 않았다. 왜냐하면 그 문제는 (사람들의 말마따나) 분명히 우리와 당신들보다 더 똑똑한 사람들에게 이미 해결된 문제일 것이고, 그 결정의 올바름을 의심하는 것은 자신의 어리석음과 사교계에서의 처세술이 미숙함을 드러내는 위험을 감수하는 것을 뜻했기 때문이다.

오직 한 사람만이, 그해 여름 자신의 아들들 가운데 한 명을 만나러 페테르부르크에 온 마리야 드미트리예브나 아흐로시모바만이 세간의 여론에 반하는 자신의 의견을 직접 표명했다. 무도회에서 엘렌을 만난 마리야 드미트리예브나는 그녀를 홀 한가운데에 멈춰 세우고, 모두가 침묵한 가운데 특유의 거친 목소리로 그녀에게 말했다.

"이곳의 너희들은 살아 있는 남편을 버리고 결혼하기 시작했다지. 아마 넌 이런 새로운 것을 네가 생각해 낸 거라고 하겠지만, 애야, 넌 선수를 뺏겼어. 사람들이 이미 오래전에 생각해 냈던 거야. 어디에서나…… 그렇게 하고 있어."

마리야 드미트리예브나는 이렇게 말하고는 익숙한 위협적인 몸짓으로 넓은 소맷자락을 걷어붙이며 준엄하게 주위를 둘러보면서 방을 가로질러 갔다.

페테르부르크에서는 사람들이 비록 마리야 드미트리예브나를 무서워하기는 했지만 어릿광대를 쳐다보듯 했다. 그 때문에 사람들은 그녀의 말 중에서 거친 말에만 주목하며 자기들끼리 그 말을 수군수군 반복했고, 그녀가 한 이야기의 핵심이 그 말에 있다고 추측했다.

최근 들어 특히 자주 자신이 한 말을 잊고 똑같은 말을 백 번쯤 되풀이하는 바실리 공작은 딸을 볼 때마다 매번 이렇게 말하곤 했다.

"엘렌, 너에게 할 말이 있다." 그는 그녀를 옆으로 데려가 한 손을 아래로 끌어당기며 말했다. "그게 말이다, 내가 어떤 계획에 대한 소문을 들었는데…… 음, 사랑하는 아가, 너도 알겠지만 이 아버지는 마음으로부터 기뻐하고 있다, 네가 ……한다고 해서……. 네가 얼마나 참고 살았냐…… 그러나 사랑하는 아가…… 네 마음이 시키는 대로 해라. 나의 충고는 이게 전부다." 그러고는 여느 때와 똑같이 흥분을 감춘 채, 자신의 뺨을 딸의 뺨에 가져가 맞대고는 자리를 떴다.

빌리빈은 가장 똑똑한 사람이라는 평판을 잃지 않은, 그리고 (눈부신 여성들 주위에 늘 있는) 엘렌의 사심 없는 친구이되 결코 연인의 역으로 바뀔 수 없는 남성 친구들 가운데 한 명이었다. 그런 빌리빈이 한번은 친구의 작은 모임에서 자신의 친구 엘렌에게 그 모든 문제에 관한 견해를 밝혔다.

"들어 봐요, 빌리빈." (엘렌은 빌리빈 같은 친구들을 늘 성으로 불렀다.) 그녀는 반지들을 낀 하얀 손으로 그의 연미복 소맷자락을 만지작거렸다. **"당신의 여동생에게라면 어떻게 말할지 내게 말해 줘요. 내가 어떻게 해야 할까요? 두 사람 가운데 누구를 선택해야 하죠?"**

빌리빈은 미간에 주름을 잡으며 입가에 미소를 띠고 생각에 잠겼다.

"당신도 알겠지만 내가 당신에게 기습을 당한 것은 아닙니다." 그가 말했다. **"나는 진실한 친구로서 오랫동안 당신의 문제를 깊이 생각했습니다. 자, 보세요, 만약 당신이 왕자와** (이 사람은 젊은 사람이었다) **결혼하면……."** 그는 한 손가락을 꼽았다. **"당신은 다른 사람의 아내가 될 가능성을 영원히 잃게 됩니다. 덧붙여서 궁정도 불만스러울 겁니다.** (당신도 알다시피 실은 여기에 친족 관계도 연관되어 있으니까요.) **그런데 만약 노백작과 결혼하면, 당신은 그분의 여생을 행복하게 해 드릴 수 있습니다. 그다음에…… 왕자도 고관의 미망인과 결혼하는 것이 더 이상 굴욕적인 일은 아니겠죠."** 빌리빈은 그렇게 말하고 나서 미간을 폈다.

"당신이야말로 진정한 친구예요!" 엘렌이 얼굴을 환하게 빛내며 말하고는 빌리빈의 소매를 한 손으로 다시 한번 가볍게 건드렸다. **"그렇지만 난 정말로 그 사람, 저 사람 모두를 사랑해요. 그래서 어느 누구도 괴롭게 하고 싶지 않아요. 두 사람의 행복을 위해서라면 기꺼이 목숨까지도 희생할 거예요."** 그녀가 말했다.

빌리빈은 자기도 그런 고통은 달래 줄 수 없다는 뜻으로 어깨를 으쓱해 보였다.

'대단한 여자야! 바로 이런 게 문제를 확고하게 제기한다는 것이로군. 이 여자는 동시에 세 사람 모두의 아내가 되고 싶어 하는구나.' 빌리빈은 생각했다.

"그런데 당신의 남편은 이 일을 어떻게 보는지 말해 주겠습니까?" 그는 자신의 평판이 확고했기 때문에 그런 순진한 질문으로 체면을 잃는 것을 두려워하지 않고 그녀에게 물었다. "그가 동의하고 있습니까?"

"아! 그이가 날 얼마나 사랑하는데요!" 엘렌이 말했다. 왠지 그녀에게는 피에르도 자기를 사랑하는 것처럼 느껴졌다. "그이는 **날 위해서라면 무엇이든 기꺼이 하려고 해요.**"

빌리빈은 **재치 있는 말**이 준비되었음을 알리기 위해 미간에 주름을 지었다.

"**이혼까지도요.**" 그가 말했다.

엘렌이 웃음을 터뜨렸다.

계획 중인 결혼의 합법성을 감히 의심하는 사람들 중에는 엘렌의 어머니인 쿠라기나 공작 부인도 있었다. 그녀는 딸에 대한 질투로 항상 괴로워했다. 그런데 그 질투의 대상이 마음속으로 가장 가까운 사람이 된 지금, 공작 부인은 그 생각에 타협할 수 없었다. 그녀는 이혼하는 것과 남편 생전에 결혼하는 것이 어느 정도 가능한가에 대해 러시아인 사제에게 상담을 청했다. 사제는 그것이 불가능하다고 말했다. 그러고 나서 그녀가 기쁘게도, 살아 있는 남편과 헤어지고 결혼할 가능성을 직접 부정하는 (사제에게 그렇게 보였다) 복음서 구절을 들려주었다.

공작 부인은 그녀가 보기에는 도저히 반박할 수 없을 것 같은 이러한 논거들로 무장하고, 딸이 혼자 있을 때 만나기 위해 아침 일찍 딸의 집으로 향했다.

어머니의 반대를 끝까지 듣고 난 후 엘렌은 부드럽게 비웃듯이 웃음을 지었다.

"그래, 이렇게 직접 쓰여 있잖니. 버림받은 여자와 결혼하면……"* 노공작 부인이 말했다.

"아, 엄마, 어리석은 소리 좀 그만해요. 엄마는 아무것도 몰라요. 내 입장에서도 여러 가지 의무가 있어요." 엘렌은 러시아어에서 프랑스어로 바꾸어 말하기 시작했다. 러시아어로 말할 때는 항상 자신의 문제가 어딘지 모르게 모호해지는 듯했던 것이다.

"그렇지만 애야……"

"아, 엄마, 어떻게 이해를 못할 수가 있어요? 죄를 사면할 권리를 가진 사제가……"

그때 엘렌의 집에서 말동무로 살고 있는 부인이 방에 들어와 전하가 홀에 와 있으며 엘렌을 만나고 싶어 한다고 말했다.

"아뇨, 전하께 전해요. 내가 만나고 싶어 하지 않는다고요. 그리고 전하가 약속을 지키지 않아서 내가 그분께 화를 내더라고요."

"백작 부인, 어떤 죄에도 자비는 내립니다." 얼굴과 코가 길쭉한 금발의 젊은 남자가 들어오며 말했다.

노공작 부인은 정중히 일어나 무릎을 살짝 굽히며 인사했다. 방으로 들어온 젊은 남자는 그녀에게 주의를 돌리지 않았다. 공작 부인은 딸에게 머리를 끄덕이고, 문 쪽으로 미끄러지듯 나갔다.

'아냐, 그 애가 옳아.' 노공작 부인은 생각했다. 그녀의 확신은 전하의 출현 앞에 와르르 무너지고 말았다. '그 애가 옳아. 그런데 우리는 두 번 다시 오지 않을 젊은 날엔 어떻게 그것을 몰랐을까? 정말로 간단한 건데.' 노공작 부인은 승용 마차에 몸을 실으며 생각했다.

8월 초 엘렌의 문제는 완전히 해결되었다. 그녀는 (그녀가 자신을 몹시 사랑하고 있다고 생각하는) 남편에게 편지를 썼다. 편지에서 그녀는 그에게 자신은 N. N.과 결혼할 것이며, 유일하고 참된 종교에 입교했으며, 이 편지의 전달인이 전할 이혼 절차를 전부 이행해 주기 바란다고 알렸다.

나의 친구, 당신이 하느님의 거룩하고 강하신 보호 아래 있기를 하느님께 기도하겠어요.

당신의 친구 엘렌

이 편지는 피에르가 보로디노 평원에 있을 때 피에르의 집에 전달되었다.

8

보로디노 전투가 끝날 무렵, 두 번째 라엡스키 포대에서 달려
내려온 피에르는 병사들 무리와 함께 크냐지코보로 뻗은 골짜기
를 따라 출발하여 야전 응급 치료소에 도착했다. 그는 부상자들의
피를 보고 비명과 신음 소리를 들으며 병사들 무리에 섞여 계속해
서 서둘러 갔다.

피에르가 이제 온 마음을 다해 소원하는 한 가지는 이날 하루
동안 겪은 소름 끼치는 인상들로부터 좀 더 빨리 벗어나서 삶의
익숙한 조건으로 돌아가 자기 방 침대에서 평온히 잠드는 것뿐이
었다.

그는 삶의 익숙한 조건 속에서만 자기 자신과 자신이 보고 경험
한 이 모든 것을 이해할 수 있을 것 같았다. 그러나 삶의 그런 익숙
한 조건은 어디에도 없었다.

비록 그가 걸어가고 있는 길에는 포탄과 탄환이 휙휙 날아가는
소리가 들리지 않았지만, 그곳 전장에 있던 것과 똑같은 것이 사
방에 널려 있었다. 고통으로 괴로워하고, 기진맥진하고, 이따금
이상할 정도로 무표정한 똑같은 얼굴들, 똑같은 피, 똑같은 병사
들의 외투, 멀리서 들리지만 여전히 공포를 불러일으키는 똑같은

포성이 있었다. 게다가 날은 무덥고 먼지까지 날렸다.

모자이스크 대로를 따라 3베르스타쯤 지난 후 피에르는 길가에 주저앉았다.

땅거미가 대지 위에 내려앉고 대포 소리가 잠잠해졌다. 피에르는 팔꿈치를 괴고 누워 어둠 속에서 그의 옆을 지나가는 그림자들을 지켜보며 오랫동안 누워 있었다. 포탄이 소름 끼치는 소리를 내며 계속해서 자기 쪽으로 날아오는 듯 느껴졌다. 그는 흠칫 떨며 몸을 일으키곤 했다. 얼마나 오랫동안 그곳에 있었는지 기억하지 못했다. 한밤중에 병사 세 명이 커다란 나뭇가지들을 끌고 와 그의 옆에 자리를 잡고 앉아 불을 지피기 시작했다.

병사들은 피에르를 곁눈질하며 불을 지핀 후 그 위에 주전자를 얹었다. 그리고 주전자 안에 건빵을 가루로 부수어 넣고 살로*를 넣었다. 기름진 음식의 기분 좋은 냄새가 연기 냄새와 뒤섞였다. 피에르는 몸을 일으키고 앉아 한숨을 쉬었다. 병사들은 (그들은 세 명이었다) 피에르를 거들떠보지 않고 먹으면서, 자기들끼리 떠들었다.

"어이, 자네는 어느 부대 소속이야?" 갑자기 병사들 중 하나가 피에르에게 말을 걸었다. 그의 질문에는 피에르도 생각하고 있던 것, 즉 '네가 먹고 싶다면 우리가 줄 테니, 다만 정직한 사람인지 아닌지 말해라'를 암시하고 있음이 분명했다.

"나? 나?" 피에르는 병사들과 더 가까워지고 더 잘 이해받으려면 자신의 사회적 지위를 최대한 낮춰야 한다고 느끼며 이렇게 말했다. "난 사실은 민병대 장교라네. 부하들은 이곳에 없어. 전투에 나왔다가 부하들을 잃었지."

"이봐, 자네!" 병사들 가운데 한 명이 말했다.

다른 병사는 고개를 저었다.

"어때, 괜찮으면 이 잡탕 죽 좀 먹어 보지!" 첫 번째 병사가 이렇게 말하더니 쓱 얇은 나무 숟가락을 피에르에게 건넸다.

피에르는 불 옆에 다가앉아 잡탕 죽, 즉 주전자에 들어 있던 음식을 먹기 시작했다. 그것은 그가 지금까지 먹어 본 모든 음식들 중에서 가장 맛있는 것 같았다. 주전자 위로 몸을 숙인 채 커다란 숟가락을 움켜쥐고 게걸스럽게 한 숟가락 두 숟가락 연거푸 우적우적 먹으며, 그의 얼굴이 불빛에 비치는 동안, 병사들은 그를 말없이 쳐다보았다.

"자네는 어디로 가는 거야? 말해 봐." 그들 가운데 한 명이 다시 물었다.

"난 모자이스크로 가야 해."

"그럼 자네는 귀족인가?"

"응."

"이름이 뭔데?"

"표트르 키릴로비치."

"그럼, 표트르 키릴로비치, 우리와 함께 가세. 우리가 자네를 데려다주지."

완전히 캄캄한 어둠 속에서 병사들은 피에르와 함께 모자이스크로 출발했다.

그들이 모자이스크에 이르러 도시의 가파른 언덕을 오를 무렵에는 벌써 수탉이 울고 있었다. 피에르는 자신의 숙소가 언덕 아래 있으며, 그곳을 이미 지나쳐 버렸다는 것을 까맣게 잊은 채 병사들과 함께 걷고 있었다. 언덕 중턱에서 자신의 조마사와 마주치지 않았더라면 그는 그것을 생각해 내지 못했을 것이다. (그는 그정도로 제정신이 아니었다.) 조마사는 그를 찾아 시내를 뒤지다시피 돌아다니다가 허탕을 치고 여인숙으로 돌아오는 중이었다.

조마사가 어둠 속에서 하얗게 보이는 피에르의 모자로 그를 알아보았다.

"백작 각하." 그가 말했다. "우리는 벌써 포기하고 있었어요. 그런데 왜 걸어오십니까? 도대체 어디로 가시는 겁니까!"

"아, 그래." 피에르가 말했다.

병사들이 잠시 걸음을 멈추었다.

"뭐야, 부하를 찾았나?" 그들 가운데 한 명이 말했다.

"그럼 잘 가게! 표트르 키릴로비치, 맞지? 잘 가게, 표트르 키릴로비치!" 다른 목소리들도 들렸다.

"잘들 가게!" 피에르는 이렇게 말하고, 조마사와 함께 여인숙으로 향했다.

'저 사람들에게 뭔가 줘야 해!' 피에르는 호주머니에 손을 넣고 생각했다. '아니, 그러면 안 돼.' 어떤 목소리가 그에게 말했다.

여인숙의 농가 방에는 자리가 없었다. 모든 방들이 꽉 차 있었다. 피에르는 안마당으로 나와 외투를 머리까지 푹 덮어쓰고 자신의 콜랴스카에 드러누웠다.

9

피에르는 베개에 머리를 대자마자 잠이 오는 것을 느꼈다. 그러나 갑자기 현실처럼 또렷하게 쾅, 쾅, 쾅 하는 포성이 들리고, 신음 소리, 비명 소리, 포탄이 떨어지는 소리가 들리더니, 피와 화약 냄새가 나고, 공포와 죽음에 대한 두려움이 그를 사로잡았다. 그는 깜짝 놀라 눈을 뜨고 외투 밖으로 머리를 들었다. 안마당은 조용했다. 다만 대문 가에서 졸병 하나가 정원지기와 이야기를 나누며 진창을 철벅철벅 거닐고 있을 뿐이었다. 피에르가 머리를 들어 올리는 움직임에 그의 머리 위로 판자 차양 아래 어둠 속에서 비둘기 몇 마리가 날개를 퍼덕였다. 이 순간 안마당 전체에 피에르에게 평화롭고 즐거운 내음이, 여인숙의 짙은 냄새와 건초와 거름과 타르 냄새가 흘렀다. 두 개의 검은 차양 사이로 별이 빛나는 맑은 하늘이 보였다.

'그런 건 더 이상 없어, 정말 감사합니다, 하느님.' 피에르는 다시 외투를 머리까지 덮어쓰며 생각했다. '아, 얼마나 끔찍한 공포였던가! 난 그 공포에 얼마나 수치스럽게 굴복했던가! 그런데 그들은…… **그들은** 끝까지 굳건하고 침착했지…….' 그는 생각했다. 피에르가 이해하고 있는 **그들은** 병사들이었다. 포대에 있던 사람들, 그에게 먹을 것을 준 사람들, 이콘 앞에서 기도하던 사람들. **그 들**, 이제까지 피에르에게 미지의 존재이던 이상한 **그들이** 그의 생 각 속에서 다른 모든 사람들과 또렷하게 구분되었다.

'병사가 되는 거야, 그냥 병사가!' 피에르는 잠에 빠져들면서 생 각했다. '나의 온 존재로 그 공동생활 속에 들어가 그들을 그렇게 만든 것으로 나를 흠뻑 적시자. 그러나 어떻게 이 잉여적이고 악 마적인 모든 것들을, 이 겉 사람의 모든 짐들을 내던질 수 있을까? 한때 난 그런 존재가 될 수도 있었지. 내가 바라던 대로 아버지로 부터 달아날 수 있었어. 돌로호프와 결투한 후만 해도 난 병사로 갈 수 있었지.' 피에르의 머릿속에 돌로호프에게 결투를 신청할 때의 클럽 만찬과 토르조크에서의 은인이 번뜩 떠올랐다. 그러 자 피에르의 눈앞에 프리메이슨 지부의 엄숙한 만찬 집회가 떠올 랐다. 그 집회는 영국 클럽에서 열리고 있다. 그리고 그가 아는 가 깝고도 소중한 누군가가 테이블 끝에 앉아 있다. 그렇다, 그 사람 이다! 피에르의 은인이다. '하지만 그는 죽었잖아?' 피에르는 생 각했다. '그래, 죽었어. 그러나 난 그가 살아 있다는 걸 몰랐지. 그 가 죽어서 얼마나 안타까운지! 또 그가 다시 살아 있어서 얼마나 기쁜지!' 테이블 한편에는 아나톨, 돌로호프, 네스비츠키, 데니소 프 그리고 똑같은 부류의 다른 사람들이 (꿈을 꾸는 피에르의 마 음속에서 이 사람들의 범주는 피에르가 **그들**이라고 부른 사람들 의 범주와 마찬가지로 분명하게 정의되었다) 앉아 있었다. 이 사 람들, 아나톨, 돌로호프는 크게 소리치고 노래 불렀다. 그러나 그 들의 외침 사이로 쉬지 않고 중얼거리는 은인의 목소리도 들렸다. 그의 말소리는 전장의 시끄러운 소리와 마찬가지로 의미심장하 고 그침이 없었다. 그리고 그것은 기분 좋고, 위로가 되는 소리였 다. 피에르는 은인이 말하는 것을 이해할 수 없었지만, 은인이 선에 대해, **그들**처럼 될 수 있는 가능성에 대해 말한다는 것을 알았다. (생각의 범주는 꿈속에서도 똑같이 명확했다.) 그리고 **그들이** 지극히 소박하고 선량하고 굳건한 얼굴로 사방에서 은인을 에워쌌다. 그러나 그들은 비록 선량하기는 했지만 피에르를 쳐다보지도 않았고 알지도 못했다. 피에르는 그들의 관심을 끌고 싶어 말을 건네려 했다. 그는 몸을 살짝 일으켰다. 하지만 그 순간 그의 다리가 한기를 느끼며 맨다리가 드러났다.

그는 부끄러워 한 손으로 다리를 감쌌고, 실제로 외투가 다리에서 떨어졌다. 순간 피에르는 외투를 바로잡으며 눈을 떴다. 똑같은 차양과 기둥과 안마당이 보였다. 그러나 그 모든 것이 이제는 이슬이나 서리의 광채에 덮여 푸르스름하게 빛나고 있었다.

'동이 트는군.' 피에르는 생각했다. '그러나 이게 아니지. 난 은인의 말을 끝까지 듣고 그 뜻을 이해해야만 해.' 그는 다시 외투를 덮어썼다. 그러나 만찬 집회도 은인도 이미 사라지고 없었다. 말로 분명하게 표현된 생각들, 누군가가 말했거나 피에르 자신이 숙고한 생각들만 남았다.

피에르는 훗날 그 생각들을 떠올릴 때, 비록 그 생각들이 그날의 인상들이 불러일으킨 것이었음에도, 자기 외부에 있는 누군가가 자신에게 그것들을 말해 준 것이라고 확신했다. 그가 보기에 자신이 현실에서 그렇게 생각하고, 자기 생각을 표현할 수 있었던 적은 한 번도 없는 것 같았다.

'전쟁이란 인간이 하느님의 법에 인간의 자유를 내맡기는 가장 힘든 순종이다.' 목소리가 말했다. '단순함이란 하느님에 대한 순종이다. 너는 하느님으로부터 벗어날 수 없다. 그리고 **그들**은 소박하다. **그들**은 말하지 않지만 행동한다. 입 밖으로 나온 말은 은이지만, 입 밖으로 나오지 않은 말은 금이다. 인간은 죽음을 두려워하는 한 그 무엇도 다스릴 수 없다. 죽음을 두려워하지 않는 자가 모든 것을 소유한다. 만약 고난이 없다면 인간은 자기 한계를 알지 못하고, 자기 자신도 알지 못할 것이다. 가장 어려운 것은 (피에르는 꿈속에서 계속 생각하거나 또는 듣고 있었다) 자기 마음속에서 모든 것의 의미를 결합할 줄 아는 것이었다. 모든 것을 결합한다고?' 피에르는 속으로 중얼거렸다. '아니, 결합하는 게 아니야. 생각을 결합하는 것은 불가능해. 단지 이 모든 생각들을 **연결시키는** 거야. 바로 그것이 필요해! 그래, **연결시켜야 해. 연결시켜야 해!**' 피에르는 내적인 기쁨으로 같은 말을 반복해서 속으로 중얼거렸다. 그는 바로 이 말로, 오직 이 말로만 그 자신이 표현하고 싶은 것이 나타나고, 스스로를 괴롭히던 모든 문제가 해결된다고 느꼈다.

"그래, 연결해야 해, 연결할 때가 됐어."

"연결해야 합니다. 연결할 때가 됐어요, 백작 각하! 백작 각하!" 누군가의 목소리가 반복했다. "연결해야 합니다. 연결할 때가 됐어요……."

피에르를 깨우는 조마사의 목소리였다. 햇살이 피에르의 얼굴에 직접 내리비추었다. 그는 지저분한 여인숙 안마당을 한 번 쳐다보았다. 그 한가운데의 우물가에서 병사들이 야윈 말들에게 물을 먹이고, 대문으로 짐마차들이 빠져나가고 있었다. 피에르는 혐오감에 싸여 머리를 돌리고는, 눈을 감고 서둘러 다시 콜랴스카의 좌석에 몸을 묻었다. '아냐, 나는 이런 것을 원하지 않아. 나는 이런 것을 보고 싶지도, 이해하고 싶지도 않아. 나는 꿈속에서 내게 열렸던 그것을 이해하고 싶어. 1초만 더 있었다면, 모든 것을 이해했을 텐데. 난 무엇을 해야 할까? 연결시켜야 해. 그렇지만 어떻게 모든 것을 연결시키지?'

피에르는 자신이 꿈속에서 보고 생각한 모든 의미가 무너져 내린 것을 두려운 마음으로 느꼈다.

조마사, 마부, 문지기가 피에르에게 장교 하나가 프랑스군이 모자이스크 부근으로 진격해 오고 있으며, 아군은 후퇴하는 중이라는 소식을 갖고 찾아왔다 돌아갔다고 이야기했다.

피에르는 일어났다. 그리고 마차에 말을 매고 자기를 뒤쫓아 오라는 지시를 내린 후, 시내를 걸어서 통과했다.

군대는 1만 명가량의 부상자들을 남기고 떠나는 중이었다. 부상자들이 안마당과 가옥의 창문들에도 보이고, 거리에서도 떼를 지어 북적대고 있었다. 거리에는 부상자들을 운반하기로 되어 있던 텔레가 주변에서 고함 소리, 욕설, 주먹질하는 소리가 들렸다. 피에르는 자신을 따라잡은 콜랴스카를 친분이 있는 부상당한 장군에게 제공하고 그와 함께 모스크바로 향했다. 도중에 피에르는 처남과 안드레이 공작의 죽음을 알았다.

IO

30일, 피에르는 모스크바로 돌아왔다. 관문 근처에서 라스톱친 백작의 부관과 마주쳤다.

"우리는 가는 곳마다 당신을 찾았습니다." 부관이 말했다. "백작님이 당신을 꼭 보셔야 한다고 합니다. 그분이 매우 중요한 문제로 지금 즉시 찾아와 달라고 청하십니다."

피에르는 집에 들르지도 않은 채 삯마차를 잡아타고 총사령관에게 갔다.

라스톱친 백작은 이날 아침에야 소콜니키에 있는 자신의 교외 별장에서 시내로 돌아왔다. 백작 저택의 대기실과 응접실은 그의 요청으로 왔거나 지시를 받으러 온 관료들로 가득했다. 바실치코프와 플라토프도 이미 백작을 만났는데, 그에게 모스크바를 방어하기는 불가능하다고, 모스크바는 적의 손에 넘어가게 될 것이라고 설명했다. 비록 그 소식이 주민들에게는 숨겨졌지만, 관료들과 여러 관청의 장(長)들은 라스톱친 백작과 마찬가지로 모스크바가 적의 손에 넘어가리라는 것을 알고 있었다. 그래서 그들 모두는 책임을 벗어나기 위해 자신들의 부서를 어떻게 처리해야 하느냐는 질문을 들고 총사령관을 찾아온 것이다.

피에르가 응접실에 들어선 순간, 군대에서 온 전령이 백작의 집무실에서 나왔다.

전령은 자신에게 쏟아지는 질문들에 가망 없다는 듯 손을 내저으며 홀을 지나갔다.

응접실에서 기다리는 동안 피에르는 피곤한 눈으로 그곳에 있는 늙은 관료와 젊은 관료, 무관과 문관, 고관과 하급 관료 등 온갖 관료들을 둘러보았다. 모두 불만스럽고 불안해 보였다. 피에르는 그가 아는 사람이 섞여 있는 관료들의 무리로 다가갔다. 피에르와 인사를 나눈 후, 그들은 자신들의 대화를 계속했다.

"어떻게든 반출했다가 다시 가져오면 피해는 없을 겁니다. 하지만 그런 상황에서는 무엇도 책임질 수 없어요."

"그렇지만 여기 이것을 보세요, 그가 쓴 것입니다." 다른 사람이 손에 쥔 인쇄물을 가리키며 말했다.

"이건 다른 문제입니다. 민중을 위해서는 이런 것이 필요하지요." 첫 번째 사람이 말했다.

"그게 뭡니까?" 피에르가 물었다.

"새로운 전단입니다."

피에르는 그것을 들고 읽기 시작했다.

대공작 각하는 자신이 있는 쪽으로 오는 군부대들과 좀 더 빨리 합류하기 위해 모자이스크를 지나 적이 불시에 덮치지 않을 견고한 장소에 도착했다. 우리는 대공작 각하께 48문의 대포와 포탄들을 보냈다. 대공작 각하는 마지막 피 한 방울이 남아 있는 한 모스크바를 지킬 것이며, 시가전도 치를 각오라고 하신다. 형제들이여, 관청을 폐쇄한 것을 걱정하지 마라. 공무 정리가 필요하다. 그러나 우리는 우리의 심판으로 악당을 처리할 것이다! 어떤 상황에 이를 경우, 나에게는 도시와 농촌의 용감한 젊은이들이 필요하다. 그때는 대략 이틀 전에 미리 그대들에게 호소하겠다. 지금은 필요 없다. 그래서 난 묵묵히 있는 것이다. 도끼도 좋고, 창도 나쁘지 않다. 가장 좋은 것은 쇠스랑이다. 프랑스인은 호밀 다발보다 무겁지 않다. 내일 점심 식사 후, 나는 이베르스카야 성모 성화를 예카테리나 병원의 부상자들에게 받들고 가겠다. 우리는 그곳에서 성수식을 거행할 것이다. 그러면 그들은 곧 쾌유될 것이다. 나도 지금 건강하다. 나는 한쪽 눈이 아팠지만, 이제 두 눈으로 잘 보고 있다.

"그런데 군인들이 말한 바로는……." 피에르가 말했다. "시내에서 교전하는 것은 불가능하고, 또 진지가……."

"네, 그래요. 우리도 그것에 대해 말하는 중이었습니다." 첫 번째 관료가 말했다.

"그런데 이게 무슨 뜻입니까? '나는 한쪽 눈이 아팠지만, 이제 두 눈으로 잘 보고 있다'라니요." 피에르가 말했다.

"백작의 눈에 다래끼가 났었답니다." 부관이 웃으면서 말했다. "민중이 백작께서 어떠신지 물으러 왔다고 제가 말씀드렸을 때, 백작께서 무척 걱정하셨습니다. 그런데 백작……." 부관이 갑자기 미소를 띠고 피에르를 돌아보며 말했다. "당신 가정에 염려가 있다고 들었습니다만. 아마 백작 부인, 당신 부인이 뭔가를……."

"난 아무것도 듣지 못했는데요." 피에르가 무심하게 말했다. "그런데 당신은 무슨 이야기를 들었습니까?"

"아뇨, 아시잖아요, 실은 사람들이 흔히 있지도 않은 일을 꾸며내기도 하잖아요. 난 내가 들은 얘기를 말하는 것뿐입니다."

"도대체 무슨 말을 들었습니까?"

"사람들이 말하는데⋯⋯." 부관은 다시 똑같은 미소를 지으며 말했다. "백작 부인이, 당신 부인 말입니다, 외국으로 떠날 준비를 한다던데요. 십중팔구 헛소리이겠지만요⋯⋯."

"아마 그럴 겁니다." 피에르는 정신 나간 듯 주위를 둘러보며 말했다. "그런데 저 사람은 누굽니까?" 그는 깨끗한 파란색 추이카* 차림의 그다지 키가 크지 않은 노인을 가리키며 물었다. 눈처럼 하얗고 풍성한 턱수염과 마찬가지의 눈썹을 가진 얼굴이 불콰한 노인이었다.

"저 사람 말씀이죠? 상인입니다. 그러니까 선술집 주인 베레샤긴입니다. 아마 당신도 전단에 관한 이야기를 들었겠죠?"

"아, 저 사람이 베레샤긴이군요!" 피에르는 늙은 상인의 굳건하고 침착한 얼굴을 주시하고, 그 얼굴에서 반역의 표정을 찾으려 애쓰면서 말했다.

"저 사람은 그자가 아니에요. 저 사람은 전단을 만든 그자의 아버지입니다." 부관이 말했다. "아들은 감옥에 있어요. 상황이 그에게 나빠질 것 같습니다."

훈장을 단 자그마한 노인과 목에 십자가를 건 독일인 관료가 이야기를 나누는 그들에게로 다가왔다.

"아시겠습니까?" 부관이 말했다. "이게 이야기가 복잡합니다. 그때, 그러니까 두 달 전에 그 전단이 나왔죠. 백작에게 보고되었습니다. 백작이 조사를 지시했고요. 가브릴로 이바니치는 그 전단이 정확히 예순세 명의 손에 머물렀던 것을 알아냈지요. 그가 한 사람을 찾아가, '당신은 누구로부터 그것을 받았습니까?'라고 묻고, '누구누구로부터요'라고 답을 얻으면, 다시 또 그 사람을 찾아갑니다. '당신은 누구로부터 그것을 받았습니까?'라고 물어물어, 그런 식으로 해서 베레샤긴까지 가게 되었습니다⋯⋯. 당신도 아시잖아요, 그자는 배우지 못한 애송이 상인입니다. 애송이 상인이오." 부관이 웃으며 말했다. "그에게도 묻습니다. '넌 누구한테 그것을 받았느냐?' 그런데 중요한 것은 그가 누구에게 받았는지 우리가 알고 있다는 사실입니다. 그가 받을 수 있는 사람은 우체국장 외에는 아무도 없습니다. 그러나 아마도 두 사람 사이에 밀약이 있었나 봅니다. 그는 말합니다. '누구한테서도 받지 않았고, 내가 직접 작성했습니다.' 사람들이 위협도 하고 간청도 했지만, 그는 자신이 작성한 것이라고 계속 입장을 고수했습니다. 백작에게도 그렇게 보고되었지요. 백작이 그를 불러오라고 명령했습니다. '너는 누구로부터 그 전단을 받았느냐?' '제가 직접 작성했습니다.' 그런데 당신도 백작을 알잖습니까!" 부관이 자부심 넘치는 표정으로 웃으면서 말했다. "그분은 무섭게 격노했습니다. 그리고 한번 생각해 보세요. 그처럼 뻔뻔스럽게 거짓말하고 고집을 부리다니!"

"아! 백작에게는 그가 클류차료프를 지목해 주는 것이 필요했던 거군요. 이제야 이해하겠습니다." 피에르가 말했다.

"전혀 필요치 않습니다." 부관은 깜짝 놀라 말했다. "클류차료프에게는 그것 말고도 유형을 당할 만한 죄들이 여럿 있습니다. 문제는 백작이 매우 격앙되었다는 겁니다. '도대체 네놈이 어떻게 작성했단 말이냐?' 백작이 말했습니다. 그분은 테이블에서 그『함부르크 신문』을 집어 들었습니다. '바로 이것이다. 넌 그것을 작성한 게 아니라 번역했던 거야. 그것도 아주 서툴게 말이지. 왜냐하면 넌 프랑스어를 모르니까, 이 바보야.' 어땠을 것 같습니까? 그는 이렇게 말했지요. '아닙니다, 전 어떤 신문도 읽지 않았습니다. 제가 작성했습니다.' '만약 그렇다면 넌 배신자다. 난 너를 재판에 넘길 것이다. 그럼 교수형에 처해질 것이다. 말해라, 누구에게서

받았나?' '전 어떤 신문도 본 적이 없습니다. 제가 작성했습니다.'
문제는 그 상태로 남았지요. 백작이 그의 아버지를 소환했는데도
그는 주장을 굽히지 않았습니다. 그래서 재판에 넘겨졌습니다. 아
마 징역형을 언도받은 것 같습니다. 지금 아버지가 아들을 위해
청원하러 온 겁니다. 나쁜 녀석 같으니! 아시겠습니까, 멋이나 부
리고 여자나 꼬드기는 상인 아들 녀석이 어디서 강연을 좀 듣고는
무서울 게 없다고 생각한 겁니다. 정말 형편없는 건달이에요! 그
녀석의 아버지는 카멘니 다리 옆에 선술집을 갖고 있답니다. 그
선술집에 만물의 주재자이신 하느님의 커다란 이콘이 있는데 한
손에는 홀이, 다른 손에는 십자가가 달린 황금 공이 묘사되어 있
습니다. 그런데 그가 그 이콘을 며칠 동안 집으로 가져갔답니다.
그가 무슨 짓을 벌였어요! 불한당 같은 환쟁이를 찾아서……."

II

이 새로운 이야기 중간에 피에르는 총사령관에게 불려 갔다.

라스톱친 백작의 집무실로 피에르가 들어갔을 때, 라스톱친은 얼굴을 찌푸린 채 한 손으로 이마와 눈을 문지르고 있었다. 키가 그다지 크지 않은 사람이 무엇인가를 말하고 있다가, 피에르가 들어오자 곧 입을 다물고 밖으로 나갔다.

"아! 안녕하시오, 위대한 전사." 그 사람이 나가자마자 라스톱친이 말했다. "당신의 **영광스러운 공훈**에 대해 들었소. 그러나 문제는 그게 아닙니다. **여보시게, 우리끼리 하는 말이지만** 당신은 프리메이슨이 아닙니까?" 라스톱친 백작이 엄격한 어조로 마치 프리메이슨에 나쁜 무엇인가가 있지만, 자신은 용서할 생각이라는 듯 말했다. 피에르는 잠자코 입을 다물었다. **"여보시게, 난 아주 잘 알고 있다오.** 그리고 프리메이슨에도 이런저런 유형이 있다는 걸 압니다. 난 당신이 인류의 구원이라는 핑계로 러시아를 파멸시키고 싶어 하는 자들에게 소속되어 있지 않기를 바랍니다."

"네, 나는 프리메이슨입니다." 피에르가 대답했다.

"뭐, 여보시게, 당신도 알겠지만, 내 생각에는, 스페란스키 씨와 마그니츠키 씨가 마땅히 가야 할 곳으로 갔음을 당신도 모르지는 않을 것 같소. 클류차료프 씨에게도 똑같은 일이 벌어졌고, 솔로몬 사원을 건축한다는 핑계로 조국의 사원을 파괴하려던 자들에게도 똑같은 일이 벌어졌소. 당신도 이해하실 겁니다. 그렇게 된 데에는 이유가 있고, 또 만약 그가 유해한 인물이 아니었다면, 나도 이 지역 우체국장을 체포해서 유형을 보낼 수 없으리라는 것을 말이죠. 지금 내가 알게 되었는데, 당신이 그가 도시를 빠져나갈 수 있도록 승용 마차를 보내 주었고, 심지어는 그에게서 보관용 서류를 받았다고 합니다. 난 당신을 좋아합니다. 그리고 당신에게 악이 미치는 것을 바라지 않습니다. 당신이 나보다 두 배나 젊으니, 내가 아버지처럼 당신에게 충고하지요. 그런 부류의 사람들과는 일체 관계를 끊고 가능한 한 빨리 이곳을 떠나시오."

"그렇지만 백작, 클류차료프의 죄는 무엇입니까?" 피에르가 물었다.

"그것을 아는 것이 내 일이고, 당신의 일이 아니니까, 내게 질문할 수 없소." 라스톱친이 고함을 쳤다.

"그를 나폴레옹의 전단을 유포한 죄목으로 추궁한다 해도, 사실 그것이 증거로 입증된 것은 아니지 않습니까?" 피에르가 (라스톱친을 바라보지 않은 채) 말했다. "베레샤긴도……."

"**바로 그렇소.**" 라스톱친이 갑자기 인상을 쓰며 피에르의 말을 가로막고 방금 전보다 더 크게 고함을 쳤다. "베레샤긴은 사형을 당해도 마땅한 반역자이고 배신자요." 라스톱친은 모욕받은 것을 떠올리는 사람들이 말할 때 그러듯이 뜨거운 적의를 띠고 말했다. "그러나 나는 내 일을 의논하기 위해서가 아니라, 당신에게 조언을 하기 위해, 혹 당신이 그것을 원하지 않는다면 명령을 내리기 위해 부른 것입니다. 당신에게 청하건대, 클류차료프와 같은 무리들과 관계를 끊고 여길 떠나십시오. 난 어리석은 생각을 없앨 것입니다. 그 생각을 가진 사람이 누구든 말입니다." 그러고 나서 아마도, 아직 아무 죄도 없는 베주호프에게 고함을 친 것 같다고 느꼈는지, 그는 피에르의 손을 다정하게 잡고 덧붙였다. "**우리 모두 공동의 재앙 전야에 놓여 있다 보니, 나도 내게 용무가 있는 모든 사람들에게 친절히 대할 여유가 없단 말이오. 이따금 머리가 빙글빙글 돌아요! 그런데 여보시게, 당신은 개인적으로 어떻게 할 생각입니까?**"

"아무 계획도 없습니다." 피에르는 여전히 눈도 들지 않고, 생각에 잠긴 표정을 바꾸지도 않은 채 대답했다.

백작이 얼굴을 찌푸렸다.

"**이보시게, 친구로서 조언입니다. 최대한 빨리 이곳을 벗어나시오. 이것이 내가 당신에게 말하고 싶은 바입니다. 들을 수 있는 자는 복이 있소. 그럼, 친구, 잘 가시오. 아, 참······.**" 그가 문 안쪽에서 소리쳤다. "백작 부인이 **예수회 신부들의 마수에 걸려들었다는 게 사실이오?**"

피에르는 아무 대답도 하지 않고, 이제껏 사람들에게 한 번도 보인 적이 없는, 성나고 잔뜩 찌푸린 얼굴로 라스톱친의 저택에서 나왔다.

그가 집으로 돌아왔을 때는 이미 땅거미가 진 후였다. 그날 밤 그의 집으로 여덟 명의 사람이 찾아왔다. 위원회 서기관, 그의 대대의 대령, 관리인, 하인장, 다양한 청원자들이었다. 사람들에게는 피에르가 처리해 주어야만 하는 볼일이 있었다. 피에르는 아무것도 이해할 수 없었고, 그 일들에 흥미가 없었다. 그래서 모든 질문에 대해 그가 이 사람들로부터 벗어나게 해 줄 것 같은 대답만 했다. 마침내, 혼자 남은 그는 아내가 보낸 편지의 봉인을 뜯어서

다 읽었다.

'**그들**…… 포대의 병사들, 안드레이 공작은 죽고…… 노인은……. 단순함은 하느님에 대한 순종이다. 고난을 겪어야 한다…… 모든 것의 의미는…… 연결시켜야 한다…… 아내가 결혼을 한다……. 잊고 이해해야 한다…….' 그는 침대로 다가가 옷도 벗지 않은 채 그 위에 푹 쓰러져 그대로 잠들어 버렸다.

다음 날 아침 그가 잠에서 깨어나자 하인장이 와서 라스톱친 백작이 일부러 보낸 경찰관이 찾아와 베주호프 백작이 떠났는지, 혹은 떠날 것인지 알고자 한다고 보고했다.

피에르에게 볼일이 있는 여러 부류의 사람들 약 열 명이 응접실에서 그를 기다리고 있었다. 피에르는 서둘러 옷을 차려입었다. 그러고는 자신을 기다리는 사람들에게 가는 대신 후문 쪽으로 가서 대문을 나섰다.

그 후부터 모스크바가 파괴될 때까지 베주호프가의 사람들이 모든 노력을 기울여 찾았음에도 더 이상 피에르를 보지 못했고, 그가 어디에 있는지 알지 못했다.

12

로스토프가 사람들은 9월 1일까지, 즉 적이 모스크바로 들어오기 전날까지 도시에 머물러 있었다.

페탸가 오볼렌스키의 카자크 연대에 입대하여 그 연대를 편성하고 있던 벨라야체르코비로 떠난 후 백작 부인에게 두려움이 몰려왔다. 그녀의 두 아들이 모두 전쟁터에 있다는 생각, 둘 다 그녀의 날개 아래를 떠났다는 생각, 오늘이든 내일이든 그들 중 어느 한 명이, 어쩌면 두 명 모두 어느 지인의 세 아들처럼 전사할 수도 있다는 생각이 처음으로 올여름 잔혹하리만치 또렷하게 머리에 떠올랐다. 그녀는 니콜라이를 불러들이려고 애썼으며, 페탸를 자신이 직접 찾아가거나 페테르부르크 어딘가에 그의 자리를 마련해 주고 싶었지만, 결국 이것도 저것도 모두 불가능했다. 페탸에게는 연대와 함께 이동하거나 다른 작전 연대에 전속되는 것 외에는 다른 방법이 없었다. 니콜라이는 어딘가에서 군대에 있었다. 그는 마리야 공작 영애와 만난 일을 상세히 써 보낸 마지막 편지 이후로 더 이상 소식을 주지 않았다. 백작 부인은 밤에 잠을 이루지 못했다. 그나마 잠이 들 때는 아들들이 죽는 꿈을 꾸곤 했다. 백작이 많은 조언을 받고 상담을 한 끝에 마침내 백작 부인을 안심시킬 방안을 생각해 냈다. 그는 오볼렌스키 연대에 있던 페탸를 모스크바 근교에서 편성 중이던 베주호프 연대로 전속시켰다. 페탸는 비록 여전히 군 복무를 하고 있었지만, 이 전속으로 백작 부인은 한 아들이라도 자기 날개 아래 두고 볼 수 있다는 위안을 얻었다. 그녀는 더 이상 그를 내보내지 않도록, 그가 어쨌든 전투에 절대 참여할 수 없는 근무지에 늘 배속되도록 페탸의 신변을 안정시키고 싶어 했다. 니콜라 혼자만 위험에 처해 있을 동안에는 자신이 다른 모든 자식들보다 맏아들을 가장 사랑하는 것 같다고 느꼈다. (그녀는 심지어 그것을 뉘우치기까지 했다.) 그러나 작은아들, 장난꾸러기에 공부도 못하고, 집 안 세간들을 전부 깨뜨리고, 모든 사람들을 성가시게 하던 페탸, 특유의 쾌활하고 검은 눈을 갖고 두 뺨에는 생기 있는 홍조와 보일 듯 말 듯한 솜털이 난 그 들창코의 페탸가 그곳으로, **무슨 이유**에서인지 그곳에서 싸움을 하고 거기서 기쁨을 찾는 그 크고 무시무시하고 잔인한 남자들에게로 떠났을 때, 그때서야 어머니에게는 다른 자식들보다 그를 더, 훨씬 더 사랑하는 것처럼 느껴졌다. 간절히 기다리던 페탸가 모스크바로 돌아오기로 한 시간이 가까워 올수록 백작 부인의 걱정은 점점 더 커졌다. 이미 그녀는 자신이 그 행복을 볼 때까지 살지 못할 거라고 생각했다. 소냐뿐 아니라 사랑하는 나타샤, 심지어 남편의 존재마저 백작 부인을 초조하게 자극했다. '저 사람들이 내게 무슨 상관이야, 나에게는 페탸 말곤 아무도 필요 없어!' 그녀는 생각했다.

8월 말 로스토프가 사람들은 니콜라이로부터 두 번째 편지를 받았다. 말을 구하러 파견 나갔던 보로네시에서 보낸 편지는 백작 부인을 안심시키지 못했다. 한 아들이 위험 지역 밖에 있다는 것을 알고 난 후에는 그녀는 페탸 때문에 부쩍 더 불안해하기 시작했다.

　이미 8월 20일부터 로스토프가 사람들이 알고 지내는 거의 모든 지인들이 모스크바를 빠져나갔고, 또 모두들 가능한 한 빨리 떠나야 한다고 백작 부인을 설득했음에도 불구하고, 그녀는 자신의 보물, 그토록 아끼고 사랑하는 페탸가 돌아올 때까지 피란을 떠나는 것에 대해 아무 말도 들으려 하지 않았다. 8월 28일에 페탸가 돌아왔다. 열여섯 살 장교에게는 자신을 맞는 어머니의 병적이고 열정적인 다정함이 마음에 들지 않았다. 어머니가 이제는 아들을 자신의 날개 밖으로 내놓지 않겠다는 의중을 감추었음에도 그는 그녀의 계획을 알아차렸다. 게다가 그는 어머니와 있으면 지나치게 부드러운 사람이 되지 않을까, 여자애들처럼 연약해지지 않을까 (그는 속으로 그렇게 생각했다) 본능적으로 두려워했다. 그래서 그녀에게 차갑게 대하고 피했으며, 모스크바에 머무는 동안 거의 연정에 가까울 정도로 특별한 형제애를 갖고 있던 나타샤하고만 지냈다.

　백작의 일상적인 무사태평함 때문에 8월 28일에도 피란 떠날 준비가 전혀 이루어지지 않았다. 집안의 재산을 싣기 위해 랴잔과 모스크바의 마을 영지에서 오기로 한 짐마차들이 30일에야 겨우 도착했다.

　8월 28일부터 31일까지 모스크바 전체가 분주하게 움직였다. 보로디노 전투에서 부상당한 수천 명의 군인들이 매일 도로고밀로보 관문으로 실려 와 모스크바 전역으로 분산되었다. 그리고 주민들과 그들의 재산을 실은 수천 대의 짐마차가 다른 관문으로 모스크바를 빠져나갔다. 라스톱친의 전단에도 불구하고, 혹은 그것과는 별개로, 혹은 그것의 결과로 서로 모순되는 이상한 소문들이 도시 전체에 퍼졌다. 어떤 사람은 누구도 모스크바를 떠나지 못한다는 명령이 떨어졌다고 말했다. 반대로 어떤 사람은 모든 이콘이 교회 밖으로 실려 나가고 모든 사람들이 강제로 추방당했다고 이야기했다. 어떤 사람은 보로디노 전투 이후에 또 다른 전투가 있었고 그 전투에서 프랑스군이 격파되었다고 말했다. 반대로, 어떤 사람은 러시아 전 군대가 전멸했다고 말했다. 어떤 사람은 모스크바 민병대가 사제들을 앞세우고 트리 고리로 향할 것이라고 말했다. 어떤 사람은 아브구스틴이 모스크바를 떠나지 말라는 명령을 받았다, 반역자들이 체포되었다, 농부들이 폭동을 일으켜 피란 떠나는 사람들의 것을 약탈하고 있다 등의 이야기를 조용조용 속닥거렸다. 그러나 사람들은 이런 것을 말로만 할 뿐, 실제로는 떠나는 사람들이든 남는 사람들이든 (모스크바를 버리는 것이 결정된 필리에서의 회의가 아직 열리기 전이었지만) 모두가 비록 발설하지는 않았지만, 모스크바가 틀림없이 적의 손에 넘어가리라는 점, 최대한 빨리 떠날 준비를 하여 재산을 구해야 한다고 느꼈다. 모든 것이 갑자기 파괴되고 변하리라고 느껴졌다. 그러나 1일까지 아직 아무것도 변하지 않았다. 사형장에 끌려가는 죄수가 이제 조금 후면 죽으리라는 것을 알면서도, 여전히 계속해서 주위를 둘러보며 삐뚤게 쓴 모자를 바로잡듯, 모스크바도 사람들이 익숙하게 좇던 모든 조건적인 삶의 관계들이 전부 파괴되는 그 파멸의 시간이 가까워졌음을 알면서도 별다른 뜻 없이 자신의 일상생활을 계속했다.

  모스크바가 점령되기 직전의 이 사흘 동안 로스토프가 일가족은 모두 일상의 온갖 일로 분주했다. 가장인 일리야 안드레이치 백작은 사방에서 떠도는 소문을 모으면서 끊임없이 마차를 타고 시내를 돌아다녔으며, 집에 돌아오면 출발 준비에 대한 막연하고 피상적이면서 서두르는 지시들을 내렸다.

백작 부인은 물건들을 정리하는 일을 감독하면서 모든 것이 불만스러웠다. 그녀는 자신에게서 끊임없이 도망치는 페탸를 쫓아다니면서, 모든 시간을 함께 보내는 페탸와 나타샤의 관계를 질투했다. 소냐 혼자만 실무적인 면, 즉 짐 꾸리는 일을 처리했다. 그러나 소냐는 최근 들어 특히 우울하고 말이 없었다. 백작 부인이 마리야 공작 영애에 대해 언급한 니콜라의 편지를 받고 소냐가 있는 자리에서 마리야 공작 영애와 니콜라의 만남에서 하느님의 섭리를 보았다고 기쁘게 자신의 생각을 말했던 것이다.

　"나는 볼콘스키가 나타샤의 약혼자일 때는⋯⋯." 백작 부인이 말했다. "전혀 기쁘지 않았다. 그런데 니콜린카가 공작 영애와 결혼하는 것은 내가 항상 바라 왔던 바이고, 또 그렇게 될 거라는 예감도 든다. 그렇게만 된다면 얼마나 좋겠느냐!"

　소냐는 그것이 사실이라고, 로스토프가의 경제 상황을 만회할 유일한 가능성은 부유한 여자와 결혼하는 거라고, 공작 영애는 좋은 배우잣감이라고 생각했다. 그러나 그녀는 이것이 너무도 가슴 아팠다. 자신의 슬픔에도 불구하고, 혹은 어쩌면 바로 그런 자신의 슬픔 때문에 그녀는 짐을 정리하고 싸는 것을 처리하는 모든 힘들고 성가신 일을 떠맡아 하루 종일 바쁘게 보냈다. 백작과 백작 부인은 뭔가 지시해야 할 일이 생기면 소냐를 찾았다. 그와 정반대로 페탸와 나타샤는 부모를 돕지 않았을 뿐 아니라, 오히려 집 안에서 모든 사람들을 귀찮게 하거나 방해하기 일쑤였다. 그래서 집 안에서는 거의 하루 종일 그들의 뜀박질 소리, 외침 소리, 이유 없이 깔깔대는 소리가 끊이지 않았다. 그들이 웃고 즐거워했지만 그들의 웃음에는 어떤 이유가 있어 그런 것이 전혀 아니었다. 그러나 그들은 마음이 기쁘고 즐거웠고, 그 때문에 무슨 일이 벌어지든 모든 일이 그들에겐 즐거움과 웃음의 이유가 되었다. 페탸가 철없던 소년으로 집을 떠났다가 견실한 젊은이 남자로 (모든 사람들이 그에게 말한 것처럼) 돌아왔기 때문이다. 그는 집에 있게 되어 즐거웠고, 조만간 그가 전투에 투입될 가망이 없는 벨라야체르코비에서 며칠 내에 싸움이 벌어질 모스크바로 오게 되어 즐거웠다. 그리고 무엇보다 그가 즐거웠던 것은 (그는 늘 나타샤의 기분을 좇아가곤 했는데) 나타샤가 즐거웠기 때문이다. 나타샤도 즐거웠다. 왜냐하면 그녀는 너무 오랫동안 슬픔에 잠겨 있었던 데다, 지금은 그 어떤 것도 그녀의 슬픔의 원인을 상기시키지 않았고, 몸이 건강해졌기 때문이다. 게다가 그녀가 즐거웠던 것은 자신에게 열광하는 (다른 사람들의 열광은 그녀의 기계가 완전히 자유롭게 작동하기 위해 반드시 필요한 차바퀴용 윤활유였다) 사람이 있었기 때문인데, 페탸가 그녀에게 열광했다. 그들이 즐거웠던 것은 무엇보다, 전쟁이 모스크바 근교에서 있었고, 곧 관문에서 전투가 벌어지려 하고, 무기가 배급되고, 모든 사람들이 어딘가로 달아나거나 떠나려 하고, 전반적으로 무엇인가 심상치 않은 (사람들, 특히 젊은이들은 항상 즐거워하기 마련인) 일이 벌어지고 있었기 때문이다.

13

8월 31일 토요일, 로스토프가의 저택에서는 모든 것이 온통 뒤죽박죽되어 있었다. 문들은 활짝 젖힌 채 열려 있었고, 모든 가구들은 밖으로 실어 내거나 다른 곳으로 옮겨졌고, 거울과 그림들은 벽에서 떼어 냈다. 방에는 궤짝이 있고, 건초와 포장지와 끈들이 흩어져 있었다. 짐을 나르는 농부와 하인들은 무거운 발걸음으로 세공 마루 위를 돌아다녔다. 안마당에는 농부들의 텔레가들이 북적였다. 몇 대는 이미 짐을 가득 실어 밧줄로 묶여 있었고, 몇 대는 아직 비어 있었다.

많은 하인들과 짐마차들을 갖고 온 농부들의 목소리와 발소리가 서로를 부르기라도 하듯 안마당과 집 안에 울렸다. 아침부터 백작은 어딘가로 외출했다. 백작 부인은 소란과 소음 때문에 머리가 지끈거려 초산에 적신 천을 머리에 감고 새 소파 방에 누워 있었다. 페탸는 집에 없었다. (그는 동료에게 갔는데, 그와 함께 민병대에서 실전 부대로 옮길 심산이었다.) 소냐는 홀에서 크리스털 제품과 도자기 포장하는 일을 감독하고 있었다. 나타샤는 엉망이 된 자기 방 마룻바닥에 여기저기 내던져진 옷과 리본과 숄 사이에 앉아, 낡은 무도회 드레스를, 그녀가 페테르부르크 무도회에서 처음 입은 (이미 유행이 지난) 바로 그 드레스를 두 손에 쥐고 가만히 마룻바닥을 응시하고 있었다.

나타샤는 모든 사람들이 그토록 바쁜 때에 집에서 아무것도 하지 않는 것이 양심에 걸려 아침부터 몇 번이고 일을 해 보려고 애썼다. 그러나 그 일에 마음이 가지 않았다. 그녀는 온 마음과 온 힘을 쏟지 않고는 무언가를 할 수 없었고, 할 줄도 몰랐다. 도자기를 싸는 동안 잠시 서서 소냐를 지켜보며 뭔가 돕고 싶었지만, 이내 그만두고 자기 물건을 싸러 자기 방으로 갔다. 처음에는 옷과 리본을 하녀들에게 나눠 주는 것이 그녀를 즐겁게 했지만, 그다음 여전히 나머지 물건들은 싸야 할 때가 되자 그녀는 이 일이 따분했다.

"두냐샤, 네가 짐을 쌀 거지, 응, 응?"

두냐샤가 기꺼이 모든 일을 해 놓겠다고 그녀에게 약속하자, 나타샤는 마룻바닥에 앉아 낡은 무도회 드레스를 두 손에 쥐었다. 그리고 지금 그녀의 생각을 차지해야만 할 듯한 일과는 전혀 상관없는 것을 골똘히 생각하기 시작했다. 옆 하녀 방에서 들리는 하녀들의 말소리와 하녀 방에서 뒷문으로 다급하게 움직이는 그녀들의 발소리에 나타샤는 그동안 잠겨 있던 골똘한 생각에서 깨어났다. 그러고는 일어나 창밖을 내다보았다. 거리에 부상병들의 거대한 행렬이 멈춰 서 있었다.

하녀들, 하인들, 하녀장, 보모, 요리사, 마부들, 좌마(左馬) 기수들,*식모들이 부상병들을 쳐다보며 대문 가에 서 있었다.

나타샤는 하얀 손수건을 머리에 두르고 두 손으로 손수건 양 끝을 꼭 쥐고서 거리로 나갔다.

이전 하녀장이었던 마브라 쿠즈미니시나 노파가 대문 가에 서 있던 무리에서 떨어져 나와 멍석으로 포장을 친 텔레가로 다가가

더니 그 안에 누워 있는 창백한 얼굴의 젊은 장교와 이야기를 나누었다. 나타샤는 몇 걸음 앞으로 나가 주저하듯 멈춰 서서 손수건을 여전히 붙잡은 채 하녀장이 하는 말에 귀를 기울였다.

"이를 어째요, 모스크바에 아는 사람이 아무도 없단 말이에요?" 마브라 쿠즈미니시나가 말했다. "어디 숙소에 계시면 훨씬 편하실 텐데…… 여기 우리 집에라도 오세요. 주인님 가족은 곧 떠나실 거예요."

"허가해 줄지 모르겠습니다." 장교가 힘없는 목소리로 말했다. "저 사람이 지휘관입니다…… 그에게 물어봐 주십시오." 그는 텔레가 행렬을 따라오고 있는 뚱뚱한 소령을 가리켰다.

나타샤는 깜짝 놀란 표정으로 부상당한 장교의 얼굴을 슬쩍 한 번 쳐다보고는 곧장 마주 오고 있는 소령에게 갔다.

"부상자들을 우리 집에 머물게 해도 될까요?" 그녀가 물었다.

소령은 웃음을 지으며 한 손을 챙에 대고 경례를 했다.

"누굴 원하십니까, 맘젤?"* 그가 눈을 가늘게 뜨고 웃음 지으며 말했다.

나타샤는 침착하게 한 번 더 물었다. 그녀가 계속해서 손수건의 양 끝을 잡고 있기는 했지만, 그녀의 얼굴 표정과 태도가 몹시 진지했기 때문에 소령은 웃음을 멈추었다. 처음에 그는 어느 정도까지 이것이 가능할지 자문이라도 하듯 생각에 잠기더니, 그녀에게 긍정적인 답변을 건넸다.

"아, 그럼요, 왜 안 되겠어요, 그래도 됩니다." 그가 말했다.

나타샤는 가볍게 머리를 숙여 인사하고, 장교를 내려다보며 서서 애처로운 듯 동정 어린 표정으로 이야기를 나누고 있는 마르바 쿠즈미니시나에게 빠른 걸음으로 다가갔다.

"그래도 된답니다, 저분이 그랬어요, 그래도 된답니다." 나타샤가 속삭이듯 나지막하게 말했다.

장교를 태운 포장 달린 마차가 로스토프가의 안마당으로 방향을 틀어 들어섰다. 부상병들을 태운 수십 대의 텔레가들이 주민들의 권유로 포바르스카야 거리에 있는 저택들의 안마당으로 방향을 돌리거나 저택들의 마차 승강장으로 향했다. 나타샤는 삶의 익숙한 조건들을 벗어난 새로운 사람들과의 이런 관계가 마음에 든 모양이었다. 그녀는 마브라 쿠즈미니시나와 함께 가능한 한 더 많은 부상병들을 자기 집 안마당에 들이려고 힘썼다.

"어쨌거나 아버님께 알려 드려야 해요." 마브라 쿠즈미니시나가 말했다.

"괜찮아, 괜찮아. 정말로 마찬가지 아닌가요! 우리가 하루만 응접실로 옮기죠. 그럼 우리 방들의 절반을 저 사람들에게 내줄 수 있어요."

"아이고, 참, 아가씨, 생각해 보세요! 곁채든 독신자 방이든 보모 방이든 어디에 들이려 하시든, 여쭤 봐야 한다니까요!"

"그러면 내가 여쭤 볼게요."

나타샤는 집 안으로 달려가서, 발뒤꿈치를 들고 살금살금 문이 반쯤 열린 소파 방으로 들어갔다. 그곳에서는 식초와 호프만 시럽약 냄새가 흘러나오고 있었다.

"주무세요, 엄마?"

"아, 잠이 다 뭐냐!" 이제 막 방금 잠들었던 백작 부인이 깨어나며 말했다.

"사랑하는 엄마." 나타샤는 어머니 앞에 무릎을 꿇고 어머니의 얼굴에 자기 얼굴을 가까이 대며 말했다. "제 잘못이에요, 용서해 주세요, 다시는 그러지 않을게요. 제가 엄마를 깨웠어요. 마브라 쿠즈미니시나가 저를 보내서 왔어요. 여기로 부상병들을 데려왔어요, 장교들이에요. 허락해 주실 거죠? 그 사람들은 피할 곳이 없어요. 저는 엄마가 허락하실 거라는 것 알아요……." 그녀는 숨 돌릴 새도 없이 급히 말했다.

"어떤 장교들? 누굴 데려왔다고? 무슨 말인지 도통 모르겠구나." 백작 부인이 말했다.

나타샤는 소리 내어 웃었고, 백작 부인도 살짝 미소를 지었다.

"전 엄마가 허락해 주실 거라는 걸 알고 있었어요.…… 그럼 그렇게 말할게요." 나타샤는 어머니에게 입을 맞추고 일어나 문 쪽으로 나갔다.

홀에서 그녀는 나쁜 소식들을 갖고 집으로 돌아온 아버지와 마주쳤다.

"우리가 너무 오랫동안 꾸물거리고 있었어!" 백작이 자기도 모르게 화가 나서 말했다. "클럽도 문을 닫았고, 경찰도 떠나고 있더구나."

"아빠, 집으로 부상병들을 들어오라고 해도 괜찮죠?" 나타샤가 그에게 물었다.

"물론 괜찮지." 백작이 정신없이 말했다. "중요한 건 그게 아니란다. 이렇게 부탁하마, 쓸데없는 일에 신경 쓰지 말고, 짐을 꾸리는 일이나 도와라. 출발한다, 내일은 출발하는 거다……." 그러고 나서 백작은 하인장과 하인들에게도 똑같은 지시를 내렸다. 식사 시간에 집으로 돌아온 페탸가 자신이 들은 소식들을 이야기했다.

그가 말하기를, 오늘 민중이 크렘린에서 무기를 지급받았고, 비록 라스톱친의 전단에는 이틀 전에 미리 소집하겠다고 적혀 있지만, 그러나 이미 내일 모든 민중이 무기를 갖고 트리 고리로 가라는 명령이 내려졌을 것이며, 그곳에서 큰 전투가 벌어질 것이라고 했다.

백작 부인은 아들이 이야기하는 동안 아들의 붉게 상기된 쾌활한 얼굴을 두려움으로 벌벌 떨면서 쳐다보았다. 그녀는 알았다. 만일 그녀가 페탸에게 그 전투에 출전하지 말라고 요구하는 말을 단 한 마디라도 하면, (그녀는 그가 눈앞에 닥친 이 전투를 기뻐하고 있다는 것을 알았다) 그는 남자, 명예, 조국이라든지 도저히 반박할 수 없을 만큼 고집 세고 너무도 무의미한 남성들 특유의 무엇인가에 관해 말할 것이고, 그러면 일을 망치게 되리라는 것을. 그래서 그녀는 떠나면서, 페탸를 자신들의 경호인이자 보호자로 함께 데려갈 수 있도록 상황을 만들기를 바라면서, 페탸에게는 아무 말 하지 않고 식사 후에 백작을 불러 가능하다면 좀 더 서둘러서 오늘 밤에라도 자기를 데리고 떠나 달라며 눈물을 흘리며 간청했다. 여태까지 완벽한 대범함을 보여 주던 그녀는 여성스러운 무의식적인 사랑의 꾀를 써서 오늘 밤 떠나지 않으면 자신은 공포로 죽고 말 거라고 말했다. 그녀는 그런 척한 것이 아니었다. 지금은 모든 것이 무서웠다.

14

딸의 집에 다녀온 마담 쇼스가 먀스니츠카야 거리의 주점에서 본 것을 이야기하여 백작 부인의 공포를 더욱더 키워 놓았다. 거리를 따라 돌아오던 그녀는 주점 근처에서 거칠게 난동을 부리는 술 취한 무리 때문에 삯마차를 잡아타고 골목을 돌아 집으로 왔다. 삯마차 마부가 그녀에게 사람들이 주점의 술통을 깨부수고 있으며, 그들은 그렇게 하라는 지시를 받았다고 이야기해 주었다.

식사 후 로스토프가의 모든 집안 식솔들이 기쁨에 차서 서둘러 짐 꾸리기와 출발 준비에 들어갔다. 갑자기 일에 착수한 노백작은 바삐 움직이는 사람들에게 이유 없이 소리를 지르고 그들을 재촉하며 식사 후부터 쉬지 않고 안마당에서 집 안으로 또 반대로 오갔다. 페탸는 안마당에서 일을 감독했다. 소냐는 백작의 앞뒤가 들어맞지 않는 지시들 때문에 무엇을 해야 할지 몰라 크게 당황하고 있었다. 사람들이 고함을 지르고 말다툼을 벌이고 소란을 피우며 방들과 안마당을 뛰어다녔다. 나타샤도 모든 일에 대한 그녀 특유의 열정으로 갑자기 일을 시작했다. 처음에 그녀가 짐 꾸리는 일에 참견했을 때 사람들은 그녀를 신뢰하지 않았다. 그녀에게서는 늘 장난을 기대하고, 그녀의 말을 따르고 싶어 하지 않았다. 하지만 그녀는 자기 말을 따르도록 집요하고 열정적으로 요구했고, 사람들이 말을 듣지 않는다고 화를 내며 울먹이다시피 했다. 그래서 드디어는 사람들이 자기 말을 믿도록 하는 데 성공했다. 그녀의 굉장한 노력을 요하고, 그녀에게 권위를 부여한 첫 번째 공적은 양탄자를 꾸린 일이었다. 백작의 저택에는 매우 고가의 **고블랭 직물***과 페르시아산 양탄자가 있었다. 나타샤가 일을 시작했을 때 홀에는 궤짝 두 개가 뚜껑이 열린 채 놓여 있었다. 하나는 거의 윗부분까지 도자기가 채워져 있었고, 다른 하나는 양탄자들이 들어 있었다. 아직도 많은 도자기들이 테이블에 늘어서 있었고, 아직도 계속해서 창고에서 도자기들이 들려 나왔다. 새로운 세 번째 궤짝이 필요했다. 그래서 하인들이 그것을 가지러 갔다.

"소냐, 잠깐 멈춰 봐. 전부 이렇게 넣어 보자." 나타샤가 말했다.

"불가능해요, 아가씨, 벌써 그렇게 해 보았습니다." 식료품 저장실 하인이 말했다.

"아니야, 잠깐 멈춰 봐." 나타샤는 종이에 싼 큰 접시와 작은 접시들을 궤짝에서 꺼내기 시작했다.

"큰 접시들은 여기, 양탄자들 속에 넣어야 해." 그녀가 말했다.

"제발 궤짝 세 개에 양탄자들이라도 넣을 수만 있어도 좋겠는데요." 식당 하인이 말했다.

"잠깐 멈춰 봐." 나타샤는 빠르고 민첩하게 풀기 시작했다. "이런 건 필요 없어." 그것은 키예프산 큰 접시들이었다. "이건 그렇지, 이건 양탄자 안에 넣어야 해." 그것은 작센산 큰 접시였다.

"놔둬, 나타샤. 이제 됐어. 우리가 넣을게." 소냐가 나무라며 끼어들었다.

"이런, 아가씨!" 하인장이 말했다. 그러나 나타샤는 좋지 않은 가족용 양탄자와 쓸모없는 식기는 아예 가져갈 필요가 없다고 결정한 뒤, 굴하지 않고 모든 물건을 꺼냈다가 다시 빠르게 집어넣기 시작했다. 전부 다 꺼낸 물건을 사람들이 다시 집어넣기 시작했다. 그리고 실제로 값싸고, 가져갈 가치가 없는 것을 거의 모두 버리고 나자, 고가품은 궤짝 두 개에 전부 들어갔다. 양탄자를 넣은 궤짝의 뚜껑만 닫히지 않았을 뿐이다. 물건을 조금만 빼면 가능했다. 그러나 나타샤는 자기 뜻을 굽히지 않았다. 그녀는 짐을 꾸렸다가 다시 꾸리고, 꽉 눌러 보고, 자신의 짐 꾸리는 일에 데려온 식당 하인과 페탸에게 뚜껑을 누르도록 시키고, 그녀가 직접 안간힘을 쓰기도 했다.

"그래, 됐어, 나타샤." 소냐가 그녀에게 말했다. "네가 옳다는 걸 알겠어. 그러니 그냥 맨 위에 있는 것 하나만 꺼내."

"싫어." 나타샤는 한 손으로 땀이 난 얼굴에 흘러내린 머리카락을 잡고, 다른 손으로 양탄자를 누르며 외쳤다. "자, 눌러 봐, 페치카, 눌러! 바실리이치, 눌러 봐!" 그녀가 외쳤다. 양탄자들이 눌려 들어갔고, 마침내 뚜껑이 닫혔다. 나타샤는 기쁨에 겨워 손뼉을 치며 날카롭게 소리를 질렀다. 그녀의 눈에서 눈물이 방울져 떨어졌다. 하지만 그것은 1초 동안이었다. 그녀는 즉시 다른 일에 달려들었다. 이미 그녀는 충분히 신뢰받고 있었다. 백작은 나탈리야 일리니시나가 자신의 지시를 취소했다는 말을 들어도 화를 내지 않았고, 하인들도 짐마차에 밧줄을 매야 할지 말지, 짐마차에 짐이 충분히 실렸는지 아닌지 물으러 나타샤에게 왔다. 나타샤의 지시 덕분에 일이 순조롭게 진행되었다. 그들은 불필요한 물건은 남겨 두고, 가장 귀중한 물건들을 최대한 밀착해서 꾸려 쌌다.

그러나 모든 사람들이 아무리 분주하게 움직여도 늦은 밤까지 짐을 다 꾸릴 수 없었다. 백작 부인은 잠들었고, 백작도 아침까지 출발을 연기하고 잠을 자러 갔다.

소냐와 나타샤는 옷을 벗지 않은 채 소파 방에서 잤다.

이날 밤 포바르스카야 거리를 지나 새로운 부상자 한 명이 더 실려 왔다. 대문 가에 서 있던 마브라 쿠즈미니시나가 그를 로스토프가 쪽으로 방향을 바꾸게 했다. 마브라 쿠즈미니시나가 판단하기에 그 부상자는 매우 중요한 인물이었다. 그는 온통 포장을 치고 덮개를 내린 콜랴스카에 실려 왔는데, 마부석에는 삯마차 마부와 함께 노인, 위엄 있는 시종이 앉아 있었다. 그 뒤로 의사 한 명과 병사 두 명이 짐마차를 타고 따라왔다.

"우리 집으로 들어오세요. 주인님 가족은 떠나실 거고, 집 전체가 텅 빌 거예요." 노파가 늙은 하인을 향해 말했다.

"그러지요, 뭐." 시종은 한숨을 쉬며 대답했다. "목적지까지 가는 건 바라지도 않습니다! 모스크바에 우리 집이 있긴 하지만 멀기도 하고, 또 아무도 살지 않아요."

"부디 우리 집으로 오세요. 우리 주인님 댁에는 모든 것이 풍족하답니다. 어서요." 마브라 쿠즈미니시나가 말했다. "그런데 어때요? 상태가 아주 안 좋은가요?" 그녀가 덧붙였다.

시종이 한 손을 저었다.

"우리는 목적지까지 가는 것도 바라지 못한다니까요! 의사에게 물어봐야 합니다." 그러더니 시종은 마부석에서 내려와 짐마차로 다가갔다.

"좋습니다." 의사가 말했다.

시종은 다시 콜랴스카로 다가가 그 안을 슬쩍 들여다보고 고개를 저었다. 그는 마부에게 안마당으로 방향을 돌리라고 명한 후, 마브라 쿠즈미니시나 옆에 멈춰 섰다.

"주 예수 그리스도시여!" 그녀가 중얼거리며 말했다.

마브라 쿠즈미니시나는 부상자를 집 안으로 옮기도록 권했다.

"주인들은 아무 말씀도 하지 않으실 거예요⋯⋯." 그녀가 말했다. 하지만 계단을 오르는 것은 피해야 했다. 그래서 사람들은 부상자를 곁채로 옮겨 마담 쇼스가 쓰던 방에 눕혔다. 그 부상자는 안드레이 볼콘스키 공작이었다.

15

모스크바에 최후의 날이 밝았다. 맑고 상쾌한 가을 날씨였다. 일요일이었다. 일요일이면 언제나 그렇듯이 모든 교회에서 예배를 알리는 종소리가 울렸다. 앞으로 어떤 일이 모스크바에서 벌어질지 아직은 아무도 모르는 것 같았다.

두 개의 지표만 모스크바 사회의 현 상황을 반영하고 있었다. 하층민, 즉 빈민 계층과 물가가 그것이다. 이날 아침 일찍 공장 노동자, 하인과 농부들은 거대한 무리를 지어 트리 고리에 모였다. 그중에는 관리, 신학생 그리고 귀족도 섞여 있었다. 이곳에서 잠시 머물며 부질없이 라스톱친을 기다리던 그 무리는 모스크바가 적의 손에 넘어갈 거라 확신하고 모스크바의 주점과 선술집으로 흩어졌다. 이날의 물가도 상황을 시사했다. 무기, 금, 말과 수레 가격이 점점 오르고 지폐와 도시 생활에 필요한 물품의 가치는 점점 떨어져 정오 무렵에는 모직 같은 값비싼 천이 반값에 팔리고, 농부의 말이 5백 루블에 거래되었다. 가구, 거울과 청동 세공품은 공짜로 넘겨지기도 했다.

견실하고 유서 깊은 로스토프가의 경우, 이전 생활상의 붕괴가 매우 미약하게 나타났다. 하인들에 대해 말하자면 많은 하인들 가운데 세 사람이 야반도주를 했을 뿐이다. 하지만 도둑맞은 것은 아무것도 없었다. 그리고 물가에 대해 말하자면 시골에서 도착한 서른 대의 짐마차는 많은 사람들의 부러움을 산 엄청난 재산이 되었다. 사람들은 이 마차들을 얻기 위해 로스토프가에 막대한 돈을 제안했다. 그뿐 아니라, 전날 저녁부터 9월 1일 이른 아침까지 부상당한 장교들의 종졸과 하인이 로스토프가의 안마당으로 찾아오고, 로스토프가와 인근 저택에 머물던 부상병들까지 아픈 몸을 이끌고 찾아와 모스크바를 떠나기 위한 짐마차를 구할 수 있도록 주인들한테 부탁해 달라고 로스토프가의 하인들에게 애원했다. 그런 간청을 받은 하인장은 부상자들을 불쌍히 여기면서도 자기는 백작에게 감히 보고할 수조차 없다고 말하며 단호히 거절했다. 모스크바에 남게 될 부상자가 아무리 불쌍해도 일단 한 사람에게 짐마차를 내주면 다른 사람에게 주지 않을 이유가 없어지고, 결국에는 모든 짐마차와 자신의 승용 마차까지 내주게 될 것이 뻔했다. 서른 대의 짐마차가 모든 부상병들을 구할 수도 없는 데다 모두가 재난을 겪는 시기에는 자기 자신과 가족을 생각하지 않을 수 없다. 하인장은 주인을 대신해 그렇게 생각했다.

1일 아침, 잠에서 깬 일리야 안드레이치 백작은 새벽녘이 되어서야 겨우 잠든 백작 부인이 깨지 않게 조심조심 침실에서 나와 보라색 비단 가운을 걸치고 현관 계단으로 나갔다. 끈으로 동여맨 짐마차들이 안마당에 있었다. 현관 계단 앞에는 승용 마차들이 있었다. 하인장은 마차 승강장 옆에 서서 늙은 종졸과 한 팔에 붕대를 감은 창백한 얼굴의 젊은 장교와 이야기를 나누고 있었다. 백작을 본 하인장이 장교와 종졸에게 의미심장하고 엄중하게 물러가라는 신호를 보냈다.

"어떤가, 바실리이치? 준비는 다 되었나?" 백작은 대머리가 된 정수리를 문지르며 온화한 눈길로 장교와 종졸을 쳐다보고 그들에게 고개를 끄덕였다. (백작은 새로운 사람들을 좋아했다.)

"당장이라도 말을 마차에 맬 수 있습니다, 백작 각하."

"그래, 다행이군. 백작 부인이 깨면 곧장 출발하자! 당신들은 여기에 무슨 일로?" 그는 장교에게 말을 걸었다. "우리 집에 묵고 있습니까?" 장교가 가까이 다가섰다. 그의 창백한 얼굴이 갑자기 새빨개졌다.

"백작, 제발 부탁드립니다. 제가…… 제발…… 당신의 짐마차 중 어디든 타도 되겠습니까? 지금은 갖고 있는 것이 아무것도 없습니다만, 수레라도…… 상관없습니다……." 장교가 미처 말을 끝내기도 전에 종졸이 주인을 위해 백작에게 똑같은 청을 했다.

"아! 네, 네, 그러지요." 백작이 황급히 말했다. "매우, 매우 기쁩니다. 바실리이치, 저기 수레 한두 대 비우라고 지시하게. 그리고 또, 뭐…… 필요한 것이라도……." 백작은 말을 얼버무리면서 지시를 내렸다. 그러나 곧바로 나온 장교의 열렬한 감사 인사가 백작의 지시를 무를 수 없는 것으로 만들어 버렸다. 백작은 주위를 둘러보았다. 안마당에, 대문 가에, 바깥채의 창가에 부상자들과 종졸들이 보였다. 그들 모두 백작을 바라보며 현관 계단 쪽으로 다가오고 있었다.

"백작 각하, 화랑으로 가시지요. 그곳의 그림은 어떻게 할까요?" 하인장이 물었다. 그러자 백작은 피란길에 함께 태워 달라는 부상병들의 청을 거절하지 말라고 거듭 지시하며 그와 함께 집 안으로 들어갔다.

"뭐, 어쩌겠나, 뭔가 내려놓으면 될 걸세." 그는 마치 누가 자기 말을 들을까 두려운 듯 작고 은밀한 목소리로 덧붙였다.

백작 부인은 9시에 깨어났다. 그녀의 예전 하녀이고 백작 부인과의 관계에서 헌병 대장 역할을 수행하던 마트료나 티모페브나가 예전 주인마님을 찾아와 마리야 카를로브나*가 매우 화가 났으며 그녀의 여름 드레스를 여기에 두고 갈 수는 없다고 보고했다. 백작 부인이 왜 마담 쇼스가 화나 있는지 물어본 결과, 그녀의 궤짝이 짐마차에서 내려졌고 다른 마차들도 짐을 풀고 있다는 사실이 밝혀졌다. 선량한 성품의 백작이 부상자들을 데리고 가자는 지시를 내렸고, 이 때문에 물건은 모두 내리고 부상자들을 마차에 태우는 것이었다. 백작 부인이 남편을 자기 방으로 모셔 오라고 일렀다.

"여보, 무슨 일이에요? 물건을 다시 내린다면서요?"

"그게 말이야, **여보**, 당신에게 말하고 싶은 게 있는데…… **여보**, 백작 부인…… 어떤 장교가 나를 찾아와선 부상자들을 위해 짐마차 몇 대를 내어 달라고 부탁하는구려. 물건이야 다시 사면 되는데, 생각해 봐, 여기에 남으면 그 사람들이 어떻게 되겠어? 정말이야, 그들은 우리 안마당에 와 있어. 사실 우리가 와도 된다고 한 거였잖아. 그중에는 장교들도 있어. 내 생각에도 있잖아, **여보**, 그러니까, **여보**…… 그들을 태우도록 합시다. 서두를 필요는 없잖아?"

백작은 돈과 관련된 이야기를 꺼낼 때면 늘 그렇듯 쭈뼛거리며 말을 이어 갔다. 자녀의 재산을 축내는 일이 일어나기 전에 항상 들리는 이러한 말투에 백작 부인은 익숙했다. 화랑이나 온실을 지으려 할 때, 또는 집 안에서 연극이나 음악 공연을 열려고 할 때가 그랬다. 이런 상황에 익숙한 그녀는 쭈뼛거리는 태도로 말하는 모든 것에 절대적으로 저항하는 것이 자신의 의무라고 생각했다.

그녀는 특유의 순종적이고 울먹이는 듯한 표정을 지으며 남편에게 말했다.

"들어 봐요, 백작, 당신은 우리 집을 거저 팔더니 이제는 **아이들의**

재산까지 송두리째 날리려 하는군요. 당신이 말했잖아요, 우리 집에 있는 동산들이 10만 루블은 된다고요. 여보, 나는 동의할 수 없어요. 그렇게는 못해요. 당신 마음대로 해요! 부상자들은 정부가 책임져야지요. 그들도 알아요. 봐요, 저기 맞은편의 로푸힌가는 벌써 이틀 전에 전부 싸 가지고 떠났잖아요. 사람들은 다들 그렇게 하고 있어요. 우리만 바보예요. 나 말고 아이들이라도 불쌍히 여겨 줘요."

백작은 두 손을 내젓고 아무 말 없이 방에서 나가 버렸다.

"아빠! 무슨 일이에요?" 아버지를 뒤따라 어머니의 방으로 들어온 나타샤가 물었다.

"아무 일도 아니다! 네가 상관할 일이 아니야!" 백작이 화를 내며 말했다.

"아니에요. 저도 들었어요." 나타샤가 말했다. "왜 엄마는 그렇게 못하겠다고 해요?"

"네가 상관할 일이 아니라고 하지 않았니?" 백작이 소리쳤다. 나타샤는 창가로 물러나 생각에 잠겼다.

"아빠, 베르크가 왔어요." 그녀가 창밖을 보며 말했다.

16

로스토프가의 사위인 베르크는 블라디미르 훈장과 안나 훈장을 목에 건 대령이었고, 여전히 참모장의 보좌관, 즉 제2군단 참모부 소속 제1분과 보좌관이라는 편안한 직위를 맡고 있었다.

그는 9월 1일 군대에서 모스크바로 왔다.

사실 그는 모스크바에서 용무가 없었다. 단지 군대의 모든 사람들이 모스크바에 가기를 희망하며, 그곳에서 무엇인가를 하고 있었다는 것을 알아차렸을 뿐이다. 그리하여 그 역시 집안 문제와 가족 문제를 핑계 대며 휴가를 신청해야겠다고 생각했다.

베르크는 어느 공작의 마차와 똑같이 생긴 살진 적갈색 말 두 마리가 끄는 아기자기한 마차를 타고 장인의 집으로 왔다. 그는 안마당의 짐마차들을 유심히 보고 깨끗한 손수건을 꺼내 매듭을 지으면서* 현관 계단을 올랐다.

베르크는 대기실에서 날아갈 듯 조급한 걸음으로 응접실에 뛰어 들어와 백작을 껴안고 나타샤와 소냐의 손에 입을 맞추고는 장모의 건강을 물었다.

"지금 건강이 문제겠나? 자, 어서 이야기해 보게." 백작이 다급히 말했다. "군대는 어떤가? 퇴각하는 중인가? 아니면 전투가 있을 것 같나?"

"태초부터 계신 하느님만이 조국의 운명을 결정할 수 있습니다, 장인어른." 베르크가 말했다. "군대는 영웅적인 정신으로 불타오르고 있으며, 이른바 우리의 수령님들이 회의하기 위해 지금 모였습니다. 무슨 일이 일어날지는 모릅니다. 하지만 장인어른, 전반적으로 말씀드리자면 러시아 군인들이, 아니 러시아군이 (그는 바로잡았다) 26일의 전투에서 보여 준 영웅적인 정신, 러시아군의 진정한 용맹함은 말로 표현할 수 없군요……. (그는 어느 장군이 그가 있는 자리에서 가슴을 치며 이야기하던 것과 똑같이 자기 가슴을 쿵쿵 쳤다. 다만 조금 늦었다. 가슴을 '러시아군'이라는 말에서 쳐야 했다.) 장인어른, 제가 말씀드리고 싶은 것은, 제가 솔직하게 말씀드리고 싶은 것은 우리 지휘관들은 병사들을 몰아대거나 그와 같은 일을 할 필요가 전혀 없었습니다. 오히려 우리는 겨우 말리고 있었습니다. 그, 그…… 그렇습니다, 예전의 용맹한 영웅들에게서만 볼 수 있었던 그들의 무공을 말입니다." 그는 빠르게 지껄였다. "바르클라이 드 톨리 장군은 어디를 가든 군대의 선두에 서서 자기 목숨을 걸었다고, 저는 장인어른께 말씀드리겠습니다. 우리 군단은 산비탈에 배치되었지요. 상상이나 되십니까!" 그러고 나서 베르크는 요즘 들은 온갖 이야기들 중에 기억나는 것을 줄줄이 늘어놓았다. 나타샤는 베르크의 얼굴에서 어떤 의문에 대한 해답을 찾으려는 듯 그가 쩔쩔맬 만큼 뚫어지게 쳐다보았다.

"전반적으로 말하자면 러시아 군사들은 우리가 상상할 수조차 없는 영웅적인 행동들을 보여 주었고, 우리의 찬사를 받아 마땅합니다!" 베르크는 나타샤를 돌아보더니 그녀를 구슬리고 싶은지 그 집요한 시선에 미소로 답하며 말했다. "러시아는 모스크바에 있지 않고 그 아들들의 가슴에 있다!' 맞는 말이지 않습니까, 장인어른?" 베르크가 말했다.

그때 백작 부인이 지치고 불만스러운 표정으로 소파 방에서 나왔다. 베르크는 벌떡 일어나 백작 부인의 손에 입을 맞추고 건강에 대해 물었다. 그리고 고개를 가볍게 저으며 동정을 표한 후 그녀 옆에 섰다.

"그렇습니다, 장모님, 솔직히 말씀드리자면 모든 러시아인들에게 힘들고 슬픈 시대입니다. 하지만 그렇게까지 근심할 필요가 있겠습니까? 아직 떠날 시간이 충분한데……."

"하인들이 뭘 하고 있는지 모르겠어요." 백작 부인이 남편을 향해 말했다. "방금 아직 아무것도 준비되지 않았다고 하던데요. 누가 좀 지시를 내려야 하지 않겠어요? 사정이 이렇게 되니 미텐카가 아쉽네요. 이래서야 끝이 없겠어요!"

백작은 뭐라 말하고 싶지만 꾹 참는 눈치였다. 그는 의자에서 일어나 문으로 갔다.

그때 베르크가 코를 풀려는 듯 손수건을 꺼내더니 매듭을 보면서 슬프고 의미심장하게 고개를 저으며 생각에 잠겼다.

"저, 장인어른, 큰 청이 있습니다." 그가 말했다.

"응?" 백작이 걸음을 멈추고 말했다.

"방금 유수포프가의 집을 지나왔습니다." 베르크는 씩 웃으며 말했다. "그런데 아는 관리인이 달려와서는 뭔가 사 주지 않겠냐고 묻는 거예요. 그래서 호기심으로 그 집에 들렀다가 작은 옷장과 화장대를 발견했습니다. 장인어른도 아시잖아요, 베루시카가 그 물건들을 얼마나 갖고 싶어 했고, 우리가 그것 때문에 얼마나 싸웠는지요. (베르크는 옷장과 화장대 이야기를 하면서 그동안의 안락한 생활에 자신도 모르게 말투를 즐거운 톤으로 바꾸었다.)

얼마나 예쁘던지요! 영국식 비밀 서랍도 열리고요. 아시겠죠? 베로치카가 오래전부터 갖고 싶어 하던 것입니다. 그녀에게 깜짝 선물을 하고 싶습니다. 장인어른 댁 안마당에 농부들이 많던데 저에게 한 명만 빌려 주십시오. 돈은 후하게 지불하겠습니다. 그리고……."

백작이 얼굴을 찌푸리며 헛기침을 했다.

"백작 부인에게 부탁해 보게. 내가 결정할 수 있는 일이 아니라서 말이네."

"곤란하시면 허락해 주지 않으셔도 됩니다." 베르크가 말했다. "저는 단지 베루시카를 위해 그걸 꼭 사고 싶었을 뿐이니까요."

"아, 다들 썩 꺼져, 꺼져, 꺼져 버리라고!" 노백작이 외쳤다. "머리가 돌 지경이야." 그리고 그는 방에서 나가 버렸다.

백작 부인이 울기 시작했다.

"네, 그렇습니다, 장모님, 정말 어려운 시대입니다!" 베르크가 말했다.

나타샤는 아버지와 함께 나갔다. 그녀는 무언가 골똘히 생각하는 듯 아버지를 뒤따르더니 아래층으로 뛰어 내려갔다.

현관 계단에는 페탸가 서서 모스크바를 떠나는 하인들에게 무기를 지급하고 있었다. 안마당에는 짐을 실은 짐마차들이 여전히 대기 중이었다. 그중 두 대는 끈이 풀린 채였고, 한 대에는 어떤 장교가 종졸의 부축을 받으며 오르고 있었다.

"누나는 어떤 일인지 알지?" 페탸가 나타샤에게 물었다. (나타샤는 페탸의 말이 '아버지와 어머니가 무슨 일로 싸운 거야?'라는 뜻임을 알았다.) 그녀는 대답하지 않았다.

"아빠가 우리 짐마차들을 부상자들에게 전부 내주려고 하셨기 때문이지." 페탸가 말했다. "바실리이치가 말해 줬어. 내 생각에는…….”

"내 생각에는…….” 갑자기 나타샤가 화난 얼굴을 페탸에게 돌리며 소리를 지르다시피 말했다. "내 생각에는 그건 너무 추악하고, 너무 혐오스럽고, 너무…… 모르겠어! 우리가 무슨 독일인이야?” 발작처럼 터져 나오는 흐느낌에 목이 떨렸고, 그녀는 힘이 빠지고 분노의 탄약을 헛되이 써 버릴까 봐 두려워 몸을 돌려 계단을 쏜살같이 뛰어 올라갔다. 베르크는 백작 부인 옆에 앉아 친근하고 공손한 태도로 그녀를 위로하고 있었다. 백작은 손에 파이프를 들고 방 안을 돌아다니고 있었다. 그때 나타샤가 분노에 일그러진 얼굴로 폭풍처럼 방에 뛰어들어 빠른 걸음으로 어머니에게 다가갔다.

"이건 추악해요! 혐오스럽다고요!” 그녀가 외쳤다. "엄마가 그런 짓을 지시했을 리 없어요.”

베르크와 백작 부인은 어이없고 놀란 표정으로 그녀를 바라보았다. 백작은 창가에 서서 가만히 듣고 있었다.

"엄마, 이럴 수는 없어요! 안마당에서 무슨 일이 일어나고 있는지 보세요!” 그녀가 외쳤다. "저들은 남게 된다고요!”

"도대체 무슨 일이니? 저들이 누군데? 뭘 하고 싶다는 거야?”

"누구라뇨, 부상자들이죠! 이럴 수는 없어요, 엄마. 이러면 안 돼요……. 아니에요, 엄마, 이건 옳지 않아요, 죄송해요, 제발, 엄마……. 엄마, 우리가 물건을 가져가 봤자 무슨 소용이겠어요? 안마당을 좀 보세요, 무슨 일이 일어나고 있는지…… 엄마! 이럴 수는 없어요!”

백작은 창가에 서서 고개도 돌리지 않고 나타샤의 말을 들었다. 그는 갑자기 코를 식식거리더니 얼굴을 창문 가까이 댔다.

백작 부인은 딸을 흘깃 쳐다보고 어머니를 부끄럽게 여기는 딸의 흥분한 얼굴을 보았다. 그녀는 왜 이제 남편이 자기를 돌아보지 않는지 깨닫고는 당황스러운 표정으로 주위를 둘러보았다.

"아, 좋을 대로 해요! 내가 언제 못하게 했다고요!" 그녀는 자신의 입장을 쉽게 포기하지 않으려 하면서 말했다.

"엄마, 절 용서하세요!"

그러나 백작 부인은 딸을 밀치고 백작에게 다가갔다.

"**여보**, 당신이 필요한 지시를 내려요……. 난 이런 걸 잘 모르잖아요." 그녀가 미안한 표정으로 시선을 떨구며 말했다.

"달걀이…… 달걀이 암탉을 가르치는군……." 백작이 행복한 눈물을 글썽이며 말하고 아내를 끌어안았다. 그녀는 부끄러운 얼굴을 그의 가슴에 숨길 수 있어 기뻤다.

"아빠, 엄마! 제가 지시를 내려도 돼요? 그래도 돼요?" 나타샤가 물었다. "그래도 꼭 필요한 것은 다 가져갈 거예요……." 나타샤가 말했다.

백작은 고개를 끄덕였고 나타샤는 술래잡기를 할 때처럼 재빨리 홀을 지나 대기실로, 그리고 계단을 내려간 뒤 안마당으로 달려갔다.

사람들이 나타샤 주위에 모여들었다. 그러나 모든 짐마차를 부상자들에게 내주고 궤짝들을 창고로 옮기라는 지시를 백작이 아내의 이름으로 직접 확인해 줄 때까지 그들은 나타샤가 전하는 이상한 지시를 믿을 수 없었다. 지시를 이해하고 나자 하인들은 신나고 분주하게 새 일에 매달렸다. 이제 하인들은 그 일을 이상하게 여기기는커녕 오히려 당연하게 생각했다. 15분 전만 해도 부상자들을 두고 물건을 가져가는 것을 아무도 이상하게 여기지 않고 당연한 일로 생각했던 것과 똑같이 말이다.

온 집안 사람들이 좀 더 일찍 이 일을 하지 않았던 것에 대가를 치르듯 부상자들을 짐마차에 싣는 새로운 일에 분주히 매달렸다. 부상자들은 창백한 얼굴로 방 밖으로 기어 나와 기쁨에 겨워 짐마차들을 에워쌌다. 짐마차가 있다는 소문이 인근에도 퍼지자 다른 집에 있던 부상자들도 로스토프가의 안마당으로 모여들기 시작했다. 많은 부상자들이 짐을 내리지 말고 그저 그 위에 태워만 달라고 청했다. 그러나 일단 짐을 내리는 일이 시작되자 멈출 수 없게 되어 버렸다. 전부를 두고 가든 반만 두고 가든 상관없었다. 안마당에는 지난밤 사람들이 애써 꾸린 식기, 청동 세공품, 그림, 거울 등이 든 궤짝들이 널려 있었다. 이런저런 짐을 내려 더 많은, 좀 더 많은 짐마차를 내줄 가능성을 찾았다.

"네 명을 더 태울 수 있습니다." 관리인이 말했다. "제 짐마차를 내놓겠습니다. 안 그러면 저 사람들이 어디에 타겠습니까?"

"내 의상 마차도 내줘요." 백작 부인이 말했다. "두냐샤는 내 마차에 같이 탈 거예요."

그들은 의상 마차도 두 집 건너의 부상자들에게 보냈다. 집안 사람들과 하인들 모두 즐겁고 활기차 보였다. 나타샤는 오랫동안 맛보지 못한 기쁨과 행복에 겨운 생기를 띠었다.

"이건 어디에 묶어 둘까요?" 하인들이 마차 뒤쪽의 좁다란 하인석에 궤짝 하나를 고정하려고 애쓰며 말했다. "짐 실을 마차를 한 대라도 남겨야 할 텐데요."

"도대체 뭐가 들어 있죠?" 나타샤가 물었다.

"백작님의 책입니다."

"그냥 둬요. 바실리이치가 치울 거예요. 그건 필요 없어요."

마차는 사람들로 꽉 찼다. 표트르 일리이치가 앉을 자리가 있을지 의문이었다.

"그 애는 마부석에 앉히면 돼. 페탸, 마부석에 앉을 거지?" 나타샤가 외쳤다.

소냐도 쉴 새 없이 분주했다. 하지만 그녀가 부산을 떠는 목적
은 나타샤와 정반대였다. 그녀는 남겨 두어야 할 물건들을 치웠
다. 소냐는 백작 부인의 지시대로 물건 목록을 작성하고, 될 수 있
는 대로 많은 물건을 가져가기 위해 애썼다.

17

2시가 가까워질 무렵 말을 매고 짐을 실은 로스토프가의 승용 마차 네 대가 마차 승강장에서 대기하고 있었다. 부상자를 실은 짐마차들이 차례로 안마당을 빠져나갔다.

안드레이 공작이 탄 마차가 현관 계단을 지나치며 소냐의 관심을 끌었다. 마침 소냐는 마차 승강장에 대기한 백작 부인의 높고 큰 승용 마차 안에서 하녀와 함께 백작 부인이 앉을 자리를 준비하고 있었다.

"저건 누구 마차니?" 소냐가 창문 밖으로 고개를 내밀면서 물었다.

"정말 모르세요, 아가씨?" 하녀가 대답했다. "부상당한 공작님이세요. 그분은 이곳에서 하룻밤을 묵으셨고 우리와 함께 떠나는 거예요."

"그래서 누구냐니까? 성이 뭔데?"

"우리 아가씨의 약혼자셨던 볼콘스키 공작님이세요!" 한숨을 내쉬며 하녀가 답했다. "그분의 생명이 위태롭대요."

소냐는 승용 마차에서 뛰쳐나와 백작 부인에게 달려갔다. 이미 여행용 복장에 숄을 걸치고 모자를 쓴 백작 부인이 지친 모습으로 응접실을 이리저리 걷고 있었다. 길을 떠나기 전에 문을 닫고 앉아 기도를 드리기 위해 가족들을 기다리는 중이었다. 나타샤는 응접실에 없었다.

"**어머니.**" 소냐가 말했다. "부상을 당해 생명이 위태로운 안드레이 공작이 이곳에 있어요. 우리와 함께 떠난답니다."

백작 부인은 깜짝 놀란 눈을 하고 소냐의 손을 붙잡으며 주위를 둘러보았다.

"나타샤는?" 그녀가 말했다.

소냐에게나 백작 부인에게나 처음에 이 소식은 오직 한 가지 의미로만 다가왔다. 그들은 나타샤를 잘 알았다. 그래서 그녀가 이 소식을 접하면 어떻게 될까 하는 두려움이 두 사람 모두가 아끼던 한 남자에 대한 연민을 완전히 덮어 버렸다.

"나타샤는 아직 몰라요. 하지만 그분은 우리와 함께 가요." 소냐가 말했다.

"생명이 위태롭다고 했지?"

소냐가 고개를 끄덕였다.

백작 부인은 소냐를 끌어안고 울음을 터뜨렸다.

'하느님의 섭리는 측량할 수가 없구나!' 그녀는 이제껏 사람들의 시선으로부터 감춰져 있던 전능한 신의 손이 지금 벌어지는 모든 것 속에 나타나기 시작했음을 느꼈다.

"엄마, 다 준비됐어요. 무슨 이야기 하고 있었어요?" 나타샤가 생기 넘치는 얼굴로 방에 뛰어 들어오며 물었다.

"별 이야기 아니야." 백작 부인이 말했다. "준비됐으면 출발하자." 백작 부인은 속상한 얼굴을 숨기기 위해 손가방 위로 몸을 숙였다. 소냐는 나타샤를 끌어안고 입을 맞추었다.

나타샤가 미심쩍은 듯 그녀를 쳐다보았다.

"왜 그래? 무슨 일 있었어?"

"아무것도 아니야…… 아냐……."

"나한테 안 좋은 일이야? 뭔데?" 눈치 빠른 나타샤가 물었다.

소냐는 한숨을 쉬고 아무 대답도 하지 않았다. 백작, 폐탸, 마담 쇼스, 마브라 쿠즈미니시나, 바실리이치가 응접실로 들어왔고 문을 닫았다. 그들 모두 자리를 잡고 서로를 쳐다보지 않은 채 말없이 잠시 앉아 있었다.

백작이 가장 먼저 일어나 큰 소리로 숨을 내쉬고 이콘을 향해 성호를 그었다. 다들 그를 따라 했다. 그러고 나서 백작은 모스크바에 남기로 한 마브라 쿠즈미니시나와 바실리이치를 끌어안았다. 그들이 백작의 손을 잡고 그의 어깨에 입을 맞추자 백작은 다정한 위로의 말을 중얼거리며 그들의 등을 가볍게 두드려 주었다. 백작 부인이 이콘 방으로 들어갔고 소냐가 그 방에 들어갔을 때 백작 부인은 벽의 군데군데 남은 이콘들 앞에 무릎을 꿇고 기도하고 있었다. (가족 대대로 귀한 것으로 여긴 이콘들은 가져가기로 했다.)

현관 계단과 안마당에서는 폐탸가 나누어 준 단검과 기병도로 무장하고 바지를 부츠 안에 쑤셔 넣고 허리띠와 가죽끈을 단단히 조인 차림의 떠날 사람들이 이곳에 남을 사람들과 작별 인사를 나누고 있었다.

길을 떠날 때면 늘 그렇듯 많은 물건들이 빠지거나 제대로 꾸려지지 않아 두 명의 하인이 백작 부인을 태우기 위해 마차의 열린 문 양쪽에 그리고 발판 양편에 한참을 서 있었고, 하녀들은 쿠션과 보따리를 들고 집과 대형 승용 마차 그리고 작은 승용 마차 사이를 뛰면서 오갔다.

"애들은 일평생 까먹는군!" 백작 부인이 말했다. "넌 내가 그렇게 앉을 수 없다는 걸 알잖니." 그러자 두냐샤는 이를 앙다물며 비난하는 표정을 짓고 아무 대꾸 없이 승용 마차 안으로 들어가 앉을 자리를 다시 손봤다.

"아, 이 사람들하고는!" 백작은 고개를 저으며 말했다.

백작 부인이 외출할 때면 유일하게 마차를 맡기던 늙은 마부 예핌은 마부석에 높다랗게 앉아 뒤에서 벌어지는 일에 눈길조차 주지 않았다. 30년의 경험으로 그는 '출발!'이라는 말이 나오려면 한참 더 시간이 걸리리라는 것, 그렇게 말을 해도 두어 번 정도 더 멈춰 세우고 빠뜨린 물건을 가져오라며 누군가를 보내리라는 것, 그런 다음에도 또 한 번 멈추게 한 뒤 백작 부인이 창밖으로 고개를 내밀어 그에게 제발 내리막길에서 좀 더 조심스럽게 마차를 몰아달라고 부탁하리라는 것을 알았다. 그것을 모두 알았기에 말들보다 (특히 한 발로 땅을 차고 재갈을 신경질적으로 물어뜯는 왼쪽의 적황색 말인 소콜보다) 더 차분하게 앞으로 일어날 일을 기다리고 있었다. 마침내 모두 자리를 잡고 앉았다. 발판이 접혀 마차 안으로 던져지고 문이 쾅 닫혔다. 그리고 누군가를 보석함을 가지러 보냈고 백작 부인이 고개를 내밀고는 항상 하는 말을 했다. 그러자 예핌은 천천히 머리에서 모자를 벗고 성호를 그었다. 좌마 기수와 모든 사람들도 그와 똑같이 했다.

"하느님께서 동행하시길!" 예핌이 모자를 쓰고 말했다. "고삐를 조여라!" 좌마 기수가 말을 출발시켰다. 쌍두마차의 오른쪽 말이 멍에 안으로 고개를 디밀고 높은 스프링이 삐걱거리고 차체가 흔들렸다. 한 하인이 출발하는 마차의 마부석으로 뛰어올랐다. 안마당에서 울퉁불퉁한 포장도로로 나올 때 마차가 덜컹거렸고, 뒤따르는 마차들도 똑같이 덜컹거렸다. 그렇게 행렬은 길을 따라 위쪽으로 움직이기 시작했다.

대형 승용 마차와 작은 승용 마차에 탄 사람들 모두 맞은편에 있는 교회를 향해 성호를 그었다. 모스크바에 남는 사람들은 마차 양옆에서 걸으며 배웅을 했다.

　나타샤가 마차 안에 백작 부인과 나란히 앉아 옆으로 천천히 스쳐 가는 모스크바의 벽들을, 불안이 감도는 버려지는 벽들을 바라보며 좀처럼 느끼지 못했던 벅찬 감동을 느꼈다. 그녀는 이따금 마차 창밖으로 머리를 내밀어 뒤쪽과 앞쪽에 길게 늘어선 부상자들이 탄 짐마차 행렬을 바라봤다. 부상자들의 거의 맨 앞에 안드레이 공작이 탄 마차 덮개가 보였다. 그녀는 그 안에 누가 탔는지도 모르면서 자신들의 마차 대열에서 눈으로 그 마차를 찾았다. 그녀는 그것이 대열의 맨 앞에 가고 있다는 것을 알았다.

　쿠드리노에서 로스토프가의 행렬은 니키츠카야, 프레스냐, 포드노빈스키에서 온 다른 행렬들과 만났다. 이제는 마차들이 사도바야 거리를 따라 두 줄로 움직이고 있었다.

　마차를 타거나 도보로 지나가는 사람들을 호기심 있게 바라보던 나타샤는 수하레바 탑을 돌 때 갑자기 놀란 목소리로 외쳤다.

　"어머! 엄마, 소냐, 저길 봐요, 그 사람이에요!"

　"누구? 누구?"

　"봐요, 베주호프예요!" 나타샤가 마차 창밖으로 머리를 내밀고 마부의 카프탄을 입은 키가 크고 뚱뚱한 남자를 쳐다보며 말했다. 걸음걸이와 당당한 태도로 보아 그 사람은 변장한 귀족이 틀림없었다. 그는 얼굴이 누르스름하고 턱수염이 없는 값싼 모직 외투를 입은 노인과 함께 수하레바 탑의 아치 아래로 걸어오고 있었다.

　"정말 베주호프예요. 카프탄을 입고 늙은 사람과 같이 있어요! 정말이에요!" 나타샤가 말했다. "봐요, 저기 봐요."

　"아냐, 그 사람이 아냐. 바보 같은 소리를 하다니."

"엄마." 나타샤가 소리쳤다. "저 사람이 베주호프라는 것에 제 목을 걸게요! 제가 장담해요. 멈춰요, 멈추라고요!" 그녀가 마부에게 외쳤다. 하지만 메샨스카야 거리에서 또 다른 짐마차와 승용마차들이 계속 나오는 바람에 마차를 세울 수 없었다. 그들은 로스토프가 행렬을 향해 멈추지 말고 앞으로 나아가라고, 다른 대열들을 막지 말라고 소리쳤다.

아까보다 훨씬 더 멀어지긴 했지만 로스토프가의 사람들은 모두 피에르를, 혹은 피에르와 매우 비슷하게 생긴 남자를 알아보았다. 마부의 카프탄을 입은 그는 고개를 숙인 채 하인처럼 보이는 키가 작고 턱수염이 없는 노인과 함께 진지한 얼굴로 길을 걷고 있었다. 마차 밖으로 자기를 향해 내민 얼굴을 보자 노인은 피에르의 팔꿈치를 정중히 잡더니 마차를 가리키며 그에게 뭐라고 말했다. 피에르는 노인이 하는 말을 한참 동안 이해하지 못했다. 그만큼 자기 생각에 푹 빠져 있었던 것이다. 이윽고 노인의 말을 이해하고 그가 가리키는 방향을 쳐다보았다. 나타샤를 알아본 순간, 피에르는 즉각적인 감정에 굴복하여 재빨리 마차를 향해 걸어갔다. 하지만 열 걸음쯤 걷다 뭔가 떠오른 듯 걸음을 멈췄다.

마차 밖으로 내민 나타샤의 얼굴이 조롱기 섞인 다정함으로 빛났다.

"표트르 키릴리치, 이리 오세요! 우리가 당신을 알아봤어요! 놀라운 일이에요!" 그녀는 그에게 손을 내밀며 소리쳤다. "어떻게 여기에 있는 거예요? 왜 이러고 있어요?"

피에르는 나타샤가 내민 손을 잡고 걸으면서 (마차가 계속 앞으로 나아가야 했기 때문에) 서툴게 그 손에 입을 맞추었다.

"백작, 무슨 일이에요?" 백작 부인이 놀라움과 동정이 뒤섞인 목소리로 물었다.

"무슨 일이긴요. 저에게 묻지 말아 주십시오." 피에르는 이렇게 말하고 나타샤를 바라보았다. 기쁨으로 빛나는 그녀의 눈길이 (그는 그녀를 보지 않고도 그것을 느꼈다) 특유의 매력으로 그를 감쌌다.

"당신은 어떻게 할 거예요? 모스크바에 남을 건가요?" 피에르는 답하지 않았다.

"모스크바에요?" 그가 미심쩍게 물었다. "네, 모스크바에 있을 겁니다. 잘 가요."

"아, 내가 남자라면 좋겠어요. 그럼 나도 꼭 당신과 함께 남았을 거예요. 아, 얼마나 훌륭한 일이에요!" 나타샤가 말했다. "엄마, 제가 남을 수 있게 허락해 주세요." 피에르는 멍하니 나타샤를 쳐다보며 무언가 말하려 했지만 백작 부인이 가로막았다.

"듣기로는 당신이 전장에 있었다죠?"

"네, 있었습니다." 피에르가 대답했다. "내일 또다시 전투가 벌어질 겁니다……." 피에르가 말을 이어 가려고 했지만 나타샤가 가로막았다.

"백작, 도대체 무슨 일이에요? 당신 같지 않아요……."

"아, 묻지 마십시오, 저에게 묻지 마세요. 저도 아무것도 모르겠습니다. 내일…… 아, 아닙니다. 가세요, 어서 가세요." 그가 말했다. "끔찍한 시대입니다." 그러고는 마차에서 뒤처져 인도로 물러섰다.

나타샤는 오래도록 창밖으로 고개를 내밀고 그를 향해 다정하면서도 조롱기 섞인 기쁨의 미소를 보냈다.

18

피에르는 자기 집에서 사라진 후 고인이 된 바즈데예프의 텅 빈 아파트에서 벌써 이틀째 지내고 있었다. 그 일이 일어난 내막은 다음과 같다.

모스크바로 돌아와 라스톱친 백작을 만난 다음 날 눈을 떴을 때 피에르는 자신이 어디에 있는지, 사람들이 자기에게 무엇을 바라는지 한참 동안 이해할 수 없었다. 하인이 응접실에서 그를 기다리는 사람들의 이름 중에 옐레나 바실리예브나 백작 부인의 편지를 가져온 프랑스인도 있다는 보고를 받았을 때, 그는 갑자기 쉽게 굴복하는 혼란과 절망의 감정에 사로잡혔다. 그는 생각했다. 이제 모든 것이 끝났고, 모든 것이 뒤죽박죽이 되고, 모든 것이 파멸한 것이라고. 의인도 없고 죄인도 없다. 이제 앞으로 아무 일도 일어나지 않을 것이며, 이 상황에서 벗어날 길이 전혀 없다고. 그는 부자연스럽게 미소를 지으면서 뭔가 중얼거리며 무력한 자세로 소파에 앉았다가 일어나 문에 다가가서는 틈새로 응접실을 엿보기도 하고, 손을 내저으며 되돌아와 책을 잡기도 했다. 하인장이 다시 들어와 백작 부인의 편지를 가져온 프랑스인이 단 1분이라도 그를 꼭 만나고 싶어 한다고, 그리고 I. A. 바즈데예프의 미망인 집에서 누가 찾아와 그녀가 시골로 떠나니 그 집에 있는 서적들을 가져가 달라는 요청을 전했다고 보고했다.

"아, 그래, 잠깐만, 기다려 봐……. 아니다…… 아니야, 가서 내가 곧 나간다고 말해 줘." 피에르가 하인장에게 일렀다.

하지만 하인장이 나가자마자 피에르는 테이블에 놓인 모자를 집어 들고 뒷문을 통해 서재를 빠져나갔다. 복도에는 아무도 없었다. 피에르는 복도를 따라 계단까지 걸어가 얼굴을 찌푸린 채 두 손으로 이마를 문지르며 1층 층계참으로 내려갔다. 정문 옆에 수위가 서 있었다. 피에르가 선 층계참에는 뒷문으로 이어지는 계단이 있었다. 그는 그 계단을 내려가 안마당으로 나갔다. 아무도 그가 빠져나간 것을 보지 못했다. 그러나 대문을 나서자마자 길가에서 승용 마차 옆에 서 있던 마부와 문지기가 주인을 보고 그를 향해 모자를 벗었다. 자신에게 쏠린 시선을 느낀 피에르는 자신의 모습을 아무에게도 들키지 않도록 덤불에 머리를 숨긴 타조처럼 행동했다. 그는 고개를 숙인 채 걸음을 재촉하며 길을 걸어갔다.

피에르는 이날 아침 자기가 해야 할 일 중에서 이오시프 알렉세예비치의 서적과 서류를 정리하는 일을 가장 중요하게 여겼다.

그는 가장 먼저 눈에 띄는 마차를 세워 바즈데예프의 미망인이 사는 파트리아르시예 연못이 있는 동네로 가자고 했다.

모스크바를 떠나는 사람들이 사방에서 움직이는 짐마차 대열을 끊임없이 돌아보면서, 덜컹거리는 낡은 삯마차에서 떨어지지 않기 위해 뚱뚱한 몸을 가누면서, 피에르는 학교에서 도망쳐 나온 소년처럼 기쁨을 맛보며 마부와 이런저런 이야기를 나누었다.

마부는 오늘 크렘린궁에서 사람들에게 무기를 나눠 준다고, 그리고 내일 모든 서민들이 트리 고리 관문으로 나가라는 명령을 받았고, 그곳에서 대규모 전투가 벌어질 거라고 이야기했다.

파트리아르시예 연못에 도착한 피에르는 오랫동안 방문하지 않았던 바즈데예프의 저택을 찾았다. 그는 쪽문으로 다가갔다. 피에르가 문을 두드리자 게라심이 나왔다. 피에르가 5년 전에 토르조크에서 이오시프 알렉세예비치를 만났을 때 그와 함께 있던, 얼굴이 누르스름하고 턱수염이 없는 자그마한 바로 그 노인이었다.

"집에 계신가?" 피에르가 물었다.

"상황이 상황이니만큼 소피야 다닐로브나 마님은 자녀들과 토르조크에 있는 마을로 떠나셨습니다, 백작 각하."

"어쨌든 들어가겠네. 서적을 정리해야 해." 피에르가 말했다.

"어서 들어오십시오, (천국에서 편히 쉬시길!) 고인의 형제 마카르 알렉세예비치가 남아 계십니다. 아시겠지만 그분은 몸이 쇠약해서요." 늙은 하인이 말했다.

피에르가 알기로, 마카르 알렉세예비치는 이오시프 알렉세예비치의 동생으로 술주정뱅이에 반쯤 미친 사람이었다.

"그래, 그래, 알고 있어. 들어가지, 들어가……" 피에르는 이렇게 말하며 집 안으로 들어섰다. 키가 크고 코가 불그레한 대머리 노인이 가운을 걸치고 맨발에 덧신을 신은 채 대기실에 서 있었다. 피에르를 보자 그는 화난 듯 뭐라고 중얼거리면서 복도로 가버렸다.

"아주 똑똑한 분이셨는데 이제는 보시다시피 쇠약해지셨어요." 게라심이 말했다. "서재로 가시겠습니까?" 피에르는 고개를 끄덕였다. "서재는 봉인되었는데 지금도 그대로 있습니다. 소피야 다닐로브나 마님께서는 백작님 댁에서 사람이 오면 서적들을 넘기라고 지시하셨습니다."

피에르는 은혜를 입은 고인이 살아 있을 때 몹시 긴장하면서 들어가곤 했던 음울한 서재로 들어갔다. 이오시프 알렉세예비치가 죽은 후 사람의 손이 닿지 않은 먼지투성이 서재가 더욱더 음울해 보였다.

게라심은 덧문 하나를 열어 놓고 까치걸음으로 서재에서 나갔다. 피에르는 서재를 둘러보고 필사본들이 있는 책장에 다가가 한때 교단의 가장 중요한 성물 중 하나였던 필사본 한 부를 꺼냈다. 은인의 주석과 해설이 달린 스코틀랜드 문서의 원본이었다. 그는 먼지 쌓인 책상 앞에 앉아 원고를 펼쳤다 덮었다 하다가 마침내 그것을 옆으로 치우고 두 손으로 턱을 받친 채 생각에 잠겼다.

게라심이 여러 번 서재를 조심스럽게 들여다보았으나 피에르가 똑같은 자세로 앉아 있는 모습만 보았다. 두 시간이 더 지났다. 게라심이 피에르의 주의를 끌기 위해 문가에서 부스럭댔다. 그러나 피에르는 그 소리를 듣지 못했다.

"삯마차를 돌려보내도 될까요?"

"아, 그렇지." 피에르는 정신을 차리고 벌떡 일어서며 말했다. "저기." 그는 게라심의 프록코트 단추를 잡고 감격에 겨운 듯 반짝이는 촉촉한 눈동자로 노인을 내려다보며 말했다. "저기, 내일 전투가 있다는 것을 아나?"

"그렇다고 들었습니다." 게라심이 대답했다.

"내가 누구인지 아무에게도 말하지 말아 주게. 그리고 내 부탁 좀 들어주게……."

"알겠습니다." 게라심이 말했다. "식사를 하시겠습니까?"

"아니, 다른 부탁이 있어. 농부의 옷과 피스톨이 필요해." 갑자기 얼굴을 붉히며 피에르가 말했다.

"알겠습니다." 게라심이 잠시 생각한 뒤에 말했다.

그날 내내 피에르는 은인의 서재에서 혼잣말을 중얼거리며 이 구석 저 구석 초조하게 돌아다녔고, 그를 위해 준비한 침상에서 밤을 보냈다.

　게라심은 일생 동안 온갖 이상한 것들을 지켜본 하인의 습성으로 피에르가 거처를 옮기는 것을 덤덤히 받아들였고, 섬길 사람이 생긴 것에 흡족해하는 듯했다. 그는 왜 그런 것이 필요한지 의문조차 품지 않고 바로 그날 밤 피에르에게 카프탄과 모자를 구해 주고는, 부탁한 피스톨은 다음 날 구해 놓겠다고 약속했다. 그날 밤 마카르 알렉세예비치는 덧신을 끌며 두어 번 문으로 터벅터벅 다가가 아부라도 하듯 피에르를 바라보고 가만히 서 있었다. 하지만 피에르가 돌아보면 이내 부끄럽고 화가 난 기색으로 가운을 여미고는 황급히 가 버렸다. 피에르가 로스토프가 사람들을 만난 것은 게라심이 구해 준 증기로 소독한 마부의 카프탄을 입고 피스톨을 사기 위해 게라심과 함께 수하레바 탑 근처를 지나가고 있을 때였다.

19

9월 1일 밤, 쿠투조프는 러시아군에 모스크바를 통과하여 랴잔 가도로 퇴각하라는 명령을 내렸다.

밤이 되자 첫 번째 부대가 출발했다. 야간에 행군을 시작한 부대는 서두르지 않으면서 천천히, 품위를 지키면서 이동했다. 그러나 새벽에 출발한 부대는 도로고밀로보 다리로 접근할 때쯤 앞에는 서로 밀치며 다급하게 강을 건너려는 군인들과 위로 올라가 거리와 골목을 가득 메우는 군인들을, 뒤에는 끝없이 밀어닥치는 군인들을 보게 되었다. 그러자 이유 없는 초조와 불안이 부대를 사로잡았다. 모든 사람들이 다리 쪽으로, 다리 위로, 얕은 여울로, 보트 안으로 돌진했다. 쿠투조프는 골목길로 우회해서 모스크바 너머로 가도록 자신의 마차에 지시했다.

9월 2일 오전 10시 무렵 도로고밀로보 근교의 넓은 들판에는 후위 부대만 남아 있었다. 러시아군은 이미 모스크바 너머와 모스크바 외곽에 있었다.

같은 시간, 즉 9월 2일 오전 10시 나폴레옹은 포클론나야 언덕에 있는 부대들 사이에 서서 그의 앞에 펼쳐진 광경을 바라보고 있었다. 8월 26일부터 9월 2일까지, 다시 말해 보로디노 전투부터 시작하여 모스크바 침공에 이르기까지, 그 불안하고 잊지 못할 일주일 내내 언제나 사람들을 감동시키는 그 특별한 가을 날씨가 계속되었다. 이럴 때면 낮게 떠 있는 태양이 봄보다 더 따사로운 빛을 내리쬐고, 모든 것이 희박하고 깨끗한 공기 속에 눈이 부실 정도로 빛나고, 가슴이 향긋한 가을 공기를 들이마셔 튼튼해지면서 젊어지고, 밤은 심지어 따뜻하기까지 하다. 이런 캄캄하고 따뜻한 밤에 하늘에선 금빛 별들이 경이와 기쁨을 불러일으키며 끊임없이 쏟아진다.

9월 2일 오전 10시, 바로 그런 날씨였다. 아침의 빛은 마법적이었다. 포클론나야 언덕에서 바라보는 모스크바가 강과 정원과 교회와 더불어 드넓게 펼쳐졌다. 교회의 둥근 지붕들이 햇살 아래 별처럼 아른거려 모스크바가 하나의 생명체처럼 느껴졌다.

이제껏 본 적 없는 형식의 색다른 건축물들을 품은 기묘한 도시를 바라보면서 나폴레옹은 사람들이 자기들에 대해 전혀 모르는 이국의 생활 양식을 볼 때 느끼곤 하는 다소 질투 어리고 불안한 호기심을 맛보았다. 분명 이 도시는 자신의 생명력을 온전히 발휘하며 살고 있었다. 그곳은 멀리에서도 살아 있는 육신을 시체와 확연히 구분 짓는 어떤 미묘한 특징들이 보였다. 나폴레옹은 포클론나야 언덕에서 도시의 역동하는 생명력을 보았으며 그 크고 아름다운 육신의 호흡 같은 것을 느꼈다.

"무수한 교회를 품은 이 아시아적인 도시, 모스크바, 저들의 성스러운 모스크바! 드디어 그 명성 높은 도시가 내 앞에 있다! 때가 왔다!" 나폴레옹이 말했다. 그는 말에서 내려 'Moscou'라는 도시의 지도를 자기 앞에 펼치라고 명령하고는 통역관 를로르뉴 디드빌을 가까이 불렀다. '적에게 점령당한 도시는 순결을 잃은 처녀와 같군.' 그가 생각했다. (나폴레옹은 스몰렌스크에서도 투치코프에게 같은 말을 했다.) 이러한 논리로 본다면 그는 지금 자기 앞에 누워 있는, 아직 한 번도 본 적 없는 동방의 미녀를 바라보고 있었다. 스스로 생각해도 불가능해 보이던 오랜 열망이 마침내 실현되었다는 사실이 그 자신에게도 기이하게 느껴졌다. 밝은 아침 햇살 아래에서 그는 도시와 지도를 번갈아 보며 도시의 작은 부분들까지 확인했다. 소유에 대한 확신이 그를 흥분시키기도 하고 두렵게도 했다.

'하지만 당연한 결과가 아닐까?' 그는 생각했다. '바로 내 발아래 이 수도가 자신의 운명을 기다리고 있다. 지금쯤 알렉산드르는 어디에 있고 무슨 생각을 할까? 기묘하고 아름답고 웅장한 도시! 그리고 기묘하고 웅장한 이 순간! 나는 저들에게 얼마나 눈부시게 보일 것인가!' 그는 자신의 군대에 대해 생각했다. '이것이 바로 믿음이 약했던 이 모든 자들을 위한 포상이다.' 그는 측근들과 가까이 다가와 정렬하는 군대를 둘러보며 생각했다. '나의 말 한마디, 나의 손놀림 한 번에 **차르들의** 고도(古都)가 파멸했다. **하지만 나는 언제라도 정복당한 자들에게 자비를 베풀 준비가 되어 있다.** 나는 관대하고 위대해야 한다. 아니야, 내가 모스크바에 있는 것이 사실일 리 없다.' 문득 이런 생각이 머리를 스치기도 했다. '그러나 바로 저기 모스크바가 둥근 황금빛 지붕과 십자가를 햇빛에 반짝이고 아른거리며 나의 발아래 누워 있다. 그렇지만 난 모스크바에 자비를 베풀 것이다. 야만과 압제의 오래된 기념비들 위에 나는 정의와 자비의 위대한 말을 쓸 것이다……. 알렉산드르는 이것을 무엇보다도 쓰라리게 받아들일 것이다. 난 그를 잘 안다. (나폴레옹은 지금 벌어지고 있는 이 일의 가장 큰 이유가 자기 자신과 알렉산드르의 개인 대 개인의 싸움인 것처럼 느껴졌다.) 크렘린의 높은 곳에서 (그래, 저것이 크렘린일 거야, 맞아) 내가 저들에게 정의의 법을 줄 것이야. 내가 저들에게 진정한 문명의 의미를 보여 줄 것이야. 보야르*의 후손들이 대대로 자신을 정복한 자의 이름을 애정 어린 마음으로 기억하게 할 것이야. 난 저들의 대표단에 내가 전쟁을 원하지 않았으며 지금도 원하지 않는다고 말할 것이다. 단지 저들의 궁정이 만들어 낸 잘못된 정치와 싸웠을 뿐이라고, 난 알렉산드르를 사랑하고 존경한다고, 난 나 자신과 나의 국민들에게 걸맞은 평화 조약 조건을 모스크바에서 수락하겠다고……. 난 존경받는 황제를 모욕하는 것에 전승(戰勝)의 행복을 이용하고 싶지 않다. 난 보야르들에게 말할 것이다. "난 전쟁을 원하지 않소. 내가 원하는 것은 내 모든 백성들의 평화와 안녕이오." 그러나 난 안다. 저들 앞에 서면 난 용기가 절로 치솟아 언제나 그렇듯이 분명하고, 장중하고, 위엄 있게 저들에게 연설할 것이다. 그런데 내가 진정 모스크바에 와 있단 말인가? 그렇다, 모스크바가 바로 여기에 있다!'

"보야르들을 데려와라." 그는 수행원들에게 말했다. 한 장군이 눈부신 수행원들과 함께 보야르들을 데려오기 위해 말을 타고 즉시 떠났다.

두 시간이 지났다. 나폴레옹은 아침 식사를 마치고 다시 포클론나야 언덕의 똑같은 자리에 서서 대표단을 기다렸다. 보야르들에게 할 연설이 머릿속에 준비되어 있었다. 그 연설은 나폴레옹이 알고 있는 기품과 위엄으로 가득했다.

나폴레옹은 모스크바에서 사용할 자신의 관대한 말투에 스스로도 황홀해했다. 상상 속에서 그는 **차르의 궁정에서 러시아의 고관들과 프랑스 황제의 고관들이 만나게 될 회합** 날짜를 정했다. 또한 머릿속으로 주민들의 마음을 달래 줄 총독을 임명하기도 했다. 모스크바에 자선 단체가 많다는 것을 알고 상상 속에서 그 모든 자선 단체가 그의 은총을 듬뿍 받게 하리라 결심했다. 아프리카에서 모자 달린 외투를 입고 회교 사원에 앉아야 했던 것처럼, 모스크바에서는 차르같이 자비롭게 처신해야겠다고 생각했다. 그리고 **다정하고 가여운 나의 사랑하는 어머니**라는 말을 언급하지 않고는 감상적인 것을 전혀 상상하지 못하는 프랑스인들과 마찬가지로, 그는 러시아인들의 마음을 완전히 감동시키기 위해 이 모든 자선 단체의 건물에 커다란 글씨로 '**나의 사랑하는 어머니에게 바치는 시설**'이라고 쓰도록 지시해야겠다고 생각했다. '아니야, 단순하게 '나의 어머니의 집'으로 하자.' 그는 속으로 결정했다. '그런데 내가 정말 모스크바에 있단 말인가? 그래, 저기 내 앞에 모스크바가 있다. 그런데 이 도시의 대표단은 도대체 왜 이렇게 나타나지 않는 거야?' 그는 생각했다.

한편 황제의 뒤에 모여 있는 수행원들 사이에선 장군들과 육군 원수들이 걱정스러운 기색을 띠며 목소리를 낮춰 의논하고 있었다. 대표단을 데려오기 위해 보냈던 사람들이 모스크바가 텅 비었고 모든 시민들이 떠났다는 소식을 가지고 돌아왔던 것이다. 의논하는 사람들의 얼굴이 창백하고 불안한 빛을 띠었다. 그들이 두려운 것은 사람들이 모스크바를 떠났다는 소식이 아니라 (그 사건이 아무리 중요하게 여겨질지라도) 그 소식을 어떤 식으로 황제에게 보고할 것인가, 프랑스인들이 **우스꽝스럽다**고 일컫는 끔찍한 상황에 황제가 빠지지 않게 하면서 보야르들을 그토록 오래 기다린 것이 부질없는 일이었고 술주정뱅이 무리 외에 아무도 남지 않았다는 사실을 어떤 식으로 보고할 것인가 하는 점이었다. 사람들은 무슨 일이 있어도 어떻게든 대표단을 만들어 봐야 한다고 말했다. 또 다른 사람들은 이 의견에 반대하면서 신중하고 지혜로운 방식으로 황제의 마음을 준비시킨 후 사실대로 알려야 한다고 주장했다.

"그러나 폐하께 말씀드려야……." 수행원들이 말했다. "그러나 여러분……." 황제가 자신의 관대함을 보여 줄 계획을 짜며 지도 앞에서 초조하게 이리저리 거닐고 이따금 손을 이마에 대고 모스크바로 통하는 도로를 바라보면서 자랑스러운 미소를 짓고 있었기에 상황은 더욱 곤란했다.

"하지만 난처하군요…… 그렇게 할 수는 없습니다……." 수행원들은 어깨를 으쓱하며 말했다. 그들은 마음속으로 떠오르는 **우스꽝스럽다**라는 무시무시한 단어를 입 밖에 낼 엄두를 내지 못하고 있었다.

한편 헛된 기다림에 지친 황제는 장엄한 순간이 너무 오래 이어지면 그 장엄함이 사라진다는 것을 배우의 감각으로 감지하고 한 손으로 신호를 보냈다. 신호를 알리는 포성이 적막하게 울려 퍼졌고 여러 방향에서 모스크바를 포위하고 있던 부대들이 트베리 관문, 칼루가 관문, 도로고밀로보 관문을 통해 모스크바로 진입했다. 말을 탄 군인들은 자신들이 일으킨 먼지구름 속에 모습을 감추면서 빠른 걸음으로, 혹은 달음질로 앞서거니 뒤서거니 하며 더욱 빠르게 진군했고 하나로 어우러진 함성 소리가 대기를 흔들었다.

나폴레옹은 군대의 행군에 이끌려 도로고밀로보 관문까지 그들과 함께 갔으나 그곳에서 다시 멈추었다. 말에서 내린 그는 카메르콜레시스키 성벽 옆을 오랫동안 거닐며 대표단을 기다렸다.

20

모스크바는 텅 비어 있었다. 그곳에 아직 사람들이 있기는 했다. 예전에 살았던 인구의 50분의 1 정도가 남아 있기는 했지만 텅 빈 것이나 마찬가지였다. 모스크바는 여왕벌이 없어져 생명력을 잃어 가는 벌집처럼 비어 있었다.

여왕벌이 없는 벌집에는 생명력은 이미 없지만 겉으로는 여느 벌집들처럼 활력이 있어 보인다.

생명력이 있는 다른 벌집들과 똑같이 여왕벌이 없어진 벌집 주위에도 한낮의 뜨거운 햇살 아래 꿀벌들이 분주하게 맴돈다. 그 벌집도 멀리에서부터 꿀 향기를 풍기고, 드나드는 꿀벌들이 있다. 그러나 자세히 들여다보면 그 벌집이 이미 생명력을 다했다는 사실을 알 수 있다. 우선 여기의 꿀벌들이 생명 있는 벌집들과 다르게 날아다니고, 다른 냄새와 다른 소리가 양봉가를 놀라게 한다. 양봉가가 병든 벌집의 벽을 두드리면, 수만 마리가 엉덩이를 위협적으로 웅크리고 빠른 날갯짓으로 경쾌하고 생명력 있는 소리를 내면서 즉각적이고 동시다발적으로 반응하는 대신, 텅 빈 벌집 여기저기에서 드문드문 메아리처럼 울리는 윙윙거림이 들렸다. 벌집 입구에서는 예전처럼 알코올 냄새가 섞인 향기로운 꿀과 독의 냄새도 풍기지 않고, 가득 차 있음의 온기도 느껴지지 않으며, 꿀 냄새는 공허와 부패의 악취와 뒤섞여 있다. 벌집 입구에는 방어하기 위해 죽음을 각오하고 엉덩이를 위로 치켜든 채 경보음을 울리는 보초병들이 더 이상 없다. 고르고 나직한 소리, 물 끓는 소리와 비슷한 노동의 움직임 소리도 더 이상 나지 않고 조화롭지 못하고 분산된 무질서의 소리만 들린다. 검고 길쭉한 몸통에 꿀을 덕지덕지 묻힌 약탈자 벌들이 눈치 보면서 잽싸게 벌집을 드나든다. 그 벌들은 침을 쏘지 않고 위험을 피해 슬그머니 가 버린다. 예전에 벌들이 짐을 들고 날아들었다가 빈 몸으로 나갔다면 이제는 짐을 들고 나간다. 양봉가가 벌통 아래쪽 칸을 열고 그 속을 들여다본다. 예전에 노동으로 온순해진 통통한 꿀벌들이 서로 다리를 붙잡고 끊임없이 작업하는 소음을 내며 밀랍을 길게 늘여 바닥까지 끈처럼 늘어져 있었다면, 이제는 비쩍 마른 몽롱한 벌들이 여기저기에서 벌집 바닥과 벽을 멍하니 돌아다닌다. 풀을 깔끔하게 바르고 날개 부채로 깨끗이 쓸어 놓은 바닥 대신 밀랍 부스러기, 꿀벌들의 배설물, 거의 죽은 상태로 발만 살짝 움직이는 벌들이나 완전히 죽은 꿀벌들이 치워지지 않은 채 널려 있다.

양봉가는 벌통 위쪽 칸을 열고 벌집의 머리 부분을 살핀다. 벌집의 모든 틈새를 남김없이 메워 애벌레를 따뜻하게 해 주던 꿀벌들의 빽빽한 대열 대신 이제는 교묘하고 복잡한 솜씨로 지은 벌집을 보게 된다. 하지만 그것은 이미 예전의 순결한 형태를 잃었다. 모든 것이 방치되어 있고 더러워졌다. 약탈자들인 검은 벌들이 재빠르고 은밀하게 작업장 여기저기를 뒤지고 다닌다. 벌집의 주인인 꿀벌들은 마치 늙은 것처럼 몸이 바싹 마르고 짧아지고, 축 늘어져 아무도 방해하지 않으면서, 아무것도 바라지 않으면서, 삶에 대한 인식을 상실한 채 느릿느릿 돌아다닌다. 수벌들, 말벌들,

땅벌들과 나비들이 날아다니며 실없이 벌집 벽을 툭툭 친다. 죽은 애벌레와 꿀이 든 밀랍 방 어딘가에서 이따금 성난 윙윙거림이 들린다. 어딘가에서 꿀벌 두 마리가 오랜 습관과 기억에 따라 벌집을 청소하려고 애를 쓰며 죽은 꿀벌이나 땅벌을 밖으로 끌어내는데 자신들도 무엇 때문에 이 일을 하고 있는지는 모른다. 다른 한 구석에서는 또 다른 두 늙은 꿀벌이 귀찮은 듯 싸우거나 자기 몸을 깨끗이 씻거나 서로 먹이를 주는데 자신들도 서로 적대적인지 우호적인지는 모른다. 또 어떤 구석에서는 꿀벌 무리가 서로 짓밟으면서 한 마리의 희생양에 달려들어 그 꿀벌을 때리고 질식시킨다. 그러면 힘이 빠지거나 죽임을 당한 꿀벌이 깃털처럼 가볍게 시체 더미로 천천히 떨어진다. 양봉가는 벌들의 보금자리를 보기 위해 가운데 있는 밀랍 방 두 개를 열어 본다. 예전에 수천 마리의 벌들이 원을 이루며 서로 등을 맞대고 촘촘히 앉아 자기들 작업의 숭고한 비밀을 지키고 있었다면 이제는 반쯤 죽어 무기력하게 잠에 빠진 수백 마리 벌들의 몸통만 보인다. 꿀벌들은 자신들이 지키던 (더 이상 존재하지 않는) 성물 위에 앉아 스스로도 깨닫지 못한 사이에 거의 다 죽어 버렸다. 그 꿀벌들은 부패와 죽음의 악취를 풍긴다. 그중 몇 마리만 꿈틀거리며 일어나 힘없이 날아올라 적을 찌르고 죽을 힘도 없이 적의 손 위에 내려앉는다. 나머지 죽은 꿀벌들은 물고기 비늘처럼 가볍게 아래로 떨어진다. 양봉가는 벌통을 닫고 분필로 표시했다가 나중에 시간이 날 때 그것을 부수고 불태운다.

나폴레옹이 지치고 불안하고 불만스러운 기색으로 카메르콜레시스키 성벽 옆을 서성거리며 사절단을 기다릴 때 (그는 이것이 비록 겉치레에 불과하다 할지라도 반드시 지켜야 할 예의라고 생각했다) 모스크바는 그처럼 텅 비어 있었다.

모스크바 곳곳에 아직 남은 사람들이 오랜 습관을 따르며 무엇을 하고 있는지도 모르면서 무의미하게 움직일 뿐이었다.

누군가가 상황에 걸맞게 나폴레옹에게 모스크바가 비었다는 사실을 조심스럽게 보고하자, 그는 보고한 사람을 성난 눈길로 쳐다보고는 돌아서서 아무 말 없이 계속 거닐었다.

"마차를 준비해." 그가 말했다. 그는 당직 부관과 나란히 대형 마차에 올라 타 근교로 떠났다.

"모스크바가 텅 비었다. 정말이지 믿기 어려운 일이군!" 그는 혼잣말로 중얼거렸다.

나폴레옹은 시내로 가지 않고 도로고밀로보 근교의 여인숙에 묵었다.

연극의 대단원은 실패로 끝났다.

21

러시아군은 새벽 2시부터 오후 2시에 걸쳐 마지막 피란민과 부상자들을 이끌고 모스크바를 통과했다.

군대가 이동하는 과정에서 가장 혼잡했던 곳은 카멘니, 모스크보레츠키와 야우즈스키 다리들이었다.

크렘린 주변에서 둘로 갈라진 군대가 모스크보레츠키 다리와 카멘니 다리에서 합류한 순간, 엄청난 수의 병사들이 정체와 혼잡을 틈타 다리에서 방향을 틀어 성 바실리 교회를 지나 보로비츠키 대문을 빠져나간 뒤 언덕으로 붉은 광장으로 몰래 조용히 달음질쳤다. 어떤 직감 같은 것으로 그들은 그곳에서 남의 물건을 쉽게 손에 넣을 수 있다고 느꼈던 것이다. 벼룩시장에서처럼 사람들이 무리를 지어 고스티니 드보르 시장의 길과 통로를 가득 메웠다. 하지만 손님을 부르는 상인들의 부드러우면서 달콤한 목소리도 들리지 않았고, 배달부들과 물건을 사러 나온 화려한 여성들의 무리도 보이지 않았다. 총 없이 묵묵하게 짐을 들고 시장에서 나오거나 빈손으로 들어가는 병사들의 군복과 외투만 보일 뿐이었다. 상인들과 점원들은 (그들의 수는 적었다) 길 잃은 것처럼 병사들 사이를 돌아다니고, 자기네들 상점을 열었다 닫았다 하고, 일꾼들과 함께 어딘가로 상품을 운반했다. 고스티니 드보르 시장 옆 광장에는 고수들이 서서 북을 치며 소집을 알렸다. 그러나 북소리는 약탈자 병사들을 예전처럼 소집하게 만드는 것이 아니라 그 북소리에서 최대한 멀리 도망가게 만들었다. 병사들 사이에, 상점과 통로에는 회색 외투를 입고 머리를 빡빡 민 사람들*이 보였다. 장교 둘이 일리인카 거리 모퉁이에 서서 이야기하고 있었다. 한 장교는 군복 위에 목도리를 하고 비쩍 마른 짙은 회색 말을 타고 있었고, 외투를 입은 다른 한 명은 도로 위에 서 있었다. 말을 탄 또 한 명의 장교가 그들 쪽으로 다가갔다.

"장군님께서 어떻게든 당장 모두를 여기서 내쫓으라고 명령하셨다. 도대체 이게 무슨 꼴인가! 병사의 절반이 사방으로 흩어졌어."

"자네, 어디로 가나? 자네들, 어디로 가냐니까?" 그가 총 없이 외투 자락을 걷어 올리고 시장 통로로 몰래 지나가려는 보병 세 명에게 소리쳤다. "거기 서, 망할 것들아!"

"그래, 저들을 한번 직접 집합시켜 보시지요!" 다른 장교가 대답했다. "절대 못합니다. 나머지 병사들까지 흩어지지 않게 어서 출발해야 합니다. 지금 할 수 있는 건 그것뿐입니다."

"어떻게 출발하란 말입니까? 저기 다리 앞에서 병사들이 꽉 차서 움직이질 않는데요. 아니면 남은 자들이 흩어지지 않게 저지선이라도 칠까요?"

"일단 저리 가 보란 말이야! 저들을 쫓아내라니까!" 고참 장교가 소리쳤다.

목도리를 두른 장교가 말에서 내려 고수를 부른 뒤 그와 함께 아치 아래로 들어갔다. 몇몇 병사들이 떼를 지어 도망가기 시작했다. 코 주변 뺨에 붉은 뾰루지들이 난 상인이 투실투실한 얼굴에 침착하고 흔들림 없는 계산적인 표정을 띤 채 두 손을 흔들며 서둘러, 그러면서도 멋 부리는 걸음으로 그 장교에게 다가갔다.

"장교님." 그가 말했다. "자비를 베풀어 우리를 보호해 주십쇼. 저희는 손해 보더라도 기꺼이 모시겠습니다. 어서 오십쇼, 지금 당장 모직 천을 내오겠습니다. 고귀한 분을 위해서라면 두 필이라도 기꺼이 가져옵지요. 저희도 느끼는 바가 있는데, 도대체 이게 무슨 난리입니까? 이리 오십쇼. 보초병이든 뭐든 좀 세워서 상점 문을 닫게라도 해 주시면……."

몇몇 상인들이 장교 주위에 모여들었다.

"에라! 쓸데없는 소리 하면 뭐 하나!" 그들 중 좀 야위고 근엄한 얼굴을 한 상인이 말했다. "머리통이 날아갔는데 머리카락을 아쉬워하는 사람이 어디 있나! 마음대로 다 가져가라고 해!" 그러고는 포기한 듯 힘차게 한쪽 손을 내리치곤 장교한테서 돌아섰다.

"이반 시도리치, 자네야 그렇게 말해도 괜찮겠지." 조금 전의 상인이 성을 내며 말했다. "부탁드립니다요, 장교님."

"말 한번 잘했네!" 야윈 상인이 큰 소리로 말했다. "나는 여기 상점 세 군데에 10만 루블어치 상품을 갖고 있어. 군대가 떠나는 마당에 그것을 지킬 수 있겠냐고. 아, 이 인간들아, 하느님의 뜻을 인간의 손으로 막을 수 있겠나!"

"이리 오십쇼, 장교님." 처음의 상인이 허리를 굽실대며 말했다. 장교는 당황스러워하며 서 있었다. 그의 얼굴에는 망설임의 기색이 보였다.

"그게 나와 도대체 무슨 상관인가!" 그가 갑자기 버럭 소리를 지르고는 빠른 걸음으로 통로를 따라 나아갔다. 자물쇠가 풀린 한 상점에서 때리고 욕하는 소리가 들려왔다. 장교가 그곳을 지나갈 때쯤 머리를 빡빡 밀고 회색 외투를 입은 남자가 문밖으로 뛰쳐나왔다.

　그 남자는 몸을 숙이고 상인들과 장교 옆을 부리나케 달아났다. 장교는 상점 안에 있던 병사들 쪽으로 달려들었다. 그때 모스크보레츠키 다리에서 수많은 군중의 무시무시한 고함 소리가 들렸다. 장교는 다시 광장으로 뛰어나왔다.

　"뭐야? 무슨 일이야?" 그가 물었다. 하지만 그의 동료는 이미 성 바실리 교회를 지나 고함 소리가 들리는 쪽으로 말을 몰고 있었다. 장교는 말을 타고 그를 쫓아갔다. 다리 쪽으로 다가간 그는 포차와 분리된 대포 두 문, 다리를 건너는 보병 부대, 뒤집힌 수레 몇 대, 겁에 질린 몇몇 얼굴과 킬킬거리며 웃어 대는 병사들을 보았다. 대포 옆에는 말 두 마리에 매인 짐마차 한 대가 있었다. 그 너머에는 바퀴 뒤에 목걸이를 찬 보르조이 사냥개 네 마리가 서로 바짝 달라붙어 있었다. 짐마차에는 물건들이 산더미처럼 쌓였고, 맨 위에는 한 아낙네가 뒤집힌 유아용 의자 옆에 앉아 고음을 내며 필사적으로 비명을 지르고 있었다. 동료들이 장교에게 군중이 고함을 치고 아낙네가 비명을 지른 이유를 말해 줬다. 이들 군중과 맞닥뜨린 예르몰로프 장군이 병사들은 상점가로 뿔뿔이 흩어지고 주민들은 떼로 다리를 막고 있다는 것을 알고는 대포를 포차에서 내려 다리를 포격할 것처럼 시늉을 내라고 명령한 것이다. 군중은 짐마차들을 뒤엎고 서로를 밀치면서 필사적으로 고함을 지르며 다리를 비웠다. 그 덕분에 비로소 군대가 앞으로 나아갈 수 있게 되었다.

22

도시는 텅 비어 있었다. 거리에는 거의 아무도 없었다. 대문과 상점은 모두 닫혀 있었다. 군데군데 술집 주변에 쓸쓸한 고함 소리나 취기 섞인 노래가 들렸다. 거리에는 마차도 다니지 않았고, 걸어가는 사람의 발소리도 거의 들리지 않았다. 포바르스카야 거리는 완전히 고요하고 황량했다. 로스토프가의 넓은 안마당에는 건초 지푸라기와 짐마차 행렬이 떠난 뒤 남은 말똥만 널렸고 인기척이라곤 찾아볼 수 없었다. 재산을 전부 두고 떠난 로스토프가의 저택에 남은 사람 중 두 명은 큰 응접실에 있었다. 문지기 이그나트와 카자크 복장의 사환 아이 미시카였다. 바실리이치의 손자인 미시카는 할아버지와 함께 모스크바에 남았다. 미시카는 클라비코드 뚜껑을 열고 한 손가락으로 건반을 치고 있었다. 문지기는 옆구리를 한 손으로 받치고 뻐딱하게 서서 즐거운 미소를 지으며 큰 거울 앞에 서 있었다.

"보세요, 잘하죠! 네? 이그나트 아저씨!" 소년이 갑자기 두 손으로 건반을 쾅쾅 두드리며 말했다.

"굉장한데!" 이그나트는 거울 속의 자기 얼굴이 점점 더 활짝 웃는 것에 놀라며 대꾸했다.

"뻔뻔한 인간들 같으니! 정말 뻔뻔하네!" 뒤에서 조용히 응접실에 들어온 마브라 쿠즈미니시나의 목소리가 들렸다. "봐라, 넙데데한 얼굴로 히죽거리는 꼴이라니! 이런 짓이나 하라고 너희를 붙잡아 둔 줄 알아! 저기는 하나도 정리가 안 되어서 바실리이치가 지쳐 녹초가 됐는데. 두고 봐라!"

이그나트가 허리띠를 제대로 묶으면서 웃음을 그치고 공손히 눈을 내리깔며 방에서 나갔다.

"아줌마, 저 살살 할게요." 소년이 말했다.

"내가 살살 손 좀 봐줄까, 이 망나니 녀석!" 마브라 쿠즈미니시나가 그를 향해 한 손을 쳐들며 호통쳤다. "어서 가서 할아버지를 위해 사모바르를 준비해."

마브라 쿠즈미니시나는 먼지를 털고 클라비코드 뚜껑을 닫더니 깊은 한숨을 쉬고는 응접실에서 나가 문을 잠갔다.

안마당으로 나간 마브라 쿠즈미니시나는 이제 어디로 갈지 생각에 잠겼다. 바깥채에 있는 바실리이치한테 가서 함께 차를 마실까, 아니면 아직 정리되지 않은 것을 치우러 창고에나 갈까?

고요한 거리에서 빠른 발소리가 들리더니 발걸음이 쪽문 앞에서 멈췄다. 빗장은 발걸음을 멈춘 사람이 그것을 풀려고 애써서인지 달그락거렸다.

마브라 쿠즈미니시나가 쪽문으로 다가갔다.

"누구를 찾으세요?"

"백작님을 찾고 있습니다. 일리야 안드레이치 로스토프 백작님이오."

"당신은 누구신데요?"

"전 장교입니다. 그분을 꼭 만나야 합니다." 귀족다움이 느껴지는 러시아인의 부드러운 목소리가 들렸다.

마브라 쿠즈미니시나는 쪽문의 빗장을 열었다. 그러자 로스토프가 사람들과 닮은, 얼굴이 둥그스름한 열여덟 살쯤 되어 보이는 장교가 안마당으로 들어왔다.

"다들 떠나셨어요, 도련님. 어제저녁 기도 때쯤 떠나셨습니다." 마브라 쿠즈미니시나가 다정하게 말했다.

젊은 장교는 들어설까 말까 망설이는 듯 쪽문 옆에 서서 혀를 찼다.

"아, 정말 유감이군요!" 그가 중얼거렸다. "어제 왔으면 좋았을 텐데…… 아, 정말 아쉽네요!"

마브라 쿠즈미니시나는 젊은이의 얼굴에 깃든, 그녀가 익히 아는 로스토프가 혈통의 생김새와 그의 누더기가 된 외투와 닳아 빠진 군화를 동정하는 눈빛으로 유심히 살폈다.

"무슨 일로 백작님을 만나려 하셨나요?" 그녀가 물었다.

"아니, 뭐…… 할 수 없죠!" 장교가 애석하다는 투로 말하고는 떠나기로 결심한 듯 쪽문을 잡았다. 하지만 다시 주저하며 걸음을 멈추었다.

"그게 말이죠……." 그가 불쑥 입을 열었다. "전 백작님의 친척이고, 그분은 항상 저에게 잘해 주셨죠. 그런데 보다시피 (그는 선량하고 유쾌한 미소를 지으며 자신의 망토와 군화를 쳐다보았다) 옷은 누더기가 되고 돈도 한 푼 없답니다. 그래서 백작님께 부탁을 하려고……."

마브라 쿠즈미니시나는 끝까지 말할 틈을 주지 않았다.

"잠깐만 기다리세요, 도련님. 잠깐만요." 그녀가 말했다. 그리고 장교가 쪽문에서 손을 내리자 마브라 쿠즈미니시나는 돌아서서 노파 특유의 걸음으로 뒷마당의, 자신이 묵고 있는 바깥채로 서둘러 갔다.

마브라 쿠즈미니시나가 자기 거처에 다녀오는 동안 장교는 고개를 숙이고 자신의 구멍 난 군화를 보면서 가벼운 미소를 지은 채 안마당을 거닐었다. '아저씨를 만나지 못해 정말 아쉽군! 좋은 할멈이야! 그런데 어디로 간 거지? 지금쯤 로고즈스키 관문으로 가고 있을 연대를 따라잡으려면 어느 길로 가야 할지 누구한테 물어봐야 하나?' 젊은 장교가 생각하고 있을 때 마브라 쿠즈미니시나가 두려움과 단호함이 뒤섞인 얼굴로 돌돌 만 격자무늬 손수건을 두 손에 쥔 채 모퉁이 뒤에서 나왔다. 그녀는 장교 앞에 이르기도 전에 손수건을 펼치며 그 안에 들어 있는 25루블짜리 하얀 지폐 한 장을 꺼내 장교에게 황급히 건넸다.

"백작님이 집에 계셨더라면 분명히 친척이니까…… 혹시 이걸로…… 지금은……." 마브라 쿠즈미니시나는 머뭇거리며 당혹스러워했다. 하지만 장교는 거절하지도 않고 서두르지도 않으면서 그 지폐를 받은 뒤 마브라 쿠즈미니시나에게 고맙다는 인사를 했다. "백작님이 집에 계셨더라면 좋았을 텐데……." 마브라 쿠즈미니시나는 미안해하며 계속 말했다. "그리스도께서 함께하시길, 도련님! 하느님께서 당신을 구해 주시길!" 마브라 쿠즈미니시나가 허리를 숙이고 그를 배웅하며 말했다. 장교는 마치 스스로를 비웃기라도 하듯 옅은 웃음을 짓고 고개를 절레절레 저으면서 연대를 따라잡기 위해 텅 빈 거리를 따라 야우스키 다리 쪽으로 황급하게 달려갔다.

마브라 쿠즈미니시나는 눈에 눈물이 맺힌 채 닫힌 쪽문 앞에 한참을 서 있었다. 그녀는 수심에 잠겨 고개를 저으며 잘 알지도 못하는 젊은 장교에게 갑자기 모정과 연민을 느꼈다.

23

아래층이 술집이었던 바르바르카 거리의 아직 완공되지 않은 한 건물에서 취객들의 고함 소리와 노랫소리가 들렸다. 작고 더러운 방 안의 테이블들 앞에 놓인 긴 의자에 열 명가량 되는 공장 노동자들이 앉아 있었다. 술에 취하고 땀에 흠뻑 젖은 그들은 모두 눈을 게슴츠레 뜨고 입을 한껏 벌리고서 열심히 노래를 부르고 있었다. 그들은 제각기 억지로 노래를 불렀다. 아무래도 노래를 부르고 싶은 것이 아니라 그저 자신들이 취했으며 즐기고 있다는 것을 보여 주고 싶은 듯했다. 깨끗한 파란 외투 차림의 키가 큰 금발 청년이 그들 앞에 서 있었다. 콧날이 날렵하고 곧은 그의 얼굴은 잘생긴 편이었는데 꽉 다물었는데도 끊임없이 실룩이는 얇은 입술과 시선을 고정한 채 찌푸린 몽롱한 그의 눈이 문제였다. 그는 노래하는 사람들 앞에 서서 무언가를 상상하듯이 소매를 팔꿈치까지 걷어 올린 채 더러운 손가락을 부자연스럽게 벌리려고 애쓰면서 하얀 팔을 사람들의 머리 위로 엄숙하고 어색하게 휘둘러 댔다. 외투의 소맷자락이 흘러내릴 때마다 청년은 열심히 소매를 다시 걷어 올렸다. 마치 그가 휘두르는 그 힘줄이 불거진 하얀 팔이 반드시 맨살로 드러나는 것이 매우 중요한 의미가 있는 것처럼.

노래하는 도중에 방과 현관 계단에는 주먹질하며 싸우는 소리가 들렸다. 키 큰 청년이 포기하고 손을 내렸다.

"그만!" 그가 명령조로 외쳤다. "어이, 친구들, 싸움이 났다!" 그러고는 연신 소매를 걷어 올리며 현관 계단으로 나갔다.

공장 노동자들도 그를 뒤따랐다. 이날 아침 키 큰 청년의 주도 아래 술집에서 술을 마신 공장 노동자들은 술집 주인에게 공장에서 가져온 가죽을 넘겨주고 그 대가로 포도주를 받았다. 술집에서 흥청거리는 소리를 들은 인근 대장간의 대장장이들이 술집이 망한 거라 생각하여 완력으로 밀고 들어오려 했던 것이다. 현관 계단에서 싸움이 붙었다.

술집 주인은 문간에서 한 대장장이와 주먹다짐을 하고 있었다. 공장 노동자들이 나왔을 때 대장장이는 술집 주인의 주먹을 맞고 나가떨어져 포장도로에 얼굴을 박고 쓰러졌다.

또 다른 대장장이가 술집 주인을 가슴으로 마구 밀면서 기를 쓰고 문 쪽으로 가려 했다.

소매를 걷은 청년이 비집고 들어오려는 대장장이의 얼굴에 주먹을 날리고 거칠게 외쳤다.

"친구들! 우리 편이 맞고 있다!"

그때 첫 번째 대장장이가 땅바닥에서 일어나 얻어맞은 얼굴에서 피를 긁어내며 울음 섞인 목소리로 외쳤다.

"사람 살려! 살인이다! 사람이 죽었다! 형제들!"

"세상에, 사람이 맞아 죽었네, 사람이 죽었어!" 옆집 대문에서 나온 아낙이 비명을 질렀다. 피투성이가 된 대장장이 주위에 사람들이 모여들었다.

"네놈은 사람들을 갈취하고 벌거벗게 만든 걸로는 모자랐구나." 누군가의 목소리가 술집 주인을 향해 말했다. "이제 사람까지 죽이니? 날강도 같으니라고!"

키가 큰 청년은 현관 계단에 서서 이제 누구와 싸워야 하나 생각하는지 술집 주인과 대장장이들을 몽롱한 눈으로 번갈아 쳐다보았다.

"살인자!" 갑자기 그가 술집 주인을 향해 외쳤다. "친구들, 저놈을 묶어라!"

"어디 한번 묶어 보시지!" 술집 주인이 자신에게 달려드는 사람들을 뿌리치며 외치고 모자를 벗어 땅바닥에 내동댕이쳤다. 그러자 그 행동이 어떤 은밀하고 위협적인 의미를 띤 것처럼 술집 주인을 에워싼 공장 노동자들이 주춤하며 멈춰 섰다.

"이봐, 법이라면 내가 아주 잘 알지. 난 경찰서에 가겠어. 자네는 내가 못 갈 거라고 생각하나? 요즘은 누구든 강도질을 못하게 되어 있어!" 술집 주인이 모자를 집어 들며 소리쳤다.

"그래, 가 보지 뭐!" "그래, 가 보자, 이 자식아!" 술집 주인과 키 큰 청년은 잇달아 똑같은 소리를 하면서 함께 거리로 나섰다. 피투성이가 된 대장장이가 그들과 나란히 걸어갔다. 공장 노동자들과 구경꾼들은 웅성거리고 고함을 치면서 그들을 뒤따랐다.

마로세이카 거리 모퉁이에 제화점 간판이 걸린 덧문이 닫힌 큰 저택 맞은편에 녹초가 된 앙상한 구두장이들 스무 명가량이 가운과 해진 외투 차림을 하고 음울한 얼굴로 서 있었다.

"그놈은 사람들에게 마땅히 지불해야 해." 비쩍 마르고 수염이 듬성듬성한 구두장이가 눈썹을 찌푸리며 말했다. "뭐야, 지금까지 우리 피를 빨아먹다가 그만이래. 그놈은 일주일 내내 우리를 속였어. 그리고 이젠 다 끝날 때가 되니까 자기만 내뺐단 말이지."

말을 하던 구두장이는 사람들과 피투성이 남자를 보자 입을 다물었고, 구두장이들은 모두 재빨리 호기심을 보이며 걸어가는 무리와 합류했다.

"사람들이 어디로 가는 거야?"

"뻔하지, 뭐. 관청에 가는 거야."

"그런데 우리 군대가 졌다는 게 사실이야?"

"아니, 그럼 이겼다고 생각했어? 사람들이 무슨 말을 하는지 좀 들어 봐."

사람들이 묻고 대답하는 소리가 들렸다. 술집 주인은 군중이 늘어난 틈을 노려 사람들로부터 떨어져 나와 술집으로 돌아갔다.

키 큰 청년은 술집 주인이 사라진 것도 알아차리지 못한 채 소매를 걷어붙인 팔을 휘두르면서 사람들의 관심을 끌며 계속 뭔가 말하고 있었다. 사람들은 대부분 그를 뒤쫓아 가려 했고 모두의 관심을 끄는 질문의 답을 그에게서 얻을 거라 여겼다.

"그래, 질서를 보여 줘야 해요, 법을 보여 줘야 해요, 그러라고 관청이 있는 거니까! 형제들이여, 내 말이 맞지요?" 키 큰 청년은 살짝 미소를 지으며 말했다.

"그자는 관청이 없다고 생각하나 봐요? 설마 관청이 없을 리가 있나요? 그렇다면 우리를 착취하는 놈들이 엄청 많을 텐데."

"말도 안 되는 소리지요!" 군중 속에서 들렸다. "모스크바를 버렸을 리가 없지요! 사람들이 농담으로 한 말을 믿어 버린 거야. 이쪽으로 오고 있는 우리 군대가 어마어마하다니까! 그런데 적을 들여놓겠어? 관청은 이런 때를 위해 있는 거야. 사람들이 하는 말을 좀 들어 봐." 누군가가 키 큰 청년을 가리키며 말했다.

키타이고로드*의 벽 옆에는 또 다른 작은 무리가 두 손으로 종이를 움켜쥔 싸구려 모직 코트 차림의 남자를 에워싸고 있었다.

"칙령, 칙령을 읽는다! 칙령을 읽는다!" 군중 사이에서 이런 말이 들리자 사람들이 낭독자에게 우르르 몰려들었다.

싸구려 모직 코트를 입은 남자가 8월 31일 자 전단을 읽고 있었다. 군중이 에워싸자 그는 당황하는 듯했지만 사람들을 헤치고 그 앞으로 나선 키 큰 청년의 요구대로 살짝 떨리는 목소리로 전단을 처음부터 다시 읽기 시작했다.

　"나는 내일 아침 일찍 대공작 각하께 갈 것이다." 그가 읽었다. (키 큰 청년이 입으로는 싱글거리고 눈썹은 찌푸리며 "각하!" 하고 엄숙하게 그 말을 따라 했다.) "각하와 상의하고 협력하여 우리 군이 악당들을 전멸시키도록 돕기 위해서다. 우리는 그들의 숨통을……." 낭독자는 계속 읽다가 중단했다. (청년은 "봤지? 이 사람이 너희들의 모든 문제를 해결해 줄 거야"라고 의기양양하게 외쳤다.) "끊어 놓고 그 불청객들을 지옥으로 보내 버릴 것이다. 나는 점심 식사 때쯤 돌아올 것이다. 우리 다 함께 과업에 착수하여 그것을 모두 끝내고 악당들을 물리칠 것이다."

　마지막 구절은 완전한 침묵 속에 낭독되었다. 키 큰 청년은 우울하게 고개를 떨어뜨렸다. 분명 그 마지막 구절을 아무도 이해하지 못한 것 같았다. 낭독자도 청중도 특히 '나는 점심 식사 때쯤 돌아올 것이다'라는 구절에 낙담한 듯했다. 민중은 숭고한 내용을 받아들일 준비가 되어 있었는데 그 말은 너무 단순하고 쓸데없이 명쾌했다. 이런 말은 그들 중 누구나 할 수 있는 말이었기에 최고 권력으로부터 나온 칙령에는 절대 있어서는 안 될 말이었다.

　모두가 음울한 침묵에 빠졌다. 키 큰 청년이 입술을 실룩이며 비틀거렸다.

　"저 사람에게 물어보자! 저 사람이 맞지……? 물어보나마나! 그럼 어떻게……? 저 사람이 알려 주겠지……." 갑자기 군중 뒤편에서 말소리가 들렸다. 그러자 모든 이들의 관심이 기마 용기병 두 명을 대동하고 광장으로 향하던 경찰서장의 마차에 쏠렸다.

이날 아침 백작의 명령으로 바지선을 불태우러 다녀온 경찰서장은 이 임무 덕분에 큰돈을 손에 넣었는데 때마침 그 돈을 갖고 있었다. 그는 자기 쪽으로 몰려오는 군중을 보자 마부에게 마차를 세우라고 지시했다.

"누구냐?" 그는 마차를 향해 쭈뼛거리며 다가오는 사람들에게 외쳤다. "누구냐니까? 내가 자네들에게 묻고 있잖나?" 대답을 얻지 못한 경찰서장이 계속해서 외쳤다.

"경찰서장님." 싸구려 모직 코트를 입은 하급 관리가 말했다. "저자들은 백작 각하의 성명에 따라 목숨을 아끼지 않고 봉사하려는 자들입니다. 백작 각하께서 말씀하신 그런 폭동이 아니라······."

"백작님은 떠나지 않았고, 아직 여기에 계시다. 너희에게 지시가 있을 것이다." 경찰서장이 말했다. "출발해!" 그는 마부에게 지시했다. 경찰서장의 말을 들은 사람들 주위로 몰려오던 군중은 떠나가는 마차를 바라보며 멈췄다.

이때 경찰서장은 두려운 기색으로 뒤를 돌아보더니 마부에게 뭐라고 말했다. 그러자 말들이 더욱 속도를 올렸다.

"친구들, 이건 속임수야! 백작님께 직접 데려가라고 하자!" 키 큰 청년이 소리쳤다. "저놈을 붙잡아라, 친구들! 해명을 하게 하자! 잡아라!" 여러 목소리들이 이렇게 외쳤고 사람들은 마차를 잡으러 달려갔다.

군중은 와자지껄 떠들며 경찰서장을 뒤따라 루뱐카로 향했다.

"뭐야, 귀족들과 상인들은 다 떠나고 우리만 죽어 나가는 건가? 뭐야, 우리가 개야?" 하는 소리가 군중 사이에서 점점 빈번하게 들리기 시작했다.

24

9월 1일 저녁, 쿠투조프와 회견한 라스톱친 백작은 군사 회의에 초대받지 못한 것, 쿠투조프가 모스크바 방어에 참가하겠다는 자신의 제안을 묵살한 것에 낙심하고 모욕감을 느끼면서, 또한 숙영지에서 보게 된 새로운 시각, 즉 수도의 치안과 그 애국적 기운에 대한 문제를 이차적일 뿐만 아니라 완전히 불필요하고 하찮은 것으로 여기는 시각에 놀랐다. 그렇게 이 모든 것에 낙심하고 모욕감을 받고 놀라면서 모스크바로 돌아왔다. 백작은 저녁을 먹은 후 옷도 갈아입지 않은 채 긴 안락의자에 누워 잠시 눈을 붙이다가 자정이 지난 무렵 쿠투조프의 서한을 가져온 특사 때문에 잠에서 깼다. 편지에는 러시아군이 모스크바를 넘어 랴잔 가도로 퇴각할 예정인데 군대가 시내를 통과하도록 안내할 경찰관들을 보내 줄 수 없느냐고 적혀 있었다. 그것은 라스톱친에게 새로운 소식도 아니었다. 전날 포클론나야 언덕에서 쿠투조프와 회견한 이후뿐 아니라 이미 보로디노 전투 이후부터 (당시 모스크바에 온 모든 장군들이 더 이상 전투는 불가능하다고 입을 모아 말했으며, 관공서 재산은 이미 백작의 인가로 매일 밤 반출되었고 주민의 절반 가까이가 도시를 떠났다) 라스톱친 백작은 군대가 모스크바를 포기하리라는 것을 알고 있었다. 그럼에도 밤에 막 잠이 들려는 순간, 단순한 쪽지 형태로 전달된 쿠투조프의 명령은 백작을 놀라고 짜증 나게 만들었다.

훗날 라스톱친 백작은 회상록*에서 이 시기에 자기가 한 행동을 해명하며 그때 자신에게는 두 가지 목표만 있었다고 한다. 그는 **모스크바의 치안 유지와 주민 대피**가 그것이었다고 주장한다. 이 두 가지 목표를 인정한다면 라스톱친의 행동은 나무랄 데가 없는 것이 된다. 어째서 모스크바의 성물, 무기, 탄약 상자, 화약, 비상 식빵이 반출되지 않았으며, 어째서 수천 명의 주민들이 모스크바가 적의 손에 넘어가지 않으리라는 말에 속아 몰락하고 말았는가? 이 질문에 수도의 치안을 지키기 위해서였다고 라스톱친 백작은 해명한다. 어째서 관청의 불필요한 서류가 산더미를 이루어 레피흐의 지구본과 그 밖의 잡동사니와 함께 모스크바에서 반출되었는가? 도시를 텅 빈 것으로 남기기 위해서라고 라스톱친 백작은 해명한다. 국민의 안정이 위협받았다고만 가정하면 모든 행동은 정당화된다.

공포 정치*의 모든 참상은 그저 국민의 안정에 대한 걱정에 근거하여 일어난 것일 뿐이다.

1812년 모스크바 시민의 안정에 대한 라스톱친 백작의 걱정은 도대체 무엇을 근거로 하였는가? 도시에서 폭동의 조짐을 짐작한 것은 어떤 이유에서인가? 주민들은 도시를 떠나고 있었고, 모스크바는 퇴각하는 군인들로 가득 차 있었다. 그러니 사람들이 폭동을 일으킬 이유가 어디에 있었단 말인가?

모스크바뿐만 아니라 러시아 전역에서 프랑스군이 침입할 때 폭동 같은 것은 전혀 일어나지 않았다. 9월 1일과 2일, 모스크바에는 아직 1만 명이 넘는 사람들이 남아 있었다. 총사령관 관저의 안마당에 그가 직접 불러들인 군중이 모인 것 외에는 아무 일도 일어나지 않았다. 보로디노 전투 이후 모스크바를 버린다는 사실이 명백해지거나 적어도 그렇게 될 것처럼 보였을 때 라스톱친이 무기와 전단을 나눠 주며 민중을 동요하게 만들기보다 모든 성물과 화약과 탄약 상자와 현금을 반출할 수단을 취하고 민중에게 도시가 버려질 것이라고 솔직하게 알렸더라면, 사람들의 동요는 훨씬 더 줄어들었을 것이다.

늘 행정 기관의 최고위층 사람들과 교제하던 열정적이고 다혈질적인 라스톱친은 비록 애국심을 지니긴 했으나 자신이 통치하려 했던 민중에 대해서는 전혀 알지 못했다. 적군이 스몰렌스크에 침입할 때부터 라스톱친은 마음속으로 민심의 지도자, 즉 러시아의 심장을 자신의 역할로 삼았다. 그는 자신이 모스크바 주민들의 외적인 활동을 통치할 뿐 아니라 (모든 행정관들이 그런 식으로 생각한다) 자신의 격문과 전단을 통해 그 마음까지도 지배한다고 생각했다. 민중이 경멸하는, 상층부로부터 들을 때 도저히 납득할 수 없는 그런 놀림조로 기록된 격문과 전단을 통해서 말이다. 라스톱친은 민심의 지도자라는 아름다운 역할이 몹시 마음에 들었고, 그 역할에 익숙해졌다. 그래서 이제 그 역할을 그만둬야 하고, 그 어떤 영웅적인 인상도 주지 못하고 모스크바를 버려야 되는 상황에 처하자 갑자기 발아래의 땅이 꺼지는 듯했고 무엇을 해야 할지도 전혀 모르게 되었다. 그는 모스크바가 버려지리라는 것을 알았지만 마지막 순간까지 진심으로 믿지 않았기에 별다른 대책도 세우지 않았다. 하지만 주민들은 그의 바람과 달리 모스크바를 떠나고 있었다. 관청 물건들을 반출했다면 그것은 단지 백작이 마지못해 동의한 관료들의 요구 때문이었다. 그 스스로는 자신에게 부여한 역할에만 몰두했다. 열정적인 상상력을 타고난 사람들에게 종종 있는 일이지만 그는 모스크바가 버려질 것이라는 사실을 이미 오래전부터 알았다. 이성적으로는 알고 있었지만 마음으로는 믿지 않았다. 그는 상상 속에서 이 새로운 상황으로 옮겨 가지도 못했다.

열정적이고 정력적인 그의 모든 활동은 (그 활동이 민중에게 얼마나 유익하고 영향을 미쳤는가는 별개의 문제이다) 그 자신이 느끼는 감정, 즉 프랑스군에 대한 애국자로서의 증오와 자신감을 주민들에게 심어 주는 데에만 쏠려 있었다.

그러나 사건이 본연의 실제적이고 역사적인 규모로 발전했을 때, 프랑스군에 대한 증오를 말로만 표현하는 것으로는 부족해졌을 때, 그 증오를 전투로조차 표현하는 것이 불가능해졌을 때, 자기 확신이 모스크바의 한 가지 문제에 대해서조차 무익하다는 게 밝혀졌을 때, 모두가 하나같이 재산을 버리고 모스크바를 빠져나가면서 이런 부정적인 행위로 민심의 힘을 고스란히 드러냈을 때 라스톱친이 택한 역할이 갑자기 무의미한 것으로 밝혀졌다. 그는 문득 자신을 발아래에 땅이 꺼진 고독하고, 나약하고 우스꽝스러운 존재로 느꼈다.

잠에서 깨어 쿠투조프의 냉정한 명령조 쪽지를 받은 라스톱친은 자신의 잘못을 깨달을수록 점점 더 화가 치밀었다. 모스크바에는 그가 위임받은 모든 것, 자신이 책임지고 반출해야 할 관청의 모든 소유물이 그대로 남아 있었다. 모든 것을 반출하기란 불가능했다.

'누가 이 사태의 책임자인가? 누가 이렇게까지 만들었는가?' 그는 생각했다. '물론 나는 아니다. 나는 완전히 준비를 갖추고 있었고 모스크바를 잘 지탱해 왔다! 그렇다면 저들이 사태를 이 지경에 빠뜨린 게 아닌가! 파렴치한들, 배신자들!' 이 파렴치한과 배신자들이 누구인지 딱히 규정하지 않으면서 그는 생각했다. 하지만 그들이 누구든, 자신을 이 기만적이고 우스꽝스러운 상황에 빠뜨린 그 배신자들을 증오하지 않을 수 없다고 느꼈다.

그날 밤새 라스톱친 백작은 모스크바 각지에서 찾아온 사람들에게 지시를 내렸다. 측근들은 이토록 침울하고 화가 난 백작의 모습을 여태껏 한 번도 본 적이 없었다.

"백작 각하, 세습령 관리국에서 국장의 명으로 사람이 지시를 받으러 왔습니다…… 종무원에서, 원로원에서, 대학에서, 보육원에서, 부사제가 사람을 보냈습니다…… 소방대에는 어떤 지시를 내리시겠습니까? 감옥에서 교도관이…… 정신 병원에서 감독관이……." 백작은 밤새 끊임없이 보고를 받았다.

이 모든 질문에 백작은 역정을 내며 짧게 답변했다. 그 답변들은 이제 그의 지시가 필요 없으며, 그가 애써 준비한 모든 것이 누군가 때문에 허사가 되었고, 그 누군가가 지금 벌어지는 모든 사태에 책임을 지게 되리라는 점을 시사하고 있었다.

"그러면 그 멍청이에게 도시에 남아 서류를 지키라고 전해." 그는 세습령 관리국 국장의 문의에 대해 이렇게 답변했다. "그런데 자네는 소방대에 대해 무슨 그런 쓸데없는 질문을 하나? 그들에게는 말이 있잖아. 말이 남아 있다면 말을 타고 블라디미르로 떠나라고 해. 프랑스군에 남기고 가면 안 될 거 아냐."

"백작 각하, 정신 병원에서 감독관이 왔습니다. 뭐라고 지시할까요?"

"뭐라고 지시하겠어? 전부 떠나라고 해야지, 뭐 어쩌겠어……. 정신병자들을 시내에 풀어놔. 미치광이들이 우리 군대도 지휘하고 있는데, 그자들이야 더 잘하겠지."

감옥의 죄수들에 대한 문의에 백작은 교도관에게 화를 내며 소리쳤다.

"어떡하라고? 있지도 않은 두 개의 호위 부대라도 자네에게 붙여 줄까? 그냥 풀어 줘. 끝."

"백작 각하, 정치범도 둘 있습니다. 메시코프*와 베레샤긴 말입니다."

"베레샤긴이라니! 아직도 그자를 사형에 처하지 않았나?" 라스톱친이 소리쳤다. "그자를 내 앞에 끌고 와."

25

군대가 이미 모스크바를 통과하던 오전 9시가 되었을 때 더 이상 아무도 백작에게 지시를 받으러 오지 않았다. 떠날 수 있는 사람들은 모두 알아서 떠났고, 도시에 남기로 한 사람들은 알아서 무엇을 할지 결정했다.

백작은 소콜니키로 가기 위해 말들을 준비하라고 지시한 뒤 팔짱을 끼고 누렇게 뜬 얼굴을 찌푸린 채 자신의 집무실에 묵묵히 앉아 있었다.

어느 행정관이든 불안하지 않고 평화로운 시기에는 관할 구역에 사는 주민들이 오직 행정관 자신의 노력으로만 움직인다고 생각한다. 이런 생각을 하면서 행정관들은 저마다 자신을 꼭 필요한 존재로 느끼고 그 수고와 노력에 대한 보상을 받는다. 역사의 바다가 잠잠한 시기에 허술한 작은 보트를 탄 통치자 행정관은 민중이라는 선박에 삿대를 걸친 덕분에 움직이면서 그 선박이 자신의 노력으로 움직인다고 착각한다. 하지만 일단 폭풍이 일고 바다가 거칠어지고 선박이 스스로 움직이기 시작하면 그런 망상은 불가능해진다. 선박은 거대하고 독립적인 경로로 나아가고 삿대는 움직이는 선박에 닿지 않는다. 그리고 통치자는 별안간 힘의 근원인 권력자의 자리에서 별것 없고 무익하고 나약한 인간으로 변한다.

라스톱친은 이를 알았기에 격분했다. 군중에게 저지당했던 경찰서장과, 말이 준비되었다고 보고하러 온 부관이 함께 백작의 집무실로 들어왔다. 두 사람의 얼굴이 창백했다. 경찰서장은 임무 수행에 대해 보고한 뒤 엄청난 수의 군중이 백작 저택의 안마당에 모여 그를 뵙고 싶어 한다고 전했다.

라스톱친은 아무 말 없이 자리에서 일어나 빠른 걸음으로 밝고 화려한 응접실을 나가서 발코니 문으로 다가갔다. 그는 손잡이를 잡았다가 다시 놓고 군중 전체가 더 잘 보이는 창문으로 걸음을 옮겼다. 키 큰 청년이 앞줄에 서서 준엄한 얼굴로 한 팔을 휘두르며 뭐라 말하고 있었다. 피투성이가 된 대장장이는 침울한 표정으로 옆에 서 있었다. 닫힌 창문을 통해 웅성거리는 목소리들이 들려왔다.

"마차는 준비되었나?" 라스톱친이 창가에서 물러나며 말했다.

"준비되었습니다, 백작 각하." 부관이 말했다.

라스톱친은 또다시 발코니 쪽으로 다가갔다.

"도대체 뭘 원하는 거야?" 그는 경찰서장에게 물었다.

"백작 각하, 저들은 각하의 명령에 따라 프랑스군에 맞서기 위해 모였다고 말하고, 또 배신에 대해서도 외치고 있었습니다. 하지만 각하, 저들은 그냥 폭주한 무리일 뿐입니다. 저는 겨우 저들에게서 빠져나왔습니다. 각하, 감히 제안을 드리자면…….."

"나가시오. 당신이 없어도 내가 무엇을 해야 할지 알아요." 라스톱친은 화를 내며 큰 소리로 말했다. 그는 발코니 문 옆에 서서 군중을 바라보았다. '저들이 러시아를 이렇게 만들었어! 저들이 나를 이렇게 만든 거야!' 라스톱친은 지금 벌어지는 모든 사태의 책임을 전가할 어떤 상대를 향해 마음속에서 억제할 수 없이 솟구치는 분노를 느끼며 생각했다. 다혈질인 사람들이 흔히 그렇듯이 그는 이미 분노에 사로잡혀 있었고, 다만 그 분노를 쏟아 낼 대상을 찾고 있었을 뿐이다. '저들이 **바로 어중이떠중이들이야.**' 그는 군중을 보며 생각했다. '**어리석음에 선동된 저 인간쓰레기들, 천민들! 저자들에게는 희생양이 필요한 거야.**' 한 팔을 휘두르는 키 큰 청년을 바라보던 그의 머릿속에 문득 그런 생각이 떠올랐다. 그의 머리에 그런 생각이 떠오른 것은 그 자신에게도 그런 희생양, 즉 자신의 분노를 쏟을 대상이 필요했기 때문이었다.

"마차는 준비되었나?" 그가 다시 물었다.

"준비되었습니다, 백작 각하. 베레샤긴은 어떻게 할까요? 그자가 현관 계단 앞에서 기다리고 있습니다." 부관이 물었다.

"아!" 라스톱친은 예기치 못한 어떤 기억에 충격을 받기라도 한 듯 외마디 비명을 질렀다.

그러더니 재빨리 문을 열고 단호하게 발코니로 걸어 나갔다. 말소리가 뚝 그쳤고 사람들이 모자를 벗었다. 모든 시선이 백작에게 향했다.

"안녕하시오, 여러분!" 백작이 큰 소리로 빠르게 말했다. "이렇게 와 줘서 고맙소. 제가 여러분이 있는 곳으로 나가겠소. 하지만 무엇보다 먼저 우리는 악당을 처치해야 하오. 우리는 모스크바를 파멸로 이끈 악당을 벌해야 하오. 잠깐 기다려 주시오!" 백작은 문을 쾅 닫고 조금 전과 똑같이 재빨리 방으로 돌아갔다.

흡족해하는 웅성거림이 군중 사이로 빠르게 퍼졌다. "그러니까 저분은 악당을 해치우시려는 거야! 그런데 자네는 프랑스군이 어쩌고저쩌고했지……. 저분이 모든 분란을 해결해 주실 거야!" 사람들은 마치 믿음이 부족한 데 대해 서로를 나무라듯 말했다.

몇 분 후 정문에서 장교가 급히 나와 지시를 내리자 용기병들이

한 줄로 길게 늘어섰다. 군중은 발코니 쪽에서 현관 계단으로 우르르 몰려갔다. 분노에 찬 빠른 걸음으로 현관 계단에 나온 라스톱친은 누군가를 찾는 듯 서두르는 눈빛으로 주위를 둘러보았다.

"그자는 어디 있나?" 백작이 물었다. 그 말을 끝낸 순간, 그는 저택 모퉁이로부터 두 명의 용기병 사이에 끼어 걸어 나오는 젊은 남자를 보았다. 목덜미가 길고 가늘었으며 머리통이 절반은 깎이고 절반은 덥수룩했다. 그 남자는 한때 맵시 있었으나 이제는 파란 모직을 덧댄 낡은 여우 털외투를 입고 뒤축이 닳은 더러운 얇은 부츠 안에 마로 지은 꾀죄죄한 죄수복 바지를 쑤셔 넣었다. 가늘고 쇠약한 두 발에 무거운 족쇄가 채워져 있어 엉거주춤한 청년의 걸음을 방해했다.

"아!" 라스톱친은 여우 털외투를 입은 청년에게서 황급히 시선을 돌리고 현관 앞의 맨 아래 계단을 가리키며 말했다. "그자를 여기에 세워!" 청년은 족쇄를 절그럭거리며 백작이 가리킨 계단으로 힘겹게 걸음을 옮겼다. 그는 목을 죄는 외투의 옷깃을 손가락으로 잡아당겨 두어 번 긴 목을 돌리고 숨을 내쉰 뒤 노동에 익숙하지 않은 가느다란 두 팔을 공손히 배 앞에 포갰다.

청년이 계단에 자리를 잡는 몇 초 동안 침묵이 흘렀다. 다만 뒷줄에서 서로를 밀치며 몰려드는 사람들로부터 기침 소리, 신음 소리, 밀치는 소리, 발을 바꾸는 소리가 들렸을 뿐이다.

라스톱친은 청년이 자신이 가리킨 장소에 서기를 기다리면서 얼굴을 찌푸리고 한 손으로 얼굴을 쓸어내렸다.

"여러분!" 라스톱친이 날카로우면서도 쩌렁쩌렁한 목소리로 외쳤다. "이 작자가 바로 모스크바를 파멸로 이끈 그 비열한 베레샤긴입니다."

여우 털외투를 입은 청년은 두 손을 배 앞에 포개고 약간 허리를 굽힌 공손한 자세로 서 있었다. 그는 머리털을 밀어 볼품없는 절망적인 표정을 띤 초췌하고 앳된 얼굴을 아래로 숙이고 있었다. 백작의 몇 마디에 그는 천천히 고개를 들어 백작을 올려다보았다. 백작에게 뭐라고 말하려는 것 같기도 하고, 그의 시선이나마 붙잡으려는 것 같기도 했다. 하지만 라스톱친은 그를 쳐다보지 않았다. 청년의 귀 뒤쪽에서 길고 가느다란 목덜미로 이어지는 핏줄이 밧줄처럼 팽팽해지며 푸르스름해지더니 갑자기 얼굴이 새빨개졌다.

모든 시선이 그에게 쏠렸다. 그는 군중을 바라보더니 사람들의 얼굴 표정에서 희망을 얻은 듯 슬프고도 어색한 미소를 짓고는 다시 고개를 숙이고 계단 위에서 발의 위치를 바꿨다.

"저자는 차르와 조국을 배신하고 보나파르트에게 넘어갔소. 모든 러시아인 가운데 오직 저자만이 러시아의 이름을 더럽혔소. 저자 때문에 모스크바가 파멸한 것이오." 라스톱친이 날카로운 목소리로 단조롭게 말했다. 그러다가 갑자기 여전히 순종적인 자세로 서 있는 베레샤긴을 힐끔 내려다보았다. 마치 그 시선이 그를 격앙시키기라도 한 듯 그는 한 손을 치켜들고 민중을 향해 부르짖다시피 외쳤다. "여러분의 심판으로 저자에게 벌을 내리시오! 나는 저자를 여러분에게 내주겠소!"

그러나 민중은 침묵했다. 그들은 그저 점점 더 바짝 붙어 서며 서로 밀쳐 댈 뿐이었다. 서로를 붙들고 그 감염된 듯 후덥지근한 공기 속에서 호흡하며 꼼짝도 못한 채 불가해하고 공포스러운 무언가를 기다리는 것이 점점 힘들어졌다. 앞줄에 서서 눈앞에 벌어지는 광경을 전부 보고 들은 사람들은 놀라 눈을 둥그렇게 뜨고 입을 딱 벌린 채 등 뒤에서 밀어 대는 사람들의 압박에 온 힘을 다해 버텼다.

"저자를 때려죽여라! 배신자를 죽여 러시아의 이름을 더럽히지 못하게 하라!" 라스톱친이 외쳤다. "저자를 베어라! 명령이다!" 군중은 라스톱친의 말이 아닌 그 격분한 목소리를 듣고 신음 소리를 내며 천천히 다가가다가 걸음을 멈추었다.

"백작님!" 다시 찾아온 순간적인 정적 속에서 베레샤긴의 소심하면서도 연극적인 목소리가 말문을 열었다. "백작님, 우리 위에는 오직 하느님 한 분만 계십니다……." 베레샤긴이 고개를 들고 말했다. 또다시 그의 가느다란 목에 핏줄이 굵게 불거졌다. 순식간에 얼굴이 붉어졌다가 다시 창백해졌다. 그는 하려던 말을 다 마칠 수가 없었다.

"저자를 베라! 명령이다!" 라스톱친이 베레샤긴과 똑같이 창백해진 얼굴로 부르짖었던 것이다.

"검을 뽑아라!" 한 장교가 직접 검을 뽑아 들며 용기병들에게 외쳤다.

민중 사이에서 한층 더 거센 파도가 일었다. 앞줄까지 밀려온 그 파도는 앞에 있던 사람들을 움직여 너울너울 흔들며 현관 앞의 바로 그 계단으로 싣고 갔다. 키 큰 청년은 돌처럼 굳은 표정으로 한 손을 높이 치켜든 채 베레샤긴과 나란히 섰다.

"베라!" 장교는 용기병들에게 거의 속삭이다시피 말했다. 그러자 병사들 중 하나가 갑자기 얼굴을 험악하게 일그러뜨리며 날이 무딘 양날 검으로 베레샤긴의 머리를 내리쳤다.

"아!" 베레샤긴이 짧고 놀란 비명을 질렀다. 그는 왜 자기에게 이런 일이 일어났는지 이해하지 못한 듯 두려운 눈빛으로 주위를 둘러보았다. 놀라움과 공포가 뒤섞인 똑같은 신음 소리가 군중 사이로 빠르게 퍼져 나갔다.

"오, 주여!" 누군가의 비통한 절규가 들렸다.

하지만 베레샤긴이 놀라움에 찬 비명에 이어 고통으로 애처롭게 소리를 지른 것이 그의 파멸을 불러왔다. 아직은 군중을 억제하고 있던 인간적 감정이라는 장벽, 최고조로 긴장되어 있던 그 장벽이 순식간에 무너졌다. 범죄가 이미 시작된 이상 끝까지 완수되어야만 했다. 비난 어린 애처로운 신음 소리가 군중의 위협적이고 분노에 찬 울부짖음에 묻혔다. 배를 부수려고 마지막으로 오는 대형 파도처럼 그 억누를 수 없는 인파가 뒷줄에서 솟구쳐 맨 앞줄까지 덮쳐 와 그들을 쓰러뜨리고 모두를 삼켜 버렸다. 베레샤긴을 내리친 용기병은 한 번 더 검을 휘두르려 했다. 베레샤긴은 공포에 질린 비명을 지르며 두 손으로 자기 몸을 가리고 민중을 향해 돌진했다. 그와 부딪친 키 큰 청년이 베레샤긴의 가는 목덜미를 두 손으로 움켜쥐고 짐승처럼 고함을 지르면서, 그들에게 달려들며 울부짖는 사람들의 발밑에 함께 깔렸다.

어떤 사람들은 베레샤긴을, 또 어떤 사람들은 키 큰 청년을 때리고 거칠게 잡아당겼다. 깔린 사람들과 키 큰 청년을 구하려고 애쓰는 사람들의 비명 소리는 군중의 분노를 더욱 자극할 뿐이었다. 용기병들은 죽도록 두들겨 맞은 피투성이의 공장 노동자를 한참 동안 구해 낼 수 없었다. 그리고 군중은 기왕에 시작한 일을 마저 끝내려는 듯 맹렬한 기세로 안달을 부렸지만, 베레샤긴을 때리고 목을 조르고 거칠게 잡아당겼지만 한참 동안 그를 죽이지 못했다. 군중은 이 둘을 한가운데 놓고 사방에서 짓누르며 마치 한 덩어리처럼 이리저리 요동치면서 베레샤긴을 죽일 수도 버려둘 수도 없게 만들었다.

"도끼로 내려치는 게 어때? 깔렸어……. 배신자, 그리스도를 팔아넘기다니! 살아 있네…… 아직 살았다니…… 인과응보야. 빗장으로 치자! 아직도 살아 있어?"

희생물이 더 이상 몸부림치지 않고 비명 소리가 길게 늘어진 규칙적인 헐떡임으로 바뀐 뒤에야 비로소 군중은 피투성이가 되어 쓰러진 시체 주위에서 다급하게 자리를 피했다. 사람들이 한 명 한 명 시체로 다가와 눈앞에 벌어진 일을 보고 공포와 비난과 놀라움이 뒤섞인 표정으로 서로 밀치며 뒤로 물러섰다.

"오, 주여, 짐승 같은 인간들, 이래서야 어떻게 살 수 있겠어!" 군중 사이에서 한탄 섞인 소리가 들렸다. "이렇게 젊은 청년인데 말이야……. 틀림없이 상인일 거야. 비정한 인간들! 사람들 말로는 이자가 아니라는데…… 아니라니……. 오, 주여! 다른 사람도 때렸는데 겨우 목숨을 건졌다네……. 에잇, 인간들하고는……. 죄가 두렵지도 않은지……." 이제 사람들은 괴롭고 슬픈 표정을 띠고서 푸르스름한 얼굴이 피와 흙먼지로 더럽혀지고 길고 가는 목이 절단된 죽은 몸뚱이를 보며 말했다.

열정적인 경찰관이 백작의 안마당에 시체가 있는 것은 부적절하다고 생각하여 용기병들에게 시체를 거리로 끌어내라고 지시했다. 용기병 둘이 시체의 흉측한 두 다리를 잡고 끌어냈다. 피투성이가 되고 흙먼지로 더럽혀지고 가늘고 긴 목에 달린 머리털이 깎인 머리가 땅바닥에 질질 끌렸다. 사람들은 몸을 움츠리며 시체를 피했다.

베레샤긴이 쓰러지고 군중이 짐승처럼 울부짖으며 서로를 밀치고 그 위에서 요동치는 동안 라스톱친의 얼굴이 갑자기 창백해졌다. 그는 말들이 대기하는 뒷문으로 가는 대신 스스로도 어디로 왜 가는지 모르면서 고개를 숙인 채 아래층 방으로 이어진 복도를 빠른 걸음으로 지나갔다. 백작의 얼굴은 창백했고, 그는 열병에라도 걸린 듯 부들부들 떨리는 아래턱을 진정시킬 수 없었다.

"백작 각하, 이쪽으로…… 어디로 가시겠습니까? 이쪽으로 오십시오." 그의 뒤에서 겁에 질려 바들바들 떠는 목소리가 들렸다. 라스톱친 백작은 대꾸할 힘도 없어 순순히 돌아서서 그 목소리가 지시하는 쪽으로 향했다. 뒷문 계단 옆에 마차가 있었다. 멀리서 군중이 울부짖는 소리가 이곳에서도 들렸다. 라스톱친 백작은 부랴부랴 마차에 올라타 소콜니키에 있는 자신의 교외 별장으로 가라고 지시했다. 마차가 먀스니츠카야 도로를 빠져나오고 더 이상 군중의 고함 소리가 들리지 않자 백작은 후회가 들었다. 그제야 부하들 앞에서 자신이 보인 불안함과 두려움이 불만스럽게 떠올랐다. '민중의 무리는 무섭구나. 혐오스러워.' 그는 프랑스어로 생각했다. '그자들은 고기를 줘야만 만족하는 늑대들과도 같아.' 갑자기 베레샤긴의 말이 머리에 떠올랐다. '백작님, 우리 위에는 오직 하느님 한 분만 계십니다!' 그러자 기분 나쁜 한기가 백작의 등을 오싹하게 했다. 하지만 그 느낌은 한순간이었다. 라스톱친 백작은 자신을 경멸하듯 웃음을 지었다. '나에게는 다른 의무들이 있었어.' 그는 생각했다. '나는 민중을 만족시켜야 했어. 다른 많은 희생물들이 공익을 위해 죽었고 지금도 죽어 가고 있어.' 그리고 그는 자기 가정과 수도에 대한 (그에게 맡겨진) 의무를, 그리고 그 자신을, 즉 표도르 바실리예비치 라스톱친이 (그는 표도르 바실리예비치 라스톱친이 공익을 위해 스스로를 희생하고 있다고 생각했다) 아닌 총사령관인 자신을, 권력의 대표자이자 차르의 전권 대리자로서의 자신을 생각했다. '만약 내가 그저 표도르 바실리예비치일 뿐이었다면 나의 길은 완전히 다르게 놓여 있었겠지. 하지만 나는 총사령관의 생명도 명예도 지켜야만 했어.'

승용 마차의 부드러운 스프링에 가볍게 몸이 흔들리면서 더 이상 군중의 무시무시한 소리가 들리지 않자 라스톱친은 육체적인 안정을 되찾았다. 그리고 언제나 그랬듯이 이성은 그를 위해 육체적인 안정과 동시에 정신적 안정의 구실도 마련해 주었다. 라스톱친을 진정시킨 생각은 딱히 새로운 것도 아니었다. 세상이 존재하고 인간이 서로를 죽이게 된 이래 동족을 살해하는 범죄를 저지르는 모든 인간은 이 생각으로 스스로를 위로했다. 그 생각이란 바로 **공익**, 즉 타인을 위한 것으로 추측되는 행복이다.

열정에 사로잡히지 않은 사람은 이러한 행복을 결코 모른다. 하지만 범죄를 저지른 사람은 언제나 이러한 행복이 어떤 것을 말하는지 확실히 안다. 그리고 라스톱친은 지금 그것을 알고 있다.

자신의 논증 속에서 그는 스스로 저지른 행동을 비난하지 않았다. 오히려 **적절한 기회**를 이용하여 한꺼번에 죄인도 벌하고 군중도 진정시킨 자신에게 만족했다.

'베레샤긴은 재판을 받고 사형을 선고받았어.' 라스톱친은 생각했다. (사실 상원은 베레샤긴에게 노역을 선고했는데 말이다.) '그자는 배신자이고 반역자야. 나는 그자가 벌을 받지 않도록 내버려 둘 수 없었어. 게다가 **난 돌멩이 하나로 새 두 마리를 잡았잖아.** 민중을 진정시키기 위해 그들에게 희생양을 내주고 악당도 처단한 거지.'

교외 별장에 도착한 백작은 집안 사람들에게 바쁘게 지시를 내리면서 완전히 평정을 되찾았다.

30분 후 백작은 빠른 말들을 맨 마차를 타고 소콜니키 들판을 달렸다. 조금 전 무슨 일이 있었는지에 대해서는 이미 기억도 하지 않았으며 그저 앞으로 무슨 일이 일어날지에 대해서만 생각하고 상상했다. 그는 지금 쿠투조프가 있다는 야우스스키 다리로 가고 있었다. 라스톱친 백작은 머릿속으로 쿠투조프의 기만에 대해 퍼부을 분노에 찬 신랄한 비난을 준비했다. 이 늙은 궁정 여우로 하여금 깨닫게 할 것이다. 수도가 버려지면서 생긴 모든 불행과 러시아의 파멸에 대한 책임이 오직 그의 늙고 분별력이 떨어진 머리통에 있다는 사실을 말이다. (라스톱친은 그렇게 생각했다.) 쿠투조프에게 할 말을 미리 생각하던 라스톱친은 마차 안에서 격분하여 등을 돌리고는 성난 눈초리로 양옆을 돌아보았다.

소콜니키 들판은 황량했다. 단지 그 끝자락의 구빈원과 정신 병원 옆에 하얀 옷을 입은 사람들의 무리가 보였고, 그들과 같은 하얀 옷을 입고 뭔가 외치면서 손을 흔들어 대는 사람들이 개별적으로 들판을 거닐었다.

그중 한 명이 라스톱친 백작의 마차 앞을 가로지르며 달리고 있었다. 라스톱친 백작도, 그의 마부도, 용기병들도 모두가 풀려난 정신병자들을, 특히 그들을 향해 달려오는 광인을 두려움과 호기심이 뒤섞인 당혹스러운 심정으로 바라보았다.

그 광인은 하얀 옷을 펄럭이며 비쩍 마른 긴 다리를 비틀거리며 맹렬하게 달렸다. 그는 라스톱친에게서 시선을 떼지 않은 채 쉰 목소리로 뭐라고 외치며 마차를 세우라는 신호를 보냈다. 삐죽삐죽한 턱수염이 덥수룩하게 덮인 광인의 음울하고 엄숙한 얼굴은 수척하고 누리끼리했다. 검은 동공이 마노처럼 연노란색을 띤 흰자위 아랫부분에서 불안정하게 왔다 갔다 했다.

"거기 서! 멈춰! 멈추라고 말하잖아!" 그는 날카로운 목소리로 외치고는 숨을 헐떡이며 당당한 억양과 몸짓으로 다시 뭐라고 소리쳤다.

그는 어느새 마차를 따라잡으며 마차와 나란히 달렸다.

"나는 세 번 죽었고, 죽은 자들 가운데서 세 번 부활했다. 나는 돌팔매질을 당하고 십자가에 못 박혔다. 나는 부활하고…… 부활하고…… 부활할 것이다. 사람들은 내 몸을 갈기갈기 찢었다. 하느님의 왕국이 무너질 것이다……. 나는 그것을 세 번 부수고 세 번 일으킬 것이다." 그는 목소리를 높이고 또 높이며 외쳤다. 군중이 베레샤긴에게 달려들 때 그랬던 것처럼 이번에도 라스톱친 백작의 얼굴이 갑자기 창백해졌다. 그는 얼굴을 돌렸다.

"어서, 어서 몰아!" 그는 떨리는 목소리로 마부에게 소리쳤다.

마차가 전속력으로 질주했다. 그러나 멀어져 가는 그 광기에 찬 필사적인 외침은 그 후로도 오랫동안 뒤쪽에서 들려왔다. 여우 털 외투를 입은 반역자의 경악과 공포에 찬 피투성이 얼굴만 눈앞에 아른거렸다.

순간 라스톱친은 지난 지 얼마 안 된 이 새로운 기억이 피가 철철 흐를 정도로 그의 심장 깊이 새겨졌음을 깨달았다. 이 기억의 핏빛 상처가 결코 아물지 않으리라는 것, 이 끔찍한 기억은 시간이 흐를수록 자신의 심장에서 생의 마지막까지 더욱 잔인하게 더욱 고통스럽게 살아가리라는 것을 그는 이 순간 분명히 깨달았다. 이 순간 그는 자신의 말소리가 들리는 것 같았다. '그자를 베라, 아니면 자네들 머리를 대신 내놓든가! 내가 왜 그런 말을 했을까! 어쩌다 무심코 한 말인데……. 그 말을 안 할 수도 있었을 텐데. (그는 그렇게 생각했다.) 그랬더라면 아무 일도 없었을 텐데.' 검을 내리친 용기병의 얼굴, 처음에는 겁을 내다가 갑자기 잔혹하게 변해 버린 그 얼굴이 보였다. 그리고 여우 털외투를 입은 청년이 자신에게 보낸 말없고 겁먹은 비난의 눈빛이 보였다. '하지만 난 나 자신을 위해 그런 게 아니야. 그렇게 해야만 했어. **천민들, 악당…… 공익.**' 그는 생각했다.

야우즈스키 다리 부근은 여전히 부대들로 붐볐다. 날이 더웠다. 마차가 요란한 소리를 내며 다가왔을 때 쿠투조프는 눈썹을 찌푸린 채 침울한 얼굴로 다리 옆 긴 의자에 앉아 채찍으로 모래를 헤집고 있었다. 장군 제복을 입고 모자에 깃털 장식을 단 한 남자가 분노인지 두려움인지 알 수 없는 감정으로 찬 눈을 이리저리 굴리며 쿠투조프에게 다가와 프랑스어로 말하기 시작했다. 바로 라스톱친 백작이었다. 그는 쿠투조프에게 이제 더 이상 모스크바도 수도도 존재하지 않고 믿을 건 오직 군대뿐이어서 이곳으로 왔다고 말했다.

"대공작 각하께서 저에게 전투를 더 치르지 않고서는 모스크바를 내주지 않겠다고 말하셨다면 일이 이렇게까지는 되지 않았을 것입니다." 그가 말했다.

쿠투조프가 라스톱친을 쳐다보았다. 자신이 들은 말의 의미를 이해하지 못한 듯 그 순간 자신에게 말을 거는 남자의 얼굴에서 읽을 수 있는 특별한 무언가를 애써 찾았다. 라스톱친은 당황하며 입을 다물었다. 쿠투조프는 가볍게 고개를 젓고 나서 라스톱친의 얼굴에 날카로운 시선을 고정한 채 조용히 말했다.

"그렇소, 난 전투도 치르지 않고 모스크바를 넘기지는 않아요."

쿠투조프가 완전히 다른 생각에 빠져 그 말을 했든, 아니면 그 말의 무의미함을 알면서도 일부러 했든 라스톱친 백작은 아무 대꾸도 하지 않고 황급히 쿠투조프의 곁을 떠났다. 그리고 이상한 일이 벌어졌다! 모스크바 총사령관인 오만한 라스톱친 백작이 짧은 채찍을 들고 다리로 다가가 고함을 지르면서 북적대는 짐마차들을 옆으로 물러서게 쫓아 대기 시작했다.

26

뮈라의 부대는 오후 3시가 조금 넘어서 모스크바에 진입했다. 앞에는 뷔르템베르크 경기병 분견대가 갔고, 뒤에는 많은 수행원을 거느린 나폴리 왕이 직접 말을 몰고 갔다.

아르바트 거리 한가운데 위치한 니콜라 야블렌니 교회 근처에서 뮈라는 말을 세우고 도시 요새인 크렘린의 상황에 대한 선두 부대의 보고를 기다렸다.

뮈라 주변으로 모스크바에 남아 있던 주민 일부가 무리 지어 모여들었다. 모두들 두려움과 의심으로 가득 찬 눈으로 깃털과 황금으로 긴 머리칼을 장식한 낯선 지휘관을 바라보았다.

"뭐야, 이 사람이 저쪽의 차르인가? 나쁘진 않군!" 조용한 목소리들이 들렸다.

말 탄 통역자가 군중 쪽으로 다가갔다.

"모자 벗어…… 모자……." 군중 사이에서 서로에게 말하는 소리가 들렸다. 통역자가 늙은 문지기를 향해 크렘린까지 아직 멀었느냐고 물었다. 문지기는 당황해하며 낯선 폴란드 억양에 귀 기울였으나 통역자의 말소리가 러시아어임을 인식하지 못한 데다 자신에게 하는 말을 이해할 수 없어 사람들 뒤에 숨어 버렸다.

뮈라가 통역자에게 다가가 러시아군이 어디에 있는지 물어보라고 명령했다. 러시아인들 중 하나가 질문을 알아들었고 순식간에 몇몇 목소리들이 대답하기 시작했다. 맨 앞의 분견대에 있던 말 탄 프랑스 장교가 뮈라에게 다가와 요새의 문이 닫혔고, 그곳에 복병이 매복해 있는 것 같다고 보고했다.

"좋아." 이렇게 말하고 나서 뮈라는 한 수행원을 돌아보며 네 문의 경포를 끌고 가서 요새의 문을 포격하라고 지시했다.

뮈라의 뒤를 따르던 종대에서 포병대가 빠른 속도로 말을 몰고 나와 아르바트 거리를 달려갔다. 포병대는 브즈드비젠카 거리 끝에 이르러 전진을 멈추고 광장에 정렬했다. 프랑스 장교 몇몇이 대포를 배치하며 관리하기도 하고, 망원경으로 크렘린을 살펴보기도 했다.

크렘린에서 저녁 기도를 알리는 종소리가 울리자 프랑스 병사들은 그 소리에 당황했다. 그것이 전투를 알리는 신호라고 생각한 것이다. 보병 몇 명이 쿠타피옙스키 문으로 달려갔다. 문에 통나무와 얇은 판자로 된 방어벽이 있었다. 한 장교가 부대를 이끌고 문 쪽으로 달려 나가자 문 안쪽에서 두 발의 총소리가 울렸다. 대포 옆에 있던 장군이 그 장교에게 큰 소리로 명령을 했고, 장교와 병사들은 뛰어 돌아왔다.

문 안쪽에서 또다시 세 발의 총성이 울렸다.

총알 한 발이 프랑스 병사의 다리를 스쳤고 방어벽 너머에서 몇몇 목소리들이 내는 기이한 함성이 들렸다. 마치 명령이라도 받은 듯 프랑스 장군들과 장교들과 병사들의 얼굴에 지금까지 있었던 쾌활하고 침착한 표정이 순식간에 사라지고 전투와 고통을 각오한 완강하고 긴장된 표정으로 바뀌었다. 원수부터 말단 병사에 이르기까지 그들 모두에게 이곳은 브즈드비젠카도, 모호바야도, 쿠타피야도, 트로이츠키 문도 아닌, 유혈 전투가 벌어질 것 같은 새로운 전장, 새로운 지역이었다. 모두가 전투 태세를 갖추었다. 문 안쪽에서 들리던 함성이 잠잠해졌다. 대포들이 앞으로 나오고, 포병들이 불붙은 도화선을 붙였다. "**발사!**" 장교가 명령을 하자 철통 울리는 소리가 잇따라 두 번 울렸다. 석문과 통나무와 방어벽에 산탄이 딱딱 소리를 내며 부딪혔다. 연기 구름 두 개가 광장 위로 피어올랐다.

석조 건물 크렘린을 향한 포격이 멎고 얼마 지나지 않아 프랑스인들의 머리 위에서 이상한 소리가 들렸다. 큰 무리의 갈까마귀들이 성벽 위로 날아올라 시끄럽게 울고 수천 개의 날개를 퍼덕이며 허공을 빙빙 맴돌았다. 그 소리와 함께 문 안에서 누군가가 홀로 외치는 소리가 들리더니 연기 너머로 모자를 쓰지 않은 채 카프탄을 입은 남자의 형상이 나타났다. 그는 라이플총을 들고 프랑스 보병들을 겨누었다. **발사!** 포병 장교가 명령을 반복했다. 그와 동시에 한 발의 총소리와 두 발의 대포 소리가 울렸다. 연기가 다시 성문을 가렸다.

방어벽 뒤에서는 더 이상 아무 움직임도 없었고, 문을 향해 프랑스 보병들과 장교들이 다가갔다. 문에는 부상자 세 명과 전사자 네 명이 쓰러져 있었다. 카프탄을 입은 두 남자가 몸을 낮추고 벽을 따라 즈나멘카 거리로 달아났다.

"**이것들을 치워.**" 장교가 통나무와 시체들을 가리키며 말했다. 프랑스군은 부상자들의 숨통을 끊은 뒤 시체를 담벽 너머로 던졌다. 이 사람들이 누구인지 아무도 알지 못했다. "**이것들을 치워.**" 이 말이 그들에 대한 언급의 전부였고, 그들을 내던진 후 악취를 풍기지 않도록 치웠다. 티에르 한 사람만 그들을 기념하며 몇 줄의 미문(美文)을 바쳤을 뿐이다. "**이 불행한 사람들은 신성한 요새**

로 침입해 무기고의 라이플총을 점유하여 프랑스군에게 발포했다. 그중 몇 명이 긴 칼에 베여 죽고 크렘린에서 일소되었다."

뮈라는 길이 깨끗이 치워졌다는 보고를 받았다. 프랑스군이 문으로 들어가 원로원 광장에 막사를 세웠고, 병사들은 원로원 창밖으로 의자들을 내던져 모닥불을 지폈다.

다른 분견대는 크렘린을 지나 마로세이카, 루뱐카, 포크롭카 거리를 따라 막사를 세웠다. 또 다른 분견대는 브즈드비젠카, 즈나멘카, 니콜스카야, 트베르스카야 거리를 따라 막사를 지었다. 그 어디에서도 집주인을 발견할 수 없었기 때문에 시내의 민가가 아니라 시내에 배치된 야영지에 진영을 친 것 같았다.

프랑스 병사들은 옷이 다 해지고 굶주리고 피로로 기진맥진했으며 병력 또한 예전의 3분의 1까지 줄었지만 정연한 질서를 유지하며 모스크바로 들어왔다. 비록 피로하고 지친 상태였지만 여전히 전투적이고 위협적인 군대였다. 그러나 부대의 병사들이 숙소로 흩어지기 전까지만 그랬다. 각 연대의 병사들이 텅 빈 호화로운 저택으로 흩어지자마자 군대는 한순간 사라지고 주민도 병사도 아닌, 이른바 약탈병이라는 중간적인 무언가가 형성되었다. 5주 후 모스크바를 떠날 때 그들은 더 이상 군대가 아니라 약탈자 무리에 불과했다. 저마다 비싸거나 필요하다고 생각하는 물건들을 산더미처럼 가져와 마차에 싣거나 직접 들고 갔다. 모스크바를 떠날 때 이들의 목적은 예전처럼 정복하는 것이 아니라 손에 넣은 물건들을 지키는 것이었다. 아가리가 좁은 단지에 손을 집어넣은 원숭이가 호두를 한 움큼 움켜쥐고는 손에 쥔 것을 놓치지 않으려고 주먹을 펴지 않다가 죽음을 자초하듯, 프랑스군도 모스크바를 떠날 때 약탈한 것들을 끌고 가다가, 원숭이가 호두를 움켜쥔 손을 펼 수 없었던 것처럼 그들도 약탈한 것을 포기할 수 없었기에 파멸한 것이다. 프랑스군의 각 연대가 모스크바의 어떤 구역에 들어가서 10분이 지나면 병사건 장교건 한 명도 남아 있지 않았다. 저택들의 창문을 통해 외투를 입고 각반을 찬 사람들이 소리 내어 웃으며 방마다 돌아다니는 모습이 보였다. 술 저장고와 지하실에서도 똑같은 사람들이 제멋대로 식료품에 손을 댔다. 안마당에서도 그와 같은 사람들이 헛간과 마구간의 문을 열거나 부수었다. 부엌에서는 불을 피웠다. 그들은 소매를 걷어붙인 채 굽고 반죽하고 끓였으며, 여자와 아이들을 놀라게 하기도 하고 웃기기도 하고 달래기도 했다. 이런 사람들이 가게든 저택이든 할 것 없이 어디에나 많았다. 군대는 어디에도 없었다.

그날 프랑스 지휘관들은 군대가 시내로 흩어지는 것을 금지하고 주민들에 대한 폭력과 약탈을 엄격히 금지하며 이날 밤 전체 점호를 실시한다는 명령을 계속해서 내렸지만, 이제까지 군대를 이루던 사람들은 이를 무시하고 편의 시설과 물건이 넘쳐 나는 부유하고 텅 빈 시내로 흩어졌다. 황량한 들판을 무리 지어 헤매던 굶주린 가축 떼가 비옥한 목초지를 발견한 순간 멈추지 못하고 사방으로 흩어지듯, 군대도 부유한 시내로 들어가자 더는 억제하지 못하고 흩어진 것이다.

모스크바에 주민들이 없었기 때문에 병사들은 모래 위의 물처럼 도시에 흡수되어 가장 먼저 발을 들여놨던 크렘린으로부터 별 모양을 이루며 걷잡을 수 없이 흩어졌다. 기병대 병사들은 재산을 버리고 떠난 어느 상인의 저택에 들어가 자신들의 말을 넣고도 남을 마구간을 발견했지만 더 좋아 보이는 다른 저택을 차지하려고 줄지어 이동했다. 수많은 병사들이 여러 채의 저택을 차지한 뒤 누가 저택을 차지했는지 분필로 표시하거나, 심지어 다른 부대와 말싸움을 하다 주먹다짐을 벌이기까지 했다. 병사들은 방이 배치되기도 전에 시내를 구경하러 거리로 달려 나가 모든 것이 버려졌다는 소문을 듣고 값비싼 물건들을 거저 차지할 수 있는 곳으로 뛰어갔다. 병사들을 제지하러 돌아다니던 지휘관들도 무의식적으로 똑같이 행동하곤 했다. 카레트니 랴드에는 승용 마차와 함께 버려진 상점들이 있었는데 장군들은 그곳으로 몰려가 자신이 탈콜랴스카와 승용 마차를 고르기도 했다. 도시에 남아 있던 주민들은 약탈을 피하기 위해 지휘관들을 집으로 초대했다. 재물은 한없이 많았지만 프랑스군이 보기에는 자신들이 차지한 장소 주변에 미지의 점령되지 않은 곳들, 훨씬 더 많은 재물이 있는 곳들이 도처에 널린 듯했다. 그렇게 모스크바는 그들을 자기 안으로 점점 더 깊숙이 빨아들였다. 물이 마른 땅에 흘러들면 물도 마른 땅도 사라지듯, 굶주린 군대가 풍요로운 텅 빈 도시에 들어가자 군대도 풍요로운 도시도 소멸했다. 그래서 진창이 생기고 화재와 약탈이 벌어지게 되었다.

프랑스인들은 모스크바 화재를 **라스톱친의 야만적인 애국심** 탓으로 돌렸고, 러시아인들은 프랑스인들의 잔인함 탓으로 돌렸다. 본질을 말하자면 모스크바의 화재를 한 사람 혹은 몇 사람의 책임으로 돌릴 만한 이유는 없고, 또 있을 수도 없었다. 모스크바가 타 버린 것은 목조 도시라면 당연히 탈 수밖에 없는 조건 속에 있었기 때문이지 이 도시에 130대의 형편없는 소방 펌프가 있었느냐 없었느냐는 상관없는 문제다. 모스크바가 타 버릴 수밖에 없었던 것은 주민들이 도시를 떠나 버렸기 때문이고, 그것은 대팻밥 더미에 며칠 동안 계속 불똥이 튀면 결국 불이 붙는 것처럼 불가피한 일이었다. 집을 소유한 주민들과 경찰들이 있을 때도 여름이면 거의 매일 화재가 일어나는 목조 도시에서 주민들이 빠져나가고 도시를 점령한 군대 병사들이 파이프 담배를 피우고 세나츠카야 광장에서 원로원의 의자로 모닥불을 지피고 하루에 두 번씩 음식을 조리하면 목조 도시는 불에 타 버릴 수밖에 없다. 평화로운 시절에도 어떤 지역의 마을 민가에 군대가 진을 치면 곧바로 그 지역의 화재 발생 건수가 증가한다. 하물며 텅 빈 목조 도시에 외국 군대가 주둔할 경우 화재의 확률이 얼마나 증가하겠는가? 이때의 원인은 **라스톱친의 야만적인 애국심**도, 프랑스군의 잔인함도 아니다. 모스크바 화재는 담배 파이프, 부엌, 모닥불, 적군 병사들, 즉 집주인이 아닌 거주민들의 부주의 때문이다. 방화가 있었다 해도 방화가 원인은 아닌데 (이는 매우 의심스러운데 어느 누구도 방화할 이유를 전혀 갖고 있지 않았을뿐더러 그것은 귀찮고 위험한 일이기 때문이다) 그 이유는 방화가 없었다 해도 똑같은 일이 벌어졌을 것이기 때문이다.

라스톱친의 야만적 행위를 비난하는 것이 프랑스인에게 아무리 달갑고, 보나파르트라는 악인을 비난하거나 자기 민족의 손에 영웅적인 횃불을 들려 주는 것이 러시아인에게 아무리 달갑더라도, 화재에 그와 같은 직접적인 원인은 있을 수 없음을 깨달아야 한다. 어느 마을, 어느 공장, 어느 집이든 주인이 떠나고 남이 들어와 주인 행세를 하며 죽을 끓이다 보면 불탈 수밖에 없듯이 모스크바도 불탈 수밖에 없었기 때문이다. 모스크바는 주민들에 의해 불탔고, 그것은 사실이다. 그러나 모스크바를 태운 이들은 모스크바에 남은 주민들이 아니라 그곳을 떠난 주민들이었다. 적에 의해 점령된 모스크바가 베를린과 빈을 포함한 다른 도시들처럼 온전히 남지 않은 것은 다만 그 주민들이 프랑스인들에게 빵과 소금과 열쇠를 갖다주지 않고 그곳을 떠나 버렸기 때문이다.

27

별 모양으로 퍼져 나가며 프랑스군이 모스크바에 흡수되는 과
정은 9월 2일 저녁쯤 피에르가 머무는 구역까지 다다랐다.

평소와 다른 상황에서 고독하게 이틀을 보낸 피에르는 광기에
가까운 상태에 빠져 있었다. 집요하게 따라다니는 생각 하나가 그
의 존재 전체를 지배했다. 언제 어떻게 그렇게 되었는지 스스로도
몰랐지만 지금 그는 그 생각에 강하게 사로잡혀 있어서 과거를 전
혀 기억하지도, 현재를 전혀 이해하지도 못했다. 그 때문에 그가
보고 듣는 모든 것들이 마치 꿈속에서 일어나는 것 같았다.

피에르는 그 당시 자신으로서는 해결할 수 없었던, 그를 결박하
고 있던 복잡하게 얽힌 삶의 요구들로부터 벗어나기 위해 자신의
집을 떠났다. 그가 고인의 책들과 문서를 정리한다는 이유를 대며
이오시프 알렉세예비치의 집에 간 것은 번잡한 생활에서 벗어나
평안을 얻기 위해서였다. 그런데 이오시프 알렉세예비치에 대한
추억은 자신이 끌려가고 있다고 느끼는 불안한 혼란과는 정반대
되는 마음속 영원하고 평온하고 장엄한 사상의 세계와 결합되었
다. 그는 조용한 은신처를 찾아서 왔는데, 실제로 이오시프 알렉
세예비치의 서재에서 그것을 발견했다. 서재의 죽음과도 같은 정

적 속에서 먼지로 뒤덮인 고인의 책상에 팔을 괴고 앉아 있다 보니 지난 며칠 동안의 기억들이 상상 속에서 고요하고 의미심장하게 연달아 떠오르기 시작했는데, 특히 보로디노 전투, 그리고 그의 마음속에 **그들**이라는 이름으로 새겨진 인간 부류의 진실함, 소박함, 강인함과 비교되는 자신의 하찮음과 허위에 대한 막연한 느낌이 떠올랐다. 게라심이 그를 깊은 생각으로부터 깨웠을 때 그의 뇌리에는 그가 아는 한 향후 예상되는 모스크바의 국민적인 방어에 참가해야겠다는 생각이 떠올랐다. 이를 위해 그는 게라심에게 카프탄과 피스톨을 구해 달라고 부탁하며, 자신의 이름을 숨긴 채 이오시프 알렉세예비치의 집에 계속 머무르길 원한다는 의향을 알렸다. 그러고 나서 고독하고 한가하게 첫날을 보내는 동안 (피에르는 프리메이슨의 필사본에 집중하려고 여러 차례 시도했지만 실패했다) 예전에 떠오른 생각, 즉 보나파르트의 이름과 자신의 이름이 그 관계에 있어 신비한 의미를 지니고 있다는 생각이 여러 차례 막연히 떠오르곤 했지만 자신이, **러시아인 베주호프**가 **짐승**의 권력을 제한하도록 예정되었다는 생각은 이유도 흔적도 없이 상상 속에서 빠르게 지나치는 공상들 중 하나로만 떠오를 뿐이었다.

카프탄을 구입하고 나서 (단지 모스크바의 국민적 방어에 참가할 목적으로) 피에르가 로스토프가 사람들을 만나 나타샤로부터 "당신은 모스크바에 남을 건가요? 아, 얼마나 훌륭한 일이에요!"라는 말을 들었을 때, 그의 뇌리에는 설령 모스크바가 점령된다 해도 자신은 이곳에 남아 예정된 임무를 수행하는 것도 정말 좋겠다는 생각이 스쳐 지나갔다.

다음 날 그는 자기 몸을 아끼지 않고 어떤 것에서든 **그들**에게 뒤처지지 않겠다는 일념으로 민중과 함께 트리 고리 관문 밖으로 향했다. 하지만 모스크바를 지킬 수 없을 거라고 확신하며 집에 돌아왔을 때 불현듯 그는 자신에게 이전까지는 가능한 것으로만 보이던 것이 이젠 필연적이고 불가피한 것이 되었음을 느꼈다. 그는 이름을 숨기고 모스크바에 남았다가 나폴레옹을 만나 그를 죽여야 했다. 자신이 죽든가, 혹은 그가 생각하기에 나폴레옹 한 사람에게서 비롯된 온 유럽의 불행을 종식시키든가 둘 중 하나였다.

피에르는 1809년 빈에서 독일의 한 대학생이 보나파르트를 암살하려고 했던 사건에 대해 자세히 알고 있었고, 그 대학생이 총살당했다는 것도 알았다.* 그래서 계획을 실행할 경우 자신의 목숨을 걸어야 된다는 위험에 더더욱 흥분했다.

똑같이 강렬한 두 개의 감정이 피에르가 자신의 계획을 불가항력적으로 따르도록 이끌었다. 하나는 사회 전체의 불행을 인지하는 데에서 오는 희생과 고통을 추구하는 감정이었다. 그 감정 때문에 그는 25일 치열한 전투가 한창인 모자이스크 전장에 참가했으며, 지금은 익숙했던 호화롭고 편안한 생활을 버린 채 집에서 나와 옷도 벗지 않고 딱딱한 소파에서 자며 게라심과 똑같은 음식을 먹고 있었다. 다른 하나는 조건적이고 인위적이고 인간적인 모든 것, 대부분의 사람들이 세상 최고의 행복이라 여기는 모든 것에 대한 막연한, 전적으로 러시아적인 경멸의 감정이었다. 피에르는 이 이상하고 매혹적인 감정을 슬로보츠키 궁전에서 처음 경험했는데, 그때 그는 부와 권력과 생명, 사람들이 그토록 노력을 기울여 얻은 후 지키는 모든 것에 어떤 가치가 있다면 그것은 그 모든 것을 버릴 수 있을 때의 쾌감 때문일 거라고 생각했다.

그 감정이란 그로 인해 지원병이 마지막 1코페이카까지 털어 술을 마시는 감정이고, 술 취한 사람이 마지막 돈까지 날린다는 것을 알면서도 어떤 뚜렷한 이유 없이 거울과 유리를 깨뜨리게 되는 감정이다. 그것은 마치 자신의 힘과 권력을 시험하듯 인간의 조건 외부에 있는, 인생을 심판하는 지고의 존재가 있음을 언명하면서 미친 짓을 (통속적 의미에서) 저지르는 감정이다.

슬로보츠키 궁전에서 이 감정을 처음 경험한 날부터 피에르는 그 감정의 영향을 계속 받았지만 이제야 비로소 그에 대한 충분한 만족을 발견했다. 또 그가 이 길 위에서 이미 해 온 것이 이 순간 그의 계획을 지탱해 주었고, 그 계획을 그만둘 가능성을 그에게서 빼앗아 갔다. 만일 이 모든 것을 경험한 그가 이제 다른 사람들처럼 모스크바를 떠난다면 그의 가출도, 그의 카프탄도, 그의 피스톨도, 모스크바에 남겠노라고 로스토프가 사람들에게 한 공언도 모두 의미를 잃을 뿐 아니라 멸시와 조롱을 받게 될 것이다. (피에르는 이것에 예민했다.)

피에르의 육체 상태는 언제나처럼 그의 정신 상태와 일치했다. 익숙지 않은 투박한 음식, 요 며칠 동안 마신 보드카, 포도주와 시가의 결핍, 갈아입지 않은 더러운 속옷, 침대 없이 짧은 소파에서 거의 뜬눈으로 보낸 이틀 밤, 이 모든 것이 피에르를 광기에 가까운 흥분 상태에 빠뜨렸다.

벌써 오후 1시가 지났다. 프랑스군은 이미 모스크바에 들어왔다. 피에르는 이에 대해 알고 있었지만, 행동을 개시하는 대신 앞으로 할 일을 아주 작은 것까지 세세히 점검하며 자신의 계획에 대해서만 생각했다. 그는 나폴레옹에게 일격을 가하는 과정이나 나폴레옹의 죽음에 대해 생생하게 상상하지는 않았지만 자신의 파멸과 영웅적 용기에 대해서는 기이할 정도로 선명하게 슬픈 쾌감마저 느끼며 상상하곤 했다.

'그래, 모든 사람을 대신해 나 혼자 일을 완수하든가 죽든가 해야 해!' 그는 생각했다. '그래, 난 다가가서⋯⋯ 갑자기⋯⋯ 피스톨로 할까, 단검으로 할까?' 피에르는 생각했다. '하지만 어떻게 하든 상관없어. 너를 처형하는 것은 내가 아니라 신의 손이다, 라고 말해야지. (피에르는 나폴레옹을 죽일 때 할 말을 생각했다.) 자, 뭐 하고들 있느냐, 나를 잡아 처형하라.' 피에르는 고개를 숙인 채 슬프지만 결연한 표정으로 계속 혼잣말을 했다.

피에르가 방 한가운데 서서 그렇게 자신과 논쟁하고 있는 중에 서재 문이 열렸다. 예전에는 늘 머뭇거리던 마카르 알렉세예비치가 완전히 달라진 모습으로 문가에 나타났다. 할라트를 활짝 풀어 젖힌 채였다. 얼굴은 벌겋고 추악했다. 술에 취한 게 분명했다. 처음에 그는 피에르를 보고 당황했지만 피에르 역시 당황한 것을 알아차리고는 곧 용기를 내어 가느다란 다리로 휘청거리면서 방 한가운데로 들어왔다.

"그자들이 겁을 먹었어." 그가 순진한 쉰 목소리로 말했다. "내가 말하는데, 난 항복하지 않아. 내 말은…… 그렇지 않은가, 신사 양반?" 그는 생각에 잠겼다가 테이블에 놓인 피스톨을 보고는 잽싸게 그것을 움켜잡고 복도로 달려 나갔다.

마카르 알렉세예비치를 뒤따라온 게라심과 문지기가 그를 현관방에서 붙잡아 피스톨을 빼앗으려 했다. 복도로 나간 피에르는 동정과 혐오가 섞인 감정으로 반미치광이 노인을 바라보았다. 마카르 알렉세예비치는 얼굴을 잔뜩 찡그린 채 온 힘을 다해 피스톨을 잡고 무언가 엄숙한 것이라도 상상하는 듯, 쉰 소리로 크게 고함을 질러 댔다.

"무기를 잡아라! 공격하라! 헛소리하지 마, 내가 뺏길 것 같나!" 그가 외쳤다.

"그만하십시오, 제발 그만두세요. 그냥 놓고 가십시오. 제발요, 주인님……." 게라심이 마카르 알렉세이치의 팔꿈치를 조심스럽게 잡고 문 쪽으로 돌려세우려 애쓰며 말했다.

"너는 누구냐? 보나파르트구나!" 마카르 알렉세예비치가 소리쳤다.

"이런 것은 좋지 않습니다, 나리. 제발 방에 가서 쉬십시오. 피스톨은 제게 주세요."

"꺼져, 이 비겁한 종놈아! 건드리지 마! 봤냐?" 마카르 알렉세예비치가 피스톨을 휘두르며 외쳤다. "공격하라!"

"붙잡아!" 게라심이 문지기에게 속삭였다.

마카르 알렉세예비치는 두 팔을 붙잡힌 채 문 쪽으로 끌려갔다.

현관방은 거칠게 난동을 부리는 소리와 숨을 헐떡이는 취한의 목쉰 소리로 가득 찼다.

갑자기 현관 계단에서 여자의 새된 비명 소리가 들리더니 식모가 현관방으로 뛰어 들어왔다.

"그자들이에요! 세상에! 정말 그자들이에요. 네 명이 말을 타고……." 그녀가 외쳤다.

게라심과 문지기는 마카르 알렉세예비치를 놓아주었고, 몇 사람의 손이 출입문을 두드리는 소리가 조용한 복도에 울려 퍼졌다.

28

피에르는 자신의 계획을 실행하기 전까지는 신분도, 프랑스어를 안다는 사실도 숨겨야 한다고 결심한 후, 프랑스인들이 들어오면 바로 몸을 숨길 생각으로 복도의 반쯤 열린 문가에 서 있었다. 하지만 프랑스인들이 들어왔어도 피에르는 문에서 떠나지 않았다. 억누를 수 없는 호기심이 그를 사로잡았던 것이다.

프랑스인은 둘이었다. 한 명은 장교로 키가 크고 씩씩하고 잘생겼고, 병사나 종졸로 보이는 또 다른 하나는 키가 작고 야위고 햇볕에 그을린 피부의 남자로 뺨은 푹 꺼져 있었고, 얼굴에는 생기가 없었다. 장교는 지팡이를 짚고 절뚝거리며 앞장서서 들어왔다. 몇 걸음 걷고 나서 장교는 이 집이 좋다고 판단한 듯 멈춰 서서 문가에 선 병사들을 돌아보고 지휘관다운 큰 목소리로 말들을 들이라고 호령했다. 그러고는 멋을 부리며 팔꿈치를 높이 들어 콧수염을 매만지고 모자에 한 손을 가볍게 댔다.

"여러분, 안녕하십니까?" 그가 미소를 짓고 주위를 둘러보며 명랑하게 말했다. 아무도 대답하지 않았다.

"당신이 주인입니까?" 장교가 게라심에게 물었다.

게라심은 두려우면서도 의문스러운 눈으로 장교를 보았다.

"숙소요, 숙소 말입니다. 거처요." 장교는 너그럽고 선한 미소를 띠고 키 작은 남자를 내려다보며 말했다. "프랑스인은 좋은 사람들입니다. 제길, 싸우지 맙시다, 노인장." 그는 두려워서 침묵하고 있는 게라심의 어깨를 치며 덧붙였다.

"이런, 여기에 프랑스어를 할 줄 아는 사람이 정말 아무도 없는 거야?" 주위를 둘러보다 피에르와 눈이 마주치자 그는 덧붙였다. 피에르는 문에서 물러났다.

장교가 다시 게라심을 돌아보더니 이 집의 방들을 보여 달라고 요청했다.

"주인님은 안 계십니다. 모르겠어요…… 나의, 당신의……." 게라심은 좀 더 이해하기 쉽게 단어들의 순서를 뒤집으려 애쓰며 말했다.

프랑스 장교는 미소를 지으며 자기 역시 그의 말을 이해하지 못했음을 상대방에게 알려 주려는 듯 게라심 앞에 두 손을 펼쳐 보이고는 절뚝거리며 피에르가 서 있는 문가로 걸어갔다. 그와 부딪치지 않으려고 피에르가 문에서 비키려는 순간, 열린 부엌문에서 피스톨을 두 손에 쥐고 몸을 내민 마카르 알렉세이치를 발견했다. 마카르 알렉세이치가 미치광이 특유의 교활한 눈빛으로 프랑스인을 흘낏 보고는 피스톨을 들어 그를 겨누었다.

"공격하라!" 취한이 방아쇠에 손가락을 걸며 소리쳤다. 프랑스 장교가 고함 소리에 고개를 돌리는 순간, 피에르가 취한에게 달려들었다. 피에르가 피스톨을 잡아 치켜드는 것과 동시에 마카르 알렉세이치가 방아쇠를 당겼고 귀를 멀게 만드는 듯한 총소리가 울리면서 화약 연기가 모든 사람을 뒤덮었다. 프랑스인은 창백해져서 문 쪽으로 달려갔다.

자신이 프랑스어를 안다는 사실을 숨기려 했던 계획을 잊고 피에르는 피스톨을 빼앗아 내던지곤 장교에게 달려가 프랑스어로 말을 걸었다.

"다치지 않았습니까?" 그가 물었다.

"아마도 괜찮은 것 같습니다." 장교가 자기 몸을 만지며 대답했다. "하지만 이번에는 하마터면 큰일 날 뻔했습니다." 그가 떨어져 나간 회벽을 가리키며 덧붙였다. "저 사람은 누굽니까?" 장교는 피에르를 엄하게 바라보며 말했다.

"아, 이런 일이 생겨 참으로 유감스럽습니다." 피에르는 자신의 역할을 잊고 서둘러 말했다. "이 사람은 불쌍한 미치광이입니다. 자신이 무슨 짓을 했는지도 모릅니다."

장교가 마카르 알렉세이치에게 다가가 멱살을 잡았다.

마카르 알렉세이치는 입을 벌린 채 마치 잠이라도 든 듯 벽에 기대어 비틀거렸다.

"강도 녀석, 네놈이 한 짓에 대해 대가를 치르게 할 테다." 프랑스인은 손을 떼고 말했다.

"우리는 승리 후에는 자비롭지만 반역자는 용서하지 않습니다." 그는 음울하고 엄숙한 표정으로 화려하고 열정적인 몸짓을 하며 덧붙였다.

피에르는 술 취한 미치광이를 처벌하지 말아 달라고 프랑스어로 계속해서 장교를 설득했다. 프랑스인은 음울한 표정을 바꾸지 않고 조용히 듣다가 갑자기 미소 지으며 피에르를 돌아보았다. 그는 몇 초 동안 아무 말 없이 피에르를 바라보았다. 그의 잘생긴 얼굴이 비극적이고도 부드러운 표정을 지었고, 그가 손을 내밀었다.

"당신이 내 목숨을 구했습니다! 당신은 프랑스인이군요." 그가 말했다. 그 프랑스인에게 이러한 결론은 조금도 의심할 바 없는 것이었다. 오직 프랑스인만이 위대한 일을 해낼 수 있고, 그를, 경기병 제13연대의 대위인 무슈 랑발을 구한 것은 분명히 매우 위대한 일이었다.

하지만 그 같은 결론과 그에 입각한 장교의 확신이 아무리 의심할 여지가 없는 것이라 해도 피에르는 그를 실망시킬 필요가 있다고 생각했다.

"난 러시아인입니다." 피에르가 재빨리 말했다.

"쳇, 쳇, 쳇, 그런 말은 다른 사람에게나 하시죠." 프랑스인이 자신의 코앞에서 손가락을 흔들며 미소를 지었다. "이제 곧 이 모든 것에 대해 말하게 될 겁니다." 그가 말했다. "동포를 만나게 되어 무척 기쁩니다. 아, 이 사람을 어떻게 할까요?" 그는 피에르를 형제인 양 대하며 덧붙였다. 설사 피에르가 프랑스인이 아니라 해도 세상 최고의 호칭을 받은 이상 뿌리칠 수는 없을 거라고, 프랑스 장교의 표정과 말투가 말하고 있었다. 마지막 질문에 대해 피에르는 마카르 알렉세이치가 누구인지 다시 한번 설명하고, 그들이 오기 직전에 이 술 취한 미치광이가 장전된 피스톨을 훔쳤고 그걸 빼앗을 겨를이 없었다고 덧붙인 뒤 그가 한 행동에 대해 처벌하지 말고 눈감아 달라고 부탁했다.

프랑스인은 가슴을 내밀고 황제와 같은 손짓을 했다.

"당신은 내 목숨을 구했습니다. 당신은 프랑스인입니다. 당신은 내가 그를 용서하기를 원하나요? 알겠습니다, 그를 용서하겠습니다. 이자를 데리고 나가." 장교는 자신의 목숨을 구해 주었기 때문에 프랑스인이 된 피에르의 팔을 잡고 정열적으로 빠르게 말한 후 그와 함께 집 안으로 들어갔다.

안마당에 있던 병사들이 총성을 듣고 현관방으로 들어와 무슨 일인지 물으며 즉각 범인을 처벌하겠다고 했지만 장교는 엄하게 그들을 제지했다.

"필요한 일이 생기면 부르겠다." 그가 말했다. 병사들은 나갔다. 그사이 부엌에 다녀온 종졸이 장교에게 다가왔다.

"대위님, 이 집 부엌에 수프와 구운 양고기가 있습니다." 그가 말했다. "가져오라고 명령할까요?"

"그래, 술도." 대위가 말했다.

29

피에르와 함께 프랑스 장교는 집 안으로 들어갔다. 피에르는 자신이 프랑스인이 아님을 대위에게 다시금 단언하는 것이 자신의 의무라 생각했고, 떠나고 싶었지만, 프랑스 장교는 그의 말을 들으려 하지 않았다. 그가 매우 정중하고 친절하고 선량하고, 게다가 목숨을 구해 준 것에 진심으로 고마워하고 있었기 때문에 피에르는 차마 거절하지 못하고 그들이 들어선 첫 번째 방인 홀에 그와 함께 앉을 수밖에 없었다. 자신이 프랑스인이 아니라고 피에르가 주장하자 대위는 어떻게 그런 영광스러운 호칭을 거부할 수 있는지 이해할 수 없다는 듯 어깨를 으쓱하더니 굳이 러시아인으로 알려지길 원한다면 그렇게 하라고, 하지만 자신은 목숨을 구해 준 감사의 마음으로 그와 영원히 연결되어 있다고 말했다.

만약 이 남자에게 타인의 감정을 조금이라도 이해하는 능력이 있어 피에르의 감정을 추측할 수 있었다면 아마 피에르는 그를 떠났겠지만 자기 외의 모든 것에 둔감한 이 남자의 활력에 피에르는 압도되고 말았다.

"프랑스인이거나 신분을 감춘 러시아 공작이겠군요." 프랑스인은 더러워지긴 했으나 부드러운 피에르의 속옷과 손가락의 반지를 주시하며 말했다. "당신에게 목숨을 빚졌으니 저와의 우정을 제안합니다. 프랑스인은 모욕도 도움도 결코 잊지 않습니다. 저와의 우정을 제안합니다. 내가 말하고 싶은 건 이게 전부입니다."

목소리, 표정, 동작에 선량함과 고상함이 (프랑스적인 의미에서) 넘쳐흐르는 프랑스 장교의 웃음에 피에르는 무의식적인 미소로 답하며 그가 내민 손을 잡았다.

"나는 9월 7일 전투*로 영예로운 레지옹 훈장을 받은 경기병 제13연대의 랑발 대위입니다." 그는 콧수염 아래쪽 입술에 주름이 생길 정도로 미소를 지으며 자기를 소개했다. "그러니 이제는 모쪼록 알려 주지 않겠습니까? 내가 저 미치광이의 총에 맞아 야전 응급 치료소에 있는 대신 누군가와 이토록 즐겁게 대화할 영광을 누리게 되었는지 말입니다."

피에르는 이름을 말할 수 없다고 대답했고, 얼굴을 붉히며 아무 이름이라도 꾸며 대고는 이름을 말할 수 없는 이유를 밝히려 했지만 프랑스인이 서둘러 말을 가로막았다.

"그만 됐습니다." 그가 말했다. "당신을 이해합니다. 당신은 장교이고…… 아마 사령부 장교겠네요. 당신은 우리에 대항하여 무기를 들었겠죠. 하지만 그건 나와 상관없습니다. 난 당신에게 목숨을 빚졌고, 나에게는 그것으로 충분합니다. 난 전부 당신의 것입니다. 당신은 귀족이지요?" 그는 질문하는 듯한 어조로 덧붙였다. 피에르는 고개를 숙였다. "당신 이름은요? 더 이상 아무것도 묻지 않겠습니다. 무슈 피에르라고 하셨나요? 좋습니다. 내가 알고 싶은 건 그게 전부입니다."

프랑스인들이 구운 양고기, 오믈렛, 사모바르, 보드카, 러시아의 술 저장고에서 가져온 포도주를 가져오자 랑발은 피에르에게 함께 식사할 것을 권했고 자신도 굶주린 사람처럼 게걸스럽게 급히 먹기 시작하며 튼튼한 이로 빠르게 씹고 끊임없이 입맛을 다시면서 "굉장해. 훌륭해!"라고 중얼거렸다. 얼굴은 붉게 상기되고 땀으로 뒤덮였다. 피에르도 배가 고픈 터라 기꺼이 함께 식사를 했다. 종졸인 모렐은 따뜻한 물이 담긴 냄비를 가져와 그 안에 적 포도주 병을 담갔다. 또한 그는 시음해 보려고 부엌에서 크바스도 한 병 가져왔다. 그 음료는 이미 프랑스인들 사이에 잘 알려져 있었고 이름까지 얻었다. 그들은 크바스를 돼지의 레모네이드라고 불렀다. 모렐도 부엌에서 발견한 이 돼지의 레모네이드를 찬양했다. 하지만 대위에게는 모스크바를 통과할 때 얻은 포도주가 있었으므로 크바스는 모렐에게 넘기고 보르도 포도주 병을 들었다. 그는 냅킨으로 병목을 감싸고 자신과 피에르의 잔에 포도주를 따랐다. 허기를 채우고 술까지 마신 대위는 더욱 활기를 띠며 식사 내내 끊임없이 이야기를 했다.

"그렇습니다, 친애하는 무슈 피에르, 나는 그 미치광이로부터…… 내 목숨을 구해 준 당신에게 보답을 해야 합니다. 보시다시피 나는 내 몸속에 있는 총알로도 충분하답니다. 보세요, 여기 이것은 (그는 옆구리를 가리켰다) 바그람 부근에서, 또 이것은 스몰렌스크 부근에서 얻었습니다." 그는 뺨의 흉터를 가리켰다. "그리고 보시다시피 움직이고 싶어 하지 않는 이 다리도 있습니다. 이것은 7일에 모스크바 부근의 대전투에서 얻은 것입니다. 아, 정말 대단했지요! 당신도 봤어야 했는데, 그야말로 포화의 홍수였어요. 우리를 힘들게 했으니 당신네들은 자랑스러워할 만합니다. 그리고 솔직히 말해 이런 좋은 것을 (그는 십자 훈장을 가리켰다) 얻긴 했지만 난 모든 걸 다시 한번 시작할 준비가 되어 있습니다. 그 전투를 보지 못한 사람들이 안됐죠."

"난 그곳에 있었습니다." 피에르가 말했다.

"아, 정말요? 그렇다면 더욱 잘됐군요." 프랑스인이 말했다. "당신네들이 용맹한 적이라는 사실은 인정해야 합니다. 빌어먹을, 그 큰 보루를 잘 지키더군요. 당신들은 우리로 하여금 비싼 대가를 치르게 했습니다. 사실 난 그곳에 세 번 갔었죠. 우리는 세 번을 대포에 달려들었는데 세 번 모두 카드로 만든 병사들처럼 나가떨어졌어요. 당신네 척탄병들은 정말 훌륭했습니다. 난 그들 대열이 여섯 차례 밀집 대형을 이루어 사열하듯 진군하는 모습을 보았습니다. 대단한 사람들이에요! 이런 일을 잘 알고 있는 우리 나폴리 왕도 그들에게 '브라보! 하, 하! 우리 병사들과 똑같군!' 하고 외치더군요." 그는 잠시 침묵했다가 미소를 지으며 말했다. "정말 잘됐습니다, 정말 잘됐어요, 무슈 피에르. 전투에서는 무시무시하지만……." 그는 웃으며 한쪽 눈을 찡긋했다. "미인들에게는 친절하다. 프랑스인이 바로 그런 사람들이에요, 무슈 피에르. 그렇지 않습니까?"

대위가 너무도 순진하고 선량하며 명랑하고 천진한 데다 자족해하는 모습을 보이는 바람에 피에르 역시 즐겁게 그를 바라보다 한쪽 눈을 찡긋할 뻔했다. 아마 '친절한'이라는 말이 대위로 하여금 모스크바 상황을 떠올리게끔 한 듯했다.

"참, 그것 좀 말해 주세요. 모든 여성들이 모스크바를 떠났다는 게 사실입니까? 정말 이상한 생각이네요, 무엇이 무서웠던 거죠?"

"러시아군이 파리에 들어서면 프랑스 귀부인들도 파리를 떠나지 않을까요?" 피에르가 말했다.

"하, 하, 하!" 프랑스인이 피에르의 어깨를 가볍게 치며 유쾌하고 호탕한 웃음을 터뜨렸다. "아! 농담도 하시네요." 그가 말했다. "파리라고요? 하지만 파리는…… 파리는……."

"파리는 세계의 수도죠." 피에르가 그의 말을 매듭지었다.

대위는 피에르를 쳐다보았다. 그에게는 이야기 도중에 미소 띤 다정한 눈으로 상대를 뚫어지게 쳐다보는 버릇이 있었다.

"음, 당신 스스로 러시아인이라고 말하지 않았다면 난 당신이 파리 사람이라는 데 돈을 걸었을 겁니다. 당신에게는 뭔가 있어요. 그건……." 그는 이렇게 칭찬하고 나서 다시 피에르를 조용히 쳐다보았다.

"파리에 산 적이 있습니다. 그곳에서 몇 년을 지냈어요." 피에르가 말했다.

"아, 그럴 것 같았어요. 파리! 파리를 모르는 사람은 미개인입니다. 2마일을 떨어져서도 파리 사람을 알아볼 수 있습니다. 파리는 곧 탈마, 라 뒤셰누아, 포티에, 소르본, 대로입니다."* 마지막 말이 앞의 말보다 약하다는 것을 알아차린 그는 얼른 이렇게 덧붙였다. "전 세계에 오직 파리만 있을 뿐입니다. 당신은 파리에 있었으면서 러시아인으로 남았군요. 뭐, 그렇다고 당신에 대한 내 존경이 줄어드는 것은 아닙니다."

술을 마신 데다 혼자 여러 날을 상념으로 보낸 뒤라 피에르는 이 유쾌하고 선량한 남자와 이야기하면서 자기도 모르게 즐거움을 느꼈다.

"그런데 다시 당신네 귀부인들 이야기로 돌아가서요. 러시아 귀부인들이 참 아름답다고 사람들이 말하더군요. 프랑스군이 모스크바에 들어온 마당에 광야로 숨다니 얼마나 어리석은 생각입니까! 그들은 굉장한 기회를 놓친 겁니다. 당신네 농민들이 그러는 거야 이해하지만 당신들 교양인들은 그들보다는 우리를 더 잘 알아야 합니다. 우리는 빈, 베를린, 마드리드, 나폴리, 로마, 바르샤바 등 세계의 모든 수도를 정복했습니다. 그곳 사람들은 우리를 두려워하지만 좋아하기도 합니다. 우리를 좀 더 잘 아는 건 위험한 게 아니에요. 그리고 황제 폐하도…….” 그는 말을 시작했지만 피에르가 가로막았다.

“황제가…….” 피에르가 대위의 말을 반복했고 갑자기 그의 얼굴에 슬프고도 당혹스러운 표정이 떠올랐다. “황제란 무엇인가요?”

“황제 말인가요? 관용, 자비, 정의, 질서, 천재, 바로 이것이 황제입니다! 이것은 나, 랑발이 당신에게 하는 말입니다. 사실 8년 전에 나는 그의 적이었습니다. 백작이었던 나의 아버지는 망명자였지요…….하지만 난 그 남자에게 굴복하고 말았습니다. 그는 내 마음을 사로잡았습니다. 난 프랑스를 뒤덮은 그의 위대함과 영광을 이겨 낼 수 없었습니다. 그가 무엇을 원하는지 이해했을 때, 그가 우리를 위해 월계관의 침상을 준비하고 있음을 알았을 때 나는 스스로에게 말했습니다. ‘이 사람이야말로 군주다.’ 그리고 그에게 항복했지요. 그렇게 된 겁니다. 아, 그렇습니다, 나의 친구여, 그는 과거와 미래를 통틀어 가장 위대한 인간입니다.”

“그가 모스크바에 있습니까?” 피에르는 우물쭈물하며 죄지은 듯한 얼굴로 말했다.

프랑스인이 죄지은 듯한 피에르의 얼굴을 보며 미소 지었다.

“아뇨, 내일 입성합니다.” 그는 이렇게 말하고 계속 자기 이야기를 해 나갔다.

그들의 대화는 대문 가에서의 고함 소리와, 뷔르템베르크의 경기병들이 와서 대위의 말들이 있는 안마당에 자기네 말들을 매려 한다는 것을 알리러 모렐이 방으로 들어오는 바람에 중단되었다. 이런 곤란한 상황이 벌어진 이유는 무엇보다도 경기병들이 상대방의 말을 이해하지 못했기 때문이었다.

대위가 상사를 불러 어느 연대 소속이고 상관이 누구인지, 어째서 이미 다른 사람이 차지한 숙소에 감히 들어오려 하는지 엄한 목소리로 물었다. 독일인은 프랑스어를 잘 몰랐지만 첫 질문에 대해 소속 연대와 지휘관의 이름을 댔다. 마지막 질문에 대해서는 그를 이해하지 못하여 독일어에 엉터리 프랑스어를 섞어 가면서 자신은 연대의 숙소 담당으로서 지휘관으로부터 모든 저택을 차례차례 점령하라는 명령을 받았다고 대답했다. 피에르는 독일어를 알았기 때문에 독일인의 말을 대위에게 통역해 주고 대위의 답변을 뷔르템베르크 경기병에게 독일어로 전달했다. 상대방의 말을 이해한 독일인은 이에 복종하여 부하들을 데리고 떠났다. 대위는 현관 계단에 나가 큰 소리로 몇 가지 지시를 내렸다.

그가 방으로 돌아왔을 때 피에르는 두 손으로 머리를 감싸고 여전히 같은 자리에 앉아 있었다. 얼굴에는 고통스러운 기색이 드러나 있었다. 그 순간 그는 괴로워하고 있었다. 대위가 나가고 혼자 남았을 때 피에르는 문득 정신을 차려 자신이 처한 상황을 인식했다. 모스크바가 점령되었다는 것도, 이 행복한 승리자들이 모스크바에서 주인 행세를 하며 그를 보호하고 있다는 것도 괴로웠지만 이 순간 그를 괴롭힌 것은 자신의 나약함에 대한 자각이었다. 술 몇 잔과 이 선량한 남자와의 대화는 피에르가 지난 며칠간 빠져 있던, 계획 실행에 있어 반드시 필요한 긴장 상태의 우울한 기분을 무너뜨렸다. 피스톨과 단검과 농민용 외투는 준비되었고, 나폴레옹도 내일 도착한다. 피에르는 여전히 악인을 죽이는 것이 유익하고 가치 있는 일이라고 생각했지만 이제 자신은 그 일을 못하리라는 것을 깨달았다. 어째서인지는 알지 못했다. 하지만 자신이 계획을 실행하지 않을 것 같은 예감이 들었다. 그는 자신의 나약함과 싸웠지만 자신이 이겨 낼 수 없음을, 복수와 살인과 자기희생에 관한 예전의 우울한 생각들이 처음 맞닥뜨린 인간과 접촉한 순간 먼지처럼 날아가 버렸음을 어렴풋이 느꼈다.

대위는 다리를 약간 절면서 휘파람으로 노래를 부르며 방으로 들어왔다.

조금 전까지 피에르에게 즐거움을 주던 프랑스인의 수다가 이제는 혐오스럽게 여겨졌다. 휘파람으로 부르는 노랫소리도, 걸음걸이도, 콧수염을 꼬는 행위도 모든 것이 피에르에게는 모욕적으로 느껴졌다.

'난 당장 떠날 것이고, 이 사람과 더 이상 한마디도 하지 않겠다.' 피에르는 생각했다. 하지만 그렇게 생각하면서도 계속 그 자리에 앉아 있었다. 이상한 무력감이 그를 그 자리에 묶어 놓는 바람에 그는 일어나 나가고 싶었지만 그럴 수 없었다.

그와 반대로 대위는 기분이 매우 좋아 보였다. 그는 두어 번 방안을 왔다 갔다 했다. 마치 어떤 즐거운 공상을 하며 혼자 웃은 듯 눈은 빛났고 콧수염은 가볍게 움직였다.

"훌륭한데……." 그가 불쑥 말했다. "저 **뷔르템베르크 부대**의 **지휘관** 말입니다. 독일인이지만 **훌륭한** 청년이에요. 그러나 독일인이죠."

그가 피에르의 맞은편에 앉았다.

"그건 그렇고, 당신은 독일어를 아나요?"

피에르는 묵묵히 그를 바라보았다.

"독일어로 은신처를 뭐라고 합니까?"

"은신처요?" 피에르가 되물었다. "독일어로 은신처는 운터쿤프트(Unterkunft)입니다."

"뭐라고요?" 대위는 의심쩍은 듯 다시 빠르게 물었다.

"운터쿤프트." 피에르는 되풀이했다.

"온터코프." 대위는 이렇게 말하고 몇 초간 웃는 눈으로 피에르를 바라보았다. "그 독일인들은 정말 멍청합니다. 그렇지 않습니까, 무슈 피에르?" 그는 이렇게 결론지었다.

"자, 이 모스크바산 보르도를 한 병 더 마실까요? 모렐이 우리를 위해 한 병 더 데워 줄 겁니다. 모렐!" 대위가 즐겁게 외쳤다.

모렐이 초 몇 자루와 술병을 가져왔다. 대위는 불빛에 비친 피에르를 바라보고 상대의 낙담한 표정에 놀란 듯했다. 랑발은 진심으로 슬픔과 동정 어린 표정을 지으며 피에르에게 다가와 그의 위로 몸을 숙였다.

"도대체 왜 우리가 우울한 겁니까?" 그가 피에르의 손을 건드리며 말했다. "혹시 내가 당신을 우울하게 했습니까? 아니면 당신이 나에게 어떤 반감 같은 것을 갖고 있는 건 아닙니까?" 그는 거듭 물었다. "혹시 정세와 관련된 것인가요?"

피에르는 아무 말도 하지 않고 프랑스인의 눈을 다정하게 쳐다보았다. 이 표정이 그를 기쁘게 했다.

"맹세하건대 당신에게 은혜를 입은 것은 제쳐 놓고 난 당신에게 우정을 느끼고 있습니다. 내가 당신을 위해 할 수 있는 게 없나요? 당신 마음대로 저를 부리세요. 영원히요. 가슴에 손을 얹고 말합니다." 그가 가슴을 치며 말했다.

"고맙습니다." 피에르가 말했다. 대위는 독일어로 은신처가 무엇인지 알게 되었을 때처럼 피에르를 주의 깊게 쳐다보았다. 갑자기 그의 얼굴이 환하게 빛났다.

"아, 그럼 난 우리의 우정을 위해 술을 마셔야겠어요!" 그가 두 개의 잔에 술을 따르면서 즐겁게 외쳤다. 피에르는 술이 채워진 잔을 들어 그것을 비웠다. 랑발도 자기 잔을 비우고 나서 다시 피에르의 손을 잡고는 생각에 잠긴 우울한 자세로 테이블에 팔꿈치를 괴었다.

"그래요, 친구, 바로 이게 운명의 수레바퀴라는 겁니다." 그가 말을 뗐다. "내가 병사가 될 거라고, 또 우리가 그 이름으로 부르는 보나파르트를 섬기는 용기병 대위가 될 거라고 어느 누가 나에게 말했겠습니까? 하지만 나는 그와 함께 모스크바에 있죠. 친구, 당신에게 말해야 할 것이 있습니다……." 그는 긴 이야기를 하려는 사람처럼 쓸쓸하면서도 차분한 목소리로 말을 이었다. "우리 집안은 프랑스에서 가장 유서 깊은 가문들 가운데 하나입니다."

그러고 나서 대위는 프랑스인다운 가볍고 순박한 솔직함으로 피에르에게 선조들의 역사, 자신의 유년 시절과 소년 시절과 청년 시절, 혈연과 재산과 가족과 관련된 자신의 모든 관계를 이야기했다. 물론 그의 이야기에서 '나의 가여운 어머니'라는 표현은 중요한 역할을 했다.

"하지만 이 모든 것은 인생의 서곡일 뿐이고 인생의 본질은 바로 사랑이죠, 사랑! 그렇지 않습니까, 무슈 피에르?" 그는 활기를 띠며 말했다. "한 잔 더 하세요."

피에르는 다시 술잔을 비우고 세 번째 잔을 채웠다.

"오, 여인들이여, 여인들이여!" 대위는 촉촉한 눈으로 피에르를 바라보며 사랑과 자신의 연애 경험을 들려주기 시작했다. 연애 경험이 매우 많다는 이야기는 장교의 우쭐대는 잘생긴 얼굴과 그가 여자들에 대해 이야기할 때의 열정적인 활기로 보아 믿을 만한 것이었다. 랑발의 연애 이야기는 프랑스인들이 그런 사랑에서 매력과 시적인 성격을 발견하듯이 모두 다 난잡한 성격을 띠었음에도 불구하고 그가 사랑의 모든 매력을 자신만이 맛보고 경험했다고 확신하며 이야기하는 데다 또한 여자들을 상당히 유혹적으로 묘사했기 때문에 피에르 역시 호기심을 가지고 이야기를 들었다.

그 프랑스인이 그토록 좋아한 **사랑**은 피에르가 한때 아내에게 느낀 저열하고 단순한 사랑도, 나타샤에게 느낀, 스스로 과장했던 로맨틱한 사랑도 아닌 것이 분명했다. (랑발은 두 종류의 사랑을 똑같이 경멸하면서 전자를 **마부들의 사랑**으로, 후자를 **바보들의 사랑**으로 칭했다.) 프랑스인이 숭배하는 **사랑**은 주로 여성과의 부자연스러운 관계, 사랑이라는 감정에 중요한 매력을 더해 주는 여러 가지 기묘한 것들의 결합이었다.

대위는 서른다섯 살의 매혹적인 후작 부인과 그녀의 딸인 열일곱 살의 아름답고 순수한 처녀를 한꺼번에 사랑했던 이야기를 들려주었다. 어머니와 딸 사이의 관용 경쟁은 어머니가 자신을 희생하여 애인이 자기 딸을 아내로 맞도록 권하는 것으로 끝났고, 이미 오래전 추억이지만 지금도 대위는 이 이야기에 흥분했다. 그러고 나서 그는 남편이 정부 역할을 하고 그(정부)가 남편 역할을 한 이야기와, **운터쿤프트**가 **은신처**를 뜻하고 남편들이 **사워크라우트**를 먹고 **젊은 아가씨들의 머리가 너무도 금발인 독일에 관한 추억들** 가운데 몇몇 우스운 일화도 들려주었다.

마지막 일화는 폴란드에서 일어난 것이었는데 그가 목숨을 구해 준 어느 폴란드인이 (대위의 이야기는 대체로 남의 목숨을 구한 일화의 연속이었다) 자신의 (**파리 여인의 감성을 가진**) 매혹적인 아내를 그에게 맡긴 후 프랑스군에 입대했다는 것으로 얼굴이 붉게 달아오른 대위는 아직까지도 생생히 기억에 남은 그 일화를 빠른 몸짓으로 이야기했다. 대위는 행복했고, 매혹적인 폴란드 여인은 그와 함께 도망치길 원했지만 대위는 관대한 마음으로 남편에게 아내를 돌려보내며 "**나는 이전에 당신의 목숨을 구했고, 지금은 당신의 명예를 구했습니다**"라고 말했다. 대위는 이 말을 되풀이하고는 이런 감동적인 추억의 순간에 동반되는 나약함을 떨쳐 버리려는 듯 눈을 비비고 고개를 흔들었다.

깊은 밤이나 혹은 술에 취했을 때 흔히 그러하듯, 이야기를 듣던 피에르는 대위가 말하는 것을 다 이해하면서도 그와 동시에 갑작스레 머릿속에 떠오른 자신의 추억들을 더듬고 있었다. 대위의 연애 이야기를 듣는 동안 불현듯 피에르는 나타샤에 대한 사랑을 무의식적으로 떠올렸고 사랑의 장면들을 머릿속에서 상상하면서 마음속으로 그것들을 랑발의 이야기와 비교했다. 피에르는 의무와 사랑의 투쟁에 대한 대위의 이야기를 따라가다가 사랑하는 대상과 수하례바 탑 옆에서 마지막으로 만난 순간을 아주 자세히 떠올렸다. 당시에는 그 만남이 아무런 영향도 주지 않았을뿐더러 더는 그 만남을 떠올리지도 않았다. 그러나 이제 그 만남이 매우 의미심장하고 무언가 시적인 것처럼 느껴졌다.

'표트르 키릴리치, 이리 오세요. 우리가 당신을 알아봤어요.' 그녀가 했던 말이 순간 그에게 들려왔고 그녀의 눈동자, 미소, 여행용 모자, 그 아래로 삐져나온 머리카락이 눈앞에 선했다. 그는 마음을 움직이는 감동적인 무언가가 그 안에 있는 것처럼 느꼈다.

매혹적인 폴란드 여인 이야기를 마친 대위가 피에르를 돌아보며 사랑을 위한 자기희생의 감정과 합법적인 남편에 대한 질투 같은 것을 느껴 본 적이 있느냐고 물었다.

그 질문에 이끌려 고개를 든 피에르는 자신을 사로잡은 생각을 말해야 한다고 느끼며, 자신은 여성에 대한 사랑을 다소 다르게 생각한다면서 설명하기 시작했다. 그는 평생 오직 한 여인만을 사랑했고 지금도 그녀만을 사랑하지만 그녀는 결코 그의 여자가 될 수 없다고 말했다.

"저런!" 대위가 말했다.

피에르는 자신이 아주 젊은 시절부터 그 여인을 사랑했지만 그녀는 너무 어렸고 자기 역시 사생아였기 때문에 감히 그녀를 생각지도 못했다고 말했다. 그 후 그가 아버지의 이름과 재산을 얻었을 때에는 그녀를 너무나 사랑하고 너무도 높은 존재로 이 세상보다, 그래서 자신보다 훨씬 더 높은 존재로 보았기에 역시 감히 그녀를 생각할 수 없었다. 이야기가 여기에 이르자, 피에르는 대위를 돌아보며 당신은 이것을 이해하느냐고 물었다.

대위는 비록 이해하진 못하지만 피에르가 계속 이야기해 주기를 바란다는 몸짓을 했다.

"플라토닉 러브네요, 구름 같은……." 그가 중얼거렸다. 술을 마셔서인지, 솔직해야 했기 때문인지, 자신이 이야기하는 인물들을 대위가 아무도 모르고 앞으로도 모를 거라고 생각해서인지, 혹은 이 모든 것들 때문인지 어찌 되었든 피에르는 말문이 트였다. 그리고 입을 웅얼거리며 반지르르한 눈으로 먼 곳을 응시하며 자신의 결혼, 자신의 절친한 친구와 나타샤의 사랑 이야기, 그녀의 배신, 자신과 그녀의 담백한 관계를 전부 이야기했다. 그는 랑발의 질문에 넘어가 처음에 숨겼던 사교계에서의 지위와 심지어 이름까지 털어놓았다.

피에르의 이야기에서 대위를 가장 놀라게 한 것은 피에르가 대단히 부유하다는 점, 그가 모스크바에 두 채나 되는 대저택을 소유하고 있다는 점, 그가 모든 것을 포기하면서도 모스크바를 떠나지 않고 이름과 신분을 숨긴 채 시내에 남았다는 점이었다.

이미 꽤 깊은 밤에 두 사람은 함께 거리로 나갔다. 따뜻하고 밝은 밤이었다. 저택 왼쪽으로는 모스크바의 페트롭카 거리에서 시작된 맨 처음 화재의 밝은 불빛이 보였다. 오른쪽에는 초승달이 높이 떠 있었고, 그 반대편에 피에르가 마음속에서 자신의 사랑과 결부시키던 빛나는 혜성이 있었다. 대문 가에는 게라심과 식모,

두 명의 프랑스인이 서 있었다. 그들의 웃음소리와 서로 통하지 않는 대화 소리가 들렸다. 그들은 시내에서 발생한 화재의 불빛을 바라보았다.

거대한 도시에서 일어난 먼 곳의 작은 화재는 전혀 무서운 것이 아니었다.

별들이 수놓은 높은 하늘과 달과 혜성과 화재의 불빛을 바라보며 피에르는 기쁨 어린 감동을 느꼈다. '아, 너무 좋다! 아, 무엇이 더 필요할까?' 그는 생각했다. 그러다 문득 자신의 계획을 떠올리자 현기증이 나고 기분이 나빠져서 쓰러지지 않으려 담에 기댔다.

피에르는 새 친구에게 작별 인사도 하지 않고 비틀거리며 대문가에서 멀어져 자기 방으로 돌아와 소파에 눕자마자 이내 잠들어버렸다.

30

도보나 마차로 피란을 가던 주민들과 퇴각하던 부대들은 9월 2일에 처음 발생한 화재의 불빛을 곳곳에서 갖가지 감정을 갖고 바라보았다.

이날 밤 로스토프가의 마차 행렬은 모스크바에서 20베르스타쯤 떨어진 미티시에 멈춰 있었다. 그들은 9월 1일, 너무 늦게 출발한 데다 짐마차와 군대 때문에 도로가 꽉 막혀 있는 상황에서 잊고 온 물건이 많아 그것들을 가져오도록 사람들을 보내고 하다가 결국 모스크바에서 5베르스타 떨어진 곳에서 밤을 보내게 되었다. 그다음 날에는 늦게 출발했고, 도중에 길이 막혀 자주 멈춰야해서 겨우 간 곳이 볼쇼이 미티시였다. 10시쯤에 로스토프가의 주인 가족들 그리고 이들과 함께 떠난 부상자들은 큰 마을의 농가와 안마당에 흩어져 각자 자리를 잡았다. 로스토프가의 하인들과 마부들, 부상자들의 종졸들은 주인들의 시중을 들고 난 후에야 저녁 식사를 하고 말들에게 여물을 주고 현관 계단으로 나갔다.

이웃 농가에는 팔뼈가 부러진 라옙스키의 부관이 누워 있었는데 그는 끔찍한 통증 때문에 계속해서 애처로운 신음 소리를 냈고, 그 신음 소리는 가을밤의 어둠 속으로 무섭게 울려 퍼졌다. 첫

날 밤 그 부관은 로스토프가와 같은 안마당에서 묵었는데 백작 부인이 신음 소리 때문에 밤새 잠을 설쳤다고 툴툴거리는 바람에 미티시에 도착했을 때 그 부상병과 좀 더 멀리 떨어지기 위해 로스토프 일가는 초라한 농가로 거처를 옮겼다.

한 하인이 밤의 어둠 속에서 승강장에 서 있는 승용 마차의 높다란 차체 뒤로 또 다른 화재의 작은 불꽃을 발견했다. 한 화재의 불빛은 이미 예전부터 보던 것으로, 마모노프 부대의 카자크들이 말리예 미티시에 지른 불이라는 것을 모두가 알고 있었다.

"이보게들, 또 다른 화재가 났어." 종졸이 말했다.

다들 화재의 불빛에 주목했다.

"마모노프의 카자크들이 말리예 미티시에 불을 질렀다고 하던데."

"그자들이! 아냐, 저기는 미티시가 아니야. 더 멀어."

"봐. 확실히 모스크바 같은데."

하인들 중 두 명이 현관 계단을 내려가 승용 마차 뒤쪽으로 돌아가서 마차 발판에 앉았다.

"저기는 더 왼쪽이야! 미티시는 바로 이쪽인데 저곳은 완전히 다른 쪽이잖아."

몇몇 사람들이 처음의 무리에 끼어들었다.

"봐, 활활 타고 있어." 한 명이 말했다. "여러분, 저건 모스크바에서 발생한 화재예요. 수셉스카야 아니면 로고즈스카야의 화재일 거예요."

아무도 그 말에 대답하지 않았다. 모든 사람들이 멀리서 타오르는 새 화재의 불꽃을 오랫동안 말없이 바라보았다.

백작의 시종인 (사람들이 이렇게 불렀다) 다닐로 테렌티이치 노인이 무리에게 다가가 미시카에게 소리쳤다.

"뭘 보고 있는 거야, 얼빠진 놈아……. 백작님께서 부르실 텐데 아무도 없잖아. 어서 가서 의복을 준비해 드려."

"저는 지금 막 물을 길러 가고 있었어요." 미시카가 말했다.

"그런데 어떻게 생각하세요, 다닐로 테렌티이치, 저건 모스크바에서 발생한 화재의 불빛이죠?" 하인들 중 하나가 말했다.

다닐로 테렌티이치로부터 아무 대답이 없자 다시 오랫동안 침묵에 잠겼다. 불빛은 흔들리면서 점점 더 멀리 퍼져 나갔다.

"오, 하느님, 은혜를 베푸소서……! 바람이 부는데 날도 건조하니……." 다시 누군가의 목소리가 들렸다.

"봐 봐, 번지고 있어. 아, 주여! 아, 까마귀들도 보이네. 주여, 우리 죄인들에게 은혜를 베푸소서!"

"당연히 꺼지겠지."

"저걸 누가 *끄겠어?*" 그때까지 침묵하던 다닐로 테렌티이치의 목소리가 들렸다. 목소리는 침착하고 느렸다. "이보게, 저것은 모스크바야." 그가 말했다. "우리의 어머니 모스크바, 하얀 석벽의……." 그의 목소리가 끊기는가 싶더니 갑작스레 늙은이처럼 흐느꼈다. 마치 모든 사람들이 자신들이 바라보는 화재의 불빛이 어떤 의미를 갖는지 나름대로 이해하기 위해 오직 이 말만을 기다린 것 같았다. 탄식, 기도, 백작의 늙은 시종이 흐느끼는 소리가 들렸다.

31

늙은 시종이 백작에게 돌아와서 모스크바가 불타고 있다고 보고하자 백작은 할라트를 걸치고 보러 나갔다. 아직 옷을 벗지 않고 있던 소냐와 **마담 쇼스**가 밖으로 나갔다. 방 안에 남은 사람은 나타샤와 백작 부인뿐이었다. (페탸는 이제 더 이상 가족과 함께 있지 않았다. 그는 트로이차*로 향하는 자신의 연대 앞에서 가고 있었다.)

모스크바의 화재 소식을 들은 백작 부인은 울음을 터뜨렸다. 나타샤는 (도착하여 계속 앉아 있던) 이콘 아래 긴 의자에 앉아 창백한 얼굴로 한곳에 시선을 고정한 채 아버지의 말에는 전혀 귀기울이지 않았다. 그녀는 세 집 건너에서 끊임없이 들려오는 부관의 신음 소리에 귀를 기울이고 있었다.

"아, 너무 끔찍해!" 안마당에서 돌아와 몸이 얼고 겁에 질린 소냐가 말했다. "모스크바가 다 불타고 있는 거 같아. 무서운 불빛이야! 나타샤, 좀 봐 봐. 여기 창으로도 보여." 소냐가 사촌 동생의 기분을 바꾸고 싶어 하는 듯 그녀에게 말했다. 하지만 나타샤는 소냐의 말을 이해하지 못하는 것처럼 그녀를 가만히 쳐다보다가 페치카 한구석으로 다시 시선을 고정시켰다. 나타샤가 이날 아침부터 이런 상태가 된 것은 백작 부인이 놀라고 화를 낼 것이 분명한데도 불구하고 소냐가 무슨 연유인지는 몰라도 나타샤에게 안드레이 공작이 부상을 당했고 그가 자신들의 피란 행렬에 함께 있다는 사실을 알려야 한다고 생각하여 그걸 말하고 나서부터였다. 좀처럼 화를 내지 않는 백작 부인이 소냐에게 화를 냈다. 소냐는 울면서 용서를 구했고 자신의 죄를 씻으려는 듯 내내 사촌 동생을 돌봤다.

"봐 봐, 나타샤, 정말 무섭게 타고 있어." 소냐가 말했다.

"뭐가 타고 있다고?" 나타샤가 물었다. "아, 맞아, 모스크바."

나타샤는 자신의 거절로 인해 소냐가 상처받지 않게 하는 동시에 그녀로부터 벗어나려는 듯 창문 쪽으로 살짝 몸을 돌려 분명 아무것도 볼 수 없을 자세로 밖을 보고는 다시 방금 전의 자리에 앉았다.

"너 안 봤지?"

"아냐, 정말 봤어." 그녀는 자신을 가만히 두라고 애원하는 듯한 목소리로 말했다.

백작 부인과 소냐는 나타샤에게 모스크바, 모스크바의 화재, 다른 그 무엇도 의미가 없다는 것을 알았다.

백작은 다시 칸막이 뒤로 가서 침상에 누웠다. 백작 부인은 나타샤에게 다가가 딸이 아플 때마다 하듯 그녀의 머리에 손등을 대고 열이 있는지 확인하려는 듯 딸의 이마에 입술을 대고 입을 맞추었다.

"몸이 얼었어. 계속 떨고 있구나. 자는 게 좋겠다." 백작 부인이 말했다.

"자라고요? 네, 알았어요, 잘게요. 곧 잘게요." 나타샤가 말했다.

이날 아침 안드레이 공작이 중상을 입고 자신들과 함께 이동 중이라는 말을 들었을 때 나타샤는 처음 한순간만 그가 어디로 가고 부상 상태는 심각한지, 그를 만날 수 있는지 등 수많은 질문을 던졌다. 그러나 그를 만날 수 없고 심한 부상을 입었으나 생명에는 지장이 없다는 말을 들은 후 그녀는 자신이 무엇을 묻든 똑같은 답만 해 줄 거라고 확신했기에 다른 사람의 말을 믿지 않았으며, 더 이상 묻지도 말하지도 않았다. 나타샤는 가는 내내 백작 부인이 익히 알고 두려워하는, 커다랗게 뜬 눈으로 승용 마차 한구석에 꼼짝도 하지 않은 채 앉아 있었고 지금 역시 그때와 똑같이 처음 앉은 긴 의자에 계속 앉아 있었다. 백작 부인은 그녀가 무언가를 생각하고 있고 마음속으로 지금 무언가를 결정하고 있거나 이미 결정을 내렸음을 알았지만 그것이 무엇인지는 몰랐다. 그래서 더 두렵고 괴로웠다.

"나타샤, 아가야, 옷을 벗고 내 침대에 누우렴." (백작 부인의 침대 위에만 이부자리가 깔렸다. **마담 쇼스**와 두 아가씨는 마룻바닥의 건초 위에서 자야 했다.)

"아뇨, 엄마, 전 여기 바닥에서 잘게요." 나타샤가 화를 내며 말했다. 그러고는 창가로 가 창문을 열었다. 부관의 신음 소리가 열린 창문으로 더욱 뚜렷이 들려왔다. 그녀는 습기 찬 밤공기 속으로 고개를 내밀었다. 그녀의 가녀린 어깨가 흐느낌에 떨리며 창틀에 부딪히는 것이 백작 부인의 눈에도 보였다. 나타샤는 신음 소리를 내는 사람이 안드레이 공작이 아님을 알고 있었다. 그녀는 안드레이 공작이 한 지붕 아래 안마당을 사이에 둔, 현관방 건너 다른 통나무집에 누워 있다는 것을 알고 있었다. 그러나 이 끊임없는 무서운 신음 소리는 그녀를 흐느끼게 했다. 백작 부인과 소냐가 시선을 주고받았다.

"누우렴, 아가야, 누워." 백작 부인이 나타샤의 어깨를 어루만지며 말했다. "자, 누우렴."

"아, 네…… 곧, 이제 누울 거예요." 나타샤는 서둘러 옷을 벗다가 치마끈을 끊으며 말했다. 드레스를 벗고 실내용 덧옷을 입은 그녀는 마룻바닥에 마련된 잠자리에 무릎을 꿇고 앉아, 그리 길지 않은 가는 다발의 땋은 머리를 어깨 앞쪽에 늘어뜨리고 다시 땋기 시작했다. 가늘고 긴 손가락을 익숙하게 놀려 땋은 머리를 재빨리 솜씨 있게 풀었다가 다시 땋아 묶었다. 나타샤의 머리가 습관적으로 이쪽저쪽 향했지만 열에 들뜬 듯 크게 뜬 눈동자는 정면을 뚫어지게 바라보았다. 잘 준비를 끝내고 나타샤는 문가의 건초 위에 깔아 놓은 시트에 조용히 앉았다.

"나타샤, 가운데에 누워." 소냐가 말했다.

"아니, 여기 있을게." 나타샤가 말했다. "다들 주무세요." 그녀는 불쾌하다는 듯 덧붙이고 베개에 얼굴을 묻었다.

백작 부인과 **마담 쇼스**, 소냐는 급히 옷을 벗고 잠자리에 누웠다. 방에는 이콘 앞의 등불만 켜져 있었다. 그러나 2베르스타 떨어진 말리예 미티시의 화재 때문에 안마당은 밝았고 맞은편 길모퉁이에 있는 술집, 마모노프 연대의 카자크들이 부순 그 술집에서는 취객들의 고함 소리가 떠들썩하게 울려 퍼졌고, 부관의 신음 소리 역시 그치지 않고 계속 들려왔다.

나타샤는 귓가에 들려오는 안팎의 소리에 오랫동안 귀 기울이며 꼼짝하지 않았다. 처음에는 어머니의 기도 소리, 한숨 소리, 그녀의 침대가 삐걱거리는 소리, 귀에 익은 **마담 쇼스**의 휙휙거리는 코골이 소리, 소냐의 조용한 숨소리가 들렸다. 잠시 후 백작 부인이 나타샤를 불렀다. 나타샤는 대답하지 않았다.

"자는 것 같아요, 엄마." 소냐가 조용히 말했다. 백작 부인이 잠시 말없이 있다가 다시 한번 나타샤를 불렀지만 이번에도 대답은 들려오지 않았다.

잠시 후 나타샤는 어머니의 고른 숨소리를 들었다. 담요 밖으로 나온 작은 맨발이 마룻바닥에서 얼어 가고 있음에도 나타샤는 꼼짝하지 않았다.

모든 사람을 이긴 것에 대해 축하라도 하듯 어느 틈새에서 귀뚜라미가 울었다. 멀리서 수탉이 울자 가까이 있는 닭들이 따라 울었다. 술집의 고함 소리도 잠잠해졌다. 부관의 여전한 신음 소리만 들릴 뿐이었다. 나타샤는 몸을 살짝 일으켰다.

"소냐, 자? 엄마?" 그녀가 속삭였다. 아무도 대답하지 않았다. 나타샤는 천천히 일어나 성호를 긋고는 가늘고 유연한 맨발로 더럽고 차가운 마룻바닥에 조심스럽게 섰다. 널빤지가 삐걱거렸다. 그녀는 새끼 고양이처럼 빠르게 발을 놀려 몇 걸음 만에 차가운 손잡이를 잡았다.

그녀는 무거운 무언가가 규칙적으로 타격을 가하며 통나무집의 모든 벽을 치는 것 같다고 느꼈다. 그것은 두려움과 공포와 사랑으로 터질 듯한 심장의 고동 소리였다.

그녀는 문을 열고 문지방을 넘어 현관방의 축축하고 차가운 바닥을 디뎠다. 한기가 그녀의 기분을 상쾌하게 했다. 맨발에 잠든 사람이 느껴지자 그녀는 그를 타 넘어 안드레이 공작이 누워 있는 통나무집 문을 열었다. 통나무집 안은 컴컴했다. 안쪽 구석 침대에 누군가 누워 있고 침대 옆 긴 의자 위에는 다 타서 큰 버섯 모양이 된 수지 양초가 놓여 있었다.

안드레이 공작이 부상을 입었고, 자신들과 함께 있다고 사람들이 말했던 그날 아침부터 나타샤는 그를 만나야 한다고 결심했다. 왜 그래야만 하는지 몰랐지만 그 만남이 괴로우리라는 것은 알았고, 그래서 더더욱 만날 필요가 있다고 확신했다.

그녀는 밤이 되면 그를 만날 수 있다는 기대 하나로 하루를 살아 냈다. 하지만 막상 그 순간이 닥치자 그녀가 보게 될 것으로 인한 두려움에 사로잡혔다. 그는 얼마나 보기 흉한 부상을 입었을까? 그에게 예전의 모습이 남아 있을까? 그는 끊임없이 신음하는 저 부관 같을까? 그래, 그럴 거야. 그녀의 상상 속에서 그는 그 끔찍한 신음 소리의 화신이 되어 있었다. 나타샤는 한구석에서 어렴풋한 형체를 보았고 담요 아래 세운 무릎을 그의 어깨로 착각한 순간 어떤 무시무시한 육체를 떠올리며 두려움으로 그 자리에 멈춰 섰다. 그러나 저항할 수 없는 힘이 그녀를 앞으로 끌어당겼다. 그녀는 조심스럽게 한 발 한 발 걸음을 옮겼고 이윽고 정신을 차렸을 때에는 짐이 가득 쌓인 통나무집 한가운데에 서 있었다. 통나무집의 이콘 아래 있는 긴 의자에 남자 하나가 (티모힌이었다) 누워 있고, 마룻바닥에는 남자 둘이 (의사와 시종이었다) 누워 있었다.

시종이 몸을 조금 일으키며 뭐라고 중얼거렸다. 티모힌은 부상 당한 다리의 통증 때문에 잠을 설치다가 하얀 루바시카에 덧옷을 걸치고 나이트캡을 쓴 아가씨의 기이한 출현에 눈을 왕방울만 하게 뜨고 바라보았다. "무슨 일이세요? 어쩐 일로 오셨어요?" 졸음과 두려움이 섞인 시종의 질문은 나타샤로 하여금 더 급히 구석에 누워 있는 무언가로 다가가게 만들었다. 아무리 무섭고, 그 육체가 인간의 육체와 아무리 다르게 보여도 어쨌든 마주쳐야 했다. 그녀는 시종 옆을 지나쳤다. 다 타서 버섯처럼 된 양초가 쓰러졌고, 그녀는 담요 위에 두 손을 내놓고 누워 있는 안드레이 공작을, 항상 보아 왔던 그 모습을 보았다.

그는 여느 때와 똑같았다. 하지만 부어서 빨갛게 된 얼굴색, 그녀를 향해 고정된 환희에 차 반짝이는 눈동자, 특히 루바시카의 열린 옷깃 사이로 삐져나온 어린아이처럼 부드러운 목은 지금까지 그녀가 안드레이 공작에게서 한 번도 본 적이 없던 순진한 소년 같은 외양을 주었다. 그녀는 그에게 다가가 민첩하고 유연하고 젊은이다운 동작으로 무릎을 꿇었다.

그가 미소를 지으며 손을 내밀었다.

32

안드레이 공작이 보로디노 평원의 야전 응급 치료소에서 의식을 회복한 이후 7일이 지났다. 그동안 그는 거의 혼수상태에 빠져 있었다. 부상자와 동행한 의사는 고열과 손상된 창자의 염증이 치명적이라고 말했다. 그러나 7일째 되는 날 그는 빵 한 조각과 차 한 잔을 만족스럽게 먹었고, 의사도 전반적으로 열이 내린 것을 확인했다. 안드레이 공작은 이른 아침에 의식이 돌아왔다. 모스크바를 떠난 이후 첫 번째 밤이 매우 따뜻했기 때문에 안드레이 공작은 콜랴스카 안에 누워 밤을 보냈다. 그러나 미티시에서는 콜랴스카 밖으로 옮겨 차를 달라고 직접 청했다. 안드레이 공작은 통나무집으로 옮기는 과정에서 통증으로 크게 신음하다가 다시 의식을 잃었다. 사람들이 행군용 침상에 그를 눕힌 뒤에도 그는 오랫동안 눈을 감은 채 꼼짝 않고 누워 있었다. 그 후 눈을 뜨고는 "차는 어떻게 되었지?" 하고 조용히 속삭였다. 생활의 세부 사항들에 대한 이런 기억이 의사를 놀라게 했다. 그는 맥박을 쟀고 맥박이 더 좋아진 것을 확인하고는 놀라면서도 불만스러워했다. 의사가 불만스러워한 이유는 자신의 경험상 안드레이 공작이 살 수 없음을, 비록 지금 죽지 않는다 해도 얼마 후에는 더욱 괴로워하며 죽을 것임을 확신했기 때문이다. 안드레이 공작과 같은 연대에 속한 빨간 코의 티모힌 소령, 보로디노 전투에서 한쪽 다리에 부상을 입고 모스크바에서 안드레이 공작의 일행이 된 그 역시 이송 중이었다. 의사, 공작의 시종과 마부, 두 종졸이 그들과 함께 가고 있었다.

안드레이 공작에게 차가 나왔다. 그는 무언가를 이해하고 상기하려고 노력하는 듯 열이 오른 눈으로 정면의 문을 바라보며 게걸스럽게 차를 마셨다.

"이제 됐어. 티모힌이 이곳에 있나?" 그가 물었다. 티모힌이 긴의자 위에서 그가 있는 쪽으로 기어 왔다.

"여기 있습니다, 공작 각하."

"상처는 어떤가?"

"제 상처요? 괜찮습니다. 공작님은요?" 안드레이 공작은 마치 무언가를 상기하려는 듯 다시 생각에 잠겼다.

"책을 구할 수 없을까?" 그가 말했다.

"무슨 책이오?"

"복음서! 나에게 없어서."

의사가 책을 구해 오겠다 약속하고 공작에게 기분이 어떤지 이런저런 질문을 했다. 안드레이 공작은 마지못해, 그러나 조리 있게 의사의 모든 질문에 대답한 뒤 쿠션을 받쳐 달라고, 안 그러면 불편하고 매우 아프다고 말했다. 의사와 시종은 공작을 덮고 있던 외투를 들어 올렸고, 상처 주위의 살이 썩으면서 풍기는 악취에 얼굴을 찡그리며 참혹한 부위를 살피기 시작했다. 의사가 무언가에 매우 불만스러워하며 무언가 다른 조치를 하고 나서 환자를 돌려 눕히자, 환자는 다시 신음했고 몸을 돌릴 때 생긴 통증으로 또다시 의식을 잃고 헛소리를 하기 시작했다. 그는 빨리 책을 구해

와서 자기 몸 아래에 받쳐 달라고 계속 말했다.

"당신에겐 힘든 일도 아니잖아요!" 그가 말했다.

"나에게는 그 책이 없으니 제발 그것을 구해다가 잠시만이라도 이 밑에 받쳐 주세요." 그가 가련한 목소리로 말했다.

의사는 손을 씻으러 현관방으로 나갔다.

"아, 정말 양심도 없는 사람들이야." 의사가 그의 손에 물을 따르는 시종에게 말했다.

"아주 잠깐 놔두었는데 자네들은 상처 부위가 직접 닿게 환자를 눕혀 놨어. 그러면 꽤 아플 텐데, 그분이 참고 있는 게 놀라울 뿐이야."

"예수 그리스도께 맹세하건대 저희는 잘 눕혀 드린 것 같습니다." 시종이 말했다.

안드레이 공작은 그때 처음으로 자신이 어디에 있고 자신에게 무슨 일이 일어났는지를 깨달았다. 또 자신이 부상을 입었고 콜랴스카가 미티시에 멈췄을 때 자신이 통나무집 안으로 들어가게 해 달라고 부탁한 것을 기억해 냈다. 통증으로 의식을 잃은 그는 통나무집에서 차를 마셨을 때 다시 정신을 차렸고, 자신에게 일어난 모든 일을 되풀이하여 떠올리다가, 그중에서도 가장 생생한 야전 응급 치료소에서의 순간을, 사랑하지 않는 한 인간의 고통을 보면서 자신에게 행복을 약속하는 새로운 상념이 떠오른 그 순간을 기억했다. 그러자 비록 모호하고 막연하지만 그 생각이 다시 그의 마음을 사로잡았다. 그는 지금 자신에게 새로운 행복이 도래했고, 그 행복에는 복음서와 공통된 무언가가 있다는 것을 떠올렸다. 바로 그 때문에 복음서를 부탁했던 것이다. 하지만 사람들이 상처 부위에 직접 닿도록 그를 눕혀 놓았다가 돌려 눕히는 바람에 생각은 다시 혼란스러워졌고, 그가 세 번째로 의식을 되찾았을 때는 이미 완전히 고요해진 한밤중이었다. 주위의 사람들은 모두 자고 있었다. 현관방 너머 귀뚜라미가 울고 있었고, 거리에서는 누군가의 고함 소리와 노랫소리가 들려왔고, 바퀴벌레들이 탁자와 이콘 위를 기어 다니고, 살진 가을 파리가 그의 머리맡과 그 옆의 다 타서 커다란 버섯 모양이 된 수지 양초 주위를 날아다녔다.

그의 정신은 정상이 아니었다. 건강한 사람은 보통 수많은 것을 동시에 생각하고 느끼고 기억하는 한편 한 가지 일련의 생각이나 현상을 선택해 주의를 집중할 수 있는 힘과 능력이 있다. 건강한 사람은 매우 깊은 생각에 빠진 순간에도 자신의 시야에 들어온 사람에게 정중한 말을 건네기 위해 잠시 생각을 멈췄다가 다시 그 생각으로 돌아간다. 그런 면에서 안드레이 공작의 정신은 정상이 아니었다. 그의 정신력은 어느 때보다 활발하고 명료했지만 그의 의지 밖에서 활동했다. 온갖 생각과 관념들이 동시에 그를 사로잡았다. 때로 그의 생각은 갑자기 건강한 상태에서는 그렇게 하기가 불가능할 만큼 힘차고 명확하고 깊이 있게 활동하기 시작했다. 그러나 다시 갑자기 그 생각은 활동을 멈추거나, 전혀 예기치 않은 다른 관념으로 바뀌어 다시 돌아갈 힘을 잃어버렸다.

'그래, 인간에게서 떼어 놓을 수 없는 새로운 행복이 내 앞에 열린 거야.' 어둡고 적막한 통나무집에 누워 열이 오른 눈을 부릅뜨고 정면을 주시하면서 그는 생각에 잠겼다. '물질적인 힘 바깥에, 인간에게 작용하는 물질적이고 외적인 힘 바깥에 존재하는 행복, 영혼만의 행복, 사랑의 행복! 누구나 그 행복을 이해할 수 있지만 그 행복을 인식하고 지시할 수 있는 분은 오직 하느님밖에 없어. 그런데 하느님은 도대체 어떻게 그 법칙을 지시한 것일까? 왜 하느님의 아들은…….' 갑자기 사유의 흐름이 끊어졌고 안드레이 공작은 조용히 소곤거리는 어떤 목소리를 들었는데 (그는 꿈인지 현실인지 분간할 수 없는 상태에서 이 목소리를 들었다) 그 소리는 박자에 맞춰 '피치 – 피치 – 피치'를, 그다음에는 '치 –치'를, 그리고 다시 '피치 – 피치 – 피치'를, 그리고 또다시 '치 –치'를 계속하여 반복했다. 그와 동시에 이 속삭이는 듯한 음악 소리에 맞춰 안드레이 공작은 자신의 얼굴 위에, 얼굴 중앙 위에서 가느다란 침엽수 잎과 나뭇조각으로 된 기이한 공중 건물이 솟아오르는 것을 느꼈다. 그는 이 건물이 무너지지 않도록 열심히 균형을 잡아야 한다고 (비록 그로서는 힘든 일이지만) 생각했지만 결국 건물은 무너졌고, 규칙적으로 속삭이는 음악 소리와 함께 다시 천천히 솟아올랐다. '뻗어 간다, 뻗어 간다! 늘어나고 계속해서 뻗어 간다!' 안드레이 공작은 혼잣말했다. 안드레이 공작은 속삭이는 소리를 듣고 침엽수 잎으로 지어진 늘어나고 솟아오르는 그 건물을 느끼면서 동시에 가끔 촛불 주위를 동그랗게 둘러싼 붉은빛을 보았고, 부스럭거리는 바퀴벌레 소리나 베개와 얼굴에 부딪히면서 날아다니는 파리 소리를 들었다. 매번 파리가 얼굴을 건드릴 때마다 그것이 뭔가가 찌르는 듯한 느낌을 일으켰다. 그러나 그와 동시에 그는 파리가 그의 얼굴 위로 솟아 있는 건물에 부딪히는데도 건물을 무너뜨리지 못하는 것에 놀랐다. 하지만 그 밖에도 한 가지 더 중요한 것이 있었다. 그것은 문가에 있는 하얀 것이었다. 스핑크스상이었는데, 그것이 또한 그를 압박했다.

'그렇지만 어쩌면 저것은 테이블 위에 놓인 나의 루바시카일 수도 있어.' 안드레이 공작은 생각했다. '이것은 나의 다리이고, 저것은 문이지. 그런데 왜 모든 것이 늘어나고 튀어나오고 피치 – 피치 – 피치 – 치– 치– 피치 – 피치 – 피치 소리를 내는 거지? 이제 됐어. 그만해. 제발 날 좀 내버려 둬.' 안드레이 공작은 누군가에게 힘겹게 애원했다. 그런데 또다시 갑자기 상념과 감정이 유난히 또렷하고 강하게 떠올랐다.

'그래, 사랑이야. (다시 그는 또렷한 정신으로 생각했다.) 그러나 무언가를 얻기 위한 사랑, 어떤 목적을 가진 사랑, 혹은 이유가 있는 사랑이 아니야. 죽어 가던 내가 나의 원수를 보고, 그럼에도 그에게 사랑을 품은 순간 내가 처음으로 경험했던 그런 사랑이지. 영혼의 본질 자체이고 대상을 필요로 하지 않는 그런 사랑의 감정을 경험한 것이지. 나는 지금도 그 행복한 감정을 경험하고 있어. 가까운 이들을 사랑하는 것, 자신의 원수까지도 사랑하는 것이지. 모든 것을 사랑하는 것, 즉 모든 현상들 속에서 하느님을 사랑하는 거야. 소중한 사람을 사랑하는 것은 인간적인 사랑으로도 충분히 가능해. 그러나 원수를 사랑하는 것은 오직 하느님의 사랑으로만 가능하지. 그렇기 때문에 내가 그 남자를 사랑한다고 느꼈을 때, 그러한 기쁨을 경험했던 거야. 그는 어떻게 되었을까? 살아 있을까, 아니면……. 인간적인 사랑으로 사랑할 때는 사랑에서 증오로 옮겨 갈 수 있어. 그러나 하느님의 사랑은 변할 수 없어. 그 무엇도, 죽음도, 그 무엇도 그것을 파괴할 수 없어. 그 사랑은 영혼의 본질이니까. 그런데 난 살아오면서 너무나 많은 사람들을 미워했지. 그리고 모든 사람들 가운데 그녀보다 더 내가 사랑한 사람도 없었고, 그녀처럼 미워하지 않은 사람도 없었어.' 그리고 그는 나타샤를 생생하게 떠올렸다. 그러나 예전처럼 그에게 기쁨을 안겨 주던 그녀의 아름다움만으로 그녀를 떠올린 것은 아니었다. 처음으로 그는 그녀의 영혼을 떠올렸다. 그리고 그녀의 감정, 그녀의 고통과 수치와 후회를 이해했다. 이제야 처음으로 자신의 거절이 얼마나 잔혹했는지를 이해했고, 그녀와의 파혼이 잔혹했다는 것도 알게 되었다. '그녀를 한 번만 더 볼 수 있다면……. 한 번만 그 눈동자를 바라보며 말할 수 있다면…….'

그러자 피치 - 피치 - 피치 - 치- 치- 피치 - 피치 - 피치 하는
소리가 들리더니 파리가 쿵 소리를 내며 부딪혔다……. 그리고 갑
자기 그의 주의가 무언가 특별한 일이 벌어지는, 비몽사몽과 현실
의 다른 세계로 옮겨 갔다. 그 세계에서는 모든 것들이 여전히 계
속해서 솟아오르고, 건물이 무너지지도 않은 채, 무언가가 여전히
길게 늘어나고, 촛불이 붉은 원을 이루며 여전히 타오르고, 스핑
크스가 여전히 문가에 누워 있었다. 그러나 그 모든 것 외에도 무
언가가 삐걱하는 소리를 냈고, 상쾌한 바람 향과 함께 새로운 하
얀 스핑크스가 나타나 문 앞에 섰다. 그런데 그 스핑크스의 머리
통에는 그가 지금 생각했던 바로 그 나타샤의 창백한 얼굴과 반짝
이는 눈동자가 있었다.

'아, 이 끝없는 비몽사몽이 너무 괴로워!' 안드레이 공작은 공상
속에서 그 얼굴을 쫓아내려고 애쓰며 생각했다. 하지만 그 얼굴은
현실의 힘을 지닌 채 그의 앞에 서 있었다. 그리고 그 얼굴이 더 가
까이 다가왔다. 안드레이 공작은 이전의 순수한 상념의 세계로 돌
아가고 싶었다. 그러나 그럴 수가 없었다. 흐릿한 의식이 그를 자
신의 영역으로 끌어당겼다. 나지막이 속삭이는 목소리가 계속해
서 침착하게 중얼거리고, 무언가가 짓누르고, 길게 늘어났고, 이
상한 얼굴이 그의 앞에 서 있었다. 안드레이 공작은 정신을 차리
려고 안간힘을 썼다. 그는 몸을 잠깐 꿈틀했다. 그러자 갑자기 귓
속에서 윙 하는 소리가 들리고, 눈이 흐릿해졌다. 그리고 그는 물
에 빠진 사람처럼 의식을 잃었다. 그가 깨어났을 때 나타샤, 살아
있는 바로 그 나타샤가, (이제 그의 앞에 열린) 새롭고 순수한, 또
하느님의 사랑으로 세상 모든 사람들 가운데 그 누구보다도 가장
사랑하고 싶어 한 나타샤가 그의 앞에 무릎을 꿇고 앉아 있었다.
그는 이 사람이 살아 있는 실제 나타샤라는 것을 깨달았지만, 놀

라지 않았고, 조용히 기뻐했다. 나타샤는 무릎을 꿇은 채 흐느낌을 참으며 놀란 표정으로, 그러나 꼼짝하지 않고 (그녀는 움직일 수가 없었다) 그를 쳐다보았다. 그녀의 얼굴은 창백했고, 움직이지 않았다. 다만 얼굴 아랫부분에서만 무언가가 떨리고 있을 뿐이었다.

안드레이 공작은 한결 편안하게 숨을 내쉬고, 빙그레 웃으며 손을 내밀었다.

"당신인가요?" 그가 말했다. "정말 행복합니다!"

나타샤가 재빠르면서도 조심스러운 몸짓으로 무릎을 꿇은 채 그에게 다가갔다. 그리고 나서는 조심스레 그의 손을 붙잡고 그 위로 얼굴을 숙이더니 입술이 살짝 닿도록 그 손에 입을 맞추기 시작했다.

"용서하세요!" 그녀는 고개를 들어 그를 바라보고 속삭이며 말했다. "날 용서하세요!"

"당신을 사랑합니다." 안드레이 공작이 말했다.

"용서하세요…….."

"무얼 용서하란 말인가요?" 안드레이 공작이 물었다.

"내가 저, 저지른 짓을 용서하세요." 나타샤는 겨우 들릴 듯한, 이따금씩 끊어지는 속삭임으로 말했다. 그러고는 입술을 살짝 그 손에 대고 더 빈번하게 입 맞추기 시작했다.

"나는 예전보다 더 많이 당신을 사랑합니다." 안드레이 공작은 그녀의 눈을 바라볼 수 있도록 한 손으로 그녀의 얼굴을 들며 말했다.

그 눈동자는 행복한 눈물로 글썽이고 있었고, 조심스럽게, 연민과 기쁨과 사랑이 어린 눈빛으로 그를 바라보고 있었다. 부은 입술을 한 나타샤의 야위고 창백한 얼굴은 무서울 정도였다. 그러나 안드레이 공작은 그 얼굴을 보지 않았다. 그는 빛나는 눈동자를 보았다. 그 눈은 아름다웠다. 그들 뒤에서 말소리가 들렸다.

이제 잠에서 완전히 깬 시종 표트르가 의사를 깨웠다. 다리의 통증으로 줄곧 잠을 이루지 못하던 티모힌은 지금까지 벌어진 일을 이미 한참 전부터 모두 지켜보고 있었다. 그는 벗은 몸을 애써 침구 시트로 가리며 긴 의자 위에 웅크리고 있었다.

"아니, 이게 무슨 일입니까?" 취침 자리에서 몸을 일으킨 의사가 말했다.

"아가씨, 나가 주십시오."

그때 하녀가 문을 두드렸다. 갑자기 딸이 없어진 것을 눈치챈 백작 부인이 보낸 하녀였다.

잠자던 중간에 사람들이 깨운 몽유병자처럼 나타샤는 방에서 나갔다. 자신의 통나무집 거처로 돌아온 그녀는 흐느끼며 잠자리 위에 쓰러졌다.

그날 이후 쉬어 가는 곳에서든 숙박하는 곳에서든 로스토프가의 계속되는 여정 중에 나타샤는 부상당한 볼콘스키 옆을 떠나지 않았다. 의사도 젊은 아가씨에게서 그런 굳건함과 부상자를 돌보는 그런 간호 솜씨를 보게 되리라고는 예상치 못했다고 인정해야 했다.

백작 부인은 안드레이 공작이 길 가는 도중에 딸아이의 팔에 안겨 죽을 수도 있다는 (의사의 말에 따르면 그럴 가능성이 매우 높았다) 생각에 두려웠지만 나타샤에게 반대할 수 없었다. 비록 이제 부상당한 안드레이 공작과 나타샤가 가까워졌기 때문에 그가 건강을 회복할 경우 예전의 약혼 관계가 회복되리라는 생각이 사람들의 머리에 떠오르기도 했지만, 누구도, 특히 나타샤와 안드레이 공작은 더더욱 그런 이야기를 꺼내지 않았다. 볼콘스키뿐 아니라 러시아 전체에 걸려 있는, 아직 해결되지 않은 삶이냐 죽음이냐의 문제가 다른 모든 가정들을 가로막았다.

33

9월 3일, 피에르는 느지막이 잠에서 깼다. 머리가 지끈거리고, 입은 채 잠들어 버린 옷이 몸을 조였고, 전날 저지른 어떤 수치스러운 짓에 대한 의식이 어렴풋이 마음에 남았다. 그 수치스러운 짓이란 랑발 대위와의 대화였다.

시계는 11시를 가리키고 있었지만, 안마당은 매우 스산하고 을씨년스러웠다. 피에르는 자리에서 일어나 눈을 비볐다. 그는 게라심이 어제 다시 책상에 가져다 둔, 총신에 조각이 새겨진 피스톨을 보고 자신이 어디에 있는지, 바로 오늘 어떤 일을 앞두고 있는지 기억해 냈다.

'내가 벌써 늦은 것은 아니겠지?' 피에르는 생각했다. '아니야, **그자**는 아마 12시 전에는 모스크바에 들어오지 않을 거야.' 피에르는 자신이 앞두고 있는 일을 자세히 생각해 보려 하지 않고 한시바삐 실행하기 위해 서둘렀다.

옷매무새를 단정히 한 후, 피에르는 피스톨을 손에 들고 나가려 했다. 그러나 그때 처음으로 이 무기를 손에 들지 않고 그것을 지닌 채 거리를 돌아다니려면 어떤 식으로 할 것인가 하는 생각이 들었다. 품이 넉넉한 카프탄 속에도 큰 피스톨을 감추기가 어려웠다. 허리띠 안쪽에도, 겨드랑이 밑에도 눈에 띄지 않게 넣기란 불가능했다. 게다가 피스톨은 장전되어 있지 않았고, 피에르는 미처 장전해 두지 못했다. '아무래도 마찬가지야, 단검이 있잖아.' 피에르는 자신의 계획을 실행하기 위해 숙고하면서 1809년의 사건에서 대학생이 저지른 가장 큰 실수가 나폴레옹을 단검으로 죽이려 한 것이라고 수차례 스스로 결론을 내렸으면서도, 그렇게 혼자 중얼거렸다. 그러나 피에르의 주된 목적은 계획을 실행하는 것이 아니라, 자신이 그 계획을 저버리지 않았으며, 그것을 실행하기 위해 모든 일을 하고 있다는 점을 스스로에게 보여 주는 데 있는 듯, 그는 수하레바 탑에서 피스톨과 함께 구입한 날이 뭉툭하게 망가진 단검을 녹색 칼집에 꽂은 채로 조끼 안에 감췄다.

카프탄을 허리띠로 여미고 모자를 깊숙이 눌러쓴 후, 피에르는 부스럭거리는 소리를 내거나 대위와 부딪치지 않으려고 애쓰며 복도를 지나 거리로 나섰다.

그가 전날 저녁에 그토록 무심하게 바라보던 화재는 밤사이 큰 불로 번졌다. 이미 모스크바가 사방에서 불타고 있었다. 카레트니 랴드, 자모스크보레치예, 고스티니 드보르, 포바르스카야 거리, 모스크바강의 바지선들, 도로고밀롭스키 다리 부근의 장작 시장이 동시에 불타고 있었다.

피에르의 경로는 골목을 통과해 포바르스카야 거리로, 그곳에서 아르바트 거리의 니콜라 야블렌니 교회로 이어졌다. 그곳에는 그가 오래전부터 머릿속으로 자신의 과업을 실행할 곳으로 정해 둔 장소가 있었다. 대부분의 저택들의 대문과 덧문이 닫혀 있었다. 거리와 골목은 텅 비어 있었다. 공기에서 그을음과 연기 냄새가 났다. 가끔씩 그는 불안하고 겁먹은 듯한 얼굴의 러시아인들과 도시가 아닌 막사에 있는 듯한 모습으로 거리 한가운데를 걸어가는 프랑스인들을 마주쳤다. 러시아인도 프랑스인도 깜짝 놀라 피에르를 쳐다보았다. 러시아인들은 피에르의 큰 키와 뚱뚱한 체구 외에도, 또 그의 얼굴 표정과 전체 모습이 이상하고 음울할 정도로 골똘하며, 고통스러워 보이는 것 외에도, 도대체 이 사람이 어느 계급에 속하는지 짐작할 수 없어 그를 유심히 바라보았다. 프랑스인들이 깜짝 놀라서 그를 주시한 것은 피에르가 무엇보다 프랑스인들을 두려움과 호기심으로 쳐다보는 다른 러시아인들과는 정반대로 그들에게 전혀 관심을 보이지 않았기 때문이다. 어느 저택의 대문 가에서는 프랑스인 세 명이 자기들 말을 못 알아듣는 러시아인들에게 무언가 설명하다가, 피에르를 멈춰 세우고 프랑스어를 아느냐고 물었다.

피에르는 모른다는 뜻으로 고개를 젓고 계속 길을 갔다. 다른 골목에서 녹색 궤짝 옆에 선 보초가 그에게 큰 소리로 외쳤다. 보초의 거듭되는 위협적인 외침과 보초의 손에 쥔 총의 철컥거리는 소리 때문에 피에르는 거리 건너편으로 돌아가야 한다는 것을 깨달았다. 그는 아무 소리도 들리지 않았고, 자기 주위도 전혀 쳐다보지 않았다. 그는 마치 자신의 계획이 무시무시하고 자기에게 낯선 무엇인 것처럼, 그것을 마음에 품고서, 왠지 그것을 잃어버릴 것 같다고 두려워하며 (전날 밤에 경험으로 배운 사람처럼) 두렵고도 서두르는 마음으로 걸어갔다. 그러나 피에르는 그가 향하고 있는 장소까지 자기 기분을 온전히 품고 가지 못할 운명이었다. 게다가 도중에 그를 지체시키는 것이 전혀 없었다 해도 그의 계획은 이루어질 수 없었다. 나폴레옹은 네 시간보다 훨씬 전에 도로고밀로보 근교를 출발하여 아르바트 거리를 지나 크렘린에 입성한 후, 이제는 이루 말할 수 없이 우울한 기분으로 크렘린 궁전의 차르 집무실에 앉아 화재 진압과 약탈 방지와 주민들을 진정시키기 위해 지체 없이 취해야 할 조치에 관하여 자세하고 세밀한 지시를 내리고 있었기 때문이다. 그러나 피에르는 그 사실을 모르고 있었다. 불가능한 일을 (그 일이 어려워서가 아니라 본성이 그일의 속성에 맞지 않기 때문에) 고집스럽게 실행하려는 사람들이 그러하듯, 그는 눈앞에 두고 있는 일에 완전히 몰입하여 괴로워하고 있었다. 그는 결정적인 순간에 나약해져서 스스로에 대한 자긍심을 잃게 되지 않을까 하는 두려움으로 괴로웠다.

비록 그는 주변을 전혀 보지도 듣지도 않았지만, 본능적으로 길을 헤아려 가며 포바르스카야 거리로 그를 이끄는 골목길들을 쉴 수 없이 따라갔다.

포바르스카야 거리가 가까워지면서 연기가 점점 더 심해지고, 화재의 불길로 공기가 후끈거리기까지 했다. 가끔 집들의 지붕 밑에서 불길이 혀처럼 날름거리며 솟아올랐다. 거리에서 더 많은 사람들을 만났는데, 그 사람들은 더욱 불안해 보였다.

그러나 피에르는 주위에서 무언가 엄청난 일이 벌어지는 것을 느끼면서도 자신이 화재 현장 쪽으로 다가가고 있는 것은 의식하지 못했다. 한쪽은 포바르스카야 거리와 맞닿고 다른 쪽은 그루진스키 공작의 정원과 맞닿는 큰 공터의 샛길을 지나칠 때, 피에르는 문득 자기 바로 옆에서 한 여자가 절망적으로 울부짖는 소리를 들었다. 그는 꿈에서 깬 듯 걸음을 멈추고 고개를 들었다.

샛길 옆에 먼지로 뒤덮인 마른 풀 위에 깃털 이불, 사모바르, 이콘, 궤짝 등 가재도구들이 무더기로 쌓여 있었다. 궤짝 옆 땅바닥에 긴 뻐드렁니에 야윈 중년 여자가 검은 외투와 두건 차림으로 앉아 있었다. 그 여자는 몸을 흔들고 뭐라 중얼거리면서 목 놓아 울부짖었다. 더러운 짧은 원피스와 외투를 걸친 열 살에서 열두 살 사이의 여자아이 둘이 창백하고 놀란 얼굴에 망설이는 표정으로 엄마를 쳐다보았다. 추이카를 입고 남의 커다란 모자를 쓴 일곱 살가량의 어린 사내아이는 늙은 보모의 손에서 훌쩍였다. 맨발의 지저분한 하녀는 궤짝 위에 앉아 희끗한 많은 머리를 풀어 헤치고, 불에 그슬린 머리칼을 냄새를 맡으며 쥐어뜯었다. 바퀴 모양의 볼수염을 기르고 반듯하게 쓴 모자 밑으로 귀밑머리를 매끈하게 빗어 붙인, 크지 않은 키에 문관 제복을 입고 있는 등 굽은 남편은 변화 없는 얼굴로 차곡차곡 쌓인 궤짝들을 헤치며 그 밑에서 옷가지 같은 것을 꺼냈다.

여자는 피에르를 보자 그의 발치에 몸을 던지다시피 했다.

"혈육의 여러분, 정교회 그리스도교 신자분들, 살려 주세요, 도와주세요, 누구든 좀 도와주세요." 그녀가 흐느끼며 말했다. "딸아이를! 내 막내딸을 두고 왔어요! 불에 다 탔을 거예요! 오, 오, 오! 이런 꼴을 보자고 내가 너를 그토록 애지중지했단 말이냐……. 오, 오오!"

"그만해, 마리야 니콜라예브나." 남편이 조용한 목소리로 아내에게 말했다. 그는 그저 낯선 사람 앞에서 자신을 변명하기 위해 그러는 듯했다. "틀림없이 그 애 언니가 데려갔을 거야. 아니면 그 애가 더 이상 어디에 있겠어?" 그가 덧붙였다.

"멍청이! 사악한 인간!" 여자가 울음을 뚝 그치더니 매섭게 소리 질렀다. "당신에게는 마음이 없어. 자기 자식을 불쌍히 여기지도 않아. 다른 사람이라면 불에서 구해 냈을 텐데……. 이 남자는 멍청이예요. 사람도 아니고, 아버지도 아니에요. 당신은 고결한 분이지요." 여자는 흐느끼며 피에르를 향해 빠르게 말했다.

"옆집에서 불이 났는데, 그 불이 우리 집까지 덮쳤어요. 하녀가 '불이야!' 하고 외쳤어요. 우리는 무턱대고 세간을 챙기려 달려들었어요. 몸에 걸친 그대로 뛰쳐나와서……. 우리가 집어 올 수 있었던 것은 이게 다예요……. 하느님의 축복과 혼수품인 침대, 그 것 말고는 전부 잃었어요. 아이들을 찾았는데 카테치카가 없어요. 오, 하느님! 오, 오, 오!" 그녀는 다시 흐느꼈다. "내 사랑하는 자식, 그 애가 불에 타 버렸어요! 불에 타 버렸다고요."

"그 아이는 어디에, 도대체 어디에 있었습니까?" 피에르가 물었다. 여자는 그의 활기찬 표정에서 이 사람이 자신을 도와줄 수 있다고 이해했다.

"어르신! 아버지!" 그녀가 그의 다리를 잡고 외쳤다. "은인이시군요. 제 마음을 달래 주시기만 해도……. 아니스카, 어서 가, 이 불결한 것아, 이 어른을 모시고 어서 가." 그녀가 하녀에게 호통을 쳤다. 그녀가 화를 내며 입을 벌리자 그 때문에 긴 뻐드렁니가 더 훤히 드러났다.

"안내해, 안내해 줘. 내가…… 내가…… 내가 하겠다." 피에르가 헐떡이는 목소리로 다급하게 말했다.

지저분한 하녀가 궤짝 뒤에서 나와 땋은 머리를 정돈했다. 그리고 한숨을 쉬고는 뭉툭한 맨발로 앞장서서 샛길을 걸었다. 피에르는 고통스러운 혼수상태에서 갑자기 삶에 눈을 뜬 듯한 기분을 느꼈다. 그는 고개를 높이 치켜들었다. 그의 눈은 생명의 광채로 반짝였다. 그는 하녀를 뒤따라 빠른 걸음으로 걷다가 그녀를 앞질러 포바르스카야 거리로 나갔다. 거리에는 온통 검은 연기 구름으로 자욱했다. 그 자욱한 연기 여기저기에서 불길이 혀처럼 너울대며 갑자기 솟아 나오곤 했다. 화재가 난 곳 앞에서 사람들이 큰 무리를 이루어 북적대고 있었다. 거리 한복판에 프랑스 장군이 서서 자신을 둘러싼 사람들에게 무슨 말을 하고 있었다. 하녀를 따라온 피에르는 장군이 있는 곳으로 다가가려 했다. 그러자 프랑스 병사들이 그를 제지했다.

"이곳은 통행금지요." 어떤 목소리가 그에게 소리쳤다.

"이쪽이에요, 아저씨!" 하녀가 소리쳤다. "우리는 골목으로 들어가서 니쿨린가(家)의 저택을 지나면 돼요."

피에르는 뒤돌아서 계속 걸어갔고, 그녀를 따라잡기 위해 가끔씩 뛰기도 했다. 하녀는 길을 건너 왼쪽 골목으로 돌더니, 집 세 채를 지나 오른쪽 대문으로 방향을 틀었다.

"바로 여기예요." 하녀는 이렇게 말하고, 안마당을 가로질러 뛰어가 판자 울타리에 난 쪽문을 열고, 멈추어 서서 나무로 지은 작은 곁채를 가리켜 보였다. 그 곁채는 환하게 뜨겁게 불타고 있었다. 한쪽은 무너졌고, 다른 쪽은 불타고 있었고, 창문 틈과 지붕 밑에서부터 불꽃이 활활 타오르며 빠져나오곤 했다.

피에르가 쪽문으로 들어가자 열기가 훅 끼쳤다. 그는 자기도 모르게 멈춰 서고 말았다.

"어느 쪽이지, 어느 것이 너희 집이지?" 그가 물었다.

"오, 으악!" 하녀가 곁채를 가리키며 울부짖었다. "저기요. 바로 저곳이 우리 집이었어요. 우리의 보물, 네가 불에 타 죽었구나, 카테치카, 나의 귀여운 아가씨! 아아!" 화재를 본 아니스카는 자신의 감정도 표현하지 않으면 안 된다고 느꼈는지 크게 울부짖었다.

피에르는 곁채 쪽으로 들어가려 했지만 열기가 너무 강해 자기도 모르게 곁채 주위를 아치 모양으로 빙 돌다가, 문득 자신이 본채 옆에 있음을 알아차렸다. 본채는 지붕 한쪽만 타고 있었는데, 그 주위에 프랑스인들이 떼를 지어 득실거리고 있었다. 피에르는 처음에는 무언가를 질질 끌어내는 이 프랑스인들이 무엇을 하고 있는지 깨닫지 못했다. 그러나 한 프랑스인이 검의 무딘 면으로 농부를 두들겨 패며 여우 털외투를 빼앗으려는 것을 본 후, 약탈이 벌어지고 있다는 것을 어렴풋이 이해했다. 하지만 그는 그 생각을 계속하고 있을 겨를이 없었다.

벽과 천장이 우지끈 넘어지고 쿵 하며 무너지는 소리, 불길이 쉭쉭거리는 소리, 사람들의 시끄러운 고함 소리, 때론 얼굴을 찌푸린 듯 짙고 검게 깔리다가, 때론 반짝이는 불꽃과 함께 환하게 솟구쳐 오르며 이리저리 흔들리는 자욱한 연기 구름, 어디는 새빨간 곡물 다발 같고 어디는 벽을 타 넘는 황금 비늘 같은 불길, 열과 연기와 빠른 움직임, 이런 것들이 화재가 흔히 자극하는 그 특유의 흥분을 피에르에게 불러일으켰다. 그 효과가 피에르에게 특히 강한 영향을 끼친 것은 이 화재를 목격한 그가 불현듯 자신을 괴롭히던 상념들로부터 해방된 기분을 느꼈기 때문이다. 그는 자신이 젊고, 쾌활하고, 민첩하고, 단호한 사람이라고 느꼈다. 그가 본채에서 작은 곁채를 빙 돌아 뛰어들고자 했다. 순간 머리 바로 위에서 몇몇 사람들의 외침 소리가 들리고, 뒤이어 묵직한 무언가가 그의 옆에 떨어지면서 우지끈 갈라지고 울리는 소리가 났다.

피에르는 주위를 둘러보았다. 그리고 프랑스인들이 저택 창문에서 어떤 금속성 물건으로 가득 찬 장롱 서랍을 던지는 모습을 보았다. 아래 서 있던 프랑스 병사들이 서랍으로 다가갔다.

"이 자식은 또 뭘 찾는 거야?" 프랑스 병사들 가운데 하나가 피에르에게 소리쳤다.

"이 집에 있던 아이요. 혹시 어린아이를 보지 못했습니까?" 피에르가 말했다.

"이 자식이 뭐라고 지껄이는 거야? 악마에게나 꺼져."

몇몇 사람의 목소리가 들렸다. 병사들 가운데 한 명이 피에르가 장롱 서랍에 든 은제품과 청동 세공품을 그들한테서 빼앗을 생각을 하는 것은 아닌지 걱정스러운 듯 피에르에게 위협적으로 다가섰다.

"어린아이?" 한 프랑스인이 위에서 외쳤다. "정원에서 무언가 가 빽빽 우는 소리를 들었어. 아마 이자의 아이일 수도 있지. 뭐, 모름지기 인간다워야 하지. 우리 모두 사람이잖아……."

"그 아이가 어디 있습니까? 그 아이가 어디 있어요?" 피에르가 물었다.

"이쪽이에요. 이쪽!" 프랑스인이 창문에서 저택 뒤 정원을 가리 키며 그를 향해 외쳤다. "잠깐 기다려요. 당장 내려갈 테니."

그리고 실제로 1분 후 한쪽 뺨에 점이 있는 검은 눈의 프랑스 청 년이 루바시카만 걸친 채 아래층 창문에서 뛰어내리더니 피에르 의 어깨를 툭 치고 그와 함께 정원으로 달려갔다.

"어이, 여보게들, 서둘러." 그가 동료들에게 외쳤다. "뜨거워지 기 시작했어."

집 뒤쪽의 모래가 깔린 조그만 길로 달려간 프랑스인이 피에르 의 팔을 잡아끌며 둥그런 장소를 가리켰다. 긴 의자 밑에 장밋빛 원피스를 입은 세 살짜리 여자아이가 누워 있었다.

"저기 당신 아이가 있네요. 아, 여자애네. 그편이 더 낫지."

프랑스인이 말했다. "잘 가요, 뚱보 씨. 모름지기 인간다워야 하 지. 우리 모두 사람이잖소." 뺨에 점이 있는 프랑스인은 몸을 돌려 동료들에게로 달려갔다.

피에르는 기쁨으로 숨을 헐떡이며 여자아이에게 달려가 아이 를 손에 안으려 했다. 그러나 연주창(連珠瘡)을 앓고, 어머니를 닮 아 못생긴 여자아이는 낯선 사람을 보자 소리를 지르며 달아났다. 피에르는 여자아이를 붙잡아 번쩍 들어 손에 안았다. 여자아이는 필사적으로 악을 쓰는 목소리로 날카롭게 비명을 지르고, 자그만 손으로 피에르의 손을 뿌리치면서 침을 줄줄 흐르는 입으로 그의 손을 물어 댔다. 예전에 작은 동물을 건드렸을 때 경험했던 것과 유사한 소름 끼침과 혐오의 감정이 피에르를 사로잡았다. 그러나 그는 아이를 내던지지 않으려고 스스로 억제하며, 아이를 데리고 다시 본채 방향으로 달려갔다. 그러나 똑같은 길로 되돌아가는 것은 이미 불가능했다. 하녀 아니스카도 없었다. 피에르는 고통스럽게 울어 대서 몸이 온통 젖은 아이를 동정과 혐오가 뒤섞인 감정으로 최대한 부드럽게 꼭 끌어안고, 다른 출구를 찾기 위해 정원을 가로질러 달렸다.

34

짐을 안은 채 안마당들과 골목들을 이리저리 뛰어다니다 포바르스카야 길모퉁이에 있는 그루진스키가(家)의 정원으로 되돌아왔을 때, 피에르는 처음엔 자신이 아이를 찾으러 나섰던 그 장소를 알아보지 못할 정도로 그곳은 사람들과 집에서 끌어낸 세간들로 가득 쌓여 있었다. 게다가 화재를 피해 이곳에 있는 러시아 가족들 외에도 각양각색의 옷차림을 한 프랑스 병사들이 몇 명 있었다. 피에르는 그들에게 관심을 기울이지 않았다. 그는 어머니에게 딸을 돌려주고 다시 다른 사람을 구하러 가기 위해 서둘러 관리의 가족을 찾았다. 피에르에게는 자신이 급히 해야 할 일들이 아직 많은 것처럼 보였다. 열기와 이리저리 뛰어다닌 탓에 얼굴이 벌겋게 달아오른 피에르는 아이를 구하러 달려갈 때 그를 사로잡았던 젊음과 활력과 단호함의 감정을 이 순간에 한층 더 강렬하게 경험했다. 여자아이는 이제 잠잠해졌다. 조그마한 두 손으로 피에르의 카프탄을 꼭 붙잡고 피에르의 팔뚝에 앉은 아이는 마치 야생 동물 새끼처럼 주위를 두리번거렸다. 피에르는 가끔 아이를 쳐다보며 살짝 미소를 지었다. 그는 겁에 질리고 병약한 작은 얼굴에서 감동적이고 천진무구한 무언가를 본 것 같았다.

조금 전 그곳에는 관리도 그의 아내도 이미 없었다. 피에르는 빠른 걸음으로 사람들 사이를 걸어 다니며 그와 부딪치는 다양한 얼굴들을 살펴보았다. 그는 무심결에 그루지야인 또는 아르메니아인 같은 가족을 보았다. 그들은 안쪽에 털가죽을 댄 새 외투를 입고 새 부츠를 신은 동양인 유형의 잘생긴 얼굴에 매우 늙은 노인, 그와 똑같은 유형의 노파, 젊은 여인으로 이루어진 가족이었다. 선명하게 윤곽이 드러나는 검고 둥근 눈썹, 유난히 부드러운 홍조를 띤 갸름하고 아름다운 무표정한 얼굴의 젊은 아가씨는 피에르에게 동양적인 아름다움의 완성으로 보였다. 사방에 흩어진 세간들 틈에서, 광장의 군중 속에서 새틴으로 겉감을 댄 화려한 외투를 입고 밝은 보라색 스카프로 머리를 감싼 그녀는 눈 위에 버려진 온실의 화초를 떠올리게 했다. 그녀는 노파 뒤쪽으로 약간 떨어져 놓인 꾸러미 위에 앉아 있었고, 긴 속눈썹을 가진 움직임 없는 크고 검고, 눈꼬리가 갸름한 눈으로 땅바닥을 바라보고 있었다. 그녀는 자신의 아름다움을 알고 있고, 또 그 때문에 두려워하는 듯했다. 그 얼굴은 피에르에게 깊은 인상을 주었다. 그래서 그는 담장을 따라 급히 달려가면서도 몇 차례나 그녀를 돌아보았다. 담장까지 왔는데도 여전히 그가 찾아야 할 사람들을 발견하지 못하자 피에르는 멈춰 서서 주위를 둘러보았다.

아이를 품에 안은 피에르의 모습은 아까보다 훨씬 더 눈에 띄었다. 그의 주위로 몇 명의 러시아인들, 남자들과 여자들이 모여들었다.

"누굴 잃어버렸어요? 당신은 귀족이지요, 그렇죠? 누구의 아이예요?" 사람들이 그에게 물었다.

피에르는 어린애가 검은 외투 차림으로 이 자리에 아이들과 함께 앉아 있던 여자의 아이라고 말하면서, 그 여자가 누구인지 아는 사람이 있는지, 그녀가 어디로 갔는지 물었다.

"분명 안페로프 일가일 겁니다." 늙은 부사제가 곰보 아낙을 돌아보며 말했다. "주여, 은혜를 베푸소서, 주여, 은혜를 베푸소서!" 그는 습관이 된 굵은 저음으로 덧붙였다.

"안페로프 일가가 어디 있어요?" 아낙이 말했다. "안페로프 일가는 벌써 오전에 떠났는걸요. 이 아이는 마리야 니콜라브나나 이바노바의 아이일 거예요."

"이분은 그냥 여자라고 말하잖아요. 마리야 니콜라브나는 마님이라고요." 하인이 말했다.

"그럼 당신은 그 여자를 알겠군요. 뻐드렁니의 마른 여자인데요." 피에르가 말했다.

"마리야 니콜라브나예요. 그 사람들은 저 늑대들이 여기에 몰려들자 정원 쪽으로 떠나갔어요." 아낙이 프랑스 병사들을 가리키며 말했다.

"오, 주여, 은혜를 베푸소서!" 부사제가 다시 덧붙였다.

"저쪽 길로 가세요. 그 사람들은 거기에 있어요. 그 여자가 맞아요. 계속해서 애통해하며 울었어요." 아낙이 다시 말했다.

"그 여자예요. 바로 이쪽으로 오세요."

그러나 피에르는 아낙들의 말을 듣고 있지 않았다. 그는 이미 조금 전부터 몇 걸음 떨어진 곳에서 벌어지는 일을 주시하여 지켜보고 있었다. 그는 그루지야인 또는 아르메니아인 가족과 그들에게 다가가는 두 명의 프랑스 병사를 쳐다보았다. 병사들 중 하나는 조그맣고 까불까불하는 사내로, 파란 외투를 입고 밧줄로 허리를 여민 차림이었다. 그는 머리에 둥근 모자를 썼고, 맨발이었다. 또 다른 병사는 (그는 특히 피에르를 깜짝 놀라게 했다) 옅은 금발에 키가 길쭉하고, 등이 구부정한 야윈 사내로 동작이 굼뜨고 백치 같은 얼굴 표정이었다. 그는 값싼 모직물로 된 군용 외투를 걸치고 파란 바지를 입고 누더기가 된 커다란 부츠를 신고 있었다. 부츠 없이 파란 외투를 걸친 조그마한 프랑스인은 그 가족에게 다가가 무슨 말을 하더니 난데없이 노인의 다리를 붙잡았다. 노인은 급히 서둘러 부츠를 벗기 시작했다. 군용 외투를 걸친 또 다른 프랑스인은 젊은 여인 앞에 서서, 두 손을 호주머니에 찔러 넣은 채 꼼짝 않고 말없이 그녀를 쳐다보았다.

"받아요, 이 아이를 받으라고요." 피에르가 아이를 건네며 명령조로 다급하게 아낙을 향해 말했다. "당신이 이 아이를 그 사람들에게 데려다줘요. 꼭 데려다줘요!" 그는 소리 지르는 여자아이를 땅바닥에 앉히고 아낙에게 고함을 치다시피 했다. 그러고는 다시 프랑스인들과 그 가족들을 돌아보았다. 노인은 이미 한쪽이 맨발인 채로 앉아 있었다. 자그마한 프랑스인은 그에게서 나머지 한 짝을 마저 벗기고는 부츠 두 짝을 서로 맞부딪치도록 탁탁 쳤다. 노인이 흐느끼며 뭐라고 말했지만, 피에르는 잠깐만 이것을 보았을 뿐이다. 그의 모든 신경은 외투를 걸친 프랑스인에게 쏠려 있었다. 그사이 그 프랑스인은 느릿느릿 몸을 흔들며 젊은 여인에게 다가가더니 호주머니에서 두 손을 빼고 갑자기 그녀의 목덜미를 움켜쥐었다.

젊은 미인은 긴 속눈썹을 내리깐 채 꼼짝하지 않고 계속 앉아 있었다. 마치 병사가 자신에게 하는 짓을 보지도 느끼지도 못하는 것 같았다.

피에르가 자신과 프랑스인들을 떼어 놓고 있는 그 몇 걸음 거리를 뛰어가는 동안, 군용 외투를 입은 길쭉한 약탈자가 젊은 여인의 목덜미에서 그녀가 차고 있던 목걸이를 잡아챘다. 그러자 젊은 여인은 두 손으로 목을 잡고 날카로운 소리로 비명을 질렀다.

"**그 여자를 놔줘!**" 피에르는 길쭉하고 등이 굽은 병사의 어깨를 붙잡아 내동댕이치며 격분한 목소리로 거칠게 말했다.

병사는 넘어졌다가 재빨리 몸을 일으켜 멀리 달아나 버렸다. 그러나 그의 동료는 부츠를 내던지고는, 단검을 빼 들고 피에르를 향해 위협적으로 다가섰다.

"**어이, 어리석은 짓 하지 마!**" 그가 외쳤다.

피에르는 광기에 찬 희열에 빠져 있었다. 그는 그 상태에서 아무것도 기억하지 못했고, 그의 힘은 열 배로 강해졌다. 그는 맨발의 프랑스인에게 달려들었고, 병사가 미처 단검을 뽑기도 전에 때려눕히고 주먹을 퍼부었다. 주위를 둘러싼 군중의 호응하는 환호 소리가 들렸다. 그때 길모퉁이에서 말을 탄 프랑스 창기병들이 나타났다. 창기병들은 피에르와 프랑스 병사들 쪽으로 빠르게 다가와 그들을 포위했다. 피에르는 그 후에 일어난 일을 전혀 기억하지 못했다. 그는 자신이 누군가를 때리기도 했고, 자신이 맞기도 했으며, 마침내 두 손이 묶였음을 느꼈으며, 프랑스 병사들의 무리가 둘러서서 몸수색한 것을 기억할 뿐이었다.

"**중위님, 이자에게 단검이 있습니다.**" 이것이 피에르가 처음으로 알아들은 말이었다.

"**아, 무기라고!**" 장교는 이렇게 말하고 피에르와 함께 붙잡힌 맨발의 프랑스 병사를 돌아보았다.

"**좋아, 좋아. 법정에서 전부 말하게.**" 장교가 말했다. 그러고 나서 피에르 쪽으로 돌아섰다. "**프랑스어를 할 줄 아는가?**"

피에르는 핏발 선 눈으로 주위를 둘러볼 뿐 대답하지 않았다. 아마도 그의 얼굴이 몹시 무섭게 보였던 듯했다. 장교가 조곤조곤한 목소리로 무엇이라고 말하자 창기병 네 명이 순찰대에서 떨어져 나와 피에르의 양옆에 섰기 때문이다.

"프랑스어를 할 줄 아는가?" 장교가 피에르에게서 멀찍이 떨어진 채 반복해 물었다. "통역관을 불러오시오." 러시아 문관복을 입은 자그마한 사람이 대열에서 나왔다. 피에르는 이 사람의 옷과 말투에서 그가 모스크바의 상점에서 일하던 프랑스인이라는 것을 즉시 알아보았다.

"이자는 평민 같지 않습니다." 통역관이 피에르를 유심히 보고 말했다.

"아, 아! 이자는 아무래도 방화범 같단 말이야." 장교가 말했다. "이자에게 누구인지 물어보게." 그가 덧붙였다.

"넌 누구냐?" 통역관이 물었다. "넌 상관에게 대답해야 한다." 그가 말했다.

"내가 누구인지는 당신에게 말하지 않겠소. 난 당신의 포로요. 날 잡아가시오." 피에르가 갑자기 프랑스어로 말했다.

"아! 아!" 장교가 얼굴을 찌푸리며 말했다. "앞으로 가!"

창기병들 주위로 군중이 몰려들었다. 여자아이를 안은 곰보 아낙이 그들 가운데 피에르에게 가장 가까이 서 있었다. 기병 순찰대가 움직이기 시작하자 아낙이 앞쪽으로 움직였다.

"이 사람들이 당신을 어디로 데려가는 거예요?" 그녀가 말했다. "이 어린 애가 그 사람들의 아이가 아니면 이 어린 애를, 이 어린 애를 어디로 보낸답니까?" 아낙이 말했다.

"이 여자가 원하는 게 뭔가?" 장교가 물었다.

피에르는 술 취한 사람 같았다. 그는 자신이 구한 여자아이를 보자 더욱더 황홀한 상태에 빠져들었다.

"저 여자가 원하는 게 뭐냐고?" 그가 말했다. "저 여자는 내가 불길에서 구한 내 딸을 데리고 있다." 그가 말했다. "안녕히!" 그리고 그는 왜 이런 아무 목적도 없는 거짓말이 입 밖으로 나왔는지 스스로도 알지 못한 채, 프랑스인들 틈에서 의연하고 엄숙하게 걸음을 옮겼다.

이 프랑스인들 부대는 뒤로넬의 명령으로 약탈을 저지하기 위해, 특히 방화범들을 체포하기 위해 모스크바 거리 곳곳에 파견된 기병 순찰대들 가운데 하나였다. 그날 프랑스 고위급 관리들이 제시한 대체적인 견해로는 방화범들이 화재의 원인이었다. 기병 순찰대는 거리를 돌아다니면서 의심스러운 러시아인 다섯 명, 즉 작은 상점 주인 한 명, 신학생 두 명, 농부 한 명, 하인 한 명과 약탈병 몇 명을 더 체포했다. 그러나 모든 용의자들 가운데 누구보다 가장 수상해 보이는 사람은 피에르였다. 그들 모두가 숙박하기 위해 영창이 설치된 주봅스키 성루의 대저택으로 끌려갔을 때, 피에르는 엄격한 감시 아래 따로 격리되었다.

제4권

제1부

I

그즈음 페테르부르크의 상류 사회에서는 루만체프파, 프랑스인파, 마리야 페오도로브나파, 황태자파 등 여러 무리가 얽힌 복잡한 싸움이 언제나처럼 윙윙거리는 궁정 수벌의 소음에 파묻혀 그 어느 때보다 격상되어 진행되고 있었다. 그러나 삶의 허상과 그림자에만 신경 쓰는 조용하고 화려한 페테르부르크의 삶은 예전처럼 지속되었다. 삶이 이렇게 흘러갔기 때문에 러시아 민중이 처한 곤궁한 상황과 위험을 인식하기 위해서는 보다 많이 노력해야 했다. 예전과 동일한 알현식과 무도회, 똑같은 프랑스 연극이 존재했고, 궁정의 이해관계는 한결같았으며 공무에 있어서는 여전히 이해관계와 음모가 존재했다. 오직 최상류층에서만 현재 상황의 어려움을 경고하려고 애썼다. 이런 어려운 상황에서 두 황후*가 서로 반대의 행동을 취하는 것을 두고 사람들은 귓속말로 쑥덕거렸다. 자신이 후원하는 자선 단체와 교육 기관의 복지에 신경 쓰고 있던 마리야 페오도로브나 황태후는 이 모든 시설을 카잔으로 옮기라고 명령했고, 따라서 이 단체들에 속한 물건들은 이미 이삿짐으로 포장된 상태였다. 한편 엘리자베타 알렉세예브나 황후는 어떤 조치를 취하는 게 좋겠냐는 질문에 그녀 특유의 러시아적 애국심을 보여 주며 이것은 군주의 일인 까닭에 자신은 국가 시설에 대한 그 어떤 지시도 내릴 수 없다고, 자신이 개인적으로 할 수 있는 일은 가장 마지막으로 페테르부르크를 떠나는 것이라고 대답했다.

보로디노 전투가 있던 8월 26일 바로 그날에 안나 파블로브나의 집에서 야회가 열렸다. 이 야회에서는 중요한 행사로 성 세르기이의 이콘을 군주에게 보낼 때 대주교가 쓴 서한을 낭독해야 했다.* 이 서한은 애국적이고 종교적인 달변의 전형으로 여겨졌다. 낭독을 잘하기로 유명한 바실리 공작이 서한을 읽기로 되어 있었다. (그는 황후 앞에서도 낭독하곤 했다.) 사람들이 생각하는 낭독의 기술이란 필사적으로 울부짖고 부드럽게 속삭이는 가운데 그 의미와 전혀 무관한 말들을 노래하듯 쏟아 내는 것이었고, 따라서 어떤 단어를 울부짖듯 말하고 다른 단어를 속삭이듯 말하는 것은 전적으로 우연한 것이었다. 안나 파블로브나의 모든 야회가 그러하듯 낭독은 정치적 의미를 띠었다. 이 야회에 꼭 참석할 예정이었던 몇몇 고위층 인사들은 프랑스 극장에 드나드는 것을 부끄럽게 여기고 애국적인 분위기에 고무되어야만 하는 이들이었다. 이미 꽤 많은 사람들이 모였지만, 안나 파블로브나는 응접실에서 그 자리에 와야 할 사람들이 아직 오지 않은 것을 보고는 낭독을 계속 미루면서 공통의 대화를 주도했다.

그날 페테르부르크에 퍼진 새 소식은 베주호바 백작 부인의 병에 관한 것이었다. 며칠 전 백작 부인은 갑자기 병에 걸려 그녀가 참석하여 자리를 빛낼 몇몇 모임에 불참했고, 어느 누구도 맞이하지 않으면서 평소 그녀를 치료했던 페테르부르크의 유명한 의사들 대신 새롭고 특이한 방법으로 그녀를 치료하는 이탈리아 의사에 의지하고 있다는 소문이 들려왔다.

매력적인 백작 부인의 병이 두 남자와 동시에 결혼하지 못해 생긴 것이고, 이탈리아 의사의 치료라는 것이 이 불편한 문제를 해결하는 것이라는 사실은 모두가 잘 알고 있었다. 그러나 안나 파블로브나의 면전에서는 그 누구도 이에 대해 감히 생각도 못하는 것처럼 행동했을 뿐 아니라 심지어 이 사실을 모르는 것처럼 처신했다.

"가여운 백작 부인의 상태가 매우 안 좋다고 하네요. 의사 말로는 협심증이래요."

"협심증이라고요? 오, 그건 무서운 병이잖아요!"

"두 경쟁자가 그 병 덕분에 화해를 했다네요."

협심증이라는 단어는 매우 만족스럽게 여러 번 반복되었다.

"노백작의 모습이 무척 감동적이었다더군요. 의사가 위험한 상황이라고 말했을 때 어린아이처럼 울었대요."

"오, 만약 그렇다면 엄청난 손실이에요. 아주 매력적인 여성이니까요."

"가여운 백작 부인에 대해 말하고 있군요……." 안나 파블로브나가 다가오며 말했다. "백작 부인의 건강 상태를 알아보려고 사람을 보냈어요. 그 사람이 말하길, 백작 부인의 병세가 조금 호전되었다네요. 오, 틀림없이 그녀는 세상에서 가장 매력적인 여성이죠." 안나 파블로브나는 자신의 열광적인 말에 웃음 지으며 말했다. "우리는 비록 다른 파에 속해 있지만 이 사실이 저로 하여금 그녀의 공로를 존경하는 것을 막진 않아요. 그녀는 정말 불행해요." 안나 파블로브나는 이렇게 덧붙였다.

한 경솔한 청년이 안나 파블로브나가 이런 말로 백작 부인의 병을 둘러싼 비밀의 장막을 살짝 걷어 올렸다고 생각하여, 백작 부인이 유명한 의사들을 부르지 않고 위험한 약을 처방할 수도 있는 사기꾼의 치료를 받는다는 것에 놀라움을 표했다.

"당신이 들은 소문이 저의 것보다 더 믿을 만한 것일 수도 있겠죠……." 안나 파블로브나가 갑자기 미숙한 청년을 매섭게 맞받아쳤다. "하지만 제가 괜찮은 출처를 통해 알아낸 바에 의하면, 그 의사는 매우 박학다식하고 노련한 사람이에요. 그는 스페인 왕비의 시의랍니다." 이렇게 청년을 혼쭐내고 나서 안나 파블로브나는 다른 무리 가운데에서 얼굴을 찡그리고 있다가 경구를 말하기 위해 얼굴을 펴고 있던, 오스트리아인에 대해 이야기하고 있는 빌리빈을 돌아보았다.

"난 그것이 훌륭하다고 생각합니다!" 그는 페트로폴*의 영웅 비트겐시테인이 (페테르부르크에서는 그를 이렇게 불렀다) 탈취한 오스트리아 군기와 함께 빈으로 발송된 외교 문서에 대해 말하고 있는 중이었다.

"어떤, 어떤 것이었나요?" 안나 파블로브나는 그녀가 이미 알고 있던 경구를 사람들이 들을 수 있도록 침묵을 유도하면서 그에게 질문했다.

그러자 빌리빈은 자신이 작성한 외교 공문의 문구들을 있는 그대로 반복하여 말했다.

"황제는 정도에서 벗어나 길을 잃은 우방의 군기를 발견했음에 이 오스트리아 군기를 보내는 바이다."* 빌리빈이 찌푸렸던 얼굴을 펴며 말을 끝냈다.

"멋지군요, 멋집니다!" 바실리 공작이 말했다.

"아마도 그곳은 바르샤바 가도였을 겁니다." 이폴리트 공작이 갑자기 큰 소리로 말했다. 모든 이들이 그가 도대체 무슨 말을 하고 싶어 하는지 이해하지 못하여 그를 쳐다보았다. 이폴리트 공작도 유쾌하게 놀란 표정으로 자기 주변을 둘러보았다. 그 역시 다른 사람들과 마찬가지로 자신이 무슨 의미로 그런 말을 했는지 몰랐다. 그는 외교 업무에 종사하는 동안 이렇듯 뜬금없이 꺼낸 말이 매우 기지 있게 들릴 수도 있다는 사실을 여러 번 목도했고, 그래서 어떤 경우든 간에 혀에서 맴도는 첫 번째 말들을 그대로 내뱉었다. '아마 반응이 꽤 좋을 거야.' 그는 생각했다. '그렇지 않더라도 저기 있는 사람들이 정리해 줄 거야.' 실제로 불편한 정적이 내려앉는 동안 안나 파블로브나가 호소해 보려 기다리던 애국심이 부족한 인물이 응접실에 들어왔다. 그녀는 미소 지으며 이폴리트에게 손가락으로 위협하고는 바실리 공작을 테이블로 초대하여 그에게 초 두 자루와 원고를 내밀어 가져다 놓고 낭독을 시작하길 요청했다. 다들 조용해졌다.

"지극히 자비로우신 황제 폐하!" 바실리 공작은 엄숙하게 선언하고 이에 누군가 반대의 말을 할 사람이 있는지 물어보듯이 청중을 둘러보았다. 하지만 아무도 말을 하지 않았다. "군주가 거주하는 도시 모스크바, 새 예루살렘이 열성적인 아들들을 껴안은 어머니처럼 **자신의** 그리스도를 영접합니다." 그는 갑자기 **자신의**라는 단어를 강조했다. "그리고 피어오르는 안개를 통해 당신의 주권의 빛나는 영광을 예견하며 환희에 차 노래합니다. '호산나, 곧 오실 복되신 이여!'" 바실리 공작은 울먹이는 목소리로 마지막 문구를 낭독했다.

빌리빈은 자신의 손톱을 주의 깊게 바라보았고, 많은 사람들이 마치 그들이 무슨 잘못을 했는지 물어보는 것처럼 두려워하고 있었다. 안나 파블로브나는 성찬식 전에 기도문을 암송하는 노파처럼 벌써 다음 구절을 조그만 목소리로 반복하고 있었다. "건방지고 불손한 골리앗이……." 그녀가 중얼거렸다.

바실리 공작이 낭독을 이어 갔다.

"건방지고 불손한 골리앗이 프랑스 국경으로부터 러시아 영토에 살인적인 공포를 몰고 오게 내버려 두십시오. 온화한 신앙, 즉 러시아 다윗의 돌팔매가 피에 굶주린 오만한 자의 머리를 순식간에 맞혀 무너뜨릴 것입니다. 그 옛날 우리 조국의 안녕을 열망하던 성 세르기이의 이콘이 황제 폐하께 도달할 것입니다. 제 약해진 기력이 지극히 자애로우신 폐하의 얼굴을 뵙는 기쁨을 누리지 못하게 하니, 그저 비통할 따름입니다. 전능하신 하느님께서 정의로운 족속을 크게 칭찬하시고 선한 자들 안에서 폐하의 소망을 이루어 주시기를 하늘에 대고 열심히 기도하는 바입니다."

"이 얼마나 힘 있는 말인가! 훌륭한 문장이야!" 낭독자와 원고 작성자에 대한 찬사가 들려왔다. 이 연설에 고무된 안나 파블로브나의 손님들은 조국의 상황에 대해 오랫동안 이야기를 나누었고, 조만간 벌어질 전투의 결과에 대해 다양한 예측을 제시했다.

"두고 보세요." 안나 파블로브나가 말했다. "내일, 폐하의 탄신일*에 우리는 새로운 소식을 듣게 될 거예요. 예감이 좋아요."

2

안나 파블로브나의 예감은 실제로 들어맞았다. 이튿날 군주 탄생일을 기념하는 궁정 내 기도회 때 볼콘스키 공작은 교회 밖으로 불려 나가 쿠투조프 공작의 봉서를 받았다. 전투가 있던 날, 쿠투조프 공작이 타타리노보에서 작성해 올린 보고였다. 쿠투조프는 러시아군이 단 한 걸음도 물러서지 않은 반면, 프랑스군은 러시아보다 훨씬 더 많은 병력을 잃었고, 자신은 최신 정보를 미처 수집할 수 없어 전장에서 급히 보고를 올린다고 썼다. 즉 이것은 승리를 의미했다. 사람들은 교회 밖으로 나가지 않고, 곧장 창조주의 도우심과 승리에 대한 감사 기도를 드렸다.

안나 파블로브나의 예감은 적중했고, 아침 내내 도시는 축제 분위기에 휩싸였다. 많은 사람들이 이미 승리한 것으로 생각했고, 어떤 이들은 벌써부터 나폴레옹의 생포에 대해, 그의 폐위와 프랑스의 새로운 수장 선출에 관해 이야기했다.

사건으로부터 멀리 떨어진 곳, 궁정 생활의 조건에서는 사건들이 그 전체성과 위력을 온전히 간직한 채 반영되기가 매우 어렵다. 전반적인 사건들은 저도 모르게 어떤 하나의 특정한 사건 주위로 결집한다. 따라서 이때 궁정 사람들은 러시아가 승리했다는 사실보다는 바로 군주의 탄생일에 승전보가 도착했다는 것에 크게 기뻐했다. 이는 마치 성공적인 깜짝 선물 같은 것이었다. 쿠투조프가 보낸 소식에는 러시아군의 손실에 관한 언급도 있었고, 그 중에는 투치코프, 바그라티온, 쿠타이소프*의 이름이 있었다. 여기 페테르부르크라는 세계에서는 사건의 슬픈 측면 역시 자동적으로 쿠타이소프의 죽음이라는 한 가지 사건 주변으로 집중되었다. 많은 이들이 알고 있었고, 군주도 좋아했던 그는 젊고 재미있는 사람이었다. 이날 사람들은 만날 때마다 다음과 같이 말했다.

"이 얼마나 놀라운 일이에요. 바로 기도회 때라니. 쿠타이소프를 잃다니 엄청난 손실이에요! 아, 정말 안타까워요!"

"내가 당신에게 쿠투조프에 대해 뭐라고 했습니까?" 바실리 공작은 예언자처럼 거만하게 말했다. "그 사람만이 나폴레옹을 이길 수 있다고 제가 늘 말했었죠."

그러나 다음 날 군대로부터 소식이 오지 않자, 사람들은 걱정에 휩싸였다. 궁정 신하들은 무슨 일이 일어나는지 알 수 없는 데에서 오는, 군주가 처한 고통에 괴로워했다.

"폐하의 사정은 어떨까!" 궁정 신하들은 이렇게 말들 하면서 이미 전전날 그랬듯이 쿠투조프를 극찬하지 않았고, 이제는 군주를 불안하게 만든다 하여 비난했다. 이날 바실리 공작은 자신의 보호 아래 있는 쿠투조프를 더 이상 자랑하지 않았고, 이야기가 총사령관에까지 미치면 침묵을 지켰다. 이외에도 이날 저녁 무렵에는 페테르부르크 주민들을 불안과 두려움 속으로 몰아넣으려는 듯 모든 것들이 하나로 결합되는 것 같았다. 무서운 소식이 하나 더 보태졌는데, 바로 엘레나 베주호바 백작 부인이 사람들이 그렇게도 즐겨 입에 올리던 그 끔찍한 병으로 급사했던 것이다. 큰 모임에서는 공식적으로 베주호바 백작 부인이 무서운 **협심증** 발작으로 죽었다고 말했다. 그러나 가까운 사람들의 내밀한 모임에서는 스페인 왕비의 시의가 일정한 효과를 내기 위해 엘렌에게 어떤 약을 소량 처방했는데, 노백작의 의심을 사고 남편(그 불행하고 방탕한 피에르)으로부터 답장을 받지 못해 괴로워하던 엘렌이 갑자기 처방 약을 대량으로 복용하여 도움의 손길이 도착하기도 전에 고통 속에서 죽었다고 상세히 이야기했다. 바실리 공작과 노백작이 이탈리아인을 처리하려 했지만, 이탈리아인이 고인이 된 불행한 여인의 기록들을 보여 주자 그를 즉시 풀어 주었다고 말하는 사람들도 있었다.

전반적인 대화는 세 가지 슬픈 사건, 즉 전황에 대해 알지 못하는 군주, 쿠타이소프의 전사, 엘렌의 죽음 쪽에 집중되었다.

쿠투조프의 보고가 도착한 지 사흘째 되는 날, 한 지주가 모스크바에서 페테르부르크로 왔고, 그래서 모스크바가 프랑스군에 의해 함락되었다는 소식이 도시 전체에 퍼졌다. 그것은 정말로 끔찍한 일이었다! 폐하의 상황은 어땠을까! 쿠투조프는 배신자였다. 바실리 공작은 딸이 죽어 조문을 받는 동안 자신이 예전에 찬미했던 쿠투조프에 대한 말을 꺼냈는데 (그가 너무 슬퍼한 나머지 예전에 한 말을 기억하지 못하는 것을 용서할 수 있었다) 그는 눈먼 방탕한 노인으로부터는 아무것도 기대할 수 없다고 말했다. "그런 사람에게 어떻게 러시아의 운명을 맡길 수 있었는지 저는 놀라울 따름입니다."

소식이 아직 비공식적인 것일 때는 의심해 볼 수도 있었으나, 다음 날 라스톱친 백작으로부터 다음과 같은 보고가 도착했다.

쿠투조프 공작의 부관이 저에게 편지를 가져왔는데, 그 편지에서 공작은 랴잔 가도까지 군대를 호위해 줄 경찰관들을 요청했습니다. 그는 유감스럽지만 모스크바를 버리겠다고 말합니다. 폐하! 쿠투조프의 행동에 폐하의 제국과 수도의 운명이 달려 있습니다. 러시아의 위대함이 집중되고, 폐하의 선조들이 묻힌 도시가 적에 의해 함락된 사실을 알면 러시아는 몸서리를 칠 것입니다. 저는 군대를 따라가겠습니다. 저는 모스크바 밖으로 모든 것을 실어 냈고, 제게 남은 거라곤 내 조국의 운명을 슬퍼하며 우는 것입니다.

보고를 받고 나서, 군주는 다음과 같은 칙서와 함께 볼콘스키 공작을 쿠투조프에게 보냈다.

미하일 일라리오노비치 공작! 나는 8월 29일부터 당신으로부터 어떤 보고도 받지 못했소. 그런데 9월 1일, 나는 야로슬라블을 거쳐 모스크바 총사령관으로부터 당신이 군대와 함께 모스크바를 버리기로 결정했다는 비참한 보고를 받았소. 당신은 그 소식이 나에게 어떤 충격을 주었는지 상상도 못할 것이고, 또 당신의 침묵이 나를 더욱 놀라게 하고 있소. 군대의 상황과, 그대가 그처럼 비참한 결정을 내리게 된 이유를 당신으로부터 직접 듣고 싶기에 이 칙서와 함께 시종 무관장인 볼콘스키 공작을 보내는 바요.

3

모스크바를 포기한 지 9일째 되는 날, 쿠투조프가 보낸 전령이 모스크바 포기에 관한 공식 소식을 가지고 페테르부르크에 도착했다. 전령은 러시아어를 모르는 프랑스인 미쇼였는데, 스스로는 자신에 대해서, **비록 외국인이지만 영혼 깊숙한 곳에서는 진짜 러시아인**이라고 말했다.

군주는 곧바로 카멘니 오스트로프 궁전에 있는 자신의 집무실에서 전령을 맞이했다. 전쟁 전까지만 해도 모스크바를 본 적도 없고 러시아어도 몰랐지만 미쇼는 **그 불길이 그의 길을 비추었던** 모스크바 화재에 대한 소식을 가지고 **지극히 인자한 우리의 통치자** (그는 그렇게 썼다) 앞에 섰을 때 어쨌든 깊이 감동했다.

미쇼의 **슬픔**의 근원은 러시아인들의 슬픔이 흘러나온 근원과 분명 달랐을 것인데, 그러나 군주의 집무실로 안내되어 들어왔을 때 미쇼가 너무도 슬픈 얼굴을 하고 있어서 군주는 즉시 그에게 물었다.

"어떤 소식을 가져왔소? 좋지 않은 소식이오, 대령?"

"매우 안 좋은 소식입니다, 폐하." 미쇼가 눈을 내리깔고 한숨을 내쉬며 대답했다. "모스크바를 버렸습니다."

"정말로 나의 고도를 전투도 치르지 않고 넘겼단 말인가?" 갑자기 얼굴을 붉히며 군주는 빠르게 물었다.

미쇼는 쿠투조프가 전하라고 명령한 것을 그대로 공손히 보고했다. 모스크바 근처에서 싸우는 것은 불가능했고, 모스크바와 군대를 잃거나 혹은 모스크바 하나만 잃거나, 한 가지 선택만 남았기 때문에 원수는 후자를 선택해야만 했다는 것이었다.

군주는 미쇼를 쳐다보지 않고 침묵한 채 그의 말을 들었다.

"적이 도시로 들어왔소?" 그가 물었다.

"네, 폐하. 모스크바는 지금 잿더미가 되었을 것입니다. 제가 그곳을 떠날 때는 불길에 휩싸여 있었습니다." 미쇼는 확고하게 말했다. 그러나 군주의 얼굴을 흘깃 보고 자신이 저지른 짓에 공포를 느꼈다. 군주는 무겁게, 그리고 가쁘게 숨을 몰아쉬었고, 아랫입술이 부들부들 떨렸으며 아름다운 하늘색 눈은 순식간에 눈물로 젖어들었다.

하지만 그것은 잠시뿐이었다. 군주는 자신의 나약함을 책망하듯 갑자기 얼굴을 찌푸렸다. 그리고 고개를 들어 의연한 목소리로 미쇼를 향해 말했다.

"대령, 지금 일어나고 있는 모든 사건으로 미루어 보건대 하느님께서는 우리에게 큰 희생을 요구하시고 있소……." 그가 말했다. "나는 그분의 뜻에 순종할 준비가 되어 있소. 그러나 말해 주시오, 미쇼. 당신이 떠날 때 전투도 치르지 않고 나의 고도를 버린 군대는 어떠했소? 당신이 봤을 때 군대의 사기가 떨어진 것 같지는 않았소?"

미쇼는 자신의 지극히 인자한 군주가 진정된 것을 보고 자기 역시 안정을 되찾았으나 솔직한 대답을 요구하는 군주의 직접적이고 본질적인 질문에 대해서는 미처 대답을 준비하지 못했다.

"폐하, 진짜 군인으로서 제가 솔직히 말씀드리는 것을 허락해 주시겠습니까?" 그는 시간을 벌기 위해 이렇게 말했다.

"대령, 그것은 항상 내가 요구하는 것이오." 군주가 말했다. "아무것도 숨기지 마시오. 난 필히 모든 진실을 알기를 원하오."

"폐하!" 미쇼는 가볍고 공손한 말장난의 형태로 답변을 준비한 후, 알아차리기 힘든 미묘한 웃음을 입가에 띠며 말했다. "폐하! 제가 군대를 떠날 때 지휘관부터 말단 병사에 이르기까지 한 사람도 빠짐없이 모두들 극도의 감당할 수 없는 두려움에 사로잡혀 있었습니다……."

"어찌 그렇단 말인가?" 군주가 엄하게 눈을 찌푸리며 말을 가로막았다. "나의 러시아군은 실패 앞에서 사기가 떨어질 수가……. 결코 그렇지 않소!"

미쇼는 자신의 말장난을 꺼내기 위해 이것만을 기다렸다.

"폐하!" 그는 정중하면서도 장난스러운 표정으로 말했다. "그들이 오직 두려워하는 것은 폐하께서 그 선한 영혼으로 평화 조약을 체결하려고 결심하시지 않을까 하는 것입니다. 그들은 다시 싸우기를, 그리고 그들이 폐하께 얼마나 충성스러운지 자신의 목숨을 희생하여 보여 주기를 열화와 같이, 초조하게 원하고 있습니다." 러시아 국민의 전권 대사가 말했다.

"아!" 군주는 안심이 되어 다정하게 반짝이는 눈빛으로 미쇼의 어깨를 치며 말했다. "대령, 그대가 나를 안심시켜 주었소."

군주는 고개를 떨구고 잠시 침묵했다.

"자, 그럼 군대로 돌아가시오." 그는 몸을 곧추세우고 온화하면서 위풍당당한 몸짓으로 미쇼를 돌아보며 말했다. "우리 용사들에게 전하시오. 당신이 지나가는 곳에 있는 나의 모든 국민들에게 전하시오. 내게 더 이상 단 한 명의 병사들도 남지 않게 되면 그때는 내가 직접 나의 사랑하는 귀족들과 선량한 농민들의 선두에 서서 국가의 마지막 수단까지 다 소모할 것이라고, 그 수단은 적들이 생각하는 것보다 더 많다고 전해 주시오." 군주는 점점 더 고무되어 말했다. "그러나 만약 신의 예언이 우리 왕조가 더 이상 선조들의 옥좌에서 통치하지 못하도록 예정되었다면……." 그는 감정으로 빛나는 자신의 아름답고 온화한 눈을 들어 하늘을 바라본 다음 말을 이어 나갔다. "내 손에 있는 모든 수단을 다 쓰고 나면, 그때 나의 조국과 나의 선량한 국민들이 (나는 그들의 희생을 잘 알고 있다오) 치욕을 받는 것에 서명하기로 결정하느니 차라리 수염을 여기까지 기르고 (그는 손으로 가슴 중간 부분을 가리켰다) 나의 농민들 가운데 마지막까지 남은 자와 함께 감자 한 개를 먹으러 가겠소!" 흥분한 목소리로 이런 말을 하고 나서, 군주는 눈에 고인 눈물을 숨기길 원하는 듯 갑자기 돌아서서 집무실 안쪽 깊숙한 곳으로 걸어갔다. 그곳에 잠시 서 있다가 그는 큰 보폭으로 미쇼에게 되돌아와서 미쇼의 팔꿈치 아랫부분을 힘주어 잡았다. 군주의 아름답고 온화한 얼굴이 붉게 상기되고 눈은 결의와 분노의 빛으로 타올랐다.

"미쇼 대령, 내가 여기서 당신에게 말한 것을 잊지 마시오. 아마도 언젠가 우리는 이 일을 기쁘게 회상할 수 있을 것이오…… 나폴레옹이든 나든……." 군주는 가슴에 손을 대며 말했다. "우리는 더 이상 함께 통치할 수 없소. 이제 그를 알았으니, 그는 더 이상 나를 속일 수 없소……." 그러고 나서 군주는 얼굴을 찌푸렸고 침묵했다. (그가 나중에 말했듯) 군주의 말을 듣고 그 눈에서 굳은 결의의 표정을 읽은 미쇼는 비록 외국인이지만 영혼 깊숙한 곳에서는 러시아인으로서 이 엄숙한 순간에 자신이 들은 모든 것에 환희를 느꼈다. 그리고 자신의 감정뿐 아니라 자기가 그들의 전권 대표라고 생각한 러시아 민중의 감정까지도 다음과 같은 표현으로 묘사했다.

"폐하!" 그가 말했다. "폐하께서는 이 순간 국민의 영광과 유럽의 구원에 서명하셨습니다!"

군주는 고개를 끄덕임으로써 미쇼를 놓아주었다.

4

러시아 영토의 절반이 침략당하고 모스크바 주민들이 저 멀리 떨어진 현(縣)들로 피란을 가고, 조국을 지키기 위해 의용군들이 연이어 일어서던 시절에 살지 않았던 우리는 당시 모든 러시아인들이 나이가 많든 적든 상관없이 오직 자신을 희생하여 조국을 구하고 조국의 몰락에 대해 슬퍼하는 것에 온 정신이 쏠려 있었을 거라고 무심코 생각한다. 그 시대에 관한 모든 이야기와 기록은 러시아인들의 자기희생, 애국심, 비탄, 슬픔, 영웅적 행위에 대해서만 말하고 있으나, 실제로는 그렇지 않았다. 그렇게 보이는 이유는 우리가 다만 과거에서 그 시대 공통의 역사적 관심만 보느라 그 시절 사람들 각각의 개인적이고 인간적인 관심들을 보지 않기 때문이다. 그러나 실상은 개인적 관심에 가려 공통의 관심이 전혀 감지되지 않을 (심지어 전혀 눈에 띄지 않을) 정도로 현재의 개인적 관심이 공통의 관심보다 훨씬 더 중요한 의미를 지닌다. 당시 대부분의 사람들이 사태의 전반적인 흐름에 전혀 주목하지 않은 채 그저 눈앞의 개인적인 관심을 따랐다. 그리고 그런 사람들이 바로 그 시대에 가장 이익이 되는 일꾼이었다.

사태의 전체적인 흐름을 이해하려고 애쓰거나 자기희생과 영웅심의 발로에서 그 흐름에 참여하길 원했던 사람들은 사회의 가장 무익한 구성원이었다. 그들은 모든 것을 정반대로 보았고, 그들이 도움을 주기 위해 한 모든 행동은 러시아 마을을 약탈한 피에르와 마모노프의 민병대처럼, 귀부인들이 손수 만들었으나 결코 부상병들에게 사용된 적 없는 붕대용 거즈처럼 쓸모없는 것이었음이 밝혀졌다. 똑똑한 척하고 감정을 표현하길 좋아하는 이들조차 러시아의 현 상황을 논하였고 그 말에 위선이나 거짓, 누구의 탓도 아닌 일로 비난받는 사람들을 향한 무익한 질책과 악의의 흔적을 무심코 담았다. 역사적 사건들 가운데 가장 명백한 사건은 선악과를 따 먹지 못하게 금지한 것이었다. 오직 하나의 무의식적인 활동만이 열매를 맺으며, 역사적 사건에서 어떤 역할을 하는 사람은 결코 자신의 의의를 이해하지 못한다. 만약 그 역할을 이해하려 한다면 그는 그 역할의 무익함에 크게 놀랄 것이다.

당시 러시아에서 일어난 사건은 그 사건에 깊이 관여할수록 더욱더 모호하게 느껴졌다. 페테르부르크와 모스크바에서 멀리 떨어진 여러 도시에서는 귀부인들과 민병대 제복을 입은 남자들이 러시아와 수도의 운명에 대해 비통해하며 자기희생 등을 운운했다. 그러나 모스크바 너머로 퇴각한 군대 안에서 모스크바에 대해 말하거나 생각하는 사람은 별로 없었고, 모스크바가 불타고 있는 모습을 보면서 프랑스군에 복수하겠다고 맹세하는 사람 역시 아무도 없었다. 그들이 생각한 것은 다음 분기 봉급, 다음 숙영지, 종군 여자 상인 마트료시카 등이었다.

니콜라이 로스토프는 복무 중 우연히 전쟁이 일어나 자기를 희생하겠다는 목표 없이 조국을 지키는 일에 계속 깊이 참여하게 되었고, 따라서 당시 러시아에서 벌어지는 일들을 절망도 암울한 추측도 없이 바라볼 수 있었다. 만약 누군가 러시아의 현 상태에 대해 어떻게 생각하느냐고 물었다면 그는 자신이 생각할 것은 아무 것도 없고, 그런 일을 위해서는 쿠투조프와 다른 사람들이 있으며, 자기가 들은 바로는 연대마다 인원이 보충될 것이고, 전쟁은 더 지속될 것이 틀림없고, 현재 상황이라면 2년 후에 자신이 2개 연대를 맡는 것이 어려운 일은 아닐 거라고 말했을 것이다.

그는 이렇게 사태를 보았기에 자신이 사단을 정비하기 위해 보로네시로 출장 가야 한다는 소식을 듣고도 마지막 전투에 참가할 기회를 잃는 것에 낙담하지 않았을 뿐 아니라 오히려 크게 만족했는데, 그는 이를 숨기지 않았고 동료들도 그를 이해해 주었다.

보로디노 전투가 벌어지기 며칠 전, 니콜라이는 대금과 서류를 받았고, 경기병들을 먼저 출발시킨 후에 자신은 역마차를 타고 보로네시로 떠났다.

그것을 경험한 사람, 즉 몇 달 동안 끊임없이 전투 분위기 속에서 군 생활을 한 사람만이 니콜라이가 느낀 즐거움을 이해할 수 있을 것이다. 사료 징발, 식량 운송, 병원 등의 명목으로 자신의 군대가 세력을 미치는 지역에서 벗어날 때 느낀 즐거움, 병사들, 치중차들, 막사들이 있었던 지저분한 흔적이 없는, 농부와 아낙들이 있는 시골, 지주의 저택들, 가축들이 풀을 뜯는 들판, 역장이 꾸벅꾸벅 졸고 있는 역사를 볼 때의 즐거움을 말이다. 그는 마치 이 모든 것을 처음 보았을 때와 같은 그런 기쁨을 느꼈다. 특히 오랫동안 그를 놀라게 하고 기쁘게 한 것은 구애하는 각각 열 명의 장교들을 거느리지 않은 젊고 건강한 여자들, 지나가는 장교가 농담을 건네는 것에 기뻐하고 우쭐해하는 여자들이었다.

매우 즐거운 기분으로 그날 밤 니콜라이는 보로네시의 호텔에 도착하여 오랫동안 군대에서 누리지 못한 것들을 전부 주문했고, 그다음 날에는 아주 깔끔하게 면도를 하고 오랫동안 입지 않은 정복을 차려입은 뒤 마차를 타고 관청으로 출두했다.

민병대 지휘관은 문관 장군으로 자신의 군 계급과 관등에 흡족해하는 듯 보이는 나이 든 사람이었다. (그것이 군인의 자질이라고 생각하면서) 그는 화가 난 듯 니콜라이를 맞았고, 마치 자기에게 그럴 권리가 있는 듯, 마치 사태의 전반적인 흐름을 판단하는 듯 찬반 의사를 표현하며 의미심장하게 니콜라이에게 이것저것 질문했다. 니콜라이는 기분이 매우 유쾌했기 때문에 그런 모습이 재미있게만 여겨졌다.

니콜라이는 민병대 지휘관과 헤어져 현 지사에게 갔다. 현 지사는 작은 키의 생기 있는 남자로 매우 다정하고 소박했다. 그는 니콜라이에게 말을 구할 수 있는 종마장을 알려 주었고, 최상의 말들을 소유한 시내의 말 중개 상인과 시내에서 20베르스타 떨어진 곳의 지주를 추천하며 모든 일에 협조할 것을 약속했다.

"당신은 일리야 안드레예비치 백작의 아들이시죠? 제 아내가 당신 어머님과 매우 친했습니다. 목요일마다 우리 집에서 모임이 열립니다. 마침 오늘이 목요일이니 격식 차리지 말고 편하게 방문해 주시길 부탁드립니다." 그를 보내며 현 지사는 말했다.

현 지사와 헤어진 니콜라이는 바로 기병 특무 상사와 함께 역마차를 잡아타고 20베르스타 떨어진 지주의 종마장으로 향했다. 보로네시에 머무는 처음 얼마 동안 니콜라이에게는 모든 것이 즐겁고 수월했는데, 사람이 그런 상황에 있으면 그렇듯이 모든 일이 순조롭게 처리되었다.

니콜라이가 찾아간 지주는 나이 많은 독신의 기병으로 말 전문가 겸 사냥꾼이자 양탄자로 장식한 방, 1백 년 묵은 브랜디, 헝가리산의 오래 묵은 포도주와 명마들을 소유한 사람이었다.

아주 짧은 대화를 나눈 후에 니콜라이는 (그의 표현에 의하면)

군마 조달의 견본으로 엄선한 수말 열일곱 마리를 6천 루블에 구매했다. 로스토프는 식사를 하고 헝가리산 포도주를 다소 많이 마시고 나서, 이미 말을 놓게 된 지주와 여러 번 입맞춤을 한 후 현지사의 야회에 서둘러 가기 위해 계속 마부를 재촉하면서 매우 유쾌한 기분으로 울퉁불퉁 거친 도로를 질주하여 호텔로 돌아왔다.

니콜라이는 옷을 갈아입고 향수를 뿌리고 머리에 차가운 물을 끼얹은 뒤, **아예 하지 않는 것보다는 늦더라도 하는 것이 낫다**는 경구에 따라 약간 늦었지만 현 지사의 집에 나타났다.

그것은 무도회가 아니었고, 그래서 춤 순서가 있을 거라는 말도 없었다. 그러나 카테리나 페트로브나가 클라비코드로 왈츠와 스코틀랜드 무곡을 연주할 것이고 또한 춤을 추게 될 것이라는 걸 모두가 알고 있었기에 그 점을 고려하여 사람들은 무도회 차림으로 모였다.

1812년의 현 지방의 삶은 여느 때와 다름없었다. 다만 차이가 있다면 모스크바에서 부유한 가족들이 많이 온 덕분에 시내가 더욱 활기를 띤다는 점, 그리고 당시 러시아에서 일어나고 있던 모든 일들에서 눈에 띄었던 특별한 대범함, 즉 그곳의 생활에서도 될 대로 되라거나 어떻게 되든 상관없다는 투의 특별한 대범함이 현저하게 눈에 띄었는데 그것은 예전에는 날씨나 공통의 지인을 화젯거리로 삼았다가 이제는 모스크바며 군대며 나폴레옹 등을 화제로 삼는 저속한 대화에서도 드러났다.

현 지사의 집에 모인 사람들의 모임은 보로네시 최고의 상류층 모임이었다.

귀부인들이 매우 많았고, 그중에는 니콜라이가 아는 모스크바의 귀부인들도 몇 명 있었다. 그러나 게오르기 훈장을 받은 기병이자 군마 조달 담당 장교이며 선하고 예의 바른 로스토프 백작과 조금이라도 필적할 수 있는 남자는 단 한 명도 없었다. 남자들 가운데에는 이탈리아인 포로가 한 명 있었는데 프랑스군 장교였다. 니콜라이는 그 포로가 참석한 덕분에 러시아 영웅으로서 자신의 가치가 더욱 높아지는 것을 느꼈다. 그 포로는 마치 전리품 같았다. 니콜라이는 그렇게 느꼈고, 사람들 역시 이탈리아인을 그렇게 보고 있는 것처럼 생각되어 그 장교를 품위 있고 조심스럽게 성심성의껏 대했다.

니콜라이가 경기병 제복 차림으로 주위에 향수와 술 냄새를 풍기며 들어가 **아예 하지 않는 것보다는 늦더라도 하는 것이 낫다**고 직접 말하고, 또 그 말을 다른 사람들로부터 여러 번 듣는 얼마 안 되는 사이에 사람들이 그를 둘러쌌다. 모든 사람들의 시선이 그에게 향했고, 그는 즉시 이 현에서 그가 있어야 할 적절한 위치, 오랜 결핍 후에 이제는 모든 사람의 총애를 받는 꽤 만족스러운 상황의 유쾌한 위치로 들어섰음을 느꼈다. 그의 관심을 자랑스러워하는 하녀들이 역참과 주점과 지주의 양탄자 방에만 있는 게 아니었다. 니콜라이가 관심을 보여 주기만을 초조하게 기다리는, 셀 수 없을 정도로 많은 젊은 귀부인과 예쁜 아가씨들이 이곳 현 지사의 야회에도 있었다. (니콜라이에게는 그렇게 여겨졌다.) 귀부인과 아가씨들은 그에게 교태를 부렸고, 노파들은 첫날부터 어떻게 이 젊은 난봉꾼 경기병을 결혼시켜 길들일 것인가를 생각하느라 바빴다. 후자들 가운데에는 현 지사의 아내도 있었는데, 그녀는 로스토프를 가까운 친척처럼 받아들이면서 그를 '니콜라', '너'라는 호칭으로 불렀다.

카테리나 페트로브나가 정말로 왈츠와 스코틀랜드 춤곡을 연주하기 시작했고, 그와 함께 춤도 시작되었다. 니콜라이는 능란한 춤 솜씨로 현의 사교계를 더욱더 사로잡았다. 심지어 그는 자신의 독특하고 개방적인 방식으로 춤을 춰 모든 이들을 놀라게 했다. 니콜라이는 모스크바에서 한 번도 그렇게 춤춘 적이 없었고, 이렇게 개방적인 방식으로 춤추는 것을 불쾌하고 **무례한 태도**로 여기기까지 했다. 하지만 이곳에서 그는 수도에서는 평범하게 받아들여지지만 지방에는 아직 알려지지 않은 어떤 유별난 행동으로 모든 사람들을 놀라게 해 줄 필요성을 느꼈다.

야회 내내 니콜라이는 어느 현 관리의 아내에게, 하늘색 눈동자와 풍만한 몸매와 금발 머리를 지닌 사랑스러운 여인에게 가장 관심을 쏟았다. 타인의 아내들이 자기를 위해 창조되었다는, 마음이 들뜬 청년들의 순진한 믿음을 가진 로스토프는 그 귀부인 곁을 떠나지 않았으며, 약간의 공모 의식을 가지고 그녀의 남편과 친근하게 어울렸는데, 이는 마치 말하지는 않을지라도 그들이 니콜라이와 그의 아내가 잘 어울린다는 사실을 다 알고 있다는 투였다. 그런데 남편은 그 확신에 동조하지 않은 듯 로스토프를 음울하게 대하려고 노력했다. 그러나 니콜라이의 선량한 순진함은 끝이 없어서 남편은 때로 니콜라이의 유쾌한 기분에 자신도 모르게 굴복하곤 했다. 하지만 야회가 끝날 즈음 아내의 얼굴이 점점 더 붉어지고 생기를 띰에 따라 남편의 얼굴은 더욱 슬프고 창백해졌는데, 이는 마치 두 사람을 위한 생기의 할당량이 존재하여, 아내의 분량이 증가하면 남편의 분량은 감소하는 것 같았다.

5

니콜라이는 잇따라 미소를 지으면서 금발 여인의 얼굴 쪽으로 바싹 고개를 숙이고 신화에 나오는 찬사를 바치며 안락의자에 약간 구부정하게 앉아 있었다.

팽팽하게 당겨진 승마 바지에 감싸인 두 다리의 위치를 민첩하게 바꾸고, 주위에 향수 냄새를 풍기면서, 자신의 귀부인과 팽팽한 사슴 가죽에 싸인 자신의 멋진 다리 형태에 감탄하며 니콜라이는 금발 여인에게 이곳 보로네시에서 한 귀부인을 납치하고 싶다고 말했다.

"도대체 어떤 귀부인을요?"

"아주 매혹적이고 아름다운 부인입니다. 그녀의 눈은 하늘색이고 (니콜라이는 상대방을 바라보았다) 입은 산호와 같고 살결은 하얗고……." 그는 그녀의 어깨를 바라보았다. "몸매는 디아나 같고……."

남편이 그들에게 다가와 무슨 이야기를 하고 있는지 아내에게 우울하게 물었다.

"아! 니키타 이바니치." 니콜라이가 정중하게 일어서며 그를 맞았다. 그리고 마치 니키타 이바니치가 자신의 농담에 함께 참여하길 바란다는 듯이 금발 여인을 납치하려는 자신의 의도를 그에게도 이야기하기 시작했다.

남편은 불쾌하게, 아내는 밝게 미소 지었다. 선량한 현 지사 부인이 못마땅한 표정으로 그들에게 다가왔다.

"안나 이그나티예브나가 널 만나고 싶어 한다, 니콜라." 그녀가 말했다. 그녀가 안나 이그나티예브나라고 말할 때의 목소리에서 로스토프는 즉각 그 여자가 매우 지체 높은 귀부인임을 알았다. "같이 가자, 니콜라. 그런데 널 이런 호칭으로 불러도 되겠니?"

"아, 물론이죠, **아주머니**, 그런데 그분이 누구시죠?"

"안나 이그나티예브나 말빈체바야. 조카딸로부터 네가 그녀의 조카딸을 구했다는 이야기를 들었다고 하는구나……. 짐작할 수 있니?"

"제가 구한 사람이 적지 않아서요!" 니콜라이가 말했다.

"그 말을 한 조카딸은 볼콘스카야 공작 영애란다. 그녀는 여기 보로네시의 친척 아주머니 댁에 머물고 있어. 아니 이런, 얼굴이 빨개졌네! 무슨 일이야, 혹시……?"

"당치도 않습니다. 그만하세요, **아주머니**."

"그래, 알았다, 알았어. 너도, 참!"

현 지사 부인은 그를 도시에서 가장 영향력 있는 사람들과 카드 놀이를 막 끝낸, 챙 없는 하늘색 모자를 쓴 키가 크고 매우 뚱뚱한 노부인에게 데려갔다. 그녀는 마리야 공작 영애의 외가 친척인 말빈체바로 항상 보로네시에서 지내는, 자식이 없는 부유한 미망인이었다. 로스토프가 다가갔을 때 그녀는 카드놀이에서 잃은 돈을 지불하며 서 있었다. 그녀는 엄숙하고 오만하게 눈을 찡그리며 그를 힐끔 쳐다보고는 자기 돈을 딴 장군에 대해 계속 험담을 했다.

"정말 반가워요." 그녀가 그에게 한 손을 내밀며 말했다. "우리 집에 부디 와 줘요."

거만한 노파는 마리야 공작 영애와, 그녀 자신이 좋아하지 않았음에 분명한, 고인이 된 그녀의 아버지에 대해 잠시 이야기하고 역시 그녀로부터 호의를 얻지 못한 것처럼 보이는 안드레이 공작에 대해 니콜라이가 아는 바를 이것저것 물은 후에야 자기 집을 방문해 달라는 말을 다시 한번 되풀이하고는 그를 놓아주었다.

니콜라이는 약속을 했고, 말빈체바와 작별할 때 또다시 얼굴을 붉혔다. 마리야 공작 영애를 떠올릴 때면 로스토프는 스스로도 이해할 수 없는 부끄러운 감정, 심지어 두려움마저 느꼈다. 로스토프는 말빈체바 곁을 떠나 사람들이 춤추는 곳으로 돌아가길 원했으나, 자그마한 현 지사 부인이 니콜라이의 소매에 통통하게 살찐 작은 손을 얹고 꼭 해야 할 이야기가 있다며 그를 소파 방으로 데려갔다. 방에 있던 사람들은 현 지사 부인을 방해하지 않으려고 즉시 나갔다.

"얘야, 알겠니?" 현 지사 부인은 선한 얼굴에 진지한 표정을 지으며 말했다. "그 사람이 바로 너의 천생배필이야. 네가 원한다면 내가 중매를 설까?"

"누구 말인가요, **아주머니**?" 니콜라이가 물었다.

"영애에게 내가 중매를 설게. 카테리나 페트로브나는 릴리를 꼽지만 내 생각에 그녀는 아니야. 난 공작 영애 쪽이야. 어떠니? 난 네 엄마도 고마워할 거라고 확신해. 정말 좋은 아가씨이고 매력적이야! 게다가 그리 못생긴 편도 아니야."

"못생긴 건 전혀 아니죠." 니콜라이는 마치 모욕이라도 당한 듯 말했다. "**아주머니**, 전 군인이 따라야 할 것을 좇아 초대받지 않은 곳에는 결코 가지 않고, 그 어떤 것도 사양하지 않습니다." 로스토프는 자신이 말할 바를 미처 생각지도 않고 이렇게 말했다.

"그럼 잘 기억해 두렴. 이건 농담이 아니니까."

"농담이라니요!"

"그래, 그래." 현 지사 부인이 혼잣말하듯 말했다. "한 가지 더 있다, **얘야. 넌 저 금발 여자를 지나치게 따라다녀.** 남편이 불쌍할 정도야……."

"아, 아닙니다, 그 사람과 저는 친구예요." 니콜라이는 진심으로 솔직하게 말했다. 그는 자신의 그런 심심풀이가 다른 누군가에게는 즐겁지 않을 수 있다는 사실을 생각조차 할 수 없었다.

'하지만 어째서 현 지사 부인에게 그런 어리석은 말을 했을까!' 밤참을 먹으면서 니콜라이는 갑자기 그런 생각이 들었다. '부인은 틀림없이 중매를 설 거야. 그럼 소냐는?' 그 후 니콜라이가 작별 인사를 나누려고 할 때 현 지사 부인은 미소를 지으며 다시 한번 그에게 말했다. "그럼 잘 기억하렴." 그는 그녀를 옆으로 데리고 갔다.

"그런데 **아주머니,** 솔직히 말씀드릴 게 있습니다."

"뭔데, 무슨 일인데 그러니, 얘야, 저기 가서 앉자."

문득 니콜라이는 거의 남이나 마찬가지인 이 여자에게 (어머니나 누이나 친구라면 말하지 않았을) 속내를 전부 털어놓고 싶은 욕구를 느꼈다. 이후, 그에게 매우 중요한 결과를 초래했던, 그가 딱히 이유도 없고 무엇으로도 설명할 수 없는 이 고백의 충동을 회상했을 때는 이것이 그냥 어리석은 변덕 때문이었던 것처럼 느껴졌다. 그러나 이 솔직한 충동은 다른 사소한 사건들과 함께 그와 가족 모두에게 엄청난 결과를 불러일으켰다.

"**아주머니**도 아실 거예요. **어머니**는 오래전부터 절 부유한 아가씨와 결혼시키고 싶어 하셨지만, 저는 돈 때문에 결혼한다는 생각만 해도 혐오스럽습니다."

"아, 그래, 이해한다." 현 지사 부인이 말했다.

"하지만 볼콘스카야 공작 영애는 다릅니다. 아주머니께 솔직히 말씀드리자면 무엇보다도 전 그녀가 무척 맘에 들어요. 제 마음이 그녀에게 강하게 끌립니다. 그리고 그런 상황에서 그녀를 만난 이후 이상하게도 이건 운명이라는 생각이 자주 들었어요. 특히 이 점을 고려해 보세요. 어머니는 오래전부터 이것에 대해 생각하셨지만 그전에 전 그녀를 만난 적이 없습니다. 어찌 된 일인지 계속 서로 만나지 못했죠. 그러다 나타샤가 그녀의 오빠와 약혼하면서 저는 그녀와의 결혼을 생각할 수도 없게 되었습니다. 나타샤의 결혼이 깨어지고 나서야만, 그 후에야 저는 그녀를 만나야 했던 겁니다. 그런데 그 후 모든 일이……. 네, 아시다시피 이렇게 된 거죠. 저는 이걸 아무에게도 말하지 않았고, 앞으로도 말하지 않을 겁니다. 아주머니에게만 말하는 거예요."

현 지사 부인은 고마움의 표시로 그의 팔꿈치를 힘주어 잡았다.

"제 사촌 동생 소피를 아세요? 전 그녀를 사랑하고 있고, 그녀와 약속했기 때문에 그녀와 결혼할 겁니다……. 따라서 아주머니도 아시겠죠, 이게 말도 안 되는 얘기라는 걸요." 니콜라이는 얼굴을 붉히며 조리 없이 말했다.

"애야, 애야, 어떻게 그런 판단을 내릴 수가 있니? 소피에게는 아무것도 없잖아. 그리고 너도 말했듯이 네 아버지는 재정 상태가 아주 나빠. 게다가 네 어머니는? 그건 네 어머니를 죽이는 행위나 마찬가지야. 그리고 소피도, 만약 그 아가씨에게 마음이라는 게 있다면 그녀의 인생은 어떻게 되겠니? 너의 어머니는 절망에 빠질 테고, 재정은 파탄 나고……. 안 된다, 애야, 너와 소피는 그 점을 알아야 해."

니콜라이는 침묵했다. 그는 그런 결론을 듣게 되어 기뻤다.

"아주머니, 어차피 그건 불가능해요." 그는 잠시 침묵했다가 한숨을 쉬며 말했다. "게다가 공작 영애가 저와 결혼할까요? 그녀는 지금 상중이잖아요. 그것에 대해 생각할 수나 있겠어요?"

"내가 널 당장 결혼시킬 거라고 생각하는 거니? **모든 일에는 법도라는 게 있단다.**" 현 지사 부인이 말했다.

"훌륭한 중매쟁이시군요, 아주머니……." 니콜라는 그녀의 통통한 손에 입 맞추며 말했다.

6

    마리야 공작 영애는 로스토프와 만난 후 모스크바로 왔고, 그곳에서 가정 교사와 함께 있는 조카와, 안드레이 공작의 편지를 조우했다. 편지에서 안드레이 공작은 그들에게 보로네시에 있는 말빈체바 아주머니에게 가라고 지시했다. 이주에 대한 고민, 오빠에 대한 걱정, 새집에 정착하는 문제, 새로운 사람들, 조카 양육, 이 모든 것들이 마리야 공작 영애의 마음속에 있는 감정, 아버지의 병환과 죽음 이후, 특히 로스토프와의 만남 이후 그녀를 계속 괴롭히던 유혹과도 같은 감정을 억눌렀다. 그녀는 슬펐다. 그녀의 마음속에서 러시아의 파멸과 결부된 아버지를 잃었다는 느낌은 이후 평온한 생활 조건 속에서 한 달이 지난 지금, 점점 더 강렬하게 다가왔다. 그녀는 불안했다. 가까운 사람들 중에서 그녀에게 남은 유일한 사람인 오빠가 위험에 처했다는 생각이 끊임없이 그녀를 괴롭혔기 때문이었다. 항상 자신이 무력하다고 느꼈던 조카의 양육도 그녀를 근심케 했다. 하지만 그녀의 마음 깊은 곳에는 자신에 대한 긍정이 있었는데, 그것은 로스토프의 출현과 함께 그녀 내면에 생긴 개인적인 꿈과 희망을 억눌렀다는 자각에서 비롯된 긍정이었다.

야회 다음 날 현 지사 부인이 말빈체바를 찾아가 자신의 계획에 대해 의논하고 (비록 지금 상황에서 모든 형식을 제대로 갖춰 결혼하는 건 생각도 못할 일이지만 어쨌든 젊은 사람들을 이어 주고 서로를 알아 가게 하는 것은 가능하지 않겠냐는 단서를 달았다) 말빈체바의 허락을 얻은 후, 공작 영애 앞에서 로스토프를 화제에 올리고 칭찬하면서 그가 마리야 공작 영애의 이름을 듣자 얼굴을 붉히더라고 이야기했을 때 마리야 공작 영애는 기쁨이 아닌 고통스러운 감정을 느꼈다. 그녀 내면의 조화는 더 이상 지속되지 못했고, 갈망과 의심과 비난과 희망이 다시 고개를 들었다.

이 소식을 듣고 마리야 공작 영애는 이틀 동안 로스토프와의 관계에서 자신이 어떻게 처신할지에 대해 끊임없이 생각했다. 그녀는 한편으론 상중인 자신이 손님을 접대하는 것은 부적절하므로 그가 아주머니를 찾아오면 응접실에 나가지 말아야겠다고 결심했다. 다른 한편으로는 그가 자기를 위해 해 준 일이 있기 때문에 그렇게 하는 것은 무례한 행동이 될 거라고도 생각했다. 아주머니와 현 지사 부인이 자신과 로스토프에 대해 어떤 의도를 갖고 있다는 생각이 들기도 했다. (그들의 시선과 말은 이따금 이러한 추측에 확신을 심어 주었다.) 또한 그녀는 자신의 마음이 악하여 그들에 대해 이런 생각을 하는 것이라고 혼잣말하기도 했다. 왜냐하면 아직 상장도 떼지 않은 상황에서 그런 혼담은 자신에게나 아버지의 추억에 대해서나 모욕적인 일임을 그들이 이해하지 못할 리 없기 때문이었다. 마리야 공작 영애는 그가 있는 자리에 나갔다고 가정하며 그가 자기에게 할 말과 자신이 그에게 할 말을 생각해 보기도 했다. 그녀에게는 그 말들이 과도하게 냉정하거나 혹은 지나치게 많은 의미를 띠는 것 같기도 했다. 그녀가 그와의 만남에 대해 가장 두려워한 것은 그를 보자마자 그녀를 지배하고 그녀의 속내를 폭로할 것이 분명한 당혹감이었다.

하지만 일요일 오전 예배 후 로스토프 백작이 왔다고 하인이 보고했을 때 공작 영애는 당혹감을 비치지 않았다. 가벼운 홍조가 두 뺨을 물들이고 눈동자에 새로운 광채를 띠었을 뿐이었다.

"그분을 만나 보셨어요, 아주머니?" 마리야 공작 영애는 스스로도 어떻게 그렇게 외견상 침착하고 자연스럽게 행동할 수 있는지 이해하지 못하면서, 침착한 목소리로 말했다.

로스토프가 응접실에 들어오자 공작 영애는 마치 손님에게 아주머니와 인사할 시간을 주려는 듯 잠시 고개를 숙였고, 니콜라이가 그녀를 돌아보는 바로 그 순간 고개를 들어 빛나는 눈으로 그의 시선을 맞았다. 그녀는 품위와 우아함이 넘치는 동작으로 미소를 띠며 몸을 살짝 일으켰고, 그에게 가늘고 부드러운 손을 내밀며 처음으로 가슴에서 울리는 새로운 여성적인 목소리로 이야기를 꺼냈다. 응접실에 있던 마드무아젤 부리엔이 이해할 수 없다는 듯 놀라서 마리야 공작 영애를 쳐다보았다. 교태에 능숙한 그녀 자신조차도 마음을 빼앗아야 할 남자를 만났을 때 그보다 더 훌륭한 작전을 펼 수 없었을 것이다.

'검은색이 그녀의 얼굴에 아주 잘 어울리는 건가, 아니면 정말로 예뻐진 건가, 나는 알아차리지도 못했네. 무엇보다 저 절도 있는 모습과 우아함이라니!' 마드무아젤 부리엔은 생각했다.

이 순간 만약 마리야 공작 영애가 생각을 할 수 있었다면 자기 내부의 변화에 마드무아젤 부리엔보다 더 놀랐을 것이다. 그녀가 그 친근하고 사랑스러운 얼굴을 본 순간부터 어떤 새로운 생명력이 그녀를 사로잡아 그녀로 하여금 자기 의지와 상관없이 말하고 행동하게 만들었다. 그녀의 얼굴은 로스토프가 들어온 후 갑자기 변했다. 채색하고 조각을 새긴 등(燈)의 안쪽 불을 켜면 등의 옆면에 예전에는 조잡하고 어둡고 무의미하게 보이던 그 복잡하고 정교한 예술 작품이 생각지도 않게 놀라운 아름다움을 드러내며 갑자기 떠오르듯 마리야 공작 영애의 얼굴도 그렇게 변했다. 지금까지 그녀가 의지하여 살아온 순수하고 영적인 내적 노동 전체가 난생처음 표면으로 나온 것이다. 그녀 자신의 만족을 채우지 못했던 그녀의 모든 내적 노동, 그녀의 고통, 선에 대한 갈망, 순종, 사랑, 자기희생, 이 모든 것이 이 순간 그 빛나는 눈동자, 옅은 미소, 부드러운 얼굴선 하나하나에서 빛나고 있었다.

로스토프는 마치 그녀의 전 인생을 아는 것처럼 이 모든 것을 분명히 보았다. 그는 자기 앞에 있는 존재가 자신이 이제까지 만난 수많은 사람들과 전혀 다르고 그들보다 나은 존재임을, 특히 그 자신보다도 더 뛰어난 존재임을 깨달았다.

대화는 매우 소박하고 사소한 일상에 대한 것이었다. 그들은 다른 사람들과 마찬가지로 전쟁에 대한 자신의 슬픔을 과장하며 이야기했고, 지난번 만남에 대해서도 이야기했다. 니콜라이는 다른 주제로 대화를 옮기려고 애쓰며 선량한 현 지사 부인에 관해, 니콜라이와 마리야 공작 영애의 친척들에 관해 이야기했다.

마리야 공작 영애는 아주머니가 안드레이에 대해 말을 꺼내자마자 화제를 바꾸려 애쓰며 오빠에 관한 이야기를 피했다. 러시아의 불행에 대해서는 꾸며서라도 말할 수 있었지만, 오빠는 그녀의 마음에 지나치게 가까운 대상이어서 그에 대해 쉽게 이야기하고 싶지도, 그렇게 할 수도 없는 듯 보였다. 니콜라이는 그것을 알아차렸다. 그답지 않은 날카로운 관찰력으로 마리야 공작 영애의 성격이 지닌 모든 색조를 알아차렸는데, 그녀의 이러한 성격은 그녀가 매우 특별하고 대단한 존재라는 그의 확신을 강화시켜 주었다. 니콜라이도 누가 자신에게 그녀에 관한 이야기를 할 때나, 심지어 그 자신이 그녀를 생각할 때조차 마리야 공작 영애와 똑같이 얼굴을 붉히며 당황했지만, 그녀와 함께 있게 되자 마음이 자유로워지는 것을 느끼면서 자신이 미리 준비해 온 것이 아닌 순간적으로 머리에 떠오른, 그러나 항상 적절한 것을 말했다.

아이들이 있는 집을 방문할 때 항상 그랬듯이 니콜라이는 짧은 방문 동안에도 침묵의 순간이 올 때면 안드레이 공작의 어린 아들에게로 달려가 다정하게 아이를 쓰다듬으며 경기병이 되고 싶지 않느냐고 물었다. 그는 아이의 두 팔을 잡고 빙글빙글 돌며 마리야 공작 영애를 힐끔거렸다. 그녀의 감동받은 듯한 행복하고 수줍은 눈길이 사랑하는 남자의 팔에 안긴 사랑하는 아이를 좇았다. 니콜라이도 그 시선을 눈치채고 그 의미를 이해한 듯 만족감으로 얼굴을 붉히며 상냥하고 즐겁게 아이에게 입을 맞추었다.

마리야 공작 영애는 상중이라 외출하지 않았고, 니콜라이도 그 집을 방문하는 것이 예의 바른 행동이라 여기지 않았다. 그러나 현 지사 부인은 계속 혼담을 진행했고, 마리야 공작 영애가 니콜라이에 대해 말한 칭찬을 전하고 반대로 마리야 공작 영애에게도 니콜라이의 그녀에 대한 칭찬을 전달한 후, 로스토프가 마리야 공작 영애에게 자신의 뜻을 밝히도록 강요했다. 현 지사 부인은 이 고백을 위해 오전 예배 전에 주임 신부의 집에서 두 젊은이의 만남의 자리를 마련했다.

비록 로스토프가 현 지사 부인에게 자신은 마리야 공작 영애한테 아무것도 털어놓을 게 없노라고 말했을지라도, 그는 그곳에 가겠다고 약속했다.

로스토프는 틸지트에서 모든 사람이 좋다고 인정한 것이 과연 좋은 일인지에 대해 의심하지 않았던 것처럼 지금도 자기 이성에 따라 삶을 꾸리려는 시도와 상황에 대한 순종적인 복종 사이에서 짧지만 진지한 투쟁을 한 뒤 후자를 택했고, 그를 어딘가로 저항할 수 없이 (그는 그렇게 느꼈다) 끌어당기는 그 힘에 스스로를 맡겼다. 소냐와 약속해 놓고 마리야 공작 영애에게 감정을 말해 버리는 것은 그동안 자신이 비열한 짓이라 부르던 행위임을 알고 있었다. 그리고 스스로가 결코 비열한 짓을 하지 않으리라는 사실도 알았다. 하지만 지금 자신을 지배하는 상황과 사람들의 힘에 굴복하여 어떤 나쁜 짓을 하지 않을 뿐 아니라 오히려 매우 중요한 무언가를, 그가 살아오면서 아직까지 한 번도 해 보지 않은 중요한 무언가를 하는 것이라는 점도 알았다. (아는 것이 아니라 마음속 깊은 곳에서 느꼈다.)

마리야 공작 영애를 만난 후 비록 외부로 나타나는 그의 생활 모습은 예전 그대로였지만 이제까지 만족을 주던 모든 것이 그 매력을 잃었고, 그는 종종 마리야 공작 영애를 생각했다. 하지만 그는 사교계에서 만났던 모든 귀족 아가씨들에 대해 늘 생각하던 방식대로 그녀에 대해 결코 생각하지 않았고, 언젠가 오랫동안 소냐를 열광적으로 생각하던 것처럼 생각하지도 않았다. 명예를 존중하는 청년들이라면 거의 그렇듯 그는 미래의 아내에 대해 생각했고, 자신의 상상 속에서 부부 생활의 모든 상황을 아가씨들에게 적용해 보곤 했다. 하얀 실내복, 사모바르 앞에 앉은 아내, 아내의 카레타, 아이들, 엄마와 아빠, 그와 그녀의 관계 등등 미래에 대한 그 그림들은 그에게 만족감을 주었다. 하지만 그와 혼담이 오가는 마리야 공작 영애를 생각할 때 그는 미래의 부부 생활로부터 그 어떤 것도 상상할 수 없었다. 상상을 해 보려 노력하면 모든 것이 앞뒤가 맞지 않고 거짓이 되어 버렸다. 왠지 기분만 나빠질 뿐이었다.

7

 9월 중순 무렵 보로디노 전투와 아군 사상자에 대한 끔찍한 소식, 그리고 모스크바를 잃었다는 더 끔찍한 소식이 보로네시에 도착했다. 니콜라이가 들은 것은 (그도 그녀를 만나지 못했다) 신문에서 오빠가 부상당한 사실만 알 뿐 그에 관해 어떤 결정적인 정보도 얻지 못한 마리야 공작 영애가 안드레이 공작을 찾으러 떠날 준비를 하고 있다는 것이었다.

 로스토프는 보로디노 전투와 모스크바를 포기한다는 소식을 듣고 나서 절망이나 분노 혹은 복수심과 같은 비슷한 감정을 느끼지는 않았지만 보로네시에 있는 모든 것들이 갑자기 따분하고 지겹게 느껴졌으며, 모든 것이 부끄럽고 불편하게 여겨졌다. 그에게는 자신이 들은 모든 대화가 위선적으로 느껴졌다. 그는 이 모든 것을 어떻게 판단해야 할지 몰랐고, 연대에 가야 모든 것이 다시 명확해질 것 같았다. 그는 말 구매를 끝내기 위해 서둘렀고, 자신의 하인과 기병 특무 상사를 향해 자주 부당하게 화를 내곤 했다.

 로스토프가 떠나기 며칠 전, 교회에서 러시아군의 승리를 기원하는 기도회가 열리기로 정해졌고, 니콜라이도 예배에 참석했다. 그는 현 지사 뒤에 약간 떨어져 군인으로서의 예의를 지키면서 여

러 주제에 대해 이런저런 생각을 하며 예배 내내 서 있었다. 기도
회가 끝나자 현 지사 부인이 그를 불렀다.

"공작 영애를 봤니?" 그녀는 검은 옷을 입고 찬양대석 뒤에 서
있는 귀부인을 고개로 가리키며 말했다.

니콜라이는 모자 아래로 보이는 옆얼굴 때문이 아니라 자신을
사로잡은 조심스러움과 두려움과 연민의 감정으로 인해 마리야
공작 영애를 즉시 알아보았다. 자기 생각에 몰두한 것이 분명한
마리야 공작 영애는 교회 문을 나서기에 앞서 마지막 성호를 긋고
있었다.

니콜라이는 놀라서 그녀의 얼굴을 바라보았다. 전에 본 얼굴과
똑같았고, 그녀의 얼굴에 나타난 섬세하고 영적인 내적 노동의 표
정 역시 그전과 똑같았다. 하지만 지금 그 얼굴은 전혀 다르게 빛
나고 있었다. 슬픔과 간청과 희망의 감동적인 표정이 그 얼굴에
있었다. 이전에 마리야 공작 영애 앞에서 늘 그랬듯 니콜라이는
그녀에게 가 보라는 현 지사 부인의 조언을 기다리지 않고, 또 여
기 교회에서 그녀에게 말을 거는 것이 예의 바른 행동인지 아닌지
스스로에게 물어보지 않고 그녀에게 다가가 자신이 그녀의 슬픔
에 대해 들었고 진심으로 안타깝게 여기노라고 말했다. 그의 목소
리를 들은 순간, 그녀의 얼굴이 갑자기 슬픔과 기쁨을 동시에 드
러내 보이며 환한 빛으로 타올랐다.

"공작 영애, 당신에게 한 가지 사실을 말하고 싶습니다." 로스토
프가 말했다. "만약 안드레이 니콜라예비치 공작이 살아 있지 않
다면 그분은 연대장이기 때문에 그 죽음이 신문에 발표되었을 겁
니다."

공작 영애는 그 말을 이해하지 못했지만 그의 얼굴에 떠오른 공
감 어린 고통의 표정에 기뻐하며 그를 바라보았다.

"그리고 난 아주 많은 사례를 알고 있습니다. 파편으로 인한 부상은 (신문에 유탄의 파편이라고 발표되었다) 그 즉시 치명적이거나 그와 반대로 아주 경미합니다." 니콜라이가 말했다. "더 나은 것을 바라야 합니다. 나는 확신합니다……."

마리야 공작 영애가 말을 가로막았다.

"오, 그건 너무도 끔찍……." 그녀는 입을 열었으나 흥분 때문에 말을 맺지 못하고 우아한 동작으로 (그녀가 그의 앞에서 보여 준 모든 몸짓이 그러했듯) 고개를 숙였다. 그러고는 고마운 시선으로 그를 쳐다본 후 아주머니를 뒤따라갔다.

그날 밤 니콜라이는 손님으로서 아무 데도 방문하지 않고 말 상인들과의 계산을 끝내기 위해 숙소에 남았다. 일을 마쳤을 때는 어딘가로 외출하기에는 너무 늦고 잠자리에 들기에는 아직 이른 시간이어서 니콜라이는 오랫동안 홀로 방 안을 이리저리 돌아다니며 자신의 삶에 대해 깊이 생각했는데 그에게는 매우 드문 일이었다.

마리야 공작 영애는 스몰렌스크 부근에서 그에게 좋은 인상을 남겼다. 당시 그런 특별한 상황에서 그녀를 만난 것, 어머니가 부유한 신붓감으로 그녀를 언급한 것이 그로 하여금 그녀에게 특별한 관심을 가지도록 만들었다. 그가 보로네시에 체류하는 동안 그 인상은 기분 좋을 뿐 아니라 강렬하기까지 했다. 니콜라이는 이번에 그녀의 내면에서 파악한 그녀의 특별한 정신적인 아름다움에 깊은 인상을 받았다. 하지만 니콜라이는 떠날 채비를 하면서, 보로네시를 떠나면 공작 영애를 볼 기회를 잃기 때문에 아쉬울 거라는 생각은 머리에 떠오르지 않았다. 그러나 오늘 교회에서 가진 마리야 공작 영애와의 만남은 그가 예상한 것보다 그의 마음속에 더 깊이, 그가 자신의 평온을 위해 바란 것보다 더 깊이 새겨졌다. (니콜라이는 그것을 느꼈다.) 그 창백하고 섬세하고 슬픈 얼굴, 그 빛나는 시선, 그 조용하고 우아한 몸짓, 무엇보다 용모 전체에서 나타나는 그 깊고 부드러운 슬픔이 그를 근심케 하고 연민을 불러일으켰다. 로스토프는 남자들에게서 숭고한 정신적 생활의 표출을 보는 것을 견딜 수 없이 싫어했고 (그 때문에 안드레이 공작도 좋아하지 않았다) 그런 것을 철학, 몽상으로 경멸스럽게 부르곤 했다. 그러나 마리야 공작 영애에게서는, 니콜라이에게 낯선 그 정신세계의 깊이를 여실히 드러낸 슬픔에서는 저항할 수 없는 매력을 느꼈다.

'굉장한 아가씨임에 틀림없어! 천사나 다름없어!' 그는 속으로 중얼거렸다. '어째서 난 자유로운 몸이 아니란 말인가, 어째서 난 소냐와 결혼하기로 서둘렀을까?' 그리고 자기도 모르게 머릿속에서 두 여자를 비교했다. 니콜라이에겐 없는, 그래서 그가 매우 높이 평가하는 정신적 재능이 한 사람은 빈약한 반면 한 사람은 풍부했다. 그는 만일 자신이 자유로운 몸이라면 어떨까 상상해 보았다. 나는 어떻게 청혼하고, 그녀는 어떻게 나의 아내가 될 것인가? 아니다, 그는 그것을 상상할 수 없었다. 그는 기분이 나빠졌고, 그 어떤 뚜렷한 상도 그에게는 떠오르지 않았다. 소냐의 경우 그는 이미 오래전에 미래상을 마련해 두었는데, 그 전부가 상상한 것이고 그가 소냐의 내면을 잘 알았기 때문에 모든 것이 단순하고 분명했다. 하지만 마리야 공작 영애와 함께할 미래 생활은 상상할 수 없었는데, 왜냐하면 그녀를 이해한 것이 아니라 사랑했기 때문이었다.

소냐에 대한 상상에는 장난감을 갖고 노는 것과 같은 즐거운 무언가가 있었다. 그러나 마리야 공작 영애에 대해 생각하는 것은 언제나 어렵고 심지어 두렵기까지 했다.

'그녀가 어떤 모습으로 기도했는지!' 그는 회상했다. '그녀의 온 영혼이 그 기도 안에 있는 것처럼 보였어. 그래, 그건 산을 옮길 만한 기도였고, 난 그녀의 기도가 이루어질 거라고 확신해. 어째서 난 나에게 필요한 것에 대해 기도하지 않을까?' 그는 상기해 보았다. '나에게 뭐가 필요하지? 자유, 소냐와의 결별. 그녀는 진실을 말했어.' 그는 현 지사 부인의 말을 떠올렸다. '내가 소냐와 결혼하면 불행 말고는 아무것도 얻을 게 없어. 혼란, 어머니의 슬픔…… 재정 상태…… 혼란, 무서운 혼란! 그래, 난 그녀를 사랑하지도 않아. 그래, 난 마땅히 주어야 할 그런 사랑을 주고 있지 않아. 하느님! 저를 끔찍한 출구 없는 상황에서 구해 주소서!' 그는 갑자기 기도하기 시작했다. '그래, 기도는 산을 움직이지. 그러나 믿어야 하고, 어린 시절 나타샤와 함께 눈을 설탕으로 만들어 달라고 기도한 다음 정말 눈이 설탕이 됐는지 보려고 마당으로 뛰어나갔던 것처럼 그렇게 기도해서는 안 돼. 아냐, 난 지금 시시한 것에 대해 기도하는 게 아냐.' 그는 파이프를 한구석에 놓고 두 손을 모은 후 이콘 앞에 서서 중얼거렸다. 그리고 마리야 공작 영애에 대한 기억에 감동받은 그는 오랫동안 그에게서 볼 수 없었던 모습으로 기도하기 시작했다. 라브루시카가 종이 같은 것을 들고 안으로 들어왔을 때는 눈물이 그의 눈과 목에 고여 있는 상태였다.

"멍청이! 부르지도 않았는데 왜 기어들어 와!" 니콜라이는 잽싸게 자세를 바꾸며 말했다.

"현 지사 댁으로부터요." 라브루시카는 잠이 덜 깬 목소리로 말했다. "백작님께 드릴 편지를 가지고 집사가 왔습니다."

"그래, 알았어, 고마워. 나가 봐."

니콜라이는 편지 두 통을 받아 들었다. 하나는 어머니로부터, 다른 하나는 소냐에게서 온 편지였다. 그는 필체로 편지를 알아보앉고, 먼저 소냐의 편지부터 뜯었다. 그리고 몇 줄을 읽기도 전에 그의 얼굴이 창백해지고, 놀라움과 기쁨으로 눈이 커졌다.

"아냐, 이럴 리 없어!" 그는 소리 내어 중얼거렸다. 그는 자리에 가만히 앉아 있을 수 없어 두 손에 편지를 쥔 채 그것을 읽으며 방 안을 걸어 다니기 시작했다. 그는 빠르게 편지를 훑은 뒤 다시, 또 다시 읽었고, 어깨를 으쓱거린 후 두 팔을 벌린 채, 입을 벌리고 시선은 한곳에 고정하고는 방 한가운데 멈춰 섰다. 하느님께서 이루어 주시리라는 확신을 가지고 방금 전에 기도한 내용이 실현되었던 것이다. 그러나 니콜라이는 무언가 엄청난 일이 일어났다는 듯, 자신은 그것을 기대한 적도 없다는 듯, 그것이 그토록 빨리 실현된 것은 자기가 간구한 하느님 덕분이 아니라 흔한 우연으로 일어났음을 증명한다는 듯 놀라워했다.

로스토프의 자유를 속박했던, 도저히 풀 수 없을 것 같았던 매듭은 그 어떤 것에 의해서도 야기되지 않은 예상치 못한 (니콜라이에게는 그렇게 여겨졌다) 편지로 인해 풀리게 되었다. 그녀는 최근의 불행한 상황, 로스토프가가 모스크바의 재산을 거의 다 잃은 것, 백작 부인이 니콜라이가 볼콘스카야 공작 영애와 결혼하기를 바란다고 수차례 말한 것, 최근 얼마 동안 이어진 그의 침묵과 냉담, 이 모든 것이 그녀로 하여금 그와의 약속을 어기고 그에게 완전한 자유를 주기로 결심하게 했다고 썼다.

"나에게 은혜를 베푼 가정에 내가 슬픔이나 불화의 원인이 될 수도 있다고 생각하는 것은 내겐 너무 힘듭니다." 그녀는 이렇게 썼다. "나의 사랑은 내가 사랑하는 사람들의 행복이라는 단 하나의 목적만 가지고 있어요. 그러니까 니콜라, 스스로를 자유로운 몸으로 여기고, 무슨 일이 있든 그 누구도 당신의 소냐만큼 당신을 강렬하게 사랑할 수는 없다는 사실을 알아주길 간청합니다."

두 편지 모두 트로이차에서 왔는데, 다른 하나는 백작 부인의 편지였다. 그 편지에는 모스크바에서의 마지막 나날들, 출발, 화재, 전 재산을 잃은 사연 등이 적혀 있었다. 그런데 편지에서 백작 부인은 안드레이 공작이 부상병들 중에 있고 자신들과 함께 떠났다고 썼다. 그의 상태가 매우 안 좋았으나 이제 의사가 희망이 있다고 말하고, 소냐와 나타샤가 간호사처럼 그를 보살피고 있다는 것이었다.

다음 날 니콜라이는 편지를 들고 마리야 공작 영애에게 갔다. 니콜라이도 마리야 공작 영애도 "나타샤가 그를 보살피고 있다"라는 말이 무엇을 의미하는지에 대해서는 한마디도 꺼내지 않았다.* 그러나 이 편지 덕분에 니콜라이는 갑자기 공작 영애와 거의 친척만큼이나 가까워졌다.

그다음 날 로스토프는 마리야 공작 영애를 야로슬라블까지 데려다주었고 며칠 후 연대로 떠났다.

8

기도를 이루어 준 소냐의 편지는 트로이차에서 작성된 것이었다. 편지는 다음과 같은 연유에서 쓰였다. 니콜라이를 부잣집 아가씨와 결혼시키려는 생각은 노백작 부인을 점점 더 사로잡았다. 그녀는 소냐가 이 일에서 가장 큰 방해물임을 알았다. 그리고 백작의 집에서 최근 소냐의 생활은 특히 니콜라이가 보구차로보에서 마리야 공작 영애와 만난 일을 편지에 써 보낸 이후 더욱더 힘들어졌다. 백작 부인은 소냐에게 모욕적이거나 가혹한 암시를 던질 기회를 절대 놓치지 않았다.

그러나 모스크바를 떠나기 며칠 전, 당시 일어난 사건에 감동하고 흥분한 백작 부인이 소냐를 불러 질책하거나 요구하는 대신 그동안 자기 집안이 베푼 은혜에 대한 보답으로 소냐가 자신을 희생하여 니콜라이와의 관계를 끊어 달라고 간청하며 눈물로 그녀에게 호소했다.

"네가 이걸 약속해 주기 전까지는 내 마음이 편치 않을 거다."

소냐는 히스테릭한 울음을 터뜨리면서 무엇이든 하겠다고, 이미 모든 것을 할 준비가 되어 있다고 서럽게 흐느끼며 대답했으나 직접적인 약속은 하지 않았고, 마음속에서는 사람들이 그녀에게 요구하는 것을 결정하지 못한 상태였다. 자기를 길러 주고 교육시켜 준 가족의 행복을 위해서는 스스로를 희생해야 했다. 다른 사람들의 행복을 위해 자신을 희생하는 것은 소냐의 습성이었다. 집안에서의 그녀의 처지는 오직 희생을 통해서만 자기 가치를 표현할 수 있는 것이었고, 그래서 그녀는 자기를 희생하는 데 익숙했고 그렇게 하기를 좋아했다. 하지만 예전에 그녀가 자기희생의 모든 행위에서 즐겁게 자각하던 것은, 스스로를 희생함으로써 자신과 다른 사람들의 눈에 자기 가치를 높일 수 있고 자기 인생에서 그 누구보다 사랑한 니콜라에게 더 가치 있는 여자가 될 거라는 점이었다. 그런데 이제 그녀가 치러야 할 희생은 그녀에게 희생에 대한 모든 보상이자 삶의 모든 의미가 되어 준 것을 포기하는 일이었다. 그녀는 처음으로 그녀를 더 아프게 괴롭히려고 은혜를 베푼 사람들에게서 쓰디쓴 비애를 느꼈다. 그리고 이와 유사한 일을 한 번도 겪은 적이 없고 희생해야 했던 적도 없는, 자신을 위해 다른 사람들의 희생을 강요하며 모든 이들에게 사랑받는 나타샤에게 질투가 났다. 또한 소냐는 니콜라를 향한 자신의 고요하고 순수한 사랑으로부터 갑자기 법과 미덕과 종교보다 더 위에 있는 강렬한 감정이 자라기 시작한 것을 처음으로 느꼈다. 이런 감정을 느끼고 나서 자신의 의존적인 생활을 통해 속내를 숨기는 법을 배운 소냐는 모호하고 일반적인 말로 백작 부인에게 대답한 후 그녀와의 대화를 피했다. 그녀는 니콜라이와의 만남을 기다리기로 결심했는데, 그 만남에서 그를 자유롭게 해 주기 위해서가 아니라 오히려 영원히 자신에게 묶어 두기 위해서였다.

로스토프가 사람들이 모스크바에 머문 마지막 며칠 동안의 분주함과 두려움은 소냐가 억누르고 있던 우울한 생각을 삼켜 버렸다. 그녀는 실제적인 활동에서 그런 생각으로부터의 구원을 발견하게 되어 기뻤다. 하지만 그녀가 안드레이 공작이 그들 집에 있다는 사실을 알았을 때 안드레이 공작과 나타샤에게 진실한 연민을 느꼈음에도 불구하고 하느님께서 자신과 니콜라의 이별을 원하지 않는다는 기쁘고도 미신적인 감정이 그녀를 사로잡았다. 그녀는 나타샤가 안드레이 공작만 사랑했고 여전히 그를 사랑한다는 것을 알았다. 이런 무서운 상황에서 다시 만난 그들이 다시 서로를 사랑할 거라는 점, 그러면 니콜라이는 친척이 될 마리야 공작 영애와 절대 결혼할 수 없으리라는 점을 그녀는 알고 있었다. 모스크바에서의 마지막 며칠과 여정의 처음 며칠 동안 벌어진 모든 일에 대한 두려움에도 불구하고 하느님께서 자신의 개인사에 개입하고 있다는 이런 자각, 이런 감정이 소냐를 기쁘게 했다.

여행을 시작한 후 로스토프가 사람들은 트로이차 대수도원에서 처음으로 하루 동안 휴식을 취했다.

대수도원의 숙박소에서 로스토프가 사람들은 큰 방 세 개를 배정받았고, 그중 하나를 안드레이 공작이 차지했다. 부상자는 그날 훨씬 좋아진 상태였다. 나타샤가 그의 옆에 앉아 있었다. 옆방에서는 백작과 백작 부인이 오랜 지인이자 기부자인 이들을 방문한 수도원장과 담화를 나누고 있었다. 소냐도 그 자리에 앉아 있었지만 안드레이 공작과 나누는 이야기에 대한 궁금증이 그녀를 괴롭혔다. 그녀는 문 너머로 그들의 말소리에 귀를 기울였다. 안드레이 공작의 방문이 열렸다. 나타샤가 흥분한 얼굴로 방에서 나오더니 그녀를 맞이하고자 몸을 일으키며 오른팔의 넓은 소맷자락을 감아쥔 수도원장을 보지 못한 채 소냐에게 다가와 손을 잡았다.

"나타샤, 무엇 때문에 그러니? 이리 오렴." 백작 부인이 말했다.

나타샤가 축복을 받으러 다가가자 수도원장은 하느님과 성자에게 도움을 구하라고 조언했다.

수도원장이 떠나자마자 나타샤는 친구의 손을 잡고 빈방으로 갔다.

"소냐, 그렇지? 그는 살 수 있겠지?" 그녀가 말했다. "소냐, 내가 얼마나 행복하고 또 얼마나 불행한지! 사랑하는 소냐, 모든 게 예전 그대로야. 그가 살아만 준다면! 그는 그렇게 될 리 없어…… 왜냐하면…… 왜냐하면……." 나타샤는 울음을 터뜨렸다.

"당연하지! 난 알아! 그는 꼭 살게 될 거야!" 소냐가 말했다.

소냐는 친구 못지않게 흥분해 있었는데 자신의 두려움과 슬픔, 아무에게도 말하지 못한 개인적인 생각 때문에 그랬다. 그녀는 흐느끼며 나타샤에게 입을 맞추고 위로했다. '그가 살아만 준다면!' 그녀는 생각했다. 두 친구는 함께 울고 이야기를 나누고 눈물을 닦은 후 안드레이 공작의 방으로 다가갔다. 나타샤는 조심스럽게 문을 열고 방 안을 엿보았다. 소냐가 반쯤 열린 문 옆에 나타샤와 나란히 섰다.

안드레이 공작은 베개 세 개 위에 자리를 높이 잡고 누워 있었다. 그의 창백한 얼굴이 평온해 보였고 두 눈은 감겨 있었으며 고르게 숨을 쉬는 듯 보였다.

"아, 나타샤!" 갑자기 소냐가 사촌의 손을 잡고 뒷걸음질하며 비명을 질렀다.

"왜, 왜 그래?" 나타샤가 물었다.

"저거야, 바로 저거……." 소냐가 창백한 얼굴로 입술을 떨며 말했다.

소냐가 무슨 말을 하는지 아직 이해하지 못하면서 나타샤는 조용히 문을 닫고 소냐와 함께 창가를 향해 갔다.

"너 기억해?" 소냐가 놀란 얼굴로 엄숙하게 말했다. "기억해? 내가 너 대신 거울을 들여다보았을 때…… 크리스마스 주간에 오트라드노예에서…… 내가 무엇을 봤는지 기억하니?"

"그럼, 그럼!" 나타샤는 그 당시 소냐가 누워 있는 안드레이 공작에 대해 뭐라고 말한 것을 어렴풋이 떠올리며, 눈을 크게 뜨고 말했다.

"기억해?" 소냐가 계속 말했다. "내가 그때 보고 모두에게 말했잖아. 너에게도, 두냐샤에게도 말이야. 난 그가 침상에 누워 있는 걸 봤어." 그녀는 이야기할 때마다 손가락을 하나씩 세우며 자세히 말했다. "그가 눈을 감고 있는 것, 그가 장밋빛 이불을 덮고 있는 것, 그리고 그가 손을 모으고 있었던 것." 소냐는 지금 본 세세한 것들을 묘사하면서 그것들이 그때 자기가 **보았던** 것이라고 확신하며 말했다. 당시 그녀는 아무것도 보지 않았고 머리에 떠오른 것을 보았다고 이야기했다. 하지만 그때 머릿속으로 생각해 낸 것은 다른 모든 기억만큼 그녀에게 현실처럼 느껴졌다. 그때 그녀가 말했던 것은 그가 그녀를 돌아보며 빙그레 웃었다는 것 그리고 그가 붉은 무언가를 덮고 있었다는 것인데, 그녀는 기억해 냈을 뿐 아니라 심지어 그때도 자신은 그가 장밋빛, 바로 그 장밋빛 이불을 덮고, 눈을 감고 있는 모습을 보았으며 또 그렇게 말했다고 굳게 확신했다.

"그래, 그래, 장밋빛이라고 했어." 나타샤도 이제는 장밋빛으로 들었다고 기억하는 듯 말했고, 그녀는 무엇보다도 바로 여기서 예언의 놀라움과 신비함을 보았다.

"하지만 그것이 무엇을 뜻하는 걸까?" 나타샤는 생각에 잠겨 말했다.

"아, 모르겠어. 모든 게 너무 기이해!" 소냐가 머리를 움켜쥐며 말했다.

몇 분 후 안드레이 공작이 벨을 울렸고, 나타샤가 방으로 들어

갔다. 한편 소냐는 여태껏 경험한 적이 없는 흥분과 부드러운 감정을 느끼며, 이제까지 일어난 사건들의 온갖 기이함에 대해 곰곰이 생각하면서 창가에 남았다.

이날 군대에 편지를 보낼 기회가 생겨 백작 부인은 아들에게 편지를 쓰고 있었다.

"소냐." 조카딸이 그녀 옆을 지나가자 백작 부인은 편지에서 고개를 들며 말했다. "소냐, 너도 니콜렌카에게 편지를 쓰지 않겠니?" 백작 부인이 조용히 떨리는 목소리로 말했고, 안경 너머로 쳐다보는 피로한 시선에서 소냐는 백작 부인이 전하려는 바를 전부 읽어 냈다. 그 시선에는 간청, 거절의 두려움, 부탁을 해야만 하는 상황에 대한 부끄러움, 거절할 경우 가차 없이 증오를 퍼부을 준비가 되어 있었다.

소냐는 백작 부인에게 다가가 무릎을 꿇고 그녀의 손에 입을 맞추었다.

"쓸게요, 어머니." 그녀가 말했다.

소냐는 이날 일어난 일, 특히 그녀가 방금 본 점술의 신비한 실현에 마음이 부드러워지고 흥분하고 감동한 상태였다. 나타샤와 안드레이 공작의 관계가 회복될 경우 니콜라이가 마리야 공작 영애와 결혼할 수 없다는 사실을 알게 된 지금, 그녀는 자신이 좋아했고 그 안에 사는 데 익숙했던 자기희생의 기분이 부활한 것을 기쁘게 느꼈다. 그래서 소냐는 눈물을 글썽이면서, 자신의 너그러운 행동을 즐겁게 의식하면서, 그녀의 벨벳처럼 검은 눈동자를 뿌옇게 흐리는 눈물 때문에 몇 번 쓰는 걸 멈추면서 니콜라이가 받은, 그를 그토록 놀라게 한 감동적인 편지를 썼다.

9

피에르가 수감된 영창에서 그를 체포한 장교와 병사들은 그를 적대적으로, 그러나 한편으론 정중하게 대했다. 피에르를 대하는 그들의 태도에서는 이 남자가 과연 어떤 사람일까 하는 (신분이 매우 높은 사람이 아닐까 하는) 의혹과 아직도 그 여운이 가시지 않은 그와의 개인적인 싸움으로 인한 적대감이 여전히 느껴졌다.

그러나 다음 날 아침 교대조가 왔을 때 피에르는 새 위병에게 는 (장교들이든 병사들이든) 그를 잡았던 사람들이 그에게 가졌던 그런 의미가 더 이상 없다는 사실을 감지했다. 실제로 다음 날의 위병들은 농부의 카프탄을 입은 이 크고 뚱뚱한 남자를 약탈자와 호위병과 필사적으로 싸우고 어린아이의 구조에 관하여 엄숙한 말을 하던 활기찬 남자로 본 것이 아니라, 어떤 연유로 최고 사령부의 명령에 따라 체포되어 영창에 수감된 열일곱 번째 러시아 사람으로 보았다. 피에르에게 무언가 특별한 점이 있다면 단지 무언가에 골몰하는 듯한 대담한 표정과 프랑스인마저 놀랄 만큼 뛰어나게 구사하는 프랑스어였다. 그럼에도 그날 피에르는 다른 용의자들이 수감된 방으로 옮겨졌는데, 왜냐하면 한 장교에게 피에르가 차지하고 있던 독방이 필요했기 때문이었다.

피에르와 함께 수감된 러시아인들은 전부 최하층 사람들이었다. 그들은 피에르가 귀족임을 알아보고 그를 멀리했는데 피에르가 프랑스어를 말했기에 더 그랬다. 피에르는 자신을 조롱하는 소리를 서글픈 심정으로 들었다.

그날 저녁 피에르는 수감자들 모두가 (그중에는 그도 포함되어 있을 것이다) 방화죄로 재판을 받으리라는 사실을 알게 되었다. 사흘째 되는 날, 피에르는 다른 사람들과 함께 어떤 집으로 끌려갔는데 그곳에는 흰 콧수염을 기른 프랑스 장군과 대령 두 명, 팔에 완장을 두른 프랑스인들이 앉아 있었다. 프랑스인들은 끌려간 다른 사람들에게 한 똑같은 질문들, 누구이고 어디에 있었고, 무슨 목적을 가지고 있었는지 등등의 질문들을 대개 피고들을 대할 때 그러듯 인간의 나약함을 초월한 척 엄격하고 정확하게 물었다.

재판에서 행하는 모든 질문이 그러하듯 삶의 문제들의 본질을 한쪽으로 밀어 놓고 그 본질을 밝힐 가능성마저 배제하는 이 질문들의 목적은 심문하는 자들이 피고인을 자신들이 바라는 목표인 유죄 판결로 몰아넣기 위해 피고인의 답변이 예정된 방향으로 흘러가도록 홈통을 받치는 것에 지나지 않았다. 피에르가 유죄 판결이라는 목표에 부합하지 않은 말을 하자 바로 홈통이 치워졌고, 물은 어디로든 마음대로 흘러갈 수 있었다. 게다가 피에르는 모든 재판에서 피고인들이 느끼는 것을 똑같이 경험했다. 사람들이 무엇 때문에 그에게 이 모든 질문을 던지는 걸까 하는 의혹이었다. 그는 이런 홈통 설치의 계략이 그저 관대함이나 정중함 때문에 사용되는 것 같다고 느꼈다. 그는 자신이 사람들의 권력 아래 있고, 바로 그 권력에 의해 이곳으로 끌려왔고, 저들에게 심문에 대한 답변을 요구할 권리를 부여한 것도 바로 그 권력뿐이라는 것을, 이 재판의 목적은 오직 그에게 유죄 판결을 내리는 것뿐이라는 사실을 알고 있었다. 따라서 권력이 있고 유죄 판결을 내리려는 열망이 있는 마당에 심문의 계략과 재판은 필요하지 않았다. 모든 답변이 유죄로 이어지리라는 것이 명백했다. 체포 당시 무엇을 하고 있었느냐는 질문에 피에르는 **불 속에서 구한 아이**를 부모에게 데려가고 있었다고 약간은 비통하게 대답했다. 당신은 왜 약탈병들과 싸웠습니까? 피에르는 대답했다. 나는 여성을 보호하고 있었습니다. 모욕받는 여성을 보호하는 것은 모든 남자의 의무입니다. 그리고……. 프랑스인들이 그의 말을 멈추게 했다. 그 말은 사건에 어울리지 않았기 때문이다. 당신은 무엇 때문에 불타는 집 마당에 있었습니까? 그곳에서 당신을 본 목격자들이 있습니다. 그는 모스크바에서 무슨 일이 있었는지 보러 갔다고 대답했다. 프랑스인들이 다시 피에르의 말을 제지했다. 그들은 피에르에게 어디로 가고 있었느냐가 아니라 왜 화재 현장 부근에 있었느냐고 물었다. 당신은 누구입니까? 피에르에게 맨 처음 했던 질문, 이에 대해 피에르가 대답하고 싶지 않다고 이미 말했던 그 질문이 반복되었다. 다시 피에르는 그것은 말할 수 없다고 답변했다.

"기록해 두시오, 그런 것은 좋지 않소. 아주 좋지 않아요." 흰 콧수염을 기르고 시뻘겋게 상기된 얼굴의 장군이 그에게 엄격히 말했다.

나흘째 되는 날, 주봅스키 성루에서 화재가 발생했다.

피에르는 열세 명의 다른 사람들과 함께 크림스키 브로트에 있는 상인 저택의 카레타 창고로 끌려갔다. 피에르는 거리를 통과하다가 도시 전체에 드리운 듯한 연기에 숨이 막혔다. 사방에 불길이 보였다. 그 당시 피에르는 불타 버린 모스크바의 의미를 아직 이해하지 못했고 그 화재를 두려워하며 바라보았다.

크림스키 브로트에 위치한 어느 저택의 카레타 창고에서 피에르는 나흘을 머물렀고, 그동안 프랑스 병사들과의 대화를 통해 여기에 수감된 사람들이 매일같이 원수의 결정을 기다리고 있다는 사실을 알았다. 그 원수가 누구인지는 병사들로부터 알아낼 수 없었다. 병사들에게 있어 원수는 가장 높은, 얼마쯤은 신비한 권력의 고리인 듯했다.

그 처음 며칠, 포로들이 두 번째 심문에 끌려간 9월 8일까지의 며칠은 피에르에게 가장 괴로운 시간이었다.

10

9월 8일, 포로들이 있는 헛간에 한 장교가 들어왔고 위병들이 그에게 존경을 표하는 것으로 미루어 볼 때 꽤 중요한 인물 같았다. 참모부 소속으로 보이는 그 장교는 손에 명부를 들고 러시아인들을 점호하면서 피에르에 대해서는 **이름을 말하지 않은 자**라고 불렀다. 그런 다음 냉담하고 굼뜨게 포로들을 둘러보고는 원수 앞에 데려가기 전에 포로들에게 옷을 적당히 입히고 단장시키라고 위병 장교에게 지시했다. 한 시간 후, 1개 중대의 병사들이 와서 피에르와 열세 명의 다른 사람들을 데비치예 폴레로 데려갔다. 비가 그친 후 날은 맑았고, 햇빛이 들고, 대기는 평소와 달리 깨끗했다. 피에르가 주볼스키 성루의 영창에서 끌려 나오던 날처럼 연기는 낮게 깔리지 않았다. 깨끗한 대기 속에 기둥처럼 연기가 솟아올라 있었다. 화재의 불길은 어디에도 보이지 않았지만 연기 기둥이 사방에서 올라왔고, 모스크바 전체가, 피에르가 볼 수 있는 모든 것이 폐허가 되어 있었다. 사방에 페치카와 굴뚝이 있는 공터가 보였고, 이따금 석조 건물의 그슬린 벽도 보였다. 피에르는 불탄 폐허를 눈으로 좇았지만 도시의 익숙한 구역들을 알아볼 수 없었다. 이곳저곳에 화재로부터 벗어난 교회들이 보였다. 탑과 이반 종루가 있는, 파괴되지 않은 크렘린이 하얗게 보였다. 가까이에는 노보데비치 수도원의 둥근 지붕이 명랑하게 반짝이고, 그곳에서 기도를 알리는 종소리가 특히 선명하게 울려 퍼졌다. 그 종소리는 피에르에게 오늘이 일요일이자 성모 탄생 축일이라는 것을 상기시켰다. 그러나 이 축일을 축하하는 사람은 아무도 없는 듯했다. 불탄 폐허가 어디에나 있었고 가끔씩 마주치는 러시아인이라곤 프랑스인을 보면 숨을 생각부터 하는 누더기를 걸친 겁에 질린 사람들뿐이었다.

러시아인의 보금자리가 파괴되어 소멸된 것은 분명해 보였다. 그러나 러시아의 생활 질서가 소멸된 그 이면에, 그 황폐화된 보금자리 위에 전혀 다른 프랑스식의 견고한 질서가 세워졌음을 피에르는 무의식적으로 느꼈다. 그는 자신과 다른 죄수들을 호송하며 가지런히 열을 맞춰 씩씩하고 쾌활하게 걸어가는 군인들의 모습에서 그것을 느꼈다. 병사가 모는 쌍두마차, 맞은편에서 다가와 그의 옆을 지나간 마차 위 어느 프랑스인 고위 관료의 표정을 보며 그것을 느꼈다. 들판 왼쪽에서 들려오는 군악대의 유쾌한 소리에서 그것을 느꼈고, 특히 오늘 아침에 온 프랑스 장교가 포로들을 점호하며 읽던 명부에서 그것을 느끼고 깨달았다. 피에르는 한 무리의 병사들에게 붙잡혀 다른 수십 명의 사람들과 함께 이곳저곳으로 끌려다녔다. 그들이 그를 잊어버리거나 다른 사람으로 혼동할 수도 있을 것 같았다. 하지만 그러지 않았다. 그가 심문에서 한 답변들은 이름을 말하지 않은 자라는 명칭의 형태로 그에게 돌아왔다. 그리고 피에르에게 무섭게 느껴지는 그 이름을 부르며 병사들은 나머지 포로들과 그가 필요한 이들이고 자신들은 그들을 필요한 곳에 데려가는 중이라는 강한 확신에 찬 얼굴로 피에르를 어딘가로 이송하고 있었다. 피에르는 자신이 뭔지는 잘 모르겠으나 제대로 작동하는 기계의 톱니바퀴에 낀 쓸모없는 나뭇조각 같다고 느꼈다.

프랑스 병사들은 피에르와 다른 죄인들을 데비치예 폴레 오른쪽에 있는, 수도원에서 멀지 않은 곳에 위치한 커다란 정원이 딸린 하얀 대저택으로 끌고 갔다. 이 저택은 피에르가 예전에 자주 방문하곤 했던 셰르바토프* 공작의 집이었고, 피에르는 병사들의 대화를 통해 지금 그 집에 원수인 에크뮐 공작이 묵고 있음을 알게 되었다.

병사들은 피에르와 죄수들을 현관으로 끌고 간 뒤 한 사람씩 저택 안으로 데려갔다. 피에르는 여섯 번째로 들어갔다. 피에르에게 익숙한 유리 회랑과 현관방과 대기실을 지나 천장이 낮은 긴 서재로 끌고 갔는데, 서재 문가에는 부관이 서 있었다.

원수 다부는 코에 안경을 걸치고 방 끝 책상 위에 앉아 있었다. 피에르는 그에게 가까이 다가갔다. 다부는 눈을 들지도 않고 앞에 놓인 서류를 처리하는 듯했다. 그가 눈을 들지 않은 채로 조용히 물었다.

"당신은 도대체 누구요?"

피에르는 말할 수 없었기에 침묵했다. 피에르에게 다부는 단순한 프랑스 장군이 아니라 잔혹하기로 유명한 인간이었다. 엄한 교사처럼 잠시 인내를 갖고 답변을 기다리는 데 동의한 다부의 냉정한 얼굴을 보면서 피에르는 답변을 지연하는 1초 1초가 자신의 생명을 위험하게 할 수도 있음을 느꼈다. 그러나 그는 무엇을 말해야 할지 몰랐다. 첫 번째 심문에서 말했던 답변을 그대로 말할 것인지는 아직 결정하지 않았다. 자신의 신분과 지위를 밝히는 것은 위험했고 수치스럽기도 했다. 피에르는 침묵했다. 그러나 피에르가 무언가를 결심하기도 전에 다부가 고개를 들어 이마 위로 안경을 올리더니 눈을 찡그리며 피에르를 뚫어지게 바라보았다.

"난 이 남자를 알지." 피에르를 놀라게 하려고 분명 의도한 듯 그는 침착하고 차가운 목소리로 말했다. 피에르의 등을 타고 흐른 한기가 압착기처럼 그의 머리를 죄었다.

"당신이 나를 알 리 없습니다, 장군. 난 당신을 본 적이 한 번도 없습니다……."

"이자는 러시아의 스파이요." 다부는 피에르의 말을 가로막으며 피에르가 알아차리지 못했던, 방에 있던 다른 장군을 향해 말했다. 그러고는 얼굴을 돌려 버렸다. 피에르는 갑자기 아주 큰 목소리로 빠르게 말하기 시작했다.

"아닙니다. 공작 각하." 그는 불현듯 다부가 공작이라는 사실을 떠올리며 말했다. "아닙니다. 공작 각하. 당신은 나를 알 리 없습니다. 난 민병대 장교이고, 모스크바 밖으로 나간 적이 없습니다."

"당신의 이름은?" 다부가 다시 물었다.

"베주호프입니다."

"당신이 거짓말을 하는 게 아니라고 누가 내게 증명하겠소?"

"공작 각하!" 피에르는 화난 목소리가 아닌 간청하는 목소리로 외쳤다.

다부는 눈을 들어 피에르를 뚫어지게 바라보았다. 몇 초 동안 그들은 서로를 바라보았고, 그 시선이 피에르를 구했다. 전쟁과 재판의 모든 조건과 별개로 존재하는 그 시선 속에서 이 두 사람의 인간적인 관계가 확립되었다. 두 사람은 그 1분 동안 수많은 것들을 어렴풋이 경험했고, 그들이 모두 인류의 아들이자 형제라는 사실을 깨달았다.

인간사와 삶이 숫자로 지칭되는 자신의 명부에서 이제 막 고개를 든 다부에게 첫눈에 본 피에르는 단지 상황에 불과했다. 따라서 다부는 나쁜 행동이라는 양심의 가책 없이 그를 총살할 수도 있었다. 그러나 이미 그는 피에르에게서 한 인간을 보고 말았다. 그는 짧은 시간 생각에 잠겼다.

"당신의 말이 옳다는 것을 나에게 무엇으로 증명하겠소?" 다부가 냉정하게 물었다.

피에르는 랑발을 기억해 내고 그의 연대와 성, 집이 있는 거리를 지명했다.

"당신은 당신이 말한 사람이 아니오." 다부가 다시 말했다.

피에르는 분절되고 떨리는 목소리로 자신의 진술이 사실이라는 증거를 대기 시작했다.

그때 바로 부관이 들어와 다부에게 무언가를 보고했다.

다부는 부관이 전달한 소식에 갑자기 얼굴이 밝아지더니 군복의 단추를 채우기 시작했다. 피에르에 대해서는 까맣게 잊은 듯 보였다.

부관이 포로에 대해 상기시키자 그는 얼굴을 찌푸리고 피에르를 향해 고개를 끄덕이고는 그를 데려가라고 말했다. 그러나 자신이 어디로 끌려갈지, 다시 헛간으로 가게 될지, 아니면 데비치예 폴레를 지날 때 동료들이 가리켜 보인 형장으로 가게 될지 피에르는 몰랐다.

그는 고개를 돌렸고, 부관이 무언가를 계속 묻는 것을 보았다.

"그럼, 물론이지!" 다부가 말했다. 그러나 뭐가 '그렇다'는 것인지 피에르는 알지 못했다.

피에르는 자신이 얼마나 오랫동안 걸었는지, 어디로 가는지 기억하지 못했다. 그는 아무것도 모른 채 망연자실한 상태에서 주변은 전혀 보지 않고 사람들과 함께 걸음을 옮기다가 다른 사람들이 걸음을 멈추어서야 그도 멈추었다. 이 시간 동안 피에르의 머릿속에는 오직 한 가지 생각뿐이었다. 누가, 도대체 누가 자신에게 사형을 언도했는가. 위원회에서 그를 심문한 사람들은 아니었다. 그들 가운데 어느 한 사람도 그러기를 원치 않았고, 그 누구도 그렇게 할 수는 없었다. 그를 그토록 인간적으로 바라보던 다부도 아니었다. 만약 1분만 더 있었더라면 다부는 자신들이 악한 짓을 하고 있다는 사실을 깨달았을 것이었지만, 그 1분의 순간을 방에 들어온 부관이 방해했다. 그 부관도 분명 나쁜 짓을 원했던 것은 아니었고, 또 안으로 들어오지 않을 수도 있었다. 도대체 누가 그를 사형에 처하고 죽이려고, 모든 기억과 열망, 희망과 생각을 가진 피에르의 생명을 앗아 가려고 했던가? 누가 그런 짓을 했단 말인가? 피에르는 어느 누구도 그런 짓을 하지 않았음을 깨달았다.

그것은 질서, 즉 상황들이 모여 누적된 결과였다.

어떤 질서가 그를, 피에르를 죽이고, 그의 생명을, 그의 모든 것을 뺏어 가고 그를 소멸시키고 있었다.

II

　병사들은 포로들을 셰르바토프 공작의 저택에서 데리고 나와 데비치예 폴레를 따라 곧장 아래로 내려가 데비치예 수도원 왼쪽으로, 말뚝이 박혀 있는 채소밭으로 끌고 갔다. 말뚝 뒤에는 막 파낸 신선한 흙을 그 옆에 쌓아 놓은 커다란 구덩이가 있었고, 구덩이와 말뚝 주위에 사람들 무리가 커다란 반원을 그리며 서 있었다. 무리는 소수의 러시아인과 대열을 이탈한 다수의 나폴레옹 군대, 즉 갖가지 제복을 입은 독일인, 이탈리아인, 프랑스인으로 이루어져 있었다. 말뚝 좌우에는 붉은 견장이 달린 파란색 군복을 입고 각반을 차고 원통형 군모를 쓴 프랑스 군인들의 부대가 대열을 짓고 서 있었다.

　병사들은 죄수들을 명부에 적힌 순서에 따라 (피에르는 여섯 번째였다) 줄을 세워 말뚝으로 끌고 갔다. 갑자기 양쪽에서 북을 쳐 댔고 피에르는 이 소리와 함께 마치 영혼의 일부가 찢겨 나가는 듯한 느낌을 받았다. 그는 생각하고 판단할 능력을 잃었다. 그가 할 수 있는 거라곤 보고 듣는 것뿐이었다. 그리고 그의 바람은 단 하나, 실행되어야만 하는 어떤 것, 무서운 무언가가 어서 끝났으면 하는 것뿐이었다. 피에르는 함께 끌려온 이들을 둘러보았다.

맨 가장자리의 두 사람은 머리카락을 빡빡 민 죄수였다. 한 사람은 키가 크고 말랐으며, 또 다른 사람은 까무잡잡하고 코가 낮고 털이 덥수룩하고 기골이 장대했다. 세 번째 사람은 마흔다섯 살가량 된 하인으로 머리칼이 희끗하고 잘 먹어서인지 몸이 통통했다. 네 번째 사람은 숱 많은 아마빛 수염과 검은 눈동자를 가진, 매우 잘생긴 농부였다. 다섯 번째 사람은 열여덟 살 정도의 공장 노동자로, 비쩍 마르고 얼굴이 누런 그는 할라트를 걸치고 있었다.

피에르는 프랑스인들이 한 사람씩 쏠지 두 사람씩 쏠지 의논하는 소리를 들었다. "두 사람씩!" 상급 장교가 침착하고 냉정하게 대답했다. 병사들의 대열이 이동했고, 다들 서두르는 모습이 눈에 띄었는데, 모두가 이해할 수 있는 어떤 일을 하기 위해 서두르는 게 아니라 불쾌하고 납득하기 힘든, 그러나 불가피한 일을 끝내기 위해 서두르는 듯했다.

장교 견장을 찬 프랑스 관리가 죄인들 대열의 오른쪽으로 다가가 러시아어와 프랑스어로 판결을 낭독했다.

그 후 둘씩 짝을 이룬 프랑스군 두 조가 죄인들에게 다가가 장교의 지시에 따라 가장자리에 서 있는 두 죄수를 붙잡았다. 죄수들은 말뚝으로 다가가 멈췄고, 병사들이 자루를 가져오는 동안 상처 입은 짐승이 자신을 향해 다가오는 사냥꾼을 바라보듯 말없이 주위를 바라보았다. 한 사람은 줄곧 성호를 그었고, 다른 한 사람은 등을 긁으며 미소를 짓듯 입술을 움직였다. 병사들이 바삐 손을 움직여 그들의 눈을 가리고 자루를 씌워 말뚝에 묶었다.

라이플총을 든 저격병 열두 명이 딱딱한 걸음으로 대열에서 나와 말뚝으로부터 여덟 걸음 떨어진 곳에 섰다. 피에르는 곧 일어날 일을 보지 않으려고 고개를 돌렸다. 갑자기 요란한 굉음이 들렸고, 그 소리는 피에르에게 가장 무서운 천둥소리보다 더 크게 느껴졌다. 그는 주위를 둘러보았다. 연기가 피어올랐고, 프랑스 병사들이 창백한 얼굴로 손을 덜덜 떨며 구덩이 옆에서 무언가를 하고 있었다. 또 다른 두 죄수가 끌려갔다. 그 두 사람도 말없이 오직 눈으로만 부질없이 보호를 요청하며 눈앞에서 일어나게 될 일을 이해하지도 믿지도 못하는 표정으로 아까 죄수들과 똑같은 눈으로 모든 사람들을 쳐다보았다. 생명이 그들에게 어떤 것인지 오직 그들 자신만 알고 있었기에 그들은 믿을 수 없었고, 바로 그 때문에 다른 사람이 그 생명을 빼앗을 수 있다는 것을 이해할 수도 믿을 수도 없었다.

피에르는 보고 싶지 않아 다시 고개를 돌렸다. 그러나 또다시 고막을 터뜨릴 것 같은 끔찍한 폭발음과 함께 그는 연기, 누군가의 피, 다시 말뚝 옆에서 떨리는 손으로 서로를 건드리며 무언가를 하고 있는 프랑스 병사들의 겁에 질린 창백한 얼굴을 보았다. 피에르는 괴롭게 숨 쉬며 '도대체 이게 뭐지?'라고 물어보듯 주위를 둘러보았다. 피에르의 시선과 마주치는 모든 시선에도 똑같은 질문이 떠올라 있었다.

모든 러시아인의 얼굴에서, 프랑스 병사와 장교의 얼굴에서, 누구 하나 예외 없이 모든 사람의 얼굴에서 피에르는 자기 마음속에 거세게 일고 있는 것과 똑같은 놀라움과 두려움과 투쟁을 읽었다. '도대체, 결국은 누가 이 일을 하고 있단 말인가? 저들도 모두 나와 마찬가지로 괴로워하는데, 도대체 누구지? 도대체 누구란 말인가?' 한순간 이런 생각이 피에르의 마음속에 떠올랐다.

"제86부대 저격수들, 앞으로!" 누군가가 호령했다. 피에르 옆에 서 있던 다섯 번째 한 사람만 끌려 나갔다. 피에르는 자신이 죽음에서 벗어났다는 것, 그와 나머지 사람들은 단지 사형의 입회자로 이곳에 끌려왔을 뿐이라는 사실을 이해하지 못했다. 그는 기쁨도 안도도 느끼지 못하면서 점점 커져 가는 두려움을 갖고 눈앞에서 벌어지는 일을 지켜보았다. 다섯 번째 사람은 할라트를 입은 공장 노동자였다. 병사들이 그에게 손을 대자마자 그는 두려움에 사로잡혀 펄쩍 뛰며 피에르를 붙잡았다. (피에르는 몸을 떨며 그로부터 벗어났다.) 공장 노동자는 걸을 수가 없었다. 병사들이 그의 겨드랑이를 잡은 채 끌고 갔고, 그는 뭐라고 소리를 질러 댔다. 병사들이 그를 말뚝으로 끌고 갔을 때 그는 갑자기 조용해졌다. 불현듯 무언가를 깨달은 듯했다. 소리 질러 봤자 소용없다거나, 아니면 사람들이 자기를 죽일 수 없다는 것을 깨달은 듯싶었다. 다른 사람들처럼 눈이 가려지기를 기다리면서, 상처 입은 짐승처럼 반짝이는 눈으로 주위를 둘러보며 그는 말뚝 옆에 서 있었다.

피에르는 이미 고개를 돌릴 수도 눈을 감을 수도 없었다. 그 다섯 번째 처형에서 그와 군중의 호기심과 흥분은 최고조에 달했다. 다른 사람들과 마찬가지로 다섯 번째 사람도 침착해 보였다. 그는 할라트의 옷깃을 여몄고 한쪽 맨발로 다른 쪽 발을 긁었다.

눈을 천으로 가리게 되었을 때는 그 스스로 살갗을 찌르는 뒤통수의 매듭을 고쳐 맸다. 그런 다음 병사들이 피 묻은 말뚝에 세우자 그는 뒤로 기대 누웠는데 자세가 불편했기 때문에 몸을 똑바로 세우고 두 발을 나란히 놓은 후 편안하게 말뚝에 기댔다. 피에르는 지극히 작은 동작 하나도 놓치지 않으며 그에게서 시선을 떼지 않았다.

분명 구령 소리가 들렸을 테고, 분명 구령 소리 이후 여덟 개의 라이플총에서 발사 소리가 울렸을 것이다. 하지만 나중에 아무리 기억해 내려 애썼음에도 불구하고 피에르는 아주 작은 발사 소리조차 듣지 못했다. 그가 본 것은 다만 갑자기 줄에 묶인 공장 노동자의 몸이 축 처지고 두 군데에 피가 나고 완전히 늘어진 육체의 무게 때문에 줄이 풀리고 공장 노동자는 부자연스럽게 고개를 떨구고 한쪽 다리를 구부린 채 앉아 있는 모습이었다. 피에르는 말뚝으로 달려갔다. 아무도 그를 막지 않았다. 공장 노동자 주위에서 겁에 질린 창백한 얼굴의 사람들이 무언가를 하고 있었다. 콧수염을 기른 늙은 프랑스 병사는 새끼줄을 풀면서 아래턱을 덜덜 떨고 있었다. 육체가 바닥에 툭 떨어졌다. 병사들은 경직된 모습으로 그것을 말뚝 뒤로 서둘러 끌고 가 구덩이에 밀어 넣기 시작했다. 모두가 자신들이 최대한 빨리 범죄의 흔적을 감추어야 하는 죄인이라는 사실을 분명히 아는 것 같았다.

피에르는 구덩이를 힐끔 쳐다보았고, 거기서 공장 노동자가 무릎을 머리 가까이 올리고 한쪽 어깨를 다른 어깨보다 높이 치켜든 채 누워 있는 모습을 보았다. 어깨는 경련하고 있었는데 일정한 간격으로 아래위로 움직였다. 하지만 이미 육체 전체에 흙이 몇 삽 뿌려져 있었다. 병사들 가운데 한 명이 피에르에게 제자리로 돌아가라고 화를 내며 악의에 차 크게 소리를 질렀다. 그러나 피에르는 이를 깨닫지 못하고 말뚝 옆에 서 있었다. 아무도 그를 쫓아내지 않았다.

구덩이가 다 메워지자 구령 소리가 들렸다. 피에르는 제자리로 끌려갔고, 말뚝 양옆에 열을 지어 서 있던 프랑스 부대들은 뒤로 돌아 일정한 박자의 걸음으로 말뚝 옆을 지나갔다. 총알을 다 쏜 총을 가지고 원 한가운데 서 있던 스물네 명의 저격수들이 자기 중대가 그들 옆을 지나갈 때 제자리로 달려가 합류했다.

피에르는 얼빠진 눈으로 둘씩 짝을 지어 원 밖으로 달려 나오는 저격수들을 바라보다. 한 사람을 제외하고 모든 저격수들이 중대에 합류했다. 죽은 사람처럼 얼굴이 창백한 젊은 병사는 높은 군모를 뒤로 젖혀 쓰고 라이플총을 늘어뜨린 채 자신이 총을 쏘았던 구덩이 맞은편 자리에 여전히 서 있었다. 그는 넘어질 것 같은 몸을 지탱하기 위해 앞뒤로 이리저리 움직이며 취한 사람처럼 비틀거렸다. 부사관인 늙은 병사가 대열에서 달려 나와 젊은 병사의 어깨를 잡고 중대로 끌고 갔다. 러시아인과 프랑스인 군중은 흩어지기 시작했다. 모두가 고개를 떨군 채 말없이 걸었다.

"방화를 저지르면 어떻게 되는지 저자들도 배웠을 거야." 프랑스인들 중 누군가가 말했다. 피에르는 말한 사람을 돌아보았고, 그가 이 사건에서 무언가로 위안을 얻길 원하지만, 그러지 못한 병사임을 알았다. 그는 자신의 말을 끝맺지도 않고, 한 손으로 저으며 저쪽으로 가 버렸다.

12

처형 이후 피에르는 다른 피고들과 분리되어 작고 황폐하고 더러운 교회에 홀로 수감되었다.

저녁이 되기 전에 위병 부사관이 두 병사와 함께 교회에 들어와 피에르에게 그가 사면되었으며, 전쟁 포로 막사로 가게 되었다는 사실을 알려 주었다. 자신에게 한 말을 이해하지 못한 채 피에르는 일어나 병사들과 함께 출발했다. 그들은 들판 위쪽에 불에 탄 판자와 통나무와 널빤지로 지은 막사들 쪽으로 피에르를 끌고 가 그중 한 곳에 집어넣었다. 어둠 속에서 스무 명가량의 온갖 사람들이 피에르를 둘러쌌다. 피에르는 그들이 누구이고, 왜 그곳에 있는지, 그들이 자신에게 무엇을 바라는지 이해하지 못하면서 그들을 바라보았다. 그는 사람들이 자기에게 하는 말을 들었지만 그것들로부터 어떤 결론이나 부가 사항도 도출해 내지 못했다. 왜냐하면 그 뜻을 아예 이해하지 못했기 때문이었다. 그 자신이 사람들이 묻는 말에 대답을 하기는 했지만 누가 자신의 말을 듣고 있고, 사람들이 자신의 대답을 어떻게 이해할지에 대해서는 생각하지 않았다. 그는 사람들의 얼굴과 외관을 살펴보았고 그들 모두가 그에게는 똑같이 무의미하게 여겨졌다.

그 일을 하길 원치 않았던 사람들에 의해 이루어진 그 무서운 처형 장면을 본 순간 이후, 피에르의 영혼 속에서는 모든 것을 지탱하며 살아 있는 것처럼 보이게 만들던 용수철이 갑자기 뽑혀 나가 모든 것이 무의미한 먼지 더미로 무너져 내린 것만 같았다. 스스로 명확하게 설명할 수는 없었지만 그의 안에서 세계의 선한 정체에 대한 믿음도, 인간의 영혼과 그 자신의 영혼과 하느님에 대한 믿음도 깨져 버렸다. 예전에도 피에르는 그런 상태를 경험한 적이 있었으나 이때처럼 강렬한 적은 한 번도 없었다. 예전에 피에르가 그런 종류의 의심과 부딪혔을 때 그 의심은 자신의 죄악을 근원으로 갖고 있었다. 그리고 당시 피에르는 그러한 절망과 의혹으로부터의 구원이 자기 내면에 있다고 마음속 깊이 느꼈다. 그러나 세계가 눈앞에서 붕괴하고 무의미한 폐허만 남은 것에 대한 원인이 자신의 죄 때문은 아니라고 지금은 느끼고 있었다. 삶에 대한 믿음으로 되돌아가는 것은 자기 힘 밖의 일이라고 느꼈다.

어둠 속에서 그의 주변에 사람들이 서 있었다. 그의 안에 있는 무언가가 그들을 강하게 끌어당긴 것이 틀림없었다. 사람들은 그에게 무언가 이야기하고 또 무언가에 대해 여러 질문을 하고 나서 그를 어딘가로 데려갔는데 마침내 그는 자신이 사방에서 이야기를 하고 웃어 대는 어떤 사람들과 함께 막사 구석에 있다는 것을 깨달았다.

"자, 나의 형제들…… 그 공작이('그'라는 단어를 특히 강조했다)……." 막사 맞은편 구석에서 누군가의 목소리가 말했다.

피에르는 벽 옆의 짚 위에 조용히 앉아서 눈을 떴다 감았다 했다. 눈을 감는 순간 그의 앞에는 그 끔찍한 얼굴, 단순해서 특히 더 끔찍한 공장 노동자의 얼굴과 불안감으로 인해 한층 더 끔찍해 보이는, 타의에 의해 살인자가 된 사람들의 얼굴이 나타났다. 그러면 그는 다시 눈을 뜨고 주위의 어둠을 멍하니 응시했다.

그의 옆에는 등을 구부린 작은 남자가 앉아 있었다. 피에르는 남자가 몸을 움직일 때마다 퍼져 나오는 진한 땀 냄새 때문에 처음부터 그의 존재를 알아차렸다. 그 남자는 어둠 속에서 발로 무언가를 하고 있었는데, 피에르는 그의 얼굴을 보지 않았지만, 그가 끊임없이 자기를 힐끔거리는 것을 느꼈다. 어둠에 익숙해진 피에르는 그 남자가 신발을 벗고 있는 것을 알았다. 그리고 그가 신발을 벗는 방식이 피에르의 흥미를 끌었다.

그는 한쪽 발에 묶인 삼노끈을 푼 후 그 끈을 단정하게 말았고 피에르를 힐끔거리며 즉시 다른 쪽 발에 착수했다. 한 손으로 끈을 들고 있으면서 다른 한 손으로는 이미 다른 쪽 신발의 끈을 풀기 시작했다. 이렇게 지체 없이 지속되는 단정하고 완전하고 능숙한 동작으로 신발을 벗은 남자는 머리 위에 박힌 못들에 신발을 걸고는 작은 칼을 꺼내 무언가를 자르고 그 칼을 접어 베개 밑에 넣었다. 그리고 좀 더 잘 앉아 양팔로 접은 무릎을 감싸 안고 피에르를 직시했다. 피에르는 그 기민한 동작들에서, 한구석에 잘 정돈된 그의 세간에서, 심지어 그 남자에게서 풍겨 나오는 냄새에서 무언가 기분 좋고 편안하고 둥글둥글한 것을 느꼈다. 그래서 눈을 떼지 않고 그를 계속 바라보았다.

"나리도 힘든 상황들을 많이 보셨죠, 그렇죠?" 작은 남자가 불쑥 말문을 열었다. 남자의 노래하는 듯한 목소리에는 다정함과 소박함이 배어 있어 피에르는 그 목소리에 대답하고 싶었으나 턱이 떨리고 눈물이 나오는 것을 느꼈다. 작은 남자는 그 순간 피에르가 당혹감을 드러낼 틈을 주지 않고 예의 기분 좋은 목소리로 말하기 시작했다.

"아이고, 친구, 슬퍼하지 말아요." 그는 러시아 할머니들이 말할 때처럼 부드럽고 노래하는 듯 다정한 목소리로 말했다. "슬퍼하지 말아요, 젊은 친구, 한 시간을 참고 1백 년을 산다잖아요! 딱 그렇다니까요, 친구. 우리는 이곳에서 살고 있다 해도 감사하게도 모욕은 없어요. 좋은 사람도 있고 나쁜 사람도 있는 거죠." 그는 말했고, 그러고는 계속 말을 이으면서 유연한 동작으로 무릎을 굽혀 일어서서 기침을 하며 어딘가로 걸어갔다.

"이런, 불량배가 왔구나!" 피에르는 막사 끝에서 그 목소리를 다시 들었다. "불량배 녀석이 왔어, 기억하나 보네! 자, 자, 그만!" 병사는 그를 향해 뛰어오르는 작은 개를 밀어내고 자기 자리로 돌아와 앉았다. 그의 손에는 헝겊에 싸인 무언가가 들려 있었다.

"자, 좀 잡숴 보세요, 나리." 그는 다시 조금 전의 공손한 억양으로 돌아가 이렇게 말하고는 헝겊을 펼쳐 구운 감자 몇 개를 건넸다. "점심에는 수프도 있었습죠. 하지만 감자도 훌륭해요!"

피에르는 하루 종일 아무것도 먹지 못한 터라 감자 냄새가 매우 기분 좋게 느껴졌다. 그는 병사에게 감사를 표하고 그것을 먹기 시작했다.

"어때요? 정말 그렇죠?" 병사가 미소 지으면서 말하고 감자 한 개를 집었다. "이렇게 해 보세요." 그는 다시 주머니칼을 꺼내 손바닥 위에서 감자를 똑같이 반으로 자르더니 헝겊에서 소금을 꺼내 그 위에 뿌린 후 피에르에게 내밀었다.

"감자는 정말 훌륭해요." 그가 똑같은 말을 되풀이했다. "이렇게 먹어 봐요." 피에르는 이보다 더 맛있는 음식을 먹어 본 적이 없는 것 같다고 느꼈다.

"아니, 난 괜찮아." 피에르가 말했다. "그런데 그들은 무엇 때문에 그 불쌍한 사람들을 총살했을까! 마지막 남자는 스무 살쯤 되어 보이던데."

"쯧쯧……." 작은 남자가 말했다. "죄 때문이죠, 죄……." 그러고는 재빨리 덧붙였는데 그의 말은 마치 그 입에서 항상 준비되어 있다가 무심결에 날아 나오는 것 같았다. 그는 계속해서 말했다. "뭐 때문에 모스크바 같은 곳에 남으셨어요, 나리?"

"그자들이 이렇게 빨리 오리라고는 생각지 못했어. 뜻하지 않게 남게 된 거야." 피에르가 말했다.

"어떻게 붙잡혔어요, 친구? 당신의 저택에서요?"

"아니, 화재 현장에 갔다가 그곳에서 잡혀 방화죄로 재판을 받았어."

"재판이 있는 곳에는 거짓이 있죠." 작은 남자가 끼어들었다.

"그런데 자네는 여기에 오래 있었나?" 피에르가 마지막 감자를 씹으며 물었다.

"저요? 일요일에 모스크바에 있는 병원에서 붙잡혔어요."

"자네는 누군가, 병사인가?"

"압셰론 연대의 병사입니다. 열병으로 죽어 가고 있었어요. 우리는 아무 이야기도 듣지 못했어요. 아군이 스무 명 정도 누워 있었지요. 생각지도 못했고, 짐작도 못했어요."

"어때, 여기는 적적하지 않나?" 피에르가 물었다.

"어떻게 적적하지 않겠어요. 제 이름은 플라톤입니다. 성은 카라타예프고요." 그는 이렇게 덧붙였는데 마치 피에르가 그를 대하기 쉽게 해 주기 위해서인 듯했다. "부대 사람들은 절 작은 매*라고 불렀지요. 어찌 쓸쓸하지 않겠어요, 젊은 친구! 모스크바는 도시들의 어머니인데 이런 상황을 보고 어찌 쓸쓸하지 않을 수 있겠어요. 벌레는 양배추를 갉아 먹지만 자기가 먼저 죽는다고 하잖아요. 노인들이 그렇게 말하곤 했답니다." 그가 빠르게 덧붙였다.

"뭐라고, 뭐라고 말한 거지?" 피에르가 물었다.

"저요?" 카라타예프가 물었다. "우리의 지혜가 아니라 하느님의 심판에 의해서라고 말했습죠." 그는 자신이 방금 말한 것을 반복하고 있다고 생각하며 말했다. 그러곤 즉시 말을 이었다. "그런데 나리는 어떠세요, 영지도 있지요? 저택도 있지요? 가득 찬 술잔이네요! 아내도 있나요? 나이 드신 부모님은 살아 계신가요?" 그가 질문해 댔고 피에르는 어둠 속에서 아무것도 볼 수 없었지만 병사가 이런 질문을 할 때 억제된 다정한 미소 때문에 그의 입술에 주름이 생기는 것을 느꼈다. 병사는 피에르에게 부모님이 안 계시다는 것, 특히 어머니가 없다는 사실에 슬퍼하는 듯했다.

"조언에는 아내, 환대에는 장모라지만 어느 누구도 어머니보다 좋을 수는 없지요!" 그가 말했다. "아이들은 있나요?" 그가 계속 물었다. 피에르의 부정적인 대답이 다시 그를 슬프게 한 것 같았고 그는 성급히 덧붙였다. "뭐 어때요, 나리는 젊으니까 하느님께서 나리에게도 주실 거예요. 화목하게 살기만 하면……."

"이젠 어떻게 되든 상관없어." 피에르는 무심결에 말했다.

"이런, 친구." 플라톤이 반박했다. "감옥과 거지를 절대 거절하지 말라고 하잖아요." 그는 좀 더 편하게 앉아 마치 긴 이야기를 준비하려는 듯 헛기침을 했다. "내 친우여, 저도 집에서는 그렇게 살았어요." 그가 이야기를 시작했다. "감사하게도 우리의 영지는 비옥하고, 땅은 넓고, 농부들과 우리 집안은 잘 살고 있어요. 아버지는 우리 일곱 명을 데리고 풀을 베러 가곤 하셨죠. 우리는 잘 살았어요. 진실한 그리스도교 신자였고요. 한데 그 일이 일어난 거죠……." 그러더니 플라톤 카라타예프는 나무를 구하러 남의 숲에 들어갔다가 파수꾼에게 잡힌 일, 사람들에게 채찍으로 맞고 재판을 받은 뒤 군대에 넘겨진 일에 대해 들려주었다. "그런데 말이지, 친구." 그가 미소를 짓느라 달라진 목소리로 말했다. "우리는 그 일을 슬픈 일이라고 생각했는데 사실은 기쁜 일이었어요. 내가 죄를 짓지 않았다면 동생이 군에 가야 했을 수도 있으니까요. 그런데 동생에게는 다섯 명의 자식이 있었고, 제게는 아내 하나만 있었죠. 딸아이가 하나 있었지만 제가 입대하기 전에 하느님이 데려가셨어요. 예전에 휴가를 받아 집에 갔었는데 그에 대해 나리에게 말해 드릴게요. 가서 보니 가족들은 예전보다 더 잘 살고 있었어요. 안마당은 가축으로 가득하고, 여자들은 집에 있고, 두 형제는 품을 팔러 나갔어요. 집에는 막내인 미하일로만 있었고요. 아버지가 말했어요. '나에게는 어느 자식이나 다 마찬가지다. 어느 손가락을 깨물든 다 아픈 것이다. 그때 플라톤을 군대로 끌고 가지 않았다면 미하일로가 갔을 거다.' 아버지는 모두를 불러 (믿어지세요?) 이콘 앞에 세웠어요. 아버지는 말했어요. '미하일로야, 이리 와서 네 형의 발 앞에 절해라. 그리고 너, 며늘아기도 절해라, 손주들아, 너희들도 절해라. 알겠느냐?' 바로 그런 거죠, 나의 친구여, 운명이 머리를 찾아요. 하지만 우리는 이것은 좋지 않다느니, 이것은 이상하다느니 계속 판단을 하지요. 우리의 행복은, 친구, 그물 속의 물 같아요. 당기면 부풀지만 끌어내면 거기에 아무것도 없죠. 그런 거예요." 그러더니 플라톤은 자신의 짚 위로 옮겨앉았다.

잠시 침묵한 후 플라톤은 자리에서 일어섰다.

"주무시고 싶으세요?" 그는 이렇게 말하고 중얼거리며 빠르게 성호를 긋기 시작했다.

"주 예수 그리스도시여, 성 니콜라, 프롤라 그리고 라브라시여, 주 예수 그리스도시여, 성 니콜라시여! 프롤라와 라브라,* 주 예수 그리스도시여, 은혜를 베푸시고 우리를 구원하소서!" 기도를 끝내고 땅바닥 쪽으로 깊숙이 고개를 숙였다가 일어서서 깊게 숨을 내쉰 후 자신의 짚 위에 앉았다. "이제 됐어. 하느님, 돌멩이처럼 저를 눕히시고 빵처럼 일으켜 주소서!" 그는 이렇게 중얼거리고 자리에 누워 몸 위로 외투를 끌어 올렸다.

"자네는 무슨 기도문을 읊은 건가?" 피에르가 물었다.

"네?" 플라톤이 중얼거렸다. (그는 이미 잠들었다.) "무엇을 읊었냐고요? 저는 하느님께 기도를 드렸어요. 나리는 기도를 드리지 않나요?"

"아니, 나도 기도를 하지." 피에르가 말했다. "하지만 자네가 말한 거 말일세. 프롤라와 라브라라고?"

"아, 그건 말들의 수호성인이죠." 플라톤이 빠르게 대답했다. "가축도 가엾게 여겨야 하니까요." 카타라예프가 말했다. "이런, 불량배 녀석, 몸을 말고 있구먼. 개 새끼, 몸이 따뜻해졌어." 그는 이렇게 말하곤 발치에 있는 개를 더듬고 나서 다시 돌아눕더니 곧바로 잠들어 버렸다.

밖에서는 어딘가 멀리서 울음소리와 고함 소리가 들리고 막사 틈새로 불빛이 보였다. 그러나 막사 안은 조용하고 어두웠다. 피에르는 옆에 누운 플라톤의 규칙적인 코골이 소리에 귀를 기울이며 어둠 속 자기 자리에서 뜬눈으로 오랫동안 잠을 이루지 못했다. 그리고 이전에 파괴된 세계가 이제는 새로운 아름다움을 지니고 어떤 새롭고 확고한 토대 위에서 높이 솟아오르는 것을 그의 영혼 속에서 느꼈다.

13

피에르가 입소하여 4주를 보낸 막사 안에는 스물세 명의 포로병, 세 명의 장교, 두 명의 관리가 수용되어 있었다.

이들 모두는 나중에 피에르의 기억 속에서 안개에 싸여 있는 것처럼 희미하게 떠올랐지만, 그중에서 플라톤 카라타예프는 가장 강렬하고 소중한 추억이자 러시아적이고 선하고 둥근 모든 것의 체현으로 피에르의 영혼 속에 영원히 남았다. 다음 날 새벽 피에르가 자기 옆에 있는 사람을 보았을 때 그가 둥그스름한 무언가와 같았다고 느꼈던 첫인상은 완전히 들어맞았다. 끈으로 여민 프랑스 군복 외투에 군모를 쓰고 나무껍질 신발을 신은 플라톤의 전체적인 모습은 둥글둥글했는데, 머리통은 완전히 둥글었고, 등과 가슴, 어깨, 심지어 항상 무언가를 쥘 준비가 되어 있는 듯 보이는 손도 둥글었다. 기분 좋은 미소도, 갈색의 커다랗고 상냥한 눈동자도 둥글었다.

오래전 병사로서 참가한 원정들에 대한 그의 이야기들로 미루어 짐작하건대 플라톤 카라타예프는 쉰 살이 넘은 게 분명했다. 그 자신은 본인이 몇 살인지 몰랐고 짐작도 못했다. 그러나 웃을 때 (그는 자주 웃었다) 두 개의 반원처럼 펼쳐지는 밝게 빛나는 하얗고 단단한 치아는 모두 건강하고 온전했다. 턱수염과 머리칼에 새치 한 올 없었으며, 그의 전신은 유연한 인상, 특히 강건하고 탄탄한 인상을 풍겼다.

비록 둥글둥글한 잔주름이 있긴 했지만 얼굴은 순진하고 젊은 표정을 띠었다. 그의 목소리는 기분 좋았고 노래하는 듯했다. 하지만 그의 말투에는 큰 특징이 있었는데 그것은 즉각적이고 빠르다는 점이었다. 그는 자신이 무슨 말을 했는지, 또 앞으로 무슨 말을 할지 조금도 생각하지 않는 것 같았다. 그 때문에 그의 빠르고 진실한 어조에서 반박하기 힘든 특별한 설득력이 느껴졌다.

포로 시절 초기에 그는 체력이 좋고 민첩하여 피로와 병이 뭔지 모르는 사람처럼 보였다. 매일 아침저녁 누운 자리에서 "주여, 돌멩이처럼 눕히시고 빵처럼 일으키소서!"라고 말했다. 이른 아침에는 항상 똑같이 어깨를 움츠리며 일어나 "누우면 몸을 웅크리고, 일어나면 흔들어라"라고 말했다. 실제로도 그는 눕기만 하면 이내 돌처럼 잠들었고, 몸을 흔들기만 하면 일어나자마자 장난감을 쥐는 아이처럼 1초도 지체하지 않고 즉시 어떤 일에 착수했다. 그는 무슨 일이든 할 수 있었는데 썩 잘하는 것도, 그렇다고 아주 못하는 편도 아니었다. 그는 빵도 굽고 뭔가 끓이기도 하고 바느질도 하고 대패질도 하고 부츠도 꿰맸다. 언제나 바빴기 때문에 밤에만 그가 좋아하는 이야기와 노래를 할 수 있었다. 그는 남들이 듣고 있다는 것을 아는 가수처럼 노래한 것이 아니라 마치 새처럼 노래했는데, 아마도 기지개를 켜고 사지를 뻗는 것이 필수적이듯, 소리를 내는 것이 그에게는 필요한 것 같았다. 그 소리는 언제나 거의 여자 목소리처럼 가늘고 부드럽고 구슬펐고, 이때 그의 얼굴은 매우 진지했다.

포로가 되고 수염이 덥수룩하게 자라자 그는 자신에게 부과된 낯설고 군인적인 모든 것을 떨쳐 버리고 자기도 모르게 예전의 농민적이고 민중적인 생활 방식으로 돌아간 듯했다.

"휴가 중인 군인은 바지 밖으로 나온 루바시카지."* 그는 이렇게 말하곤 했다. 비록 불평도 하지 않았고 복무하는 동안 한 번도 맞지 않았다는 말을 자주 반복했지만, 그는 자신의 군대 생활에 대해선 마지못해 이야기했다. 그가 이야기를 할 때면 '그리스도교적'인 것, 즉 그가 말하듯 농민*의 일상생활에 대한 오래된 추억, 자신에게 소중해 보이는 추억들에 대해 주로 말했다. 그의 이야기에 넘쳐 나는 관용구들은 대부분 병사들이 말할 때 나타나는 무례하고 대담한 표현들이 아니라, 따로 떼어 놓고 보면 그다지 중요하지 않은 것 같은데 시의적절할 때 나오면 갑자기 깊고 현명한 의미를 얻는 민중적인 격언이었다.

종종 그는 자신이 이전에 말했던 것과 정반대의 말을 하기도 했지만 그 말도 이 말도 모두 옳았다. 그는 말하기를 좋아했고, 또 자신의 말을 상냥한 표현들과, 피에르가 생각하기엔 그 자신이 만들어 낸 표현 같은 관용구로 꾸미면서 재미있게 말했다. 그러나 그가 들려주는 이야기들의 주된 매력은 그의 말 속에서는 가장 단순한 사건들이, 때로 피에르가 눈으로 보았지만 알아채지 못했던 그 단순한 사건들이 엄숙한 고상함을 획득한다는 사실이었다. 그는 한 병사가 저녁마다 들려주는 민담을 (언제나 똑같았다) 듣는 것을 좋아했지만 그가 가장 듣기 좋아한 이야기는 진짜 삶에 대한 이야기였다. 그는 그런 이야기들을 들으며 즐겁게 미소 지었고, 중간에 끼어들었으며, 자신이 듣고 있는 이야기의 고상함을 이해하기 위한 질문들을 했다. 카라타예프는 피에르가 이해하는 집착, 우정, 사랑 같은 것은 전혀 갖고 있지 않았다. 하지만 삶이 그와 맺어 준 모든 것들, 특히 사람들을 (잘 알고 있는 어떤 사람이 아니라 자기 눈앞에 있는 사람들을) 사랑했고, 그들과 함께 사랑하며 살아갔다. 그는 자신의 개를 사랑했고, 동료들과 프랑스인들을 사랑했으며, 막사 내 이웃이 된 피에르를 사랑했다. 하지만 피에르는 카라타예프가 자신에게 아무리 다정하게 대해도 (카라타예프는 자기도 모르게 이 다정함을 통해 피에르의 정신생활에 의무를 부여했다) 자신과의 이별을 단 한 순간도 애석해하지 않으리라고 느꼈다. 피에르 또한 카라타예프에게 똑같은 감정을 느끼기 시작했다.

다른 나머지 포로들에게 플라톤 카라타예프는 매우 평범한 병사였다. 그들은 그를 작은 매 혹은 플라토샤라는 애칭으로 부르며 선량한 마음으로 그를 놀리기도 하고 심부름을 보내기도 했다. 그러나 피에르에게 그는 첫날 밤에 보여 주었던, 언제까지나 단순함과 진리의 정신을 불가해하고 둥글둥글하고 영원히 체현하는 존재로 남았다.

플라톤 카라타예프는 자신의 기도문 외에 아무것도 암기하지 못했다. 그는 이야기를 시작하면, 말을 하면서 어떻게 끝맺어야 할지도 모르는 것 같았다.

그가 한 이야기의 의미에 충격받은 피에르가 다시 말해 달라고 가끔 부탁했을 때, 플라톤은 자신이 가장 좋아하는 노래 가사를 피에르에게 말하지 못했던 것과 마찬가지로 자신이 방금 전에 한 말도 기억하지 못했다. 그중에는 "사랑하는 사람아, 작은 자작나무야, 나는 지루해"라는 표현이 있었는데 단어상으로는 아무 의미도 없었다. 그는 이야기에서 따로 분리된 단어의 의미를 이해하지 못했고 또 이해할 수도 없었다. 그의 말 한마디 한마디, 그의 행동 하나하나는 그가 알지 못하는 어떤 활동, 즉 그의 삶의 발현이었다. 하지만 그의 삶은 그 자신이 보는 바대로 개별적인 삶으로서는 어떤 의미도 지니지 않았다. 그 삶은 그가 끊임없이 느끼고 있는 전체의 한 부분으로서만 의미를 띠었다. 꽃송이에서 향기가 떨어져 나오듯 그의 말과 행동은 그 자신으로부터 일정하게, 불가피하게, 직접적으로 흘러나왔다. 별개로 취한 행동이나 말의 가치도, 의미도 그는 이해할 수 없었다.

14

니콜라이로부터 오빠가 로스토프가 사람들과 함께 야로슬라블에 있다는 소식을 들은 마리야 공작 영애는 아주머니의 만류에도 불구하고 즉시 떠날 준비를 했는데, 혼자가 아니라 조카와 함께 가려고 했다. 그녀는 그것이 어려울지 쉬울지, 가능할지 불가능할지에 대해 묻지도, 알고 싶어 하지도 않았다. 그녀의 의무는 아마도 죽어 가고 있을 오빠 옆에 직접 있는 것뿐 아니라 그에게 아들을 데려가기 위해 가능한 모든 일을 하는 것이었기에, 그녀는 떠날 준비를 했다. 안드레이 공작이 마리야 공작 영애에게 직접 소식을 전하지 않은 것에 대해 마리야 공작 영애는 그가 편지도 쓸수 없을 정도로 아주 약해졌거나 그녀와 자신의 아들에게 이 긴 여행이 너무 힘들고 위험하리라 생각해서였을 거라고 해석했다.

며칠 동안 마리야 공작 영애는 길 떠날 준비를 했다. 그녀가 탈것으로는 보로네시까지 타고 온 공작의 거대한 사륜마차, 반개(半開) 사륜마차, 짐마차가 있었다. 그녀와 함께 마드무아젤 부리엔, 니콜루시카와 가정 교사 데살, 늙은 보모, 하녀 세 명, 티혼, 젊은 하인 한 명 그리고 아주머니가 공작 영애에게 보낸 심부름꾼한 명이 마차를 타고 갔다.

평상시 다니던 길로 모스크바까지 간다는 것은 생각도 할 수 없었기에 마리야 공작 영애는 우회해야 했다. 리페츠크, 랴잔, 블라디미르, 슈야를 통과하는 그 길은 아주 길었고, 역참마다 교대할 말이 없어 매우 힘들었다. 게다가 랴잔 부근에서 프랑스군이 출몰한다는 소문마저 돌아 위험하기까지 했다.

이 어려운 여정 동안 마드무아젤 부리엔과 데살과 마리야 공작 영애의 하녀는 그녀의 군건한 정신과 활동에 놀랐다. 그녀는 가장 늦게 잠자리에 들어 가장 일찍 일어났으며, 어떤 어려움도 그녀를 저지할 수 없었다. 동행인들을 고무시킨 그녀의 활동과 에너지 덕분에 2주가 지날 무렵 그들은 야로슬라블 부근까지 왔다.

보로네시에서 머물던 마지막 시기에 마리야 공작 영애는 자기 인생에서 최고의 행복을 경험했다. 로스토프를 향한 사랑은 이제 그녀를 괴롭히거나 동요시키지 않았다. 그 사랑은 그녀의 온 영혼을 채웠고 그녀에게서 분리할 수 없는 일부가 되었으며 그녀는 더 이상 그 사랑에 저항하여 싸우지 않았다. 최근 마리야 공작 영애는 비록 스스로에게 말로써 분명히 표현한 적은 없었지만, 자신이 사랑받고 또 사랑하고 있음을 확신했다. 그녀는 이를 최근에, 그녀의 오빠가 로스토프가 사람들과 함께 있다는 것을 알려 주기 위해 찾아온 니콜라이와의 만남에서 확인했다. 니콜라이는 이제 (안드레이 공작의 건강이 회복될 경우) 그와 나타샤의 이전 관계가 다시 회복될 수도 있다는 것에 대해 단 한 마디 암시도 하지 않았으나 마리야 공작 영애는 그의 얼굴에서 그가 그 점을 알고 또 그에 대해 생각하고 있다는 것을 알았다. 그럼에도 불구하고 그녀에 대한 신중하고 다정하고 애정 어린 그의 태도는 변하지 않았을 뿐 아니라 마리야 공작 영애도 가끔 생각했던 것처럼 이제 마리야 공작 영애와 그의 인척 관계로 인해 자신의 우정과도 같은 사랑을 그녀에게 더 자유롭게 표현할 수 있다는 사실에 기뻐하는 듯했다. 마리야 공작 영애는 자신이 인생에서 처음이자 마지막으로 사랑하고 있다는 것을 알았고, 사랑받고 있다는 것을 느꼈으며, 이런 관계에서 행복하고 평온했다.

그러나 마음 한편의 그 행복은 그녀가 오빠에 대하여 크게 슬퍼하는 것을 막지 못했을뿐더러, 반대로 이 정신적인 평온은 다른 한편에서 오빠에 대한 자신의 감정에 충분히 몰입할 수 있는 가능성을 그녀에게 주었다. 이 감정은 너무도 강렬해서 보로네시를 떠나는 처음 몇 분 동안 그녀를 배웅하는 사람들은 그녀의 지치고 절망적인 얼굴을 보며 그녀가 틀림없이 여행 중에 병이 날 거라고 확신했다. 그러나 마리야 공작 영애가 전심전력을 다해 매달린 여행의 어려움과 걱정들은 그녀를 잠시나마 슬픔으로부터 구해 주었고 그녀에게 힘을 주었다.

여행 중에 늘 그러하듯 마리야 공작 영애는 여행의 목적이 무엇인지 잊은 채 단지 여행에 대해서만 생각했다. 하지만 야로슬라블에 점점 가까워지면서, 수많은 나날이 지난 후가 아니라 바로 오늘 저녁 그녀에게 닥칠 수 있는 일이 눈앞에 다시 펼쳐졌을 때 마리야 공작 영애의 흥분은 극도에 다다랐다.

로스토프가 사람들이 어디에 있고 안드레이 공작의 상황이 어떤지 알아보라고 앞서 보낸 심부름꾼이 관문 옆에서 시내로 들어오는 커다란 사륜마차를 만났을 때 그는 창문 밖으로 그를 향해 내민, 무서울 정도로 창백한 공작 영애의 얼굴을 보고 공포를 느꼈다.

"전부 알아보았습니다, 공작 영애님. 로스토프가 사람들은 광장의 브론니코프 상인 집에 계십니다. 여기서 멀지 않은 볼가 강변입니다." 심부름꾼이 말했다.

마리야 공작 영애는 그가 무슨 말을 하는지 이해하지 못하면서, 오빠가 어떠냐는 중요한 질문에 그가 대답하지 않는 이유를 이해하지 못하면서 놀라고 의문스러운 표정으로 그의 얼굴을 보았다. 마드무아젤 부리엔이 마리야 공작 영애를 위해 질문했다.

"공작님은 어떠신가?" 그녀가 물었다.

"공작 각하는 그분들과 같은 집에 계십니다."

'그렇다면 오빠는 살아 있겠구나.' 공작 영애는 이렇게 생각하고 안드레이 공작이 어떤지 조용히 물었다.

"여전히 똑같은 상태라고 사람들은 말했습니다."

'여전히 똑같은 상태'라는 말이 무엇을 의미하는지 공작 영애는 묻지 않았고 다만 자기 앞에 앉아 시내를 보며 기뻐하는 일곱 살 니콜루시카를 눈에 띄지 않게 잠깐 쳐다본 후 고개를 숙이고는 무거운 사륜마차가 덜거덕거리며 흔들리다 어딘가에서 멈출 때까지 고개를 들지 않았다. 발판을 내던지는 소리가 울려 퍼졌다.

문이 열렸다. 왼쪽에 물, 즉 커다란 강이 있고 오른쪽에 현관 계단이 있었다. 현관 계단에는 사인(使人)들, 하녀 한 명, 풍성한 검은 머리를 땋아 내린 뺨이 발그레한 아가씨가 있었는데 마리야 공작 영애에게는 그녀가 왠지 불쾌하고 꾸민 듯한 미소를 짓고 있는 것처럼 보였다. (그녀는 소냐였다.) 공작 영애가 계단을 뛰어 올라가자 꾸민 듯이 미소 짓고 있는 아가씨가 말했다. "이쪽으로, 이쪽으로 오세요!" 어느덧 현관 대기실까지 들어온 공작 영애는 자기 앞에 동양적인 유형의 얼굴을 가진, 감동받은 표정으로 공작 영애를 맞으러 빠른 걸음으로 다가오는 늙은 여자를 발견했다. 그녀는 백작 부인이었다. 그녀는 마리야 공작 영애를 안고 입을 맞추기 시작했다.

"나의 아기!" 그녀가 말했다. "당신을 사랑해요. 오래전부터 당신을 알고 있었죠."

마리야 공작 영애는 자신이 매우 흥분했지만, 이 사람이 백작 부인이고 그녀에게 무슨 말이든 해야 한다는 것을 깨달았다. 그녀는 어떻게 해야 할지 자신도 알지 못하면서 다른 사람들이 그녀에게 말할 때와 똑같은 어조로 몇 마디 공손한 프랑스어를 말하고는 오빠가 어떠냐고 물었다.

"의사는 위험하지 않다고 했어요." 백작 부인이 말했지만 그녀는 그 말을 하는 동안 한숨을 쉬며 눈을 들어 올렸는데, 그 몸짓은 말과 모순되는 것을 보여 주고 있었다.

"오빠는 어디 있나요? 지금 볼 수 있을까요? 가능한가요?" 공작 영애가 물었다.

"지금이라도 볼 수 있어요, 공작 영애, 지금이라도요, 나의 어린 친구. 이 아이가 그의 아들인가요?" 데살과 함께 들어오는 니콜루시카를 돌아보며 백작 부인이 말했다. "우리 모두 같이 머물기로 해요, 집이 크거든요. 오, 정말 귀여운 소년이에요!"

백작 부인은 공작 영애를 응접실로 안내했다. 소냐는 마드무아젤 부리엔과 대화했다. 백작 부인은 소년을 쓰다듬었다. 노백작이 공작 영애에게 인사하며 응접실로 들어왔다. 노백작은 공작 영애가 그를 마지막으로 본 이후로 많이 변해 있었다. 그때는 원기 있고 쾌활하고 자신만만한 노인이었는데 지금은 불쌍하고 내버려진 사람처럼 보였다. 공작 영애와 이야기를 나누면서 그는 자신이 적절히 행동하고 있는지 사람들에게 물어보듯 끊임없이 주위를 둘러보았다. 모스크바와 자신의 영지가 파괴된 후 익숙한 선로에서 이탈한 백작은 자기 존재에 대한 자각을 상실하고 이제는 삶속에 자기 자리가 없다고 느끼는 듯했다.

그녀는 흥분 상태, 최대한 빨리 오빠를 보고 싶은 단 하나의 바람, 오빠를 만나는 것만을 유일하게 원하는 이 순간에 그녀를 계속 붙잡아 두고 조카에게 겉치레로 칭찬하는 사람들에 대한 분노에도 불구하고 공작 영애는 주위에서 일어나는 모든 일을 알아차렸고, 자신이 진입한 이 새로운 질서에 잠시 복종해야 할 필요성을 느꼈다. 그녀는 모든 것이 불가피하다는 것을 알았고, 힘들었지만 그들에게 화를 내지 않았다.

"이 아이는 나의 조카딸이에요." 백작이 소냐를 소개하며 말했다. "공작 영애는 이 아이를 모르죠?"

공작 영애는 그녀를 돌아보았고, 마음속에서 올라오는 적대감을 억누르려 노력하면서 그녀에게 입을 맞추었다. 그러나 주위를 둘러싼 모든 이들의 기분이 그녀 마음속의 기분과 너무 달랐기 때문에 괴로웠다.

"오빠는 어디 있나요?" 사람들을 향해 그녀는 다시 물었다.

"그분은 아래층에 계세요. 나타샤와 함께요." 소냐가 얼굴을 붉히며 대답했다. "상태를 알아보라고 하인을 보냈어요. 제 생각엔 공작 영애님께서 피곤하실 것 같은데, 어떠세요?"

공작 영애의 눈에 분노의 눈물이 차올랐다. 그녀는 고개를 돌렸고, 오빠를 만나려면 어디로 가야 하는지 백작 부인에게 다시 물으려는 순간 문가에서 경쾌하게 느껴지는 가볍고 빠른 발소리가 들렸다. 공작 영애는 주위를 둘러보았고, 안으로 막 뛰어 들어오려는 나타샤를, 오래전 모스크바에서 만났을 때 너무도 자신의 맘에 들지 않았던 나타샤를 보았다.

그러나 나타샤의 얼굴을 제대로 보기도 전에 그녀는 나타샤가 함께 슬퍼할 수 있는 진실한 동지이고, 따라서 자신의 친구라는 점을 깨달았다. 공작 영애는 나타샤에게 달려가 그녀를 안고 그 어깨에다 울음을 터뜨렸다.

안드레이 공작의 머리맡에 앉아 있던 나타샤는 마리야 공작 영애가 도착했다는 이야기를 듣자마자 빠른 걸음으로, 마리야 공작 영애가 경쾌하다고 느꼈던 걸음으로 조용히 방에서 나와 공작 영애에게 달려왔다.

그녀가 방으로 뛰어 들어왔을 때 그녀의 흥분한 얼굴에는 단 한 가지 표정, 다시 말해 사랑의 표정, 그와 공작 영애를 향한, 자신이 사랑하는 남자와 가까운 모든 것을 향한 한없는 사랑의 표정, 타인들에 대한 연민과 그들로 인한 고통의 표정, 그들을 돕기 위해 자신의 모든 것을 바치려는 열망의 표정만 있었다. 그 순간 나타샤의 마음속에는 자신에 대한 생각이나 그와의 관계에 대한 생각은 조금도 없는 듯 보였다.

예민한 마리야 공작 영애는 나타샤의 얼굴을 처음 본 순간 그녀의 슬픔이 깃든 기쁨과 함께 이 모든 것을 이해했고, 그래서 나타샤의 어깨에 대고 울었던 것이다.

"같이 가요, 그분께 같이 가요, 마리." 공작 영애를 다른 방으로 이끌며 나타샤가 말했다.

마리야 공작 영애는 얼굴을 들고 눈물을 닦은 후 나타샤를 바라보았다. 그녀는 나타샤를 통해 모든 것을 이해하고 알게 되리라 느꼈다.

"어떤가요……?" 그녀는 질문을 꺼냈다가 갑자기 말을 멈추었다. 그녀는 말로는 물을 수도 대답할 수도 없다는 것을 알았다. 나타샤의 얼굴과 눈이 더 분명하고 더 깊이 있게 말해 줄 것임에 틀림없었다.

나타샤는 그녀를 바라보았지만 자신이 아는 것을 모두 말해야 할지 말아야 할지 두려워하고 의심하는 듯 보였다. 그녀는 마음속 가장 깊은 곳을 관통하는 이 눈앞에서 모든 것을, 자신이 본 모든 진실을 말하지 않을 수 없다고 느끼는 것 같았다. 나타샤의 입술이 갑자기 떨리면서 입가에 흉한 주름이 생겼다. 그녀는 두 손으로 얼굴을 감싸고 흐느끼기 시작했다.

마리야 공작 영애는 모든 것을 이해했다.

그러나 그녀는 여전히 기대하는 마음으로, 스스로도 믿지 않는 말로 물었다.

"오빠의 상처는 어떤가요? 그의 상태는 어떤가요?"

"당신도, 당신도…… 보게 될 거예요." 나타샤는 간신히 말할 수 있을 뿐이었다.

울음을 그치고 평온한 얼굴로 그의 방에 들어가기 위해 두 사람은 아래층에 있는 그의 방 옆에 잠시 앉았다.

"병이 어떻게 진행되었나요? 병세가 악화된 지 오래되었나요? **그 일**이 언제 일어났죠?" 마리야 공작 영애가 물었다.

나타샤는 처음 얼마 동안은 고열과 통증으로 위험한 상황이었지만 트로이차에서 그런 증상은 사라졌고, 의사는 오직 괴저를 두려워하고 있다고 말했다. 그러나 이 위험도 지나갔다. 야로슬라블에 도착하자 상처가 곪기 시작했고 (나타샤는 화농 등등에 관한 것들을 전부 알고 있었다) 의사는 응당 화농이 올 것이라고 말했다. 열이 났다. 의사는 그 열도 위험하지 않았다고 말했다.

"하지만 이틀 전에……." 그녀는 말문을 열었다. "갑자기 **그 일**이 일어났어요." 그녀는 흐느낌을 억눌렀다. "나는 왜 그런지 모르겠지만요, 당신도 그가 어떻게 되었는지 보게 될 거예요."

"쇠약해졌나요? 말랐어요?" 공작 영애가 물었다.

"아뇨, 그렇지는 않은데 더 안 좋아요. 당신도 보게 될 거예요. 아, 마리, 마리, 그분은 너무 좋은 분이에요, 하지만 그분은 살 수 없어요, 살 수 없어요…… 왜냐하면…….."

15

 나타샤가 익숙한 동작으로 그의 방문을 열어 공작 영애를 먼저 들어가게 할 때부터 이미 마리야 공작 영애는 준비된 흐느낌이 목구멍까지 올라와 있는 것을 느꼈다. 그녀가 아무리 미리 준비하고 침착하려 애쓸지라도 눈물 없이는 그를 볼 수 없으리라는 것을 알았다.

 마리야 공작 영애는 **이틀 전 그에게 그 일이 일어났다**는 말로 나타샤가 무엇을 얘기하고자 했는지를 깨달았다. 그가 갑자기 부드러워졌다는 것이 무엇을 의미하는지를, 그리고 부드러움과 온화함이 죽음의 징후임을 그녀는 이해했다. 문으로 다가가면서 그녀는 이미 어린 시절부터 알던 안드류샤의 얼굴을, 그에게서 드물게 나타나기 때문에 그녀에게 매우 강력하게 작용했던 다정하고 온화하고 부드러운 얼굴을 상상 속에서 보고 있었다. 그녀는 아버지가 죽음을 앞두고 그랬던 것처럼 안드레이 공작도 자기에게 평온하고 부드러운 말을 할 것임을, 그리고 자신이 그 말을 견디지 못하고 그 위에 엎드려 통곡하리라는 것을 알았다. 하지만 이르든 늦든 그것은 일어나야만 하는 일이었고, 그녀는 방으로 들어갔다. 그녀가 근시안으로 그의 형체를 점점 더 명료하게 알아보고 그 특징을 찾는 동안 흐느낌이 그녀의 목구멍으로 점점 더 솟구쳐 올라왔다. 그녀는 그의 얼굴을 보았고 그의 시선과 마주쳤다.

그는 다람쥐 가죽으로 만든 할라트를 입고 베개에 둘러싸인 채 소파에 누워 있었다. 그는 수척하고 창백했다. 투명할 정도로 하얗고 마른 그의 한 손은 손수건을 쥐고 있었고, 다른 한 손으로는 조용히 손가락을 움직이며 웃자란 가느다란 콧수염을 매만지고 있었다. 그의 눈이 방에 들어오는 사람들을 바라보았다.

그의 얼굴을 보고 그 시선을 마주한 마리야 공작 영애는 갑자기 걸음 속도를 늦추었고, 갑자기 눈물이 마르고 흐느낌이 멎는 것을 느꼈다. 그의 표정과 시선을 감지하고 나서 그녀는 갑자기 겁이 났고 자신이 잘못한 듯한 느낌을 받았다.

'그런데 대체 내가 뭘 잘못한 거지?' 그녀는 스스로에게 물었다. '바로 그거야, 너는 살아 있고 산 사람에 대해 생각하는데 난……!' 그의 차갑고 엄격한 시선이 대답했다.

그가 여동생과 나타샤를 천천히 주시하는 동안 자신의 외부가 아닌 내면을 바라보는 그 깊은 시선에는 적대감 같은 것이 있었다.

그들은 습관에 따라 서로의 손을 잡고 입을 맞추었다.

"안녕, 마리, 어떻게 여기까지 왔어?" 그가 자신의 시선만큼이나 차분하고 낯선 목소리로 말했다. 만약 그가 절망적인 비명을 질렀다면 마리야 공작 영애에게는 이 비명이 그 목소리보다 덜 무서웠을 것이다.

"니콜루시카도 데려왔니?" 그는 기억을 떠올리려고 노력하면서 마찬가지로 차분하게 느릿느릿 말했다.

"지금 건강은 어때?" 마리야 공작 영애는 자신이 한 말에 스스로 놀라며 물었다.

"그건, 애야, 의사한테 물어봐야지." 그가 말했다. 그리고 또다시 다정하게 대하려고 노력하는 듯 입으로만 말했다. (그는 자신이 말하는 것에 대해 전혀 생각하지 않는 것 같았다.) "와 줘서 고맙다."

마리야 공작 영애는 그의 손을 꼭 잡았다. 누이동생이 손을 잡자 그는 눈에 띄지 않게 살짝 얼굴을 찌푸렸다. 그는 침묵했고, 그녀는 무슨 말을 해야 할지 몰랐다. 그녀는 지난 이틀 동안 그에게 무슨 일이 일어났는지 깨달았다. 그의 말과 어조, 특히 적대적이다시피 한 차가운 시선에는 살아 있는 사람에게 무시무시한 느낌을 주는, 모든 세상으로부터의 소외감이 있었다. 그는 살아 있는 모든 것을 이해하는 데 어려움을 느끼는 듯했다. 하지만 그와 동시에 그가 살아 있는 존재를 이해하지 못하는 이유가 이해력을 상실해서가 아니라 다른 어떤 것, 즉 산 사람들은 모르고 또 이해할 수도 없는 것을 깨달아서라는 점, 또 그것이 그를 완전히 삼켜 버려서라는 점이 느껴졌다.

"운명이 우리를 이렇게 기이하게 이끌었구나!" 그는 침묵을 깨고 나타샤를 가리키며 말했다. "그녀가 내내 옆에서 나를 간호해 주고 있어."

마리야 공작 영애는 그의 말을 들으면서도 그가 말하는 바를 이해할 수 없었다. 그가, 예민하고 상냥한 안드레이 공작이, 자기가 사랑하고 또 자기를 사랑하는 여자 앞에서 어떻게 그런 말을 할 수 있단 말인가! 만약 그가 삶을 생각했다면 그처럼 차갑고 모욕적인 어조로 그런 말을 하지는 않았을 것이다. 만약 자신이 죽으리라는 것을 몰랐다면 어떻게 그녀를 불쌍히 여기지도 않고 그녀 앞에서 그런 말을 할 수 있었겠는가! 이를 설명할 수 있는 것은 오직 하나밖에 없는데, 그것은 바로 그에게는 어느 것이든 상관없다는 것, 다른 무언가가, 가장 중요한 어떤 것이 그에게 모습을 드러냈기에 그에게는 모두가 마찬가지라는 사실이었다.

대화는 냉랭하고 일관되지 않았으며 계속 끊어졌다.

"마리는 랴잔을 거쳐서 왔어요." 나타샤가 말했다. 안드레이 공작은 그녀가 자기 여동생을 마리라고 부른 것을 알아차리지 못했다. 그러나 나타샤는 그의 앞에서 공작 영애를 그렇게 부르고 나서야 비로소 그 사실을 깨달았다.

"그래, 어떻게 됐나요?" 그가 물었다.

"사람들이 마리에게 모스크바 전체가 다 불타 버렸다고 말했대요. 아마도……."

나타샤는 말을 멈추었다. 말을 할 수가 없었기 때문이었다. 그는 들으려고 노력했지만 들을 수 없는 듯했다.

"그래요, 사람들 말로는 다 불타 버렸다더군요." 그가 말했다. "매우 유감이에요." 그리고 손가락으로 콧수염을 산만하게 매만지며 앞을 응시했다.

"그런데 마리, 니콜라이 백작은 만났어?" 그들을 기쁘게 해 주길 원하는 듯 안드레이 공작이 불쑥 입을 열었다. "그가 이곳으로 편지를 보내왔어. 네가 아주 마음에 든다고 말이야." 자신의 말이 살아 있는 사람들에게 불러일으키는 온갖 복잡한 의미를 이해하지 못하는 듯 그는 단순하고 평온하게 말을 이었다.

"너도 그를 사랑하게 되면 정말 좋을 텐데…… 두 사람이 결혼하면." 자신이 오랫동안 찾다가 마침내 발견한 말에 기뻐하는 듯 보이는 그가 서둘러 덧붙였다. 마리야 공작 영애는 그의 말을 들었지만 그녀에게 그 말은 그가 살아 있는 모든 것으로부터 얼마나 심하게 멀어져 있는지를 증명하는 것 외에 다른 어떤 의미도 띠지 않았다.

"내 이야기는 뭣 하러 해!" 그녀는 평온히 말하고 나타샤에게 시선을 던졌다. 나타샤는 자신을 향한 그녀의 시선을 느끼면서도 그녀를 쳐다보지 않았다. 다시 모두 침묵에 잠겼다.

"앙드레……." 갑자기 마리야 공작 영애가 떨리는 목소리로 입을 열었다. "니콜루시카를 보고 싶지 않아? 그 아이는 계속 오빠만 생각했어."

안드레이 공작은 처음으로 눈에 띌 듯 말 듯한 미소를 지었으나 그의 얼굴을 너무 잘 아는 마리야 공작 영애는 그것이 기쁨의 미소도, 아들을 향한 다정한 미소도 아닌, 그녀 자신의 생각에 따르면, 마리야 공작 영애가 그의 감정을 불러일으킬 마지막 수단을 이용한 것에 대한 조용하고 온화한 냉소라는 사실을 공포스럽게 깨달았다.

"그래, 니콜루시카가 와서 난 정말 기뻐. 그 애는 건강하니?"

사람들이 안드레이 공작에게 니콜루시카를 데려왔다. 니콜루시카는 놀란 눈으로 아버지를 보았으나 아무도 울지 않았기 때문에 아이 역시 울지는 않았다. 안드레이 공작은 아들에게 입을 맞추었지만 아들과 무슨 말을 해야 할지 모르는 것처럼 보였다.

사람들이 니콜루시카를 데리고 밖으로 나가자 마리야 공작 영애는 다시 오빠에게 다가가 입을 맞추고는 더 이상 참지 못하고 울음을 터뜨렸다.

그는 그녀를 뚫어지게 바라보았다.

"니콜루시카 때문에 우는 거니?" 그가 말했다.

마리야 공작 영애는 울면서 긍정의 의미로 고개를 끄덕였다.

"마리, 알지? 복음서에……." 하지만 그는 갑자기 침묵했다.

"뭐라고 말했어?"

"아무것도 아냐. 여기서 울면 안 돼." 여전히 차가운 눈빛으로 그녀를 보며 그가 말했다.

마리야 공작 영애가 울기 시작했을 때 그는 니콜루시카가 아버지 없이 혼자 남게 되어서 그녀가 운다는 것을 깨달았다. 그는 삶으로 다시 돌아오려 온 힘을 다해 노력했고, 그들의 시각으로 옮겨 왔다.

'그래, 이들에게는 이 일이 슬픈 것임에 틀림없어!' 그는 생각했다. '하지만 이것은 너무도 단순한데!'

'공중의 새들을 보아라. 그것들은 씨를 뿌리거나 곳간에 모아들이지 않아도 하늘에 계신 너희의 아버지께서 먹여 주신다.'* 그는 이렇게 속으로 말하고 공작 영애에게 똑같은 말을 하길 원했다. '아니야, 그들은 자기 나름대로 이걸 이해할 거야, 아니, 그들은 이해하지 못해! 그들이 소중히 여기는 모든 감정, 우리에게 그토록 중요하게 여겨지는 우리의 모든, 이 모든 생각들, 그것들이 **필요 없다**는 사실을 그들은 이해할 수 없어. 우리는 서로를 이해할 수 없어.' 그리고 그는 침묵에 잠겼다.

안드레이 공작의 어린 아들은 일곱 살이었다. 그는 간신히 글을 읽을 뿐 아무것도 알지 못했다. 그는 그날 이후 지식과 관찰력과 경험을 얻어 가며 많은 일을 겪었다. 하지만 그가 나중에 획득할 이 모든 능력을 당시에 가졌을지라도, 자신이 아버지와 마리야 공작 영애와 나타샤 사이에서 본 장면의 의미를 그가 지금 이해하는 것보다 더 깊이 더 잘 이해하지는 못했을 것이다. 그는 모든 것을 이해했으며 울지 않고 방을 나와 자신을 뒤따라 나온 나타샤에게 말없이 다가가 생각에 잠긴 듯한 아름다운 눈으로 부끄러워하며 그녀를 흘깃 바라보았다. 살짝 올라간 그의 발그레한 윗입술이 떨렸고, 그는 그녀에게 머리를 기대고 울기 시작했다.

그날부터 그는 데살을 피했고, 자기를 귀여워하는 백작 부인을 피해 혼자 앉아 있거나, 마리야 공작 영애와 고모보다 더 좋아하게 된 듯한 나타샤에게 소심하게 다가가 가만히 수줍게 어리광을 부렸다.

안드레이 공작의 방에서 나오던 마리야 공작 영애는 나타샤의 얼굴이 그녀에게 말한 것을 전부 이해했다. 그녀는 더 이상 나타샤에게 그의 목숨을 구할 희망에 대해 말하지 않았다. 그녀는 나타샤와 교대로 그의 소파 옆을 지켰고 더 이상 울지도 않았지만, 죽어 가는 사람 위로 이제는 너무도 뚜렷하게 느껴지는 그 영원하고 이해할 수 없는 존재에게 호소하면서 끊임없이 기도했다.

16

안드레이 공작은 자신이 죽으리라는 것을 알았을 뿐 아니라 지금 죽어 가고 있음을, 이미 절반은 죽은 사람임을 느꼈다. 그는 자신이 지상의 모든 것으로부터 분리되어 있음을, 존재의 기이한 가벼움을 자각했다. 그는 서두르거나 불안해하지 않고 자신에게 닥칠 일을 기다렸다. 일생 동안 끊임없이 감지해 왔던 준엄하고 영원하고 불가해하고 머나먼 존재가 이젠 그에게 가까운 것, 그가 경험한 존재의 기묘한 가벼움을 통해 거의 이해할 수 있고 감지할 수 있는 가까운 것이 되었다.

이전에 그는 종말을 두려워했다. 그는 죽음, 종말에 대한 공포라는 그 무섭고 괴로운 감정을 두 번 경험했고, 지금은 더 이상 그 감정을 이해할 수 없었다.

그는 이 감정을 그의 눈앞에서 유탄이 팽이처럼 빙그르르 돌고, 그가 밭의 그루터기와 딸기나무와 하늘을 보면서 죽음이 그의 앞에 와 있다는 것을 알았을 때 처음 경험했다. 부상에서 깨어나 마치 자신을 억누르던 삶의 압박으로부터 해방되기라도 한 듯 현생에 의존하지 않는 영원하고 자유로운 사랑의 꽃이 마음속에서 순식간에 피어났을 때 그는 더 이상 죽음을 두려워하지 않았고, 그 것에 대해 생각하지도 않았다.

부상을 당한 이후 고통스러운 고독과 반(半)정신 착란 상태 속 에서 지내며 자기 앞에 펼쳐진 영원한 사랑의 새로운 원리에 침잠 해 갈수록 그는 스스로도 느끼지 못하는 사이에 점점 지상의 생활 을 거부하게 되었다. 모든 것과 모든 사람을 사랑하고 사랑을 위 해 언제나 자신을 희생한다는 것은 아무도 사랑하지 않는 것을 뜻 하며, 이 지상의 삶을 살지 않는 것을 뜻했다. 그래서 이 사랑의 원 리가 그를 관통하면 할수록 그는 더욱더 삶을 거부했고, 삶과 죽 음 사이에 사랑 없이 놓인 그 무시무시한 담장을 더욱더 철저히 무너뜨렸다. 처음 얼마 동안 그는 자신이 죽을 수밖에 없다는 사 실을 떠올릴 때면 이렇게 혼잣말하곤 했다. "뭐, 어때, 차라리 잘 됐어."

그러나 반정신 착란 상태에 있는 그의 앞에 간절히 원하던 여인 이 나타났던 그때, 그가 그녀의 손을 입술에 대고 조용히 기쁨에 찬 눈물을 흘렸던 미티시에서의 그날 밤 이후로 한 여인에 대한 사랑이 그 마음속에 자신도 모르는 사이 스며들어 그를 삶과 다시 이어 주었다. 그러자 기쁘기도 하면서 불안하기도 한 상념들이 떠 오르기 시작했다. 야전 응급 치료소에서 쿠라긴을 본 순간을 떠올 리자 그는 이제 그 감정으로 돌아갈 수 없었다. '그는 살았을까?' 라는 질문이 그를 괴롭혔다. 하지만 그것을 물어볼 수는 없었다.

그의 병은 육체의 순리대로 진행되었지만 나타샤가 **'그에게 그 일 이 일어났다'**라고 지칭한 사건은 마리야 공작 영애가 도착하기 이 틀 전에 일어났다. 그것은 삶과 죽음의 마지막 투쟁이었고 죽음이 승리를 거두었다. 그것은 나타샤를 향한 사랑 속에서 그의 앞에 나타난 삶을 그가 아직 소중히 여기고 있다는 뜻밖의 자각이었고, 불가해함 앞에서 느낀 공포에 굴복한 마지막 발작이었다.

그 일이 일어난 것은 저녁때였다. 식사 후 대개 그렇듯이 그의 몸에서 미열이 났지만 사고는 굉장히 또렷했다. 소냐가 테이블 옆에 앉아 있었다. 그는 잠시 졸았다. 불현듯 행복감이 그를 사로잡았다.

'아, 그녀가 들어왔다.' 그는 생각했다.

실제로 소냐의 자리에는 방금 기적 없이 들어온 나타샤가 앉아 있었다.

그녀가 간호하기 시작한 후부터 그는 그녀가 가까이 있다는 육체적 감각을 항상 감지했다. 그녀는 안락의자에 앉아 그에게 불빛이 비치지 않도록 몸을 비스듬히 돌려 양초의 불빛을 가린 채 긴 양말을 뜨고 있었다. (언젠가 안드레이 공작이 긴 양말을 뜨는 늙은 보모만큼 환자를 잘 간호하는 사람은 없다고, 양말 뜨기에는 마음을 평온하게 하는 무언가가 있다고 그녀에게 말한 후 그녀는 양말 뜨기를 배웠다.) 가느다란 손가락이 이따금 맞부딪는 뜨개바늘을 재빨리 놀리며 생각에 잠긴 그녀의 고개 숙인 옆모습이 그의 눈에 또렷이 보였다. 그녀가 움직이자 실 꾸러미가 무릎에서 굴러 떨어졌다. 그녀는 몸을 떨고 그를 돌아본 후 한 손으로 초를 가리면서 조심스럽고 유연하고 정확한 동작으로 몸을 구부려 실 꾸러미를 들어 올린 다음 원래 자세로 돌아가 앉았다.

그는 미동도 하지 않고 지켜보다 그녀가 그 동작을 하고 나서 온 가슴으로 숨을 크게 들이쉬어야 하는데도 그러지 않기로 마음먹고 조심스럽게 숨을 갈무리하는 것을 보았다.

트로이차 대수도원에서 그들은 과거에 대해 이야기하곤 했는데, 그는 만약 자신이 살아난다면 그녀와 다시 만나게 해 준 부상에 대해 영원한 하느님께 감사드리겠다고 말했다.

'그렇게 될 수 있을까, 없을까?' 지금 그녀를 쳐다보면서, 뜨개 바늘의 가벼운 금속성 소리에 귀 기울이며 그는 생각했다. '운명이 내가 그녀를 만나도록 이처럼 기묘하게 이어 준 것은 단지 나의 죽음을 위해서였나? 삶의 진실이 내 앞에 열린 것은 단지 내가 거짓 안에서 살도록 하기 위해서였나? 나는 그녀를 이 세상에서 가장 사랑한다. 하지만 나는 사랑하는 여인을 위해 무엇을 해야 하나?' 그는 속으로 이렇게 중얼거리면서 고통을 겪는 동안 얻은 습관대로 갑자기 무심결에 끙끙 앓는 소리를 냈다.

그 소리를 들은 나타샤가 양말을 내려놓고 그에게 다가와 그의 빛나는 눈동자를 보고 나서 몸을 숙였다.

"안 자요?"

"네. 오래전부터 당신을 보고 있었어요. 당신이 들어온 걸 느꼈어요. 당신처럼 나에게 이토록 부드러운 평안을…… 이런 빛을 준 사람은 아무도 없었어요. 너무 기뻐서 울고 싶어요."

나타샤는 그에게 더 가까이 움직였다. 그녀의 얼굴이 감격에 찬 기쁨으로 환하게 빛났다.

"나타샤, 난 당신을 지나치게 사랑하고 있어요. 이 세상 무엇보다도요."

"나를요?" 순간 그녀가 고개를 돌렸다. "왜 지나치다고 생각하죠?" 그녀가 말했다.

"왜 지나치냐고요? ……그럼, 당신은 어떻게 생각해요? 솔직히 진심으로 어떻게 느끼죠? 내가 살 수 있을 것 같은가요? 당신 생각은 어때요?"

"난 확신해요. 확신한다고요!" 나타샤는 열정적인 몸짓으로 그의 두 팔을 잡으며 소리치듯 말했다.

그는 잠시 침묵했다.

"그렇게 되면 얼마나 좋을까!" 그는 그녀의 손을 잡고 입을 맞추었다.

나타샤는 행복했고 흥분했다. 그러나 곧바로 이러면 안 된다는 것을, 그에게는 안정이 필요하다는 것을 기억했다.

"하지만 당신은 잠을 자지 않았어요." 그녀는 기쁨을 억누르며 말했다. "제발 잠들려고 애써 봐요."

그는 그녀를, 그녀의 손을 꽉 쥐었다가 놓아주었고 그녀는 양초 쪽으로 돌아가 원래 자리에 다시 앉았다. 그녀는 두 번 그를 돌아보았고, 그의 눈동자는 그녀를 향해 반짝였다. 그녀는 스스로에게 양말 뜨기를 과제로 주면서 그것을 다 뜰 때까지 그를 돌아보지 않겠다고 속으로 중얼거렸다.

실제로 그는 곧 눈을 감고 잠이 들었다. 그는 잠깐 잠들었다가 갑자기 식은땀을 흘리며 불안하게 눈을 떴다.

그는 잠들면서도 요즘 내내 생각하던 것, 즉 삶과 죽음에 대해 계속 생각했다. 그리고 죽음에 대해 더 많이 생각했다. 그는 자신이 죽음에 더 가까이 있음을 느꼈다.

'사랑? 대체 사랑이 무엇이지?' 그는 생각했다. '사랑은 죽음을 방해한다. 사랑은 삶이다. 모든 것, 내가 이해하는 모든 것, 내가 그것들을 이해하는 이유는 단지 내가 그것들을 사랑하기 때문이다. 모든 것은 존재하는데, 다만 내가 사랑하기 때문에 존재하는 것이다. 모든 것은 이 하나로 이어져 있다. 사랑은 하느님이다. 그리고 죽는다는 것은 사랑의 일부인 나에게 보편적이고 영원한 근원으로 돌아가는 것을 의미한다.' 그 생각은 그에게 위안을 주는 듯했다. 그러나 생각에 불과했다. 그 안에는 무언가가 결여되어 있었다. 일방적일 만큼 개인적이고 지적인 무언가가 있을 뿐 명확한 것이 없었다. 그리고 똑같은 불안과 모호함이 있었다. 그는 잠들었다.

그는 꿈에서 자신이 누워 있는 현실 속의 그 방에 부상당하지 않은 건강한 몸으로 누워 있는 것을 보았다. 하찮고 냉담한 온갖 다양한 인간들이 안드레이 공작 앞에 나타난다. 그는 그들과 말을 나누고 불필요한 무언가에 대해 논쟁한다. 그들은 어딘가로 떠날 준비를 한다. 안드레이 공작은 이 모든 것이 하찮고 자신에게는 지극히 중요한 다른 고민들이 있음을 어렴풋이 기억해 내지만 그들을 놀라게 하면서 공허하고도 재치 있는 말들을 계속 늘어놓는다. 차츰 눈에 띄지 않게 그 모든 이들의 얼굴이 사라지기 시작하고, 모든 것은 닫힌 문에 대한 한 가지 질문으로 바뀐다. 그는 문에 빗장을 질러 잠가 두려고 자리에서 일어나 문으로 간다. 그가 문을 잠글 수 있느냐 없느냐에 **모든 것**이 달려 있다. 그는 서둘러 걸으려 하지만 다리가 움직이지 않고, 문을 닫을 수 없다는 것을 안다. 그럼에도 불구하고 병적으로 온 힘을 다해 애쓴다. 그러자 괴로운 공포가 그를 사로잡는다. 그 공포란 죽음의 공포다. 문 너머에 **그것**이 서 있다. 하지만 그가 문을 향해 무력하고 꼴사납게 기어가는 그때 이미 무언가 끔찍한 것이 반대편에서 문을 밀어 억지로 열려고 한다. 인간이 아닌 무언가가, 죽음이, 문을 억지로 열려고 하는데, 그것을 막아야 한다. 그는 문을 막아 보기라도 하려고 (문을 잠그는 것은 이미 불가능했다) 문에 달려들어 마지막 힘을 쏟아붓는다. 그러나 그의 힘은 약하고 어설프고 끔찍한 것에 의해 밀리던 문이 열렸다가 다시 닫힌다.

그것이 한 번 더 밀어붙이자 최후의 초자연적인 노력은 무용지물이 되고 두 개의 문짝이 소리 없이 열렸다. **그것**이 들어왔다. 그것은 **죽음**이다. 그리고 안드레이 공작은 죽었다.

그러나 죽는 그 순간 안드레이 공작은 자신이 자고 있다는 것을 기억해 냈고, 죽는 그 순간 온 힘을 다해 눈을 떴다.

'그래, 그건 죽음이었어. 난 죽었어. 그리고 깨어났지. 그래, 죽음은 깨어남이야!'* 갑자기 그의 마음속이 환해졌다. 이때까지 불가해한 것을 가리던 장막이 영혼의 눈앞에서 걷혔다. 그는 자기 안의 속박되어 있던 힘이 해방되는 듯한 기분과 기묘한 가벼움을 느꼈다. 그 가벼움은 이후 그를 떠나지 않았다.

식은땀을 흘리며 깨어난 그가 소파 위에서 뒤척이자 나타샤가 다가와 무슨 일이냐고 물었다. 그는 대답하지 않고, 그녀의 말을 이해하지 못하면서 이상한 시선으로 그녀를 쳐다보았다.

바로 이것이 마리야 공작 영애가 도착하기 이틀 전, 그에게 일어난 일이었다. 의사의 말에 의하면, 체력을 소진시키는 신열이 악성을 띠기 시작한 것은 이날부터였지만 나타샤는 의사의 말에 관심을 보이지 않았다. 그녀는 무서운 징후를, 그녀에게는 더욱 의심할 여지가 없는 정신적 징후를 보았기 때문이었다.

그날 이후 안드레이 공작은 꿈에서 깨어남과 동시에 삶에서도 깨어났다. 그리고 그가 느끼기에 삶의 길이와 비교했을 때 삶에서의 깨어남이 꿈의 길이와 비교했을 때 꿈에서의 깨어남보다 느린 것 같지 않았다.

상대적으로 느린 이 깨어남 속에는 무섭고 격렬한 것이 전혀 없었다.

그의 마지막 나날과 시간들은 평범하고 단순하게 흘러갔다. 그의 곁을 떠나지 않는 마리야 공작 영애와 나타샤 모두 그것을 느꼈다. 그들은 울지도 떨지도 않았고, 마지막에는 그들도 느꼈다시피 더 이상 그가 아니라 (그는 이미 그들을 떠나 버렸다) 그에 관한 가장 가까운 기억, 즉 그의 육체를 돌보았다. 두 사람의 감정이 너무도 강렬해서 죽음의 외적이고 무서운 측면은 그들에게 아무 영향을 미치지 않았으며, 그들은 자신의 슬픔을 자극할 필요가 없다고 느꼈다. 그들은 그가 있는 자리에서나 없는 자리에서나 울지 않았고, 자기들끼리도 그에 대해서 결코 이야기하지 않았다. 그들은 자신들이 이해한 것을 말로는 표현할 수 없다고 생각했다.

두 사람 모두 그가 그들을 떠나 어딘가로 점점 더 깊이, 천천히, 평온하게 가라앉는 것을 보았고, 둘 다 그렇게 되어야만 하고, 그것이 좋다는 것을 알았다.

그는 참회를 하고 성찬을 받았다. 모든 이들이 그에게 작별 인사를 하러 왔다. 사람들이 아들을 데려오자 그는 아들에게 입을 맞추고 고개를 돌렸는데, 괴로움이나 동정을 느껴서가 아니라 (마리야 공작 영애와 나타샤는 그것을 알았다) 단지 사람들이 그에게 요구하는 것이 바로 그것뿐이라고 생각했기 때문이었다. 그러나 사람들이 아들을 축복해 주라고 말하자 그는 요구받은 대로 하고는 마치 무언가 아직 더 해야 할 것이 남았느냐고 묻기라도 하듯 주위를 둘러보았다.

영혼이 남긴 몸의 마지막 경련이 일어나는 동안 마리야 공작 영애와 나타샤는 그곳에 있었다.

"끝났어요?" 그의 몸이 그들 앞에서 차갑게 식어 가며 꼼짝 않고 누워 있은 지 몇 분이 지난 뒤에 마리야 공작 영애가 말했다. 나타샤는 다가가 죽은 눈을 들여다보고 서둘러 눈을 감겨 주었다. 그녀는 눈을 감기면서 그 눈이 아닌 그에 대한 가장 가까운 기억에 입을 맞추었다.

'그는 어디로 갔을까? 그는 이제 어디에 있는 걸까……?'

씻긴 후 옷을 입힌 시신을 테이블 위의 관에 눕히자 모두 그에게 작별 인사를 하러 다가왔고, 모두가 흐느꼈다.

니콜루시카는 마음을 찢는 고통스러운 의혹 때문에 울었다. 백작 부인과 소냐는 나타샤에 대한 연민 때문에, 그가 더 이상 존재하지 않는다는 사실 때문에 울었다. 노백작은 이제 곧 자신도 그와 똑같은 걸음을 내디뎌야 한다는 생각이 들어 울었다.

나타샤와 마리야 공작 영애도 울었지만 개인적인 슬픔 때문에 운 것은 아니었다. 그들 앞에서 일어난 죽음의 단순하고 장엄한 신비를 지각했을 때 자신들의 영혼을 사로잡은 경건한 감동 때문에 울었던 것이다.

제2부

I

인간의 이성으로는 현상들에 대한 원인들의 총합에 도달할 수 없다. 그러나 인간의 영혼에는 원인을 찾고 싶은 욕구가 내재한다. 그리고 인간의 이성은 제각기 별개의 원인으로 나타날 수 있는 현상들의 조건이 무수히 많고 복잡하다는 점을 깊이 탐구하려 하지 않고 첫 번째의 가장 이해 가능한 근사치를 잡아 바로 이것이 원인이라고 말한다. (인간의 행동을 관찰 대상으로 삼는) 역사적 사건에서 가장 원초적 근사치는 신의 의지이고, 그다음은 가장 눈에 띄는 역사적 장소에 있던 인간들, 즉 역사적 영웅들의 의지다. 그러나 개개 역사적 사건의 본질, 즉 사건에 참여한 모든 인간 대중의 활동을 탐구하기만 해도 역사적 영웅의 의지는 대중의 행위를 지도하는 것이 아니라 오히려 그 자신이 끊임없이 지도받는다는 사실을 확인할 수 있다. 역사적 사건의 의미를 이렇게 생각하든 저렇게 이해하든 별로 상관없는 것처럼 보일 수도 있다. 그러나 서방 민족들이 동방으로 원정을 떠난 이유가 나폴레옹이 원했기 때문이라고 말하는 사람과 그것이 일어난 이유는 반드시 일어나야 하는 일이었기 때문이라고 말하는 사람 사이에는, 지구는 멈춰 있고 행성들이 그 주위를 돈다고 주장한 사람들과 무엇이 지구를 지탱하는지 모르겠지만 지구와 다른 행성들의 운행을 지배하는 법칙이 존재한다는 것은 안다고 말한 사람들 사이에 있는 것만큼의 차이가 있다.* 역사적 사건의 원인에는 모든 원인들의 유일한 원인 외에 다른 원인은 없으며 있을 수도 없다. 그러나 사건들을 지배하는 법칙들은 존재하며 그것들 중 일부는 우리가 모르는 것이고 일부는 알고 있는 것이다. 이 법칙들의 발견은 오직 우리가 한 인간의 의지에서 원인을 찾는 것을 완전히 포기할 때만 가능한데, 이는 마치 사람들이 지구의 부동성 개념을 버릴 때만 행성 운행의 법칙을 발견할 수 있게 되는 것과 같다.

보로디노 전투와 모스크바 함락 그리고 모스크바의 소실(燒失) 이후 역사가들은 1812년 전쟁의 가장 중요한 일화로 러시아군이 랴잔 가도에서 칼루가 가도로, 그곳에서 다시 타루티노 마을의 진지로 이동한 사건, 이른바 크라스나야 파흐라 너머로의 측면 행군을 꼽는다. 역사가들은 이 천재적인 공훈의 영광을 다양한 인물들에게 돌리면서 그 공훈이 원래 누구의 것이었는지를 놓고 논쟁을 벌인다. 심지어 외국 역사가들, 심지어 프랑스 역사가들도 이 측면 행군을 언급하며 러시아 지휘관들의 천재성을 인정한다. 그러나 왜 전쟁 저술가들과 그들의 뒤를 이은 많은 이들이 이 **측면** 행군을 어느 한 인물이 심사숙고해서 짜낸 고안으로, 러시아를 구하고 나폴레옹을 파멸시킨 고안으로 생각하는지 참으로 이해하기 어렵다. 첫째, 이 측면 행군의 어디에 심사숙고함과 천재성이 있는지 이해하기 힘들다. 왜냐하면 군대를 위한 최적의 위치가 (군대가 공격받지 않을 때) 식량이 더 많은 곳이라는 점을 추측하는 데는 많은 정신적 노력이 필요하지 않기 때문이다. 그 누구라도, 심지어 멍청한 열세 살 소년이라도 1812년 모스크바로부터 퇴각한 군대에 가장 유리한 위치가 칼루가 가도에 있다는 것을 알 수 있었다. 따라서 첫째, 역사가들이 어떤 추론을 통해 이 작전으로부터 심오한 무언가를 보게 되는지 이해하기는 불가능하다. 둘째, 이 작전이 러시아인들에게는 구원을, 프랑스인들에게는 파멸을 가져왔다는 점을 역사가들이 어디에서 발견하는지 이해하기란 더더욱 어렵다. 왜냐하면 이 측면 행군은 그보다 앞서거나 동시에 일어나거나 뒤따라온 다른 상황들을 통해 러시아 군대에는 파멸을, 프랑스 군대에는 구원을 가져왔을 수도 있기 때문이다. 만약 그 행군이 이루어진 후부터 러시아 군대의 상황이 점차 나아졌다 해도 그로부터 그 행군이 원인이었다고 결론을 내릴 수는 없다.

만약 이 측면 행군에 다른 조건들이 따르지 않았다면 어떤 이점도 가져올 수 없었을 뿐 아니라 오히려 러시아군을 파멸시킬 수도 있었다. 모스크바가 불타지 않았다면 어떻게 되었을까? 만약 뮈라가 시야에서 러시아군을 놓치지 않았다면?* 나폴레옹이 게으름을 피우지 않았다면? 러시아군이 베니히센과 바르클라이의 조언에 따라 크라스나야 파흐라 부근에서 전투를 벌였다면? 만약 러시아군이 파흐라강 너머로 이동할 때 프랑스군의 공격을 받았다면 어떻게 되었을까? 만약 나폴레옹이 이후에 타루티노로 진격할 때 스몰렌스크 공격에 쏟은 힘의 10분의 1이라도 들여 러시아군을 공격했다면 어떻게 되었을까? 만약 프랑스군이 페테르부르크로 갔다면 어떻게 되었을까……? 이 모든 가정을 했을 때 측면 행군은 구원이 아니라 파멸을 가져왔을 수도 있다.

셋째, 가장 이해하기 힘든 것은 역사를 연구하는 사람들이 측면 행군을 어떤 한 인간의 공으로 돌릴 수 없다는 점, 아무도 그것을 예견하지 못했다는 점, 필리에서 퇴각할 때처럼 이 작전이 어느 누구의 눈에도 하나의 전체로 제시되지 않고 다양하고 무수한 조건들로부터 한 걸음씩, 한 사건씩, 한 순간씩 차례차례 흘러나왔다는 점, 그리고 작전은 완수되어 과거가 될 때에만 하나의 전체로 제시된다는 사실을 일부러 보려 하지 않는다는 점이다.

필리 군사 회의 때 보여 준 러시아군 상층부의 지배적인 의견은 당연히 직선 방향으로, 즉 니즈니노브고로드 가도를 따라 퇴각하는 것이었다. 군사 회의의 대다수 발언들이 이런 의미에서 나왔다는 점, 특히 회의가 끝난 후 총사령관과 식량 부서를 담당한 란스코이가 나눈 유명한 대화가 그 증거다. 란스코이는 군대를 위한 식량이 주로 오카강 연안의 툴라와 칼루가에서 모이기 때문에 니즈니노브고로드로 퇴각할 경우 군대는 오카강에 가로막혀 식량과 단절된다고, 초겨울에는 강을 통한 운송이 불가능하다고 총사령관에게 보고했다. 그것은 그때까지 가장 자연스럽게 보이던 니즈니노브고로드로의 직선 노선에서 방향을 틀어야 할 필연성의 첫 번째 징후였다. 군대는 랴잔 가도를 따라 식량을 향해 더 가까이 계속 남하했다. 러시아군을 시야에서 놓치기까지 한 프랑스군의 태만과 툴라 공장* 방어와 관련된 고민, 무엇보다 식량에 접근함으로써 얻는 이익들은 러시아군으로 하여금 툴라 가도를 향해 더 남쪽으로 방향을 틀게 했다. 러시아군이 파흐라를 지나 툴라 가도로 절망적인 행군을 하는 동안 사령관들은 포돌스크 부근에 남는 것을 생각했지 타루티노 진지에 대해서는 별생각이 없었다. 그러나 수많은 상황, 이전에 눈앞에서 러시아군을 놓친 프랑스군의 재출현, 전투 계획, 무엇보다 칼루가의 풍부한 식량 때문에 러시아군은 남쪽으로 더더욱 방향을 틀어 보급로의 중심으로, 즉 툴라 가도에서 칼루가 가도로, 다시 타루티노로 이동할 수밖에 없었다. 모스크바가 언제 버려졌는가라는 질문에 답하기가 불가능하듯 언제 누구에 의해 타루티노로의 이동이 결정되었는가라는 질문에 대해서도 답하기가 불가능하다. 무수한 미분적인 힘의 결과로 군대가 이미 타루티노에 도착하고 나서야 비로소 사람들은 자신들이 그것을 원했고, 오래전부터 예견해 왔다고 스스로 확신하게 되었다.

2

그 유명한 측면 행군이란 전진할 때와 반대 방향으로 곧장 퇴각하던 러시아군이 프랑스군의 공격이 중단된 후, 자신들을 추격하던 적군이 보이지 않는 동안 원래 취한 직선 노선에서 이탈하여 풍부한 식량이 끌어당기는 쪽으로 자연스럽게 향한 것뿐이었다.

러시아군 수뇌부에 천재적인 장군들이 없고 지휘관 없는 군대만 남았다 하더라도, 그 군대 역시 식량이 더 많고 풍요로운 지방으로부터 포물선을 그리며 모스크바로 다시 돌아오는 것 말고는 다른 무엇을 할 수 없었을 것이다.

니즈니노브고로드 가도에서 랴잔 가도, 툴라 가도, 칼루가 가도로 이어진 이동이 너무나 자연스러웠기 때문에 러시아군 약탈병들도 바로 이 방향으로 달아났으며, 페테르부르크에서도 쿠투조프에게 그의 군대를 이 방향으로 이동시키도록 요구했다. 타루티노에서 쿠투조프는 군대를 랴잔 가도로 이동시킨 일 때문에 군주로부터 질책을 받았고, 쿠투조프에게 칼루가 맞은편으로 갈 것을 지시했지만, 군주의 편지를 받았을 때 그는 이미 그곳에 있었다.

전쟁의 전 기간과 보로디노 전투에서 받은 충격의 진행 방향으로 굴러가던 러시아군이라는 공은 그 충격의 힘이 사라지고 새로운 충격을 받지 않으면서 그것에 자연스러운 위치를 차지했다.

쿠투조프의 업적은 사람들이 말하듯 어떤 천재적이고 전략적인 작전이 아니라 그 혼자만이 당시 벌어지던 사건의 의미를 이해했다는 점이다. 오직 그 한 사람만이 그때 이미 프랑스군의 태만의 의미를 이해했고, 오직 그 한 사람만이 보로디노 전투를 승전이라고 계속 주장했다. 오직 그 한 사람, 총사령관이라는 자신의 지위상 공격에 나서야 했던 그 한 사람만이 러시아 군대가 무익한 전투를 하지 않는 데 자신의 온 힘을 다 썼다.

보로디노 부근에서 상처를 입은 짐승은 달아난 사냥꾼이 그를 두고 간 자리에 쓰러져 있었다. 그러나 사냥꾼은 짐승이 살았는지, 기력이 있는지, 그저 숨기만 한 것인지 알지 못했다. 갑자기 그 짐승의 신음 소리가 들렸다.

그 상처 입은 짐승인 프랑스군의 파멸을 폭로한 신음 소리는 평화 조약을 요청하기 위해 쿠투조프의 진영으로 로리스통을 파견한 것이었다.

좋은 게 좋은 게 아니라 자기 머리에 떠오른 것이 좋은 거라는 확신을 가지고 나폴레옹은 가장 먼저 떠오른, 그러나 아무 의미도 없는 말을 쿠투조프에게 써 보냈다. 그는 다음과 같이 썼다.

쿠투조프 공작, 많은 중대한 문제들에 대해 교섭하고자 나의 시종 무관들 가운데 한 명을 보내오. 그가 당신에게 말하는 것 모두를 신뢰해 주기 바라오. 특히 내가 오래전부터 당신에게 품어 온 존경과 특별한 경의의 감정을 그가 표현할 때……. 무슈 쿠투조프 공작, 이 편지에는 아무런 목적도 없소. 하느님께서 자신의 거룩한 피 아래에서 당신을 지켜 주시길 기도하겠소.

1812년 10월 3일, 모스크바, 나폴레옹

만약 사람들이 내가 어떤 식의 거래든 그 주모자로 나를 본다면 나는 후손들의 저주를 받을 것이오. 그것이 바로 우리 민족의 참된 의지이기 때문이오.

쿠투조프는 이렇게 답하고 계속해서 군대의 공격을 억제하는데 모든 힘을 쏟았다.

프랑스군은 모스크바를 약탈하고, 러시아군은 타루티노 부근에서 편안하게 주둔하던 이 한 달 동안 양 군대의 힘의 관계(사기와 군 인원수)에 변화가 생겼고, 그 결과 러시아군의 전력이 우세하다는 것이 밝혀졌다. 프랑스군의 상황과 병사의 수는 러시아 측에 알려지지 않았지만, 힘의 관계에 변화가 생기자마자 공격이 필요하다는 무수한 징후가 즉각 나타났다. 예를 들면 이런 것들이었다. 로리스통의 파견, 타루티노의 풍부한 식량, 프랑스군의 태만과 무질서에 대해 사방에서 들어오는 정보, 신병 모집을 통한 아군 연대의 인원 보충, 좋은 날씨, 러시아 병사들의 장기간 휴식, 휴식으로 인해 군대 내에 흔히 나타나는, 자신들이 소집된 목적을 빨리 수행하고 싶어 하는 조바심, 너무나 오랫동안 보지 못한 프랑스군 내부에서 무슨 일이 발생했는지에 대한 호기심, 현재 타루티노에 주둔 중인 프랑스군 주위에서 어정거리는 러시아 전초부대들의 대담함, 농부들과 파르티잔들이 프랑스군을 상대로 거둔 손쉬운 승리에 대한 소식, 이런 소식에 자극받은 질투심, 프랑스군이 모스크바에 있는 한 모든 사람들의 마음에 놓여 있는 복수심, 그리고 (가장 중요한 것으로) 힘의 관계에 변화가 생겨 아군이 우세하다는, 각 병사들의 마음속에서 일어나는 어렴풋한 자각. 힘의 본질적인 관계는 변했고, 공격은 필연적인 것이 되었다. 그리고 음악 시계의 바늘이 한 바퀴 돌면 종이 울리고 음악이 연주

되는 것만큼이나 확실하게 힘의 본질적인 변화에 따라 강화된 움직임과 음악 시계의 쇳소리와 연주가 상층부에 즉각 반영되었다.

3

　러시아군은 쿠투조프와 그 사령부뿐 아니라 페테르부르크의 군주에게도 지휘를 받았다. 페테르부르크에서는 모스크바 포기에 대한 소식을 받기 전부터 전쟁 전반에 대해 상세한 계획을 세우고 그것을 쿠투조프에게 보내 지침으로 삼도록 했다. 그 계획은 모스크바가 아군의 수중에 있다는 것을 전제로 세워졌지만 사령부는 그 계획에 찬성하고 실행에 옮기기로 했다. 쿠투조프는 다만 원거리 견제 공격은 항상 그 실행이 어렵다고만 써 보냈다. 그러자 페테르부르크에선 자신들이 봉착한 난관을 해결하기 위해 새로운 지령과 쿠투조프의 행동을 감시하고 보고하는 것을 그 임무로 하는 인물들을 파견했다.

　게다가 러시아군 사령부 전체가 완전히 바뀌었다. 전사한 바그라티온과 화가 나서 물러난 바르클라이 자리를 다른 사람들이 대체했다. A를 B의 자리에 앉힐지, B를 D의 자리에 앉힐지, 혹은 반대로 D를 A의 자리에 앉힐지 등등 누가 더 적임자인가 하는 문제도 매우 진지하게 고려되는데 마치 A와 B의 만족 이외에 다른 무언가가 이 문제에 달렸을 수도 있다는 투였다.

　군사령부에서는 쿠투조프와 참모장 베니히센의 반목, 군주의 신임을 받는 인물들의 존재, 그리고 이 같은 인사이동 때문에 여느 때보다 더욱 복잡한 파벌 싸움이 벌어지고 있었다. A는 B를, D는 C를 계략에 빠뜨리는 등의 일들이 모든 가능한 모든 인사이동과 조합에 걸쳐 벌어졌다. 이 모든 계략에서 음모의 대상은 대개 전쟁과 관련된 일로, 이들은 모두 전쟁을 지휘할 생각을 품고 있었다. 그러나 이 전쟁과 관련된 일은 이들과는 상관없이 마땅히 흘러가야 하는 대로, 즉 사람들이 고안해 낸 것에 전혀 부합하지 않고 대중의 본질적인 태도로부터 흘러나와 진행되었다. 그 모든 고안들은 서로 엇갈리고 뒤범벅이 되면서 응당 일어나야 하는 것의 확실한 재현만을 상층부에 제시할 뿐이었다.

타루티노 전투 후 도착한 10월 2일의 편지에서 군주는 다음과 같이 썼다.

미하일 일라리오노비치 공작!

9월 2일 이후 모스크바는 적의 수중에 놓여 있소. 그대의 마지막 보고는 20일에 보낸 것이오. 이 기간 내내 적에 대항하는 군사 행동과 고도(古都)의 해방을 위한 어떤 조치도 취해지지 않았을 뿐 아니라 심지어 그대의 마지막 보고에 따르면, 그대는 더욱 후방으로 퇴각하기까지 했소. 세르푸호프는 이미 적의 부대에 점령당했고, 군대를 위해 꼭 필요한 공장이 있는 툴라도 위험에 처했소. 빈친게로데 장군의 보고에 따르면, 적의 1만 군단이 페테르부르크 가도를 따라 접근하고 있소. 몇천의 다른 군단도 드미트로프를 향해 출발했소. 또 다른 군단은 블라디미르 가도를 따라 전진하기 시작했소. 상당한 규모의 또 다른 군단은 루자와 모자이스크 사이에 주둔해 있소. 나폴레옹은 25일에 모스크바에 있었소. 이 모든 정보로 볼 때 적군은 강력한 군단들로 병력을 분산시켰고, 나폴레옹은 자신의 친위대와 아직 모스크바에 있는데, 당신은 눈앞에서 마주한 적의 병력이 너무 강해 공세를 취할 수 없다는 게 가능한 것이오? 아마 그와 반대로 그자는 그대의 군대보다 훨씬 더 약한 몇몇 분대로, 혹은 기껏해야 몇몇 군단으로 그대를 추적하고 있다고 가정하는 것이 훨씬 더 설득력 있을 것이오. 이런 상황을 이용하여 그대는 보다 약한 적을 유리한 위치에서 공격하여 전멸시킬 수도 있을 것이고, 혹은 적을 후퇴하게 만들어 현재 적에게 함락된 현들 가운데 상당수를 우리 수중에 넣고, 또 그렇게 함으로써 툴라와 그 외 우리의 내륙 도시들을 위험으로부터 지킬 수 있을 것이오. 만약 많은 군대를 유지할 수 없는 이 수도를 위협하고자 적이 페테르부르크로 상당 규모의 군단을 파견한다면 이에 대한 책임은 그대가 져야 할 것이오. 왜냐하면 많은 군대와 함께 단호하고 적극적으로 행동할 때 그대는 이 새로운 불행을 막을 모든 수단을 가지고 있기 때문이오. 모스크바의 상실로 모욕받은 조국에 대해 그대는 여전히 책임이 있다는 것을 기억하시오. 그대는 그대에게 포상을 줄 내 용의(用意)를 경험했소. 이런 용의가 내 안에서 약해지지는 않을 것이지만 나와 러시아는 그대로부터 그대의 지혜, 군인으로서 그대의 재능, 그대가 지휘하는 군대의 용맹함이 우리에게 전조하는 모든 노력과 불굴의 의지와 승리를 마땅히 기대할 권리가 있소.

그러나 힘의 본질적인 관계가 이미 페테르부르크에도 반영되었음을 증명하는 이 편지가 길 위에 있을 때는 쿠투조프도 더 이상 자신이 지휘하는 군대의 진격을 막지 못해 이미 전투가 시작된 상태였다.

10월 2일, 카자크 샤포발로프는 정찰을 돌던 중 라이플총으로 토끼 한 마리를 죽이고 다른 한 마리를 상처 입혔다. 샤포발로프는 상처 입은 토끼를 뒤쫓아 숲속 깊숙이 들어갔다가 그 어떤 경계도 없던 뮈라 군대의 왼쪽 측면과 맞닥뜨렸다. 카자크는 조소하면서 프랑스인들에게 붙잡힐 뻔한 일을 동료들에게 들려주었다. 그 이야기를 들은 카자크 부대의 소위가 지휘관에게 그것을 보고했다.

카자크는 불려 가서 심문을 받았다. 카자크 지휘관들은 이 기회를 이용해 말들을 탈취하려 했지만 군 상층부와 알고 지내던 지휘관 하나가 그 사실을 군사령부 장군에게 알렸다. 최근 군사령부는 극도의 긴장 상태에 있었다.

"만일 내가 당신을 몰랐다면 이 사람은 자신이 요청한 것을 정말로 바라지 않는다고 생각했을 거요. 대공작 각하가 정반대로 행동하게 하려면 나는 한 가지 조언만 하면 되오." 베니히센은 이렇게 대답했다.

파견 나간 척후병들에 의해 확인된 카자크들의 정보는 사건이 완전히 무르익었음을 결정적으로 입증했다. 팽팽하게 당겨진 현이 끊어지고 괘종시계가 종을 치고 음악 시계의 연주가 시작되었다. 허울뿐인 권력과 지혜와 노련함과 인간에 대한 지식을 갖춘 쿠투조프도 군주에게 개인적으로 보고한 베니히센의 서한과 모든 장군들이 표현하는 동일한 열망, 자신이 예상하는 군주의 열망, 카자크들의 정보를 심사숙고한 후 그 불가피한 움직임을 더 이상 억누를 수 없었기에 자신이 무익할 뿐 아니라 해롭다고까지 여긴 것을 지시하고 말았는데, 이는 이미 일어난 사실을 축복한 것이었다.

4

 베니히센에 의해 제출된 공격의 불가피함에 관한 서한과 프랑스군의 왼쪽 측면이 열려 있다는 카자크들의 정보는 공격 명령을 내려야 할 필연성에 대한 최후의 전조에 불과했고, 공격은 10월 5일로 정해졌다.

 10월 4일 오전, 쿠투조프는 작전 명령에 서명했다. 톨이 그걸 예르몰로프에게 읽어 주고 이후의 지휘를 맡아 달라고 제안했다.

 "좋소, 좋소. 그런데 지금은 시간이 없어서 말이야." 예르몰로프는 이렇게 말하고 통나무집에서 나갔다. 톨이 작성한 작전 명령은 매우 훌륭했다. 비록 독일어로 쓴 것은 아니었지만 아우스터리츠 작전 명령에서와 똑같이 작성되어 있었다.

 '제1종대는 저리로 가고, 제2종대는 이리로 간다.'(독일어) 등등. 그리고 서류상에서는 이 모든 종대들이 지정된 시각에 제 위치에 도착하여 적을 물리쳤다. 어느 작전 명령이나 다 그렇듯 모든 것은 훌륭하게 고안되었다. 그리고 어느 작전 명령의 경우에나 다 그렇듯 제시간에 제 위치에 도착한 종대는 하나도 없었다.

 필요한 부수만큼 작전 명령서가 준비되자 작전 수행을 위해 서류를 전달하도록 예르몰로프에게 파견된 장교가 호출되었다. 쿠투조프의 연락 장교인 젊은 기병 장교는 맡은 임무의 중요성에 만족해하며 예르몰로프의 숙소로 출발했다.

"나가셨습니다." 예르몰로프의 종졸이 대답했다. 기병 장교는 예르몰로프가 자주 방문하는 장군에게 갔다.

"아니요, 장군님도 안 계십니다."

기병 장교는 말을 타고 다른 장군에게로 갔다.

"아니요, 나가셨습니다."

'내가 작전 지연의 책임을 지지 않아야 되는데! 짜증 나는군!' 장교는 생각했다. 그는 온 진영을 돌아다녔다. 누군가는 예르몰로프가 다른 장군들과 함께 어디로 가는 것을 보았다고 말했고, 다른 사람은 숙소로 다시 돌아갔을 거라고 말했다. 장교는 식사도 하지 않고 저녁 6시까지 예르몰로프를 찾아다녔다. 그러나 예르몰로프는 어디에도 없었고, 어디에 있는지 아는 사람도 없었다. 장교는 동료의 숙소에서 서둘러 요기를 하고 다시 전위 부대의 밀로라도비치를 찾아갔다. 밀로라도비치도 숙소에 없었지만 그가 키킨 장군의 숙소에서 열리는 무도회에 있으며 예르몰로프도 틀림없이 그곳에 있을 거라는 말을 들었다.

"거기가 어디입니까?"

"저기 예치키노의 저택입니다." 카자크 장교가 멀리 떨어진 지주의 저택을 가리키며 말했다.

"어떻게 그럴 수가! 산병선 너머예요?"

"아군의 두 연대가 산병선에 파견되었는데 그곳에서 오늘 굉장한 술판이 벌어지고 있답니다. 난리예요! 악단이 둘, 합창단이 셋이래요."

장교는 산병선 너머 예치키노의 집으로 향했다. 저택에 다가가는 동안 멀리서부터 병사들의 노랫소리가 들려왔다.

"초오원에서…… 초오원에서……!"멀리에서 사람들의 고함치는 목소리에 묻힌 휘파람 소리와 토르반* 소리가 들려왔다. 그 소리에 장교의 마음도 유쾌해졌으나 그와 동시에 자신이 맡은 중요한 명령서를 이렇게 오래도록 전달하지 못한 것에 책임을 느끼고 두려워졌다. 벌써 8시가 넘었다. 그는 말에서 내려 현관 계단을 올라가, 러시아군과 프랑스군이 있는 동안 온전히 보존된 지주의 대저택 대기실로 들어갔다. 식료품 저장실과 대기실에서는 하인들이 술과 음식을 나르느라 분주했다. 창문 아래에는 합창대원들이 서 있었다. 문 안쪽으로 안내받은 장교는 군 장성들의 얼굴을 한꺼번에 보았다. 그중에는 눈에 잘 띄는 체구가 큰 예르몰로프도 있었다. 장군들은 반원으로 서서 프록코트의 단추를 모두 풀어 젖힌 채 붉고 생기 넘치는 얼굴로 크게 웃고 있었다. 홀 한가운데에서는 키가 그리 크지 않은 잘생긴 장군이 붉은 얼굴로 거침없이 능숙하게 트레파크를 추고 있었다.

"하, 하, 하! 아, 니콜라이 이바노비치로군! 하, 하, 하……!"

장교는 이런 순간에 중요한 명령서를 가지고 들어와 잘못을 두 배로 저질렀다는 느낌이 들었고, 잠시 기다리길 바랐다. 그러나 장군들 가운데 한 명이 그를 알아보고 찾아온 이유를 묻고 예르몰로프에게 말을 전했다. 예르몰로프는 찌푸린 얼굴로 나와 장교의 이야기를 듣고 나서 아무 말 없이 서류를 받아 들었다.

"넌 예르몰로프가 외출한 게 우연이라고 생각해?"그날 밤 사령부 동료가 장교에게 말했다. "장난을 친 거야. 전부 일부러 그런 거야. 코노브니친을 애먹이려는 거야. 내일 어떤 소동이 벌어지는지 잘 지켜봐!"

5

다음 날 이른 아침, 노쇠한 쿠투조프는 잠자리에서 일어나 하느님께 기도를 드리고 옷을 입은 후 자신이 찬성하지 않는 전투를 지휘해야 한다고 불쾌하게 느끼면서 이륜마차에 올라 타루티노에서 약 5베르스타 후방에 있는 레타솁카를 출발하여 공격군이 모이기로 한 장소로 향했다. 쿠투조프는 자다 깨다 하면서 오른쪽에서 사격 소리가 나진 않았는지, 전투가 시작되진 않았는지 귀를 기울이며 마차를 타고 갔다. 그러나 모든 것이 아직 조용했다. 습하고 음울한 가을날의 새벽이 막 시작되었다. 타루티노 부근에 이르렀을 때 쿠투조프는 기병들이 말들을 데리고 그의 마차가 달리는 길을 가로질러 샘으로 가는 것을 보았다. 쿠투조프는 그들을 주시하다가 마차를 세우고 어느 연대인지 물었다. 기병들은 저 멀리 앞쪽에 매복하고 있어야 할 종대 소속이었다. '아마 착오가 있었나 보군.' 늙은 총사령관은 생각했다. 그러나 좀 더 앞으로 간 쿠투조프는 걸어총을 한 보병 연대를 보았다. 병사들은 속바지 차림으로 죽을 먹거나 장작을 나르고 있었다. 사람들을 시켜 장교를 불렀다. 장교는 진격 명령이 전혀 없었다고 보고했다.

"어떻게 그럴……." 쿠투조프는 말을 꺼내려다 즉시 입을 다물고는 고참 장교를 불러오라고 명령했다. 마차에서 내린 그는 고개를 숙인 채 무겁게 숨을 쉬고 이리저리 서성이면서 묵묵히 기다렸다. 호출을 받은 참모 본부의 장교 에이헨이 나타나자 쿠투조프의 얼굴이 시뻘겋게 변했는데 장교의 잘못 때문이 아니라 그가 분풀이하기 좋은 상대였기 때문이다. 노인은 몸을 부들부들 떨고 헐떡이며 분노로 인해 땅바닥을 굴러다녔던 격분의 상태가 되어 위협적인 손짓을 하고 소리를 지르고 상스러운 욕설을 퍼부우며 에이헨을 크게 나무랐다. 그 자리에 나타난 브로진 대위 역시 아무 잘못이 없는데도 똑같은 꼴을 당했다.

"도대체 뭐 하는 새끼야! 이 파렴치한 놈들을 총살해!" 그는 두 팔을 휘두르고 비틀거리며 목쉰 소리로 외쳤다. 그는 육체적인 고통을 느꼈다. 총사령관이며 대공작인 그가, 이제까지 러시아에 그런 권력을 가진 사람이 없다고 모두들 확신하는 그가 이런 처지에 놓인 것이다. 전군 앞에서 웃음거리가 된 것이다. '오늘을 위해 그토록 열심히 기도했건만, 밤에 자지도 않고 고심했건만, 다 쓸데없는 짓이었어!' 그는 속으로 중얼거렸다. '내가 풋내기 장교였던 시절에도 아무도 감히 나를 이렇게 조롱하지 못했는데……. 그런데 지금!' 그는 체형이라도 당한 듯한 육체적 고통을 느껴 분노에 찬 고통스러운 비명을 지르지 않을 수 없었다. 그러나 곧 힘이 빠져 주위를 둘러보고는 좋지 않은 말을 너무 많이 했다고 느끼며 마차에 올라 말없이 되돌아갔다.

한번 폭발한 분노는 더 이상 되풀이되지 않았고, 쿠투조프는 힘없이 눈을 깜빡이며 베니히센과 코노브니친과 톨의 변명, (예르몰로프는 다음 날까지도 쿠투조프 앞에 나타나지 않았다) 옹호의 말, 실패한 작전을 다음 날 실행해야 된다는 주장을 경청했다. 그리고 쿠투조프는 또다시 동의해야 했다.

6

  다음 날 군대는 저녁부터 지정된 장소에 집합하여 밤사이 내내 진군했다. 비는 내리지 않는 검보라색 먹구름이 깔린 가을밤이었다. 땅은 축축해도 진창이 없었기 때문에 군대는 소리 없이 행군했고 가끔 덜거덕거리는 대포 소리만 약하게 들렸다. 큰 소리로 이야기하거나 담배를 피우거나 부싯돌로 불을 일으키는 것은 금지되었다. 말들도 울지 못하게 했다. 은밀한 계획이었기에 매력적이었다. 사람들은 유쾌하게 행군했다. 몇몇 종대는 행선지에 도착했다고 생각한 듯 행군을 멈추고는 걸어총을 하고 차가운 땅바닥에 드러누웠다. 몇몇 (대다수) 종대들은 밤새 행군했는데 아마도 자신들이 있어야 할 지점에는 도착하지 못했을 것이다.

  카자크들을 거느린 오를로프-데니소프* 백작만이 (모든 분대 가운데 가장 미미한 분대였다) 제시간에 제 위치에 도착했다. 그 분대는 스트로밀로보 마을에서 드미트롭스코예 마을로 가는 숲 가장자리의 샛길에 멈춰 섰다.

  동이 트기 전에 잠시 졸고 있던 오를로프 백작을 누군가가 깨웠다. 프랑스군 진영의 탈주병이 그의 앞에 끌려왔다. 포니아토프스키 군단의 폴란드인 부사관이었다. 부사관은 폴란드어로 자신은 근무 중에 모욕을 받아 탈주했다고, 오래전에 장교로 임명되어야 했다고, 자신은 누구보다 용감하다고, 그래서 프랑스군을 버렸으며 그들을 벌하고 싶다고 해명했다. 그는 뮈라가 러시아군으로부터 1베르스타도 안 되는 곳에서 야영했으며, 만약 자신에게 1백 명의 병사를 주면 그를 생포해 오겠다고 말했다. 오를로프-데니소프 백작은 동료들과 상의했다. 거절하기에는 제안이 너무도 유혹적이었다. 모두들 자진하여 나섰고, 모두들 시도해 보라고 조언했다. 많은 논쟁과 숙고 끝에 그레코프 소장이 두 개의 카자크 연대를 거느리고 그 부사관과 함께 가 보기로 결정했다.

"명심해라." 오를로프-데니소프 백작이 부사관을 놓아주며 말했다. "만약 거짓말이라면 네놈을 개처럼 목매라고 명령할 것이고, 사실이라면 금화 1백 닢을 주겠다."

부사관은 결연한 표정으로 그 말에 대꾸도 하지 않고 말에 올라 신속하게 준비를 마친 그레코프와 함께 출발했다. 그들은 숲속으로 사라졌다. 자기 책임 아래 일을 감행하게 된 것에 흥분한 오를로프 백작은 날이 새기 시작하는 아침의 신선한 공기에 어깨를 움츠리며 그레코프를 배웅하고 숲을 빠져나와 밝아 오는 아침과 꺼져 가는 모닥불의 빛 속에서 이제 환영처럼 보이는 적의 진영을 둘러보기 시작했다. 오를로프-데니소프 백작 오른편의 탁 트인 비탈에 아군의 종대들이 보여야만 했다. 오를로프 백작은 그곳을 쳐다보았다. 그러나 멀리에서도 눈에 띄어야 할 그 종대들이 어디에도 보이지 않았다. 오를로프-데니소프 백작이 느꼈듯이, 특히 눈이 좋은 그의 부관도 말했듯이 프랑스군 진영에서 움직임이 일기 시작했다.

"아, 정말 늦는군." 오를로프 백작이 적의 진영을 응시한 후 말했다. 우리가 믿던 사람이 더 이상 눈앞에 보이지 않을 때 종종 그러하듯이 부사관은 사기꾼이고, 그가 거짓말을 했으며, 어디로 데려갔는지도 모를 두 개 연대를 빼내 모든 일을 망쳐 놓으리라는 것이 불현듯 너무나도 명확하고 명료하게 보였다. 저런 대군 속에서 총사령관을 잡아올 수 있을까?

"그놈이 거짓말한 게 틀림없어. 이 사기꾼 같으니!" 백작이 화를 내며 말했다.

"되돌아오게 할 수 있습니다." 적의 진영을 보았을 때 오를로프-데니소프 백작과 마찬가지로 이 계획에 의혹을 품었던, 수행원들 중 한 명이 말했다.

"뭐? 정말? 자네는 어떻게 생각하나? 그냥 이대로 내버려 둘까? 아니면 돌아오게 할까?"

"돌아오라고 명령을 내리실 겁니까?"

"돌아오게 해, 돌아오게 해!" 갑자기 오를로프 백작이 시계를 보며 단호하게 말했다. "늦겠어. 날이 완전히 환해졌어."

그래서 부관은 그레코프를 뒤쫓아 숲으로 말을 몰았다. 그레코프가 되돌아오자 이러한 중단된 시도와 여전히 모습을 보이지 않는 보병 종대들에 대한 헛된 기다림과 적이 가까이 있다는 사실에 (그의 부대의 모든 병사들도 똑같이 느끼고 있었다) 흥분한 오를로프-데니소프 백작은 공격을 결심했다.

그가 조그만 소리로 명령을 내렸다. "말에 오르라!" 병사들은 대열을 만들고 성호를 그었다.

"하느님께서 함께하시길!"

"우라아아아아!" 함성 소리가 숲에 울려 퍼졌다. 마치 자루에서 쏟아져 나오듯 창을 앞으로 기울인 카자크 수백 명이 연이어 개울을 건너 적진으로 유쾌하게 돌진했다.

카자크들을 처음 본 프랑스인이 절망적이고 두려움에 찬 비명을 질렀다. 그러자 진영에서 반쯤 잠들어 있던 사람들이 옷도 입지 않은 채 대포와 라이플총과 말들을 버리고 발길 닿는 대로 뛰어가기 시작했다.

만약 카자크들이 그들의 뒤편과 주위에 있는 것들에 관심을 쏟지 않고 프랑스군을 추격했더라면 뮈라와 그곳에 있던 이들을 모두 붙잡았을지도 모른다. 지휘관들은 그러길 원했다. 하지만 전리품과 포로들을 획득한 카자크들을 그 자리에서 움직이게 하는 것은 불가능했다. 아무도 명령을 듣지 않았다. 그 자리에서 포로 1천5백 명, 화포 38개, 군기 그리고 카자크들에게 무엇보다 중요한 말과 안장과 담요와 다양한 물건들을 노획했다. 이 모든 것을 처리해야 했다. 포로와 대포들을 차지하고 노획물을 나누고 소리를 지르고 심지어 서로 주먹질까지 했다. 카자크들은 이 모든 일로 분주했다.

더 이상 추격을 받지 않게 된 프랑스인들은 조금씩 정신을 차리고 부대별로 집합하여 사격을 시작했다. 오를로프-데니소프는 종대들이 오기를 계속 기다리며 더 이상 공격하지 않았다.

한편 베니히센이 명령을 내리고 톨리가 지휘하는 보병 종대들은 늦게 도착했다. 이들은 '**제1종대는 어디로 가고……**'(독일어) 등등의 작전 명령에 따라 제대로 출발했으나 항상 그렇듯 어딘가에 도착하긴 했지만 지정된 장소는 아니었다. 항상 그렇듯 유쾌한 기분으로 출발한 병사들은 행군을 멈추었다. 불만과 혼란의 소리가 들렸고, 그들은 어딘가로 되돌아갔다. 말을 타고 질주하면서 장군들은 고함을 지르고 화를 내고 서로 다투고 완전히 엉뚱한 곳에 오는 바람에 늦어 버렸다고 말하면서 누군가에게 욕을 퍼붓다가, 결국에는 다들 팔을 휘두르며 그저 어딘가로 가기 위해 다시 행군을 시작했다. '어디든 도착할 거야!' 실제로 그들은 어딘가에 도착했지만 지정된 장소가 아니었고, 몇몇은 정해진 장소에 도착했지만 너무 늦었기 때문에 아무 소득도 없이 그저 총을 맞으려고 온 것밖에 안 되었다. 이 전투에서 아우스터리츠 전투의 바이로터 같은 역할을 한 톨은 여기저기 열심히 말을 타고 돌아다녔지만 어디를 가든 예상과 완전히 반대되는 상황만 보았다. 이미 날이 완전히 밝았을 무렵 그는 숲속에서 바고부트* 군단과 부닥쳤는데, 그 군단은 벌써 한참 전에 오를로프-데니소프와 함께 목적지에 있어야 했다. 실패에 불안해하고 고통스러워하며 그 책임이 다른 누군가에게 있다고 생각한 톨은 군단장에게로 말을 몰고 달려가 이 일에 대해서는 총살을 시키는 것이 마땅하다면서 그를 질책했다. 나이 많고 전투적이고 침착한 바고부트 장군도 그 모든 중단과 혼동과 모순에 지쳐, 자기 성격과는 정반대로, 모두를 놀라게 할 정도로 분통을 터뜨리며 톨에게 불쾌한 말들을 퍼부었다.

"나는 그 누구로부터도 설교를 듣고 싶지는 않지만, 어느 누구 못지않게 나의 병사들과 함께 기꺼이 죽을 수 있소." 그는 이렇게 말하고 1개 사단과 함께 전진했다.

프랑스군의 포화가 쏟아지는 들판으로 나서자, 흥분 상태의 용감한 바고부트는 전투에 뛰어드는 것이 유리할지 불리할지 생각지도 않고 1개 사단과 함께 바로 진격하여 자신의 부대를 포화 속으로 이끌었다. 위험, 포탄, 총알이 바로 격분한 그에게 필요한 것이었다. 처음 날아온 총탄들 가운데 하나가 그를 죽였고, 잇따른 총탄들이 많은 병사들을 죽였다. 그의 사단은 한동안 쓸데없이 적의 포화 아래 서 있게 되었다.

7

한편 또 다른 종대가 전선으로부터 프랑스군을 공격했지만 이 종대에는 쿠투조프가 있었다. 그는 자기 의지에 반하여 시작된 이 전투에서 혼란 외에는 아무것도 나올 게 없다는 것을 잘 알았기에 힘이 미치는 한 군대를 저지하려고 했다. 그는 진격하지 않았다.

쿠투조프는 공격하자는 제안에 굼뜨게 대답하며 자신의 작은 회색 말을 타고 조용히 가고 있었다.

"당신은 공격이라는 말을 항상 입에 달고 있지만 우리가 복잡한 작전을 수행할 수 없다는 사실은 못 보고 있소." 그는 진격을 요청하는 밀로라도비치에게 말했다.

"우리는 오늘 아침에 뮈라를 생포하지도 못했고, 지정된 장소에 제시간에 도착하지도 못했소. 이제 아무것도 할 수 있는 게 없소!" 그는 다른 사람에게 이렇게 말했다.

카자크들의 보고에 따르면, 이전까지 아무도 없던 프랑스군 후방에 이제 폴란드군 2개 대대가 있다고 쿠투조프에게 알리자, 그는 뒤쪽에 있는 예르몰로프를 곁눈질했다. (쿠투조프는 전날부터 예르몰로프와 한마디도 나누지 않았다.)

"그렇게 공격을 요청하고 온갖 계획을 제안하는데, 실제 전투로 들어가면 아무것도 준비해 놓은 게 없어. 반면에 미리 예측한 적들은 대책을 마련하고 있지."

예르몰로프는 그 말을 듣자 눈을 가늘게 뜨고 가볍게 웃었다. 자기 머리 위에 있던 폭풍이 지나갔고 쿠투조프도 이런 암시로만 그칠 것임을 깨달았다.

"저 사람은 나를 놀리는 재미로 저러는 거야." 예르몰로프가 옆에 서 있던 라옙스키를 무릎으로 찌르며 가만히 말했다.

얼마 안 있어 예르몰로프는 쿠투조프 앞으로 나아가 정중하게 보고했다.

"때를 놓친 것은 아닙니다, 대공작 각하. 적은 떠나지 않았습니다. 공격 명령을 내리시면 어떨까요? 그러지 않으면 근위 부대는 연기도 못 볼 겁니다."

쿠투조프는 아무 대답도 하지 않았지만 뮈라의 군대가 후퇴하고 있다는 보고를 받자 공격 명령을 내렸다. 그러나 1백 걸음 정도 전진할 때마다 40~50분 동안 멈춰 섰다.

오를로프-데니소프의 카자크들이 치른 전투만이 전투의 전부였다. 나머지 부대들은 그저 헛되이 수백 명의 병사들을 잃었을 뿐이었다.

그 전투의 결과로 쿠투조프는 다이아몬드 훈장을 받았고 베니히센도 다이아몬드와 10만 루블을 받았으며,* 다른 장군들도 관등에 따라 좋은 것들을 받았다. 그리고 그 전투 이후 사령부 안에서 새로운 인사이동도 있었다.

"**우리에게** 일어나는 일이 **항상** 그렇지. 모든 게 뒤죽박죽이야!" 타루티노 전투 후 러시아 장교들과 장군들이 말했다. 그것은 거기서 어떤 멍청한 인간이 엉망진창으로 일 처리를 했지만 우리는 그러지 않을 거라는 어감을 풍기며 현재 우리가 하는 말과 똑같은 것이다. 하지만 그렇게 말하는 사람들은 자신들이 말하고 있는 것에 대해 잘 모르거나 일부러 자신을 속이는 것이다. 모든 전투(타루티노 전투, 보로디노 전투, 아우스터리츠 전투)는 그것을 계획하고 조직하는 사람들의 예상과 다르게 진행된다. 그것이 본질적인 조건이다.

무수한 자유로운 힘이 (삶과 죽음이 걸린 전투에서만큼 인간이 자유로워질 수 있는 곳은 없다) 전투의 향방에 영향을 미치는데 그 향방은 결코 미리 알 수 없으며, 또 어느 한 가지 힘의 방향과도 일치하지 않는다.

만약 동시에 다양한 곳을 향하는 많은 힘들이 어떤 물체에 작용하면 그 물체의 운동 방향은 그 힘들 중 어느 하나와도 일치할 수 없다. 하지만 최단 거리인 가운데 방향, 즉 역학에서 힘의 평행 사변형의 대각선으로 표현되는 방향은 항상 존재할 것이다.

만약 역사가들, 특히 프랑스 역사가들의 기술에서 그들의 전쟁과 전투가 미리 정해진 계획에 따라 수행되었다는 언급을 우리가 본다면, 그로부터 내릴 수 있는 유일한 결론은 그 기술이 옳지 않다는 것뿐이다.

타루티노 전투는 분명 톨이 염두에 둔 목적, 즉 작전 명령에 따라 부대들을 순서대로 전투에 투입한다는 목적을 성취하지 못했다. 뮈라를 생포하겠다는 오를로프 백작의 목적도, 모든 군단을 순식간에 전멸시키겠다는 베니히센과 다른 인물들의 목적도, 전투에 뛰어들어 무훈을 세우겠다는 어느 장교의 목적도, 자신이 획득한 것보다 더 많은 전리품을 획득하기를 바란 어느 카자크의 목적도, 그 밖의 다른 목적들도 성취하지 못했다. 그러나 만약 실제로 일어난 것, 당시 모든 러시아인들이 공통으로 바라던 (러시아에서 프랑스군을 몰아내고 그들의 군대를 전멸시키는) 것이 목적이었다면, 분명 타루티노 전투는 그 부조리함 때문에 전쟁 기간 동안 필요했을 것이다. 이 전투에서 실제 결말보다 더 합목적적인 어떤 결말을 생각해 내기는 어렵고 불가능하다. 비록 큰 혼란이 있었지만 러시아군은 최소의 노력과 매우 미미한 손실을 통해 전쟁의 전 기간 중 가장 큰 성과를 얻었고, 퇴각에서 공격으로 전환했으며, 프랑스군의 약점을 드러냈고, 나폴레옹 군대가 도주를 시작할 일격을 (프랑스군은 이 일격을 기다리고 있었을 뿐이다) 가했다.

8

나폴레옹은 **모스크바**의 눈부신 승리 이후 모스크바에 들어선 다. 프랑스군이 전장을 장악했기 때문에 승리는 따 놓은 당상이 다. 러시아군은 퇴각하면서 수도를 넘겨준다. 식량과 대포와 포탄 과 셀 수 없이 많은 재물로 가득한 모스크바가 나폴레옹의 수중에 있다. 프랑스군의 절반밖에 안 되는 병력을 소유한 러시아 군대는 한 달 동안 단 한 차례의 공격도 시도하지 않는다. 나폴레옹의 위 상은 눈부시기 그지없다. 두 배의 병력으로 남은 러시아군을 공격 하여 전멸시키는 것, 유리한 평화 조약을 제안하거나 러시아가 이 를 거절할 경우 페테르부르크를 향해 위협적으로 진군하는 것, 설 령 이 진군이 실패해도 스몰렌스크나 빌나로 돌아가거나 혹은 모 스크바에 남는 것, 한마디로 그 당시 프랑스 군대의 눈부신 상황 을 유지하는 데 특별한 천재성이 필요해 보이지는 않는다. 이를 위해서는 가장 단순하고 쉬운 일을 하는 게 필요하다. 즉 군대의 약탈을 불허하고, 겨울 의복을 준비하고, (모스크바에는 전 군대 에 공급할 만큼의 충분한 겨울 의복이 있을 것이다) 전 군대를 위 한 식량을 준비해야 하는 것이 (프랑스 역사가들의 진술에 따르 면, 모스크바에는 반년 이상 버티기에 충분한 식량이 있었다) 필요한 것이다. 그런데 천재 중의 천재이고 군대를 지휘할 권력까지 소유했다고 하는 나폴레옹은 역사가들이 단언하듯 그런 일을 전혀 하지 않았다.

그는 그런 일을 전혀 하지 않았고 오히려 정반대로 했을 뿐 아니라 심지어 그에게 제시된 모든 행동 가운데 가장 어리석고 파멸적인 것을 선택하는 데 자신의 권력을 이용했다. 모스크바에서 겨울을 나는 것, 페테르부르크로 진군하는 것, 니즈니노브고로드로 진군하는 것, 이후 쿠투조프가 갔던 길을 따라 남쪽이나 북쪽으로 좀 더 퇴각하는 것 등 나폴레옹이 할 수 있었던 모든 것들 중에서 그가 실제로 한 것(즉 군대가 도시를 약탈하도록 10월까지 모스크바에 체류한 것, 그 후엔 수비대를 남겨야 할지 말아야 할지 망설이며 모스크바에서 나간 것, 쿠투조프를 향해 갔다가 전투를 시작하지도 않고 오른쪽으로 진군하여 말리 야로슬라베츠까지 간 것, 그리고 또 돌파할 기회를 잡아채 보지도 않고 쿠투조프가 지나간 가도가 아닌 황폐한 스몰렌스크 가도를 따라 모자이스크로 퇴각한 것)보다 더 어리석고 파멸적인 것을 생각해 낼 수는 없을 것이다. 결과들 역시 보여 주듯 군대를 위해 이보다 더 어리석고 이보다 더 파멸적인 것을 생각해 내기는 불가능할 것이다. 가장 노련한 전략가들에게 나폴레옹의 목적이 자기 군대를 파멸시키는 것이라고 가정하게 한 다음 러시아군이 실행한 그 모든 것들과 절대적으로 무관하면서 나폴레옹이 했듯이 프랑스군을 완전히 전멸시킬 일련의 행동들을 궁리해 내게 해 보라.

천재적인 나폴레옹이 바로 그런 행동을 했다. 그러나 나폴레옹이 원해서, 혹은 매우 어리석어서 자신의 군대를 파멸시켰다고 말하는 것은, 나폴레옹이 스스로 원했을 뿐 아니라 매우 영리하고 천재적이어서 모스크바까지 이끌고 왔다고 말하는 것만큼이나 옳지 않다.

어떤 경우든 간에 그의 개인적인 활동은 병사 각각의 개인적 활동보다 더 큰 힘을 갖지 않았고, 다만 현상을 일으킨 하나의 법칙에 일치했을 뿐이다.

역사가들이 우리에게 모스크바에서 약해진 나폴레옹의 힘을 대변하는 것은 (단지 결과가 나폴레옹의 활동을 정당화하지 않았기 때문에) 완전히 잘못되었다. 그는 예전과 똑같이, 혹은 그 이후인 1813년과 똑같이 자신과 군대를 위해 가장 최선의 것을 하려고 모든 능력과 힘을 사용했다. 이 시기 나폴레옹의 활동은 이집트, 이탈리아, 오스트리아, 프로이센에서의 활동만큼 놀라웠다. 4천 년의 시간이 나폴레옹의 위대함을 지켜본 이집트에서* 그의 천재성이 어느 정도까지 작용했는지 우리는 정확히 알 수 없는데, 왜냐하면 그 모든 위대한 공적들이 프랑스인들에 의해서만 기술되었기 때문이다. 우리는 오스트리아와 프로이센에서의 그의 천재적인 활약에 대해서도 정확하게 판단할 수 없는데, 왜냐하면 그의 그곳 활동에 대한 정보를 프랑스와 독일의 사료에서 얻어야 하기 때문이다. 전투도 치르지 않고 군단이 포로로 잡히고, 포위하지도 않았는데 성채가 넘어가는 이런 이해할 수 없는 항복은 독일인들로 하여금 독일에서 벌어진 전쟁에 대한 유일한 설명을 그의 천재성을 인정하는 데에서 찾게 했다. 그러나 우리는 다행스럽게도 스스로의 수치를 감추기 위해 그 천재성을 인정할 이유가 없다. 우리는 사태를 단순하게 직시할 권리를 갖기 위해 대가를 지불했고, 그러므로 이 권리를 양보하지 않을 것이다.

모스크바에서 그의 활동은 다른 곳에서와 마찬가지로 놀랍고 천재적이다. 모스크바에 들어가 그곳에서 나오는 기간 동안 그로부터 연이어 명령과 계획이 쏟아져 나왔다. 주민들과 사절단의 부재 그리고 모스크바의 화재는 그를 당황케 하지 않았다. 그는 자기 군대의 복지도, 적의 행동도, 러시아 국민의 복지도, 파리의 어려운 상황의 해결도, 향후 평화 조약의 조건에 대한 외교적인 계획도 놓치지 않는다.

9

　군사적인 면에서 나폴레옹은 모스크바로 들어온 후 곧바로 세바스티아니 장군에게 러시아군의 움직임을 지켜볼 것을 엄준히 명령하고, 여러 가도로 군단들을 보내고, 뮈라에게 쿠투조프를 찾도록 지시를 내린다. 그 후에는 크렘린의 요새화에 대해 열심히 지시한다. 그다음에는 러시아 전체 지도를 보며 향후 전쟁에 대한 천재적인 계획을 세운다. 외교적인 면에서 나폴레옹은 약탈을 당해 헐벗은 차림을 한, 모스크바를 어떻게 빠져나가야 할지 모르는 야코블레프 대위를 불러 자신의 모든 정책과 관대함에 대해 자세히 설명한다. 그리고 라스톱친이 모스크바를 잘못 관리했다는 사실을 자신의 친구이자 형제인 황제에게 알리는 것이 자신의 의무라고 생각한다는 내용의, 알렉산드르 황제를 수신인으로 하는 편지를 쓴 후 야코블레프를 페테르부르크로 보낸다. 투톨민* 앞에서도 자신의 계획과 관대함을 상세히 설명한 후 협상을 위해 이 노인도 보낸다.

　법률적인 면에서는 화재 직후 범인들을 찾아 처형하라는 명령이 내려진다. 그리고 악인 라스톱친을 벌하기 위해 그의 집을 불태우라는 명령이 내려진다.

행정적인 면에서는 모스크바에 헌법이 반포되고, 시 자치회가 설립되며, 다음과 같은 선언문이 공포된다.

모스크바 주민들이여!

그대들은 지독한 불행을 겪었지만 황제이자 국왕인 폐하께서는 이러한 흐름을 끝내길 원하신다. 무서운 사례들을 통해 그대들은 폐하께서 불복종과 범죄를 어떻게 벌하시는지 깨달았을 것이다. 우리는 무질서를 뿌리 뽑고 공공의 안전을 회복하기 위해 엄격한 조치를 취했다. 바로 그대들 중에서 선출된 러시아 관리들이 그대들의 시 자치회나 시청을 구성할 것이다. 그 관청은 그대들과 그대들의 필요와 그대들의 이익을 배려할 것이다. 관청 임원들은 어깨를 가로질러 두른 붉은 띠로 구분되고, 시장은 그 위에 하얀 띠를 두를 것이다. 그러나 근무 시간이 아닐 때는 왼팔에 붉은 띠만 두를 것이다.

시 경찰은 이전 규정에 따라 설립되고, 경찰 활동을 통해 이미 최상의 질서가 확립되었다. 정부는 두 명의 위원장인 경시 총감 두 명과 위원 스무 명, 즉 시의 모든 구역마다 설치된 경찰서의 서장들을 임명했다. 그대들은 왼팔에 두르고 다니는 하얀 완장으로 그들을 알아볼 수 있을 것이다. 다양한 종파의 몇몇 교회들은 다시 열렸고, 그 안에서 아무 방해 없이 예배가 진행되고 있다. 그대들의 동포들이 매일 자신의 주거지로 돌아오고 있으며 그 거주지 내에서 그들이 겪은 불행에 마땅한 원조와 보호를 받을 수 있도록 하는 명령도 내려졌다. 이것들이 질서를 회복하고 그대들의 상황을 개선하기 위해 정부가 내린 방책들이다. 그러나 이를 성취하기 위해서 그대들은 이 방침과 하나가 되도록 노력해야 하고, 가능하다면 이전의 불행을 잊고 운명이 그렇게 잔인하지 않다는 희망을 가져야 하며, 그대들의 신체와 남은 재산을 침해하는 자들을 기다리는 것은 피할 수 없는 수치스러운 죽음임을 확신해야 하며, 마지막으로 그대들의 신체와 재산이 보호될 것을 의심치 말아야 하는데, 왜냐하면 그것이야말로 모든 군주들 가운데 가장 위대하고 공정한 분의 의지이기 때문이다. 그대들이 어느 민족이든 간에 병사와 주민들이여! 국가 행복의 원천인 공공의 신뢰를 회복하고, 형제처럼 살아가고, 서로를 도와주고 보호하며, 악한 생각을 하는 자들의 의도를 거절할 수 있도록 단결하고, 군과 시 당국에 복종하라. 그러면 그대들은 곧 눈물 흘리는 것을 멈추게 될 것이다.

군량 확보 면에서 나폴레옹은 전군이 스스로 식량을 준비할 수 있도록 교대로 모스크바를 **약탈하러** 가라고, 그렇게 함으로써 군대가 앞날을 대비할 수 있도록 하라고 지시했다.

종교적인 면에서 나폴레옹은 **사제들을 다시 오라고** 하여 교회 예배를 재개하도록 지시했다.

상업적인 면에서는 군의 식량 확보를 위해 곳곳에 다음의 포고문이 걸렸다.

포고문

그대들, 재앙 때문에 도시에서 추방된 침착한 모스크바 주민들, 장인들, 노동자들 그리고 그대들, 근거 없는 공포로 인해 아직도 여기저기 흩어져 들판에서 지체하고 있는 농민들은 들어라! 이 도시에 평화가 돌아오고 질서가 회복되고 있다. 그대들의 동포는 자신들이 존중받고 있음을 보면서 용감하게 자신의 피난처에서 나오고 있다. 그들과 그들의 재산에 가해진 모든 강압 행위는 지체 없이 처벌된다. 황제이자 국왕이신 폐하께서는 그들을 보호하시고, 그대들 가운데 그분의 명령에 복종하지 않는 자를 제외하고는 어느 누구도 적으로 생각하지 않으신다. 폐하께서는 그대들이 하루빨리 불행을 끝내고 집과 가정으로 돌아가기를 원하신다. 폐하의 자애로운 의향에 부응하여 그 어떤 위험도 없는 우리에게로 오라. 주민들이여! 신뢰를 가지고 그대들의 주거지로 돌아오라. 그대들은 곧 필요를 충족시킬 수단을 찾을 것이다. 수공업자들과 성실한 장인들이여! 그대들의 공방으로 돌아오라. 집과 상점, 호위병들이 그대들을 기다리고 있으니, 그대들의 노동에 대해 마땅한 보수를 받아라! 그리고 그대들, 마지막으로 농민들이여, 공포로 인해 숨게 된 숲에서 나와 보호를 받을 것이라는 분명한 확신을 갖고 두려워하지 말고 집으로 돌아가라. 시내에 곡물 상점이 세워졌으므로 농민들은 잉여 물자와 농작물을 싣고 올 수 있다. 정부는 그대들의 자유로운 판매를 보장하기 위해 다음의 조치를 취했다. 1) 농민들과 땅을 경작하는 이들 그리고 모스크바 부근에 사는 주민들은 오늘부터 두려워하지 말고 종류가 무엇이든 간에 모든 물자를 모호바야 거리와 오호트니 랴드에 위치한 지정된 두 상점으로 가져올 수 있다. 2) 이 식량은 그곳에서 구매자와 판매자 간 서로 동의한 가격에 판매될 것이다. 그러나 판매자가 자신이 요구한 정당한 가격을 받지 못하면 그는 식량을 가지고 마을로 돌아갈 수 있는 자유가 있고, 이때 어느 누구도 어떤 식으로든 그를 방해할 수 없다. 3) 매주 일요일과 수요일은 큰 장날로 지정되었다. 따라서 화요일과 토요일마다 짐수레들을 보호하기 위한 충분한 수의 군대가 모든 대로에 배치될 것이다. 4) 짐수레, 말과 함께 집으로 돌아가는 농부들이 아무런 방해를 받지 않도록 똑같은 조치가 취해질 것이다. 도시와 촌락의 주민들이여, 그리고 그대들, 노동자와 장인들이여, 그대들이 어느 민족이든 상관없다! 황제이자 국왕이신 폐하의 자애로운 뜻을 행하도록, 폐하와 함께 공공의 행복을 촉진하도록 그대들을 부르는 바이다. 존경과 신뢰를 폐하의 발밑에 바치고 우리와 **협력하기**를 지체하지 말라!*

군과 민심의 사기를 고양시키기 위해 계속해서 사열식이 이루어지고 포상이 주어졌다. 뿐만 아니라 황제는 말을 타고 여기저기 거리를 돌아다니며 주민들을 위로했다. 또 국정에 대한 모든 염려에도 불구하고 자신이 명령하여 설립된 극장을 직접 방문하기도 했다.

군주들의 최고 덕목인 자선의 측면에서 나폴레옹은 자신에게 좌우되는 모든 일을 했다. 그는 자선 시설들에 **나의 어머니의 집**이라 쓰도록 함으로써 자식의 부드러운 감정을 군주의 덕목인 위대함과 결합하려 했다. 고아원을 방문하여 그에 의해 구조된 고아들이 자신의 하얀 손에 입 맞추는 걸 허락했고, 투툴민과 자애롭게 담화를 나누었다. 티에르의 웅변적인 서술에 따르면, 나폴레옹은 군대에 봉급으로 자신이 만든 러시아 위조지폐를 지불하도록 명령했다. **나폴레옹은 그와 프랑스군에 부끄럽지 않은 행위로 이러한 조치를 취하도록 목소리를 높이면서 화재 피해자들에게 원조를 베풀라고 명령했다.** 그러나 대부분이 적대적인 경향을 갖고 있는 타국 사람들에게 주기 위한 식량이 너무도 소중했기에 나폴레옹은 그들이 다른 곳에서 스스로 식량을 구하도록 돈을 주는 것이 최선이라고 생각하여 그들에게 루블 지폐를

분배하라고 명령했다.

군의 기율에 있어서는 근무 불이행에 대한 엄한 처벌과 약탈 중지에 대한 명령이 끊임없이 내려졌다.

IO

그러나 이상하게도, 마치 기계 장치와 분리된 시계의 숫자판에서 시곗바늘이 톱니바퀴와 제대로 맞물리지 않은 채 목적도 없이 자의적으로 도는 것처럼, 이 모든 명령과 배려와 계획은 유사한 경우에 발표되었던 다른 것들보다 전혀 나쁘지 않은데도 불구하고 문제의 핵심을 건드리지 못했다.

군사적인 면에서 천재적인 전쟁 계획은 (티에르는 이 계획에 대해 **그의 천재성도 이제까지 이보다 더 심오하고 더 교묘하고 더 놀라운 것을 생각해 낸 적이 없었다**고 말했으며, 팽과 벌인 논쟁*을 통해 그 천재적인 계획은 10월 4일이 아닌 15일에 작성된 것으로 추정해야 한다고 증명한다) 현실과 가까운 것이 전혀 없었던 까닭에 실현되지 않았고, 또 실현될 수도 없었다. 크렘린을 요새화하기 위해 **모스크**까지 (나폴레옹은 성 바실리 교회를 그렇게 불렀다) 폭파해야 했는데도 아무런 유익이 없었다. 크렘린 아래 매설한 지뢰는 모스크바를 떠날 때 크렘린이 폭파되길 바라는 황제의 바람을 실현하는 데에만 도움이 되었을 뿐이므로, 말하자면 그 바람은 마루에서 넘어진 어린아이가 다른 사람이 마루를 때려 주길 바라는 마음과도 같았다. 나폴레옹이 그토록 염려하고 관심을 쏟은 러시아군 추격은 전례 없는 현상을 초래했다. 프랑스군 사령관들은 6만 명의 러시아 군대를 놓쳤는데, 티에르의 말에 따르면 뮈라의 수완, 그리고 어쩌면 그의 천재성 덕분에 핀 하나를 발견하듯 그 6만 명의 러시아 군대를 발견하는 데 성공했을 수도 있다.

외교적 측면에서 나폴레옹이 투톨민 그리고 외투와 짐마차를 손에 넣는 데 온 신경이 가 있던 야코블레프를 앞에 두고 자신의 관대함과 공정함을 입증하려 한 모든 시도는 무익한 것으로 판명되었다. 알렉산드르는 이 사절들을 받아들이지도, 답변을 해 주지도 않았다.

법률 면에서는 가짜 방화범들의 처형 이후에도 모스크바의 다른 절반이 전소되었다.

행정 면에서 시 자치회의 설립은 약탈을 멈추지 못했고, 이 자치회에 참여하거나 질서 유지를 구실 삼아 모스크바를 약탈하거나 자신의 재산을 약탈로부터 지키려는 몇몇 사람들에게만 이익을 주었을 뿐이다.

종교 면에서 이집트에서는 회교 사원을 방문하는 것으로 매우 간단히 정리된 상황이 이곳에서는 어떤 성과도 내지 못했다. 모스크바에서 찾아낸 사제 두세 명이 나폴레옹의 의지를 실행하려고 했으나 예배 도중 프랑스 병사가 그 사제 중 하나의 뺨을 때렸고 나머지 다른 사제에 대해 프랑스 관리는 다음과 같이 보고했다.

제가 찾아내서 예배를 재개하도록 초빙한 사제는 교회를 청소하고 문을 잠가 버렸습니다. 그날 밤 사람들이 다시 문과 자물쇠를 부수고 책을 찢고 소동을 피웠습니다.

상업 면에서 성실한 수공업자들과 농민을 향한 포고문에 어떤 반응도 뒤따르지 않았다. 성실한 수공업자들은 존재하지도 않았고, 농민들은 이 포고문을 들고 너무 깊이 들어온 위원들을 붙잡아 죽여 버렸다.

극장으로 민중과 군대에 유흥을 제공하는 문제 역시 마찬가지로 성공하지 못했다. 크렘린과 포즈냐코프*의 저택에 설치된 극장은 배우들이 납치되는 바람에 금방 폐쇄되었다.

자선도 바라던 성과를 내지 못했다. 위조지폐와 진짜 지폐가 모스크바를 가득 채워 그 가치가 퇴색해 버렸다. 전리품을 모으는 프랑스인들에게는 오직 금이 필요했다. 나폴레옹이 불행한 사람들에게 그토록 자비롭게 배포한 위조지폐만 가치를 잃은 것이 아니라, 은도 그것의 가치 이하로 금과 교환되었다.

하지만 그 시기에 최고 지도부의 명령이 효력을 갖지 못했음을 보여 준 가장 놀라운 현상은 약탈을 저지하고 기강을 회복하려 한 나폴레옹의 노력이었다.

군 장교들은 다음과 같이 보고했다.

약탈을 중지하라는 명령에도 불구하고 약탈이 도시에서 계속되고 있습니다. 질서도 아직 회복되지 않았고, 합법적인 방법으로 장사하는 상인은 단 한 명도 없습니다. 단지 종군 매점의 상인들만 물건을 파는데, 그것도 약탈한 물건입니다.

제 관할 구역의 일부가 제3군단 병사들에게 계속 약탈당하고 있습니다. 그 병사들이 지하실에 숨은 불행한 주민들의 얼마 안 되는 재산을 빼앗는 데 만족하지 않고 기병도로 잔인하게 상처를 입히기까지 하는 걸 제 눈으로 수차례 보았습니다.

병사들이 약탈과 도둑질을 한다는 것 빼고는 새로운 소식이 없습니다. 10월 9일.

절도와 약탈이 계속되고 있습니다. 우리가 관할하는 구역에 있는 도둑 무리를 강력한 조치로 제지해야 합니다. 10월 11일.

약탈을 멈추라는 엄한 명령에도 불구하고 크렘린으로 돌아오는 근위 부대 약탈병들만 보여 황제께서 상당히 불만스러워하십니다. 고참 근위대에서는 어제, 지난밤, 오늘에 걸쳐 무질서와 약탈이 그 어느 때보다 더 심하게 재개되었습니다. 황제 폐하께서는 옥체를 지키도록 임명되고 복종의 모범을 보여야만 하는 정예 군인들이 군대를 위해 마련한 술 창고와 상점을 부술 정도로 복종하지 않는 광경을 침통한 심정으로 보고 계십니다. 다른 군인들도 보초들과 위병 장교들에게 불복하고 욕하고 그들을 구타할 정도로 위계질서가 낮아졌습니다.

현 지사는 다음과 같이 기록했다.

모든 금지 명령에도 불구하고 병사들이 잠깐 동안 모든 안마당을 돌아다니고 심지어 황제가 있는 곳의 창문 아래까지 온다며 의전 대신이 매우 강하게 불평하고 있다.

프랑스 군대는 마치 풀어놓은 가축 떼처럼 그들을 아사로부터 구해 줄 여물을 발로 짓밟으며 모스크바에 쓸데없이 체류하던 기간 동안 매일매일 무너지고 파멸해 갔다.
하지만 그들은 움직이지 않았다.

그들은 스몰렌스크 가도에서 수송 대열을 탈취당한 것에, 그리고 타루티노 전투에 갑자기 무서운 공포를 느끼고 나서야 비로소 달아나기 시작했다. 나폴레옹이 사열하던 중 갑자기 받은 타루티노 전투 소식은 티에르가 말하듯 그의 마음속에 러시아군을 벌하고 싶은 바람을 불러일으켰고, 그래서 군대 전체가 요구하던 진격 명령을 내렸다.

모스크바로부터 도주하면서 이 군대의 군인들은 약탈한 모든 것을 가져갔다. 나폴레옹도 자신의 **보물**들을 싣고 떠났다. (티에르의 말에 따르면) 나폴레옹은 군인들이 짐을 가득 쌓아 올린 수송 대열을 보곤 몹시 놀랐다. 그러나 자신의 경험에도 불구하고 나폴레옹은 모스크바에 접근할 때 어느 원수의 짐마차에 대해 그 자신이 그랬던 것처럼 여분의 짐마차를 전부 소각하라고 명령하지 않은 반면 병사들이 탄 콜랴스카와 카레타를 보자 그 승용 마차들을 식량과 병자와 부상병들을 위해 사용하면 참 좋겠다고 말했다.

전군의 상황은 자신의 파멸을 감지했으나 무엇을 해야 할지 모르는 상처 입은 짐승의 상황과 유사했다. 모스크바에 들어와 파멸하기까지의 시간 동안 나폴레옹과 그 군대의 교묘한 작전과 목적을 연구하는 것은 치명적인 상처를 입은 짐승이 죽음 직전에 일으키는 발작과 경련의 의미를 연구하는 것과 똑같다. 매우 자주 다친 짐승은 바스락거리는 소리를 들으면 사냥꾼의 총구로 달려들어 이리저리 뛰어다니다 스스로 자신의 죽음을 단축시킨다. 자신의 전 군대로부터 압박을 받게 된 나폴레옹 역시 그와 똑같이 행동했다. 타루티노 전투의 바스락거리는 소리가 맹수를 놀라게 하자, 맹수는 총구 앞으로 뛰어들어 사냥꾼에게까지 갔다가 뒤로 물러서고 다시 앞으로 갔다가 또다시 뒤로 물러서고, 그러다 결국엔

맹수들 모두가 그러하듯 가장 불리하고 위험한 길을 따라, 그러나 익숙한 예전의 흔적을 따라 달아났다.

(야만인들에게 뱃머리에 새겨진 형상이 그 배를 지휘하는 힘으로 보이듯) 우리에게 이 모든 움직임을 지휘하는 이로 보이는 나폴레옹, 바로 이 나폴레옹은 그의 활동 시기 내내 흡사 카레타 안에 묶인 조그만 끈들을 잡고서 자신이 카레타를 조종한다고 상상하는 어린아이와 유사했다.

II

10월 6일 이른 아침에 피에르는 막사를 나갔다가 돌아오던 중 문가에 멈추어 서서 자기 주위를 맴도는, 몸통이 길고 다리는 짧고 구부정하며 털이 연보랏빛인 작은 개와 놀아 주었다. 이 개는 밤에는 카라타예프와 함께 자면서 그들의 막사에서 살았지만 이따금 시내 어딘가로 갔다가 돌아오곤 했다. 개는 지금까지 누구의 소유가 되어 본 적이 없는 듯했고 지금도 개에게는 주인이나 이름이 없었다. 프랑스인들은 그 개를 아조르라 부르고, 어느 이야기꾼 병사는 펨갈카라 부르고, 카라타예프와 다른 사람들은 세리,* 때로는 비슬리*라 불렀다. 이 연보라색 개는 주인도 이름도 없고, 심지어 종과 털 색깔조차 분명치 않았지만 그에 대해 전혀 신경 쓰지 않는 듯했다. 둥글게 말린 꼬리는 위로 솟아 있었고 다리는 휘어졌으나 그 기능을 다하여 개는 마치 네 다리를 모두 사용하는 것을 경멸하기라도 하듯 자주 한쪽 뒷다리를 우아하게 들고 세 발로 아주 능숙하게 뛰어다니곤 했다. 모든 것들이 개에게 만족을 주었다. 개는 신이 나서 낑낑거리며 땅바닥에 등을 대고 뒹구는가 하면, 생각에 잠긴 의미심장한 표정으로 햇볕을 쬐기도 하고, 나뭇조각이나 지푸라기를 가지고 깡충깡충 뛰어놀기도 했다.

이제 피에르가 입은 옷은 그의 예전 옷들 가운데 유일하게 남은 구멍 난 꾀죄죄한 루바시카, 카라타예프가 조언한 대로 보온을 위해 복사뼈 부근에 새끼줄을 감은 군복 바지, 카프탄, 농부 모자가 전부였다. 이 당시 피에르는 육체적으로도 매우 많이 변해 있었다. 조상에게 물려받은 큰 체구와 체력은 여전했지만 더 이상 뚱뚱해 보이지 않았다. 얼굴 아랫부분에는 턱수염과 콧수염이 웃자라 있었다. 더부룩하게 자라 헝클어지고 이가 들끓는 머리칼은 구불구불하게 말려 마치 모자처럼 보였다. 눈에는 굳건하고 차분하고 생기 있고 민활한 표정이 깃들었는데 그 눈빛은 예전의 피에르에게선 찾아볼 수 없는 것이었다. 예전에 그의 눈빛에서 나타났던 방탕함은 이제 행동과 반격에 나설 준비가 된 열정적인 반듯함으로 바뀌어 있었다. 그의 발은 맨발이었다.

피에르는 이날 아침 짐마차들과 말 탄 사람들이 오가는 들판을, 멀리 강 건너를, 장난이 아니라 정말로 그를 물고 싶어 하는 척하는 개를, 자신의 맨발을 쳐다보았다. 그는 맨발의 위치를 이리저리 옮기거나 더럽고 뚱뚱하고 커다란 발가락을 꼼지락거리며 만족을 느꼈다. 자신의 맨발을 볼 때마다 그의 얼굴에 생기 있고 자족적인 미소가 스쳤다. 그 맨발의 모습은 그에게 이 시기에 체험하고 깨달은 모든 것을 떠올리게 했는데, 그에게는 매우 즐거운 기억이었다.

벌써 며칠 동안 온화하고 맑은 날씨가 계속되었고 아침에는 가벼운 냉기가 느껴졌다. 이른바 '아낙의 여름'이었다.

공기와 햇살은 따뜻했는데, 이 따뜻함은 아직 공기에서 느껴지는 아침 추위의 상쾌함과 어우러져 특히 기분 좋게 느껴졌다.

멀리 있거나 가까운 곳에 있거나 상관없이 모든 것들이 이 무렵의 가을에만 볼 수 있는 수정 같은 매혹적인 광채를 띠었다. 저 멀리 보로비요비 고리와 마을과 교회와 하얀 대저택이 보였다. 헐벗은 나무, 모래, 돌, 가옥의 지붕, 교회의 녹색 첨탑, 멀리 떨어진 하얀 저택의 모퉁이, 이 모든 것들이 투명한 대기 속에 부자연스러울 정도로 또렷하고 정교한 선들로 나타났다. 가까이에는 프랑스군에 점령된 반쯤 탄 지주 저택의 낯익은 폐허와 담장을 따라 자란, 아직은 어두운 색의 라일락들이 보였다. 흐린 날에는 혐오스러울 정도로 흉해 보이던 그 황폐하고 더러운 저택마저 이제는 부동의 눈부신 빛 속에서 평온하고 아름다운 무언가로 보였다.

집에서 하듯이 윗옷 단추를 채우지 않고 나이트캡을 쓰고 짤막한 파이프를 입에 문 프랑스군 하사가 막사 한구석에서 밖으로 나오더니 친밀하게 한쪽 눈을 찡긋하며 피에르에게 다가왔다.

"해가 정말 좋군요. 그렇지 않습니까. 무슈 키릴? (프랑스 군인들은 모두 그를 그렇게 불렀다.) 확실히 봄이 맞네요." 하사는 문에 기대어 피에르에게 파이프를 권했다. 하사는 언제나 파이프를 권했고, 피에르는 언제나 이를 거절했다.

"이런 날씨에 행군한다면……." 그가 말문을 열었다.

피에르는 진격에 관해 들은 이야기가 없느냐고 꼬치꼬치 물었고 하사는 거의 전 부대가 출발할 것이며, 오늘 포로에 대한 명령도 있을 거라고 말했다. 피에르가 머무는 막사의 병사들 중에 소콜로프라는 병사가 병으로 죽어 가고 있었고, 피에르는 하사에게 그 병사를 위해 조치를 취해야 한다고 말했다. 하사는 피에르에게 안심해도 된다고, 이를 위해 이동 야전 병원과 상설 병원이 있다고, 환자들에 대한 조치가 있을 것이라고, 상부는 발생 가능한 일을 모두 예측하고 있다고 말했다.

"그런데 무슈 키릴, 당신은 대위에게 한마디만 하면 돼요. 당신도 알 거예요…… 그분은 어떤 것도 잊어버리지 않는 사람이라……. 대위가 순찰을 돌 때 말해 봐요. 그분은 당신을 위해서라면 뭐든 할 거예요."

하사가 말한 대위는 종종 피에르와 오랫동안 담소를 나누고 그에게 온갖 종류의 관대함을 보여 주었다.

"성 도마를 걸고 맹세컨대 언젠가 그분이 내게 말한 적이 있어요. '키릴은 교양 있는 사람이고 프랑스어를 할 줄 안다. 그는 러시아의 귀족이며 비록 불행을 겪었지만 그는 인간이다. 그는 의미를 안다……. 혹시 그가 무언가 필요한 걸 요구하면 거절하지 마라. 배운 사람은 계몽과 고상한 인간을 좋아하기 마련이다.' 무슈 키릴, 난 당신을 위해 이 말을 하는 것이라고요. 최근 일만 해도 당신이 없었다면 안 좋게 끝났을 겁니다."

하사는 잠시 더 잡담하고 나서 자리를 떠났다. (하사가 말한 최근의 일이란 포로들과 프랑스인들 사이에 벌어진 주먹다짐으로, 피에르가 이때 동료들을 진정시켰다.) 피에르와 하사의 대화를 듣고 있던 포로 몇몇이 즉시 하사가 무슨 말을 했느냐고 묻기 시작했다. 피에르가 자신의 동료들에게 진격에 대한 하사의 말을 꺼내자마자, 얼굴이 누렇고 누더기를 걸친 바싹 마른 프랑스 병사가 막사 문가로 다가왔다. 그는 인사의 표시로 빠르고 소심하게 손가락을 댄 후 피에르를 향해 혹시 이 막사에 자신이 루바시카를 지어 달라고 부탁한 플라토슈라는 병사가 있느냐고 물었다.

일주일 전 프랑스 군인들은 부츠 가죽과 아마포 천을 지급받아 포로 병사들에게 부츠와 루바시카를 지어 달라고 요청했다.

"다 됐습니다, 다 됐어요." 카라타예프가 단정하게 접은 루바시카를 들고 나오며 말했다.

날씨도 따뜻하고 일하기 편하다는 이유로 카라타예프는 통 좁은 바지와 흙처럼 검은 구멍이 난 루바시카만 걸치고 있었다. 그의 머리털은 장인들처럼 보리수 껍질로 묶여 있었고, 그래서 둥근 얼굴이 더욱 둥글고 사랑스럽게 보였다.

"약속과 일은 친형제잖아요. 금요일까지라고 말씀하셔서 그렇게 했습니다." 플라톤은 미소와 함께 자신이 지은 루바시카를 펼치며 말했다.

프랑스인이 불안하게 주위를 둘러보더니 의심을 떨쳐 버린 듯 재빨리 군복을 벗고 루바시카를 입었다. 프랑스인은 군복 아래에 셔츠를 입고 있지 않아 누렇고 비쩍 마른 나체에 기름때가 낀 긴 꽃무늬 실크 조끼를 걸친 채였다. 프랑스인은 포로들이 보고 웃음을 터뜨릴까 두려웠던지 서둘러 루바시카에 머리를 쑤셔 넣었다. 포로들 중 그 누구도 말 한마디 하지 않았다.

"보세요, 딱 맞아요." 루바시카를 당겨 옷매무새를 정돈하면서 플라톤이 말했다. 머리와 두 팔을 끼운 프랑스인은 눈을 들지 못한 채 자신이 입은 루바시카를 둘러보며 솔기를 살폈다.

"어쩌겠어요, 친구, 여기는 양복점이 아니고, 진짜 도구도 없어요. 연장이 없으면 이도 못 죽인다고 하잖아요." 플라톤은 둥근 미소를 지으며 말했는데 스스로도 자기 작품에 기뻐하는 듯했다.

"**좋아, 좋아. 고마워. 그런데 남은 천은 어디 있지?**" 프랑스인이 말했다.

"맨몸에 입으면 더 잘 맞을 거예요." 카라타예프는 계속 자신의 작품에 기뻐하며 말했다. "정말 좋고 편할 겁니다……."

"**고맙네, 고마워. 여보게, 남은 천은 어디 있나?**" 프랑스인은 미소를 지으며 거듭 묻고 지폐를 꺼내 카라타예프에게 건넸다. "**남은 걸 주게.**"

피에르는 플라톤이 프랑스인의 말을 이해하고 싶어 하지 않는 걸 보고는 그들의 이야기에 끼어들지 않고 관망했다. 카라타예프는 돈에 대해 감사를 표하고 자신의 작품에 계속 도취된 상태였다. 프랑스인이 남은 천을 달라고 고집을 부리며 피에르에게 통역해 달라고 부탁했다.

"도대체 무엇 때문에 남은 천을 달라는 거죠?" 카라타예프가 말했다. "이걸로 우리에게 귀중한 각반을 만들 수 있는데 말이에요. 자요, 하느님께서 함께하시길." 카라타예프는 갑자기 서글픈 표정을 지으며 품에서 자투리 묶음을 꺼내더니 프랑스인을 쳐다보지도 않은 채 그것을 건넸다. "에잇!" 카라타예프는 이렇게 말하고 되돌아갔다. 프랑스인은 아마포 천을 보고 생각에 잠겼다가, 뭔가를 물어보듯 피에르를 쳐다보았는데 마치 피에르의 눈빛이 그에게 뭐라고 말하는 것 같았다.

"**플라토슈, 이봐, 플라토슈.**" 갑자기 얼굴이 빨개진 프랑스인은 꽥꽥거리는 목소리로 외쳤다. "**자네가 가지게.**" 그는 자투리 천을 건네고는 돌아서서 가 버렸다.

"이럴 수가!" 카라타예프가 고개를 저으며 말했다. "저 사람들은 이교도라고 하던데, 그래도 역시 영혼은 있군요. 노인들이 말들 하잖아요. 땀이 밴 손은 관대하고 메마른 손은 야박하다고요. 자기도 알몸이면서 이렇게 주고 가네요." 카라타예프는 생각에 잠긴 듯한 미소를 지으며 자투리 천을 쳐다보고 잠시 침묵했다. "그런데 친구, 이걸로 요긴한 각반을 만들 수 있을 거예요." 그는 이렇게 말하고 막사로 되돌아갔다.

12

    피에르가 포로로 잡힌 지 4주가 흘렀다. 프랑스인들이 병사용 막사에서 장교용 숙소로 옮겨 주겠다고 제안했지만 그는 첫날 들어간 막사에 계속 머물렀다.

    불에 타 폐허가 된 모스크바에서 피에르는 인간이 견딜 수 있는 궁핍의 거의 극한을 경험했다. 그러나 이제까지 의식하지 않았던 강인한 신체와 건강 덕분에, 특히 언제 시작되었는지 말할 수 없을 만큼 이 궁핍이 너무도 눈에 띄지 않게 찾아온 덕분에 그는 자신의 처지를 쉽게, 오히려 기쁘게 견뎌 냈다. 게다가 바로 이 시기에 지금까지 헛되이 좇기만 하던 평온과 자기만족을 얻었다. 그는 오랫동안 자신의 삶에서 이러한 평온과 자기 긍정 그리고 화합을 다양한 측면에서 탐색했는데, 정작 보로디노 전투에 참전한 군인들에게서 이것을 보고 큰 충격을 받았다. 왜냐하면 그는 이것을 박애, 프리메이슨, 사교계 오락, 술, 자기희생이라는 영웅적인 공훈, 나타샤를 향한 낭만적인 사랑에서 찾았기 때문이다. 물론 사유를 통해서도 추구했지만 이 모든 추구와 시도는 그를 기만할 뿐이었다. 그런데 스스로 생각지도 못하는 사이 죽음의 공포를 통해, 궁핍을 통해, 카라타예프를 보고 얻은 깨달음을 통해 이러한 평온과 자기 긍정을 얻은 것이다. 처형 때 겪은 무서운 순간들이 그의 상상과 기억으로부터 예전의 그에게 중요해 보이던 불안과 상념과 감정을 영원히 씻어 낸 것 같았다. 러시아나 전쟁, 정치나 나폴레옹에 대한 생각들도 하지 않았다. 분명한 사실은 이 모든 것이 자신과 관계없고, 자신은 그것을 위해 불려 오지 않았으며, 따라서 자신은 이 모든 것에 대해 판단할 수 없다는 것이었다. '러시아는 여름과 인연이 없다.' 그는 카라타예프의 말을 속으로 되풀이했다. 그러자 그 말이 이상하게도 마음의 평온을 안겨 주었다. 나폴레옹을 죽이려던 계획, 「요한의 묵시록」에 나온 신비주의적인 숫자와 짐승에 대한 계산이 이제 이해할 수 없을뿐더러 심지어 우습게까지 보였다. 아내를 향한 적의, 자기 이름이 모욕당하지나 않을까 하는 불안, 이런 것들이 이제는 하찮을 뿐 아니라 재미있게 느껴지기까지 했다. 그 여자가 어딘가에서 마음 내키는 대로 살아가는 것이 그와 무슨 상관이란 말인가? 프랑스 군인들이 포로들 가운데 한 명이 베주호프 백작이라는 것을 알든 모르든 그것이 누구에게 중요하단 말인가? 특히 그에게 무슨 의미가 있겠는가?

요즘 그는 안드레이 공작과의 대화를 자주 떠올렸고, 안드레이 공작의 생각을 약간 다르게 이해했을 뿐 그 의견에는 전적으로 동의했다. 안드레이 공작은 행복이란 단지 부정적인 것일 뿐이라고 생각했고, 또 그렇게 말했는데, 말할 때 그의 어조는 신랄하고 비꼬는 식이었다. 마치 이런 말을 하는 동안 다른 생각을 토로하는 듯했다. 우리 안에 긍정적인 행복을 향한 갈망이 놓인 것은 단지 우리를 만족시키지 못하게 하면서 괴롭히기 위해서라는 것이다. 그러나 피에르는 어떤 다른 속뜻 없이 그 생각의 정당성을 인정했다. 고통이 없고 필요가 충족되고 그 결과 직업, 즉 삶의 방식을 선택할 자유가 생기는 것이야말로 지금 피에르에게는 의심할 나위 없이 인간을 위한 최상의 행복으로 보였다. 이곳에서, 바로 지금에야 피에르는 먹고 싶을 때 음식을 먹고, 마시고 싶을 때 음료를 마시고, 자고 싶을 때 잠을 자고, 추울 때 온기를 쬐고, 말을 하고 사람의 목소리가 듣고 싶을 때 대화하는 것이 얼마나 소중한지 그 가치를 처음으로 깨달았다. 좋은 음식, 청결, 자유, 이 모든 것을 박탈당한 지금 피에르에게는 이런 욕구의 충족이야말로 완벽한 행복처럼 여겨졌다. 그리고 직업, 즉 삶의 선택이 너무나 제한된 지금 이러한 선택이 너무나 쉽게 보여서, 잉여가 있을 정도의 편안한 생활은 욕구 충족으로 느끼는 모든 행복을 깨뜨린다는 점, 그리고 직업을 선택할 수 있는 자유, 교육과 부와 사교계의 지위가 자신에게 준 그 자유는 해결이 불가능할 정도로 직업 선택을 어려운 문제로 만들고 직업의 필요성과 가능성 자체를 없애 버린다는 점을 망각할 정도였다.

피에르의 모든 공상은 이제 자신이 자유로워질 순간에 쏠려 있었다. 하지만 그 이후로, 그리고 평생 동안 피에르는 이 한 달 동안의 포로 시절에 대해, 다시는 돌아오지 않을 강렬하고도 기쁜 감각에 대해, 무엇보다 오직 이 시기에 경험한 영혼의 완전한 평온과 내면의 완벽한 자유에 희열을 느끼며 생각하고 말하곤 했다.

첫날 아침 일찍 일어나서 동틀 무렵 막사를 나와 가장 먼저 노보데비치 수도원의 어두운 색 둥근 지붕과 십자가를 보았을 때, 흙으로 뒤덮인 풀 위에 얼어붙은 이슬과 보로비요비 고리, 강 위에서 굽이치며 연보랏빛 도는 먼 곳으로 사라지는 숲이 우거진 강변을 보았을 때, 가볍게 스치는 신선한 공기를 느끼며 모스크바로부터 들판을 지나 날아온 갈까마귀들의 울음소리를 들었을 때, 그러고 나서 갑자기 동쪽에서부터 빛이 솟구쳐 오르고 구름 사이로 태양의 가장자리가 장엄하게 떠오르며 둥근 지붕과 십자가와 이슬과 저 먼 곳, 강, 만물이 기쁨의 빛 속에서 뛰놀기 시작했을 때 피에르는 이제껏 경험하지 못한 새로운 느낌, 생명의 기쁨과 견고함을 느꼈다.

이런 느낌은 포로 시절 내내 그를 떠나지 않았을 뿐 아니라 그의 상황이 힘들어질수록 그의 안에서 점점 더 커져 갔다.

모든 일에 대한 이런 각오와 정신적인 반듯함은 피에르가 막사에 입소한 직후 동료들 사이에 형성된 그에 대한 높은 평판 덕분에 더욱 잘 유지되었다. 여러 언어에 대한 지식, 프랑스인들이 그에게 표하는 존경, 사람들이 부탁하면 자신의 모든 것을 내주는 소박함(그는 장교 대우를 받아 일주일에 3루블을 받았다), 병사들 앞에서 보여 준, 막사 벽에 못을 눌러 박은 힘, 동료들을 대할 때 나타나는 온유함, 병사들로서는 이해할 수 없는, 꼼짝 않고 앉아서 아무것도 하지 않고 생각에 잠기는 능력을 지닌 피에르는 병사들에게 신비하고 매우 영적인 존재로 보였다. 예전에 살던 세계에서는 이런 자질들, 즉 그에게 해를 주지는 않았지만 그를 불편하게 만들던 그의 힘, 삶의 안락함에 대한 멸시, 방심, 소박함이 이곳 사람들 사이에서는 그에게 거의 영웅과도 같은 지위를 주었다. 그리고 피에르는 이런 시선이 자신에게 모종의 의무를 부여한다고 느꼈다.

13

10월 6일부터 7일에 걸친 밤에 프랑스의 진군이 시작되었다. 취사장과 막사가 헐리고, 수레에 짐이 실리고, 군대와 수송 대열이 출발했다.

오전 7시에 행군 복장에 군모를 쓰고 라이플총을 들고 배낭과 커다란 자루를 짊어진 프랑스군 호송대가 막사 앞에 섰고, 욕설이 뒤섞인 활기찬 프랑스어가 전 대열에 퍼져 나갔다.

막사 안에서는 모든 사람들이 옷을 입고 허리띠를 매고 신발을 신고서 출발 명령이 떨어지기만 기다리고 있었다. 병이 들어 창백하고 야윈, 눈 주위가 푸르스름한 병사 소콜로프만 신발도 신지 않고 옷도 입지 않은 채 자기 자리에 앉아 야위어서 튀어나온 눈으로 뭔가 물어보듯 자기에게 관심을 두지 않는 동료들을 쳐다보고 일정한 간격으로 끙끙 앓는 소리를 냈다. 분명 그는 고통 때문이 아니라 (그는 이질에 걸려 있었다) 혼자 남게 되는 두려움과 슬픔 때문에 신음하고 있었다.

카라타예프가 프랑스 군인이 신발 바닥에 덧대 달라고 가져온 차(茶) 포대 자루로 기워 만든 단화를 신고 새끼줄을 허리에 두른 피에르는 병자에게 다가가 그의 앞에 쭈그리고 앉았다.

"이봐, 소콜로프, 프랑스군이 아주 떠나는 건 아니야! 이곳에는 저들의 병원이 있어. 어쩌면 우리보다 자네가 더 나을지도 몰라." 피에르가 말했다.

"아이고, 하느님! 아이고, 나 죽네! 아이고, 하느님!" 병사는 더 크게 신음했다.

"내가 지금 저 사람들에게 다시 한번 부탁해 볼게." 피에르는 이렇게 말하고 몸을 일으켜 막사 문으로 향했다. 피에르가 문가로 다가갈 때, 밖에서는 전날 그에게 파이프를 권했던 하사가 병사 두 명을 데리고 막사 쪽으로 걸어오고 있었다. 하사와 병사들은 행군 복장에 배낭을 메고 군모를 썼는데 버클을 채운 군모의 금속 끈이 그들의 낯익은 얼굴을 달리 보이게 만들었다.

하사는 상관의 명령으로 막사를 폐쇄하기 위해 온 것이었다. 포로들을 내보내기 전에 그 수를 세어야 했다.

"하사님, 환자는 어떻게 되는 겁니까?" 피에르가 입을 뗐다. 그러나 말하는 순간 상대방이 자기가 잘 알고 있던 하사인지 전혀 모르는 다른 사람인지 의심을 품었다. 그 정도로 하사는 본래 모습과 너무도 달라 보였다. 게다가 피에르가 그 말을 꺼냈을 때 양쪽에서 갑자기 요란한 북소리가 들렸다. 하사는 피에르의 말에 얼굴을 찌푸리고 무의미한 욕을 뱉은 후 문을 세게 닫았다. 막사 안이 어둑해졌다. 양쪽에서 북소리가 병자의 신음 소리를 삼키며 요란하게 울렸다.

'바로 저거야……! 다시 나타났어!' 피에르는 속으로 중얼거렸고 한기가 무의식중에 등을 타고 흘렀다. 하사의 달라진 얼굴, 그의 목소리, 사람을 흥분하게 만들고 귀를 먹먹하게 하는 북소리에서 피에르는 사람들로 하여금 스스로의 의지에 반하여 자신과 비슷한 사람들을 살해하게 만드는 비밀스럽고 냉담한 힘을 알아차렸다. 피에르는 처형 때 이 힘이 작용하는 것을 보았다. 이 힘을 두려워하며 달아나려고 노력해도, 이 힘의 도구가 된 사람들에게 부탁하고 훈계해도 소용없었다. 피에르는 이제 그것을 알았다. 기다리고 참을 수밖에 없었다. 피에르는 더 이상 병자에게 다가가지도 돌아보지도 않았다. 그는 말없이 얼굴을 찌푸린 채 막사 문가에 서 있었다.

막사 문이 열리자 포로들은 양 떼처럼 서로 밀치며 출구로 몰려갔고 피에르는 그들 앞으로 겨우 빠져나가, 하사의 확신에 따르면 피에르를 위해 무엇이든 기꺼이 해 줄 준비가 된 바로 그 대위에게 다가갔다. 대위도 행군 복장이었는데, 피에르가 하사의 말과 요란한 북소리에서 알아챈 '그것'이 또다시 대위의 냉담한 얼굴 안에서 밖을 내다보고 있었다.

"빨리 나가, 빨리 나가!" 대위는 옆에 무리 지어 있는 포로들을 엄하게 얼굴을 찌푸린 채 바라보며 말했다. 피에르는 자신의 시도가 부질없으리라는 것을 알면서도 그에게 다가갔다.

"아니, 이건 또 뭐야?" 장교는 피에르를 알아보지 못한 듯 차갑게 힐끔 쳐다보며 말했다. 피에르는 병자에 대해 이야기했다.

"그는 걸을 수 있어! 제기랄!" 대위가 말했다. "빨리 나가, 빨리 나가라고." 그는 피에르를 쳐다보지도 않고 계속 말했다.

"안 됩니다. 그 사람은 죽어 가고 있어요……." 피에르가 말을 꺼냈다.

"꺼져……." 사납게 인상을 쓰며 대위가 소리 질렀다.

둥두두둥, 둥, 둥, 북소리가 울렸다. 피에르는 비밀스러운 힘이 이미 이 사람들을 완전히 사로잡아, 이제는 무슨 말을 해도 소용없다는 것을 깨달았다.

프랑스군은 일반 병사 포로와 장교 포로를 분리하여 장교 포로들에게 먼저 출발하라고 명령했다. 장교는 피에르를 포함해 서른 명 정도였고, 병사는 3백 명쯤 되었다.

다른 막사에서 풀려나온 장교들은 모두 낯선 이들이었고, 피에르보다 훨씬 더 좋은 옷을 입고 있었는데, 그들은 피에르와 그의 신발을 불신의 눈으로 쳐다보았다. 동료 포로들에게서 존경받는 듯 보이는 뒤룩뒤룩 살찌고 누르스름하며 성난 얼굴의 뚱뚱한 소령이 카잔풍의 할라트를 입고 허리에 수건을 두른 채 피에르로부터 멀지 않은 곳에서 걸어가고 있었다. 그는 담배쌈지 쥔 손을 품속에 넣고 다른 한 손을 긴 담뱃대에 기대고 있었다. 소령은 숨을 헐떡이면서 불평하고 모든 이들에게 화를 냈는데, 사람들이 자기를 미는 것 같아서, 서둘러 갈 곳도 없는데 다들 서두르는 것 같아서, 놀랄 게 하나 없는데 다들 뭔가에 놀란 것 같아서였다. 체구가 작고 마른 한 장교는 프랑스군이 이제 자기들을 어디로 끌고 갈지, 이날 하루 동안 얼마나 멀리 갈 수 있을지 추측하며 다른 사람들과 이야기를 나누고 있었다. 펠트 천으로 지은 부츠를 신고 물자 보급부의 제복을 입은 관리가 사방으로 뛰어다니며 불에 타 버린 모스크바를 발견하고는 무엇이 타 버렸는지, 눈에 보이는 곳들이 모스크바의 어디어디인지 등 자신이 관찰한 것을 큰 소리로 알렸다. 억양으로 미루어 폴란드 출신으로 보이는 한 장교는 물자 보급부 관리가 잘못 식별한 모스크바의 구역들을 증거 삼아 그와 말싸움을 했다.

"뭣 때문에 다투는 거야?" 소령이 화를 내며 말했다. "니콜라든 블라스든* 다 똑같아. 봐, 다 타 버렸잖아. 이젠 끝이야…… 왜 밀어? 길이 좁은 것도 아니고." 그는 뒤에서 걷고 있던, 그러나 소령을 전혀 밀지 않은 남자를 화난 얼굴로 돌아보며 말했다.

"아, 아, 아, 놈들이 무슨 짓을 한 거야!" 화재가 난 곳을 둘러보던 포로들의 목소리가 여기저기에서 들렸다. "자모스크보레치예도 주보보도 크렘린 내부도, 봐, 절반이 없어졌어……. 내가 말했잖아. 자모스크보레치예 전 지역이 그렇다고. 딱 그렇잖아."

"전부 타 버렸다는 걸 알고 있었으면서 뭘 더 말해!" 소령이 말했다.

(모스크바에서 전소되지 않은 구역들 가운데 하나인) 하모브니키의 교회 옆을 지나갈 때 갑자기 모든 포로들이 한쪽으로 밀렸고, 공포와 혐오감이 뒤섞인 절규가 들렸다.

"에잇, 악당들! 정말 이교도로군! 시체가, 시체가, 시체가 있어…… 무언가로 칠해 놓았네."

피에르도 교회 쪽으로 걸음을 옮겼는데 교회 옆에는 끔찍한 절규를 소환하는 무언가가 있었고, 피에르는 교회 담장에 기댄 무언가를 어렴풋이 보았다. 피에르는 자기보다 더 잘 볼 수 있었던 동료들의 말을 통해 그 무언가가 담장 옆에 세워진, 얼굴을 검댕으로 칠한 인간의 시체임을 알게 되었다.

"어서 가, 악마들아…… 가라니까, 이 망할 자식들아!" 호위병들의 욕설이 들렸다. 프랑스 병사들은 새로운 적개심을 드러내며 시체를 보고 있던 포로 무리를 단검으로 해산시켰다.

14

포로들은 호위병들과 함께 하모브니키 골목을 지나갔고 호위대에 속하는 짐마차와 치중차가 그 뒤를 쫓았다. 그러나 식량 창고 쪽으로 나오면서 그들은 개인용 짐마차들과 뒤섞여 빽빽이 움직이는 포병대의 거대한 대열 한가운데로 빠져들었다.

다리 옆에서 모두 걸음을 멈추고 앞에 가는 사람들이 다리를 지나가기를 기다렸다. 다리에서부터 포로들에게 앞뒤로 끝없이 이어진 다른 수송 대열들이 펼쳐졌다. 네스쿠치니 정원 옆에서 칼루가 가도가 꺾이는 오른쪽으로 끝없는 군대와 수송 대열이 저 멀리에서 사라지며 뻗어 있었다. 이 행렬은 가장 먼저 출발한 보아르네* 군단의 부대였다. 그 뒤쪽에는 네의 군대와 수송 대열이 강변을 따라 카멘니 다리를 지나 멀리까지 뻗어 있었다.

포로들이 속해 있는 다부의 군대는 크림 여울을 통과하여 일부는 이미 칼루가 거리에 들어섰다. 그러나 수송 대열이 너무 길게 뻗은 까닭에 보아르네의 마지막 대열은 아직 모스크바를 빠져나와 칼루가 거리에 들어가지도 못했지만 네가 이끄는 군대의 선두는 이미 볼샤야 오르딘카를 벗어나고 있었다.

크림 여울을 통과하던 포로들은 몇 걸음 움직이다 멈추다 했고,

사방에서 마차와 사람들이 몰려들어 점점 더 혼잡해지고 북적거렸다. 다리와 칼루가 거리 사이에 놓인 몇백 걸음의 거리를 한 시간 이상 걸려 도보로 통과하여 자모스크보레츠카야 거리와 칼루가 거리가 만나는 광장에 이르자 한 덩어리로 바짝 붙은 포로들은 그 교차로에서 멈춘 채 몇 시간 동안 계속 서 있었다. 사방에서 바다의 파도 소리처럼 그칠 새 없는 바퀴의 굉음, 발소리, 끊임없는 성난 고함 소리와 욕설이 들려왔다. 피에르는 불에 탄 저택의 벽에 눌려 서서 상상 속에서 북소리와 함께 뒤섞인 그 소리를 듣고 있었다.

몇몇 장교 포로들은 더 잘 보기 위해 피에르가 그 옆에 서 있던 불탄 저택의 벽을 기어 올라갔다.

"대단한 인파야! 저 사람들 좀 봐……! 대포 위에도 사람들이 잔뜩 올라가 있네! 모피 좀 봐……." 그들이 말했다. "아니, 저 짐승 같은 놈들, 약탈을 했군……. 저기 뒤쪽에, 텔레가에…… 저건 이콘에서 떼어 낸 거야. 분명해! 저놈들은 독일인이 틀림없어. 우리 농부들도 있어. 정말이네……! 아, 비열한 놈들! 봐, 산더미같이 실어서 간신히 걷고 있네! 저기 봐, 드로시키도 빼앗았어! 궤짝에 앉은 것도 좀 보라지. 이런! 싸움이 났네……!"

"낯짝을 쳐, 낯짝을! 그렇게 하다간 밤이 되어도 끝이 안 나지. 봐, 보라고……. 저 사람은 나폴레옹이 틀림없어. 봐, 굉장한 말이야! 머리글자 문양과 왕관을 달았네. 저건 접이식 집이야. 저 남자는 자루를 떨어뜨리고도 못 보고 있네. 또 싸움이 났어……. 아이를 데리고 있는 저 여자, 못생기진 않았네. 그렇지, 물론 놈들은 너를 통과시켜 줄 거야……. 봐, 끝이 없어. 러시아 아가씨들이야. 틀림없어, 아가씨들이야! 콜랴스카에 얌전히도 앉아 있군!"

하모브니키의 교회 근처에서 그랬던 것처럼 공통의 호기심의 물결이 포로들을 또다시 도로 쪽으로 이끌었는데, 피에르는 큰 키 덕분에 다른 사람들의 머리 너머로 무엇이 그토록 포로들의 호기심을 끌었는지 볼 수 있었다. 탄약차들 사이에서 달리는 콜랴스카 세 대에는 화사한 옷을 차려입고 볼에 연지를 바른 여자들이 새된 목소리로 뭐라 외치며 나란히 비좁게 앉아 있었다.

신비한 힘의 출현을 인식한 이후로 피에르에게는 그 무엇도 이상하거나 끔찍하게 여겨지지 않았다. 누군가 재미 삼아 검댕을 칠한 시체도, 어딘가로 서둘러 가는 그 여자들도, 모스크바의 불탄 자리도 그랬다. 지금 피에르가 보게 된 어떤 것도 그에겐 거의 아무런 영향을 미치지 않았는데, 마치 그의 영혼이 힘든 투쟁을 대비하느라 그 영혼을 약하게 만들 수 있는 인상을 아예 받아들이려 하지 않는 것 같았다.

여자들을 태운 마차들이 지나갔다. 그 뒤로 다시 텔레가, 병사, 치중차, 병사, 포차, 카레타, 병사, 카레타, 병사, 탄약차, 병사, 그리고 이따금 여자들이 지나갔다.

피에르는 사람들을 개별적으로 분리해서 보지 않고 그들의 움직임을 지켜보았다.

모든 사람들이 흡사 보이지 않는 힘에 의해 내달리는 말들 같았다. 피에르가 관찰한 한 시간 동안 그들은 모두 빨리 통과하고 싶다는 똑같은 바람으로 이 거리 저 거리에서 쏟아져 나왔다. 모두들 서로 부딪치며 화를 내고 싸웠다. 사람들은 하얀 이를 드러내고 눈썹을 찌푸리고 서로 똑같은 욕설을 계속 주고받았고, 모든 사람들의 얼굴에는 용감하고 단호하고, 잔혹하며 차가운 똑같은 표정, 이른 아침 북소리가 울릴 때 피에르가 하사의 얼굴에서 보고 충격을 받은 그 표정들뿐이었다.

저녁이 가까워 오자 호송대장이 부하들을 소집하여 고함을 치고 말다툼을 하면서 수송 대열로 비집고 들어갔고, 포로들은 사방에서 에워싸인 채 칼루가 가도로 들어섰다.

그들은 쉬지 않고 매우 빠르게 걸었는데, 해가 지기 시작할 때에야 겨우 행군을 멈췄다. 수송 대열이 연이어 밀려왔고, 사람들은 야영을 준비하기 시작했다. 모두들 화가 나고 불만에 찬 듯 보였다. 오랫동안 사방에서 욕설과 악에 받친 고함 소리와 싸움 소리가 들렸다. 호송대 뒤에서 오던 카레타 한 대가 호송대의 짐마차 쪽으로 다가오더니 끌채를 부수었다. 몇몇 병사들이 사방에서 짐마차 쪽으로 뛰어갔다. 어떤 병사들은 카레타에 매인 말들의 머리를 때리며 방향을 돌렸고, 어떤 병사들은 서로 주먹다짐을 했다. 피에르는 한 독일인이 머리를 단검에 찔려 심하게 상처 입는 것을 보았다.

차가운 땅거미가 깔린 가을 저녁의 들판 한가운데 멈춰 선 지금 이 순간, 모든 사람들이 모스크바를 떠날 때 자신들을 사로잡은 조급함과 어딘가를 향하는 급속한 움직임 때문에 불쾌하게 깨어나는 느낌을 똑같이 경험하고 있는 것 같았다. 걸음을 멈춘 모든 이들은 자신들이 어디를 향해 가는지 아직 모르고 있음을, 이 행군 동안 힘들고 어려운 일이 많으리라는 것을 깨달은 듯했다.

이번 휴식에서 호송병들은 출발할 때보다 포로들을 더욱다 심하게 대했다. 이번 휴식에서 포로들은 처음으로 말고기를 식사로 배급받았다.

장교부터 말단 병사에 이르는 모든 군인들이 이전의 우호적인 태도를 갑자기 바꿔 포로에 대한 개인적인 적개심 같은 것을 눈에 띄게 드러냈다.

배가 아픈 척하던 러시아 병사 하나가 모스크바를 떠날 때의 혼란을 틈타 도망갔다는 사실이 점호 시간에 밝혀지면서 이러한 적개심은 한층 더 고조되었다. 피에르는 프랑스 군인이 한 러시아 병사가 도로에서 멀리 벗어났다는 이유로 마구 구타하는 것을 보았고, 그 친구인 대위가 러시아 병사의 탈주에 대해 부사관을 질책하며 그를 재판에 넘기겠다고 위협하는 것을 들었다. 그 병사가 아파서 걷지 못했다고 부사관이 변명하자 장교는 낙오할 병사들은 총살하라는 명령이 있었다고 말했다. 피에르는 처형이 진행되는 동안 자신을 짓밟던, 포로로 잡혀 있는 동안에는 눈에 띄지 않던 그 파멸적인 힘이 지금 다시 자기 존재를 지배하는 것을 느꼈다. 그는 두려웠다. 그러나 파멸적인 힘이 그를 짓누르려 할수록 그의 영혼 속에서는 그것과 무관한 생명력이 성장하여 강건해짐을 느꼈다.

피에르는 저녁으로 호밀 가루로 만든 수프와 말고기를 먹고 동료들과 대화를 나누었다.

피에르도, 그의 동료들 가운데 어느 누구도 그들이 모스크바에서 본 것이나 프랑스군의 거친 태도, 공표된 총살 명령에 대해서는 단 한 마디도 하지 않았다. 악화된 상황에 저항하듯이 다들 유달리 활기차고 쾌활했다. 그들은 개인적인 추억과 행군 중에 본 재미있는 장면을 말하다가 현 상황에 대한 이야기로 말머리를 돌렸다.

해는 오래전에 졌다. 하늘 곳곳에서 별들이 반짝이기 시작했다. 떠오르는 보름달의 불처럼 붉은 놀이 하늘가에서 퍼졌고 거대한 붉은 공이 회색빛 안개 속에서 놀랍도록 흔들렸다. 주위가 밝아졌다. 저녁은 이미 끝났고 밤은 아직 시작되지 않았다. 피에르는 새로운 동료들 사이에서 일어나 포로 병사들이 있다고 들은, 도로 건너편의 모닥불들 사이로 걸음을 옮겼다. 그는 그들과 이야기를 나누고 싶었다. 그러나 도로에서 프랑스군 보초가 그를 막으며 돌아가라고 명령했다.

피에르는 다시 돌아갔지만 모닥불 쪽 동료들을 향해서가 아니라 말을 풀어놓은 짐마차 옆으로 갔다. 그곳에는 아무도 없었다. 그는 다리를 접고 고개를 숙인 후 짐마차 바퀴 옆의 차가운 땅바닥에 앉았고, 생각에 잠겨 오랫동안 움직이지 않았다. 한 시간 이상의 시간이 흘렀다. 아무도 피에르를 방해하지 않았다. 갑자기 그가 본래의 굵고 선한 웃음소리로 웃기 시작했는데, 그 소리가 너무 커서 사방에서 사람들이 깜짝 놀라 그 기이하고 고독한 듯한 웃음소리 쪽으로 고개를 돌렸다.

"하, 하, 하!" 피에르가 웃었다. 그러고는 소리 내어 혼잣말을 했다. "병사가 나를 못 가게 했어. 저들이 나를 잡고 나를 가두었어. 나를 포로로 붙잡아 두고 있는 거야. 누구를? 나를! 나를, 나의 불멸의 영혼을 말이야! 하, 하, 하……! 하, 하, 하……!" 눈물 어린 눈으로 그는 미친 듯이 웃어 댔다.

그들 중 한 사람이 일어나 이 덩치 큰 이상한 인간이 무엇 때문에 혼자 웃는지 알아보려는 듯 다가왔다. 피에르는 웃음을 멈추고 일어나 그 호기심 많은 남자로부터 더 멀리 떨어져서 주위를 둘러보았다.

이제까지 큰 소리를 내며 타오르던 모닥불 소리와 사람들의 말소리로 시끌벅적하던, 끝이 보이지 않을 정도로 거대한 야영지가 고요해졌다. 모닥불의 붉은 불꽃이 꺼지면서 창백해졌다. 밝은 하늘에는 보름달이 높이 떠 있었다. 그전까지 보이지 않던 야영지 너머의 숲과 들판이 저 멀리에서 모습을 드러냈다. 그리고 그 숲과 들판 너머 밝게 아른거리며 사람을 부르는 듯한 끝없이 펼쳐진 풍경이 저 멀리 보였다. 피에르는 하늘을, 심연으로 사라졌다 반짝였다 하는 별들을 바라보았다. '이 모든 것이 나의 것이고, 이 모든 것이 내 안에 있고, 이 모든 것이 나야!' 피에르는 생각했다. '그런데 저들은 이 모든 것을 붙잡아 판자로 에워싼 막사에 감금했어!' 그는 미소를 지었고, 잠을 청하기 위해 동료들 곁으로 갔다.

15

10월 초 나폴레옹의 편지와 평화 조약 제안을 가지고 군사(軍使)가 또다시 쿠투조프를 찾아왔다. 그 당시 나폴레옹은 쿠투조프가 있는 곳에서 멀지 않은 앞쪽에, 옛 칼루가 가도에 있었는데, 편지에는 거짓으로 모스크바에서 발송되었다고 적혀 있었다. 그 편지에 대한 쿠투조프의 답은 로리스통이 가져온 첫 번째 편지 때와 똑같았다. 쿠투조프는 평화 조약은 있을 수 없다고 말했다.

그 후 얼마 지나지 않아 보고를 받게 되었다. 이 보고에 의하면, 타루티노 왼편으로 움직이던 도로호프의 파르티잔 부대*로부터 포민스코예에 군대가 나타났는데 그 군대는 브루시예* 사단으로 이루어졌고, 다른 부대와 떨어져 있으므로 쉽게 소탕할 수 있다는 것이었다. 병사들과 장교들은 또다시 행동을 요구했다. 타루티노 부근에서 쉽게 이긴 기억으로 흥분해 있던 사령부 장군들은 도로호프의 제안을 실행에 옮기자며 쿠투조프에게 강력히 요구했다. 쿠투조프는 어떤 공격도 필요하지 않다고 생각했다. 타협안이 나왔고, 그것은 일어날 수밖에 없는 일이었다. 그리하여 브루시예를 공격할 작은 부대가 포민스코예로 급파되었다.

나중에 밝혀지듯이 가장 어렵고 가장 중요한 임무를 기이한 우연으로 도호투로프가 맡았다. 굉장히 겸손하고 체구가 작은 도호투로프, 전투 계획을 세웠다든지 연대의 선두에서 질주했다든지 포병 중대에 십자 훈장을 던졌다든지 하는 식으로 묘사된 적이 한 번도 없는 도호투로프, 우유부단하고 근시안적인 사람으로 여겨졌고 또 그렇게 불리던 도호투로프, 그러나 러시아군과 프랑스군의 전쟁 시기를 통틀어, 즉 아우스터리츠 전투부터 1813년까지 오직 어려운 상황에 처한 모든 곳을 지휘했던 그 도호투로프였다. 아우스터리츠에서 모두들 도주하거나 전사하여 후위 부대에 단 한 명의 장군도 없을 때 그는 아우게스트 제방에 마지막까지 남아 연대를 집결하고 구조에 힘쓴다. 열이 올라 아팠음에도 그는 나폴레옹의 전군에 맞서 스몰렌스크를 방어하기 위해 2만의 병력과 함께 그 도시로 향한다. 스몰렌스크의 몰로홉스키예 관문 옆에서 그가 갑자기 오른 열로 깜빡 잠이 들 뻔한 순간 스몰렌스크를 겨냥한 포격 소리가 그를 깨우고, 하루 종일 스몰렌스크는 포격을 견뎌 낸다. 바그라티온이 전사하고 아군의 왼쪽 측면 부대의 9할이 격파되고 프랑스 포병대가 모든 화력을 쏟아부은 보로디노 전투의 날, 그곳에 파견된 사람은 다른 어느 누구도 아닌 바로 우유부단하고 근시안적인 도호투로프다. 처음에 쿠투조프는 다른 사람을 그곳으로 보냈지만 서둘러 자신의 잘못을 바로잡는다. 그리하여 체구가 작고 차분한 도호투로프가 그곳에 가게 되고, 보로디노는 러시아군 최고의 영예가 된다. 많은 영웅들이 시와 산문에 묘사되어 있으나 도호투로프에 대해서는 단 한 마디도 없다.

도호투로프는 다시 포민스코예에 파견되었다가 그곳에서 또다시 말리 야로슬라베츠로, 프랑스군과 마지막 전투가 벌어진 그 장소로, 프랑스군의 파멸이 이미 시작되고 있던 바로 그 장소로 파견된다. 사람들은 다시 이 전쟁 기간의 많은 천재와 영웅들에 관해 기술하지만 도흐투로프에 대해서는 한마디도 없고, 혹은 있다 하더라도 거의 없다시피 하거나 의심스러운 말만 있을 뿐이다. 도흐투로프에 대한 이 같은 침묵이 무엇보다도 그의 가치를 명백히 입증하는 것이다.

기계의 움직임을 이해하지 못하는 사람은 작동하는 기계를 보았을 때 우연히 기계에 들어가 작동을 방해하고 기계를 망가뜨리는 나뭇조각을 그 기계의 가장 중요한 부분이라고 생각하기 마련이다. 기계의 구조를 모르는 사람은 기계의 가장 중요한 부분들 가운데 하나가 기계를 망가뜨리고 작동을 방해하는 나뭇가지가 아니라 소리 없이 돌아가는 조그만 변속 기어라는 것을 이해하지 못한다.

10월 10일, 포민스코예까지 가는 길의 절반을 통과한 도흐투로프가 아리스토보 마을에서 행군을 멈춘 후 주어진 명령을 정확히 수행하기 위해 준비하던 바로 그날, 발작적으로 이동하듯 뮈라의 진지까지 도달한 프랑스의 전 군대는 전투를 하려는 양 아무 이유 없이 갑자기 왼쪽의 새 칼루가 가도로 방향을 틀어 일찍이 브루시예가 홀로 주둔하던 포민스코예 마을로 들어가기 시작했다.

10월 11일 저녁에 세슬라빈*이 포로로 잡힌 프랑스 근위대 병사와 함께 아리스토보 마을의 본부에 도착했다. 포로는 이날 포민스코예에 들어온 군대가 전체 군대의 전위 부대이고, 나폴레옹도 그곳에 있으며, 군대는 이미 닷새 전에 모스크바를 떠났다고 말했다. 그날 저녁 보롭스크에서 온 하인 한 명이 대규모 군대가 도시에 들어오는 것을 보았다고 말했다. 도흐투로프 부대의 카자크들은 도로를 따라 보롭스크로 향하는 프랑스 근위대를 보았다고 보고했다. 이 모든 정보로 볼 때 1개 사단이 있을 거라 생각했던 그곳에는 현재 모스크바를 떠나 예기치 않은 방향으로, 즉 옛 칼루가 가도를 따라 진군하는 프랑스의 전 군대가 있음이 분명해졌다. 도호투로프는 자신의 임무가 무엇인지 분명히 알지 못했기에 어떤 시도도 하길 원치 않았다. 그에게 포민스코예를 공격하라는 명령이 내려졌다. 그러나 예전에는 포민스코예에 브루시예만 있었다면 현재는 프랑스의 전 군대가 있었다. 예르몰로프는 자신의 판단대로 행동하려 했지만, 도호투로프는 대공작 각하의 명령이 있어야 한다고 강력히 주장했다. 그들은 사령부에 보고하기로 결정했다.

이를 위해 볼호비티노프라는 총명한 장교가 선발되었는데, 그는 문서로 작성된 보고 이외의 모든 상황을 구두로 전해야 했다. 자정에 봉투와 구두 명령을 수령한 볼호비티노프는 카자크 한 명을 대동하고 예비 말 몇 마리와 함께 군사 사령부로 질주했다.

16

어둡고 따스한 가을밤이었다. 벌써 나흘째 가랑비가 내리고 있었다. 볼호비티노프는 말을 두 번 갈아타고 1시간 30분 동안 더러운 진창길을 따라 30베르스타를 질주하여 새벽 1시가 넘어서야 레타솁카에 도착했다. 그는 바자울에 '군사령부'라는 팻말이 붙은 통나무집 옆에서 말에서 내려 어둑한 현관방으로 들어섰다.

"빨리 당직 장군을 불러 주십시오! 아주 중요한 사안입니다!" 그는 현관방의 어둠 속에서 몸을 일으키며 코를 킁킁거리는 누군가에게 말했다.

"저녁때부터 건강이 안 좋았습니다. 사흘째 잠을 못 주무셨거든요." 종졸의 목소리가 두둔하듯 소곤거렸다. "먼저 대위님을 깨우십시오."

"아주 중요한 사안입니다. 도호투로프 장군의 전갈입니다."

볼호비티노프는 문을 더듬어 열고 안으로 들어가며 말했다. 종졸이 그보다 앞서 달려가 누군가를 깨우기 시작했다.

"대위님, 대위님, 특사가 왔습니다."

"뭐, 뭐라고? 누가 보냈나?" 잠에 잔뜩 취한 누군가의 목소리가 말했다.

"도흐투로프와 알렉세이 페트로비치의 전갈입니다. 나폴레옹이 포민스코예에 있습니다." 어둠 속에서 질문한 사람을 볼 순 없지만 목소리로 미루어 코노브니친이 아님을 짐작하며 말했다.

잠에서 깬 남자가 하품을 하고 기지개를 켰다.

"그분을 깨우고 싶지 않습니다." 그는 무언가를 더듬으며 말했다. "아주 편찮으십니다! 그런데 지금 한 말은 소문이겠지요."

"여기 보고서가 있습니다." 볼호비티노프가 말했다. "곧장 당직 장군에게 전달하라는 명을 받았습니다."

"잠깐, 불을 좀 켜고요. 이 빌어먹을 자식, 넌 항상 어디에 넣어 놓는 거야?" 기지개를 켜던 남자가 종졸을 돌아보며 말했다. 그는 코노브니친의 부관인 셰르비닌이었다. "찾았다, 찾았어." 그가 덧붙였다.

종졸은 부싯돌을 치고, 셰르비닌은 촛대를 더듬어 찾았다.

"아, 역겨운 놈들!" 그는 혐오감을 드러내며 말했다.

볼호비티노프는 불빛을 통해 양초를 든 셰르비닌의 젊은 얼굴과 대기실 구석에서 자고 있는 또 다른 남자를 보았다. 그가 코노브니친이었다.

부싯깃의 유황이 처음에는 파란 불꽃으로 그다음에는 빨간 불꽃으로 타오를 때 셰르비닌은 바퀴벌레들이 그것을 갉아 먹다가 촛대에서 도망가는 수지 양초에 불을 붙였고, 사자(使者)를 이리저리 살펴보았다. 볼호비티노프는 온통 진흙투성이였고, 소매로 얼굴을 닦는 바람에 얼굴에도 진흙이 묻어 있었다.

"누가 보고한 겁니까?" 셰르비닌이 봉투를 건네받으며 물었다.

"확실한 소식입니다." 볼호비티노프가 말했다. "포로들도, 카자크들도, 정찰병들도 모두 똑같이 말하고 있습니다."

"어쩔 수 없군요. 깨워야겠습니다." 셰르비닌이 자리에서 일어나 나이트캡을 쓰고 외투를 뒤집어쓴 남자에게 다가가며 말했다. "표트르 페트로비치!" 그가 말했다. 그러나 코노브니친은 미동도 하지 않았다. "군사령부에 가셔야 합니다!" 그는 이 말이 코노브니친을 틀림없이 깨우리라는 것을 알기에 웃으며 말했다. 정말로 나이트캡을 쓴 머리가 즉각 올라왔다. 열 때문에 뺨이 빨갛게 상기된, 코노브니친의 잘생기고 결연한 얼굴에는 한순간 현실과 거리가 먼 졸음에 겨운 표정이 아직 남아 있었지만 잠시 후 그는 갑자기 몸을 부르르 떨었다. 그러자 그의 얼굴이 평소의 침착하고 단호한 표정을 띠었다.

"무슨 일이야? 누가 보냈지?" 그는 빛 때문에 눈을 깜빡이며 서두르지는 않았지만 그 즉시 물었다. 코노브니친은 장교의 보고를 들으면서 봉투의 봉인을 뜯고 보고서를 읽었다. 그것을 거의 다 읽자 긴 털양말을 신은 발을 흙바닥에 내리고 부츠를 신기 시작했다. 그런 다음 나이트캡을 벗고 구레나룻을 빗은 후 군모를 썼다.

"여기에 바로 온 건가? 대공작 각하께 같이 가지."

코노브니친은 사자가 가져온 소식이 대단히 중요한 의미를 지니고 있고, 지체해서는 안 된다는 점을 즉각 깨달았다. 그것이 좋은 소식인지 나쁜 소식인지는 생각하지도, 스스로에게 물어보지도 않았다. 그런 것은 그의 흥미를 끌지 않았다. 그는 전쟁의 모든 사안을 이성이나 판단이 아닌 다른 무언가를 통해 바라보았다. 그의 마음속에는 입 밖으로 표현하진 않았지만 모든 것이 잘되리라는 깊은 확신, 그것을 믿을 필요도, 더욱이 말할 필요도 없이 다만 자기 일을 하면 된다는 깊은 확신이 있었다. 그래서 온 힘을 다해 자신의 임무를 수행하고 있었다.

표트르 페트로비치 코노브니친은 도흐투로프와 마찬가지로 소위 1812년 영웅들(바르클라이, 라옙스키, 예르몰로프, 플라토프,

밀라로도비치 등)의 명단에 예의상 등재되었을 뿐 도호투로프와 마찬가지로 능력과 식견이 매우 부족한 사람이라는 평가를 받았고, 도호투로프와 마찬가지로 한 번도 전투 작전을 세운 적은 없지만 언제나 가장 힘든 곳에 있었다. 그는 당직 장군으로 임명된 이후 사자가 찾아오면 반드시 자신을 깨우도록 지시하고선 항상 문을 열어 두고 잤다. 그는 전투 때마다 늘 포화 한가운데 있었기 때문에 쿠투조프는 그를 책망하곤 했으며 그를 전투에 내보내기를 꺼렸다. 또한 그는 도호투로프와 마찬가지로 눈에 잘 띄지 않는 톱니바퀴, 삐걱거리는 소음을 내지 않으면서 기계의 가장 본질적인 부분을 구성하는 그런 톱니바퀴들 가운데 하나였다.

통나무집에서 습하고 어두컴컴한 밤의 한가운데로 나오면서 코노브니친은 한편으론 심해진 두통 때문에, 다른 한편으론 머리에 떠오른 불쾌한 생각, 즉 이 소식을 알게 되면 사령부 실력자들의 무리 전체가, 특히 타루티노 전투 이후 쿠투조프에게 날을 세우고 있는 베니히센이 동요할 거라는 생각 때문에 얼굴을 찌푸렸다. 그들은 또 어떤 식으로 제안하고 논쟁하고 명령하고 취소할 것인가? 그런 일이 불가피하다는 것을 알았지만 그 예감은 그에게 불쾌감을 주었다.

실제로 코노브니친이 새로운 소식을 전하기 위해 찾아간 톨은 함께 지내는 장군에게 즉시 자신의 생각을 설명하기 시작했고, 말없이 지쳐서 듣던 코노브니친은 그들이 대공작 각하에게 가야 한다는 점을 다시 한번 상기시켰다.

17

　노인들이 다들 그러듯 쿠투조프는 밤에 잠을 조금밖에 자지 않았다. 낮에는 자주 갑자기 졸았으나 밤에는 옷도 갈아입지 않은 채 침대에 누워 오랫동안 잠들지 못하고 생각에 빠져들었다.

　지금도 그는 침대에 무겁고 흉한 큰 머리를 살찐 손으로 받치고 누워 한쪽 눈만 뜬 채 어둠 속을 응시하며 생각에 잠겨 있었다.

　군주와 편지를 주고받은, 사령부에서 영향력이 가장 큰 베니히센이 쿠투조프를 피한 이후, 쿠투조프는 자신과 군대가 또다시 무익한 공격에 참전하도록 강요받지 않아 편했다. 자신에게 아픈 기억으로 남은 타루티노 전투와 그 전날의 교훈도 영향을 미쳤음에 틀림없을 거라고 쿠투조프는 생각했다.

　'우리가 공격하면 패할 수밖에 없다는 것을 저들은 깨달아야 해. 인내와 시간, 이것이야말로 나의 전사들이지!' 쿠투조프는 생각했다. 그는 익지 않은 사과를 딸 필요가 없음을 알았다. 사과는 익으면 스스로 떨어지기 때문에 풋사과를 따면 사과와 나무도 망치고 그것을 먹는 사람의 이도 흔들리게 된다. 그는 마치 노련한 사냥꾼처럼 짐승이 상처를 입었고, 그것은 러시아의 전 병력이 입힐 수 있는 최대한의 상처이지만 그 상처가 치명적인지 아닌지는 아직 밝혀지지 않은 문제임을 알았다. 로리스통과 바르텔레미를 파견 보내고 파르티잔이 보고해 옴에 따라 쿠투조프는 그 짐승이 치명상을 입었음을 거의 확실히 알게 되었다. 그러나 증거가 좀 더 필요했고, 기다려야 했다.

'그자들은 자기들이 짐승을 죽였는지 보려고 달려가길 원한다. 좀 더 기다리면 보게 될 것을. 언제나 기동, 언제나 공격뿐이지!' 그는 생각했다. '대체 무엇 때문에? 항상 남들 눈에 돋보이려 할 뿐이지. 싸움에 뭔가 재미있는 게 있기라도 한 듯 말이야. 그자들은 마치 어린애 같아서 상황이 어떤지에 대한 설명은 기대할 수 없어, 왜냐하면 다들 자신이 얼마나 싸움을 잘하는지 증명하고 싶어 하니까. 지금 문제는 그게 아닌데.

그리고 그자들 모두 나에게 얼마나 교묘한 기동을 제안하고 있는가! 그자들은 두세 가지 가능성을 떠올리면 (그는 페테르부르크에서 내려온 전체 계획을 상기했다) 그것으로 모든 가능성을 다 생각해 낸 것처럼 여긴다. 하지만 그거 말고 얼마나 많은 가능성이 있는데!'

보로디노에서 입힌 상처가 치명적인지 아닌지에 대한 풀리지 않은 문제가 한 달 내내 쿠투조프의 머리에서 떠나질 않았다. 한편으로 프랑스군은 모스크바를 점령했다. 또 한편으로 쿠투조프는 자신과 러시아의 모든 사람들이 전력을 다해 가한 무시무시한 일격이 분명 치명적이었을 거라고, 아무 의심 없이 자신의 전 존재로 느끼고 있었다. 그러나 어쨌든 증거가 필요했고 벌써 한 달 동안 그것을 기다려 왔지만 시간이 흐를수록 그 역시 점점 초조해졌다. 그는 잠 못 이루는 밤이면 침대에 누워 젊은 장군들이 하는 행동을, 그가 비난하던 바로 그 행동을 했다. 그는 이미 실현된 나폴레옹의 확실한 파멸이 나타날 모든 가능성에 대해 숙고했다.

그는 젊은이들과 똑같은 방식으로 그 가능성을 숙고했는데, 다만 차이가 있다면 쿠투조프는 이 예상에 근거하여 어떤 가설도 세우지 않았고 두세 가지가 아닌 수천 가지의 가능성을 보았다는 점이다. 오래 생각하면 할수록 머리에는 더 많은 가능성이 떠올랐다. 그는 나폴레옹 군대 전체 혹은 그 일부가 취할 온갖 종류의 움직임을 (페테르부르크로의 접근, 그를 향한 진격, 그를 피하기 위한 우회) 생각해 보았고, (이것이 가장 두려운 생각인데) 나폴레옹이 쿠투조프 자신의 무기로 그와 맞서 싸울 가능성, 나폴레옹이 모스크바에 남아 쿠투조프를 기다릴 가능성도 생각해 보았다. 쿠투조프는 나폴레옹의 군대가 메딘과 유흐노프로 물러나는 상황까지 생각했다. 그러나 그가 예상치 못한 단 한 가지가 실제로 벌어졌는데, 나폴레옹의 군대가 모스크바를 떠난 후 처음 열하루 동안 미친 듯이 발작적으로 돌진한 것이 그것이었다. 그 돌진은 쿠투조프가 그때만 해도 감히 생각도 못하던 것, 즉 프랑스군의 전멸을 가능하게 만들었다. 브루시예 사단에 대한 도로호프의 보고, 나폴레옹 군대가 곤경에 처했다는 파르티잔의 소식, 나폴레옹의 군대가 모스크바를 떠나려 한다는 소문, 이 모든 것이 프랑스 군대가 궤멸되어 도주를 준비하고 있다는 가정을 뒷받침했다. 그러나 이는 젊은 사람들에게나 중요하게 여겨질 가정이지 쿠투조프에게는 아니었다. 그는 60년 경험을 통해 소문에 얼마만큼의 가치를 두어야 하는지 알았고, 무언가를 바라는 사람들이 모든 정보를 자신의 열망을 뒷받침하는 걸로 보이도록 얼마나 능숙하게 분류하는지 알았으며, 그 경우 자신이 바라는 것에 모순되는 정보들은 전부 기꺼이 배제한다는 것도 알았다. 쿠투조프는 그것을 간절히 갈망할수록 더욱 믿으려 하지 않았다. 그 문제가 그의 모든 정신력을 소비해 버렸다. 그에게 다른 모든 것들은 습관적으로 사는

데 불과했다. 참모들과의 대화, 타루티노에서 마담 스탈*에게 쓴 편지, 소설 읽기, 포상 분배, 페테르부르크와의 서신 교환 등은 그러한 습관적인 삶이자 삶에 대한 복종이었다. 하지만 오직 그 한 사람만이 예견한 프랑스군의 파멸은 그가 진정 소망하는 유일한 희망이었다.

10월 11일 밤에 그는 팔을 괴고 누워 이것을 생각하고 있었다.

옆방에서 작은 동요가 일더니 톨과 코노브니친과 볼호비티노프의 발소리가 들렸다.

"어, 거기 누구지? 들어오게나, 들어와! 새로운 소식이라도 있는 건가?" 원수가 큰 소리로 그들을 불렀다.

하인이 초에 불을 붙이는 동안 톨이 새로운 소식의 내용을 보고했다.

"누가 가져왔지?" 쿠투조프가 물었다. 초에 불이 붙은 순간, 차갑고 엄격한 쿠투조프의 얼굴은 톨을 놀라게 했다.

"의심할 여지가 없습니다. 대공작 각하."

"데려와, 그자를 이리 데려와."

쿠투조프는 한쪽 다리를 내리고 구부린 다른 쪽 다리에 커다란 배를 기댄 채 침대에 앉아 있었다. 그는 사자를 더 잘 보기 위해, 마치 자기 마음을 차지하고 있는 것을 그 사자의 얼굴에서 읽어 내고 싶은 듯 시력이 있는 눈을 가늘게 떴다.

"말해 보게, 젊은 친구, 말해 봐." 그는 가슴이 드러나도록 젖혀진 루바시카를 여미며 특유의 나직한 노인다운 목소리로 볼호비티노프에게 말했다. "이리 와. 좀 더 가까이 오게. 자네는 나에게 어떤 소식을 가져왔지? 응? 나폴레옹이 모스크바를 떠났다고? 정말인가? 응?"

볼호비티노프는 자신이 지시받은 대로 처음부터 전부 자세히 보고했다.

"말해 보게. 얼른 말해 봐, 애타게 하지 말고." 쿠투조프가 그의 말을 가로막았다.

볼호비티노프는 보고를 마친 후 조용히 명령을 기다렸다. 톨이 뭔가 말하려 했지만 쿠투조프가 가로막았다. 쿠투조프는 무언가 말하려 했으나 갑자기 그의 얼굴이 일그러지고 찌푸려졌다. 그는 톨을 향해 한 손을 내저으며 반대편으로, 벽에 걸린 몇 개의 이콘 때문에 어둑한 통나무집 한쪽 구석으로 돌아섰다.

"하느님, 나의 창조주시여! 우리의 기도를 들어주셨군요……." 그는 두 손을 모으고 떨리는 목소리로 말했다. "러시아가 구원되었습니다. 감사합니다, 주여!" 그러고는 울음을 터뜨렸다.

18

보고를 받은 이후부터 전쟁이 끝날 때까지 쿠투조프가 한 것이라곤 권력과 간책과 청원을 동원하여 자신의 군대가 무익하게 공격하거나 기동 작전을 펴고, 파멸해 가는 적과 충돌하지 않도록 억제하는 것이었다. 도호투로프는 말리 야로슬라베츠로 향하는데 전군을 통솔하는 쿠투조프는 지체하면서 칼루가를 비우라고 명령했다. 왜냐하면 칼루가 후방으로 퇴각하는 편이 현실적이라고 생각했기 때문이었다.

쿠투조프는 모든 곳에서 후퇴하지만 적은 그의 후퇴를 기다리지 않고 뒤로, 반대편으로 도주한다.

나폴레옹을 연구하는 역사가들은 타루티노와 말리 야로슬라베츠로 향한 나폴레옹의 교묘한 기동 작전을 기술하고, 만약 나폴레옹이 비옥한 남쪽 현으로 침투하는 데 성공하면 어떻게 되었을지 가정한다.

하지만 그 무엇도 남쪽 현으로 가는 나폴레옹을 방해하지 않았다는 점은 (러시아군이 그에게 길을 내주었기 때문에) 말할 것도 없이, 역사가들은 당시 이미 나폴레옹의 군대에 피할 수 없는 파멸의 조건이 내재되어 그의 군대를 구할 방법이 전혀 없었다는 점을 잊고 있다. 모스크바에서 풍부한 식량을 발견하고도 그것을 지키지 못하고 짓밟아 버렸으며, 스몰렌스크에서 식량을 비축하지 않고 약탈해 버린 군대가 칼루가에서, 모스크바의 거주민들과 동일한 러시아인들이 살고, 그곳의 불 역시 한번 타오르기 시작하면 다 태우는 동일한 속성을 지닌 그곳, 칼루가에서 어떻게 정비될 수 있겠는가?

그 군대는 어디에서도 정비될 수 없었다. 보로디노 전투와 모스크바 약탈 이후 그 군대는 붕괴를 위한 화학적 조건과도 같은 것을 지니고 있었다.

이전에 군대를 이루었던 이 사람들은 지도자들과 함께 어디로 가야 할지도 모르는 채 오직 한 가지만 바라며 도망쳤다. 그들(나폴레옹과 모든 병사들)의 바람은 자신들 모두가 어렴풋이 인식하던 그 출구 없는 상황으로부터 최대한 빨리 개인적으로 벗어나는 것이었다.

바로 이런 이유로 말리 야로슬라베츠 회의에서 장군들이 다양한 의견을 내놓으며 협의하는 척할 때 가장 마지막으로 말한 무통이라는 단순한 병사*의 견해, 그저 최대한 빨리 떠나는 수밖에 없다는, 모든 사람들이 공통으로 생각했던 이 견해가 모두의 입을 다물게 만들었다. 아무도, 심지어 나폴레옹조차 모든 이들이 인식하고 있는 이 진실에 반하는 말을 전혀 할 수 없었다.

그러나 모든 이들이 달아나야 한다는 것을 알았음에도 불구하고 도망쳐야 한다고 인정하는 데에는 여전히 수치심을 느꼈다. 이러한 수치심을 극복하기 위해서는 외부의 충격이 필요했다. 그리고 그 충격은 필요한 순간에 나타났다. 그것은 이른바 프랑스인들의 황제 만세였다.

회의 다음 날 이른 아침에 나폴레옹은 과거의 전장이었고 미래의 전장이 될 벌판과 군대를 둘러보길 원하는 척하며 원수들과 호위대를 거느리고 군대 배치선 한가운데로 갔다. 전리품 주위를 쑤시고 다니던 카자크들이 황제와 딱 마주쳤고, 그를 거의 잡을 뻔했다. 이때 카자크들이 나폴레옹을 잡지 못한 것, 그를 구원해 준 것은 바로 프랑스군을 파멸시킨 전리품 때문이었다. 카자크들은 타루티노에서도, 이곳에서도 사람은 내버려 둔 채 전리품에만 달려들었다. 그들은 나폴레옹에게 신경도 쓰지 않고 전리품에 달려들었고, 덕분에 나폴레옹은 도망치는 데 성공했다.

돈강의 아이들이 황제 본인을 그의 군대 한가운데에서 잡을 뻔하자 이제는 잘 아는 가장 가까운 도로를 따라 서둘러 달아나는 일 말고는 더 이상 아무것도 할 수 없음이 분명해졌다. 마흔의 나잇살인 뱃살이 생기고 이미 자기 안에서 예전의 민첩함과 용기를 느끼지 못하던 나폴레옹은 이 사건이 무엇을 암시하는지 이해했다. 그는 카자크들에게서 느낀 두려움의 영향으로 즉시 무통의 말에 찬성했고, 역사가들이 말하는 것처럼 스몰렌스크 가도로 퇴각하도록 명령했다.

나폴레옹이 무통의 말에 동의하고 군대가 퇴각했다는 사실이 그가 퇴각 명령을 내렸음을 입증하지는 않지만, 군대를 모자이스크 가도 쪽으로 돌렸다는 것은 군대 전체에 미친 힘이 나폴레옹에게도 동시에 작용했음을 입증하는 것이다.

운동하는 인간은 항상 자신을 위해 운동의 목표를 생각해 낸다. 1천 베르스타를 가기 위해 인간은 그 1천 베르스타 너머에 무언가 좋은 것이 있다고 생각할 수밖에 없다. 움직일 힘을 얻기 위해서는 약속의 땅에 대한 표상이 필요하다.

프랑스군이 진격할 때 약속의 땅은 모스크바였고, 퇴각할 때에는 고국이었다. 그러나 고국은 너무 멀었다. 그래서 1천 베르스타를 걸어가는 사람은 최종 목표를 잊고 "오늘 난 휴식과 숙박을 위해 40베르스타를 걸을 것이다"라고 스스로에게 반드시 말해야만 하는데, 첫 이동에서 이 휴식 장소는 최종 목적지를 가리고 모든 갈망과 희망을 자신에게 집중시킨다. 개개인에게 나타나는 갈망은 언제나 무리 안에서 더욱 강해지기 마련이다.

옛 스몰렌스크 가도를 통해 퇴각하는 프랑스군에게 고국이라는 최종 목표는 너무나 멀리 떨어져 있었으므로 모든 갈망과 희망이 집중된 가장 근접한 목표는 스몰렌스크였고, 무리 안에서 그 목표를 향한 갈망은 매우 큰 비율로 증대되었다. 사람들이 스몰렌스크에 많은 식량과 신병 부대가 있다고 알거나 그렇다고 들어서가 아니라 (오히려 군대의 최고 상층부와 나폴레옹은 그곳에 식량이 별로 없음을 알았다) 오직 이것만이 그들에게 계속 나아가게 하고 현재의 결핍을 견딜 힘을 주었기 때문이다. 이 사실을 아는 사람이든 모르는 사람이든 똑같이 자신을 속이고 마치 약속의 땅으로 향하듯 스몰렌스크로 돌진했다.

가도로 나온 프랑스군은 놀라운 기세와 전례 없는 속력으로 자신들이 생각해 낸 목표를 향해 도주했다. 프랑스군 무리를 하나의 전체로 묶고 그들에게 어떤 힘을 준 공통의 갈망이라는 이 원인 외에 그들을 묶어 준 또 하나의 원인이 있었다. 바로 그들의 수(數)였다. 물리적인 인력의 법칙에서처럼 그 거대한 집단 자체가 인간이라는 개별 원자들을 자기 쪽으로 끌어당겼다. 그들은 마치 하나의 전체 국가처럼 10만 명의 집단으로서 움직였다.

그들 각각은 오직 한 가지, 포로가 되어 모든 공포와 불행으로부터 벗어나기만을 원했다. 그러나 한편으로는 스몰렌스크라는 목표를 공통적으로 지향하는 힘이 그들 한 사람 한 사람을 똑같은 방향으로 끌어당겼다. 다른 한편으로 1개 군단이 1개 중대에 투항하여 포로가 되는 것은 불가능했다. 프랑스인들은 서로에게서 벗어나 작은 적절한 구실을 만들어서라도 적의 포로가 되고자 모든 기회를 이용했지만 그런 구실이 늘 생기는 것은 아니었다. 그들의 수와 밀집되고 빠른 움직임이 그들에게서 이러한 가능성을 빼앗았고, 이것이 러시아군으로 하여금 프랑스군 무리의 모든 힘이 쏠린 그 움직임을 제지하기 힘들게끔, 심지어 불가능하게끔 만들었다. 물체를 기계적으로 절단한다고 해서 진행 중인 해체 과정을 어느 한계 이상 앞당길 수 없다. 눈덩이를 순식간에 녹이는 것은 불가능하다. 일정한 시간적 한계가 있으므로 아무리 열을 가해도 그 한계 이전에 눈을 녹이지는 못한다. 반대로 열을 많이 가할수록 남은 눈은 더 단단해진다.

쿠투조프를 제외하고는 러시아 지휘관들 중 아무도 이것을 이해하지 못했다. 프랑스군이 스몰렌스크 가도를 따라 퇴각하기로 결정했을 때, 10월 11일 밤 코노브니친의 예견이 실현되기 시작했다. 군 수뇌부들은 모두 공을 세워 주목받길 원했으며, 프랑스군을 저지하고 생포하고 절멸시키기를 원했기 때문에 그들 모두 공격을 요구했다.

쿠투조프 한 사람만이 공격을 막기 위해 전력을 (어떤 총사령관이라도 그 힘은 별로 큰 편이 아니다) 다했다.

우리가 지금 하는 말을 그는 그들에게 할 수 없었다. 무엇 때문에 전투를 해야 하는가, 무엇 때문에 도로를 차단하고 아군을 희생하고 불행한 자들을 잔인하게 파멸시켜야 하는가. 모스크바에서 뱌지마까지 오는 동안 단 한 번의 전투를 하지 않고도 군대의 3분의 1이 사라졌는데 무엇 때문에 그 모든 것을 해야 하는가? 하지만 그는 자신이 간직한 노인의 지혜로부터 그들이 이해할 만한 것을 꺼내어 말했다. 그는 그들에게 황금 다리에 대해 말했지만 그들은 그를 비웃고 비난했으며, 격분하여 날뛰고, 죽은 짐승 앞에서 허세를 부렸다.

뱌지마 부근에서 프랑스군으로부터 근거리에 있게 된 예르몰로프, 밀로라도비치, 플라토프 등은 프랑스군 2개 군단을 저지하여 그들을 절멸시키고픈 욕망을 억제할 수 없었다. 그들은 쿠투조프에게 자신들의 계획을 알리기 위해 봉투에 보고서 대신 백지 한 장을 넣어 보냈다.

쿠투조프가 아무리 군대를 막으려 노력해도 아군은 가도를 차단하려 하면서 공격했다. 사람들의 말에 따르면, 보병 연대들은 군악을 연주하고 북을 치며 공격하여 수천 명을 죽이거나 잃었다고 했다.

그러나 저지한다 해 놓고서 그들은 아무도 저지하지도, 파멸시키지도 못했다. 그리하여 위험에 직면하여 더욱 공고하게 결집한 프랑스 군대는 일정한 속도로 점차 사라지며 스몰렌스크로 향하는 파멸의 길을 계속해서 걸어 나갔다.

제3부

I

그 이후의 모스크바 점령과 새로운 전투 없이 진행된 프랑스군의 패주와 더불어 보로디노 전투는 역사의 가장 교훈적인 현상들 가운데 하나다.

많은 역사가들은 국가들과 국민들의 외면적 활동이 충돌하면서 그것이 전쟁으로 나타난다는 것, 국가와 국민의 정치적 힘은 전쟁에서의 크고 작은 성공의 결과에 따라 강해지거나 약해진다는 것에 동의한다.*

어느 나라 왕 혹은 황제가 다른 나라 왕 혹은 황제와 불화하다가 군대를 소집하여 적과 싸워 승리하고 3천 명, 5천 명 혹은 1만 명을 죽인 결과 한 왕국과 수백만의 국민을 정복했다는 역사 기술이 아무리 이상하더라도, 전체 국민의 힘의 1백분의 1밖에 안 되는 한 군대의 패배가 어째서 국민을 굴복하게 만드는지 아무리 이해하기 힘들지라도, (우리가 아는 한) 역사의 모든 사실은 한 국민의 군대가 다른 국민의 군대와 싸워 얻어 낸 크고 작은 성공이 그 국민의 힘의 강화 혹은 약화를 초래하는 원인이거나 적어도 그 본질적인 징후라는 사실의 정당성을 뒷받침한다. 군대가 승리하면 승리한 국민의 권리는 패배한 국민의 희생으로 인해 강해진다.

군대가 패하면 국민은 그 즉시 패배의 정도에 따라 권리를 박탈당하고 군대가 완전히 패하면 국민도 완전히 복속된다.

(역사에 따르면) 고대부터 현재에 이르기까지 그랬다. 나폴레옹 전쟁은 이 법칙을 뒷받침한다. 오스트리아 군대가 패한 정도에 따라 오스트리아는 자국의 권리를 잃고 프랑스의 권리와 힘은 강해진다. 예나와 아우어슈테트 부근에서 프랑스군이 거둔 승리는 프로이센의 독립적인 생존과 자립을 파괴한다.

그런데 갑자기 1812년에 모스크바 부근에서 프랑스군이 승리하여 모스크바는 점령되었고, 이후 새로운 전투는 없었지만 더 이상 존재하지 않게 된 것은 러시아가 아니라 60만 명의 프랑스 군대, 그다음에는 나폴레옹의 프랑스였다. 역사 법칙에 사실을 끼워 맞춘다거나, 보로디노 전장(戰場)은 러시아 수중에 있었으며 모스크바 점령 이후 나폴레옹의 군대를 파괴한 전투도 여러 번 있었다고 말하는 것은 불가능하다.

보로디노에서 프랑스가 승리한 이후 전면적인 전투뿐 아니라 조금이라도 중요한 전투는 단 한 번도 없었는데 프랑스군은 소멸하고 말았다. 이는 무엇을 의미하는가? 만약 이것이 중국 역사 속 사례였다면 우리는 이것이 역사 현상은 아니라고 말했을 수도 있다. (이는 자신의 기준에 맞지 않을 때 역사가들이 빠져나가는 구멍이다.) 만약 소수의 군대가 참가한 단기간의 충돌이었다면 우리는 이 현상을 예외로 받아들였을 수도 있다. 그러나 이 사건, 우리 선조들에게는 조국의 생사가 걸렸던 이 사건은 그들의 눈앞에서 일어났고, 이 전쟁은 유명한 모든 전쟁들 가운데 가장 큰 전쟁이었다…….

보로디노 전투부터 프랑스군 축출에 이르는 1812년 전쟁 기간은 전투의 승리가 정복의 원인이 아닐뿐더러 정복의 불변의 징후도 아니라는 점을 입증한다. 또한 그 기간은 국민들의 운명을 결정하는 힘이 정복자에게 있거나, 심지어 군대와 전투에 있는 것이 아니라 다른 무언가에 있음을 보여 준다.

프랑스 역사가들은 프랑스군이 모스크바를 떠나기 전의 상황을 기술하면서 기병대와 포병대, 수송대 말곤 대군의 모든 것이 질서 잡혀 있었다고, 말과 소의 먹이가 없었을 뿐이라고 주장한다. 이런 재앙을 도울 수 있는 것은 전무했는데, 왜냐하면 근방의 농부들이 건초를 다 태워 버려 프랑스군에 주지 않았기 때문이다.

전투의 승리는 보통의 결과를 가져오지 않았다. 카르프와 블라스라는 농민들과 (이들은 프랑스군이 출발한 후 짐마차를 끌고 도시를 약탈하러 모스크바로 들어왔고 개인적으로 영웅심을 드러낸 적이 대체로 없었다) 이들과 같은 셀 수 없는 수많은 농민들이 프랑스군이 건초에 대해 값을 잘 쳐주겠다고 제안했음에도 건초를 모스크바로 가져오는 대신 불태워 버렸기 때문이다.

펜싱의 모든 규칙에 따라 장검을 들고 대결하게 된 사람을 상상해 보자. 대결은 꽤 오랜 시간 동안 계속되었다. 두 적수 가운데 자신이 상처 입은 것을 지각한 사람이 이 일은 장난이 아니라 생명에 관한 것임을 깨닫고는 장검을 내던지고 맨 처음 눈에 띈 몽둥이를 잡아 휘두르기 시작했다. 그러나 목적을 성취하기 위해 최선의, 가장 간단한 수단을 합리적으로 이용하면서 동시에 기사도 전통에 고무되어 있던 이 남자가 진상을 숨기기 위해 자신은 펜싱 규칙에 따라 장검으로 이겼노라 주장한다고 상상해 보자. 벌어진 결투를 그런 식으로 묘사할 경우 어떤 혼란과 모호함이 생겨날지 쉽게 상상할 수 있을 것이다.

펜싱의 규칙대로 싸울 것을 요구한 펜싱 선수는 프랑스군이고, 검을 버리고 몽둥이를 잡은 상대는 러시아군이었다. 펜싱 규칙에 따라 모든 것을 설명하려고 애쓰는 사람들은 바로 이 사건을 기술한 역사가들이다.

스몰렌스크 화재 때부터 전쟁의 이전 규칙을 전혀 따르지 않는 전쟁이 시작되었다. 도시와 촌락의 소실, 전투 이후의 퇴각, 보로디노에서의 타격, 또 다른 퇴각, 모스크바 포기와 화재, 약탈자 체포, 수송 대열 탈취, 파르티잔 전투, 이 모든 것이 전쟁의 규칙을 벗어났다.

나폴레옹은 이를 감지했고 펜싱 선수의 올바른 자세를 취하며 모스크바에 남아 있다가 상대가 장검 대신 올려 든 몽둥이를 본 바로 그때 이후로 쿠투조프와 알렉산드르 황제에게 (마치 사람을 죽이는 데 어떤 규칙이 존재했다는 듯) 전쟁이 모든 규칙과는 정반대로 진행되고 있다고 계속 불평했다. 프랑스군이 규칙이 준수되지 않는 것에 대해 불평했음에도 불구하고 지위가 높은 러시아인들에게는 몽둥이로 싸우는 것이 왠지 부끄럽게 느껴졌고, 규칙에 따라 **카르트**나 **티에르스**로 서거나 혹은 프림으로 능숙하게 찌르기를 원했다. 그러나 국민 전쟁의 몽둥이는 위협적이고도 당당한 힘으로 위로 들렸고 그 누구의 취향이나 규칙에 대해 묻지 않고 그 무엇도 고려하지 않은 채 무식하고 단순하지만 일관적으로 오르내리며 완전히 파멸할 때까지 프랑스군을 내리쳤다.

1813년의 프랑스군처럼 펜싱의 모든 규칙에 따라 경례하고 칼자루를 돌려 우아하고 예절 바르게 승자에게 건네지 않은 국민은 복이 있다. 시련의 순간에 다른 나라 국민은 그와 유사한 경우, 어떤 규칙에 따라 행동하는지 묻지 않고, 단순하고 편하게 맨 처음 본 몽둥이를 잡아 마음속의 모욕감과 복수심이 멸시와 동정으로 바뀔 때까지 몽둥이를 내리친 국민은 복이 있다.

2

전쟁 규칙이라 불리는 것들로부터 가장 확실하고 유리하게 일탈하는 방법 중 하나는 이리저리 흩어진 사람들이 한 덩어리로 뭉친 사람들을 상대하는 것이다. 그런 종류의 군사 행동은 국민적 성격을 띠는 전쟁에 항상 나타나기 마련이다. 그러한 군사 행동은 집단 대 집단의 전투 대신 대병력이 공격해 오면 흩어져서 즉시 달아나는 것과 이후 기회를 잡아 다시 공격하는 것으로 이루어진다. 스페인의 게릴라들이 그렇게 했고, 캅카스의 산사람들도 그렇게 했다. 그리고 1812년의 러시아인들도 그렇게 했다.

사람들은 그런 종류의 전쟁을 파르티잔 전투라 부르고, 그렇게 부름으로써 그 의미를 설명했다고 생각했다. 하지만 그런 종류의 전쟁은 어떤 규칙에도 부합하지 않으며, 나무랄 데 없는 것으로 인정받는 잘 알려진 전술 규칙과도 완전히 상반된다. 이 규칙에 따르면 공격군은 전투하는 순간에 적군보다 강해지기 위해 자신의 군대를 집결시켜야 한다.

(역사가 보여 주는바 언제나 성공적인) 파르티잔 전투는 이 규칙과 정반대다.

이러한 모순은 군사학이 군대의 힘을 군대의 수와 동등하게 보기 때문에 발생한다. 군사학은 군대의 규모가 클수록 군대의 힘도 강하다고 말한다. **대군은 언제나 옳다.**

이렇게 말할 경우 군사학은 기계학과 유사하다. 힘을 단지 질량과의 관계에서만 고찰하는 기계학은 질량이 같거나 같지 않기 때문에 힘이 서로 같거나 같지 않다고 말할 것이기 때문이다.

힘(운동량)은 질량에 속도를 곱한 산물이다.

마찬가지로 군사 문제에서 병력은 수에 어떤 무언가를, 어떤 미지수 x를 곱한 산물이다.

군사학은 군대의 규모가 군대의 힘과 일치하지 않고 작은 부대가 큰 부대를 이기는 수많은 예를 역사에서 보면서, 그 미지의 승수라는 존재를 막연히 인정하고 그것을 때로는 기하학적 대형에서, 때로는 무기에서, 때로는 지휘관의 천재성에서 (가장 흔한 경우다) 찾으려고 노력한다. 그러나 이 모든 의미를 승수에 대입해도 역사적 사실과 일치하는 결과는 나오지 않는다.

그런데 이 미지수 x를 찾으려면 전쟁 중 최고 수뇌부가 내린 명령의 효력에 대한 잘못된 시각을, 영웅에게 유리하게 형성된 그 시각을 버리기만 하면 된다.

이 x는 바로 군대의 사기, 다시 말해 스스로를 위험에 던져 싸우려 하는, 군대를 구성하는 모든 이들의 크고 작은 열망으로 이것은 병사들이 천재의 지휘 아래 싸우는가 혹은 천재가 아닌 이의 지휘 아래 싸우는가, 3열의 전선으로 싸우는가 혹은 2열로 싸우는가, 몽둥이로 싸우는가 혹은 1분에 서른 번 발사되는 라이플총으로 싸우는가의 문제와는 전혀 관계없다. 싸우고자 하는 가장 큰 열망을 가진 이들이 언제나 싸움의 가장 유리한 조건을 선취한다.

군대의 사기는 힘을 산출하는 질량에 곱하는 승수다. 학문의 과제는 군대의 사기인 이 미지수의 값을 결정하고 표현하는 것이다.

그러한 과제는 오직 우리가 미지수 x의 값 대신 힘이 발현되는 조건, 예를 들어 지휘관의 명령이나 무기 등등을 승수값으로 간주하여 자의적으로 대입하기를 멈추고 그 미지의 승수를 온전히 받아들일 때, 즉 스스로를 위험에 내던져 싸우려는 크고 작은 열망으로서 그것을 받아들일 때 해결된다. 그럴 때에만 우리는 이미 알려진 역사적 사실을 방정식으로 표현하면서, 이 미지수의 상댓값을 비교함으로써 미지수 자체에 대한 정의를 기대할 수 있다.

열 명 혹은 열 개의 대대나 사단이 열다섯 명 혹은 열다섯 개의 대대나 사단과 싸워, 전자가 후자를 이겼다. 즉 한 사람도 빠짐없이 전부 죽이거나 생포했고, 자신들은 넷을 잃었다. 한쪽에서는 넷이, 다른 쪽에서는 열다섯이 제거된 것이다. 결국 넷은 열다섯과 같으므로, $4x=15y$가 된다. 따라서 $x:y=15:4$다. 이 방정식은 미지수의 값을 제시하지 않는 대신 두 미지수 사이의 관계를 제시한다. 그리고 다양하게 취한 역사적 단위(개별 전투, 전체 전쟁, 전쟁 기간)를 그러한 방정식에 대입할 경우 일련의 수를 얻게 되는데 그 수에는 당연히 법칙이 존재하여, 그 법칙이 발견될 수도 있다.

공격할 때는 집단으로, 후퇴할 때는 개별적으로 흩어져 행동해야 한다는 전술 규칙은 군대의 힘이 병사들의 사기에 의존한다는 진실만을 무의식중에 뒷받침할 뿐이다. 병사들을 포탄 아래로 이끌기 위해서는 공격에 저항할 때 필요한 것보다 더 강력한 기강이 필요한데 이는 오직 집단행동에 의해 성취된다. 그러나 군대의 사기를 간과하는 이 규칙은 끊임없이 그릇된 것으로 드러나고, 모든 국민 전쟁에서처럼 특히 군 사기의 고양과 저하가 심하게 나타나는 곳에서는 충격적일 만큼 현실과 모순된다.

1812년, 퇴각 중이던 프랑스군은 전술상 흩어져 개별적으로 스스로를 지켜야 함에도 불구하고 집단으로 뭉쳐 다녔는데, 집단으로 있지 않으면 군대를 유지하기 어려울 만큼 사기가 떨어졌기 때문이다. 반면 러시아군은 전술상 반드시 집단으로 공격해야 했으나 실제로는 흩어져 있었는데, 이는 개개인들이 명령 없이도 프랑스군을 무찌를 만큼, 그들을 강제로 어려움과 위험에 내던질 필요가 없을 만큼 군의 사기가 높았기 때문이다.

3

이른바 파르티잔 전투가 시작된 것은 적군이 스몰렌스크에 진입한 이후부터였다.

파르티잔 전투가 우리 정부의 공식적인 인정을 받기 전부터 이미 (본대에서 낙오된 약탈자들이나 말여물을 징발하는) 수천 명의 적군이 카자크와 농민들에 의해 절멸되었다. 마치 개들이 광견병에 걸려 떠돌아다니는 개를 무의식적으로 물어 죽이듯이 그들도 무의식적으로 적들을 죽였다. 데니스 다비도프*는 러시아인만의 감각으로 병법의 규칙을 묻지 않고 프랑스군을 죽이는 이 무서운 몽둥이의 의미를 가장 먼저 깨달았고 따라서 이 전법을 합법적으로 적용하기 위한 첫걸음을 떼는 영예를 얻는다.

8월 24일에 다비도프의 첫 파르티잔 부대가 창설되었고 그 후 연이어 다른 부대들이 설립되기 시작했다. 전쟁이 진행될수록 이 부대들의 수도 점점 늘어났다.

파르티잔들은 각개 격파로 대군을 격파했다. 그들은 말라 죽은 나무(프랑스 군대)에서 저절로 떨어진 나뭇잎들을 주워 모으며 이따금 그 나무를 흔들었다. 10월, 프랑스군이 스몰렌스크로 도주할 때에는 다양한 규모와 성격을 띤 부대들의 수가 수백에 이르렀다. 군대의 모든 방식을 받아들여 보병대, 포병대, 사령부, 생활 시설을 갖춘 부대도 있었다. 카자크들만으로 이루어진 기병대도 있었다. 보병과 기병이 결합한 매우 작은 규모의 혼성 부대가 있는가 하면 아무에게도 알려지지 않은 농민 부대와 지주 부대도 있었다. 하급 사제가 대장인 부대는 한 달에 수백 명의 포로를 잡았다. 또 촌장 아내 바실리사는 수백 명의 프랑스군을 죽였다.

10월 하순은 파르티잔 전투가 정점에 이른 때였다. 이 전쟁 초기, 파르티잔들이 말안장을 벗기지도, 말에서 거의 내려오지도 않고 언제든 추격당할 것을 예상하여 숲속에 숨어 매 순간 프랑스군에 잡히거나 포위될까 두려워하던 시기는 이미 지나갔다. 이제 이 전쟁은 명확히 규정되었는데, 프랑스군에 어떤 행동을 취할 수 있는지, 또 어떤 행동을 취하면 안 되는지가 모든 이에게 분명해졌다. 이제는 참모들과 함께 전쟁 규칙에 따라 프랑스군으로부터 멀리 떨어져 다니는 지휘관들만 아직도 많은 것들이 불가능하다고 생각했다. 오래전부터 이미 독자적인 행동을 하고 프랑스군을 가까이에서 관찰해 온 소규모의 파르티잔들은 큰 부대의 지휘관들이 감히 생각도 하지 못하는 것을 가능한 것으로 여겼다. 프랑스군들 사이에 몰래 숨어든 카자크와 농민들은 이제 무엇이든 가능하다고 생각했다.

10월 22일, 파르티잔의 일원인 데니소프는 파르티잔의 열정이 최고조에 달해 있던 자신의 부대와 함께 있었다. 아침부터 그는 부대와 함께 움직였다. 그는 하루 종일 가도와 접한 숲에 숨어 기병대 물자와 러시아 포로를 이송하는 프랑스군의 대규모 수송대를, 정찰병과 포로의 말에 따르면 다른 부대와 떨어져 강력한 엄호를 받으며 스몰렌스크로 이동하는 수송대를 주시하고 있었다. 그 수송대에 대해서는 데니소프와 그 부근에서 움직이는 돌로호프뿐 아니라 (그 역시 소규모 파르티잔 부대를 이끌었다) 참모를 거느린 대규모 부대의 지휘관들도 알고 있었다. 다들 그 수송대를 알았고, 데니소프의 말에 따르면 다들 그 수송대에 대해 이를 갈았다. 그 큰 부대 지휘관들 가운데 폴란드인과 독일인 두 사람이 자기 부대에 합류하여 수송대를 습격하자며 데니소프에게 거의 동시에 전갈을 보냈다.

"아니지, 형제, 나도 알 건 다 알고 있다네." 데니소프는 그 문서들을 읽으며 말했고, 그 후 독일인에게 자신도 그처럼 용감하고 저명한 장군 밑에서 복무하기를 진심으로 바라지만 이미 폴란드 장군의 지휘 아래 들어왔기 때문에 그 같은 행운을 버릴 수밖에 없다고 편지했다. 또 폴란드 장군에게는 이미 독일인의 지휘 아래 들어왔다고 통지하는 똑같은 편지를 써 보냈다.

그런 식으로 일을 처리한 후 데니소프는 상부에 보고하지 않고 돌로호프와 함께 자신들의 적은 병력으로 이 수송대를 공격하기로 마음먹었다. 10월 22일, 수송대는 미쿨리노 마을에서 샴셰보 마을로 가고 있었다. 미쿨리노에서 샴셰보까지 이어지는 가도 왼쪽에 큰 숲이 있었는데, 숲의 어떤 지점은 가도와 가까웠고, 어떤 지점은 가도에서 1베르스타 혹은 그 이상 떨어져 있었다. 데니소프는 이동 중인 프랑스군으로부터 잠시도 눈을 떼지 않은 채 숲 한가운데로 깊숙이 들어가거나 가장자리로 나오기도 하면서 온종일 부대와 함께 이 숲을 따라 돌아다녔다. 아침에는 미쿨리노에서 멀지 않은, 숲이 가도와 인접한 곳에서 데니소프 부대의 카자크들이 기병들의 안장을 실은 채 진창에 빠진 프랑스군의 치중차 두 대를 탈취하여 숲속으로 끌고 왔다. 그때부터 저녁까지 데니소프의 부대는 프랑스군을 공격하지 않고 그들의 움직임을 주시했다. 그들을 놀라게 하지 않으면서, 그들이 평화롭게 샴셰보까지 가도록 하고, 협의하기 위해 저녁 무렵 (샴셰보에서 1베르스타 떨어진) 숲속 초소로 와야만 하는 돌로호프와 합류한 후, 동틀 무렵 양쪽에서 불시에 덮쳐 그들 모두를 단번에 타파하거나 생포할 생각이었다.

미쿨리노에서 2베르스타 떨어진 후방, 가도와 인접한 숲속에는 프랑스군의 새 종대들이 나타나자마자 즉시 보고해야 하는 카자크 여섯 명이 남아 있었다.

샴셰보 전방에서는 돌로호프가 또 다른 프랑스군 부대가 어느 정도 거리에 있는지 알아보기 위해 그와 똑같이 도로를 답사해야 했다. 수송대 인원은 대략 1천5백 명으로 예상되었다. 데니소프에게 2백 명이 있었고, 돌로호프에게도 아마 그 정도 있을 것이었다. 그러나 수적인 우위가 데니소프를 막지는 못했다. 그가 또 알아야 할 한 가지는 이들이 어떤 부대인가 하는 것이었다. 이 목적을 이루기 위해서 데니소프는 혀(즉 적의 종대에 속한 군인)를 잡아야 했다. 오전의 치중차 공격에서는 일이 너무도 성급히 이루어져 카자크들이 치중차에 탄 프랑스군을 전부 죽이고, 낙오병으로 종대에 어떤 부대들이 있는지 아무것도 말하지 못하는 북 치는 소년만 생포했다.

데니소프는 종대 전체를 불안하게 할 수도 있으므로, 다시 한번 공격하는 것은 위험하다 생각했고, 그런 연유로 자기 부대에 있던 티혼 셰르바티라는 농부를 샴셰보로 먼저 보내 가능하면 그곳에서 프랑스군 전위 부대의 숙영 담당 병사를 한 사람만이라도 붙잡아 오라고 명령했다.

4

비가 내리는 따뜻한 가을날이었다. 하늘과 지평선은 똑같이 뿌연 물빛이었다. 때로는 안개가 끼었고, 때로는 굵은 빗방울이 비스듬히 불시에 쏟아지기도 했다.

물방울이 연이어 떨어지는 부르카*와 털모자를 착용한 데니소프는 마르고 허리가 움푹 들어간 품종마를 타고 있었다. 고개를 옆으로 기울이고 귀를 뒤로 눕힌 자신의 말과 똑같이 그도 비스듬히 내리는 빗줄기에 얼굴을 찌푸리며 근심스럽게 전방을 주시했다. 짧고 검은 숱 많은 수염으로 뒤덮인 그의 여윈 얼굴은 화난 듯 보였다.

데니소프 옆에는 그와 마찬가지로 부르카와 털모자를 착용하고 거대하고 살찐 돈 지방의 말에 올라탄 데니소프의 동료인 카자크 일등 대위가 가고 있었다.

역시 부르카와 털모자를 착용한 세 번째 인물은 카자크 일등 대위인 로바이스키로, 그는 몸이 판자처럼 납작하고 길쭉했으며, 하얀 피부, 옅은 금발, 가느다란 맑은 눈동자를 지녔고, 얼굴과 자세에는 침착함과 도도함이 드러나 있었다. 말과 말 탄 사람의 특징이 어떤 것인지 말할 수는 없지만 데니소프와 카자크 일등 대위를 힐끗 보면 데니소프의 기분이 축축하고 불편하다는 것, 그리고 그가 말을 탄 인간이라는 것을 알 수 있었다. 반면 카자크 일등 대위를 보면 항상 그렇듯 그의 기분이 편안하고 침착한 상태라는 것, 그리고 그는 말을 탄 인간이 아니라 말과 하나가 된 인간이며 힘이 두 배로 강해진 존재라는 것을 알 수 있었다.

그들보다 조금 앞쪽에는 회색 카프탄과 테 없는 하얀 모자를 쓴, 비에 온통 젖은 농부 길잡이가 걸어가고 있었다.

조금 뒤쪽에서 파란 프랑스군 외투 차림의 젊은 장교가 꼬리와 갈기가 풍성하고 입술이 찢어져 피가 흐르는 호리호리한 작은 키르기스산 말을 타고 따라갔다.

그의 옆에는 한 경기병이 넝마가 된 프랑스 군복을 입고 파란색 원추 모양의 모자를 쓴 소년을 말 엉덩이에 태워 데려가고 있었다. 소년은 추위 때문에 벌겋게 된 손으로 경기병을 붙잡고서 맨발을 덥히려 두 발을 가볍게 흔들며 눈썹을 올려 뜨곤 놀라워하며 주위를 둘러보았다. 이 아이가 이날 아침 포로로 잡힌 프랑스군의 북 치는 소년이었다.

그 뒤에 사람들의 왕래로 훼손된 좁고 질척한 숲길을 따라 셋씩, 넷씩 무리 지은 경기병들이, 그다음에는 부르카를 걸치거나, 프랑스군 외투를 입거나, 머리에 말 덮개를 뒤집어쓴 카자크들이 뒤따랐다. 말들은 적황색이든 밤색이든 흐르는 빗방울에 흠뻑 젖어 하나같이 검은색으로 보였다. 말들의 목이 비에 젖은 갈기 때문에 기이할 정도로 가늘어 보였다. 말의 몸에서 김이 올라왔다. 덮개도 안장도 고삐도 길에 쌓인 낙엽이나 흙처럼 축축하고 미끈거리고 물렁물렁했다. 사람들은 옷 속으로 들어온 물을 데우기 위해, 그리고 엉덩이와 허벅지 아래나 목덜미 뒤로 차가운 물이 새어 들지 않도록 하기 위해 미동도 하지 않으려고 애쓰면서 얼굴을 찌푸린 채 앉아 있었다. 길게 뻗은 카자크들의 대열 한가운데에서 프랑스 말과 안장을 얹은 카자크 말이 끄는 치중차 두 대가 그루 터기와 가지에 걸려 덜커덩거리고 물이 가득 고인 바큇자국을 따라 철꺽거렸다.

데니소프의 말이 길 위의 웅덩이를 피해 길에서 벗어났고, 그 바람에 데니소프의 무릎을 나무에 부딪히게 만들었다.

"제기랄!" 데니소프는 화가 나서 버럭 소리를 질렀고 이를 드러 내며 채찍으로 말을 세 번 때리는 와중에 자신과 동료들에게 진흙 이 튀었다. 데니소프는 기분이 좋지 않았다. 비 때문이기도 하고 허기 때문이기도 (모두들 아침부터 아무것도 먹지 못했다) 했지 만, 무엇보다 지금까지 돌로호프에게서 아무 소식이 없는 데다 혀 를 잡아 오라고 보낸 자도 돌아오지 않았기 때문이었다.

'수송대를 습격하기에 오늘처럼 좋은 기회는 두 번 다시 오지 않을 거야. 우리 부대 홀로 습격하는 것은 너무 위험하고, 다른 날 로 미루면 큰 파르티잔 부대의 누군가가 우리 코앞에서 노획물을 가로채겠지.' 데니소프는 쉬지 않고 앞쪽을 흘깃거리며, 돌로호 프의 사자가 보이기를 기대하며 이렇게 생각했다.

나무를 베어 오른쪽 저 멀리까지 보이는 공터로 나오자 데니소 프는 행군을 멈췄다.

"누가 오고 있군." 그가 말했다.

카자크 일등 대위는 데니소프가 가리킨 방향을 바라보았다.

"두 사람이 옵니다. 장교와 카자크군요. 다만 저 사람이 중령이 라고는 **가정할 수** 없습니다만." 카자크들이 모르는 말을 사용하기 좋아하는 카자크 일등 대위가 말했다.

말을 타고 오던 두 사람은 언덕 아래로 내려가 시야에서 사라지 더니 몇 분 뒤 다시 나타났다. 앞쪽에서 짧은 채찍을 휘두르며 지친 모습으로 질주하는 사람은 장교였는데, 머리카락이 죄다 헝클어지고 온통 흠뻑 젖어서 바지는 무릎 위쪽이 부풀어 있었다. 그 뒤에는 카자크가 등자를 밟고 서서 질주하고 있었다. 홍조를 띤 너부데데한 얼굴의 앳된 소년 장교가 데니소프 쪽으로 말을 몰고 와서 흠뻑 젖은 봉투를 건넸다.

"장군님께서 보내셨습니다." 장교가 말했다. "봉투가 젖어 죄송합니다······."

데니소프는 얼굴을 찌푸리며 봉투를 받아 들고 봉인을 뜯었다.

"사람들은 계속 '위험해, 위험해'라고 말합니다." 데니소프가 편지를 읽는 동안 소년 장교는 카자크 일등 대위를 향해 말했다. "하지만 나와 코마로프는 준비되어 있었습니다." 그는 카자크를 가리키며 말했다. "우리는 각각 피스톨 두 자루를 갖고 있었······ 그런데 저건 뭔가요?" 그가 프랑스군의 북 치는 소년을 가리키며 물었다. "포로입니까? 당신들은 벌써 전투를 한 겁니까? 저 소년과 이야기를 나누어도 될까요?"

"로스토프! 페탸!" 편지를 대충 읽어 본 데니소프가 큰 소리로 외쳤다. "자네가 누구인지 왜 말하지 않았나?" 데니소프가 미소 지으며 돌아서더니 장교에게 한 손을 내밀었다.

소년 장교는 페탸 로스토프였다.

이곳에 오는 내내 페탸는 어른스럽고 장교답게 예전의 친분을 티 내지 않고 데니소프를 대하려 마음먹었다. 그러나 데니소프가 그를 향해 미소 짓자마자 페탸의 얼굴은 금방 환하게 밝아지며 기쁨으로 발갛게 달아올랐고, 미리 준비한 장교다운 태도를 잊은 채, 이곳에 오는 동안 프랑스군을 지나쳤고, 이런 임무를 맡게 되어 얼마나 기쁜지, 자신도 뱌지마 전투*에 있었다는 것과 그곳에서 한 경기병이 무공을 세웠다는 이야기를 늘어놓았다.

"음, 나도 자네를 만나 기쁘네." 데니소프는 페탸의 말을 가로막았다. 그의 얼굴에 다시 근심스러운 표정이 떠올랐다.

"미하일 페오클리티치." 그는 카자크 일등 대위를 돌아보았다. "독일인이 또 편지를 보냈군. 이 사람은 그의 부하야." 그리고 방금 전달받은 편지는 독일인 장군이 수송대 습격을 위해 자기 부대에 합류해 달라는 재요청이었다고 카자크 일등 대위에게 말해 주었다. "우리가 내일 수송대를 빼앗지 못하면 그자들이 우리 코앞에서 가로채 갈 거야." 그는 이렇게 말을 맺었다.

데니소프가 카자크 일등 대위와 말하는 동안, 데니소프의 차가운 어조에 당황한 페탸는 그 원인이 자신의 바지 상태에 있다고 짐작하곤, 최대한 용감한 모습을 보이려 애쓰면서 아무도 눈치채지 못하게 외투 밑으로 손을 넣어 부푼 바지를 정리했다.

"어떤 명령을 내리시겠습니까?" 페탸가 거수경례를 하고, 자신이 준비한 '장군과 부관 놀이'로 되돌아가며 데니소프에게 말했다. "아니면 제가 이곳에 남아야 합니까?"

"명령?" 데니소프는 생각에 잠긴 표정으로 말했다. "그럼 자네는 내일까지 이곳에 머물 수 있나?"

"아, 제발……. 제가 이곳에 남아도 됩니까?" 페탸가 큰 소리로 외쳤다.

"장군은 자네에게 어떤 명령을 내렸나? 즉시 돌아오라고 했나?" 데니소프가 물었다. 페탸는 얼굴을 붉혔다.

"아무 명령도 하지 않았습니다. 이곳에 좀 더 있어도 되지 않을까요?" 그는 묻기라도 하듯 말했다.

"음, 좋아." 데니소프가 말했다. 그는 부하들을 향해 부대를 숲속의 초소 옆에 지정된 휴식 장소로 이동하라고, 키르기스산 말을 탄 장교에게는 (그 장교는 부관의 직책을 수행했다) 돌로호프를 찾아보고, 또 돌로호프가 어디에 있는지, 그가 저녁에 올 수 있는지 알아보라고 지시했다. 데니소프 자신은 카자크 일등 대위와 폐탸를 데리고 다음 날 공격할 예정인 프랑스군의 소재지를 봐 두기 위해 샴셰보에 인접한 숲 가장자리로 갈 생각이었다.

"어이, 턱수염." 그는 농부 길잡이를 돌아보았다. "샴셰보로 안내해."

데니소프, 페탸, 카자크 일등 대위는 카자크 몇 명과 포로를 호송하는 경기병 한 명과 동행하여 왼편 골짜기를 지나 숲 가장자리로 향했다.

5

가랑비는 그쳤지만 안개가 끼고 나뭇가지에서 물방울이 떨어졌다. 데니소프와 카자크 일등 대위와 페탸는 테 없는 모자를 쓴 농부를 말없이 따라갔다. 나무껍질로 만든 신발을 신은 농부는 휘어서 벌어진 다리로 나무뿌리와 축축한 나뭇잎을 가볍게 소리 없이 밟으며 그들을 숲 가장자리로 안내해 갔다.

농부는 완만한 언덕으로 나오자 잠시 걸음을 멈추고 주위를 둘러보더니 나무들이 벽처럼 드문드문 늘어선 곳으로 향했다. 그는 아직 잎사귀가 떨어지지 않은 커다란 참나무 옆에 멈춰 서서 자기 쪽으로 오라며 은밀하게 손짓했다.

데니소프와 페탸가 그를 향해 말을 몰았다. 농부가 멈춰 선 장소에선 프랑스군이 보였다. 숲 너머 아래쪽에는 봄밀밭이 완만한 경사를 이루며 펼쳐져 있었다. 오른쪽 가파른 골짜기 너머로는 작은 마을과 지붕이 허물어진 지주의 작은 저택이 보였다. 그 작은 마을에서, 지주의 저택에서, 구릉 전체에서, 정원에서, 우물가와 못가에서, 다리에서 마을로 이어진 언덕길 전체, 거리가 2백 사젠 이상이 안 되는 그곳에서 아른거리는 안개 속 사람들의 무리가 보였다. 짐마차를 끌고 간신히 언덕을 올라온 말들을 향해 내지르는 그들의 러시아어가 아닌 고함 소리와 서로를 부르는 소리가 똑똑히 들려왔다.

"여기로 포로를 데려와." 데니소프가 프랑스인들에게서 시선을 거두지 않은 채 조용히 말했다.

카자크는 말에서 내려 북 치는 소년을 내려 주고 그와 함께 데니소프에게로 다가갔다. 데니소프가 프랑스군을 가리키며 이 부대는 어떤 부대고 저 부대는 어떤 부대인지 물었다. 소년은 언 두 손을 주머니에 찔러 넣고 눈썹을 치켜세운 채 겁에 질려 데니소프를 바라보았는데, 아는 것을 전부 말하려는 분명한 갈망에도 불구하고 두서없이 대답했고, 다만 데니소프가 묻는 것을 확인해 줄 뿐이었다. 데니소프는 얼굴을 찌푸린 채 고개를 돌리고 카자크 일등 대위를 보며 자신의 생각을 전했다.

페탸는 고개를 이리저리 신속하게 움직이며 북 치는 소년과 데니소프와 카자크 일등 대위를, 또한 마을의 프랑스군과 도로를 바라보면서 중요한 것을 놓치지 않으려고 애썼다.

"돌로호프가 오든 안 오든 우리가 차지해야 해……! 그렇지 않나?" 데니소프가 유쾌하게 눈을 빛내며 말했다.

"위치는 적당합니다." 카자크 일등 대위가 말했다.

"보병은 늪을 따라 아래로 내려가서 정원으로 잠입한다." 데니소프는 말을 이어 갔다. "자네는 카자크들과 함께 저곳에서 들어가." 데니소프가 마을 너머의 숲을 가리켰다. "난 여기서 내 경기병들과 함께 들어간다. 그리고 총소리를 신호로……."

"저지대로 가면 안 됩니다. 그곳은 습지라 말들이 빠질 테니 좀 더 왼쪽으로 우회해야 합니다." 카자크 일등 대위가 말했다.

그들이 작은 목소리로 말하고 있을 때 아래쪽 저지대의 못가에서 총성이 한 발 울리고 작은 연기가 하얗게 피어올랐다. 그리고 또 다른 소리, 산비탈에 있던 1백 명가량 되는 프랑스군의 유쾌한 함성 같은 소리도 들렸다. 순간 데니소프도 카자크 일등 대위도 뒤로 물러났다. 프랑스군과의 거리가 너무나 가까워서 자신들이 그 총성과 함성의 원인이라고 생각했다. 그러나 총성과 함성은 그들과 아무 상관이 없었다. 아래에서, 늪지를 따라 붉은 것을 걸친 남자가 달리고 있었다. 프랑스군은 분명 그를 향해 총을 쏘고 함성을 지르는 것 같았다.

"저런, 저 사람은 티혼입니다." 카자크 일등 대위가 말했다.

"맞아요! 그 사람입니다!"

"에잇, 빌어먹을 놈!" 데니소프가 말했다.

"도망칠 겁니다." 카자크 일등 대위가 눈을 가늘게 뜨며 말했다.

그들이 티혼이라고 부른 남자는 개울로 달려가 물보라를 일으키며 물속으로 뛰어들더니 순식간에 자취를 감추었다. 그러고는 이내 물에 젖어 검게 보이는 두 손과 두 발로 짚고 개울에서 빠져나와 더 멀리 달아났다. 그 뒤를 쫓던 프랑스인들은 멈춰 섰다.

"재빠르지요." 카자크 일등 대위가 말했다.

"간교한 놈!" 데니소프는 여전히 분한 표정으로 중얼거렸다. "저 녀석은 지금까지 뭘 하고 있었던 거야?"

"저 사람은 누굽니까?" 페탸가 물었다.

"우리 부대의 플라스툰*이네. 내가 혀를 잡아오라고 저놈을 보냈지."

"아, 그렇군요." 페탸는 한마디도 이해하지 못했음에도 불구하고 데니소프의 첫마디에 마치 전부 이해했다는 듯 고개를 끄덕이며 말했다.

티혼 셰르바티는 부대에 반드시 필요한 사람들 중 하나였다. 그는 그자트 부근의 포크롭스코예에서 온 농부였다. 작전 초반에 데니소프는 포크롭스코예에 도착해서 여느 때와 마찬가지로 촌장을 불러 프랑스군에 대해 아는 것이 있는지 물었고, 여느 촌장들과 마찬가지로 이 사람도 자신을 지키려는 듯 본 것도, 들은 것도 전혀 없다고 대답했다. 그러나 데니소프가 자신의 목적은 프랑스군을 격파하는 것이라 설명하고 프랑스군이 배회하지 않았냐고 묻자, 촌장은 분명 **약탈자들**이 나타난 적이 있지만 자기 마을에서는 티시카 셰르바티 한 사람만 이런 일에 관여한다고 대답했다. 데니소프는 티혼을 불러들인 뒤 그의 활약을 칭찬하고 촌장 앞에서 조국의 아들들이 반드시 간직해야 할 차르와 조국을 향한 충성심과 프랑스군을 향한 증오심에 대해 몇 마디 했다. "우리는 프랑스군에게 나쁜 짓을 하지 않았습니다." 티혼이 말했는데, 보건대 이 말을 할 때 그는 데니소프를 무서워하는 듯했다. "우리는 그냥 하고 싶어서 젊은 녀석들과 장난쳤을 뿐이에요. **약탈자들**을 딱 스무 명만 죽였을 뿐 나쁜 짓은 하지 않았습니다……." 다음 날 데니소프가 그 농부에 대해 까맣게 잊고 포크롭스코예를 떠나려 할 때 티혼이 부대를 귀찮게 따라다니면서 부대에 넣어 달라고 요청한다는 보고를 받았다. 데니소프는 그를 넣어 주라고 지시했다.

처음에는 모닥불을 지피고 물을 길어 오고 말가죽을 벗기는 등의 거친 일을 하던 티혼은 곧 파르티잔 전투에서 큰 의욕과 능력을 드러냈다. 그는 밤마다 노획물을 구하러 나가 매번 프랑스군의 의복과 무기를 가져왔고, 명령을 내리면 포로를 끌고 오기도 했다. 데니소프는 티혼을 거친 일에서 빼내 척후에 데리고 다녔으며, 그를 카자크 부대의 병적에 등록시켰다.

티혼은 말 타는 것을 싫어해 항상 걸어 다녔지만 기병대에 뒤처진 적은 한 번도 없었다. 그의 무기는 그냥 재미로 들고 다니는 머스킷 단총과 창과 도끼로 마치 늑대가 이빨을 능수능란하게 사용하여 털에 붙은 벼룩을 잡거나 굵은 뼈다귀를 씹듯 티혼 역시 도끼를 능수능란하게 사용했다. 티혼은 도끼를 휘둘러 통나무를 쪼갤 때나, 도끼 등을 잡고 가느다란 말뚝을 다듬을 때나, 숟가락을 깎을 때나 다 똑같이 확실하게 해냈다. 데니소프의 부대에서 티혼은 자신만의 특별한 위치를 차지하고 있었다. 매우 힘들고 더러운 일을 해야 할 때, 예를 들어 진창에 빠진 짐마차를 어깨로 세운다든지, 늪에 빠진 말의 꼬리를 잡아 밖으로 끌어낸다든지, 말가죽을 벗긴다든지, 프랑스군 한가운데로 잠입한다든지, 하루에 50베르스타를 간다든지 해야 할 때 모든 이들이 킬킬거리고 웃으면서 티혼을 가리켰다.

"저런 악마에게 무슨 일이 생기겠어, 수말처럼 튼튼한데." 사람들은 그에 대해 이렇게 말했다.

한번은 티혼이 잡으려던 한 프랑스인이 피스톨을 쏘아 그의 등살을 맞혔다. 티혼이 마시고 바르면서 보드카로만 치료한 그 상처는 부대 안에서 가장 유쾌한 농담거리가 되었고, 티혼도 그 농담에 기꺼이 끼어들었다.

"어떤가, 형제, 이제 다시는 안 하겠지? 험한 일을 겪었잖아?" 카자크들이 그를 조롱하면 티혼은 일부러 몸을 웅크리고 낯짝을 찡그린 채 화난 척하며 프랑스인들을 향해 가장 우스운 욕설을 해댔다. 그 사건이 그에게 미친 유일한 영향은 부상 이후 아주 드물게 포로를 잡아 왔다는 것이다.

티혼은 부대에서 가장 유용하고 가장 용감한 사내였다. 그보다 습격 기회를 더 많이 찾아낸 사람도 없었고, 그보다 프랑스인을 더 많이 생포하거나 죽인 사람도 없었다. 이 때문에 모든 카자크들과 경기병들의 어릿광대가 되었고, 자신도 기꺼이 그러한 직위를 받아들였다. 이날 밤에도 티혼은 데니소프의 명령으로 혀를 잡으러 샹셰보로 갔다. 그러나 프랑스인 한 명에 만족을 못했기 때문인지, 혹은 밤 동안 잠이 들었기 때문인지, 그는 대낮에 프랑스군 한가운데에 있는 덤불 속으로 기어 들어갔다가 데니소프가 언덕에서 보았듯이 프랑스군에 발각되었다.

6

데니소프는 프랑스군을 가까이에서 보고 최종적으로 결정한 다음 날의 공격에 대해 카자크 일등 대위와 좀 더 이야기를 나눈 후 말을 돌렸다.

"자, 형제, 이제 몸을 말리러 가자고." 그가 페탸에게 말했다.

숲의 초소 부근에 이르자 데니소프는 멈춰 서서 숲속을 주시했다. 숲의 나무들 사이에서 짧은 상의, 나무껍질 신발, 카자크 모자를 착용한 남자가 어깨에 라이플총을 메고 허리띠에 도끼를 꽂은 채 긴 두 팔을 흔들며 기다란 다리로 성큼성큼 가볍게 걷고 있었다. 데니소프를 본 그 남자는 황급히 덤불 속으로 무언가를 집어 던졌고, 챙이 처진 젖은 모자를 벗은 후 대장에게 다가왔다. 티혼이었다. 옆으로 찢어진 작은 눈에 곰보 자국과 주름으로 얽은 얼굴이 흐뭇한 기쁨으로 빛났다. 그는 머리를 높이 쳐들고 마치 웃음을 참는 듯한 모습으로 데니소프를 응시했다.

"대체 어디로 사라졌었어?" 데니소프가 말했다.

"어디로 사라지다니요? 프랑스군을 잡으러 갔습죠." 티혼이 쉬었지만 선율이 있는 저음의 목소리로 대담하게 재빨리 대답했다.

"뭐 하러 대낮에 기어들어 간 거야? 짐승 같은 놈! 뭐야, 못 잡은 거야……?"

"잡기야 잡았죠." 티혼이 말했다.

"어디 있는데?"

"새벽녘에 우선 한 놈을 잡았습죠." 티혼은 틀어진 나무껍질 신발을 신은 벌어진 두 발을 더 성큼성큼 옮기며 계속 말했다. "그놈을 숲속으로 데려갔어요. 보아하니 쓸모 있는 놈이 아니더라고요. 그래서 다시 가서 더 괜찮은 놈을 데려오자, 생각했죠."

"이런 교활한 놈, 그럴 줄 알았어." 데니소프는 카자크 일등 대위에게 말했다. "왜 그놈을 데려오지 않은 거야?"

"그런 놈을 뭘 하러 데려옵니까요?" 티혼이 화를 내며 재빨리 말을 가로막았다. "쓸모없는 놈이에요. 설마 제가 대장님께 어떤 자가 필요한지도 모르겠어요?"

"이 간사한 놈! 그래서?"

"다른 놈을 잡으러 갔죠." 티혼은 말을 계속했다. "이런 식으로 숲에 기어 들어가 엎드렸어요." 티혼이 예상치 못한 유연한 동작으로 배를 깔고 엎드리더니 자신이 어떻게 했는지 사람들 앞에서 재현했다. "한 놈이 나타났지요." 그는 계속 말했다. "저는 그놈을 이렇게 붙잡았습니다." 티혼은 날렵하게 가뿐히 일어섰다. "대령님께 가자고 말했어요. 엄청 소리를 질러 대더군요. 그래서 다른 놈들 넷이 그곳에 왔어요. 그자들이 장검을 들고 달려들더라고요. 저는 이렇게 도끼를 휘둘렀고요. '이놈들아, 하느님의 축복이나 받아라' 하면서요." 티혼은 험상궂게 얼굴을 찌푸리고 가슴을 쑥 내밀며 두 팔을 크게 휘두르며 외쳤다.

"우리는 언덕에서 네가 웅덩이를 지나 부리나케 달아나는 걸 봤어." 카자크 일등 대위가 반짝이는 눈을 가늘게 뜨며 말했다.

페탸는 몹시 웃고 싶었지만 다들 웃음을 참고 있는 것을 보았다. 그는 이 모든 것이 무엇을 의미하는지 이해하지 못하면서, 재빨리 티혼의 얼굴에서 카자크 일등 대위와 데니소프의 얼굴로 시선을 옮겼다.

"바보 같은 짓 좀 그만해." 데니소프는 화가 나 기침을 하며 말했다. "첫 번째 놈은 왜 데려오지 않았지?"

티혼은 한 손으로 등을, 다른 한 손으로 머리를 긁적이기 시작했는데, 갑자기 그의 낯짝 전체가 빠진 이를 (이것 때문에 그를 셰르바티*라 불렀다) 드러내며 늘어나더니 멍청해 보이는 미소를 환하게 지었다. 데니소프가 빙그레 웃자 페탸도 유쾌한 웃음을 터뜨렸고, 티혼도 이에 합세하여 소리 내어 웃었다.

"하지만 정말로 변변치 못한 놈이에요." 티혼이 말했다. "옷가지도 형편없는 놈을 어디에 데려갑니까요? 게다가 버르장머리도 없는 놈이에요, 대장님. 어떻게 '난 장군의 아들이다. 가지 않겠다' 라고 말할 수가 있어요."

"이 짐승 같은 자식!" 데니소프가 말했다. "내가 심문을 해야 하는데……."

"물론 제가 그놈에게 물어봤지요." 티혼이 말했다. "'잘 모른다'라고 말하더군요. '우리는 많다. 하지만 형편없어'라고도 했습니다. '명색일 뿐이지'라는 말도 했고요. 또 이런 말도 하던데요. '왁, 하고 소리치며 덮쳐 봐. 그럼 다 잡을 테니.'" 티혼은 유쾌하고 단호하게 데니소프의 눈을 응시하며 말을 맺었다.

"널 채찍으로 1백 대 정도 때려도 바보짓을 할까." 데니소프가 엄하게 말했다.

"대체 왜 화를 내세요?" 티혼이 말했다. "그래, 제가 다른 프랑스 놈들을 못 봤겠어요? 날이 어두워지면 대장님께 원하시는 놈들을 세 명이라도 데려옵죠."

"자, 가자." 데니소프가 말했다. 초소에 도착할 때까지 그는 험상궂게 찌푸린 얼굴로 묵묵히 말을 타고 갔다.

티혼이 그 뒤를 따라 걸었는데, 페탸는 그가 덤불에 던진 부츠에 대해 카자크들이 그와 시시덕거리면서, 그를 비웃는 소리를 들었다.

티혼이 말하고 미소 지을 때 페탸를 사로잡았던 웃음이 사라졌다. 페탸는 티혼이 그 남자를 죽였다는 사실을 깨닫자 갑자기 거북해졌다. 포로가 된 북 치는 소년을 돌아보았고 무언가 가슴을 콕콕 찔렀다. 하지만 그런 거북함도 한순간이었다. 그는 자신이 속한 사회에 부적합한 인간이 되지 않으려면 고개를 더 높이 들고, 더 기운을 내고, 내일 계획에 대해 카자크 일등 대위에게 의미심장한 표정으로 여러 가지를 질문해야 한다고 느꼈다.

도중에 파견 나온 장교가 데니소프에게 다가와 돌로호프가 이제 곧 도착하고, 그쪽은 만사가 순조롭다는 소식을 전했다.

데니소프는 갑자기 쾌활해져 페탸를 자기 쪽으로 불렀다.

"자, 이제 자네 얘기 좀 해 봐." 그가 말했다.

7

가족을 남겨 두고 모스크바를 떠난 페탸는 자신의 연대에 합류했고, 그 후 얼마 지나지 않아 큰 부대를 지휘하는 장군의 연락 장교로 차출되었다. 장교로 승진한 이후, 특히 그가 이곳 소속으로 뱌지마 전투에 참가했던 실전 부대에 들어간 이후 페탸는 자신이 어른이 되었다는 기쁨으로 늘 행복하고 흥분한 상태였으며 진정한 영웅심을 보여 줄 어떤 기회도 놓치지 않겠다는 열광적이고 조급한 상태에 빠져 있었다. 그는 자신이 군대에서 보고 경험한 것에 매우 행복했지만 그와 동시에 자신이 없는 저곳 어딘가에서 지금 가장 진정한 영웅적인 행위가 완수되고 있다고 생각했다. 그래서 그는 자신이 있지 않은 곳에 늦지 않게 가기 위해 조급해했다.

10월 21일, 그의 장군이 데니소프 부대에 누군가를 보내고 싶다는 얘기를 했을 때 페탸는 자신을 보내 달라고 너무도 애처롭게 간청하여 장군은 거절할 수가 없었다. 그러나 페탸를 보내려는 순간, 장군은 뱌지마 전투 때 보여 준 페탸의 광기 어린 행동을 기억해 냈다. 그 전투에서 페탸는 가도를 따라 명령받은 곳으로 가지 않고 프랑스군의 포화 아래 산병선을 향해 말을 타고 질주하여 그곳에서 두 발의 피스톨을 쏘았다. 장군은 페탸를 보내면서 어떤 상황에서도 데니소프의 작전 행동에 가담하는 것을 금지했다. 데니소프가 남아도 되는지를 물었을 때 페탸가 얼굴을 붉히며 당황한 것도 그 때문이었다. 숲 가장자리로 나오기 전까지 페탸는 임무를 엄밀히 수행하고 그 즉시 돌아가야겠다고 생각했다. 그러나 프랑스인들과 티혼을 보았을 때, 밤에 반드시 공격이 있을 거라는 사실을 알았을 때, 그는 젊은 사람들이 이 관점에서 다른 관점으로 재빨리 생각을 바꾸듯 지금까지 매우 존경했던 자신의 장군은 멍청이, 독일인일 뿐이고 데니소프와 카자크 일등 대위와 티혼이 바로 영웅이며 어려운 순간에 그들을 떠나는 것은 부끄러운 짓이라고 제멋대로 판단을 내렸다.

데니소프가 페탸와 카자크 일등 대위와 함께 초소 부근에 이르렀을 때는 어느새 땅거미가 지고 있었다. 어스름 속에서 안장을 얹은 말들, 숲속 공터에 임시 막사를 짓고 (프랑스인들이 연기를 보지 못하도록) 숲 골짜기에서 빨간 불을 피우는 카자크들과 경기병들이 보였다. 작은 통나무집 현관방에서는 소매를 걷은 카자크 하나가 양고기를 썰고 있었다. 그 통나무집에서는 데니소프 부대의 장교 세 명이 문짝으로 식탁을 준비하고 있었다. 페탸는 젖은 옷을 벗어 다른 사람에게 말리도록 건네주고 즉시 저녁 식탁을 준비하는 장교들을 돕기 시작했다.

10분 후 식탁보를 덮은 식탁이 마련되었다. 식탁 위에는 보드카, 수통에 담긴 럼주, 흰 빵, 소금을 친 구운 양고기가 있었다.

장교들과 함께 테이블 앞에 앉아 비계 기름이 흐르고 향긋한 냄새가 나는 양고기를 손으로 뜯어 먹으면서 페탸는 사람들에 대한 부드러운 애정을 느끼면서, 또 그 때문에 다른 사람들도 자기한테 똑같이 애정을 느낀다고 믿는 어린아이 같은 환희를 느꼈다.

"당신은 어떻게 생각하십니까, 바실리 표도로비치." 그는 데니소프에게 말을 걸었다. "제가 당신과 함께 하루 정도 머물러도 괜찮겠습니까?" 그러고는 대답을 기다리지 않고 자문자답했다. "제게 상황을 알아 오라는 명령을 내렸고, 그러니 알아보겠습니다. 다만 저를 보내 주십시오…… 가장…… 중요한……. 전 포상이 필요 없습니다. 제가 바라는 것은……." 페탸는 치켜든 고개를 뒤로 젖히고 한 팔을 휘두르며 이를 악물고 주위를 둘러보았다.

"가장 중요한 곳으로……." 데니소프가 미소를 지으며 페탸의 말을 따라 했다.

"제발 저에게 부대를 주십시오." 페탸는 계속 말을 이었다. "당신에게는 별거 아니잖아요? 아, 칼을 드릴까요?" 그는 양고기를 썰고 싶어 하는 장교를 향해 말했다. 그리고 자신의 주머니칼을 건넸다.

장교는 주머니칼을 칭찬했다.

"가지세요. 내겐 그런 것이 많습니다……." 페탸가 얼굴을 붉히며 말했다. "세상에나! 새까맣게 잊고 있었네." 그가 갑자기 소리쳤다. "제게 아주 좋은 건포도가 있는데, 그게 어떤 거냐 하면 씨가 없는 건포도예요. 우리 부대에 새로 매점이 생겨서 좋은 물건들이 있는 거죠. 나는 10푼트를 샀어요. 단것을 먹는 습관이 있거든요. 드시고 싶으세요?" 그러더니 페탸는 현관방에 있는 자신의 카자크에게 달려가 건포도 5푼트가 든 자루를 가지고 돌아왔다. "드세요, 여러분, 드십시오."

"커피포트는 필요하지 않으십니까?" 그는 카자크 일등 대위를 돌아보았다. "우리 부대 매점 상인에게서 훌륭한 걸 샀습니다! 그에게는 좋은 물건들이 많습니다. 그리고 그는 매우 정직해요. 그게 중요하죠. 내가 당신에게 그 사람을 반드시 보내겠습니다. 혹시 당신의 부싯돌이 다 닳지는 않았습니까? 그런 일이 종종 있잖아요. 내가 가져왔는데요, 저기에……." 그는 자루를 가리켰다. "부싯돌이 1백 개가 있어요. 아주 싸게 샀죠. 필요한 만큼 가져가세요. 아니면 전부 다……." 그는 문득 너무 말을 많이 한 게 아닌지 걱정스러운 듯 말을 멈추고 얼굴을 붉혔다.

그는 자신이 또 무슨 어리석은 짓을 하지는 않았는지 곰곰이 돌이켜 보기 시작했다. 그날 하루의 기억을 더듬던 그는 프랑스군의 북 치는 소년을 떠올렸다. '우리는 좋은데 그 애는 어떨까? 그 애를 어디로 데려갔을까? 먹을 것을 주긴 했을까? 괴롭히지는 않았을까?' 그는 생각에 잠겼다. 그러나 부싯돌에 대한 자신의 수다를 기억하곤 다시 두려워졌다.

'물어봐도 될 거야.' 그는 생각했다. '하지만 사람들이 말하겠지. 내가 어린애라서 어린애를 동정하는 거라고. 내일 저 사람들에게 내가 어떤 아이인지 보여 줄 거야! 그런데 물어보면 부끄러운 일이 될까?' 페탸는 생각했다. '뭐, 어찌 됐든 상관없어.' 그리고 바로 얼굴을 붉힌 후 장교들의 얼굴에 조롱기가 있는지 겁먹은 표정으로 살피며 말했다.

"포로로 잡은 소년을 불러와도 됩니까? 그 아이에게 먹을 걸 좀 주고 싶은데요…… 아마……."

"그래, 불쌍한 소년이지." 데니소프가 말했다. 그는 북 치는 소년을 언급하는 것을 전혀 수치스러워하지 않는 듯했다. "아이를 불러와. 그 애 이름은 뱅상 보스야. 불러와."

"제가 불러오겠습니다." 페탸가 말했다.

"불러와, 불러와, 불쌍한 소년이야." 데니소프가 되풀이하며 말했다.

데니소프가 그 말을 할 때 페탸는 문가에 서 있었다. 페탸는 장교들 사이로 빠져나가 데니소프에게 다가갔다.

"당신에게 입 맞추게 해 주세요." 페탸가 말했다. "아, 정말 잘됐어요! 정말 좋아요!" 그러고는 데니소프에게 입을 맞추고 안마당으로 달려갔다.

"보스! 뱅상!" 페탸는 문 옆에서 큰 소리로 외쳤다.

"누굴 찾으십니까, 나리?" 어둠 속에서 누군가의 목소리가 말했다. 페탸는 오늘 잡혀 온 프랑스인 소년을 찾는다고 대답했다.

"아, 베센니요?" 카자크가 말했다.

뱅상이라는 소년의 이름은 이미 바뀌어 있었다. 카자크들은 베센니라 불렀고, 농부들과 병사들은 비세냐로 불렀다. 바뀐 두 이름 모두에서 연상되는 봄이 어린 소년의 이미지와 잘 어울렸다.*

"그 아이는 저기 모닥불 옆에서 몸을 녹이고 있습니다. 어이, 비세냐! 비세냐! 베센니!" 어둠 속에서 주고받는 목소리와 웃음소리가 들렸다.

"약삭빠른 꼬마예요." 페탸 옆에 서 있던 경기병이 말했다. "우리가 방금 전에 그 아이에게 먹을 것을 주었습니다. 무척 굶주렸더군요."

어둠 속에서 발소리가 들리더니 북 치는 소년이 맨발로 진창을 철벅거리며 문가로 다가왔다.

"아, 당신이군요!" 페탸가 말했다. "뭐 좀 먹고 싶지 않습니까? 당신에게 아무 짓도 하지 않을 거니까 무서워하지 말아요." 그는 소심하면서도 다정하게 소년의 손을 어루만지며 덧붙였다. "들어와요, 들어와요."

"감사합니다, 무슈." 북 치는 소년은 어린아이 같은 떨리는 목소리로 대답하고 자신의 더러운 발을 문지방에 비벼 댔다. 페탸는 북 치는 소년에게 많은 말을 하고 싶었지만 용기가 나지 않았다. 그는 현관방에서 주저하며 소년 옆에 서 있었다. 그러다가 용기를 낸 듯 어둠 속에서 소년의 손을 잡고 꽉 쥐었다.

"들어와요, 들어와요." 그는 부드럽게 속삭이는 듯한 목소리로 거듭 말했다.

'아, 내가 이 아이에게 무엇을 해 줄 수 있을까!' 페탸는 속으로 이렇게 중얼거리고는 문을 열어 소년이 지나가게 했다.

북 치는 소년이 작은 통나무집에 들어가고, 페탸는 그에게 관심을 보이는 것을 굴욕으로 여겨 그로부터 조금 멀리 떨어져 앉았다. 그는 주머니 속 돈을 만지작거리며 북 치는 소년에게 돈을 주면 부끄럽지 않을까, 주저했다.

8

북 치는 소년에게 보드카와 양고기가 주어졌고, 데니소프는 소년을 포로들과 함께 보내지 않고 부대에 남겨 두기 위해 그에게 러시아 카프탄을 입히도록 명령했다. 돌로호프의 도착으로 페탸의 관심은 북 치는 소년에게서 멀어졌다. 페탸는 군대에서 돌로호프의 비범한 용기와 프랑스군에 대한 잔혹 행위에 관해 많은 이야기를 들은 터라 돌로호프가 통나무집에 들어온 이후 한시도 눈을 떼지 않고 주시하면서, 돌로호프 같은 무리에게 부끄러움을 사지 않기 위해 치켜든 고개를 더 뒤로 당기며 스스로의 사기를 더욱 진작시켰다.

돌로호프의 단순한 외양은 페탸에게 기이한 충격을 주었다.

데니소프는 체크멘*을 입고 턱수염을 기르고 가슴에 니콜라이 성인의 이콘을 걸었다. 그는 말하는 방식과 모든 동작에서 자신의 특수한 위치를 드러냈다. 그와 반대로 예전에 모스크바에서 페르시아풍의 옷을 입던 돌로호프는 이제 격식에 맞춘 근위대 장교 복장을 하고 있었다. 그의 얼굴은 깨끗이 면도한 상태였고, 그는 단춧구멍에 게오르기 훈장이 달린, 솜을 댄 근위대 프록코트를 입고 있었고, 단순한 모양의 군모를 반듯하게 썼다. 그는 구석에서 젖은 부르카를 벗고 누구와도 인사를 나누지 않으면서 데니소프에게 다가와 곧바로 상황에 대해 이것저것 묻기 시작했다. 데니소프는 큰 부대들이 적의 수송대에 관해 세운 계책, 페탸의 파견, 자신이 두 장군에게 보낸 답변에 대해 말해 주었다. 그리고 프랑스 부대의 위치에 대해 자신이 아는 바를 전부 말했다.

"그건 그렇지만 어떤 부대가 있고, 그 수가 얼마인지 알 필요가 있어." 돌로호프가 말했다. "그곳에 다녀와야겠어. 적의 병력이 얼마나 되는지 정확히 알지 못하면서 일을 시작할 순 없으니까. 난 일을 철두철미하게 하는 걸 좋아해. 자네들 가운데 나와 적진에 다녀오길 원하는 사람 없나? 나에게 군복이 있는데."

"저, 제가…… 제가 당신과 가겠습니다!" 페탸가 외쳤다.

"자네가 갈 필요는 없어." 데니소프가 돌로호프를 돌아보며 말했다. "난 절대로 이 녀석을 보내지 않겠어."

"이건 훌륭한 일이잖아요!" 페탸가 외쳤다. "왜 제가 가면 안 됩니까?"

"그야 갈 이유가 없으니까."

"저, 제발 저를 용서하십시오, 왜냐하면…… 왜냐하면…… 저는 갈 거예요. 그뿐입니다. 저를 데리고 가실 거죠?" 그는 돌로호프를 돌아보았다.

"왜 안 되겠어……." 돌로호프는 북 치는 소년의 얼굴을 쳐다보며 별생각 없이 대답했다.

"이 아이가 자네 부대에 얼마나 있었나?" 그가 데니소프에게 물었다.

"오늘 잡아 왔는데 그 애는 아무것도 몰라. 내가 그 애를 데리고 있어."

"그럼 나머지 놈들은 어디로 보내나?" 돌로호프가 말했다.

"어디로 가냐니? 인수증을 받고 보내지." 데니소프가 갑자기 얼굴을 붉히며 소리쳤다. "그리고 난 누구 앞에서도 양심에 거리낄 게 없다고, 당당하게 말할 수 있어. 사실 솔직히 말해서, 자네에겐 군인의 명예를 더럽히기보다는 30명이든 3백 명이든 호위를 붙여 도시로 보내는 게 더 어렵겠지."

"그런 상냥한 말은 여기 열여섯 살짜리 어린 백작님에게나 어울려." 돌로호프는 냉소를 지으며 말했다. "자네도 이제 그런 걸 버릴 때가 됐잖아."

"뭐, 저는 아무 말도 하지 않았습니다. 그저 당신과 함께 꼭 가고 싶다고 말했을 뿐입니다." 페탸가 소심하게 말했다.

"형제, 우리는 이제 그런 상냥함을 버려야 해." 마치 데니소프를 자극하는 이런 화제에 대해 말하는 것에서 특별한 만족을 얻는 듯, 돌로호프는 말을 이어 나갔다. "자네는 어째서 이 아이를 옆에 두는 거지?" 그는 고개를 저으며 말했다. "왜냐하면 이 아이가 불쌍해서? 그런데 우리는 자네의 그 인수증이라는 게 뭔지 알고 있지 않나. 자네가 1백 명을 보내면 서른 명이 도착해. 나머지는 굶어 죽거나 살해당하지. 그럼 그자들을 포로로 삼지 않아도 별 차이 없잖아?"

카자크 일등 대위가 밝은 색의 눈을 가늘게 뜨며 수긍한다는 듯 고개를 끄덕였다.

"그래, 어떻게 되든 상관없지. 난 이것저것 판단하지 않겠네. 하지만 그것을 내가 책임지길 원치 않아. 자네는 말했지. 그들은 죽을 거라고. 그래, 좋아. 다만 나 때문이 아니었으면 해."

돌로호프가 웃음을 터뜨렸다.

"날 잡으라고 스무 번쯤 명령 내리지 않은 프랑스인들이 누가 있어? 정말로 저들이 나도 잡고 기사도를 갖춘 자네도 잡았다고

쳐. 어차피 사시나무에 매달리는 건 다 똑같아." 그는 잠시 침묵했다. "하지만 일은 해야지. 내 카자크를 보내 짐짝을 가져오라고 해! 나에게 프랑스 군복이 두 벌 있어. 그래, 나와 함께 갈 건가?" 그는 페챠에게 물었다.

"저요? 네, 네, 꼭 갈 겁니다." 페챠는 거의 눈물을 흘릴 정도로 얼굴을 붉힌 후 데니소프를 힐끔거리며 큰 소리로 외쳤다.

돌로호프가 포로를 어떻게 대해야 할지에 관해 데니소프와 논쟁하는 동안 페챠는 다시 거북하고 초조한 기분을 느꼈다. 하지만 역시나 그들이 말하는 바를 잘 이해할 수 없었다. '어른들이, 유명한 사람들이 그렇게 생각한다면 그럼 그렇게 해야 하는 거고 그렇게 하는 게 좋은 거야.' 그는 생각했다. '그리고 무엇보다 데니소프에게 내가 그의 말에 순종할 거라든지, 그가 나를 지배할 수 있다든지 하는 생각을 못하게 해야 해. 난 돌로호프와 함께 프랑스군 진영으로 꼭 갈 거야. 그가 할 수 있다면 나도 할 수 있어.'

데니소프가 가지 말라고 아무리 설득해도 페챠는 자신이 어림잡고 되는대로 하는 게 아니라 모든 일을 철두철미하게 하는 데 익숙하다고, 자신에게 닥칠 위험에 대해서는 한 번도 생각해 본 적이 없다고 대답했다.

"당신도 동의하시다시피, 그곳에 적군이 얼마나 있는지 확실히 알지 못한다면…… 어쩌면 그것에 수백 명의 목숨이 달렸을 수도 있고, 그런데 여기에는 우리 둘밖에 없는 데다 저는 그 일을 몹시 하고 싶으니 반드시, 반드시 갈 겁니다. 당신은 절 막을 수 없습니다." 그는 말했다. "사태만 악화될 뿐입니다……."

9

프랑스군 외투를 입고 원통 모양의 군모를 쓴 페탸와 돌로호프는 데니소프가 적진을 살펴보던 숲속 공터를 향해 말을 타고 출발하여 캄캄한 숲을 지나 저지대로 내려갔다. 아래로 내려간 후 돌로호프는 동행한 카자크에게 거기서 기다리라는 명령을 내리고 길을 따라 다리를 향해 빠르게 말을 몰았다. 페탸는 너무 흥분한 나머지 심장이 멎는 듯한 기분을 느끼며 그와 함께 나란히 말을 몰았다.

"만약 우리가 잡힌다면 난 살아서 항복하지는 않을 겁니다. 나에게는 피스톨이 있어요." 페탸가 소곤거렸다.

"러시아어로 말하지 마." 돌로호프가 빠르게 속삭이는 순간, 어둠 속에서 "거기 누구야?" 하는 소리와 라이플총의 공이치기를 당기는 소리가 들렸다.

페탸의 얼굴로 피가 쏠렸고, 그는 피스톨을 움켜쥐었다.

"제6연대의 창기병이다." 돌로호프는 말의 속도를 늦추지도 높이지도 않으며 말했다. 보초의 검은 형상이 다리 위에 서 있었다.

"암호는?" 돌로호프는 말을 제어하며 천천히 몰았다.

"제라르 대령이 여기 있나?" 그가 말했다.

"암호를 대!" 보초는 대답하지 않고 길을 막아서며 말했다.

"장교가 전선을 시찰할 때 보초는 암호를 묻지 않는다……." 돌로호프가 소리를 지르며 갑자기 얼굴이 벌게져서 곧장 보초를 향해 말을 몰았다. "대령이 어디 있냐고 묻지 않았나?"

그러더니 돌로호프는 옆으로 비킨 보초의 대답을 기다리지 않고 언덕으로 천천히 말을 몰았다.

도로를 건너고 있는 사람의 검은 그림자를 포착한 돌로호프는 그를 불러 세워 지휘관과 장교들이 어디에 있느냐고 물었다. 어깨에 자루를 짊어진 그 사람은 병사였는데, 돌로호프의 말에게 가까이 다가와 한 손으로 말을 만지면서 지휘관과 장교들은 언덕 오른편의 농장 (그는 지주의 장원을 그렇게 불렀다) 안마당에 있다며 친절하게 이야기했다.

양쪽에서 모닥불을 둘러싼 프랑스인들의 말소리가 들리는 도로를 따라 가던 돌로호프는 지주의 저택 안마당으로 말 머리를 돌렸다. 대문을 통과한 그는 말에서 내려 활활 타고 있는 커다란 모닥불 곁으로 다가갔는데, 모닥불 주위에는 큰 소리로 이야기를 주고받으며 몇 사람이 앉아 있었다. 모닥불 가장자리 솥에서는 무언가가 끓고 있었고 챙 없는 모자를 쓰고 파란 외투를 입은 병사가 무릎으로 땅을 짚은 채 불빛을 환하게 받으면서 꽂을대로 솥 안을 젓고 있었다.

"그 녀석을 도무지 이해할 수 없다니까." 모닥불 반대편 어둠 속에 앉아 있던 장교들 중 한 사람이 말했다.

"그 녀석이 처리할 거야……." 다른 장교가 소리 내어 웃으며 말했다. 두 사람은 말을 끌고 모닥불 쪽으로 걸어오는 돌로호프와 페탸의 발소리에 어둠 속을 응시하며 침묵했다.

"여러분, 안녕하시오!" 돌로호프가 큰 소리로 또렷하게 말했다.

모닥불 그늘에 있던 장교들이 움찔거렸다. 그중 키가 크고 목이 긴 장교가 모닥불을 빙 돌아 돌로호프에게 다가왔다.

"클레망, 당신입니까?" 그가 말했다. "빌어먹을, 어디에서……." 하지만 그는 말을 끝내기 전에 자신의 실수를 알아차리고는 얼굴을 살짝 찌푸린 채 마치 처음 본 사람에게 그러듯 돌로호프와 인사를 나누고 자신이 도울 일이 없는지 물었다. 돌로호프는 동료와 함께 연대를 뒤따라가는 길이라 말하고, 제6연대에 관해 아는 게 있냐고 그곳의 장교들에게 물었다. 다들 아무것도 몰랐다. 페챠는 장교들이 적대적이고도 의심스럽게 자신과 돌로호프를 훑어보는 것처럼 느껴졌다. 몇 초 동안 다들 아무 말도 하지 않았다.

"저녁을 기대했다면 늦었습니다." 모닥불 가에서 웃음을 참으며 말하는 누군가의 목소리가 들렸다.

돌로호프는 자신들은 배가 부르고, 밤에 좀 더 가야 한다고 대답했다.

그는 솥 안을 휘젓던 병사에게 말을 넘기고 목이 긴 장교 옆 모닥불 가에 쪼그리고 앉았다. 그 장교는 돌로호프에게서 눈을 떼지 않고 계속 쳐다보며 어느 연대 소속이냐고 한 번 더 물었다. 돌로호프는 질문을 못 들은 척 대답하지 않고 프랑스풍의 작달막한 파이프를 주머니에서 꺼내 피우며 앞쪽 도로에서 카자크의 위험으로부터 안전한 곳이 어디까지냐고 물었다.

"그 강도들은 어디에나 있습니다." 모닥불 너머에서 한 장교가 대답했다.

돌로호프는 카자크가 자기들 같은 낙오병들에게나 무서운 존재라고 말하고는 그들도 아마 큰 부대는 감히 공격하지 못할 거고 질문하듯 부언했다. 아무도 대꾸하지 않았다.

'음, 이제 돌로호프가 떠나겠지.' 페탸는 모닥불 앞에 서서 그들의 대화를 들으며 매 순간 생각했다.

그러나 돌로호프는 중단된 대화를 다시 이어 가며 그들 대대의 인원수가 몇 명인지, 대대의 수는 얼마나 되는지, 포로의 수는 얼마인지 노골적으로 묻기 시작했다. 돌로호프는 그들 부대에 잡혀 있는 러시아 포로들에 대해 물으면서 이렇게 말했다.

"그런 시체들을 뒤에 달고 다니는 건 추잡한 짓이지. 그 어중이떠중이들은 총살하는 편이 나을 거야." 그러고 나서 돌로호프가 너무도 기이하게 큰 소리로 웃는 바람에 페탸는 즉시 프랑스군이 속임수를 알아차렸으리라 여겨 무의식중에 모닥불에서 한 걸음 물러섰다. 그 누구도 돌로호프의 말과 웃음에 반응을 보이지 않았고, 지금까지 눈에 띄지 않던 한 장교가 (그는 외투로 감싸고 누워 있었다) 몸을 약간 일으켜 동료에게 뭐라고 속삭였다. 돌로호프는 일어나서 말을 데리고 있는 병사를 큰 소리로 불렀다.

'말을 줄까, 안 내줄까?' 페탸는 자기도 모르게 돌로호프 옆에 가까이 붙으면서 생각했다.

병사가 말들을 넘겨주었다.

"잘 있으시오, 여러분." 돌로호프가 말했다.

페탸도 잘 있으라고 하고 싶었지만 그 말을 끝맺을 수 없었다. 장교들은 자기들끼리 수군거렸다. 돌로호프는 가만히 서 있으려 하지 않는 말 때문에 말에 올라타는 데 오랜 시간이 걸렸다. 말을 탄 후 그는 대문 밖으로 나갔다. 페탸는 프랑스인들이 뒤쫓아 오는지 확인하기 위해 돌아보고 싶었지만 감히 그러지는 못하고 그의 옆에서 나란히 말을 몰았다.

도로로 나오자 돌로호프는 들판으로 돌아가지 않고 마을을 가로질러 갔다. 그는 한곳에 말을 세우고 귀를 기울였다.

"들리나?" 그가 말했다.

페탸는 러시아인들의 말소리를 알아듣고 모닥불 옆에서 러시아 포로들의 검은 형체를 보았다. 다리 쪽으로 내려간 페탸와 돌로호프는 한마디도 하지 않고 다리 위를 침울하게 왔다 갔다 하고 있는 보초를 지나쳐 카자크들이 기다리는 저지대로 향했다.

"자, 이제 작별이군. 새벽녘의 첫 번째 총소리를 신호로 하자고 데니소프에게 말해." 돌로호프는 이렇게 말하고 떠나려 했는데 페탸가 그의 팔을 잡았다.

"정말로!" 그가 외쳤다. "당신은 대단한 영웅입니다. 아, 정말 훌륭해요! 정말 굉장해요! 당신이 정말 좋습니다."

"알았네, 알았어." 돌로호프가 말했지만 페탸는 그를 놓아주지 않았고, 돌로호프는 어둠 속에서 페탸가 자기 쪽으로 몸을 숙이는 것을 보았다. 그는 입을 맞추고 싶어 했다. 돌로호프는 그에게 입을 맞추고 소리 내어 웃더니 말을 돌려 어둠 속으로 사라졌다.

10

초소로 돌아온 페탸는 현관방에서 데니소프를 발견했다. 페탸를 보낸 것 때문에 흥분과 불안과 자책에 빠져 있던 데니소프가 그를 기다리고 있었다.

"감사합니다, 하느님!" 그가 외쳤다. "아, 하느님, 감사합니다!" 그는 페탸의 열광적인 이야기를 들으며 반복해서 말했다. "이 녀석을 악마나 잡아가라지. 너 때문에 잠도 못 잤다!" 데니소프가 말했다. "아, 하느님, 감사합니다. 이제 가서 자거라. 아침까지는 조금 잘 수 있을 거다."

"네…… 아니요." 페탸가 말했다. "아직 자고 싶지 않습니다. 저는 저 자신을 잘 알아요. 만약 잠이 들면 그걸로 끝이에요. 그리고 저는 전투를 앞두곤 자지 않습니다."

페탸는 통나무집에 잠시 앉아 아까 다녀온 정찰을 하나도 빠짐없이 회상하면서 내일 일어날 일을 생생하게 상상해 보았다. 그후 데니소프가 잠든 것을 알고는 일어나 안마당으로 나갔다.

안마당은 아직 캄캄했다. 가랑비는 지나갔지만 여전히 나무에서 빗방울이 떨어지고 있었다. 초소 가까이에 카자크의 임시 초막과 그 옆에 매인 말들의 검은 형상이 보였다. 통나무집 뒤로는 치중차 두 대가 보이고 그 옆에 말들이 서 있었으며 골짜기에는 꺼져 가는 불이 붉게 보였다. 카자크들과 경기병들이 모두 잠든 것은 아니었다. 어디선가 물방울 떨어지는 소리, 말들이 가까이에서 무언가 우물거리는 소리와 함께 마치 속삭이는 듯한 작은 목소리들이 들려왔다.

페탸는 어둠 속을 둘러보고 치중차 쪽으로 다가갔다. 치중차 아래에서 누군가 코를 골았고, 그 주위에 안장을 얹은 말들이 귀리를 씹으며 서 있었다. 페탸는 어둠 속에서 소러시아산 말이었지만 카라바흐*라는 이름으로 부르는 자신의 말을 알아보고 그쪽으로 다가갔다.

"자, 카라바흐, 내일 우리는 조국에 봉사할 거야." 그는 말의 콧구멍 냄새를 맡고 말에 입을 맞추며 말했다.

"나리, 안 주무시는 거예요?" 치중차 밑에 앉아 있던 카자크가 말을 걸어왔다.

"응, 그런데 자네 이름이 아마 리하쵸프였지? 난 이제 막 돌아왔어. 우리는 프랑스 진영에 다녀왔지." 그리고 페탸는 카자크에게 자신의 정찰뿐만 아니라 왜 그곳에 다녀왔는지, 왜 자신은 되는대로 함부로 하기보다 목숨 걸고 하는 쪽을 더 낫다고 생각하는지 그 이유를 소상히 말해 주었다.

"좀 주무시는 게 좋을 거 같은데요." 카자크가 말했다.

"아냐, 괜찮아." 페탸가 대답했다. "자네 피스톨의 부싯돌이 닳지 않았나? 내가 가져왔지. 필요하지 않아? 가져가."

카자크는 페탸를 좀 더 가까이서 눈여겨보려고 치중차 밑에서 나왔다.

"난 모든 일을 정확히 하는 습관이 있어서 말이야." 페탸가 말했다. "어떤 사람들은 준비도 없이 되는대로 일을 처리하고 나중에야 후회하지. 나는 그런 걸 좋아하지 않아."

"맞는 말입니다." 카자크가 말했다.

"그리고 하나 더 있는데 말야…… 내 기병도를 좀 갈아 줘. 날이 무뎌져서……. (하지만 페탸는 거짓말하기가 두려웠다.) 한 번도 이 기병도를 간 적이 없어. 그렇게 해 줄 수 있나?"

"당연하죠, 해 드릴게요."

리하쵸프가 일어나 짐짝을 뒤졌고, 페탸는 곧 숫돌에 쇠를 가는 전투적인 소리를 들었다. 그는 치중차 위로 기어 올라가 가장자리에 앉았다. 카자크는 치중차 아래에서 기병도를 갈았다.

"그래, 젊은 사람들은 자고 있나?" 페탸가 말했다.

"누구는 자고, 누구는 우리처럼 이렇게 깨어 있죠."

"그 애는 어때?"

"베센이요? 그 아이는 저기 현관방에서 자빠져 자고 있습니다. 공포를 느끼면 잠이 오지요. 그 애는 진짜 기뻐하더군요."

그 후 오랫동안 페탸는 입을 다물고 소리에 귀를 기울였다. 어둠 속에서 발소리가 들리더니 검은 형상이 보였다.

"무얼 갈고 있습니까?" 어떤 남자가 치중차로 다가오며 물었다.

"여기 나리의 기병도를 갈고 있어요."

"좋은 일이죠." 페탸가 보기에 경기병인 듯한 남자가 말했다. "내가 여기에 찻잔을 놓고 가지 않았나요?"

"저기 바퀴 옆에 있어요."

경기병이 찻잔을 집어 들었다.

"곧 날이 밝겠군요." 그는 이렇게 말하고 하품을 하며 어딘가로 갔다.

페탸는 자신이 도로에서 1베르스타 떨어진 숲속 데니소프의 부대에 있음을, 프랑스군으로부터 탈취한 치중차 위에 자신이 앉아 있고 그 주위에 말들이 매여 있음을, 아래에는 카자크 리하쵸프가 앉아 그의 기병도를 갈아 주고 있음을, 오른편의 커다란 검은 점은 초소이고 왼편 아래쪽의 붉고 환한 반점은 꺼져 가는 모닥불임을, 찻잔을 가지러 온 남자는 뭔가를 마시고 싶어 하는 경기병임을 당연히 알아야 했다. 그러나 아무것도 몰랐고 알기를 원하지도 않았다. 그는 현실과 전혀 닮지 않은 마법의 왕국에 있었다. 커다란 검은 반점은 정말 초소일지 모르지만 어쩌면 땅속 심연으로 가는 동굴일지도 모른다. 붉은 반점은 불일지 모르지만 어쩌면 거대한 괴물의 눈일지도 모른다. 그는 지금 치중차 위에 앉아 있는 것일 수도 있으나 어쩌면 치중차가 아니라 무시무시하게 높은 탑 위에 앉아 있는 것일 수도, 그래서 그 위에서 떨어지면 땅에 닿는 데 하루 내내, 아니 한 달 내내 날아야 할 수도 있고, 쉬지 않고 날아도 어디에도 닿지 못할 수도 있다. 치중차 아래에 앉은 사람은 단지 카자크 리하쵸프일 수도 있지만 어쩌면 이 세상에 존재하나 아무도 모르는, 가장 선하고, 용감하며 가장 신비롭고 가장 훌륭한 사람일 수도 있다. 아마 그 사람은 물을 가지러 왔다가 저지대로 간 경기병이 확실할 수도 있지만 그 사람은 그냥 시야에서 사라졌을 수도, 완전히 사라져 존재가 없어졌을 수도 있다.

지금 페탸는 무엇을 보아도 전혀 놀라지 않을 것이다. 그는 뭐든 가능한 마법의 왕국에 있었다.

그는 하늘을 바라보았다. 하늘도 땅과 마찬가지로 마법의 왕국 같았다. 하늘은 맑게 개었고, 구름이 마치 별들을 나타내 보여 주려는 듯 나무들 꼭대기 위로 빠르게 흘러갔다. 때로는 하늘이 개어서 깨끗하고 검은 하늘이 보이는 것 같았다. 때로는 그 검은 반점이 먹구름 같기도 했다. 때로는 하늘이 머리 위로 점점 높이 올라가는 것처럼 보이기도 했고, 때로는 하늘이 완전히 내려와서 손에 닿을 것처럼 보이기도 했다.

페탸는 눈을 감고 몸을 흔들기 시작했다.

물방울이 떨어졌다. 미미한 말소리가 들렸다. 말들이 울면서 싸우기 시작했다. 누군가가 코를 골았다.

"오쥑, 쥑, 오쥑, 쥑……." 숫돌에 갈리는 기병도가 휘파람 소리를 냈다. 그리고 갑자기 페탸는 미지의 엄숙하고도 감미로운 찬송가를 합창하는 조화로운 음악 소리를 들었다. 페탸는 나타샤에 뒤지지 않는, 그리고 니콜라이보다 뛰어난 음악적 재능을 갖고 있었지만 한 번도 음악을 배워 본 적이 없었고 음악에 대해서는 생각도 하지 않았다. 그래서 돌연히 머리에 떠오른 모티프가 그에게는 매우 새롭고 매력적으로 다가왔다. 음악 소리는 점점 더 또렷하게 들렸다. 한 악기에서 다른 악기로 선율이 확장되었다. 이른바 푸가라는 것이 생겨났으나 페탸는 푸가에 대한 최소한의 개념도 몰랐다. 때로는 바이올린을, 때로는 트럼펫을 닮은, 그러나 바이올린과 트럼펫보다 훨씬 아름답고 맑은 소리를 내는 서로 다른 악기들이 자신의 선율을 연주했고 각 악기는 자신의 모티프를 끝내기도 전에 거의 똑같은 모티프를 시작하는 다른 악기와 합쳐졌고, 이런 합류가 제3의, 제4의 악기에서 반복되었다. 모든 것이 하나로 합쳐졌다가 다시 흩어지고 또다시 때로는 장엄한 교회 음악으로, 때로는 눈부시게 빛나는 승리의 개가로 합쳐졌다.

'아, 맞아, 내가 지금 꿈속에 있구나.' 페탸는 앞을 향해 비틀거리며 속으로 중얼거렸다. '이건 내 귀에서 나는 소리야. 어쩌면 나의 음악일 수도 있고. 아, 또 들린다. 가 봐라, 나의 음악아, 자!'

그는 눈을 감았다. 그러자 멀리서 들려오듯 사방에서 소리가 진동하기 시작했고 조화를 이루었다가 흩어졌다가 하나로 합쳐졌다가, 또다시 아까와 같은 감미롭고 장엄한 찬송가 속으로 합류했다. '아, 정말 아름다운 음악이다! 내가 원하는 만큼, 내가 원하는 대로야.' 페탸는 속으로 중얼거렸다. 그는 여러 악기들의 거대한 합주를 지휘해 보려고 시도했다.

'자, 좀 더 조용히, 좀 더 조용히, 이제 멈춰…….' 그러자 소리가 그의 말에 순종했다. '자, 이제 더 충만하게, 더 경쾌하게. 좀 더, 좀 더 기쁘게.' 그러자 미지의 심연으로부터 더 강렬하고 웅장한 소리가 솟아올랐다. '자, 이제 성악, 합류해!' 페탸가 지시했다. 그러자 처음엔 멀리서 남자들의 목소리가 들리더니 그다음에는 여자들의 목소리가 들렸다. 목소리는 일정한 리듬으로 장엄하게 점점 더 커졌다. 그 기이한 아름다운 소리를 듣는 것이 페탸에겐 두려우면서 기쁘게 느껴졌다.

장엄한 승리의 행진곡이 노래와 합쳐지고, 물방울이 떨어지고, 브직, 직, 직, 기병도가 휘파람 소리를 내고, 말들이 또다시 서로 다투며 울부짖기 시작했다. 그 소리들은 합주를 망치지 않고 그 속으로 섞여 들어갔다.

이것이 얼마나 오래 지속되었는지 페탸는 몰랐다. 그는 음악을 즐겼고, 자신의 즐거움에 계속 놀라워했으며, 그 즐거움에 대해 말할 사람이 없는 것을 아쉬워했다. 리하쵸프의 다정한 목소리가 그를 깨웠다.

"다 됐습니다, 장교님, 후랑스 놈을 두 동강 낼 수 있을 거예요."

페탸는 잠에서 깼다.

"벌써 날이 환해지고 있네. 환해지고 있어!" 그가 소리쳤다.

예전에는 눈에 보이지 않던 말들이 꼬리까지 보이기 시작했고, 잎이 다 떨어진 나뭇가지들 사이로 물기를 머금은 햇빛이 보였다. 페탸는 몸을 털고 벌떡 일어나 주머니에서 1루블짜리 은화를 꺼내 리하쵸프에게 주었고 장검을 시험 삼아 휘둘러 보고는 칼집에 넣었다. 카자크들은 말의 뱃대끈을 조였다.

"저기에 대장님이 계시네요." 리하쵸프가 말했다.

초소에서 데니소프가 나와 페탸를 큰 소리로 부른 뒤 준비하라고 지시했다.

II

병사들은 어둑어둑한 어둠 속에서 재빨리 자신들의 말을 찾아 뱃대끈을 조이고 구령에 맞춰 정렬했다. 데니소프는 마지막 지시를 내리며 초소 옆에 서 있었다. 파르티잔 부대의 보병들은 수백 명의 발소리를 내며 도로를 따라 나아가다가 나무들 사이 이른 새벽의 안개 속으로 빠르게 사라졌다. 카자크 일등 대위는 카자크들에게 무언가 지시를 내렸다. 페탸는 말에 오르라는 명령을 성마르게 기다리면서 말고삐를 쥐었다. 차가운 물로 씻은 그의 얼굴이, 특히 눈이 불타올랐고, 등줄기를 따라 한기가 흘러내리며, 몸속에서 무언가가 빠르게 규칙적으로 떨려 왔다.

"자, 모두 준비됐나?" 데니소프가 말했다. "말을 끌고 와."

카자크가 말을 끌고 왔다. 뱃대끈을 약하게 매었다고 데니소프는 카자크에게 욕지거리를 퍼붓고는 말에 올라탔다. 페탸는 등자를 잡았다. 말은 습관적으로 그의 발을 물려고 했지만 페탸는 자신의 체중을 느끼지 못한 채 재빨리 안장 위로 펄쩍 올라탄 후 뒤쪽의 어둠 속에서 움직이는 경기병을 돌아보며 데니소프에게 다가갔다.

"바실리 표도로비치, 저에게 뭔가 맡겨 주시겠어요? 제발……

모쪼록······." 그가 말했다. 데니소프는 페탸의 존재에 대해서는 잊은 듯했다. 그가 페탸를 돌아보았다.

"자네에게 하나 부탁하지." 그가 엄하게 말했다. "내 말에 복종하고 절대 쓸데없이 나서지 마."

이동하는 내내 데니소프는 페탸와 한마디도 하지 않고 묵묵히 말을 몰았다. 숲 가장자리에 이르렀을 때 들판은 이미 눈에 띄게 환해지기 시작했다. 데니소프는 카자크 일등 대위와 소곤소곤 무언가를 이야기했고, 카자크들이 페탸와 데니소프 옆을 지나쳐 갔다. 그들이 모두 지나가자 데니소프는 말을 움직여 언덕 아래로 내려갔다. 기수를 태운 말들이 엉덩이를 땅에 붙인 채 미끄러지듯 골짜기로 내려갔다. 페탸는 데니소프 옆에서 말을 몰았다. 그의 몸속에서 일어나던 전율이 더욱 심해졌다. 날이 점점 더 밝아졌고, 다만 안개가 멀리 떨어진 사물들을 가릴 뿐이었다. 아래까지 내려가 뒤를 둘러본 데니소프가 옆에 선 카자크에게 고개를 끄덕였다.

"신호!" 그가 말했다.

카자크가 한 손을 올리자 총성이 울렸다. 바로 그 순간 앞쪽에서 달리는 말들의 발굽 소리, 사방으로부터 울려 퍼지는 고함 소리, 재차 총성이 들려왔다.

첫 말발굽 소리와 고함 소리가 울리자마자 페탸는 그를 향해 소리치는 데니소프의 말은 듣지도 않고 말을 후려치고 고삐를 늦추며 앞으로 달려나갔다. 총성이 들린 순간, 페탸는 갑자기 날이 눈부시게 밝아 오는 것 같다고 느꼈다. 그는 다리 쪽으로 말을 몰았다. 도로 앞쪽으로 카자크들이 질주하고 있었다. 다리 위에서 그는 뒤처진 카자크들과 부딪쳤지만 계속 앞으로 내달렸다. 앞쪽에는 프랑스군임에 분명한 몇몇 사람들이 도로 오른편에서 왼편으로 달리고 있었다. 그중 하나가 페탸의 말발굽 아래 진창에 쓰러졌다.

한 통나무집 옆에 카자크들이 모여 무언가를 하고 있었다. 무리 한가운데에서 무시무시한 비명 소리가 들렸다. 그쪽으로 다가간 페탸가 제일 먼저 본 것은 자신을 찌른 창의 자루를 움켜쥐고 아래턱을 덜덜 떠는 프랑스인의 창백한 얼굴이었다.

"우라! ……제군들…… 아군의……." 큰 소리로 외친 페탸는 흥분한 말의 고삐를 늦추고 길을 따라 달려 나갔다.

앞쪽에서 총성이 들렸다. 카자크들과 경기병들과 누더기를 걸친 러시아 포로들이 도로 양쪽에서 달리며 뒤죽박죽 뭔지 모를 소리를 질러 댔다. 모자도 안 쓴 파란 외투의 어느 늠름한 프랑스군은 벌건 얼굴을 찌푸리며 총검으로 경기병들을 물리쳤다. 페탸가 다가갔을 때 프랑스인은 이미 쓰러져 있었다. '또 늦었군.' 페탸의 머릿속에 그런 생각이 퍼뜩 떠올랐고, 그는 총성이 끊임없이 들리는 곳으로 질주했다. 총성은 어젯밤 돌로호프와 함께 들른 지주의 저택 안마당에서 울리고 있었다. 프랑스군은 대문 가에 모인 카자크들을 향해 사격하면서 바자울 뒤편의 딸기나무들이 무성하게 자란 정원에 매복해 있었다. 대문으로 접근하던 페탸는 포연 속에서 창백하고 푸르스름한 얼굴로 사람들에게 뭐라고 외치는 돌로호프를 보았다. "우회하라! 보병을 기다려!" 페탸가 가까이 다가가는 순간, 그가 외쳤다.

"기다리라고……? 우라!" 페탸는 한시도 지체하지 않고 함성을 지르며 총성이 들리는 곳으로, 포연이 자욱한 곳으로 질주했다. 일제 사격의 소리가 들리고, 빗나가거나 또는 무언가에 명중한 탄환이 새된 소리를 내며 빗발쳤다. 카자크들과 돌로호프는 페탸를 뒤따라 저택의 대문 안으로 달려 들어갔다. 자욱한 연기 속에서 동요하던 프랑스인들 중 몇몇은 무기를 버리고 카자크들을 향해 떨기나무 밖으로 뛰어나왔고, 또 몇몇은 언덕 아래의 못으로 달아났다. 페탸는 말을 타고 지주의 저택을 따라 달리고 있었는데 두 팔은 고삐를 잡는 대신 기이하고도 빠르게 흔들렸고, 그의 몸은 안장 한편으로 계속해서 기울어졌다. 아침 햇살 속에서 가물거리던 모닥불에 달려든 말이 멈춰 섰고, 페탸는 축축한 땅 위로 육중하게 무너져 내렸다. 카자크들은 그의 머리가 미동도 하지 않는 반면 팔다리는 빠르게 경련하는 것을 보았다. 탄환이 머리를 관통한 것이다.

돌로호프는 장검에 손수건을 달고 저택 밖으로 나와 항복을 선언한 프랑스 고참 장교와 협상한 후 말에서 내려 두 팔을 벌린 채 부동의 자세로 누워 있는 페탸에게 다가갔다.

"끝났군." 그는 얼굴을 찌푸리며 말하고는 자신을 향해 말을 몰고 오는 데니소프를 맞으러 대문 밖으로 나갔다.

"죽었어?" 데니소프는 페탸의 몸이 자신이 아는, 죽은 것이 분명한 자세로 누워 있는 것을 멀리에서부터 발견하곤 외마디 소리를 질렀다.

"끝났어." 마치 그 말의 발음에서 만족감을 느끼는 듯 돌로호프가 반복해 말하고는 말에서 내린 카자크들이 에워싼 포로들을 향해 서둘러 다가갔다. "우린 포로들을 데려가지 않을 거야!" 그가 데니소프에게 외쳤다.

데니소프는 대답하지 않았다. 그는 페탸에게 다가가 말에서 내린 뒤 떨리는 손으로 피와 진흙으로 더러워진, 이미 창백해진 페탸의 얼굴을 자기 쪽으로 돌렸다.

'저는 단것을 먹는 습관이 있어요. 좋은 건포도니까 다 가져가세요.' 그는 페탸의 말을 기억해 냈다. 카자크들은 개 짖는 소리와

유사한 소리에 놀라서 주위를 둘러보았는데 그것은 데니소프가
빠르게 돌아서서 바자울로 다가가 그것을 붙잡으며 낸 소리였다.

　데니소프와 돌로호프가 탈취한 러시아 포로들 중에는 피에르
베주호프가 있었다.

12

모스크바를 떠난 후 프랑스 지휘관은 베주호프가 속한 포로 무리의 처리에 대해 어떤 새로운 지시도 내리지 않았다. 10월 22일에는 포로 무리와 함께 모스크바를 떠난 부대나 수송대가 더 이상 남아 있지 않았다. 행군을 시작한 지 얼마 안 되어 식량을 싣고 포로들을 뒤따라오던 수송대 가운데 절반은 카자크에게 탈취당했고, 나머지 절반은 포로들을 앞서 도망가 버렸다. 포로들 앞에서 걸어가던 기병들은 이제 한 명도 남지 않았다. 그들은 전부 사라졌다. 행군 초기에 앞에 가던 포병대는 이제 베스트팔렌 사람들의 호위를 받는 쥐노* 원수의 거대한 수송 대열로 교체되었다. 포로들 뒤로는 기병대 물품을 실은 수송 대열이 따랐다.

전에는 3개 중대로 이동하던 프랑스군이 뱌지마에서부터 한 덩어리로 움직였다. 모스크바를 떠난 후 첫 휴식에서 피에르가 눈치챈 무질서의 그 징후들은 이제 최고 수준에 도달했다.

그들이 가고 있는 도로 양쪽에는 죽은 말들이 쌓여 있었다. 다 떨어진 옷을 입은 다양한 부대의 낙오병들은 끊임없이 뒤섞이면서 행군 중인 종대에 합류하기도 하고 다시 뒤처지기도 했다.

잘못된 경보가 행군 중 몇 번 있어서 호송대 병사들은 라이플총을 들어 사격을 하고 서로 밀치며 부리나케 달아났지만, 그 후엔 다시 모여 공연히 공포를 조성한다며 서로에게 욕을 해 댔다.

함께 행군하는 이 세 무리, 즉 기병대 소속의 대열, 포로 대열, 쥐노의 수송대는 그 수가 빠르게 줄어들고 있었지만 여전히 별개의 전체를 유지하고 있었다.

처음에 대열을 이루던 짐마차 120대는 이제 60대도 채 남지 않았다. 나머지는 탈취당하거나 버려졌다. 쥐노의 수송대 중에도 몇 대의 짐마차가 버려지거나 탈취당했다. 짐마차 세 대는 다부 군단의 낙오병들을 만나 약탈당했다. 독일인들의 대화에서 피에르는 포로들을 지키는 위병보다 수송대를 지키는 위병이 더 많다는 사실, 동료들 가운데 독일인 병사에게서 원수의 은숟가락 하나가 발견되어, 원수의 명령에 따라 그가 총살당했다는 사실을 들었다.

이 세 무리 가운데 가장 먼저 사라진 것은 포로 대열이었다. 모스크바에서 나올 때 330명이던 사람들은 이제 1백 명도 되지 않았다. 기병들의 안장과 쥐노의 수송대보다도 훨씬 더 호위병들에게 부담이 된 것은 포로들이었다. 그들은 안장과 쥐노의 숟가락이 무언가에 쓸모 있다는 것은 이해했지만 굶주리고 추위에 떨던 호위병들은 자기들이 보초를 서야 하고, 자신들과 마찬가지로 굶주리고 추위에 떠는 러시아 포로들, 얼어 죽거나 도로에서 낙오되어 명령에 따라 사살되는 이 포로들을 감시해야 한다는 것을 이해하지 못했을 뿐 아니라 싫어하기까지 했다. 그래서 호송병들은 자신들이 처한 불행한 상황에서 포로에 대한 동정심에 굴복하여 자신의 상황을 더 악화시킬까 두려운 듯 포로들을 특히나 더 침울하고 엄하게 대했다.

도로고부시에서 호송병들이 포로들을 마구간에 가두고 자신들의 저장고를 약탈하러 떠난 동안 몇 명의 포로가 벽 아래를 파고

달아났지만, 프랑스군에 잡혀 총살당했다.

모스크바를 떠날 때 도입한 것으로, 장교 포로와 병사 포로를 따로 가게 한 이전의 규칙은 이미 오래전에 폐기되었다. 걸을 수 있는 사람들은 모두 함께 걸었고, 따라서 세 번째 행군부터 피에르는 카라타예프와 그를 주인으로 선택한 다리가 굽은 연보라색 개와 합류하게 되었다.

모스크바를 떠난 지 사흘째 되는 날, 카라타예프는 그로 인해 모스크바 병원에 입원하기도 했던 바로 그 열병에 걸렸고, 카라타예프가 쇠약해짐에 따라 피에르는 그와 멀어졌다. 피에르는 왜 그런지 몰랐지만 카라타예프가 쇠약해지기 시작한 이후부터 그에게 다가가려면 일부러 노력해야 했다. 그에게 가까이 다가가다가 휴식 중에 카라타예프가 누워서 통상 내는 낮은 신음 소리를 듣고 카라타예프에게서 풍기는, 요즘 들어 심해진 냄새를 느끼게 되면 피에르는 그로부터 더 멀리 떨어져 그에 대해 생각하지 않으려고 했다.

막사에서 포로로 있을 때 피에르는 인간이 행복을 위해 창조되었고, 행복은 자기 안에, 인간의 자연적인 필요를 충족하는 데 있으며, 모든 불행은 부족이 아니라 과잉에서 비롯된다는 것을 이성이 아닌 자신의 온 존재로, 자신의 생명으로 깨달았다. 그러나 최근 3주 동안의 이 행군에서 이제 그는 위안을 주는 새로운 진리를 또 하나 알게 되었는데, 그것은 세상에 무서운 것이 전혀 없다는 것이었다. 그는 인간이 행복하면서 완전히 자유로운 상황이 존재하지 않듯, 자신이 불행하면서 자유롭지 못한 상황이 존재하지 않는다는 것을 깨달았다. 그는 고통에 한계가 있고 자유에도 한계가 있으며 이 한계들이 매우 가까이 있음을 깨달았다. 지금 그가 축축한 맨땅에 자면서 몸 한쪽에는 냉기를, 다른 한쪽에는 온기를 느끼며 괴로워하는 것과 마찬가지로 누군가는 장미 침대에서 잎사귀가 한 장 뒤집혔다는 이유로 똑같이 괴로워하고 있음을 깨달았다. 볼이 좁은 무도화를 신었을 때나 지금처럼 상처로 뒤덮인 맨발로 (신발은 이미 오래전에 너덜너덜해져 못쓰게 되었다) 다니는 때나 자신이 똑같이 괴로워했다는 것을 깨달았다. 생각건대 자신의 의지로 아내와 결혼했을 때가 밤중에 마구간에 갇혀 있는 지금보다 더 자유롭지 않다는 것을 깨달았다. 당시에는 거의 느끼지 못했다가 나중에야 고통이라고 일컬었던 것들 가운데 중요한 것은 상처 나고 딱지가 앉은 맨발이었다. (말고기는 맛있고 영양이 풍부했으며, 소금 대신 사용하던 화약의 질산 칼륨 냄새는 심지어 기분 좋게 느껴졌다. 큰 추위도 없었는데 낮에 행군할 때는 항상 무더웠고 밤에는 모닥불이 있었다. 몸을 뜯어 먹는 이가 기분 좋게 몸을 덥혀 주었다.) 초기에는 한 가지가 괴로웠을 뿐이었다. 바로 발이었다.

행군 이틀째 되는 날, 피에르는 모닥불 옆에서 자신의 상처를 살펴본 후 그 발로는 걸을 수 없겠다고 생각했다. 저녁 무렵이 되면 두 발은 보기에 더욱 끔찍해졌지만 모두 일어서면 그도 다리를 절며 걸었고, 그 후 몸이 덥혀지면 통증 없이 걸었다. 하지만 그는 발을 보지 않고 다른 것들을 생각했다.

이제 비로소 피에르는 인간의 생명력이 지닌 힘을 깨달았다. 그리고 증기 압력이 정해진 한계를 넘는 순간 여분의 증기를 방출하는 보일러의 안전밸브처럼 인간 내면의 주의력을 변환시키는 데 구원의 힘이 있다는 사실을 깨달았다.

그들 가운데 1백 명 이상이 그렇게 죽었음에도 불구하고 뒤처진 포로들이 총살되는 모습을 보려고도, 들으려고도 않았다. 그는 나날이 쇠약해져 가는, 곧 똑같은 운명에 처해질 것이 분명한 카라타예프에 대해 생각하지 않았다. 자신에 대해서는 더더욱 생각하지 않았다. 자신의 상황이 어려워질수록, 미래가 더 끔찍해질수록 자신이 처한 상황과는 더욱 상관없이 기쁘고 평온한 생각과 추억들, 이미지가 머리에 떠올랐다.

13

22일 정오에 피에르는 자신의 발과 울퉁불퉁한 길을 쳐다보며 미끄러운 진창길을 따라 언덕을 오르고 있었다. 가끔 그는 자신을 둘러싼 친숙한 무리에게 시선을 던졌다가 다시 두 발을 쳐다보았다. 이것도 저것도 똑같이 자기 것이고 친숙한 것이었다. 다리가 굽은 연보라색 세리는 길가를 따라 뛰어다니고, 때로 자신의 민첩함과 흡족함을 입증하려는 듯 뒷발을 하나 들고 세 발로 껑충껑충 뛰다가 짐승의 시체에 앉은 까마귀들을 향해 짖으면서 다시 네 발로 달려들곤 했다. 세리는 모스크바에 있을 때보다 더 명랑했고 털도 더 매끈했다. 사방에 인간부터 말까지 각양각색의 고기가 다양한 정도로 부패되어 있었다. 행군하는 사람들이 늑대가 가까이 오지 못하게 막았기 때문에 세리는 먹고 싶은 만큼 배부르게 먹을 수 있었다.

아침부터 가랑비가 내렸다. 비가 금방 그치고 하늘이 갤 것 같았는데 잠깐 그쳤다가는 더욱 거세게 내리기 시작했다. 빗물을 가득 머금은 도로가 더 이상 물을 흡수하지 못하자 바큇자국을 따라 실개울이 흘렀다.

피에르는 양쪽을 이리저리 보고 세 발짝씩 세면서 손가락을 꼽

았다. 그는 비를 향해 마음속으로 중얼거렸다. '자, 자, 더, 더 쏟아져라!'

그는 자신이 아무 생각도 하지 않는 것처럼 느껴졌다. 그러나 멀고 심원한 어딘가에서 그의 영혼은 중요하고 위안이 되는 무언가를 생각하고 있었다. 그 무언가란 어제 카라타예프와 나눈 대화에서 얻은 극도로 미묘한 정신적인 것이었다.

어젯밤 휴식 때 꺼진 모닥불 옆에 있는 바람에 몸이 얼었던 피에르는 자리에서 일어나 더 잘 타고 있는 가장 가까운 모닥불 쪽으로 옮겨 갔다. 그가 다가간 모닥불 옆에선 플라톤이 사제의 제의처럼 외투를 머리부터 뒤집어쓰고 앉아 빠르고 유쾌하지만 힘 빠진 병약한 목소리로 피에르도 알고 있는 이야기*를 병사들에게 들려주고 있었다. 이미 자정이 지나 있었다. 이 시간에 카라타예프는 보통 고열이 나서 생기를 띠고 특히 활발해졌다. 모닥불로 다가가 플라톤의 기운 없고 병약한 목소리를 듣고 불빛에 환히 비친 그의 불쌍한 얼굴을 보면서 피에르는 무언가가 불쾌하게 가슴을 찔러 대는 것을 느꼈다. 자신이 느낀 카라타예프에 대한 연민에 놀라 자리를 뜨려 했지만 다른 곳에는 모닥불이 없었고, 피에르는 플라톤을 보지 않으려고 애쓰면서 모닥불 가까이에 앉았다.

"그래, 건강은 어때?" 그가 물었다.

"건강이 어떠냐고요? 병을 한탄하면 하느님께서 죽음을 허락하지 않아요." 카라타예프는 이렇게 말하고 곧장 자신이 시작한 이야기로 돌아갔다.

"……그런데 말이지, 형제들." 플라톤은 여위고 창백한 얼굴에 미소를 띠고 각별한 기쁨으로 눈을 빛내며 이야기를 계속해 나갔다. "그래서 형제들……."

피에르는 그 이야기를 오래전부터 알고 있었고, 카라타예프는 피에르에게도 그 이야기를 항상 각별한 기쁨의 감정을 드러내며 대여섯 번쯤 들려주었다. 피에르는 그 이야기를 아주 잘 알았지만 새로운 것인 양 지금도 귀를 기울였다. 카라타예프가 이야기를 하며 느꼈을 고요한 환희가 피에르에게도 전해졌다. 그것은 가족들과 함께 하느님을 공경하며 점잖게 살아가던 늙은 상인이 어느 날 부유한 동료 상인과 함께 마카르*로 떠난 이야기였다.

여인숙에 짐을 푼 두 상인은 잠이 들었는데, 다음 날 동료 상인이 살해당하고 물건을 강탈당한 채 발견되었다. 피 묻은 칼이 늙은 상인의 베개 밑에서 발견되었다. 상인은 재판을 받고 채찍 태형을 당한 후, 그리고 콧구멍을 베인 후, 카라타예프가 말하는 적절한 규칙에 따라 유배지로 보내졌다.

"그런데 말이지, 형제들, (바로 이 부분부터 피에르는 카라타예프의 이야기를 듣기 시작했다) 그 사건 이후 10년 혹은 그 이상의 세월이 흘렀어. 노인은 유배지에서 지내고 있어. 그는 자신이 처한 상황에 순종하며 나쁜 짓은 하지 않아. 다만 하느님께 죽음을 구할 뿐이야. 좋아. 그런데 우리가 그렇듯 밤일 때문에 유형수들이 모이게 되었어. 노인도 그들과 함께 있지. 그러다 누가 무엇 때문에 고통을 겪게 되었는지, 하느님께 어떤 죄를 범했는지에 대한 대화가 시작되었어. 어떤 자는 한 사람을 죽였다고, 어떤 자는 두 사람을 죽였다고, 어떤 자는 화재를 일으켰다고, 어떤 사람은 도망자일 뿐 아무 짓도 하지 않았다고 했어. 사람들이 노인에게도 물었어. 할아범은 무엇 때문에 고통을 겪고 있냐고. 노인은 말했어. 사랑하는 형제들, 나는 나 자신의 죄와 인간들의 죄로 고통을 겪고 있네. 하지만 아무도 죽이지 않았고, 다른 사람의 것을 빼앗지도 않았을뿐더러 거지를 도와주기까지 했어. 형제들, 난 상인이네. 큰 부자였지. 이 얘기 저 얘기 그는 계속 말을 했네. 즉 그들에게 모든 일들을 순서대로 이야기했다네. 그는 말했어. 나 자신에 대해서는 슬프지 않아. 말하자면 하느님이 죄인인 나를 발견하신 거니까. 단 하나, 우리 할멈과 아이들이 가여울 뿐이야. 노인은 그렇게 말하고 울기 시작했지. 그런데 그 무리에 동료 상인을 죽인 남자가 있었어. 그가 말했지. 할아범, 어디서 있었던 일이오? 언제, 몇 월에? 그는 계속 캐물었지. 그는 가슴이 아팠어. 그는 이런 식으로 묻다가 노인에게 다가가 발치에 털썩 쓰러졌어. 할아범, 당신은 나 때문에 무너지게 된 겁니다. 정말이오. 이보게 동료들, 이 노인은 아무 죄도 없이 공연히 고통을 겪으신 거네. 그 사건을 저지른 사람은 바로 납니다, 잠든 당신의 머리 밑에 칼을 놓아둔 것도 바로 나예요, 할아범, 나를 용서하시오."

카라타예프는 기쁘게 미소 지으면서 잠잠히 모닥불을 바라보다가 장작개비를 바로 놓았다.

"노인은 이렇게 말하지. 하느님은 자네를 용서하였고 우리 모두 하느님 앞에서는 죄인인 고로 나는 나 자신의 죄 때문에 고통받는 거라고. 그는 뜨거운 눈물을 흘렸어. 이보게들, 어떻게 생각하나?" 카라타예프는 마치 자신이 이제부터 말하려는 것에 이야기의 주된 매력과 모든 의미가 있는 양 더욱더 빛나는 환희의 미소를 지으며 말했다. "이보게들, 어떻게 생각하나? 살인자는 관청에 자수했어. 그는 말했지. 나는 여섯 명을 죽였습니다만 (그는 엄청난 악당이었다) 단지 그 노인이 불쌍할 뿐입니다. 노인이 저 때문에 울지 않도록 해 주십시오. 그는 자신이 저지른 죄를 털어놓았어. 그 자백을 문서에 옮겨 적어 마땅한 절차에 따라 문서를 보냈어. 문서를 보낸 곳이 멀리 떨어져 있고, 재판을 하고 여러 관청들에서 모든 필요한 문서를 작성하느라 한동안 시간이 걸렸지. 문서는 차르에게 전해졌어. 얼마 후 차르의 칙령이 도착했네. 상인을 석방하고 그곳에서 형벌을 내린 만큼 배상금을 주라는 거였지. 칙령이 도착하자 사람들은 노인을 찾기 시작했다네. 아무 죄도 없이 고통받은 그 노인은 어디에 있는가? 차르로부터 문서가 왔지. 사람들은 그를 찾기 시작했어." 카라타예프의 아래턱이 떨렸다. "하지만 하느님은 이미 그를 용서하셨기에, 그는 죽었다네. 그렇게 된 거야." 카라타예프는 이야기를 끝내고 오랫동안 말없이 미소를 지으며 정면을 응시했다.

그 이야기 자체가 아닌 그것의 감춰진 의미, 이야기를 할 때 카라타예프의 얼굴을 밝힌 환희에 찬 기쁨, 그 기쁨의 내밀한 의미, 바로 그것이 피에르의 영혼을 충만케 했다.

14

"제자리로!" 갑자기 외치는 목소리가 들렸다.

포로와 호송병 사이에서 기쁜 소요가, 행복하고도 장엄한 무언가에 대한 기대가 일렁였다. 사방에서 명령을 외치는 소리가 들려왔고, 왼쪽에서 옷을 잘 갖춰 입고 좋은 말을 탄 기병들이 포로들 주위를 빠르게 우회하며 나타났다. 모든 이들의 얼굴에 최고 권력층에 가까운 사람이 등장할 때 종종 나타나는 긴장한 표정이 떠올랐다. 포로들은 무리 지어 도로에서 밀려났고, 호송병들은 대열을 갖추었다.

"황제다! 황제다! 원수다! 대공이다!" 그리고 살진 호송병들이 지나가자마자 2열 종대의 회색 말들이 끄는 카레타들이 줄지어 쿵쿵거리며 지나갔다. 피에르는 삼각모를 쓴 남자의 평온하고 잘 생기고 통통한 하얀 얼굴을 얼핏 보았다. 그 사람은 원수들 가운데 하나였다. 원수의 시선이 피에르의 눈에 띄는 거구를 향했고, 얼굴을 찌푸리며 고개를 돌릴 때의 원수의 표정에서 피에르는 연민과 그것을 감추려는 바람을 본 것 같았다.

수송대를 지휘하던, 벌건 얼굴의 장군은 깜짝 놀라 여윈 말을 급히 몰아 카레타를 뒤따라갔다. 몇몇 장교들이 모여들고 병사들이 그들을 에워쌌다. 모두가 흥분되고 긴장한 얼굴이었다.

"그가 무슨 말을 했습니까? 무슨 말을, 무슨 말을 했습니까?" 피에르는 이런 말을 들었다.

원수가 지나가는 동안 포로들은 무리 지어 있었고, 그래서 피에르는 이날 아침에 아직 보지 못한 카라타예프를 보게 되었다. 외투를 입은 카라타예프는 자작나무에 기대앉아 있었다. 얼굴에는 어제 죄 없이 고통받은 상인에 대한 이야기를 할 때의 기쁨 어린 감동 외에 고요하고 엄숙한 표정이 빛나고 있었다.

카라타예프는 특유의 선량하고 둥근, 지금은 눈물이 글썽이는 눈으로 피에르를 바라보았는데, 그를 불러 무언가를 말하고 싶은 눈치였다. 그러나 피에르는 자신이 너무 두려웠다. 그는 카라타예프의 시선을 못 본 척하며 서둘러 자리를 피했다.

포로들이 다시 출발하고, 피에르는 뒤를 돌아보았다. 카라타예프는 길가의 자작나무 옆에 앉아 있었다. 두 명의 프랑스군이 그를 내려다보며 무슨 말을 하고 있었다. 피에르는 더 이상 쳐다보지 않았다. 그는 다리를 절며 언덕을 올라갔다.

뒤에서, 카라타예프가 앉아 있던 곳에서 총성이 들렸다. 피에르는 그 총성을 선명하게 들었지만 그 소리를 들은 순간 피에르는 원수가 지나가기 전에 시작한 계산, 즉 스몰렌스크까지 가려면 얼마나 더 행군해야 하는가 하는 계산을 아직 끝내지 않았음을 상기했다. 그래서 다시 계산하기 시작했다. 프랑스 병사 두 명이, 그중 하나는 연기가 나는 라이플총을 들고, 피에르를 지나쳐 달려갔다. 둘 다 얼굴이 창백했고, 그들의 표정에는 (그중 한 명은 소심하게 피에르를 슬쩍 쳐다보았다) 피에르가 처형 때 젊은 병사에게서 본 것과 비슷한 무언가가 있었다. 병사를 바라보던 피에르는 그 병사가 그저께 모닥불에 자신의 루바시카를 말리다가 태워 사람들에게 놀림받은 일을 기억해 냈다.

　카라타예프가 앉아 있던 뒤쪽에서 개가 울부짖기 시작했다. '저런 바보 같으니라고, 뭣 때문에 우는 거야?' 피에르는 생각했다.

　피에르의 옆에서 나란히 걷던 동료 병사들도 그와 마찬가지로 총성과 그 이후 개의 울부짖음이 들려오는 곳을 돌아보지 않았다. 그러나 모든 이들의 얼굴이 딱딱하게 굳어 있었다.

15

부대도, 포로도, 원수의 수송 대열도 샴셰보 마을에서 멈췄다. 모두 모닥불 주위에 무리 지어 모여들었다. 피에르는 모닥불로 다가가 구운 말고기를 조금 먹은 뒤 불을 등지고 누워 바로 잠들었다. 그는 보로디노 전투 이후 모자이스크에서 잘 때와 똑같은 형태의 잠에 빠져들었다.

다시 현실의 사건과 꿈이 결합되고, 또다시 누군가가, 자신인지 혹은 다른 사람이 그에게 여러 생각을, 심지어 그가 모자이스크에서 잘 때 나타났던 생각과 똑같은 생각을 말했다.

'삶이 곧 전부야. 삶이 곧 신이야. 모든 것이 이동하고 움직이며, 그 운동이 신이야. 그리고 삶이 있는 동안 신을 자각하는 기쁨이 있어. 삶을 사랑하는 것이 바로 신을 사랑하는 거야. 무엇보다도 가장 힘들고 가장 행복한 일은 자신의 고통 속에서, 무고한 고통 속에서 이 삶을 사랑하는 거야.'

'카라타예프!' 그에 대한 기억이 피에르의 머릿속에 떠올랐다.

그리고 갑자기 지금까지 잊고 있던, 스위스에서 피에르에게 지리학을 가르쳤던 나이 든 온화한 교사가 마치 살아 있는 듯 피에르에게 나타났다. "잠깐!" 노인이 말했다. 그러고는 피에르에게 지구본을 보여 주었다. 그 지구본은 일정한 크기 없이 살아서 진동하는 공이었다. 공의 표면은 서로 빽빽하게 붙은 물방울로 이루어져 있었다. 그리고 이 물방울들이 계속 움직이고 위치를 바꾸면서 때로는 몇 개가 하나로 합쳐지고 때로는 하나가 다수의 물방울로 나누어지기도 했다. 각각의 물방울이 넘쳐흘러 최대한 많은 공간을 차지하려 했지만, 동일한 것을 지향하는 다른 물방울들이 그 물방울을 짓누르고 때로는 없애고 때로는 하나로 합쳐졌다.

"이것이 삶이야." 노교사가 말했다.

'이것이야말로 얼마나 단순하고 분명한가?' 피에르는 생각했다. '어떻게 내가 전에는 그것을 알지 못했을까?'

"가운데에 신이 있고, 개개 물방울은 저마다 신을 최대한 반영하기 위해 팽창하려고 해. 그렇게 커지고 하나로 합쳐지고 압축되고 표면에서 소멸하여 심연으로 사라졌다가 다시 떠올라. 바로 여기에서, 그가, 카라타예프가 그렇게 퍼져 나갔고 사라진 거야. **이해하겠니?**" 교사가 말했다.

"**이해하냐고? 빌어먹을, 악마에게나 잡혀가라지.**" 목소리가 소리쳤고, 피에르는 잠에서 깼다.

그는 일어나 앉았다. 모닥불 옆에서 방금 러시아 포로 병사를 밀쳐 낸 프랑스인이 쭈그려 앉아 꽂을대에 끼운 고기를 굽고 있었다. 소맷자락을 걷어 올린, 힘줄이 보이는, 털이 많고 손가락이 짧은 붉은 손이 기민하게 꽂을대를 돌렸다. 눈썹을 찌푸린 연갈색의 음울한 얼굴이 목탄 불빛에 선명하게 보였다.

"개한텐 뭐든 마찬가지야." 그는 뒤에 서 있는 병사를 재빨리 돌아보며 투덜거렸다. "……진짜 날강도야."

그리고 병사는 꽂을대를 돌려 가며 피에르에게 침울한 시선을 던졌다. 피에르는 고개를 돌려 그늘을 주시했다. 프랑스인이 밀친 러시아 포로 병사는 모닥불 주위에 앉아 한 손으로 무언가를 다독거리고 있었다. 좀 더 자세히 들여다본 피에르는 꼬리를 흔들며 병사 옆에 앉아 있는 연보라색 개를 알아보았다.

"아, 왔구나?" 피에르가 말했다. "그런데 플라……." 그는 시작한 말을 맺지 못했다. 갑자기 그의 머릿속에 플라톤이 나무 아래 앉아 자신을 바라보던 시선, 그 자리에서 들려온 총성, 개의 울부짖음, 그를 지나쳐 뛰어가던 프랑스 병사 둘의 죄지은 듯한 얼굴, 병사의 손에 들린 채 연기가 피어오르던 라이플총, 이번 휴식에 카라타예프의 부재에 대한 기억이 서로 이어져 동시에 떠올랐다. 그는 카라타예프가 살해되었다는 사실을 이해할 준비가 되어 있었지만 바로 그 순간 여름에 그가 키예프 자택의 발코니에서 아름다운 폴란드 여인과 보낸 저녁에 대한 기억이 떠올랐다. 어쨌든 오늘의 여러 기억들을 연결하여 그것들에 대한 결론을 내지 못한 피에르는 눈을 감았는데, 그러자 여름날의 자연 풍경이 물놀이와 물로 된 진동하는 공에 대한 기억과 함께 뒤섞여, 그는 물속 어딘가로 가라앉고 물이 그의 머리를 덮었다.

해가 뜨기 전 요란하고 빈번한 총소리와 고함 소리가 그를 깨웠다. 피에르의 옆으로 프랑스인들이 달려갔다.

"카자크다!" 그들 가운데 한 명이 외쳤고, 곧 러시아인의 얼굴을 한 무리가 피에르를 에워쌌다.

자신에게 무슨 일이 일어났는지 피에르는 한참 동안 깨닫지 못했다. 그는 사방에서 동료들이 기쁨에 겨워 우는 소리를 들었다.

"형제들! 여보게!" 늙은 병사들이 울면서 카자크들과 경기병들을 얼싸안고 소리 질렀다. 경기병들과 카자크들이 포로들을 둘러싸고 서둘러 누군가에겐 옷을, 누군가에겐 부츠를, 누군가에겐 빵을 권했다. 피에르는 그들 가운데 앉아 흐느끼면서 단 한 마디도 할 수가 없었다. 그는 자기에게 맨 처음 다가온 병사를 껴안았고 울면서 입을 맞추었다.

돌로호프는 무장 해제된 프랑스군 무리가 옆을 지나가게 하면서 폐허가 된 저택 대문 옆에 서 있었다. 눈앞에서 벌어진 일에 흥분한 프랑스인들은 자기들끼리 큰 소리로 왁자지껄 말했다. 그러나 돌로호프 옆을 지날 때, 돌로호프가 짧은 가죽 채찍으로 자신의 부츠를 가볍게 치면서 어떤 선한 것도 약속하지 않는 차갑고 유리 같은 시선으로 그들을 쳐다보자, 그들의 말소리는 순식간에 그쳤다. 맞은편에는 돌로호프의 카자크가 서서 대문에 분필로 수백 개의 선을 그으며 포로들을 세고 있었다.

"몇 명이지?" 돌로호프가 포로를 세는 카자크에게 물었다.

"이제 곧 2백 명입니다." 카자크가 대답했다.

"어서 지나가, 어서 지나가." 프랑스인들에게서 배운 이 표현을 돌로호프는 말했고, 지나가던 포로와 눈이 마주치면 그의 눈이 잔인한 광채를 띠며 불타올랐다.

음울한 얼굴의 데니소프는 높은 털모자를 벗고 폐탸 로스토프의 시체를 정원에 파 놓은 구덩이로 옮기는 카자크들의 뒤를 따라 걸어갔다.

16

10월 28일, 영하의 추위가 시작되면서* 프랑스군의 도주는 동사한 사람들, 모닥불 옆에 있다가 타 죽는 사람들, 털외투를 입고 콜랴스카에 약탈한 재산을 싣고 계속 달리는 황제와 왕들과 대공들 때문에 더욱 비극적인 성격만 띠게 되었다. 그러나 프랑스군의 도주와 붕괴 과정 자체는 본질적으로 모스크바를 떠난 이후로 전혀 달라지지 않았다.

모스크바에서 뱌지마에 도착할 때까지 근위대를 (그들은 전쟁 내내 약탈 말고는 한 것이 없었다) 제외한 7만 3천 명의 프랑스군 가운데 3만 6천 명이 (이 숫자 중 전투에서의 사망자는 5천 명도 되지 않았다) 남았다. 이것은 수열의 1항으로, 이후의 항들은 이 첫 항에 의해 수학적으로 정확하게 결정된다.

모스크바에서 뱌지마까지, 뱌지마에서 스몰렌스크까지, 스몰렌스크에서 베레지나까지, 베레지나에서 빌나까지 추위와 추격, 도로 차단 그리고 개별적으로 취해진 다른 모든 조건들이 수준 및 강도가 크든 작든 간에 프랑스군은 동일한 비율로 소멸되었다. 뱌지마 이후 프랑스 군대는 3개 종대로 가는 대신 한 덩어리로 모였고 마지막까지 그렇게 행군했다. 베르티에는 군주에게 편지를 보냈다. (지휘관들이 군대의 상태를 기술할 때 진실에서 얼마나 멀리 떨어져 있는지는 주지의 사실이다.) 그는 다음과 같이 썼다.

제 의무는 지난 2~3일 동안 행군하면서 관찰한 여러 군단의 상황을 폐하께 보고하는 것입니다. 그들은 사방으로 흩어져 버렸습니다. 전 부대 병사의 4분의 1만 군기(軍旗) 아래 남았을 뿐, 다른 자들은 식량을 찾고 부대에서 이탈하려고 이리저리 가 버렸습니다. 다들 스몰렌스크를 쉴 장소로만 생각합니다. 최근 며칠 동안 많은 병사들이 탄약 상자와 라이플총을 버렸습니다. 폐하의 이후 의도가 어떻든 간에 폐하의 군대의 이익을 위해서는 스몰렌스크에서 군대를 결집하고 말과 무기를 잃은 기병들, 불필요한 물자, 현 부대의 수에 상응하지 않는 대포 일부를 버려야 합니다. 식량과 며칠 동안의 휴식이 반드시 필요합니다. 병사들은 굶주림과 피로로 기진맥진한 상태입니다. 최근 많은 병사들이 길 위에서, 야영지에서 죽었습니다. 이런 비참한 상태가 계속 악화되고 있기 때문에 재앙을 예방하기 위한 신속한 조치를 취하지 않으면 전투가 벌어졌을 때 우리의 통제하에 있는 군대는 곧 없어질 것입니다. 11월 9일, 스몰렌스크에서 30베르스타 떨어진 곳으로부터.

프랑스인들은 자신들이 약속의 땅으로 생각한 스몰렌스크에 이르자 식량 때문에 서로를 죽이고 자신들의 창고를 약탈했으며, 모조리 약탈한 후에는 앞쪽으로 도주했다.

모든 사람들이 어디로, 왜 가는지도 모르면서 나아갔다. 누구보다 그 사실을 모르는 사람은 천재 나폴레옹이었는데, 왜냐하면 그에게 명령을 내리는 사람이 아무도 없었기 때문이다. 하지만 그와 주변 사람들은 자신들의 오랜 습관에 따라 명령서, 편지, 보고서, 일정을 작성했고 서로를 폐하, 나의 사촌, 에크뮐 공, 나폴리 왕 등 등으로 불렀다. 그러나 명령과 보고들은 종이 위에만 있을 뿐 누구도 그것들을 실행하지 않았는데, 왜냐하면 그 어떤 것도 실행이 불가능했기 때문이다. 그들 모두는 느끼고 있었다. 비록 서로를 폐하, 전하, 사촌이라 지칭했지만 그들 모두는 스스로가 그에 대한 벌을 받아야 하는 온갖 악행을 저지른 초라하고 비열한 사람들임을 느끼고 있었다. 그리고 그들은 겉으로만 군대를 걱정하는 척할 뿐, 각각 자신에 대해서만, 가능한 한 빨리 도망가 위험에서 모면하는 것에 대해서만 생각했다.

17

모스크바에서 네만강으로 되돌아가는 동안 러시아군과 프랑스군이 보여 준 행동은 두 명의 놀이 참가자가 눈을 가리고 한 사람이 술래에게 자기 위치를 알리기 위해 이따금 종을 울리는 술래잡기 놀이와 비슷했다. 처음에는 도망 다니는 이가 적을 두려워하지 않고 종을 울리지만 자신에게 불리해질 때엔 소리 없이 움직이려고 애쓰며 적에게서 달아나다가 자신이 도망치고 있다고 생각하면서 자주 적의 손아귀로 곧장 향한다.

처음에는 나폴레옹의 군대 역시 자신의 존재를 알렸는데, 이때는 칼루가 가도를 따라 진군하던 초창기였다. 그러나 이후 스몰렌스크 가도로 나온 뒤부터 한 손으로 종의 혀를 움켜쥐고 도망치기 시작했고, 종종 도망치고 있다고 생각하면서 러시아군을 향해 곧장 달려갔다.

프랑스군도 빨리 도주하고 러시아인도 빨리 추격했기 때문에, 그리고 그로 인해 말들이 완전히 지쳤기 때문에 적의 위치를 대략적으로 파악하는 기병 척후가 존재하지 않았다. 하물며 어떤 정보가 있다손 치더라도 양쪽 군대의 위치가 자주, 신속히 바뀐 탓에 정보가 제때에 도착하지 못했다. 첫날 적의 부대가 저기 어딘가에 있다는 소식이 그다음 날 도착한다 해도, 무언가를 착수할 수 있는 사흘째에는 그 군대는 이미 두 번의 행군을 하여 전혀 다른 위치에 있었다.

한쪽 군대는 달아나고 다른 쪽 군대는 추격했다. 스몰렌스크부터 프랑스군 앞에 수많은 길이 놓여 있었다. 따라서 그곳에 나흘 동안 머무른 프랑스군은 적이 어디에 있는지 알아내고 유리한 무언가를 생각해 내고 새로운 무언가를 실행할 수도 있었을 것이라고 생각할 수 있다. 그러나 나흘 동안 머무르고 나서 그들 무리는 다시 오른쪽도 왼쪽도 아닌, 어떤 작전이나 계획도 없이 이전의, 최악의 길을 따라 크라노스예와 오르샤로, 사람들의 발길에 다져진 길을 따라 도주했다.

적이 앞이 아닌 뒤에 있을 거라 예상하면서, 프랑스인들은 산개하여 스물네 시간 정도 거리를 두고 서로 떨어졌다. 그들 누구보다도 앞서 황제가, 그다음에는 왕들이, 그다음에는 대공들이 달아났다. 러시아군은 나폴레옹이 오른쪽을 택해 드네프르강을 건널 것이라고, 그것이 합리적인 유일한 방법이라고 생각했기 때문에 그들 역시 오른쪽으로 출발하여 크라스노예로 향하는 대로로 나갔다. 그리고 그곳에서, 마치 술래잡기 놀이처럼, 프랑스군은 러시아군의 전위 부대와 마주쳤다. 뜻밖에 적을 목도한 프랑스군은 예기치 않은 상황에 놀라 당황한 나머지 순간 멈춰 섰으나, 그다음에는 뒤따라오는 동료들을 버리고 다시 달아나기 시작했다. 그곳에서 사흘에 걸쳐 마치 러시아군의 대열을 관통하듯 프랑스군의 개별 부대들이 지나갔는데, 처음에는 부왕(副王)의 부대가, 그다음에는 다부의 부대가, 그다음에는 네의 부대가 줄줄이 빠져나갔다. 모두가 서로를 버렸고 자기 부대의 무거운 짐과 대포와 인원의 절반을 내버렸는데, 오직 밤에만 오른편에서 반원을 그리며 러시아군을 우회하여 도주했다.

가장 마지막으로 이동한 (그들의 운 나쁜 상황으로 인해, 혹은 그들을 다치게 한 바닥 마루를 부수고 싶어서 아무에게도 방해가 되지 않는 스몰렌스크 성벽을 폭파하느라) 네는, 1만 명의 군단과 함께 맨 나중에 이동한 네는 다른 병사들과 대포를 버리고 밤에 남몰래 숲을 통과하여 드네프르강을 건너, 단 1천 명의 군사들만 이끌고 오르샤에 있는 나폴레옹에게로 달려왔다.

마치 추격군과 술래잡기를 하듯 그들은 오르샤를 떠나 빌나로 향하는 길을 따라 더 멀리 도망쳤다. 베레지나에서 그들은 다시 무질서한 혼란에 빠져 많은 사람들이 익사했고 많은 사람들이 항복했으나 강을 건넌 사람들은 더 멀리 달아났다. 그들의 총지휘관은 털외투를 입고 썰매에 올라탄 후, 자신의 동료들을 버리고 혼자 질주했다. 할 수 있는 사람은 도망치고, 그럴 수 없는 사람은 항복하거나 죽었다.

18

도주라는 군사 행동을 하면서 프랑스군이 할 수 있는 것이라곤 자멸뿐이었다. 칼루가 가도로 방향을 돌린 것부터 지휘관의 탈영에 이르기까지 이 무리의 모든 행동들은 전적으로 무의미했다. 군중의 행위를 단 한 사람의 의지에 귀속시키는 역사가들이 이 시기 군사 행동에서의 퇴각을 그런 의미로 기술할 수는 없을 것이라 생각된다. 하지만 그렇지 않다. 그런 유의 의미의 시기에 대해서든 대중의 행위에 대한 원인을 한 사람의 의지로 귀착시키는 역사가들도 결국에는 이 퇴각을 그러한 의미로는 기술할 수 없을 것 같다. 하지만 그렇지 않다. 이 군사 행동에 대해 산더미처럼 많은 책들이 역사가들에 의해 쓰였고, 곳곳에서 나폴레옹의 명령과 그의 심오한 계획, 즉 군대를 지휘한 작전과 그의 휘하 원수들의 천재적 명령에 대해 기술했다.

나폴레옹이 말리 야로슬라베츠에서 퇴각할 당시 비옥한 지방으로 향하는 도로가 있었고, 향후 쿠투조프가 추격할 때 밟았던 나란히 뻗은 도로 역시 열려 있었지만, 그럼에도 불구하고 황폐한 도로를 따라 불필요한 퇴각을 한 것에 대한 심오한 이유들이 우리에게 제공된다. 그가 스몰렌스크에서 오르샤로 퇴각한 것도 똑같이 심오한 이유로서 기술된다. 그다음에는 크라스노예에서 나폴레옹이 보여 준 영웅적인 행동이 기술되는데, 거기서 그는 전투를 하고 직접 지휘할 준비가 되어 있었으므로 자작나무 지휘봉을 쥐고 걸어 나가 이렇게 말했다고 한다.

"이미 충분히 오랫동안 나는 황제의 역할을 했다. 이제 장군의 역할을 할 때다." 그러나 그 일이 있고 나서 곧 그는 각자 흩어져 뒤에 남아 있던 군대를 운명의 신에 맡긴 채 더 멀리 달아난다.

그다음에 역사가들은 우리에게 원수들의 위대한 정신, 특히 네의 위대한 정신, 밤에 군기와 대포와 군대의 10분의 9를 버리고 우회하여 숲을 지나 드네프르강을 건너 오르샤로 도주한 것으로 실현되는 그의 위대한 정신을 기술한다.

그리고 마지막으로 역사가들은 우리에게 위대한 황제가 최후에 영웅적인 군대를 버리고 떠난 것*을 위대하고 천재적인 무언가로 제시한다. 심지어 도주라는 최후의 행위, 사람들이 말하는바 비열함의 마지막 단계이고 모든 아이들이 수치스러운 짓이라고 배우는 그 행위조차 역사가들을 통해 정당성을 얻는다.

역사적 판단이라는 그토록 탄력적인 실을 더 이상 늘이는 것이 불가능할 때, 하나의 행동이 전 인류가 선(善), 심지어 정의라고 지칭하는 것과 명백히 대립될 때 역사가들에게서는 위대함에 대한 구원적인 개념이 나타난다. 위대함은 선과 악이라는 잣대의 가능성을 배제하는 듯하다. 위대한 것에 악이란 있을 수 없다. 위대한 사람에게 그 죄를 물을 수 있을 만한 참상은 없다.

"그것은 위대하다!" 역사가들이 이렇게 말하면 그때는 이미 선도 악도 없고 **'위대함'**과 **'위대하지 않음'**이 있을 뿐이다. **위대함**은 선이고, **위대하지 않음**은 악이다. 역사가들의 개념에 따르면, 위대함이란 그들이 영웅이라 부르는 어떤 특별한 동물의 특성이다. 따뜻한 털외투를 입은 나폴레옹은 죽어 가는 동료들뿐 아니라 자신이 데리고 온 사람들 (그의 생각에 따르면) 또한 버리고 고국으로 물러가면서 **이것이 위대하다**고 느끼며 그의 영혼은 평온하기 그지없다.

"**숭고와** (그는 자기 안에서 **숭고한** 무언가를 본다) **우스꽝스러움의 차이는 한 걸음에 지나지 않는다.**" 그는 말한다. 그리고 온 세계가 50년 동안 반복해서 말한다. "**숭고하다! 위대하다! 나폴레옹은 위대하다. 숭고와 우스꽝스러움의 차이는 한 걸음에 지나지 않는다.**"

그리고 선악의 잣대로 측량 불가능한 위대함을 인정하는 것이 자신의 보잘것없음과 측량할 수 없는 시시함을 인정하는 것에 불과하다는 사실은 누구의 머리에도 떠오르지 않는다.

그리스도로부터 선악의 잣대를 받은 우리가 측량하지 못할 것은 아무것도 없다. 그리고 소박함과 선과 진실이 없는 곳에는 위대함도 없다.

19

러시아인들 가운데 1812년 전쟁의 마지막 시기에 대한 기술을 읽으면서 어느 누가 분노와 불만과 모호함 같은 무거운 감정을 느끼지 않겠는가. 수적으로 우세한 러시아의 세 군대가 프랑스군을 포위했을 때, 굶주림과 추위에 시달리던 프랑스군이 혼란에 빠져 무리 지어 항복했을 때, 러시아군의 목적이 프랑스군의 진로를 막고 퇴로를 차단하여 모두 생포하는 것이었을 때 (역사가 우리에게 말하는 바에 따르면) 도대체 왜 러시아군은 프랑스군 전체를 생포하지도 못하고 소탕하지도 못했을까, 라고 자문하지 않은 이가 도대체 있었을까?

프랑스군보다 수적으로 열세였으나 보로디노에서 전투를 벌였던 러시아 군대가, 프랑스군을 세 방향에서 에워싸 생포하는 것을 목적으로 삼은 그 군대가 어찌하여 목적을 달성하지 못했을까? 과연 우리 앞에 있는 프랑스군이 우리가 우세한 병력으로 포위하고도 격파하지 못할 만큼 거대한 우월성을 갖고 있는 걸까? 어떻게 이런 일이 일어날 수 있었을까?

역사(이런 단어로 불리는 것)는 이 질문들에 답하면서, 쿠투조프, 토르마소프, 치차고프 등 이런저런 사람들이 작전을 펼치지 않았기 때문에 이런 일이 일어났다고 말한다.

그런데 무엇 때문에 그들은 이 모든 작전을 수행하지 않았을까? 만약 그들의 잘못으로 예정된 목적이 성취되지 못한 것이라면 어째서 그들은 재판도 받지 않고 처형도 당하지 않았을까? 그러나 설령 러시아군이 **실패**한 책임이 쿠투조프와 치차고프 등등에게 있다고 가정해도, 크라스노예와 베레지나 부근에 주둔했을 당시 러시아군이 동일한 조건에서 (두 경우 모두 러시아군의 병력이 더 우세했다) 러시아군의 목적이 프랑스 군대와 원수들과 왕들과 황제를 생포하는 것이었는데도 불구하고 왜 그렇게 하지 못했는지는 결코 이해할 수 없다.

이 기이한 현상을 쿠투조프가 공격을 방해했다는 것으로 설명하는 것은 (러시아의 군사 역사가들은 그렇게 설명한다) 근거가 없는데, 왜냐하면 우리는 쿠투조프의 의지가 뱌지마와 타루티노 부근에서 러시아군의 공격을 막지 못했다는 것을 알기 때문이다.

보로디노 부근에서는 전력을 다해 싸운 적을 아주 약한 병력으로도 이긴 러시아군이 무슨 이유로 크라스노예와 베레지나 부근에서는 우세한 병력을 가졌음에도 불구하고 혼란에 빠진 프랑스인 무리에 패배했을까?

러시아군의 목적이 퇴로를 차단하여 나폴레옹과 원수들을 포로로 잡는 것이었다면, 그리고 이 목적이 달성되지 못했고 이 목적을 달성하려는 모든 시도가 매번 수치스러운 형세로 좌절되었다면, 프랑스인들이 전쟁 마지막 시기를 자신들의 연승이라고 생각하는 것은 완전히 정당하고, 러시아 역사가들이 이를 러시아의 승승장구라고 생각하는 것은 완전히 틀린 것이다.

러시아의 군사 역사가들은, 그들에겐 논리가 필수적이어서 부지중에 이러한 결론에 도달하게 되며, 용기와 충성 등에 대해 서

정적으로 호소한다 하더라도, 프랑스군의 모스크바 퇴각이 나폴레옹에게는 일련의 승리이고 쿠투조프에게는 일련의 패배임을 부득이 인정해야만 한다.

그러나 민족의 자존심은 차치하고라도 이러한 결론에는 그 안에 모순을 내포하고 있음이 지각되는데, 왜냐하면 프랑스군의 연승은 그들을 파멸로 이끌었던 반면, 러시아군의 연패는 적을 섬멸하여 그들을 조국에서 완전히 몰아냈기 때문이다.

이 모순의 근원은 군주와 장군의 편지, 전투 보고, 통보, 계획서 등을 토대로 사건을 연구하는 역사가들이 1812년 전쟁 마지막 시기의 목적, 결코 존재한 적 없는 그 목적이 마치 나폴레옹과 원수들과 군대의 퇴로를 차단하여 생포하는 것으로 구성되는 것인 양 목적을 옳지 않게 가정했다는 데 있다.

이러한 목적은 결코 존재한 적도 없고 존재할 수도 없었는데, 왜냐하면 목적은 어떤 의미도 가지지 않고, 그것을 실현하는 것은 완전히 불가능했기 때문이다.

그 목적은 그 어떤 의미조차 가지지 않았다. 왜냐하면 첫째, 혼란에 빠진 나폴레옹의 군대는 할 수 있는 모든 걸 다하여 최대한 빨리 러시아에서 도망치고 있었기 때문이었다. 즉 프랑스군은 러시아인이라면 누구나 바랄 만한 것을 수행하고 있었기 때문이었다. 할 수 있는 한 최대한 빨리 도주하는 프랑스군에 다양한 작전을 펼쳐야 할 이유가 무엇이란 말인가?

둘째, 온 힘을 다해 도주하는 사람들의 갈 길을 막아서는 것은 무의미했다.

셋째, 프랑스군을 섬멸하기 위해 자신의 군대를 희생하는 것은 무의미했다. 모든 길을 차단하지 않아도 프랑스군은 12월에 국경을 넘은 자들, 즉 전체 군의 1백분의 1 외에는 국경을 넘지 못할 속도로 전진하면서 외적 요인 없이도 파멸하고 있었다.

넷째, 당시의 가장 능수능란한 외교관들(J. 메스트르* 등)도 인정한 것처럼 러시아군의 활동을 극도로 곤란하게 만들 수도 있는 사람들, 즉 황제와 왕들과 대공들을 포로로 잡으려는 바람은 무의미했다. 크라스노예까지 가는 동안 러시아군의 군대도 절반이나 사라진 마당에 생포한 군대를 위해 몇 개 사단을 호위로 붙여야 하는 상황에서, 또 러시아군 병사들도 늘 충분한 식량을 배급받지 못하고 있고 생포된 포로들 역시 굶주림으로 죽어 가는 상황에서 프랑스군 군단을 생포하겠다는 바람은 더욱더 무의미했다.

나폴레옹과 프랑스 군대의 퇴로를 차단하고 생포하겠다는 심오한 계획은 전반적으로 밭이랑을 밟은 가축을 밭에서 쫓아내다가 대문 가까이 뛰어가면 그 가축의 머리통을 때려 버리는 농부의 계획과 비슷했다. 농부를 옹호하기 위해 할 수 있는 단 한 마디 말이 있다면 그가 굉장히 화가 났으리라는 것이다. 그러나 작전을 세우는 자들에 대해선 결코 이런 말을 할 수가 없는데 왜냐하면 그들은 짓밟힌 밭이랑 때문에 괴로움을 겪은 것이 아니기 때문이다.

그러나 나폴레옹과 프랑스 군대의 퇴로를 차단하는 것은 무의미할뿐더러 불가능한 것이었다.

첫째, 경험이 보여 주듯이 한 전투에서 5베르스타 정도 되는 종대의 움직임은 작전 계획에 전혀 부합하지 않았고, 치차고프와 쿠투조프와 비트겐시테인이 지정된 장소에서 제때 만난다는 것은 불가능에 가까울 정도로 미미했기 때문에 그것은 불가능했다. 쿠투조프 역시 그렇게 생각했기에 작전 계획을 받으면서 멀리 떨어진 적에 대한 견제 공격은 바라는 결과를 가져오지 않는다고 말했던 것이다.

둘째, 나폴레옹의 군대가 퇴각할 때 관성의 힘을 마비시키기 위해서는 러시아군이 보유한 것과 비교할 수도 없는 대규모 군대가 필요했기 때문에 그것은 불가능했다.

셋째, 차단이라는 군사 용어가 어떤 의미도 갖지 않기 때문에 그것은 불가능했다. 빵 조각을 자를 순 있어도 군대를 자를 수는 없다. 군대를 자르는 것, 즉 군대의 길을 가로막는 것은 도저히 불가능한데, 왜냐하면 주변에 우회할 만한 장소가 널려 있고, 아무 것도 보이지 않는 밤도 있기 때문이다. 이는 군사학자들이 크라스노예와 베레지나의 사례만 보아도 확인할 수 있을 것이다. 생포는 포로로 잡히는 사람이 동의하지 않으면 절대 불가능한 것으로, 마치 제비가 손 위에 앉아야 잡을 수 있지 그렇지 않으면 제비를 잡을 수도 없는 것과 같다. 독일인들처럼 전략과 전술의 규칙에 따라 항복하는 자는 포로로 잡을 수 있다. 그러나 프랑스군은 그래도 된다고 생각하지 않은 게 매우 당연했는데, 왜냐하면 도주하든 생포되든 그들을 기다리는 것은 굶주림과 추위로 인한 죽음뿐이었기 때문이다.

넷째, 그것이 불가능한 가장 중요한 이유는 세계가 존재한 이후 1812년 전쟁만큼 악조건에서 일어난 전쟁은 없었고, 또 러시아군 역시 프랑스군 추격에 전력을 기울이긴 했지만 스스로를 파괴하지 않고는 더 이상 아무것도 할 수 없었기 때문이다.

러시아군은 타루티노에서 크라스노예까지 이동하는 동안 병자와 낙오병으로 5만 명, 즉 큰 현청 소재지의 인구에 맞먹는 수를 잃었다. 전투도 치르지 않고 병력 절반을 잃은 것이다.

그리고 군대가 부츠와 털외투도 없이, 충분한 식량도 없이, 보드카도 없이 영하 15도의 눈 속에서 몇 달 동안 야영하던 그 전쟁 시기에 대해, 낮은 고작 일곱 시간에서 여덟 시간뿐이고 나머지 시간은 규율이 영향을 미치지 못하는 밤이던 그 전쟁 시기에 대해, 다만 몇 시간만 규율이 존재하지 않는 죽음의 영역으로 들어가던 전투 때와 달리 사람들이 몇 달 동안 매 순간 굶주림과 추위로 인한 죽음과 싸우며 살아가던 그 전쟁 시기에 대해, 한 달 동안 군대 절반이 사라진 그 전쟁 시기에 대해 역사가들은 우리에게 밀로라도비치는 저기로, 토르마소프는 거기로 측면 공격을 했어야 하며 치차고프는 저리로 이동했어야 한다고, (무릎 위로 쌓인 눈속을 이동하는 것이다) 또 누구는 여차저차 차단했다고 말한다.

절반 가까이 죽은 러시아군은 러시아 민족에게 합당한 목적을 성취하기 위해 자신들이 할 수 있고 또 해야 하는 모든 일들을 완수했다. 그러므로 따스한 방에 앉아 있는 다른 러시아인들이 불가능한 일들의 완수를 가정하는 것은 러시아군의 잘못이 아니다.

사건과 역사 기술에 있어 지금은 이해되지 않는 이 모든 기이한 모순은 이 사건을 기록하는 역사가들이 사건들 자체의 역사가 아닌 여러 장군들이 표현한 아름다운 감정과 말의 역사를 기록했기 때문에 생기는 것이다.

그들에게는 밀로라도비치의 말, 이런저런 장군들이 받은 포상, 그 장군들의 의향이 매우 흥미롭게 보였다. 그러나 병원과 묘지에 남겨진 5만 명에 대한 물음은 그들의 흥미를 전혀 끌지 못했는데 왜냐하면 그 물음은 그들의 연구에 속한 것이 아니었기 때문이다.

하지만 보고서들과 전체 계획에 대한 연구를 폐기하고 사건에 직접 참여한 수십만 명의 움직임을 탐구한다면 이전에는 해결할 수 없을 것처럼 보이던 모든 문제들이 갑자기 매우 쉽고 간단하게, 확실히 해결될 것이다.

나폴레옹과 그 군대를 차단하겠다는 목적은 수십 명의 상상 속을 제외하곤 결코 존재한 적이 없다. 그것은 존재할 수도 없었는데, 왜냐하면 무의미하고, 성취가 불가능했기 때문이다.

민중의 목적은 자신들의 땅에서 침략자들을 내쫓는 것, 이 하나뿐이었다. 그 목적은 첫째, 프랑스군이 도주했기 때문에 저절로 성취되었고, 따라서 움직임을 막지만 않으면 되었다. 둘째, 그 목적은 프랑스군을 섬멸한 국민 전쟁의 활동으로 성취되었고, 셋째, 러시아 대군이 프랑스군이 움직임을 멈출 경우에만 무력을 사용할 준비를 갖추고 그 뒤를 추격했다는 점 역시 목적을 성취하는 데 도움이 되었다.

러시아군은 도망치는 짐승을 때리는 채찍처럼 행동해야 함이 마땅했다. 그리고 경험이 풍부한 몰이꾼은 도망치는 짐승의 머리를 채찍으로 후려갈기는 것이 아니라 채찍을 높이 들어 짐승을 위협하는 것이 가장 유익하다는 것을 알았다.

제4부

I

죽어 가는 동물을 볼 때 그 공포가 사람을 사로잡는다. 바로 그 자신인 것, 자신의 본질이 눈앞에서 확연히 소멸해 간다. 존재를 멈추는 것이다. 그러나 죽어 가는 것이 사람일 때, 하물며 사랑하는 사람일 때에는 생명의 소멸을 직면하는 데에서 오는 공포 외에도 육체의 상처와 똑같이 때로는 죽음을 야기하고 때로는 치유되기도 하지만 언제나 아프고, 외부의 자극적인 접촉을 두려워하는 정신적 상처 그리고 파열을 느끼게 된다.

안드레이 공작의 죽음 이후 나타샤와 마리야 공작 영애는 똑같이 그것을 느꼈다. 정신적으로 움츠러들고 자기들 위에 드리운 죽음이라는 무서운 구름에 눈을 감은 두 사람은 감히 삶의 얼굴을 응시할 수가 없었다. 그들은 자신들의 벌어진 상처를 모욕적이고 아픈 접촉으로부터 조심스럽게 보호했다. 모든 것들이 그랬다. 거리를 따라 빠르게 달리는 승용 마차, 식사를 알리는 종소리, 준비할 옷에 대한 하녀의 질문, 특히 진실하지 않은 미약한 동정의 말이 상처를 아프게 자극했고, 모욕을 느끼게 했으며, 그들에게 반드시 필요한 고요함, 그들이 그 안에서 머릿속에서 그치지 않고 계속되는 무섭고도 준엄한 합창 소리를 들으려 애썼던 그 고요함을 깨뜨렸으며 그들 앞에 한순간 펼쳐진 신비하고 무한한 저 먼 곳을 찬찬히 바라보지 못하게 방해했다.

그들이 모욕도 고통도 느끼지 않을 때는 오직 단둘이 있을 때였다. 그들은 서로 말을 하지 않았다. 설사 말을 한다 해도 아주 사소한 것에 대해서였다. 나타샤도 마리야 공작 영애도 똑같이 미래와 관계있는 것에 대한 언급을 피했다.

미래의 가능성을 인정하는 것이 그들에게는 그에 대한 추억을 모욕하는 것으로 느껴졌다. 그들은 대화에서 고인과 관계있을 만한 모든 것을 한층 조심스럽게 피했다. 그들이 겪고 느낀 것을 말로는 표현할 수 없다고 여겼다. 그의 구체적인 삶에 대한 모든 언급은 그들의 눈앞에서 일어난 위대함과 신성함을 깨뜨린다고 생각했다.

쉼 없이 말을 절제하고 그에게 향할 만한 모든 화제들을 우회하려고 노력했다. 이러한 저지, 즉 모든 측면에서 말할 수 없는 것의 경계에서 멈추는 것은 그들이 느꼈던 것을 상상을 통해 더욱더 순수하고 선명하게 제시되도록 했다.

그러나 순수하고 완전한 기쁨이 불가능하듯 완전한 슬픔도 불가능하다.

마리야 공작 영애는 자기 운명의 유일하고 독립적인 주인이자 조카의 후견인이며 양육자라는 처지 때문에 처음 2주 동안 빠져 있던 슬픔의 세계에서 나타샤보다 먼저 삶으로 소환되었다. 그녀는 친척들에게 답장을 해야 하는 편지들을 받았다. 니콜렌카가 지내는 방이 습해서 아이가 기침을 하기 시작했다. 알파티치가 업무를 보고하고 온전히 보존되어 조금만 손보면 되는 모스크바의 브즈드비젠카에 있는 저택으로 거처를 옮기자는 제안과 조언을 하러 야로슬라블에 왔다. 삶은 멈추지 않았고, 살아야 할 필요가 있었다. 마리야 공작 영애가 지금까지 살아온 고독한 사색의 세계에서 빠져나오기가 아무리 힘들다 해도, 나타샤를 혼자 버려두는 것이 아무리 애석하고 부끄럽게 느껴진다 해도, 삶의 문제들이 그녀의 관심을 요구했으므로 그녀도 어쩔 수 없이 그에 굴복하고 말았다. 그녀는 알파티치와 함께 계산서를 확인하고, 조카의 일로 데살과 상의하고, 모스크바로 이사하기 위해 이런저런 지시를 내리며 준비했다.

나타샤는 혼자가 되었고, 마리야 공작 영애가 떠날 준비로 바빠진 이후로는 그녀 역시 피했다.

마리야 공작 영애는 백작 부인에게 나타샤가 자신과 함께 모스크바에 가는 것을 제안했고, 나타샤의 부모는 그 제안을 기쁘게 받아들였는데, 하루하루 딸의 체력이 떨어지는 것을 눈치챈 그들은 장소의 변화와 모스크바 의사들의 도움이 딸에게 이로울 거라 생각했기 때문이었다.

"저는 아무 데도 안 가요." 제안에 대해 나타샤는 이렇게 대답했다. "부탁이에요. 절 좀 내버려 두세요." 그녀는 슬픔이라기보다 분노와 원망의 눈물을 간신히 참으면서 이렇게 말하곤, 방에서 뛰쳐나갔다.

나타샤는 자신이 마리야 공작 영애에게 버림받아 슬픔 속에 홀로 남았다고 느낀 이후 대부분의 시간을 자기 방에서 지냈다. 그녀는 가느다란 손가락으로 무언가를 찢거나 구기면서, 눈길 닿는 곳에 시선을 고정하고 지그시 바라보면서 소파 한구석에 다리를 접고 앉아 있었다. 이러한 고독은 그녀를 지치게 하고 괴롭혔다. 하지만 그녀에게는 꼭 필요한 것이었다. 누군가가 방에 들어오기만 해도 그녀는 재빨리 일어나 자세와 눈가 표정을 바꾸고 책이나 바느질감을 집어 들었는데, 자신을 방해하는 사람이 나가기를 초조하게 기다리는 것이 분명했다.

자기 내면의 시선이 분에 넘치는 무서운 의문을 품고 집중하여 보아 온 그것을 이제 곧 이해하고 간파할 수 있으리라 그녀는 생각했다.

12월 말, 검은 모직 드레스를 입고 아무렇게 하나로 땋은 머리를 한 야위고 창백한 나타샤는 다리를 접고 소파에 앉아 허리띠 끝을 무리하게 접었다 폈다 하면서 문 한구석을 바라보고 있었다.

그녀는 그가 떠난 곳, 생의 저편을 바라보고 있었다. 그녀가 지금까지 한 번도 생각해 보지 않은, 예전에는 너무나 멀고 믿기지 않은 것으로 느껴졌던 생의 저편이 이제 공허함과 파괴 그리고 고통과 모욕만 있는 생의 이편보다 더 가깝고 친숙하고 이해하기 쉽게 느껴졌다.

그녀는 자신이 알기에 그가 있는 그곳을 바라보았다. 그러나 이 세상에 있을 때와 같은 모습이 아닌 다른 모습의 그를 볼 수는 없었다. 그녀는 미티시, 트로이차, 야로슬라블에 있을 때의 그의 모습을 다시 보고 있었다.

그녀는 그의 얼굴을 보았고, 그의 목소리를 들었으며, 그의 말과 그에게 건넨 자신의 말을 되뇌었고, 때로 자신과 그를 위해 당시 그들이 할 수도 있었을 새로운 말들을 생각해 내곤 했다.

여기 벨벳 코트를 입은 그가 야위고 창백한 손으로 머리를 괴고 자신의 안락의자에 누워 있었다. 그의 가슴이 지독히도 내려앉아 있고 어깨는 올라가 있다. 입술은 굳게 다물어져 있고, 눈동자는 빛나고, 창백한 이마에 주름 하나가 솟아올랐다 사라진다. 그의 한쪽 다리가 거의 눈에 띄지 않을 정도로 빠르게 떨린다. 나타샤는 그가 고통스러운 통증과 싸우고 있다는 것을 안다. '저 통증은 과연 무엇일까? 무엇 때문에 아픈 걸까? 저 사람이 느끼고 있는 건 무엇일까? 얼마나 아플까!' 나타샤는 생각했다. 그가 그녀의 관심을 알아차리고 눈을 들어 웃음기를 빼고 말했다.

"한 가지 끔찍한 것은⋯⋯." 그가 말했다. "자기 자신을 고통스러워하는 인간과 영원히 묶는 것입니다. 그것은 영원한 고통입니다." 그러더니 유심히 살피는 시선으로 (나타샤는 지금 그 시선을 보았다) 그녀를 바라보았다. 그때 나타샤는 언제나처럼 대답을 생각할 시간을 갖기도 전에 대답했다. 그녀는 말했다. "이것이 계속 이어지지는 않을 거예요. 앞으로는 이게 없을 거예요. 당신은 건강해질 거예요. 완전히."

그녀는 지금 다시 그를 보고, 그 당시 느꼈던 모든 것을 다시 겪고 있었다. 그녀는 그가 그 말을 할 때 보여 준 슬프고도 엄한 기나긴 눈빛을 떠올렸고, 그 기나긴 눈빛에 담긴 질책과 절망의 의미를 깨달았다.

'난 그에게 동의했어.' 나타샤는 속으로 말했다. '그가 항상 고통스러운 상태로 있게 된다면 무서운 일일 거라고. 내가 그때 그렇게 말한 것은 단지 그것이 그에게 무서울 거 같아서였는데 그는 다르게 이해했어. 그것이 **나에게** 무서운 일이 될 거라고 생각한 거야. 그 당시 그는 살고 싶어 했어. 죽음을 두려워했어. 그런데 난 그에게 투박하고 어리석게 말했던 거지. 난 그렇게 생각하지 않았는데. 난 전혀 다른 것을 생각하고 있었어. 내가 그때 생각한 걸 말하자면 다음과 같아. 그가 죽어 가더라도, 내 눈앞에서 계속 죽어 가더라도 지금에 비하면 난 행복할 거라고⋯⋯. 지금은⋯⋯ 아무것도, 아무도 없어. 그는 이 사실을 알았을까? 아니, 그는 몰랐고 앞으로도 결코 모를 거야. 그리고 이제는 이미 그것을 결코, 결코 바로잡을 수 없어.' 그러면 그는 다시 그녀에게 똑같은 말을 했지만 이제 상상 속에서 나타샤는 그에게 다른 대답을 했다. 그녀는 그의 말을 가로막고 말했다. '당신에게는 무섭지만 나에겐 그렇지 않아요. 당신이 없으면 내 인생에는 아무것도 없다는 걸, 당신과 함께 고통을 겪는 것이 내겐 최고의 행복이라는 걸 당신도 알잖아요.' 그러자 그가 죽기 나흘 전 그 무서운 저녁에 그랬던 것처럼 그녀의 손을 꼭 잡았다. 그리고 상상 속에서 그녀는 그때 할 수도 있었지만 지금에야 하게 된 부드럽고 애정 어린 다른 말들을 그에게 건넸다. '당신을 사랑해요…… 당신을…… 사랑해요, 사랑해요…….' 그녀는 발작하듯 두 손을 잡고 이를 꽉 물면서 말했다.

그러자 달콤한 슬픔이 그녀를 사로잡았고 눈에는 눈물이 고였다. 그녀는 불현듯 스스로에게 물었다. '내가 누구에게 이 말을 하고 있는 거지? 그는 지금 어디에 **어떤 사람**으로 있을까?' 그러자 다시 모든 것이 차갑고 신랄한 의혹으로 뒤덮였고, 다시 눈썹을 세게 찌푸리며 그가 있던 곳을 응시했다. 이제 곧, 즉시 자신이 신비를 꿰뚫어 볼 것처럼 여겨졌다……. 그러나 불가해한 것이 그녀에게 펼쳐질 것 같은 순간, 문손잡이를 두들기는 커다란 소리가 그녀의 귀가 아프도록 충격을 주었다. 하녀 두냐샤가 나타샤의 표정을 살피지도 않는, 겁에 잔뜩 질린 얼굴로 경망스럽게 방으로 급히 들어왔다.

"아버지께 가 보세요, 빨리요." 두냐샤가 특히 흥분한 표정으로 말했다. "불행이, 표트르 일리이치에 대한…… 편지가……." 그녀가 흐느끼며 말했다.

2

그 당시 나타샤는 모든 사람들을 멀리하려는 일반적인 감정 외에도 가족을 멀리하려는 독특한 감정을 경험했다. 가족 모두가 그랬다. 아버지와 어머니와 소냐는 그녀에게 너무도 가깝고 익숙하고 너무도 일상적인 사람들이어서 그들의 모든 말과 감정이 그녀가 최근에 살던 세계에 대한 모욕처럼 느껴졌고, 그래서 그녀는 그들에게 무관심했을 뿐 아니라 그들을 적의에 찬 눈으로 바라보기도 했다. 그녀는 표트르 일리이치와 불행에 대해 두냐샤가 하는 말을 들었지만 그 말을 이해하지 못했다.

'저기 저 사람들에게 무슨 불행이 있다는 거지? 무슨 불행이 있을 수 있겠어? 저 사람들에게 있는 것들은 모두 오래되고 익숙하고 평화로운 것들인데.' 나타샤는 속으로 혼잣말을 했다.

그녀가 홀에 들어섰을 때 아버지가 백작 부인의 방에서 황급히 나왔다. 그의 얼굴은 구겨지고 눈물에 젖어 있었다. 짐작하건대 그는 목을 메어 오는 흐느낌을 터뜨리기 위해 그 방에서 뛰쳐나온 것 같았다. 나타샤를 본 그는 두 손을 절망적으로 흔들며 둥글고 부드러운 얼굴을 일그러뜨리는 발작적인 흐느낌을 고통스럽게 터뜨렸다.

"페…… 페챠가…… 가, 가 봐, 엄마가…… 엄마가…… 부른다……." 그러고는 어린아이처럼 흐느끼면서 쇠약해진 다리로 서둘러 의자로 다가가 두 손으로 얼굴을 가리고 그 위에 쓰러지다시피 했다.

갑자기 나타샤의 존재 전체에 전류가 흐르는 듯했다. 무언가가 무섭고도 아프게 가슴을 후려쳤다. 그녀는 끔찍한 아픔을 느꼈다. 무언가가 그녀의 속을 파헤쳐서 죽을 것만 같았다. 하지만 그 아픔 이후에는 자기 위에 놓인 삶의 금지로부터 한순간 해방되는 기분을 느꼈다. 아버지를 보고 문 너머로 어머니의 끔찍하고 거친 비명 소리를 들은 그녀는 순간 자기 자신과 자신의 슬픔을 잊어버렸다. 그녀는 아버지 곁으로 달려갔으나, 아버지는 힘없이 한 손을 저으며 어머니의 방을 가리켰다. 창백한 얼굴의 마리야 공작 영애가 아래턱을 덜덜 떨며 문에서 나와 나타샤의 손을 잡고 무슨 말을 했다. 나타샤에게는 그녀가 눈에 안 들어왔고, 그 목소리도 들리지 않았다. 그녀는 빠른 걸음으로 문에 들어서다가 마치 자신과 싸우기라도 하듯 잠시 멈추고 나서는 어머니 곁으로 달려갔다.

백작 부인은 기이하고 부자연스러운 자세로 안락의자에 몸을 쭉 뻗고 누워 머리로 벽을 찧고 있었다. 소냐와 하녀들이 그녀의 팔을 잡고 있었다.

"나타샤! 나타샤를!" 백작 부인이 소리쳤다. "거짓말, 거짓말이야. 그가 거짓말을 한 거야……. 나타샤를 데려와!" 그녀는 주위 사람들을 밀치며 외쳤다. "전부 나가, 거짓말! 죽다니! 하하하하! 거짓말이야!"

나타샤는 안락의자에 무릎을 꿇고 어머니 위로 몸을 굽혀 끌어안고선 뜻밖의 힘으로 그녀를 일으켜 어머니의 얼굴을 자기 쪽으로 돌리고 어머니에게 꽉 안겼다.

"엄마! 사랑하는 엄마! 저, 여기 있어요, 엄마!" 그녀는 한순간도 말을 멈추지 않고 어머니에게 계속 속삭였다.

그녀는 어머니를 놓아주지 않고 부드럽게 실랑이를 벌이며 하녀들한테 베개와 물을 요청하고, 어머니의 옷을 풀어 헤쳤다.

"사랑하는 엄마, 엄마……." 나타샤는 계속해서 속삭이며 어머니의 머리와 손과 얼굴에 입을 맞추었는데, 눈물이 그녀의 코와 뺨을 간질이면서 줄줄 흘러내렸다.

백작 부인은 딸의 손을 잡더니 눈을 감고 한순간 진정했다. 갑자기 그녀는 그녀 자신에겐 생소한 빠르기로 벌떡 일어나 멍하니 주위를 둘러보았고, 나타샤를 보자 딸의 머리를 힘껏 움켜쥐었다. 그 후에는 아픔으로 일그러진 나타샤의 고개를 자기 쪽으로 돌리고 오랫동안 딸의 얼굴을 응시했다.

"나타샤, 너는 날 사랑해." 그녀가 믿음직한 부드러운 목소리로 소곤거렸다. "나타샤, 너는 날 속이지 않을 거지? 나에게 모든 진실을 말해 줄 거지?"

나타샤는 눈물이 가득한 눈으로 어머니를 바라보았는데 그녀의 얼굴에는 용서와 사랑에 대한 애원만 나타나 있을 뿐이었다.

"사랑하는 엄마." 그녀는 어머니를 짓누르는 그 넘치는 슬픔을 어떻게든 자신에게로 전이하기 위해 안간힘을 쓰면서 같은 말을 반복했다.

그리고 어머니는 또다시 현실과의 무력한 싸움 속에서 삶의 개화기에 있던 사랑하는 아들이 죽었는데도 자신이 살 수 있다고 믿기를 거부하며 현실로부터 도피하여 광기의 세계에서 구원을 얻으려 했다.

나타샤는 그날의 낮과 밤이, 그다음 날의 낮과 밤이 어떻게 흘러갔는지 기억할 수 없었다. 그녀는 잠도 안 자고 어머니 곁을 지켰다. 설명이나 위로가 아닌 삶의 부름으로서의 나타샤의 끈기 있고 참을성 있는 사랑은 매 순간 사방에서 백작 부인을 감싸는 듯했다. 사흘째 밤, 백작 부인이 잠시 진정한 것을 보며 나타샤는 안락의자 손잡이에 머리를 기대고 눈을 감았다. 침대가 삐걱거렸다. 나타샤는 눈을 떴다. 백작 부인이 침대에 앉아 조용히 말했다.

"네가 돌아와서 너무 기쁘구나. 피곤하겠네. 차 좀 마시겠니?" 나타샤가 그녀에게 다가갔다. "멋있어지고 어른이 되었네." 백작 부인은 딸의 손을 잡고 계속 말했다.

"엄마, 무슨 말씀을 하시는 거예요!"

"나타샤, 그 애는 없다. 이제 더 이상 없는 거야!" 딸을 포옹하며 백작 부인은 처음으로 울음을 터뜨렸다.

3

    마리야 공작 영애는 출발을 연기했다. 소냐와 백작이 나타샤와 교대하려 애썼지만 그럴 수 없었다. 그들은 나타샤 한 사람만 어머니를 광적인 절망에 빠지지 않도록 할 수 있음을 보았다. 3주 동안 나타샤는 아무 데도 가지 않고 어머니와 함께 지내며 어머니 방에 있는 안락의자에서 자고 어머니가 음식을 들게 하는 와중에 쉼 없이 어머니와 이야기를 나누었는데, 그녀가 계속 말한 이유는 그녀의 상냥하고 부드러운 목소리만이 백작 부인을 진정시켰기 때문이었다.

    어머니의 정신적 상처는 치유될 수 없었다. 페탸의 죽음은 그녀의 생명 절반을 떼어 갔다. 페탸의 사망 소식을 알릴 당시만 해도 쉰 살의 백작 부인은 생기 있고 건강했는데, 그로부터 한 달 후 자신의 방에서 나왔을 때 그녀는 삶에 무관심한 반쯤 죽은 노파가 되어 있었다. 그러나 백작 부인을 반쯤 죽인 그 상처, 그 새로운 상처가 나타샤를 삶으로 불러냈다.

    영적인 몸의 파열로 생긴 정신적 상처 역시 육체적 상처와 똑같고, 이상하게 보일 수 있겠지만 깊은 상처가 아물어야 육체적 상처가 치유되듯, 정신적 상처 역시 마찬가지로 오직 내부에서 솟아

오르는 생명력에 의해서만 치유되는 것이다.

그와 같이 나타샤의 상처 또한 치유되었다. 그녀는 자신의 인생이 끝났다고 생각했다. 그런데 돌연 어머니를 향한 사랑이 그녀의 삶의 본질, 즉 사랑이 그녀 안에 여전히 살아 있음을 그녀에게 보여 주었다. 사랑이 잠에서 깨어났고, 삶 역시 깨어났다.

안드레이 공작의 마지막 나날은 나타샤와 마리야 공작 영애를 결합시켰다. 새로운 불행은 두 사람을 더한층 가깝게 만들었다. 마리야 공작 영애는 출발을 미루고 3주 동안 병든 아이를 돌보듯 나타샤를 돌보았다. 어머니 방에서 보낸 지난 몇 주는 나타샤의 체력을 바닥까지 떨어뜨렸다.

어느 날 마리야 공작 영애는 한낮에 나타샤가 오한으로 떠는 것을 알아채고 자기 방으로 데려가 침대에 눕혔다. 나타샤는 침대에 누웠으나 마리야 공작 영애가 커튼을 치고 방에서 나가려 하자 그녀를 불렀다.

"자고 싶지 않아. 마리, 내 옆에 있어."

"너 피곤하잖아. 자려고 노력해 봐."

"아냐, 아니야. 왜 나를 데려왔어? 엄마가 찾으실 거야."

"어머니는 매우 좋아지셨어. 오늘은 말씀도 아주 잘하셨잖아." 마리야 공작 영애가 말했다.

나타샤는 어둑한 방 안에서 침대에 누워 마리야 공작 영애의 얼굴을 바라보았다.

'그녀가 그를 닮았나?' 나타샤는 생각했다. '음, 닮기도 하고 닮지 않기도 하고. 하지만 그녀는 독특하고 낯선, 완전히 새로운, 미지의 사람이야. 그런데 그녀는 날 좋아해. 그녀의 영혼 속에는 무엇이 있을까? 모든 것이 선하겠지. 하지만 어떻게? 그녀는 어떻게 생각할까? 날 어떻게 보고 있을까? 그래, 그녀는 훌륭해.'

"마샤." 나타샤는 마리야 공작 영애의 손을 자기 쪽으로 수줍게 끌어당기며 말했다. "마샤, 내가 나쁘다고 생각하지 마. 알았지? 마샤, 내 소중한 사람. 나는 마샤가 정말 좋아. 우리, 영원한, 영원한 친구가 되자."

그리고 나타샤는 마리야 공작 영애를 끌어안으며 손과 얼굴에 입을 맞추었다. 마리야 공작 영애는 나타샤의 그런 감정 표현에 부끄럽기도 하고 기쁘기도 했다.

그날 이후 마리야 공작 영애와 나타샤 사이에는 여자들 사이에서만 존재하는 열렬하고 부드러운 우정이 굳게 형성되었다. 그들은 끊임없이 입을 맞추고 서로에게 다정한 말을 건네며 많은 시간을 함께 보냈다. 만약 한 사람이 나가면 다른 사람은 불안해했고, 상대방이 있는 곳으로 서둘러 갔다. 두 사람은 따로 있을 때보다 함께 있을 때 더더욱 일치된 감정을 느꼈다. 그들 사이에는 우정보다 더 강한 감정이 확립되었다. 그것은 서로가 존재할 때에만 삶이 가능하다는 특별한 감정이었다.

가끔 그들은 몇 시간 내내 침묵하곤 했다. 때로는 침대에 누워 시작한 이야기가 아침이 되도록 이어지기도 했다. 그들은 주로 먼 과거에 대해 이야기했다. 마리야 공작 영애는 어린 시절에 대해, 어머니에 대해, 아버지에 대해, 자신의 꿈에 대해 이야기했다. 그리고 그런 헌신과 순종의 삶을, 그리스도교의 자기희생의 아름다움을 이전에는 차가운 몰이해로 외면해 온 나타샤는 이제 자신이 마리야 공작 영애와 사랑으로 묶여 있다고 느끼면서 그녀의 과거도 사랑하게 되었고, 자신이 지금까지 알지 못했던 삶의 측면들을 이해하게 되었다. 나타샤는 다른 기쁨을 찾는 데 익숙했기 때문에 순종과 자기희생을 자신의 삶에 적용하려고 생각하지 않았지만 지금까지 몰랐던 다른 미덕을 이해하고 사랑하게 되었다. 나타샤의 어린 시절과 사춘기에 관한 이야기를 들은 마리야 공작 영애에게도 그녀가 예전에 알지 못하던 삶의 측면 그리고 삶과 삶의 즐거움에 대한 믿음의 가능성이 열렸다.

두 사람은 자신들 안에 있는 지고의 감정을 말로 깨뜨리지 않기 위해 (그들은 그렇게 생각했다) 그에 대해서는 결코 이야기하지 않았지만, 이러한 침묵이 그들 스스로는 믿지 않았지만 조금씩 그를 잊게 만들었다.

나타샤는 야위고 창백해졌고, 육체적으로 너무 쇠약해져서 모든 이들이 끊임없이 그녀의 건강을 걱정할 정도였는데, 그녀는 그것이 기뻤다. 그러나 이따금 죽음에 대한 공포뿐 아니라 병과 쇠약과 아름다움의 상실에 대한 공포가 불시에 그녀를 찾아왔고, 그래서 가끔 그녀는 무심결에 자신의 맨팔을 주의 깊게 바라보며 야윈 것에 놀라기도 했고 아침마다 거울에 비친, 그녀가 생각하기에, 찡그린 표정의 볼품없는 자신의 얼굴을 오랫동안 쳐다보기도 했다. 그녀는 이것이 매우 당연하다고 생각하면서도 한편으로는 무섭고 슬펐다.

한번은 나타샤가 위층으로 급히 올라가다가 심하게 숨이 찬 적이 있었다. 곧바로 그녀는 자기도 모르게 아래층에서 해야 할 일을 생각해 내곤 자신의 힘을 시험하고 스스로를 관찰하면서 아래층에서 위층으로 다시 뛰어 올라갔다.

또 한 번은 두냐샤를 불렀는데 그녀의 목소리가 떨려 왔다. 나타샤는 두냐샤의 발소리를 들었음에도 불구하고 한 번 더 그녀를 소리쳐 불렀는데, 노래를 부를 때처럼 가슴에서 나는 소리로 외치면서 그 소리에 귀를 기울였다.

그녀는 알지 못했고 믿을 수도 없었겠지만 그녀의 영혼을 덮고 있던 진흙층, 그녀가 그 어떤 것도 침투할 수 없을 거라 생각했던 그 진흙층 아래에서는 이미 가늘고 부드러운 새싹이, 분명 뿌리를 내려 생명의 가지로 그녀를 억누르는 슬픔을 덮어 오래지 않아 그 슬픔을 보이지 않게, 눈에 띄지 않게 해 줄 새싹이 자라고 있었다. 상처는 속에서부터 아물고 있었다. 1월 말에 마리야 공작 영애는 모스크바로 떠났고, 백작은 나타샤가 의사와 상담할 수 있도록 마리야 공작 영애와 함께 그녀 역시 떠나야 한다고 주장했다.

4

쿠투조프가 적을 섬멸하고 차단하길 원하는 아군의 바람을 막지 못해 벌어진 뱌지마에서의 충돌 이후로 도주하는 프랑스군과 그 뒤를 추격하는 러시아군의 이동은 크라스노예에 도착할 때까지 단 한 번의 전투 없이 계속되었다. 프랑스군이 너무 빨리 도주했기 때문에 그 뒤를 쫓는 러시아군은 미처 따라잡을 수 없었고, 기병대와 포병대의 말들은 자주 멈춰 섰으며 프랑스군의 움직임에 대한 정보는 늘 부정확했다.

러시아 병사들은 하루에 40베르스타씩 가는 이 쉼 없는 이동에 지칠 대로 지쳐서 더 빠른 속도로 움직일 수 없었다.

러시아군이 얼마나 지쳤는지를 이해하려면, 이동 기간 동안 겨우 5천 명의 사상자를 내고 1백 명을 포로로 잃은 러시아군이 타루티노를 떠날 때만 해도 10만 명에 이르렀는데 크라스노예에 도착할 때는 5만 명에 불과했다는 사실이 의미하는 바를 이해하기만 하면 된다.

프랑스군의 후퇴가 스스로에게 파괴적이었듯이 그 뒤를 쫓는 러시아군의 빠른 추격 역시 스스로에게 똑같이 파괴적인 영향을 미쳤다. 차이가 있다면 러시아군은 프랑스군 위에 드리운 파멸의 위협 없이 자발적으로 이동했다는 점, 그리고 낙오된 프랑스 군인들은 적의 수중에 떨어지고 러시아군 낙오병들은 고국에 남았다는 점뿐이다. 나폴레옹의 군대가 줄어든 주요 원인은 이동이 빨랐기 때문이고, 그에 상응하여 러시아 군대가 감소한 것은 이에 대한 분명한 증거이다.

쿠투조프의 활동은 타루티노와 뱌지마 부근에서 그랬듯이 프랑스군에 파괴적인 이 같은 이동을 가능한 한 중단하지 않고 (페테르부르크와 군 내부의 러시아 장군들은 그 이동을 멈추기를 원했다) 오히려 그 이동에 협조하며 아군의 이동을 더 수월하게 하는 데만 집중되어 있었다.

그러나 그 외에도 빠른 이동으로 인한 피로와 막대한 손실이 군대 내에서 나타난 이후 쿠투조프에게는 군대의 이동을 늦추고 기회를 엿볼 또 다른 이유가 생겼다. 러시아군의 목적은 프랑스군을 추격하는 것이었다. 프랑스군의 진로는 알려지지 않았고, 그로 인해 아군은 프랑스군에 바짝 붙어 추격할수록 더 많은 거리를 이동하게 된다. 얼마간의 거리를 사이에 두고 쫓을 때에만 프랑스군이 취한 지그재그식의 진로를 최단 거리로 막을 수 있었다. 여러 장군들이 제안한 온갖 치밀한 작전들은 군대의 이동과 이동 거리의 증가라는 형태로 나타난 반면, 유일하게 합리적인 목표는 이러한 이동을 줄이는 것이었다. 그리고 모스크바에서 빌나에 이르기까지 전쟁 내내 쿠투조프의 활동은 이 목표를 지향했는데, 이는 우연도, 일시적인 것도 아니었고, 그는 시종일관 단 한 번도 이 목표를 변경하지 않았다.

쿠투조프는 이성이나 학문에 의해서가 아니라 러시아인이라는 자신의 전 존재로 모든 러시아 병사들이 느끼는 것, 즉 프랑스군이 패배했고, 적은 달아나고 있으며 자신들은 적을 몰아내야 한다는 것을 알았고 느꼈다. 그뿐 아니라 속도와 계절의 측면에서 이 전례 없는 행군에 따를 모든 고통을 병사들과 함께 공동으로 느끼고 있었다.

하지만 공을 세우고 누군가를 놀라게 하고 무언가를 위해 대공이나 왕을 생포하길 바라는 장군들, 특히 러시아인이 아닌 외국인 장군들에게는 모든 전투가 추악하고 무의미한 지금이 바로 전투를 벌이고 누군가를 이길 때인 것처럼 여겨졌다. 너덜너덜한 신발에 반외투도 없이 반쯤 굶주린 병사들, 한 달 동안 전투 한 번 없었는데 절반 정도가 사라진 병사들, 도주가 계속되기 위한 최적의 조건 아래에서 국경에 이르려면 지금까지 온 것보다 더 많은 거리를 가야 하는 병사들을 포함한 작전 계획들이 쿠투조프에게 연달아 제출되었을 때 그는 다만 어깨를 으쓱했다.

공을 세우고 기동 작전을 펼치고 적을 무너뜨리고 퇴로를 차단하려는 갈망이 특히 강하게 나타난 때는 러시아군이 프랑스군과 조우할 때였다.

그리하여 이런 일이 러시아군이 프랑스군의 3개 종대 가운데 하나를 발견하리라 생각했는데 1만 6천 명을 거느린 나폴레옹 본인과 맞닥뜨렸던 크라스노예 부근에서 벌어졌다. 이런 파멸적인 충돌을 피하고, 자신의 군대를 지키기 위해 쿠투조프가 사용한 온갖 수단들에도 불구하고 크라스노예 부근에서 이미 지쳐 버린 러시아 병사들이 패배한 무리인 프랑스군을 완전히 격파하는 데 사흘이란 시간이 걸렸다.

톨은 '제1종대는 어디어디로 향할 것'(독일어) 등의 작전 명령을 썼다. 그리고 언제나 그렇듯 모든 것은 작전 명령대로 되지 않았다. 뷔르템베르크의 예브게니 대공은 옆에서 도주하고 있는 프랑스군 무리를 향해 언덕 위에서 사격했고, 지원을 요청했지만 지원군은 오지 않았다. 프랑스군은 밤마다 러시아군을 우회하며 사방으로 흩어져 숲속에 몸을 숨긴 채 제각기 할 수 있는 한 멀리 달아났다.

부대의 경제적인 문제에 대해서는 아무것도 알고 싶지 않다 말하고, 필요할 때 결코 나타난 적이 없으며, 스스로를 '**두려움이 없고 나무랄 데 없는 기사**'*라 부르고, 프랑스군과의 회담 애호가였던 밀로라도비치는 항복을 요구하며 군사(軍使)를 보내 시간을 허비하였고, 자신에게 떨어진 명령은 수행하지 않았다.

"제군들, 그대들에게 저 종대를 주겠다." 그는 말을 타고 부대 쪽으로 가까이 가서 기병들에게 프랑스군을 가리키며 말했다. 그러자 마르고 털이 다 빠지고 간신히 움직이는 말을 탄 기병들은 박차와 칼로 빠르게 말을 몰며 각고의 노력 끝에 자신들에게 선물로 주어진 종대 쪽으로, 즉 동상에 걸리고 추워서 꽁꽁 얼어붙은 굶주린 프랑스인들 무리 쪽으로 접근했다. 선물로 주어진 종대는 무기를 버리고 항복했는데, 이미 오래전부터 그들이 바라던 것이었다.

크라스노예 부근에서 러시아군은 2만 6천 명의 포로와 대포 수백 문 그리고 원수의 홀(忽)이라 불리는 막대기를 취했고, 누가 거기서 공을 세웠는지 논쟁하는 데 만족했지만 나폴레옹이나 하다못해 어떤 영웅, 원수라도 잡지 못한 것을 매우 유감스러워하며 이에 대해 서로를, 특히 쿠투조프를 책망했다.

자기 욕망의 인도를 받은 이 사람들은 필연성이라는 가장 슬픈 법칙의 맹목적인 실행자들일 뿐이었다. 하지만 그들은 스스로를 영웅으로 여기고, 자신들이 한 일이 가장 가치 있고 고귀한 일이라고 생각했다. 그들은 쿠투조프를 비난하며 그가 전쟁 시작부터 나폴레옹을 무찌르지 못하게 방해했다고, 그가 자신의 욕망이 충족되는 것만 생각하여 그곳이 자신에게 편했기 때문에 폴로트냐 니예 자보디*를 떠나는 걸 원치 않았다고, 그가 크라스노예 부근에서 진군을 중지시킨 이유는 나폴레옹이 있다는 사실에 너무 당황하여 어쩔 바를 몰랐기 때문이라고, 그가 나폴레옹과 밀약을 맺었고 그에게 매수되었다는* 추측 또한 가능하다고 말들 했다.

자신의 욕망에 이끌린 동시대인들만 그렇게 말한 것이 아니었다. 후손들과 역사도 나폴레옹은 위대하다고 인정한 반면 쿠투조프에 대해서는 외국인들은 교활하고 음탕하고 쇠약한 궁전 늙은이로, 러시아인들은 뭔가 정체를 알 수 없고 단지 러시아 이름을 가졌기 때문에 쓸모 있는 어떤 인형으로 생각했다.

5

1812년과 1813년에 사람들은 쿠투조프의 실책에 대해 공공연하게 직접적으로 비난했다. 군주는 그를 불만스러워했다. 그리고 군주의 명령으로 최근에 저술된 역사서에서 쿠투조프는 나폴레옹의 이름까지 두려워한, 크라스노예와 베레지나 부근에서는 그 실책으로 인해 프랑스군을 상대로 완전히 승리할 수 있는 영예를 러시아군으로부터 박탈한 교활하고 거짓말 잘하는 신하로 등장한다.*

그것은 러시아의 지성이 인정하지 않는 위대한 인물, 즉 그랑 옴(grand homme)이 아닌 자들의 운명이 아니라 신의 의지를 깨달아 자신의 개인적인 의지를 그에 복종시키는 보기 드물고 언제나 고독한 자들의 운명이다. 군중의 질투와 멸시는 지고한 법칙을 깨달았다는 이유로 이런 사람들을 벌한다.

말하기 이상하고 무섭겠지만 러시아 역사가들에게 역사의 가장 보잘것없는 도구에 불과한 나폴레옹, 언제 어디에서도, 심지어 추방 중에도 인간의 품위를 보여 준 적이 없는 나폴레옹은 열광과 환희의 대상이다. 즉 그는 위대하다. 그런데 1812년 처음부터 끝까지 활동 내내 보로디노에서 빌나에 이르기까지 자신의 행동과 말에 늘 충실했던 쿠투조프는, 스스로를 희생하고 사건의 미래 의미를 인식하여 역사의 특별한 사례가 된 쿠투조프는 그들에게 정체를 알 수 없는 불쌍한 존재로 나타나고, 쿠투조프와 1812년에 대해 말하면서 그들은 항상 약간의 수치심을 느끼는 듯하다.

하지만 그 활동이 그처럼 언제나 변함없이 하나의 똑같은 목적을 지향했던 어떤 역사적 인물을 생각해 내기란 어렵다. 더욱 가치 있고 전 국민의 의지에 더더욱 합치하는 목적을 상상해 내는 것 또한 어렵다. 역사상의 인물이 설정한 목표가 1812년에 쿠투조프의 모든 활동이 성취하려 했던 목적만큼 완전하게 성취된 예를 찾는 것은 더욱더 어렵다.

쿠투조프는 피라미드에서 내려다보는 4천 년에 대해,* 조국을 위해 자신이 감수하는 희생에 대해, 자신이 완수하려는 계획이나 이미 완수한 것에 대해 결코 말하지 않았다. 대체로 그는 자신에 대해서는 아무 말도 하지 않았으며 어떤 배역도 연기하지 않았다. 언제나 가장 소탈하고 평범한 사람으로 보였으며, 지극히 소탈하고 평범한 이야기를 했다. 그는 딸과 마담 스탈에게 편지를 썼고, 소설을 읽었고, 아름다운 여인들과의 교제를 좋아했고, 장군들과 장교들과 병사들에게 농담을 했고, 그에게 무언가를 증명하려는 사람에 대해 결코 반대하지 않았다. 라스톱친 백작이 모스크바의 파멸이 누구의 죄인가를 따지며 개인적인 비난을 퍼부으려고 야우즈스키 다리에서 쿠투조프에게로 말을 몰고 와 "당신은 전투를 치르지 않고선 모스크바를 버리지 않을 거라고 약속하지 않았습니까?"라고 말했을 때, 쿠투조프는 이미 모스크바를 버렸음에도 불구하고 "나는 전투를 치르지 않고 모스크바를 버리지는 않소"라고 대답했다. 군주가 보낸 아락체예프가 쿠투조프에게 와서 예르몰로프를 포병대 지휘관으로 임명해야 한다고 말하자, 쿠투조프는 직전에 전혀 다른 말을 했음에도 "알겠소. 나도 지금 막 그렇게 말했다오"라고 대답했다. 자신을 둘러싼 아둔한 무리들 가운데 당시 사건의 거대한 의미를 홀로 전부 이해하고 있던 쿠투조프에게 라스톱친 백작이 수도의 불행을 자기 탓으로 돌리든 그의 탓으로 돌리든 무슨 상관이 있었겠는가? 포병대 지휘관으로 누구를 임명할 것인지는 그의 흥미를 더욱더 끌지 못했다.

인생의 경험을 통해 사상과 그것을 표현하는 언어가 사람들을 움직이는 본질이 아니라는 확신에 도달한 이 노인은 이런 경우들뿐 아니라 전혀 무의미한 말들, 머리에 가장 먼저 떠오른 말들을 끊임없이 내뱉었다.

그러나 그렇게도 자기 말을 등한시하던 이 노인은 전쟁의 전 기간 동안 자신이 추구한 유일한 목적에 부합하지 않을 말은 자신이 활동하는 내내 단 한 마디도 한 적이 없었다. 분명 그는 사람들이 자신을 이해할 수 없을 거라고 괴롭게 확신했음에도 온갖 다양한 상황에서 자신의 생각을 부지불식간에 여러 번 드러냈다. 주변 사람들과 불화가 시작된 보로디노 전투 때부터 그 한 사람만이 **보로디노 전투는 승리다**라고 말했고 그 말을 구두로도, 보고서나 신고서에서도 죽는 순간까지 반복했다. 그 한 사람만이 **모스크바를 잃는 것은 러시아를 잃는 것이 아니다**라고 말했다. 그는 평화 조약을 제안하는 로리스통에게 **평화 조약은 있을 수 없다, 왜냐하면 그것이 국민의 의지이기 때문이다**라고 응답했다. 프랑스군이 퇴각할 때 그 한 사람만이 **우리의 어떤 군사 행동도 필요 없다, 모든 것은 저절로 우리가 바라는 것 이상으로 잘 될 것이다, 적에게 황금 다리를 넘겨야 한다, 타루티노 전투도, 뱌지마 전투도, 크라스노예 전투도 필요 없다, 무엇이든 가지고 국경에 도착해야 한다, 나는 프랑스 군인 열 명을 위해 러시아 군인 한 명을 주지 않을 것이다**라고 말했다.

그리고 단지 그 한 사람, 군주의 비위를 맞추려고 아락체예프에게 거짓말을 한 사람, 이 신하는 **국경 너머로 전쟁을 확장하는 것은 위험하고 무익하다**라고 빌나에서 말하여 군주의 신임을 잃는다.

그러나 말만으로는 그가 당시 사건의 의미를 이해하고 있었음을 입증할 수 없을 것이다. 그의 행동들은 그 어떤 미미한 빗나감도 없이 다음의 세 가지 행동으로 표현되는 하나의 동일한 목적을 향했다. 1) 프랑스군과의 충돌에서 전력을 다한다. 2) 프랑스군을 격파한다. 3) 힘닿는 한 국민과 군대의 불행을 경감시키면서 프랑스군을 러시아에서 몰아낸다.

인내와 시간을 자기 삶의 신조로 삼은 느림보 쿠투조프, 과감한 행동의 적인 그 쿠투조프가 비할 데 없이 엄숙하게 보로디노 전투를 준비하고 전투를 벌인다. 아우스터리츠 전투 때는 시작 전부터 전투에서 패배할 거라고 말하던 그 쿠투조프가 전투에서 패배할 거라는 다른 장군들의 확신에도 불구하고, 군대가 승리했는데도 퇴각을 해야 하는 역사상 전대미문의 실례(實例)에도 불구하고 혼자서 모든 이들에게 반대하며 죽을 때까지 보로디노 전투는 승리였다고 주장한다. 그 한 사람만이 퇴각하는 내내 무익한 전투를 하지 말아야 한다고, 새로운 전쟁을 시작하지도 말고 러시아 국경을 넘지도 말아야 한다고 주장한다.

수십 명의 머릿속에 있던 목적을 대중의 활동에 적용하지만 않는다면 사건의 의미를 이해하는 것은 이제 쉬운데, 사건 전체가 그 결과와 함께 우리 앞에 놓여 있기 때문이다.

그러나 당시에 어떻게 그 노인 혼자만 모두의 견해에 반대하면서 그 사건이 지니는 국민적 의미의 중요성을 올바르게 짐작하고, 자신의 활동 기간 내내 한 번도 그것을 뒤집지 않았을까?

일어나고 있는 현상의 의미를 통찰한 그 놀랄 만한 힘의 근원은 그가 자기 안에 가장 순수하고 힘 있게 품고 있던 민중의 감정이었다.

그에게서 이러한 감정의 존재를 인정하는 것만이 국민이 그처럼 기이한 방법을 통해 차르의 눈 밖에 난 노인을 차르의 의지에 반하여 국민 전쟁의 대표자로 뽑게 만들었다. 그리고 오직 이 감정이 그를 인간의 가장 높은 위치에 오르게 했고, 총사령관으로서의 그는 그 위치에서 사람을 죽이고 절멸하는 것이 아닌 사람을 구하고 아끼는 것에 전력을 다했다.

소탈하고 겸손한, 그래서 진정으로 위대한 이 인물은 역사가 고안해 낸 유럽적 영웅, 인간을 지배하는 그런 거짓된 영웅 형상에 이끌리지 않을 수 있었다.

노예에게 위대한 인간은 있을 수 없는바, 노예에게는 위대함에 대한 자신의 개념이 있기 때문이다.

6

11월 5일은 크라스노예 전투의 첫날이었다.* 저녁 전, 지정된
곳이 아닌 다른 장소에 간 장군들이 숱한 말싸움을 벌이고 실책한
이후의 시점에, 서로 충돌하는 명령서를 가지고 부관들이 곳곳에
파견된 이후의 시점에, 적군이 사방으로 도주하여 전투가 벌어질
수도 없고 벌어질 리도 없음이 분명해진 시점에, 쿠투조프는 크라
스노예에서 나와 그날 군사령부가 이전한 도브로예로 갔다.

화창하고 몹시 추운 날이었다. 그 뒤를 따르며 숙덕거리는 장군
들로 이루어진 대규모 수행원을 거느리고 쿠투조프는 살진 백마
를 타고서 도브로예로 향했다. 도로는 모닥불 가에서 몸을 녹이
는, 이날 생포된 프랑스인 포로들의 무리로 (이날 7천 명의 포로
가 잡혔다) 붐볐다. 도브로예에서 멀지 않은 곳에는 누더기를 걸
치고 아무것으로나 감고 싸맨 포로들의 거대한 무리가 마구에서
풀려 일렬로 길게 놓인 프랑스군 대포들 옆 도로에 서서 시끄럽게
떠들고 있었다. 총사령관이 다가가자 말소리가 그쳤고, 모든 눈들
이 붉은 테를 두른 하얀 군모를 쓰고 굽은 어깨에 솜을 댄 외투를
혹처럼 걸친 채 천천히 길을 따라 움직이는 쿠투조프에게 향했다.
장군들 가운데 한 명이 쿠투조프에게 대포와 포로를 어디에서 탈

취했는지 보고했다.

쿠투조프는 어떤 걱정에 사로잡혀 장군의 말을 듣고 있지 않는 것 같았다. 그는 불만스러운 듯 눈을 가늘게 뜨고 특히 가여운 모습을 한 포로들을 뚫어지게 바라봤다. 프랑스 병사들의 얼굴은 대부분 동상에 걸린 코와 뺨 때문에 보기 흉했으며, 거의 모든 이들의 눈이 붉게 부풀고 곪아 있었다.

프랑스인 한 무리가 길가 가까이 서 있었고, 그중 두 병사는 (한 명은 얼굴이 종기로 뒤덮여 있었다) 손으로 날고기 조각을 찢고 있었다. 그들이 말을 타고 지나가는 사람들에게 흘깃 던진 시선에는, 그리고 종기 난 병사가 쿠투조프를 쳐다본 후 바로 고개를 돌리고 하던 일을 계속할 때의 악의에 찬 표정에는 무섭고 동물적인 무언가가 있었다.

쿠투조프는 오랫동안 주의 깊게 이 두 병사를 바라보았다. 그는 한층 더 얼굴을 찌푸렸고, 눈을 가늘게 뜨더니 생각에 잠겨 고개를 저었다. 다른 곳에서 그는 프랑스인의 어깨를 두드리면서 무언가 다정하게 말하는 한 러시아 병사를 보았다. 쿠투조프는 다시 똑같은 표정으로 고개를 저었다.

"뭐라 말하는 거지, 뭐라고?" 보고를 계속하면서 아군이 탈취하여 프레오브라젠스키 연대 앞에 세워 둔 프랑스 깃발들로 총사령관의 관심을 계속 돌리려는 장군에게 그가 물었다.

"아, 깃발들!" 쿠투조프는 상념의 대상을 힘들게 떨쳐 내며 말했다. 그는 멍하니 시선을 던졌다. 사방에서 그의 말을 기다리며 수천의 눈들이 그를 바라보고 있었다.

그는 프레오브라젠스키 연대 앞에 멈추어 무겁게 숨을 쉬고 눈을 감았다. 깃발을 든 병사들이 다가와 총사령관 주위에 깃대를 똑바로 세워 들도록 수행원들 가운데 누군가가 손을 흔들었다. 쿠투조프는 몇 초 동안 침묵하고는 자신의 지위상 해야 하는 일을 마지못해 받아들인 듯 고개를 들고 말을 시작했다. 장교 무리가 그를 둘러쌌다. 그는 원을 이룬 장교들을 찬찬히 둘러보다가 그중 몇 명을 알아보았다.

"모든 제군들에게 감사한다!" 그는 병사들을 향해, 그리고 장교들을 향해 다시 한번 말했다. 주변에 내려앉은 정적 속에서 그가 느리게 발음하는 말들이 명확히 들렸다. "어려운 임무를 충실히 수행해 주어 모두에게 감사하는 바이다. 우린 완전히 승리했고, 러시아는 제군들을 잊지 않을 것이다. 제군들에게 영원히 영광이 함께하길!" 그는 주위를 둘러보며 잠시 침묵했다.

"낮추게, 깃발 머리를 낮춰." 그는 프랑스군의 독수리 깃발을 쥐고 있다가 실수로 프레오브라젠스키 연대의 깃발 앞으로 내린 병사에게 말했다. "더 아래로, 더 아래로, 그래, 그렇게. 우라! 제군들이여." 그는 병사들을 향해 빠르게 턱을 돌리며 말했다.

"우라……라……라!" 수천 명의 목소리가 울부짖기 시작했다.

병사들이 외치는 동안 쿠투조프는 안장에서 허리를 구부리고 고개를 숙였는데, 그의 눈이 마치 조소하는 듯 부드러운 광채를 띠며 빛났다.

"자, 형제들." 소리가 잦아들자 그가 말을 시작했다.

그런데 갑자기 그의 목소리와 표정이 달라졌다. 총사령관이 말을 멈추고, 그 대신 필시 가장 필요한 무언가를 동료들에게 지금 전달하길 바라는 것이 분명한 평범한 노인이 말하기 시작했다.

그가 하려는 말을 더 잘 듣기 위해 장교들 무리와 병사들의 대열에서 움직임이 일었다.

"이보게, 형제들. 나도 그대들이 힘들다는 걸 안다. 하지만 어쩔 수 없잖은가! 참아 주게. 얼마 남지 않았다. 손님들을 보내고 나면 그때는 쉽게 될 것이다. 그대들의 노고를 차르께선 잊지 않을 것이다. 그대들이 힘들겠지만, 어쨌든 제 집에 있지 않은가. 하지만 저들은, 보라, 어떤 지경에 이르렀는지…….” 그는 포로들을 가리키며 말했다. “상거지보다 못하다. 저들이 강할 때 우리는 자신을 아끼지 않았으나 이제 우리는 저들을 동정할 수 있다. 저들 또한 사람이다. 그렇지 않은가, 제군들?”

그는 주위를 보았고, 경의와 함께 의혹을 품고 뚫어지게 바라보는 그들의 시선에서 자기 말에 대한 공감을 읽었다. 그의 얼굴은 입가와 눈가에 미소로 별 모양의 주름이 잡히게 웃는 노인다운 온화한 미소로 점점 더 밝아졌다. 그는 잠시 침묵했고 의혹에 잠긴 듯 고개를 숙였다.

“그런데 저들을 우리에게로 부른 자는 결국 누구인가? 자업자득이야. 개……자식들…….” 그가 갑자기 고개를 들며 말했다. 그러고는 채찍을 휘두른 후 이번 전쟁 기간 동안 처음으로 말을 전속력으로 몰아 흐트러진 대열 속에서 소리 내어 웃으며 “우라!”라고 외치는 병사들의 곁을 떠났다.

쿠투조프의 말은 아마도 병사들에게 거의 이해되지 않았을 것이다. 그 누구도 엄숙한 말로 시작하여 선량한 노인의 말로 끝나는 원수의 연설 내용을 전달할 수는 없었을 것이다. 그러나 이 연설의 진정한 의미는 이해되었을 뿐 아니라 적에 대한 연민과 자신의 정당성에 대한 자각과 결합된 위대하고 엄숙한 감정 자체, 노인의 선량한 욕설로 표현된 바로 그 감정은 병사 개개인의 영혼 속에 자리 잡아 오랫동안 그치지 않는 기쁨의 함성으로 나타났다. 이후 장군들 중 하나가 총사령관에게 콜랴스카를 가져오라고 지시할지 질문했고 강렬한 흥분에 사로잡힌 것이 분명한 쿠투조프는 대답을 하던 중 갑자기 흐느껴 울었다.

7

11월 8일, 크라스노예 전투의 마지막 날이었다. 부대가 야영지로 귀환했을 때는 이미 어두워지고 있었다. 하루 종일 고요했고 몹시 추웠으며 이따금 가벼운 눈발이 흩날렸다. 저녁쯤 날이 개기 시작했다. 눈발 사이로 별이 빛나는 검보라색 하늘이 보였고 추위는 그 강도를 더해 갔다.

타루티노에서 출발할 때는 3천 명이던 라이플총 연대가 앞장선 부대들 중 하나로서 큰 도로에 위치한 마을의 지정된 야영지에 도착했을 때는 9백 명으로 줄었다. 연대를 맞이한 숙영계 장교들은 모든 농가가 병들거나 죽은 프랑스인, 기병, 참모 들로 꽉 찼다고 알렸다. 연장을 만드는 농가 하나만 남았을 뿐이었다.

연대장은 말을 타고 자신이 거처하는 농가로 향했다. 연대는 마을을 통과하여 변두리 농가들 옆 도로에 걸어총을 했다.

수많은 다리를 가진 거대한 짐승처럼 연대는 자신의 굴(窟)과 식량을 마련하기 위한 작업을 시작했다. 일부 병사들은 마을 오른편의 눈이 무릎까지 쌓인 자작나무 숲속으로 뿔뿔이 흩어졌는데 그 즉시 숲에서 도끼와 단검 소리, 나뭇가지가 부러지는 소리, 유쾌한 목소리들이 들렸다. 다른 일부는 연대의 짐마차들과 말들이 있는 중심부 근처에서 큰 솥과 건빵을 꺼내고 말들에게 먹이를 주느라 분주했다. 또 다른 일부는 마을로 흩어져 참모들의 숙소를 짓고, 농가마다 놓여 있는 프랑스군의 시체를 처리하고, 모닥불을 피울 때 쓸 판자와 마른 장작과 지붕의 짚들, 그리고 방어를 위한 바자울을 운반했다.

마을 끝자락에 있는 농가들 뒤에서 열다섯 명 정도의 병사들이 즐겁게 소리 지르며 지붕이 이미 벗겨진 헛간의 높다란 바자울을 흔들고 있었다.

"자, 자, 단번에, 밀어!" 사람들이 소리쳤고 밤의 어둠 속에서 눈 덮인 바자울의 거대한 벽이 얼음 깨지는 소리를 내며 흔들렸다. 아래쪽 말뚝들이 점점 더 갈라지더니, 마침내 바자울은 거기에 달라붙어 밀어붙이던 병사들과 함께 무너졌다. 기뻐하는 거친 함성과 웃음소리가 크게 들려왔다.

"두 사람씩 들어! 여기로 지렛대를 가져와! 그래, 그렇게. 넌 어딜 기어드는 거야?"

"자, 한 번에……. 다들 기다려! 크게 소리를 지를 때 하는 거야!"

모두 조용해졌고, 크지 않은 부드럽고 듣기 좋은 목소리가 노래를 부르기 시작했다. 3절 끝부분의 마지막 음이 끝남과 동시에 스무 명의 목소리가 일제히 소리를 질렀다. "우우우우! 가자! 단번에! 다들 덤벼들어!" 그러나 일제히 힘을 쏟았는데도 살짝만 움직였고 뒤이은 침묵 속에서 괴롭게 헐떡이는 소리가 들렸다.

"어이, 자네들, 6중대! 빌어먹을! 도와줘…… 우리도 언젠가 자네들이 써먹을 데가 있을 거야."

마을로 가던 제6중대 병사들 스무 명가량이 바자울을 끌던 이들과 합류했다. 그러자 길이가 5사젠, 너비가 1사젠인 바자울이 휘면서 숨을 헐떡이는 병사들의 어깨를 아프게 내리눌렀고, 그런 상태로 바자울은 마을의 길을 따라 앞으로 움직였다.

"계속 가, 뭐 하는…… 야, 쓰러지잖아. 왜 서 있는 거야? 그래, 그렇게……."

유쾌하고도 무분별한 욕설이 그치지 않았다.

"너희들, 뭐야?" 바자울을 운반하는 병사들에게 갑자기 달려온 병사가 위압적인 목소리로 말했다.

"여기에는 신사분들이 있다. 집 안에 장군님이 계시는데 너희, 이 빌어먹을 놈들은 욕이나 지껄이고 있으니 내 너희들을!" 상사는 소리를 지르고 팔을 크게 휘둘러 가장 약해 보이는 병사의 등을 때렸다. "좀 조용히 할 수 없나?"

병사들은 잠잠해졌다. 상사가 때린 병사는 앓는 소리를 내며 바자울에 얼굴이 부딪히면서 긁힌 상처의 피를 닦아 냈다.

"저 악마가 어떻게 때렸는지 좀 봐! 낯짝을 때려 피가 나잖아." 상사가 멀어지자 그는 소심하게 소곤거렸다.

"넌 그런 걸 좋아하지 않아?" 누군가가 웃음이 묻어나는 목소리로 말했다. 병사들은 목소리를 죽이며 계속 나아갔다. 숲을 벗어나자 그들은 다시 쓸데없는 욕설을 잔뜩 섞어 큰 소리로 떠들어대기 시작했다.

병사들이 지나쳐 간 농가 안에서는 최고 수뇌부가 모여 차를 마시며 지나간 하루와 향후 예정된 군사 행동에 대해 활발하게 이야기를 나누고 있었다. 왼쪽으로 측면 이동을 하여 부왕의 퇴로를 차단한 후 그를 사로잡을 예정이었다.

병사들이 바자울을 끌고 왔을 때는 이미 여러 곳에서 음식을 만들기 위한 모닥불이 타오르고 있었다. 장작이 타면서 갈라지는 소리를 냈고, 눈은 녹고 있었으며, 병사들의 검은 그림자는 군인들이 차지한 공간을, 짓밟힌 눈 위의 모든 공간을 이리저리 분주하게 오가고 있었다.

도끼와 단검이 사방에서 바쁘게 움직였다. 모든 것이 그 어떤 명령도 없이 이루어졌다. 밤에 쓸 예비 장작이 끌려오고, 상관들을 위한 움막이 만들어지고, 물주전자가 끓고, 라이플총과 장비가 정비되었다.

제8중대가 운반한 바자울은 북쪽에서 반원 모양으로 총가(銃架)를 버팀목 삼아 세워졌고, 그 앞에 모닥불이 지펴졌다. 점호를 알리는 북이 울리면서 점호가 이루어졌고, 사람들은 저녁을 먹은 뒤 밤을 보내기 위해 모닥불 주위에 자리를 잡았다. 어떤 사람은 신발을 수선하고, 어떤 사람은 파이프를 피우고, 어떤 사람은 이를 잡기 위해 옷을 벗고 벌거숭이가 되어 뜨거운 김으로 소독을 했다.

8

　당시 러시아 병사들이 처한 거의 상상할 수도 없을 만큼 고통스러운 생존 조건에서 (영하 18도의 눈 더미 속에 따뜻한 부츠도, 반외투도, 머리 위 지붕도 없고 식량 보급대가 군대 뒤를 항상 잘 따라온 것은 아니어서 식량조차 충분하지 않은) 병사들은 매우 비참하고 음울한 광경을 보여 주었을 것이 틀림없다고 생각할 것이다.

　그런데 그와는 반대로 최상의 물질적 조건을 가진 군대도 결코 이보다 더 유쾌하고 활기찬 광경을 보여 준 적은 없었다. 이는 낙심하고 쇠약해진 사람들이 매일같이 군대에서 떨어져 나갔기 때문에 발생한 것이다. 육체적, 정신적으로 약한 사람들은 모두 이미 오래전에 낙오되었다. 정신력과 체력에서 군대의 으뜸가는 이들만 남은 것이다.

　바자울을 둘러친 제8중대로 가장 많은 사람들이 모여들었다.

　상사 둘이 그들 곁에 앉았고, 그들의 모닥불은 다른 데보다 더 선명하게 불타올랐다. 그들은 바자울 안쪽에 앉을 권리를 얻으려면 장작을 가져오라고 요구했다.

　"어이, 마케예프, 자네는 대체 어디로 사라졌던 거야, 늑대에게 잡아먹히기라도 했던 거야? 장작이나 가져와." 연기 때문에 눈을 찡그리고 깜박이면서도 불에서 물러나려 하지 않는, 얼굴이 붉고 머리털이 붉은 한 병사가 외쳤다. "까마귀, 너라도 가서 장작을 가져와." 그 병사는 다른 병사에게 말을 건넸다. 머리털이 붉은 남자는 부사관도 상병도 아니었지만 건장했기 때문에 자기보다 약한 사람들에게 명령을 내리고 있었다. 까마귀라고 불린 키가 작고 마르고 작고 날렵한 코를 지닌 병사는 순순히 일어나 지시를 수행하러 가려 했지만 그때는 장작을 한 아름 안고 온 젊은 병사의 호리호리하고 멋진 몸매가 모닥불 불빛 속에 이미 들어와 있었다.

"이쪽으로 가져와. 야, 좋은데!"

사람들이 장작을 쪼개 불 속에 밀어 넣고 입과 외투 자락으로 바람을 불어 대자 불꽃이 쉭쉭 탁탁 소리를 내며 타올랐다. 병사들은 바싹 붙어 앉아 파이프를 피웠다. 장작을 가져온 젊고 잘생긴 병사가 두 손을 허리에 짚은 채 제자리에서 빠르고 민첩하게 언 발을 구르기 시작했다.

"아, 엄마, 이슬이 차고 아름다워요, 그래요, 나는 라이플총병이……." 그는 음절마다 딸꾹질을 하듯 발 구르는 것에 맞춰 노래를 불렀다.

"어이, 신발창이 날아가겠어!" 머리털이 붉은 남자가 춤추는 병사의 신발창이 흔들리는 것을 알아채고 큰 소리로 외쳤다. "뭐 하러 춤을 추나 몰라!"

춤을 추던 병사가 멈춰 서더니 헐거운 신발창의 가죽을 뜯어내 불 속으로 던졌다.

"그렇군, 형제." 그는 말했다. 그러고는 자리에 앉아 배낭에서 프랑스군의 파란색 모직 조각을 꺼내 한쪽 발을 둘둘 싸기 시작했다. "김이 차서 감각이 없어졌어." 그가 두 발을 모닥불 쪽으로 뻗으며 덧붙였다.

"곧 새 신발을 내줄 거야. 우리가 프랑스군을 모조리 죽이면 물품을 두 배로 준다고 했어."

"그런데 그 자식, 페트로프는 결국 낙오됐어." 상사가 말했다.

"난 오래전부터 그를 지켜봤지." 다른 사람이 말했다.

"어쩌겠어, 병사 따위가……."

"그런데 3중대에서는 어제 하루 동안에만 아홉 명이 없어졌다던데."

"생각해 봐, 발에 동상을 입었는데 어디를 가겠어?"

"아이고, 쓸데없는 소리 지껄이네!" 상사가 말했다.

"아니면 너도 똑같은 걸 바라는 거냐?" 늙은 병사가 발에 동상을 입었다고 말한 사람을 책망하듯 돌아보며 말했다.

"그럼 당신은 대체 어떻게 생각하는데?" 까마귀라고 불린 코가 날렵한 병사가 갑자기 모닥불 너머에서 일어나 떨리는 새된 목소리로 말했다. "기름진 사람은 그렇게 마를 수라도 있지만 마른 사람은 죽을 수밖에 없어. 바로 나 같은 사람 말이야. 더 이상 힘이 없어." 그는 상사를 돌아보며 돌연히 단호하게 말했다. "절 병원으로 보내라고 명령해 주십시오. 류머티즘에 걸렸습니다. 안 그러면 전 낙오될……."

"자, 됐어, 그만 됐어." 상사가 침착하게 말했다. 병사는 입을 다물었고 대화는 지속되었다.

"오늘 프랑스군을 꽤 많이 잡았잖아. 그런데 솔직히 말해서 신발이라고 부를 만한 진짜 신발이 하나 없어. 죄다 이름뿐이야." 병사들 가운데 한 명이 새로운 주제에 대해 말하기 시작했다.

"카자크들이 전부 벗겨 갔잖아. 연대장의 통나무집을 청소하느라 그들을 다른 곳으로 옮겼지. 보는데 불쌍하더군." 춤추던 사람이 말했다. "그들을 뒤집어 놓고 있는데 한 명이 살아 있었어. 믿을 수 있겠나, 그자가 자기 나라 말로 뭐라고 지껄이더군."

"하지만 깨끗한 민족이야." 첫 번째 사람이 말했다. "피부가 하얗더군. 꼭 자작나무처럼 하얘. 용감한 자들도 있고, 고상한 사람들도 있어."

"자넨 어떻게 생각하나? 저쪽에서는 모든 계급에서 군사를 소집하잖아."

"그자들은 우리 말을 전혀 못해." 춤추던 사람이 당황한 미소를 지으며 말했다. "내가 그 녀석에게 '어느 왕 소속이야?' 하고 물으니까 그는 자기 나라 말로 지껄였어. 기이한 민족이야!"

"형제들, 정말 기묘하다니까." 프랑스 병사들의 하얀 피부에 놀란 사람이 계속해서 말했다. "모자이스크 부근의 농부들이 그러는데 말이야, 전투가 있었던 곳에서 시체를 치우게 되었는데 대략 한 달이 지나도록 그곳에 프랑스인들의 시체들이 누워 있었다는 거야. 농부들이 말하길, 그자들이 깨끗한 백지장처럼 누워 있었고 냄새도 전혀 나지 않았대."

"뭐야, 추워서 그런 건가?" 한 명이 물었다.

"자네 진짜 똑똑하구먼! 추위 때문이라니! 그날은 더웠단 말이야. 만약 추워서 그랬다면 아군의 시체도 썩은 냄새를 풍기지 않았겠지. 그런데 아군의 시체에 다가가 보니 벌레투성이에 다 썩어 있었대. 그래서 손수건으로 얼굴을 싸매고 낯짝을 돌린 채 끌어간다는군. 참을 수가 없어서 그랬대. 그런데 그자들은 종이처럼 하얗더래. 냄새도 전혀 안 나고 말이지."

다들 침묵했다.

"틀림없이 음식 때문일 거야." 상사가 말했다. "귀족들의 음식을 처먹어서 그래."

아무도 반박하지 않았다.

"그 농부가 또 말하길, 전투가 있었던 모자이스크 부근의 열 개 마을에서 농부들을 모아 20일 동안 시체를 치우게 했는데도 전부 치우지 못했다더군. 늑대들도 있었고…….'"

"그 전투는 진짜 전투였어." 늙은 병사가 말했다. 정말 기억할 만한 것이었어. 하지만 그 후의 일들은…… 사람들에게 고통만 주 었지."

"아저씨도 아시잖아요. 그저께 우리가 그들을 덮쳤을 때, 우리가 가까이 가기도 전에 그자들이 곧바로 라이플총을 버리더라고요. 무릎을 꿇고요. '파르동'이라 말했어요. 이건 한 가지 예일 뿐이에요. 플라토프는 폴리온*이라는 자를 두 번이나 잡았대요. 그런데 주문을 모르는 거예요. 잡았다고 생각했는데 손안에서 새로 변해 날아가더래요. 그렇게 날아간다고요. 죽일 방법도 없고요."

"이런 새빨간 거짓말쟁이를 봤나. 키셀료프, 자넬 주시하겠어."

"뭐가 거짓말이야, 진짜 사실이야."

"만약 그가 내 손안에 있다면 난 그를 잡아서 땅에 파묻었을 거야. 사시나무 말뚝으로 찔러서. 그자가 죽인 사람들이 얼마야."

"어쨌든 우리는 그자를 끝장낼 거야. 그자는 오래 못 가." 늙은 병사가 하품을 하며 말했다.

대화가 그치고 병사들은 잠잘 준비를 하기 시작했다.

"봐, 별들이야, 굉장한걸, 되게 반짝거리네! 말해 봐, 아낙들이 아마포를 펼쳐 놓은 것 같지 않아?" 한 병사가 은하수에 도취되어 말했다.

"동지들, 저건 풍년의 징조야."

"장작이 더 있어야겠어."

"등이 따뜻하니 배가 얼어붙네. 이상한 일이야."

"오, 하느님!"

"왜 미는 거야? 불이 자네 하나만을 위한 건가? 봐…… 저 자식은 완전히 뻗었네."

내려앉은 침묵 속에 잠든 사람들의 코 고는 소리가 들렸다. 깨어 있는 사람들은 이따금 말을 주고받으며 이리저리 몸을 돌려 가며 불을 쬐었다. 멀리서, 1백 발짝 정도 떨어진 모닥불 가에서 다정하고 유쾌한 웃음소리가 들렸다.

"봐, 5중대에서 요란한 소리가 나네." 한 병사가 말했다. "사람들도 엄청 많아. 대단하군!"

한 병사가 일어나 제5중대로 다가갔다.

"다들 웃느라 난리가 났네." 그가 돌아와서 말했다. "프랑스인 둘이 합류했어. 한 명은 완전 얼었고, 다른 한 명은 아주 건방지던데. 그자가 노래를 부르고 있어."

"그래? 보러 가자……." 몇몇 병사들이 제5중대로 향했다.

9

제5중대는 숲 바로 옆에 있었다. 쌓인 눈 한가운데서 거대한 모닥불이 서리가 무겁게 내려앉은 나뭇가지들을 비추며 밝고 선명하게 타오르고 있었다.

한밤중에 제5중대 병사들은 숲속에서 눈을 밟는 발소리와 마른 나뭇가지가 부러지는 소리를 들었다.

"어, 곰이다." 한 병사가 말했다. 다들 고개를 들어 귀를 기울였는데 서로를 붙잡은, 이상한 옷차림을 한 두 인간의 형체가 숲에서 모닥불의 밝은 빛 속으로 나왔다.

이들은 숲속에 숨어 있던 프랑스인이었다. 목쉰 소리로 병사들이 알아들을 수 없는 언어로 말하면서 그들은 모닥불 옆으로 다가왔다. 키가 좀 더 크고 장교 모자를 쓴 한 명은 완전히 쇠약해진 것 같았다. 그는 모닥불로 다가와 앉길 원했지만 털썩 땅바닥에 넘어졌다. 작고 다부진 체격의, 손수건으로 양 볼을 싸맨 다른 병사는 좀 더 기운 있어 보였다. 병사들은 프랑스인들 주위에 모여들어 병자에게 외투를 깔아 주고 두 사람에게 죽과 보드카를 가져다주었다.

쇠약한 프랑스 장교는 랑발이었다. 그리고 손수건으로 얼굴을 싸맨 남자는 그의 종졸 모렐이었다.

모렐은 보드카를 다 마시고 솥의 죽을 해치우고 나서 갑자기 병적으로 유쾌해져 자기 말을 이해하지 못하는 병사들에게 쉼 없이 무언가를 말하기 시작했다. 랑발은 음식을 거부했고, 충혈된 눈으로 러시아 병사들을 멍하니 쳐다보며 말없이 모닥불 옆에 팔꿈치를 괴고 누워 있었다. 이따금 길게 신음 소리를 내다가 다시 잠잠해졌다. 모렐이 어깨를 가리키면서 이 사람은 장교인데 몸을 따뜻하게 해 주어야 한다고 병사들을 설득했다. 모닥불로 다가간 러시아 장교가 프랑스 장교를 보더니 몸을 따듯하게 해 줄 수 없는지 연대장에게 물어보려고 사람을 보냈다. 연대장에게 갔다가 돌아온 사람은 연대장이 장교를 데려오도록 지시했다고 말했다. 랑발은 그쪽으로 가라는 말을 전달받았다. 그는 일어나서 걸으려 했지만 비틀거렸고, 옆에 서 있던 병사가 잡아 주지 않았다면 넘어질 뻔했다.

"왜? 안 갈 거야?" 병사 하나가 랑발을 향해 놀리듯이 눈짓하며 말했다.

"에이, 멍청한 놈! 웬 헛소리야! 이런 촌놈 같으니라고, 진짜 촌놈이야." 농담한 병사를 향한 비난이 사방에서 들려왔다. 사람들이 랑발을 에워싸고는 두 병사가 교차된 팔 위에 그를 들어 올려 통나무집으로 운반했다. 랑발은 병사들의 목을 팔로 감쌌고, 병사들이 그를 옮기자 애처롭게 말했다.

"오, 좋은 젊은이들이야! 오, 선하고 착한 나의 친구들! 이게 바로 인간이지! 아, 나의 선한 친구들이여!" 그러고는 아이처럼 한 병사의 어깨에 머리를 기댔다.

한편 모렐은 병사들에게 둘러싸인 채 가장 좋은 자리에 앉아 있었다.

작고 다부진 체격의, 눈에 염증이 생겨 진물이 흐르는 모렐은 아낙처럼 군모 위에 손수건을 동여매고 여자 외투를 입고 있었다. 아마도 술에 취해서인지 그는 옆에 앉은 병사에게 팔을 두르고 끊어지는 쉰 목소리로 프랑스 노래를 불렀다. 병사들은 허리에 손을 얹고 그를 구경했다.

"어이, 어이, 가르쳐 줘, 어떻게 부르는 거야? 내가 똑같이 흉내 낼게. 어떻게 해?" 모렐이 껴안고 있던 익살꾼 가수가 말했다.

앙리 4세 만세,
용감한 왕 만세!

모렐이 한쪽 눈을 찡긋하며 노래를 불렀다.

그 4중의 악마……

"비바리카! 비프 세루바루! 시댜블랴카……." 선율을 확실하게 이해한 병사가 한 팔을 휘두르며 따라 반복했다.

"와, 잘하네! 하하하하하!" 사방에서 투박하고 즐거운 웃음이 터져 나왔다. 모렐도 얼굴에 주름이 생길 정도로 웃었다.

"자, 계속해, 계속!"

세 가지 재능을 가진 자,
마시고 싸우고
호색한이 되는 재능……

"역시 잘해. 자, 좀 더 해 봐, 잘레타예프!"

"큐." 잘레타예프는 애써 소리를 내 보려 했다. "키유우유……." 그는 열심히 입술을 삐죽 내밀고 소리를 길게 늘여 발음했다. "레 트리프탈라, 데 부 데 바 이 데트라바갈라." 그는 이렇게 노래 불렀다.

"이야, 대단해! 진짜 후랑스인 같네. 아하하하하! 어때, 더 먹고 싶어?"

"이자에게 죽 좀 더 줘. 잔뜩 굶은 뒤라서 금방 배를 채울 수는 없지."

사람들은 다시 모렐에게 죽을 주었다. 모렐은 웃으며 세 번째 솥에 덤벼들었다. 모렐을 바라보는 젊은 병사들의 얼굴에 미소가 떠올랐다. 그런 쓸데없는 짓을 무례한 행동으로 생각하는 늙은 병사들은 모닥불 맞은편에 누워 있었지만 이따금 팔꿈치를 짚고 몸을 살짝 일으켜 미소 지으며 모렐을 쳐다보았다.

"저자들 또한 인간이야." 그들 가운데 한 명이 외투로 몸을 감싸며 말했다. "쑥도 제 뿌리 위에서 자라는 법이지."

"오, 주여, 주여! 별들 좀 봐. 어마어마해! 상당히 추울 거 같아……." 그리고 모두가 잠잠해졌다.

별들은 이제 아무도 자신들을 쳐다보지 않을 것을 아는 듯 검은 하늘에서 자유롭게 유희했다. 타오르고 꺼지고 깜빡이면서, 별들은 즐겁기도 하지만 동시에 신비한 무언가에 대해 자기들끼리 분주하게 속닥거렸다.

IO

프랑스군은 수학적으로 규칙적인 수열에서의 균등한 비율로 사라져 갔다. 그리고 꽤 많은 기록이 남아 있는 '베레지나 도하(度河)'는 단지 프랑스군이 소멸하는 과정의 중간 단계 중 하나였을 뿐 결코 전쟁에서 결정적인 사건*은 아니었다. 베레지나에 대해 역사가들이 그토록 많이 썼고 또 지금도 쓰고 있다면 그 이유는 프랑스 쪽에서 볼 때 이제껏 프랑스군이 일정한 간격으로 겪어 오던 불행이 이곳 베레지나의 끊어진 다리 위에서 갑자기 한순간 모든 사람의 기억에 남는 하나의 비극적 광경으로 집약되어서이다. 러시아 쪽에서 볼 때 베레지나에 대해 그토록 많이 이야기하고 쓰는 이유는 단지 베레지나강에서 나폴레옹을 전략적 함정에 빠뜨려 생포한다는 작전이 (풀에 의해) 작성된 곳이 전쟁의 무대로부터 멀리 떨어진 페테르부르크였기 때문이다. 모든 이들이 계획대로 전부 실현되리라 확신했고 그런 이유로 베레지나 도하가 프랑스군을 파멸시킨 사건이었다고 주장하는 것이다. 그러나 본질상 베레지나 도하의 결과는 수치가 보여 주듯 프랑스군 쪽에서 볼 때 무기와 포로의 손실이라는 면에서 크라스노예 전투보다 훨씬 덜 치명적이었다.

베레지나 도하의 유일한 의의는 모든 차단 작전이 잘못되었음을, 그리고 쿠투조프와 군대 전체(대중)가 요구한, 실현 가능성이 있는 유일한 행동 방식, 즉 적을 추격하는 것만이 옳은 길이었음을 명명백백 확실하게 증명했다는 점이다. 프랑스군 무리는 목표 지점에 도달하기 위해 온 힘을 기울여 점점 더 빠른 속도로 달아났다. 그 무리는 상처 입은 짐승처럼 도망치고 있었고, 도중에 멈추는 것이 불가능했다. 이를 증명한 것은 도하라는 상황보다는 다리 위에서 보여 준 행동이었다. 다리들이 붕괴했을 때 무기가 없는 병사들, 모스크바 주민들, 자식들과 함께 프랑스군의 수송 대열에 합류했던 여자들, 이 모든 사람들은 관성의 힘의 영향을 받아 상황에 굴복한 것이 아니라 보트 안으로, 얼어붙을 듯이 차가운 물속으로 뛰어들었다.

이 같은 돌진은 현명한 것이었다. 달아나는 자들이나 쫓는 자들이나 그 상황이 좋지 않았던 것은 마찬가지였다. 자기편에 남아 있으면서 힘든 처지에 놓인 사람들 모두가 동료들의 도움을 기대하고 무리 안에서 일정한 자리를 기대했다. 그런데 러시아군에 투항하는 사람은 비록 러시아인들과 똑같은 곤경을 겪긴 했지만 생명의 욕구를 충족시키는 면에 있어서는 가장 낮은 부류가 되었다. 러시아인들이 포로들을 어떻게 처리해야 할지 몰랐고, 구하고자 했으나 포로 절반이 추위와 굶주림으로 죽었다는 사실에 대한 정확한 정보를 프랑스인들이 알아야 할 필요는 없었다. 설령 알았다 해도 그들은 상황이 다르게 되었을 거라고 생각하지 않았다. 한없는 동정심을 가진 러시아 지휘관들도, 프랑스인들을 매우 좋아하는 러시아인들도, 러시아군에서 복무하는 프랑스인들도 포로들을 위해 아무것도 해 줄 수 없었다. 러시아군이 처해 있던 그러한 곤경이 프랑스군을 파멸시켰다. 위험하지도, 증오스럽지도 않고 죄도 없지만 딱히 쓸모가 있지도 않은 프랑스인들에게 주기 위해 쓸모 있는 굶주린 병사들에게서 빵과 옷을 빼앗을 수는 없었다. 어떤 사람들은 그러기도 했지만 아주 드문 예외일 뿐이었다.

뒤에는 확실한 파멸이 있다. 앞에는 희망이 있었다. 배는 전소되었다. 한데 뭉쳐 도주하는 일 외에는 달리 살아남을 방도가 없었다. 그리하여 프랑스군은 다 함께 도주하는 데 모든 힘을 집중했다.

프랑스군이 멀리 도주할수록, 남아 있는 프랑스인들의 처지가 더욱 가련해질수록, 특히 페테르부르크에서 내린 작전이어서 특별히 기대했던 베레지나 전투 이후로 서로를, 특히 쿠투조프를 비난하는 러시아 지휘관들의 열기는 더욱 거세게 불타올랐다. 베레지나에서 페테르부르크의 작전이 실패한 것이 쿠투조프 때문이라고 여긴 그들은 그에 대한 불만과 경멸과 야유를 점점 더 강하게 표현했다. 물론 야유와 경멸은 쿠투조프가 무엇에 대해, 그리고 무엇 때문에 자신이 비난받는지 물을 수도 없는 정중한 방식으로 표현되었다. 그들은 진지한 태도로 말하지 않았다. 그에게 보고하거나 허가를 청하면서 슬픈 의식을 수행하는 체했으나 등 뒤에서는 눈을 찡긋거리며 끊임없이 그를 속이려 들었다.

그들은 이렇게 생각했다. 즉 자신들로서는 그를 이해할 수 없기 때문에 늙은이와 아무 할 말도 없고, 그는 자신들의 작전에 내포된 심오함을 전혀 이해하지 못하며, 황금 다리라느니 부랑자 무리를 이끌고는 국경을 넘을 수 없다느니 하는 문구들로 (그들에겐 이것이 단순한 문구들로 여겨졌다) 답하리라는 것이다. 그 모든 말을 그들은 이미 그에게서 들었다. 그리고 그가 말한 모든 것, 예를 들어 식량을 기다려야 한다든지 병사들에게 부츠가 없다든지 하는 것들은 너무도 단순한데, 반면 자신들이 제안한 것들은 매우 복잡하고 교묘한 까닭에 그들에게는 그가 어리석은 늙은이로, 반면 자신들은 권력은 없지만 천재적인 장군들로 보였음에 틀림없었다.

특히 탁월한 해군 제독이자 페테르부르크의 영웅인 비트겐시테인이 합류한 이후 그러한 분위기와 참모들의 중상은 극에 달했다. 쿠투조프는 그것을 보고 한숨을 쉬며 어깨를 으쓱하기만 했다. 딱 한 번, 베레지나 전투 후 그는 단독으로 군주에게 보고한 베니히센에게 분노하여 다음과 같은 편지를 보냈다.

귀관에게 병적인 발작 증세가 있으니 부디 이 편지를 받는 즉시 칼루가로 떠나 그곳에서 황제 폐하의 이후 명령과 임명을 기다리시오.

그러나 베니히센이 전출된 후 전쟁 초기에 참가했다가 쿠투조프로 인해 군대에서 밀려났던 콘스탄틴 파블로비치 대공이 군대로 왔다. 군대로 온 대공은 현재 아군의 대수롭지 않은 성공과 느린 이동에 대한 황제의 불만을 쿠투조프에게 전달했다. 곧 황제가 직접 군대를 방문할 예정이었다.

이해 8월, 군주의 의지에 반하여 총사령관으로 선출되어 후계자이자 대공인 사람을 군에서 축출했고 군주의 의지에 반하여 자신의 권한으로 모스크바 포기를 명령한, 전쟁만큼이나 궁정 일에 경험이 풍부한 노인인 쿠투조프, 바로 이 쿠투조프는 이제 자신의 시대가 끝났고, 자신의 역할이 다했으며, 자신이 더 이상 허울뿐인 권력조차 가질 수 없음을 깨달았다. 궁정의 태도 하나만으로 그가 깨달은 것은 아니었다. 한편으로 그는 자신이 역할을 수행해온 군사 업무가 끝난 것을 보았고, 자신의 소명이 완수된 것을 느껐다. 다른 한편으로는 바로 그 당시 자신의 노구에 쌓인 육체적 피로와 함께 육체적 휴식이 필요하다는 것을 느끼기 시작했다.

11월 29일, 쿠투조프는 빌나에, 그가 말한 바에 따르면 자신의 친애하는 빌나에 입성했다. 쿠투조프는 복무하는 동안 빌나의 총독을 두 번 역임했다. 온전히 보존된 풍요로운 빌나에서 쿠투조프는 너무 오랫동안 접하지 못했던 편의 시설 외에도 옛 친구들과의 추억을 발견했다. 그러자 갑자기 그는 전쟁과 국가의 모든 고민거리를 외면한 채, 마치 역사의 세계에서 지금 벌어지고 또 앞으로 일어날 모든 것이 자신과 전혀 상관없다는 듯 주위의 들끓는 욕망들이 그에게 허락한 평온하고 익숙한 생활 속에 침잠했다.

가장 열렬한 분단론자이자 강공론자들 중 한 명인 치차고프,* 처음에 그리스로, 그다음에 바르샤바로 교란 작전을 떠나길 원할 뿐 자신이 명령받은 곳으로는 절대 가려 하지 않던 치차고프, 군주와 나눈 대담한 대화로 유명한 치차고프, 쿠투조프가 자신의 은혜를 입었다고 생각하던 (1811년 쿠투조프가 모르는 사이 튀르크와의 평화 조약을 체결하기 위해 파견되었다가 평화 조약이 이미 체결된 것을 확인하고는 군주 앞에서 평화 조약 체결은 쿠투조프의 공이라고 인정했기 때문이다) 치차고프, 바로 이 치차고프가 쿠투조프가 묵기로 되어 있는 빌나의 성에서 쿠투조프를 맨 처음 맞았다. 치차고프는 해군의 약식 제복을 입고 단검을 차고 한쪽 겨드랑이에 군모를 낀 채 쿠투조프에게 부대 편성 보고서와 성(城)의 열쇠를 건넸다. 쿠투조프에게 쏟아지는 비난을 이미 알고 있던 치차고프의 태도에는 노망난 노인을 향한 젊은이의 경멸과 존경이 극도로 드러났다.

그런데 치차고프와 대화하면서 쿠투조프는 치차고프가 보리소프에서 탈취당한 승용 마차와 그 안에 함께 있던 식기들이 무사하며 그에게 반환될 거라고 말했다.

"당신은 제가 음식 놓을 식기도 없이 식사한다는 걸 말하고 싶은가 본데요……. 정반대로, 당신이 만찬을 연다면 저는 모든 것을 제공할 수 있습니다." 얼굴을 붉히면서 치차고프가 말했다. 그는 자신이 하는 말 한마디 한마디로 자신이 옳다는 걸 증명하고 싶어 하는 사람이었기에 쿠투조프 역시 그런 것에 신경 쓸 것이라고 단정했다. 쿠투조프는 꿰뚫어 보는 듯한 미묘한 미소를 지었고, 어깨를 으쓱하며 대답했다. "지금 말하고 있는 것이 내가 말하고 싶은 전부요"

쿠투조프는 군주의 의사에 반하여 대부분의 군대를 빌나에 주둔시켰다. 측근들이 말하듯, 쿠투조프는 빌나에서 체류하는 동안 유독 기력이 떨어지고 육체적으로 쇠약해졌다. 그는 모든 일을 장군들에게 맡긴 채 마지못해 군 업무를 맡았고, 군주를 기다리며 방탕한 삶을 살았다.

군주는 톨스토이 백작, 볼콘스키 공작, 아락체예프 등의 수행원들을 거느리고 12월 7일 페테르부르크를 출발하여 12월 11일 빌나에 도착한 뒤 여행용 썰매를 타고 곧장 성으로 왔다. 혹한에도 불구하고 성에는 예복을 완전히 갖춰 입은 1백여 명의 장군들과 참모 장교들 그리고 세묘놉스키 연대의 의장병들이 서 있었다.

땀투성이 말 세 마리가 끄는 트로이카 썰매를 타고 군주보다 앞서 성으로 온 특사가 외쳤다. "오십니다!" 코노브니친이 수위의 작은 방에서 기다리고 있던 쿠투조프에게 보고하기 위해 현관방으로 내달렸다.

1분 후, 완벽하게 갖춰 입은 예복에 가슴이 온갖 훈장으로 뒤덮인, 배에 띠를 팽팽하게 졸라맨 노인의 뚱뚱하고 커다란 형상이 뒤뚱거리며 현관 계단으로 나왔다. 쿠투조프는 모자를 전투식대로 쓰고 손에 장갑을 쥔 채 옆으로 힘겹게 계단을 딛고 내려와 군주에게 바칠 보고서를 한 손에 들었다.

분주히 돌아다니는 소리, 수군거리는 소리와 함께 날 듯이 트로이카가 질주해 왔고, 모든 시선이 다가오는 썰매에 쏠렸다. 썰매 안으로 군주와 볼콘스키가 벌써부터 보였다.

50년 된 습관 때문에 그 모든 것이 늙은 장군에게 육체적으로 불안한 영향을 미쳤다. 그는 걱정스럽고 초조하게 자신의 옷매무새를 만져 대며 모자를 고쳐 썼고, 썰매에서 내린 군주가 그를 올려다본 순간 즉시 기운 내어 몸을 꼿꼿이 세워 보고서를 건네고선 아첨하는 듯한 특유의 침착한 목소리로 말하기 시작했다.

군주는 쿠투조프를 머리부터 발끝까지 재빨리 훑어보곤 한순간 얼굴을 찌푸렸지만 곧바로 자신을 억제하고 쿠투조프에게 다가가 두 팔을 벌려 늙은 장군을 안았다. 오랜 익숙한 인상으로 인해, 그리고 그의 친근한 태도로 인해 그 포옹은 여느 때처럼 다시 쿠투조프에게 영향을 미쳤고, 그는 흐느꼈다.

군주는 장교들과 세묘놉스키 연대의 위병들과 인사한 후 다시 한번 노인과 악수를 하고는 함께 성으로 들어갔다.

원수와 단둘이 남게 되자 군주는 프랑스군의 추격이 지체된 것에 대해, 그리고 크라스노예와 베레지나에서의 실책에 대해 불만을 토로했고, 향후 국외 원정에 대한 자신의 의견을 전했다. 쿠투조프는 어떤 반박이나 언급도 하지 않았다. 그가 7년 전 아우스터리츠 벌판에서 군주의 명령을 경청했을 때 나타났던 지극히 순종적이고 멍한 표정이 지금 그의 얼굴에 지어졌다.

쿠투조프가 집무실에서 나와 고개를 숙인 채 무거운 걸음으로 절룩거리며 홀을 지나고 있을 때 누군가의 목소리가 그를 불러 세웠다.

"대공작 각하." 누군가가 말했다.

쿠투조프는 고개를 들어 작은 물건이 담긴 은쟁반을 들고 자기 앞에 서 있는 톨스토이 백작의 눈을 오랫동안 바라보았다. 쿠투조프는 그가 무엇을 원하는지 전혀 이해하지 못한 것 같았다.

돌연 기억이 난 듯 그의 살진 얼굴에 퍼뜩 미소가 스쳤고, 그는 공손하게 몸을 숙여 쟁반 위에 놓인 물건을 집었다. 그것은 게오르기 일등 훈장이었다.

II

　다음 날 원수의 집에서는 군주가 참석하여 그 가치를 인정받은 만찬과 무도회가 열렸다. 쿠투조프는 게오르기 일등 훈장을 받았다. 군주는 그에게 최고의 경의를 표했다. 그러나 원수에 대한 군주의 불만은 모든 이들에게 알려져 있었다. 그럼에도 예의는 지켜졌고, 군주가 첫 번째로 그 모범을 보였다. 하지만 노인이 잘못을 했고 이제 그 어디에도 쓸모없다는 것을 모두 알고 있었다. 무도회장에서 쿠투조프가 예카테리나 시대의 관습에 따라 군주가 들어올 때 적에게서 탈환한 깃발을 그의 발치에 던지라고 지시했을 때 군주는 불쾌하게 얼굴을 찌푸리며 몇 마디 중얼거렸고, 몇몇이 그 말을 들었다. "늙은 광대."

　쿠투조프에 대한 군주의 불만은 특히 빌나에서 점점 더 강해졌는데, 그 이유는 쿠투조프가 향후 있을 전쟁의 의미를 이해하길 원치도 않고, 또 이해할 능력도 없다는 게 명백히 드러났기 때문이었다.

　다음 날 아침, 군주가 그의 거처에 모인 장교들에게 "그대들은 러시아만 구한 것이 아니오. 그대들은 유럽을 구했소"라고 말했을 때 이미 사람들은 전쟁이 아직 끝나지 않았음을 깨달았다.

쿠투조프 한 사람만이 그것을 이해하려 하지 않았고 새로운 전쟁은 상황을 개선시키지도 러시아의 영광을 증대시키지도 못하며, 다만 러시아의 상황을 악화시키고 지금 러시아가 누리고 있는 최고의 영광을 (이것은 그의 견해이다) 축소시킬 뿐이라는 의견을 노골적으로 피력했다. 그는 군주에게 새로운 군대를 모집하는 것이 불가능하다는 사실을 입증하려고 애쓰면서, 주민의 힘든 상황과 실패의 가능성 등에 대해서도 말했다.

그런 분위기에서 원수는 당연히 향후 있을 전쟁의 장애물이자 방해물로만 보였다.

노인과의 충돌을 피하기 위한 출구는 저절로 나타났는데 그것은 아우스터리츠 전투 때처럼, 그리고 바르클라이가 지휘하던 전쟁 초기처럼 총사령관을 동요하게 하지 않고, 또 그에게 통보 없이 그가 서 있던 권력의 토대를 군주에게 넘기는 것이었다.

이런 목적 아래 사령부가 조금씩 재편되었고 쿠투조프 사령부의 모든 실질적인 힘은 군주에게 넘어갔다. 톨, 코노브니친, 예르몰로프는 다른 직분을 받았다. 모든 사람들이 원수가 매우 쇠약해졌고 건강을 해치게 되었다고 큰 소리로 말들 했다.

그는 자신을 대신할 사람에게 자리를 넘겨주기 위해 건강을 부득이 해쳐야 했다. 그리고 실제로 그의 건강은 안 좋아졌다.

쿠투조프가 민병대를 모집하기 위해 튀르크에서 페테르부르크의 재무국에 왔다가 그가 반드시 필요한 순간 군대에 자연스럽고도 단순하게, 점진적으로 나타났던 것처럼 쿠투조프의 역할이 다하고 그 자리에 필요한 새로운 활동가 역시 똑같이 자연스럽고도 점진적으로, 단순하게 나타났다.

1812년 전쟁은 러시아인의 마음에 소중한 국민적 의의 외에도 다른 의의, 즉 유럽적 의의를 가져야 했다.

서에서 동으로의 민족 이동 후에는 동에서 서로의 이동이 뒤따라야 했고 그 새로운 전쟁을 위해서는 쿠투조프와는 다른 자질과 시각을 가지고, 그와 다른 동기로 움직이는 새로운 활동가가 필요했다.

　쿠투조프가 러시아의 구원과 영광을 위해 반드시 필요했듯이 알렉산드르 1세 또한 동에서 서로의 민족 이동을 위해, 여러 민족들이 국경을 회복하기 위해 반드시 필요한 존재였다.

　쿠투조프는 유럽, 균형 그리고 나폴레옹이 의미하는 바를 깨닫지 못했다. 그는 그것을 이해할 수 없었다. 적이 섬멸되고 러시아가 해방되어 그 영광의 최고 수준에 오른 후 러시아 민족의 대표자가 된 이 러시아인에게는 러시아인으로서 더 이상 할 것이 없었다. 국민 전쟁의 대표자에게 죽음 외에는 남은 것이 아무것도 없었다. 그리고 그는 죽었다.*

12

상당히 빈번한 일이지만 포로 시절의 피에르는 육체적인 결핍과 긴장감이 지나고 나서야 그 모든 고통을 느꼈다. 포로 신분에서 벗어난 뒤 그는 오룔로 갔고, 도착한 지 사흘째 되는 날 키예프로 출발하려는 순간 병이 나서 석 달 동안을 앓아누워 있었다. 의사들의 말에 따르면, 담낭염이 생겼다고 했다. 의사들이 그를 치료하고 피를 뽑고 물약을 주었는데도 불구하고 그는 건강을 회복했다.*

포로 신분에서 해방되어 병에 걸리기까지 피에르에게 일어난 일은 그의 내부에 별다른 인상을 남기지 않았다. 그는 다만 비나 눈이 내리던 잿빛의 음울한 날씨, 내면의 육체적 우수, 다리와 옆구리의 통증만을 기억했다. 또 사람들의 불행과 고통에 대한 공통의 인상을 기억했다. 여러 질문을 던지며 그를 불안하게 만들었던 장교들과 장군들의 호기심, 그리고 승용 마차와 말들을 찾으려고 고생하던 것을 기억했고, 그 무엇보다도 그 시기에 자신의 생각과 감정이 불능 상태에 있던 것을 기억했다. 자유로운 몸이 되었던 날, 그는 페탸 로스토프의 시신을 보았다. 바로 그날 그는 안드레이 공작이 보로디노 전투 후 한 달가량을 더 살다가 바로 얼마 전

야로슬라블의 로스토프가에서 사망했다는 사실을 알게 되었다. 그리고 바로 그날 데니소프는 피에르에게 그 소식을 전해 주는 와중에, 피에르가 오래전에 알았으리라 짐작하고 엘렌의 죽음을 언급했다. 그때 피에르에게는 이 모든 것이 그냥 기이하게만 여겨졌다. 그는 자신이 이 모든 소식의 의미를 이해하지 못하고 있음을 느꼈다. 그때 그는 인간들이 서로를 죽이는 이런 장소에서 가능한 한 빨리 벗어나 조용한 은신처에 숨어 그곳에서 정신을 가다듬고 쉬면서 그동안 알게 된 모든 이상하고 새로운 것들에 대해 숙고하기 위해 황급히 서두르기만 했다. 그러나 오룔에 도착하자마자 병이 났다. 병상에서 의식을 회복한 피에르는 모스크바에서 온 두 하인 테렌티와 바시카가 자기 옆에 있는 것을, 그리고 피에르의 영지인 옐레츠에서 지내다가 피에르의 석방과 병에 대한 소식을 듣고 그를 돌보러 달려온 첫째 공작 영애를 보았다.

건강이 회복되는 동안 피에르는 최근 몇 달 동안 익숙해진 인상들을 조금씩 떨쳐 내며, 다음 날이 되어도 아무도 그를 어딘가로 몰아가지 않고 아무도 그에게서 따뜻한 침대를 빼앗지 않고, 그에게 점심과 차와 저녁을 제공하는 생활에 익숙해졌다. 그러나 꿈속에서는 여전히 포로 상태에 있는 자신을 보았다. 그렇게 조금씩 피에르는 포로에서 풀려난 뒤 새로 알게 된 소식들, 즉 안드레이 공작의 죽음, 아내의 죽음, 프랑스군의 섬멸을 이해해 나갔다.

인간으로부터 떼어 낼 수 없는, 천부적으로 주어진 충만한 자유, 그 자유에 대한 즐거운 자각, 그가 모스크바를 떠나 첫 번째 휴식지에서 처음으로 겪었던 자유에 대한 자각이 회복기 동안 피에르의 영혼을 가득 채웠다. 그는 외적 상황과 상관없는 그 내적 자유가 이제는 넘치도록 풍부하고 호화로운 외적 자유에 둘러싸인 것 같아 놀랐다. 그는 낯선 도시에 아는 사람 없이 혼자 있었다. 그 누구도 그에게 뭔가를 요구하지 않았다. 그를 어디로도 보내지 않았다. 그가 원하는 모든 것이 있었다. 아내가 죽었기 때문에 이전에 그를 끊임없이 괴롭히던 아내에 대한 생각도 이제는 더 이상 존재하지 않았다.

"아, 너무 좋구나! 얼마나 좋은지!" 깨끗한 식탁보 위에 향기로운 수프가 차려진 테이블 앞에 앉을 때마다, 밤이 되어 부드럽고 깨끗한 침대에 누울 때마다, 아내와 프랑스군이 더 이상 없다는 사실이 떠오를 때마다 그는 혼잣말을 중얼거렸다. "아, 너무 좋구나! 얼마나 좋은지!" 그리고 오랜 습관에 따라 자문하곤 했다. 다음에는 무슨 일이 생길까? 앞으로 뭘 할까? 그리고는 스스로에게 답했다. 아무것도 없어. 난 살아갈 거야. 아, 얼마나 좋은지!

예전에 그를 괴롭히던 것, 그가 부단히 찾던 것, 삶의 목표들은 이제 그에게 존재하지 않았다. 그가 찾던 삶의 목적이 지금 이 순간에만 우연히 존재하지 않는 것이 아니라, 그는 그 목적이 존재하지도 않고 또 존재할 수도 없다는 것을 알았다. 그리고 그런 목적의 부재가 그 무렵 그의 행복을 이루던 자유에 대한 충만하고 기쁜 자각을 그에게 주었다.

이제 그가 믿음을 가졌기 때문에 그는 목적을 가질 수 없었다. 그것은 어떤 규율이나 말이나 사상에 대한 믿음이 아니라 언제나 감지되는 살아 있는 하느님에 대한 믿음이었다. 그전에 그는 스스로 세운 목적에서 하느님을 찾았다. 목적을 향한 이러한 추구는 단지 하느님을 향한 추구일 뿐이었다. 그리고 포로 시절 불현듯 말과 판단이 아닌 직접적인 감각으로, 이미 오래전 보모가 말한 것을 깨달았다. 그것은 하느님은 바로 이곳에, 그리고 어디에나 계신다는 것이었다. 포로로 있을 때 그는 카라타예프 안에 있는 하느님이 프리메이슨들이 인정하는 우주의 건설자 속에 있는 하느님보다 더 위대하고 무한하고 불가해하다는 것을 깨달았다. 그는 눈을 긴장시켜 멀리 바라보다가 자신의 발 근처에서 자신이 찾던 것을 발견한 사람의 기분을 느꼈다. 그는 평생 주위 사람들의 머리 위 그 어딘가를 응시했다. 그런데 눈을 긴장시킬 필요 없이 그냥 앞을 보기만 하면 되었던 것이다.

예전에 그는 어디에서도 위대하고 불가해하고 무한한 것을 볼 수 없었다. 어딘가에 반드시 있을 거라고 느끼기만 하여 그것을 찾았다. 가까이 있고 이해할 수 있는 모든 것에서 그는 유한하고 사소하고 일상적이고 무의미한 것만 보았다. 그는 이성의 망원경으로 무장하여 먼 곳을, 안개에 가려 사소하고 일상적인 것이 단지 명확히 보이지 않기 때문에 위대하고 무한하게 여겨지던 그곳을 응시했다. 유럽의 삶, 정치, 프리메이슨, 철학, 박애주의가 그에게는 그런 식으로 보였다. 하지만 그가 자신의 약점으로 여기던 그의 이성은 그 순간에도 그 먼 곳을 꿰뚫어 보고 거기서 똑같이 사소하고 일상적인 것을 보았다. 이제 그는 모든 것에서 위대하고 영원하고 무한한 것을 보는 법을 습득했고, 따라서 그것을 보기 위해, 그 관조를 즐기기 위해 예전에 사람들의 머리 너머를 바라보았던 망원경을 버리고 그의 주변에서 영원히 변하고, 영원히 위대하고 불가해한 무한한 삶을 기쁘게 관조하는 것은 자연스러운 일이다. 가까이 가서 보면 볼수록 그는 점점 더 평온하고 행복해졌다. 이전에 그의 모든 지적 건축물을 파괴하던 무서운 질문, '왜'는 이제 그에게 존재하지 않았다. 이제 '왜'라는 그 질문에 대해 그의 마음속에는 다음과 같은 단순한 답이 항상 준비되어 있었다. 하느님이 계시기 때문에, 하느님의 의지 없이는 사람의 머리에서 머리카락 하나 떨어지지 않기 때문에.

13

피에르의 외적인 면은 거의 변하지 않았다. 외관상 그는 예전과 마찬가지로 얼이 빠져 있었고, 눈앞에 있는 것이 아니라 자신의 특별한 무언가에 몰두해 있는 듯했다. 이전과 현 상태의 차이라면, 예전에는 눈앞에 있는 게 무엇이고 사람들이 자신에게 하는 말이 무엇인지 잊어버릴 경우 마치 아무리 애써도 자신과 멀리 떨어진 무언가를 인식하지 못하겠다는 듯 괴롭게 이마를 찡그렸다는 점이다. 지금도 그는 사람들이 자신에게 무슨 말을 하는지, 눈앞에 무엇이 있는지 잊곤 했다. 그러나 이제는, 필시 전혀 다른 무언가를 보고 듣는 게 분명했지만, 마치 조롱하는 듯한 희미한 미소를 띤 채 눈앞에 있는 것을 주시하고 사람들이 자신에게 하는 말을 주의 깊게 들었다. 예전의 그는 착하지만 불행한 사람으로 보였다. 그래서 사람들은 무의식적으로 그를 멀리했다. 이제 그의 입가에는 삶을 기뻐하는 미소가 감돌고 눈에는 사람들에 대한 관심, 즉 '저들도 나처럼 만족하고 있는가?' 하는 물음이 빛나고 있었다. 그래서 사람들은 그와 함께 있는 것을 유쾌해했다.

예전에 그는 말이 많았고, 흥분했으며, 다른 사람의 말을 거의 듣지 않았다. 그러나 이제는 이따금 대화를 즐기면서, 사람들이 마음속 가장 깊이 숨겨 둔 비밀을 그에게 기꺼이 털어놓을 만큼 잘 들어주었다.

피에르를 한 번도 좋아한 적이 없었던, 특히 노백작의 죽음 이후 자신이 피에르에게 신세 진 것을 알고 난 이후 그에게 증오를 품었던 공작 영애는 피에르가 은혜를 저버렸음에도 불구하고 그의 간호를 자신의 의무로 생각한다는 것을 그에게 증명하고자 오룔로 찾아왔고, 거기서 머무른 지 얼마 되지 않아 분하고 놀랍게도 그를 좋아한다는 사실을 바로 지각했다. 피에르는 결코 공작 영애의 환심을 사려 하지 않았다. 호기심을 갖고 그녀를 주시했을 뿐이었다. 예전에 공작 영애는 자신을 바라보는 그의 시선에 무관심과 조소가 담겨 있다고 느꼈다. 그래서 다른 사람들 앞에서 그러듯 그의 앞에서도 몸을 움츠리고 자기 삶의 전투적인 측면만 보여 주었다. 반면 이제 그녀가 느끼는바 그는 그녀 삶의 가장 내밀한 부분까지 파고드는 것 같았다. 그래서 처음에는 의심하면서, 그다음에는 감사히 자신의 성격 가운데 감춰진 좋은 면들을 그에게 보여 주었다.

아무리 교활한 인간도 그녀의 가장 좋았던 젊은 시절의 추억을 불러일으켜 그 추억에 공감하면서, 그보다 더 능숙하게 공작 영애의 환심을 사지는 못했을 것이다. 그러나 피에르의 교활함이라는 것은 악의와 냉담함 그리고 나름의 오만함을 드러내는 공작 영애에게 인간적인 감정을 불러일으키면서 자신의 만족을 찾는 데 불과했다.

"그래, 그는 무척, 무척 좋은 사람이야. 나쁜 사람들의 영향을 받지 않고 나 같은 사람들의 영향을 받으면……." 공작 영애는 이렇게 혼잣말하곤 했다.

피에르에게 일어난 변화들을 테렌티와 바시카 같은 하인들 또

한 나름대로 알아차렸다. 그들은 피에르가 매우 소탈해졌음을 발견했다. 테렌티는 빈번히 주인의 옷을 벗겨 주고 나서 손에 부츠와 옷을 든 채 밤 인사를 하고는 주인이 대화를 시작하지 않을까 기대하며 나가는 걸 지체했다. 그러면 대개 피에르는 테렌티가 이야기하고 싶어 하는 것을 알아차리고 그를 불러 세웠다.

"음, 그런데 말이지, 나에게 말해 주게…… 자네들은 어떻게 먹을 것을 구했지?" 그는 이렇게 물었다. 그러면 테렌티는 모스크바의 황폐화에 대해, 고인이 된 백작에 대한 이야기를 하기 시작했고, 옷을 든 채 이야기하거나 때로는 피에르의 이야기를 듣기도 하면서 한동안 서 있다가, 자신을 대하는 주인의 친절함과 주인을 향한 자신의 친밀함을 유쾌히 의식하며 복도로 나갔다.

피에르를 치료하려고 매일 방문하는 의사는 의사들의 의무에 따라 매 순간이 고통받는 인류를 위해 소중하다는 표정을 짓는 것을 자신의 의무로 여기는 사람이었음에도 불구하고 피에르의 집에 몇 시간씩 머무르며 자신이 좋아하는 역사에 대해, 그리고 자신이 관찰한 환자 전반의, 특히 귀부인들의 성품에 대한 이야기를 해 주곤 했다.

"맞아요. 그런 사람과 이야기하면 즐겁죠. 우리 지방 사람과 이야기하는 것과는 달라요." 그는 이렇게 말하곤 했다.

오룔에는 포로가 된 프랑스 장교들이 몇 살았는데 의사가 그들 가운데 젊은 이탈리아인 장교 하나를 데려왔다.

그 장교는 피에르의 집에 오기 시작했고, 공작 영애는 이탈리아인이 피에르에게 보여 주는 부드러운 감정을 비웃었다.

이탈리아인은 피에르를 찾아와 자신의 과거와 가족생활과 사랑에 대해 이야기할 때만, 그리고 프랑스인들 특히 나폴레옹을 향한 분노를 쏟아 낼 때만 행복해 보였다.

"만약 모든 러시아인들이 당신과 조금이라도 비슷하다면 이런 민족과 전쟁을 하는 것은 신성 모독입니다." 그는 피에르에게 말했다. "당신은 프랑스인들로부터 그토록 모진 고통을 받았는데도, 그들에게 적의조차 품고 있지 않아요."

피에르가 그 이탈리아인의 열정적인 사랑을 얻게 된 것은 단지 그의 영혼에서 가장 좋은 면들을 소환하여 그것에 감탄한 덕분이었다.

피에르의 오룔 체류 마지막 시기에 프리메이슨인 옛 지인 빌라르스키 백작이, 1807년에 피에르를 프리메이슨 지부로 데려간 그 백작이 찾아왔다. 빌라르스키는 오룔에 큰 영지를 가지고 있는 부유한 러시아 여자와 결혼했고, 도시에서 식량 부서의 임시직을 맡고 있었다.

베주호프가 오룔에 있다는 걸 안 빌라르스키는 가까이 지낸 적이 전혀 없는데도 그를 찾아와 황야에서 마주친 사람들이 서로에게 통상 그러듯이 우정과 친밀감을 드러냈다. 빌라르스키는 오룔에서 무료하게 지내다가 자신과 같은 부류의 사람을, 그가 생각하기에 똑같은 관심을 가진 사람을 만나 행복했다.

그러나 빌라르스키는 피에르가 현실 생활에서 매우 뒤처졌으며, 자기 혼자서 피에르를 정의한 바에 의하면 그가 무기력과 에고이즘에 빠져 있는 것을 알아차리고는 놀랐다.

"스스로를 방치하고 있군요, 친구." 빌라르스키는 피에르에게 말했다. 하지만 피에르와 있는 것이 예전보다 더 즐거웠고 그래서 매일 찾아왔다. 피에르는 빌라르스키를 보고 그의 이야기를 들으면서 자신이 바로 얼마 전까지만 해도 그와 똑같은 인간이었다는 생각에 믿기지 않을 만큼 놀랍고 이상야릇한 기분을 느꼈다.

빌라르스키는 가정을 가진 남자로 아내의 영지와 직무와 가족과 관련된 일에 종사했다. 그는 그 모든 일이 인생에 있어 방해물이고, 그 모든 것이 경멸할 만한 것이라고 생각했는데, 그 일들의 목적이 그와 가족의 사적인 행복이었기 때문이다. 전쟁, 행정, 정치, 프리메이슨에 관한 생각이 항상 그의 머릿속을 차지하고 있었다. 피에르는 빌라르스키의 시각을 바꾸려고 애쓰거나 그를 비난하지 않고, 이제는 변함없이 자리 잡은 평온하고 즐거운 조소를 지으며 자신이 잘 아는 그 기이한 현상을 감탄하듯 바라보았다.

빌라르스키, 공작 영애, 의사 그리고 요즘 만난 사람들과 피에르의 관계에서는 사람들의 호의를 끌어내는 새로운 특징이 있었다. 그것은 사람들 각자 나름대로 사물을 생각하고 느끼고 바라볼 가능성을 인정하는 것이었다. 그리고 말로써는 사람의 생각을 바꿀 수 없음을 인정하는 것이었다. 예전에는 피에르를 동요시키고 자극했던 개개인의 이런 당연한 독자성이 이제는 그가 사람들을 향해 갖게 되는 공감과 관심의 토대가 되었다. 자신의 삶과 타인들의 시각 사이에, 혹은 자신과 타인들 사이에 존재하는 차이, 그리고 때로 절대적인 대립은 피에르를 기쁘게 만들었고 그로 하여금 온화한 조소를 짓게 했다.

실제적인 문제들에서도 이제 피에르는 예기치 않게 예전에 없던 무게 중심이 자신에게 생긴 것을 느꼈다. 전에는 모든 금전 문제, 특히 엄청난 부를 소유했기 때문에 사람들이 너무 자주 돈을 요청하는 것이 그를 출구 없는 불안과 의심으로 내몰았다. '줄까, 말까?' 그는 자문하곤 했다. '나에게는 돈이 있지만 저 사람에게 돈이 필요하다. 하지만 돈이 더 필요한 다른 사람이 있다. 누구에게 돈이 더 필요할까? 둘 다 사기꾼은 아닐까?' 예전에는 그 모든 추측에서 어떤 해결책도 발견하지 못하고, 줄 만한 것이 있는 한 모두에게 다 주었다. 또 예전에는 자신의 재산에 관한 문제가 생길 때마다 역시 똑같은 의혹에 빠졌는데, 왜냐하면 어떤 이는 이렇게 해야 한다 말하고 또 어떤 이는 저렇게 해야 한다고 말했기 때문이었다.

이제 그는 스스로도 놀랄 정도로 그 모든 문제에서 더 이상 의혹이나 망설임을 느끼지 않았다. 이제 그의 안에 자신이 알지 못하는 어떤 법에 따라 무엇을 해야 하고 무엇을 하지 말아야 하는지 결정하는 심판관이 나타났다.

그는 예전과 마찬가지로 돈 문제에 관심이 없었다. 그러나 이제 무엇을 해야 하고 무엇을 해선 안 되는지 명확히 알았다. 이 새로운 심판관이 처음으로 나선 것이 포로인 프랑스 대령이었다. 그는 피에르를 찾아와 자신의 전쟁 업적에 대해 길게 늘어놓은 후 대화 끝에 가서는 아내와 아이들에게 송금할 4천 프랑을 달라고 요구하다시피 했다. 피에르는 조금도 어려워하거나 긴장하지 않고 요구를 거절했다. 그러면서 예전에는 해결할 수 없을 정도로 어렵게 보이던 것이 얼마나 간단하고 쉬운 일이었는지 알고 놀랐다. 그때 그는 대령의 청을 거절하는 동시에 자신이 오룔을 떠날 때에는 돈이 필요할 게 분명한 이탈리아인 장교가 돈을 받도록 하기 위해서는 기지가 필요하다고 생각했다. 피에르에게 있어 실제적인 문제들에 대한 자신의 견고한 시각을 보여 주는 새로운 증거는 아내의 빚 문제 그리고 모스크바 저택과 별장의 수리 여부에 대한 자신의 결정이었다.

그의 수석 관리인이 오룔에 왔고, 피에르는 그와 함께 변화가 생긴 수입에 대해 총결산을 했다. 수석 관리인의 계산에 따르면, 피에르는 모스크바 화재로 2백만 루블가량을 지출해야 했다.

수석 관리인은 이 손실에 대한 위로로 다음과 같은 안을 제시했다. 즉 그만한 손실에도 불구하고 백작 부인이 사후에 남긴, 그가 지불할 의무가 없는 빚을 갚지 않고, 매년 8만 루블만 지출될 뿐 아무 이익도 내지 않는 모스크바 시내의 저택과 근교의 별장들을 수리하지 않는다면 그의 수입은 줄어들기는커녕 늘어날 거라는 계산이었다.

"네, 네, 그 말이 맞아요." 피에르는 유쾌한 미소를 지으며 말했다. "네, 네, 나에겐 그것이 전혀 필요 없어요. 그러고 보니 난 파산한 뒤에 훨씬 더 부자가 되었네요."

그러나 1월에 모스크바에서 사벨리치가 와서 모스크바의 상황에 대해, 저택과 모스크바 근교에 있는 별장을 수리하기 위해 건축가가 뽑은 견적을 이야기했는데, 그는 마치 그 문제가 이미 결정된 것처럼 말했다. 그 무렵 피에르는 바실리 공작과 페테르부르크의 여러 지인들로부터 편지를 받았다. 편지에는 아내의 빚에 대한 언급이 있었다. 그러자 피에르는 그가 그토록 마음에 들어 했던 수석 관리인의 계획이 믿을 만하지 않으므로 직접 페테르부르크에 가서 아내와 관련된 문제를 다 해결하고 모스크바의 집을 다시 짓기로 결정했다. 왜 그럴 필요가 있는지 그는 알지 못했으나 그래야 한다는 것을 의심할 여지 없이 잘 알고 있었다. 그런 결정을 내렸을 때 그의 수입은 4분의 3 정도 줄어들 것이다. 하지만 그렇게 해야 했다. 그는 그렇게 느꼈다.

빌라르스키가 모스크바로 떠날 예정이어서 그들은 함께 떠나기로 약속했다.

피에르는 오룔에서 건강을 회복하는 내내 기쁨과 자유와 생명의 감정을 느꼈다. 그러나 여행하는 동안 자신이 자유의 세계에 있다는 것을 깨닫는 한편, 수백 명의 새로운 얼굴들을 보았을 때 이러한 감정은 훨씬 더 강해졌다. 그는 여행 내내 방학 중인 학생의 기쁨을 느꼈다. 모든 사람들, 마부, 역장, 길 위나 마을의 농부들, 이들 모두가 그에게 새로운 의미를 띠고 다가왔다.

빌라르스키의 존재 그리고 러시아의 가난과 유럽보다 심한 무지에 대한 빌라르스키의 쉼 없는 불평과 의견도 피에르에게는 기쁨을 불러일으킬 뿐이었다. 빌라르스키가 죽음과도 같은 것을 본 곳에서 피에르는 놀랄 만큼 강인한 생명력을, 눈 덮인 광활한 공간에서 전체적이면서 특별하고 유일한 사람들의 삶을 지탱하는 힘을 보았다. 그는 빌라르스키의 말을 반박하지 않으면서 마치 빌라르스키의 말에 동의하듯 (동의하는 척하는 것이 어떤 결론에도 이를 수 없는 토론에서 빠져나오는 가장 간단한 방법이었기 때문이다) 즐거운 미소를 지으며 그의 말에 귀 기울였다.

14

개미들이 무너진 개미총에서 무엇을 위해 어디로 서둘러 가는 지, 어떤 개미들은 개미총에서 티끌과 알과 시체를 끌고 나오는 데 반해 또 다른 개미들은 개미총으로 되돌아오는지, 무엇을 위해 개미들이 서로 충돌하고 서로를 쫓고 싸우는지 설명하기 어렵듯, 프랑스군이 떠난 후 러시아 사람들을 이전에 모스크바라 불리던 장소로 서둘러 가게 한 원인 역시 설명하기 어려울 것이다. 그러나 파괴된 개미총 주위에 흩어진 개미들을 보면 개미총이 완전히 붕괴되어도 우글거리는 수많은 곤충들의 끈기와 힘, 무수한 수로 인해 개미총의 전체 힘을 형성하는 견고하고 비물질적인 어떤 것은 예외적으로 파괴될 수 없듯이, 10월의 모스크바 역시 관청과 교회와 성물과 풍부한 물자와 집들이 없어도 8월의 모스크바와 똑같았다. 모든 것이 파괴되었지만 비물질적인, 그러나 강력하고 견고한 무언가는 예외였다.

모스크바에서 적을 내쫓은 후 사방에서 모스크바로 향해 오는 사람들의 동기는 매우 다양하고 개인적이었으며, 초기에는 대부분 야만적이고 동물적이었다. 모든 사람에게 단 하나의 공통적인 동기가 있다면 그것은 자신의 일을 하기 위해 그곳으로, 이전에 모스크바라고 불리던 곳으로 가겠다는 갈망이었다.

일주일 후 모스크바의 주민은 이미 1만 5천 명이었고, 2주일 후에는 2만 5천 명이었다. 수는 계속 증가하여 1813년 가을 무렵에는 1812년의 주민 수를 넘어설 정도가 되었다.

가장 먼저 모스크바에 들어온 러시아인들은 빈친게로데 부대의 카자크들과 인접한 촌락의 농민들 그리고 모스크바에서 달아나 근교에 숨어 있던 주민들이었다. 황폐한 모스크바로 들어온 러시아인들은 도시가 약탈당한 것을 발견하고 자신들도 약탈하기 시작했다. 그들은 프랑스군이 한 짓을 이어 나갔다. 농민들의 짐마차들이 파괴된 저택과 거리에 버려진 것들을 자기 마을로 실어 가기 위해 모스크바로 왔다. 카자크들은 할 수 있는 최대한 자신들의 진영으로 실어 갔다. 집주인들은 다른 집에서 발견한 것들을 전부 취하며 그것이 자신의 소유였다는 핑계를 대고 자기 집으로 운반해 갔다.

첫 약탈자들에 이어 두 번째, 세 번째 약탈자들이 왔고, 약탈자들이 증가함에 따라 약탈은 나날이 점점 더 어려워지고 보다 일정한 형태를 띠게 되었다.

프랑스군이 발견할 당시의 모스크바는 비록 텅 비긴 했지만 균형을 이루며 유기적으로 살아가는 도시의 모든 형태를 갖춘 도시, 상업, 수공업, 국정, 종교가 기능하고 호화로운 생활이 영위되는 도시였다. 이러한 형태는 생명력을 잃었으나 여전히 존재했다. 상점가, 작은 가게, 창고, 곡물 창고, 시장이 있었고, 그곳에는 대부분 상품이 있었다. 공장과 공방이 있었고, 호화로운 물건들로 가득한 궁전과 부자들의 저택이 있었다. 병원과 감옥과 법정과 예배당과 대교회도 있었다. 프랑스군이 오래 머무를수록 도시 생활의 이 형태들은 더 많이 파괴되었고, 마지막에는 모든 것이 구별 불가능할 정도로 합쳐져 생명 없는 약탈의 벌판이 되어 버렸다.

프랑스군의 약탈이 지속될수록 그것은 모스크바의 부(富)뿐만 아니라 약탈자들의 힘까지 점점 더 파괴했다. 러시아인들이 수도를 차지하게 된 동기가 되는 러시아인들의 약탈이 오래 지속될수록, 그에 가담하는 사람들이 많아질수록 모스크바의 부와 도시의 균형 잡힌 생활은 더욱 빨리 복구되었다.

약탈자 외에도 호기심이나 직무, 이해타산의 동기에 따라 집주인, 사제, 고위 관리, 하급 관리, 상인, 수공업자, 농민 등 온갖 다양한 사람들이 마치 심장으로 향하는 피처럼 사방에서 모스크바로 흘러들었다.

일주일 후에는 물건을 실어 가기 위해 빈 수레들을 끌고 온 농민들이 관청의 저지를 받았고, 도시 밖으로 시체를 운반하도록 강제 동원되었다. 동료들의 실패담을 들은 다른 농민들은 빵과 귀리와 건초를 싣고 도시에 와서 서로 가격을 낮추는 바람에 가격은 예전보다 더 떨어졌다. 목수 조합은 높은 임금을 기대하며 매일 모스크바에 들어와 사방에서 나무로 새집을 짓고 불에 탄 집들을 수리했다. 노점상들은 장사를 개시했다. 음식점과 여인숙이 불에 그슬린 집에 자리 잡았다. 불타지 않은 많은 교회에서 사제들이 예배를 재개했다. 기부자들은 약탈당한 교회 물건들을 가지고 왔다. 관리들은 작은 사무실에 모직 천을 덮은 책상과 서류함을 갖다 놓았다. 상급 관청과 경찰은 프랑스군이 남긴 재물을 분배하도록 지시했다. 다른 집에서 가져온 물건들이 많이 남아 있던 집의 주인들은 그라노비타야 궁전으로 그 물건들을 실어 가는 것이 부당하다고 불평했다. 다른 집주인들은 프랑스군이 여러 집의 물건들을 한 집으로 가져왔기 때문에 그 집에서 발견된 물건들을 그 집주인에게 넘기는 것이 부당하다고 주장했다. 사람들은 경찰을 욕했다. 그리고 경찰을 매수하기도 했다. 불에 탄 국유 재산에 대한 견적이 열 배로 부풀려 기록되었다. 원조를 요청하는 사람들이 있었다. 그러자 라스톱친 백작은 선언문을 작성했다.

15

1월 말에 피에르는 모스크바로 와서 온전한 곁채에 자리 잡았다. 그는 라스톱친 백작과 모스크바에 돌아온 몇몇 지인들을 방문하고 사흘째 되는 날, 페테르부르크로 떠날 작정이었다. 모든 이들이 승리를 축하했다. 황폐해졌다가 되살아나고 있는 수도에서는 모든 것이 생명력으로 들썩였다. 모두가 피에르를 보고 기뻐했다. 모두가 그를 보고 싶어 했고, 모두가 그가 본 것에 대해 많은 질문을 던졌다. 피에르는 자신이 만난 사람들에게 특별한 친밀감을 느꼈다. 그러나 무언가에 매이지 않기 위해 이제는 무의식 중에 사람들을 조심스럽게 대했다. 중요하든 매우 사소한 질문이든 그는 사람들이 던지는 모든 질문에 똑같이 애매하게 대답했다. '앞으로 어디서 살 거냐?', '집을 재건축하긴 할 거냐?', '페테르부르크로 떠날 때 작은 궤짝 하나를 가지고 가 줄 수 없냐?'라고 사람들이 물으면, 그는 '네', '아마도요', '그렇게 생각합니다' 등으로 대답했다.

로스토프가에 대해서는 그들이 코스트로마에 있다는 말을 들었고, 나타샤를 생각하는 경우는 드물었다. 설령 그녀에 대한 생각이 든다 해도 오래전의 즐거운 추억으로서일 뿐이었다. 그는 자신이 생활 조건들로부터 자유로울 뿐 아니라 의도적으로 스스로에게 부과했다고 생각되는 그 감정으로부터도 자유롭다고 느꼈다. 모스크바 도착 후 사흘째 되는 날, 그는 드루베츠코이가 사람들로부터 마리야 공작 영애가 모스크바에 있다는 사실을 알게 되었다. 안드레이 공작의 죽음과 고통, 마지막 나날이 피에르의 생각을 자주 차지하곤 했는데 이제 그것들이 새로운 생생함을 띠고 그의 머리에 떠올랐다. 식사 중에 마리야 공작 영애가 모스크바에 있고 브즈드비젠카 거리의 불타지 않은 자택에서 산다는 사실을 알게 된 피에르는 그날 저녁 그녀에게 향했다.

마리야 공작 영애의 집으로 가면서 피에르는 끊임없이 안드레이 공작에 대해, 그와 자신의 우정에 대해, 그와의 여러 만남에 대해, 특히 보로디노에서의 마지막 만남에 대해 생각했다.

'그는 그때처럼 적의에 차서 죽었을까? 죽음 앞에서 그에게 삶의 이유가 보이지는 않았을까?' 피에르는 생각했다. 그는 카라타예프와 그의 죽음을 떠올리며 본의 아니게 이 두 사람을, 너무도 다르지만 한편으론 그들을 향한 피에르의 애정의 측면에서, 그리고 둘 다 죽었다는 측면에서 너무도 비슷한 두 사람을 비교하기 시작했다.

피에르는 매우 심각한 기분으로 노공작의 저택으로 향했다. 저택은 온전히 남아 있었다. 파괴당한 흔적이 보였지만 저택의 분위기는 예전 그대로였다. 노공작의 부재가 집안의 질서를 깨뜨리지 않았다는 점을 손님이 느끼길 바라는 듯 엄격한 표정으로 피에르를 맞이한 늙은 하인은 공작 영애가 자신의 방에 들어갔고, 일요일에 방문객을 받는다고 말했다.

"내가 왔다고 전해 주게. 그럼 아마 맞아 주실 거야." 피에르가 말했다.

"알겠습니다." 하인이 대답했다. "초상화 방으로 드십시오."

몇 분 후, 하인과 데살이 피에르에게 왔다. 공작 영애를 대신하여 데살은 영애가 그를 만나게 되어 매우 기쁘며, 피에르가 그녀의 무례함을 용서한다면 2층에 있는 그녀의 방으로 와 주길 청한다고 전했다.

초 한 자루가 비추는 천장이 낮은 방에는 마리야 공작 영애가 앉아 있었고, 검은 옷을 입은 누군가도 함께 있었다. 피에르는 공작 영애의 옆에 항상 말벗들이 있었다는 것을 기억했다. 그들이 누구였는지, 그들이 어떤 사람들이었는지 피에르는 몰랐고 기억하지도 못했다. '말벗들 가운데 한 사람이로군.' 그는 검은 옷을 입은 귀부인을 보며 생각했다.

공작 영애는 재빨리 일어나 그를 향해 한 손을 내밀었다.

"그래요." 그가 손에 입을 맞춘 후 그녀는 그의 바뀐 얼굴을 찬찬히 들여다보며 말했다. "우리가 이렇게 만나는군요. 오빠도 마지막 나날에 당신 이야기를 자주 했어요." 그녀는 시선을 피에르에게서 수줍어하는 말벗에게로 옮기며 말했는데, 그녀의 수줍은 모습은 피에르를 순간 놀라게 했다.

"당신이 구출되었다는 소식에 무척 기뻤어요. 우리가 오랫동안 받은 소식들 중에서 유일하게 기쁜 소식이었어요." 공작 영애가 다시 더욱 불안하게 말벗을 돌아보더니 무언가 말하려 했다. 그러나 피에르가 그녀의 말을 가로막았다.

"내가 안드레이 공작에 대해 아무것도 몰랐다는 걸 상상할 수 있겠습니까?" 그가 말했다. "나는 그가 전사했다고 생각했습니다. 내가 아는 모든 것은 다른 사람들로부터, 제삼자를 통해 알게 된 것입니다. 내가 아는 건, 그가 로스토프가에 갔다는 것뿐입니다……. 정말 기이한 운명이죠!"

피에르는 생기에 차 빠르게 말했다. 그는 말벗의 얼굴에 힐긋 시선을 던졌고 자신을 향한 호기심 어린 다정한 눈길을 보았으며 대화 도중 종종 그러듯이 그는 왠지 몰라도 검은 옷을 입은 말벗이 자신과 마리야 공작 영애의 친밀한 대화를 방해하지 않는 사랑스럽고 선하고 훌륭한 존재임을 느꼈다.

그러나 그가 로스토프가에 대해 마지막 말을 할 때 마리야 공작 영애의 얼굴에 더더욱 강한 당혹감이 나타났다. 그녀는 다시 피에르의 얼굴에서 검은 옷을 입은 귀부인의 얼굴로 빠르게 시선을 옮기며 말했다.

"당신, 정말 모르겠어요?"

피에르는 검은 눈과 기묘한 입매를 지닌, 말벗 여인의 창백하고 갸름한 얼굴을 한 번 더 바라보았다. 오랫동안 잊고 있던 사랑스러움 이상의 친밀한 무언가가 그 주의 깊은 눈을 통해 그를 바라보고 있었다.

'아냐, 그럴 리 없어.' 그는 생각했다. '이 엄숙하고 야위고 창백하고 나이 든 얼굴이? 이 사람이 그녀일 리 없어. 그냥 그녀를 떠올리게 하는 얼굴일 뿐이야.' 하지만 그때 마리야 공작 영애가 말했다. "나타샤예요." 그러자 주의 깊은 눈의 얼굴이 마치 녹슨 문이 열리듯 힘겹게 애써 미소를 지었고, 그 열린 문으로부터 갑자기 오랫동안 잊고 있던, 특히 그로서는 생각도 할 수 없는 행복이 불어 나와 그를 채웠다. 그것은 훅 불어와 그를 사로잡았고 그의 온 존재를 삼켜 버렸다. 그녀가 미소 지었을 때 이미 더 이상의 의혹은 없었다. 그녀는 나타샤였고, 그는 그녀를 사랑하고 있었다.

그 첫 순간, 피에르는 자기도 모르게 그녀와 마리야 공작 영애에게, 그리고 무엇보다 자신에게 스스로도 알지 못하던 비밀을 말했다. 그는 얼굴을 붉혔는데 기쁘기도 하고 고통스러울 정도로 아프기도 한 것 같았다. 그는 자신의 흥분이 감추어지길 바랐다. 하지만 흥분이 감추어지길 바라면 바랄수록 자신과 그녀와 마리야 공작 영애에게 자신이 그녀를 사랑한다는 사실을 그 어떤 확실한 말보다 더 명확히 드러날 뿐이었다.

'아냐, 예기치 않은 상황이라서 그래.' 피에르는 생각했다. 그러나 마리야 공작 영애와 시작한 대화를 계속 이어 나가길 원하며 다시 나타샤를 쳐다본 순간, 더욱 선명한 홍조가 그의 얼굴을 뒤덮었고, 기쁨과 두려움이 뒤섞인 더욱 강렬한 흥분이 그의 영혼을 사로잡았다. 그는 당황한 나머지 횡설수설하다가 말문이 막혀 말하는 도중 입을 다물었다.

피에르가 나타샤를 알아보지 못한 이유는 그곳에서 그녀를 보게 되리라고는 전혀 예상치 못했기 때문이기도 하지만, 다른 한편으로는 그녀를 만나지 못한 이후 그녀의 내면에서 일어난 변화가 너무나 커서이기도 했다. 그녀는 야위고 창백해졌다. 그러나 이것이 그녀를 알아보지 못하게 한 건 아니었다. 그가 방에 들어선 첫 순간에 그녀를 알아보기란 불가능했는데 왜냐하면 이전에는 삶의 기쁨을 품은 미소로 빛났던 그 얼굴과 눈에 지금, 그가 방에 들어와 그녀를 처음 봤을 때에는 미소의 그림자조차 없었기 때문이다. 오직 슬프게 뭔가를 묻는 듯한 주의 깊고 선한 눈만 있을 뿐이었다.

피에르의 동요는 나타샤에게 동요가 아니라 거의 눈에 띄지 않을 정도로 그녀의 얼굴 전체를 밝히는 기쁨으로 투영되었다.

16

"나타샤는 우리 집에 손님으로 와 있어요." 마리야 공작 영애가 말했다. "백작님과 백작 부인도 이제 곧 오실 거예요. 백작 부인의 병세가 심각한 상태예요. 하지만 나타샤도 진찰을 받아야 해요. 두 분이 나타샤를 억지로 저와 함께 보내셨어요."

"그렇죠, 슬픔을 겪지 않은 가족이 있겠습니까?" 피에르가 나타샤를 돌아보며 말했다. "당신도 아시다시피, 그 일은 우리가 구출된 바로 그날 일어났습니다. 난 페탸를 보았습니다. 정말 훌륭한 소년이었어요."

나타샤는 그를 바라보았지만 그의 말에 대한 대답으로 눈이 커지고 더 빛날 뿐이었다.

"어떤 말이나 생각이 당신에게 조금이라도 위안이 될까요?" 피에르가 말했다. "아무것도 없지요. 무엇 때문에 그렇게 훌륭하고 생기 넘치는 소년이 죽어야 했을까요?"

"네, 이 시대에 신앙 없이 사는 건 힘들 거예요……." 마리야 공작 영애가 말했다.

"네, 네. 진실로 그렇습니다." 피에르가 황급히 끼어들었다.

"왜요?" 나타샤가 피에르의 눈을 주의 깊게 들여다보며 물었다.

"왜라니?" 마리야 공작 영애가 말했다. "그곳에서 무엇이 우리를 기다릴지, 이것 하나만 생각해도……."

나타샤는 마리야 공작 영애의 말을 끝까지 듣지 않고 다시 의문의 눈빛으로 피에르를 바라보았다.

"왜냐하면요……." 피에르는 말을 이어 나갔다. "우리를 다스리는 하느님이 있다고 믿는 사람만이 그녀가 겪은 것과 같은 상실을 견딜 수 있고, 당신이 겪은……." 피에르가 말했다.

나타샤가 무언가 말하려고 이미 입을 벌렸다가 갑자기 멈췄다. 피에르는 서둘러 그녀에게서 고개를 돌리고 마리야 공작 영애를 향해 다시 친구가 살아 있을 때의 마지막 나날에 관하여 물었다. 피에르의 동요는 이제 거의 사라졌다. 그러나 동시에 이전의 자유 또한 전부 사라짐을 느꼈다. 그는 이 순간 자신의 모든 말과 행동을 심판하는 심판관이 있음을, 이 세상 다른 어떤 사람들의 심판보다 그에게 더 귀중한 심판이 있음을 느꼈다. 그는 지금 말을 하면서 자신의 말과 함께 그것이 나타샤에게 미칠 영향에 대해서도 생각했다. 그녀의 마음에 들기 위한 말을 일부러 하는 것은 아니었다. 그러나 그는 무슨 말을 하든 그녀의 관점에서 자신을 판단했다.

마리야 공작 영애는 이런 때에 언제나 그렇듯, 자신이 안드레이 공작을 발견했을 때의 상황에 대해 마지못해 이야기하기 시작했다. 그러나 피에르의 질문, 생기를 띤 불안한 눈빛, 흥분으로 떨리는 얼굴은 그녀를 자기 자신을 위해서는 상상 속에서조차 복구하길 두려워하던 세부적인 정황으로 조금씩 빠져들게 만들었다.

"네, 네, 그래서, 그래서요……." 피에르는 마리야 공작 영애 위로 온몸을 숙이고 그녀의 이야기에 정신없이 귀 기울이며 말했다. "네, 네. 그래서 그는 평안해졌나요? 진정되었나요? 그는 전력을 다해 오직 한 가지만 추구했어요. 죽음을 두려워하지 않을 만큼 완벽하게 선한 사람이 되는 것 말입니다. 그의 안에 있던 결점들은요, 만약 그런 게 있다면 말이지요, 그에게서 비롯된 것이 아니에요. 그래서 진정된 거죠?" 피에르가 말했다. "그가 당신을 만날 수 있어 얼마나 행복했을까요!" 피에르는 갑자기 나타샤를 돌아보며 눈물이 가득 고인 눈으로 바라보며 말했다.

나타샤의 얼굴이 흠칫 떨렸다. 그녀는 얼굴을 찡그리고 순간 시선을 떨구었다. 잠시 망설였다. 말을 할 것인가, 말 것인가?

"네, 그건 행복이었어요." 그녀는 가슴에서 우러나오는 조용한 목소리로 말했다. "나에게 그건 분명 행복이었어요." 그녀는 잠시 침묵했다. "그리고 그가…… 그가…… 그가 말했어요. 내가 그를 찾아간 순간, 그도 그것을 바랐다고요……." 나타샤의 목소리가 갈라졌다. 그녀는 얼굴이 빨개졌고 두 손으로 무릎을 꽉 눌러 자신을 억제하는가 싶더니 갑자기 고개를 들고 빠르게 말하기 시작했다.

"모스크바를 떠날 때 우리는 아무것도 몰랐어요. 나는 감히 그에 대해 물을 수가 없었어요. 그런데 갑자기 소냐가 말하길, 그가 우리와 함께 있다는 거예요. 아무 생각도 나지 않았고 그가 어떤 상황에 있는지 상상할 수도 없었어요. 다만 그를 만나서 그와 함께 있어야 했어요." 그녀는 몸을 떨고 숨을 헐떡이며 말했다. 그러고는 아무도 자기 말을 가로막지 못하게 하면서, 자신이 결코 그 누구에게도 말하지 않은 것을 이야기했다. 그것은 바로 3주 동안의 여행과 야로슬라블에서의 삶이었다.

피에르는 입을 벌린 채 눈물이 가득 고인 눈을 떼지 않으면서 그녀의 말을 들었다. 그녀의 말을 듣는 동안 그는 안드레이 공작에 대해서도, 죽음에 대해서도, 그녀가 하는 말에 대해서도 전혀 생각하지 않았다. 그녀의 말을 들으면서 그저 그녀가 지금 이야기하며 겪을 고통을 안쓰럽게 여길 뿐이었다.

공작 영애는 눈물을 참으려고 얼굴을 찡그리며 나타샤 옆에 앉아 있었는데, 그녀는 오빠와 나타샤가 그 마지막 나날에 나눈 사랑 이야기를 처음으로 들었다.

그 괴로우면서도 기쁜 이야기를 나타샤는 말할 수밖에 없는 듯 보였다.

그녀는 극히 보잘것없는 상세한 것들과 마음속 깊이 숨겨진 비밀을 뒤섞어 말했고, 이야기를 결코 끝맺지 못할 것 같았다. 그녀는 똑같은 이야기를 몇 번씩 반복했다.

문 뒤에서 니콜루시카가 밤 인사를 하러 들어가도 되냐고 묻는 데살의 목소리가 들렸다.

"네, 그게 전부예요, 전부……." 나타샤가 말했다. 니콜루시카가 들어오자 그녀는 재빨리 일어나 문 쪽으로 거의 뛰듯이 가다가 두꺼운 커튼으로 덮인 문에 머리를 부딪혔고, 아파서인지 슬퍼서인지 모를 신음 소리를 내며 방에서 뛰쳐나갔다.

피에르는 그녀가 나간 문을 쳐다보았고, 왜 자신이 갑자기 세상에 홀로 남게 되었는지 이해할 수 없었다.

마리야 공작 영애가 멍한 상태에 있는 피에르를 불러 그의 관심을 방에 들어온 조카 쪽으로 돌렸다.

정서적으로 부드러운 상태에 있던 이 순간의 피에르에게 아버지를 닮은 니콜루시카의 얼굴은 너무도 강렬한 영향을 주어 그는 니콜루시카에게 입을 맞추고는 황급히 일어나 손수건을 꺼내며 창가로 물러났다. 그는 마리야 공작 영애에게 작별 인사를 하길 원했지만 그녀가 그를 말렸다.

"아니에요, 나와 나타샤는 가끔 2시가 넘어도 안 잘 때가 있어요. 제발 좀 더 계셔 주세요. 밤참을 차리라고 지시할게요. 아래층으로 가세요. 우리도 곧 갈게요."

피에르가 방에서 나가기 전, 공작 영애가 말했다.

"나타샤가 오빠에 대해 이야기한 건 이번이 처음이에요."

17

하인들은 불이 환하게 켜진 큰 식당으로 피에르를 데리고 갔다. 몇 분 후 발걸음 소리가 들리면서 공작 영애와 나타샤가 식당에 들어왔다. 나타샤는 다시 미소 없는 엄숙한 표정을 짓고 있었지만 차분했다. 마리야 공작 영애와 나타샤와 피에르는 진지하고 허심탄회한 대화가 끝난 후에 뒤따르는 어색한 감정을 똑같이 느끼고 있었다. 이전의 대화를 이어 가는 것은 불가능했다. 시시콜콜한 것들에 대해 이야기하는 것은 부끄럽고, 그렇다고 침묵하는 것은 불편했는데, 왜냐하면 이야기를 하고 싶은데도 침묵을 가장해서다. 그들은 입을 다물고 테이블로 다가갔다. 그들이 앉을 수 있도록 하인들이 의자를 뺐다가 밀어 주었다. 피에르는 차가운 냅킨을 펼쳤고 침묵을 깨기로 결심한 후 나타샤와 마리야 공작 영애를 슬쩍 보았다. 두 사람 역시 동시에 같은 결심을 한 것이 분명했다. 두 사람의 눈은 삶에 대한 만족으로, 그리고 슬픔뿐 아니라 기쁨이 존재한다는 것에 대한 인정으로 빛나고 있었다.

"보드카를 마시겠어요, 백작?" 마리야 공작 영애가 말했고, 그 말이 갑자기 과거의 그늘을 쫓아냈다.

"당신 이야기를 해 줘요." 마리야 공작 영애가 말했다. "사람들이 당신에 대해 이야기하는 것을 들으면 너무도 믿기 힘든 기적들이에요."

"네." 피에르는 이제 습관이 된 온화한 조소를 지으며 대답했다. "사람들은 심지어 나에게도 내가 꿈에서도 본 적이 없는 그런 기적 같은 일들을 이야기합니다. 마리야 아브라모브나는 나를 자기 집으로 초대해서 내게 일어났거나 일어났음에 틀림없는 일에 대해 계속 이야기했어요. 스테판 스테파니치도 내가 어떻게 이야기해야 하는지를 가르쳤죠. 대체로 내가 깨닫게 된 것은 흥미로운 사람이 되는 것이 매우 편하다는 거예요. (난 지금 흥미로운 인간입니다.) 그러면 사람들이 날 초대해서 내게 이야기를 들려주니까요."

나타샤는 미소를 지으며 무언가 말하고 싶어 했다.

"우리에게 이야기를 해 주었어요." 마리야 공작 영애가 끼어들었다. "당신이 모스크바에서 2백만 루블의 돈을 잃어버리셨다고요. 정말인가요?"

"하지만 난 세 배나 더 부유해졌어요." 피에르가 말했다. 아내의 빚을 갚아야 하고 집을 다시 지어야 해서 상황이 변했음에도 불구하고 계속 자신이 세 배나 더 부유해졌다고 말했다.

"내가 의심할 여지 없이 얻게 된 것은⋯⋯." 그가 말했다. "자유입니다⋯⋯." 그는 진지하게 이야기를 시작했다. 그러나 화제가 너무도 개인적이라는 걸 알아차리고는 이야기를 계속하기를 망설였다.

"다시 집을 지을 건가요?"

"네, 사벨리치가 그렇게 하라고 했어요."

"말해 주세요, 당신은 모스크바에 남았을 때 백작 부인에 대해 알지 못했나요?" 마리야 공작 영애는 이 말을 하는 즉시 얼굴을 붉혔다. 자유롭다는 그의 말 뒤에 이런 질문을 하면 그의 말에는 없었던 의미를 자신이 부가하는 게 될 수도 있다고 느껴져서였다.

"몰랐습니다." 피에르는 자유에 대한 자신의 언급에 마리야 공작 영애가 부가한 해석이 조금도 불편하지 않은 듯 대답했다. "난 오룔에서 그것을 알았습니다. 그 소식이 내게 얼마나 큰 충격을 주었는지 당신은 상상도 못할 거예요. 우리는 모범적인 부부가 아니었죠." 그는 나타샤를 쳐다보고 그녀의 얼굴에서 그가 자신의 아내를 어떻게 평가할지에 대한 호기심을 눈치채고는 재빨리 말했다. "하지만 그 죽음은 저에게 큰 충격을 주었습니다. 두 사람이 싸울 때는 항상 두 사람 다 잘못한 거예요. 그리고 이제 더 이상 존재하지 않는 사람 앞에서 자신의 죄는 갑자기 끔찍할 정도로 무거워집니다. 게다가 친구도 위로도 없이 그렇게 죽다니……. 그녀가 너무, 너무나 불쌍합니다." 그는 이렇게 말을 맺은 후 나타샤의 얼굴에서 나타난 기쁨 어린 동조를 알아채고 내심 기뻐했다.

"그렇군요. 이제 당신은 다시 독신자 신랑감이 되었네요." 마리야 공작 영애가 말했다.

피에르는 갑자기 얼굴이 벌게져서 오랫동안 나타샤를 쳐다보지 않으려고 애썼다. 그가 그녀를 보기로 결심했을 때 그녀의 얼굴 표정은 차갑고 엄했으며 심지어 그가 보기에 경멸하는 듯했다.

"그런데 당신은 사람들이 우리에게 말했듯이 정말 나폴레옹을 만나 그와 이야기를 나눴나요?" 마리야 공작 영애가 말했다.

피에르는 웃음을 터뜨렸다.

"한 번도, 전혀 없었어요. 많은 사람들이 포로로 잡혀 있는 것이 곧 나폴레옹의 손님이 되었다는 것을 의미한다고 생각하나 봅니다. 난 그를 본 적도 없을 뿐 아니라 그에 대해 들은 적도 없어요. 난 훨씬 더 아랫사람들과 같이 있었어요."

밤참 시간이 끝났고 처음에는 자신의 포로 시절에 대해 말하기를 꺼리던 피에르도 점차 그 이야기에 빠져들었다.

"하지만 당신이 나폴레옹을 죽이기 위해 살아남았다는 건 사실이지 않아요?" 가볍게 미소를 지으며 나타샤가 물었다. "우리가 수하레바 탑에서 만났을 때, 그때 난 그렇게 추측했어요. 기억하세요?"

피에르는 그것이 사실임을 인정했고, 그리고 그 질문부터 시작해서 마리야 공작 영애, 특히 나타샤가 던지는 질문들에 이끌려 조금씩 자신의 편력을 상세히 이야기하는 것에 몰두했다.

처음에는 그가 사람들 특히 자신을 바라보는 조소 어린 온화한 눈길로 이야기했다. 그러나 이야기가 자신이 목격한 공포와 고통에 이른 이후에는 자기도 모르는 사이에 푹 빠져들어 회상 속에서 강렬한 인상을 체험하는 사람이 흥분을 억누르듯 이야기하기 시작했다.

마리야 공작 영애는 온화하게 웃으며 피에르를 보다가 나타샤를 보다가 했다. 피에르의 이야기에서 그녀가 본 것은 피에르 자신과 그의 선량함이었다. 나타샤는 팔꿈치를 괸 채 이야기를 듣는 동안 계속 표정을 바꾸며 한순간도 눈을 떼지 않고 오롯이 피에르를 바라보았는데 마치 그의 이야기를 들으며 그와 함께 체험하고 있는 듯했다. 시선뿐 아니라 그녀의 짧은 질문들과 감탄 또한 그가 이야기를 통해 전달하길 원하는 바를 그녀가 정확히 이해하고 있음을 피에르에게 보여 주었다. 그녀는 그가 하는 이야기뿐 아니라 그가 이야기하길 원했지만 말로는 표현할 수 없었던 것까지 이해하고 있는 게 확실했다. 피에르는 자신이 아이와 여인을 지키려다 적에게 붙잡힌 일화를 다음과 같이 이야기했다.

"그것은 끔찍한 광경이었습니다. 아이들은 버려지고 몇몇은 불

속에서……. 내 눈앞에서 한 아이를 끌고 나왔고…… 여자들에게서 물건을 빼앗고 귀걸이를 뜯어내고…….”

피에르는 얼굴이 벌게져서 말을 더듬었다.

“그곳에 순찰대가 와서 약탈하지도 않은 남자들까지 모조리 잡아갔습니다. 나도 잡아갔고요.”

“당신은 우리에게 모든 걸 말해 주지 않고 있군요. 당신은 분명 무언가를 했어요…….” 나타샤는 이렇게 말하고 잠시 침묵했다. “좋은 일을요.”

피에르는 이야기를 계속했다. 처형당하던 일을 이야기할 때 그는 끔찍한 광경을 세세히 이야기하지 않고 넘어가려 했다. 하지만 나타샤가 하나도 빠뜨리지 말아 달라고 요청했다.

피에르는 카라타예프 이야기를 시작했다가 (그는 이미 일어나 테이블 앞에서 왔다 갔다 하고 있었고 나타샤는 눈으로 그를 좇았다) 말을 멈췄다.

“아뇨, 당신은 내가 문맹인 그 사람, 바보나 다름없는 사람에게서 무엇을 배웠는지 이해할 수 없을 겁니다.”

“아뇨, 아뇨, 말하세요.” 나타샤가 말했다. “그 사람은 지금 어디 있나요?”

“거의 내가 보는 앞에서 그를 죽였습니다.” 그러고 나서 피에르는 퇴각의 마지막 시기와 카라타예프의 병, (그의 목소리는 계속 떨렸다) 그리고 그의 죽음에 대해 이야기했다.

피에르는 아직 그 누구에게 결코 이야기해 본 적이 없고, 스스로 한 번도 회상해 본 적이 없다는 듯 자신의 편력을 이야기했다. 그는 이제 자신이 경험한 모든 것에서 새로운 의미를 보는 듯했다. 나타샤에게 그 모든 것을 이야기하는 지금, 그는 여자들이 남자의 말에 귀를 기울이며 선사하는 보기 드문 기쁨을 맛보고 있었다. 그 기쁨은 **똑똑한** 여자들이 자신의 지성을 높이고 기회가 생기면 자기 말로 되풀이하기 위해 이야기를 들으면서 그 말을 기억하려고 노력하거나 또는 들은 말을 자기 것으로 만들어 빈약한 지력으로 다듬은 자신의 지적인 말을 재빨리 전달하기 위해 노력하거나 하는 데에서 오는 기쁨이 아니었다. 그것은 남자들의 표현 속에만 있는 모든 최고의 것들을 선택하여 자기 안에 흡수하는 능력을 지닌 진실한 여자들이 주는 기쁨이었다. 나타샤는 자신도 모르게 계속 집중하고 있었다. 그녀는 피에르의 말, 목소리, 목소리의 진동, 시선, 얼굴 근육의 떨림, 몸짓 그 어느 것 하나도 놓치지 않았다. 그녀는 피에르의 모든 정신 활동의 내밀한 의미를 추측하면서 피에르가 아직 다 하지 않은 말조차 첫마디에서 알아차리고 자신의 열린 마음으로 가져왔다.

마리야 공작 영애는 피에르의 이야기를 이해했고 그에게 공감했지만 지금 그녀가 보고 있는 것은 다른 것이었다. 그것이 그녀의 주의를 사로잡았다. 그녀는 나타샤와 피에르 사이에서 사랑과 행복의 가능성을 보았다. 그리고 처음으로 든 이 생각이 그녀의 마음을 기쁨으로 채웠다.

새벽 3시였다. 슬프고 엄숙한 표정의 하인들이 다 타들어 가는 초를 갈기 위해 들어왔지만 아무도 그것을 눈치채지 못했다.

피에르가 이야기를 끝냈다. 나타샤는 피에르가 말하지 않은 나머지 것들도 알고 싶은 듯 생기 띤 눈을 반짝이며 집요하고 주의 깊게 피에르를 계속 쳐다보았다. 피에르는 부끄러우면서도 행복한 당혹감을 느끼며 그녀에게 이따금 시선을 던지고는 다른 화제로 대화를 옮기기 위해 이제 무슨 말을 해야 할지 생각했다. 마리야 공작 영애는 침묵했다. 그 누구에게도 지금이 새벽 3시이고 자야 할 때라는 생각이 들지 않았다.

"사람들은 불행하다, 고통스럽다는 말들을 하죠." 피에르가 말문을 열었다.

"지금, 바로 이 순간 사람들이 내게 포로가 되기 전의 상태로 남고 싶은가, 아니면 그 모든 것을 처음부터 겪고 싶은가, 라고 묻는다면 제 대답은 다시 한번 포로가 되어 말고기를 먹겠다는 거예요. 익숙한 길로부터 내던져지면 우리는 모든 게 끝이라고 생각합니다. 그런데 새롭고 좋은 것이 시작되는 곳은 오직 거기예요. 살아 숨 쉬는 한, 행복도 있습니다. 우리 앞에는 많은 것이, 많은 것이 있어요. 내가 말하고 있는 것이 바로 이것입니다." 그는 나타샤를 향해 말했다.

"네, 맞아요." 그녀는 전혀 다른 것에 대답하며 말했다. "나도 처음부터 모든 것을 다시 겪는 것 말고는 아무것도 바라지 않을 거예요."

피에르는 주의 깊게 그녀를 바라보았다.

"네. 더 이상 아무것도요." 나타샤가 확신을 갖고 말했다.

"그건 아닙니다, 그렇지 않아요." 피에르가 외쳤다. "내가 살아 있고 살기를 원하는 것은 죄가 아니에요. 그건 당신도 마찬가지입니다."

갑자기 나타샤가 두 손에 얼굴을 묻고 울기 시작했다.

"왜 그래, 나타샤?" 마리야 공작 영애가 물었다.

"아무것도 아니에요, 아무것도." 그녀는 눈물을 글썽이며 피에르에게 미소를 지어 보였다. "이만 헤어져요. 잘 시간이에요."

피에르는 일어나 작별 인사를 했다.

마리야 공작 영애와 나타샤는 늘 그렇듯이 함께 침실로 갔다. 그들은 피에르가 해 준 이야기에 관해 말했다. 마리야 공작 영애는 피에르에 대한 자신의 의견을 말하지 않았다. 나타샤도 그에 대해서는 말하지 않았다.

"그럼 안녕, 마리." 나타샤가 말했다. "그런데 말이지, 우리가 자신의 감정을 업신여기는 걸 두려워하듯이 우리가 그(안드레이 공작)에 대해 말하지 않아서 그를 잊을까 봐 난 두려워."

마리야 공작 영애는 무겁게 탄식했고, 이런 탄식을 함으로써 나타샤의 말이 옳음을 인정했다. 그러나 말로는 동의하지 않았다.

"정말 잊는 게 가능할까?" 그녀가 말했다.

"난 오늘 모든 것을 이야기할 수 있어서 너무 좋았어. 괴롭고 아픈 이야기지만 좋아. 정말 좋아." 나타샤가 말했다. "난 그 사람이 정말로 그이를 사랑했다고 확신해. 그래서 나도 그 사람에게 말한 거야……. 그 사람에게 말해도 괜찮겠지?" 갑자기 그녀가 얼굴을 붉히며 물었다.

"피에르에게? 당연하지! 얼마나 좋은 사람인데." 마리야 공작 영애가 말했다.

"그런데 말이지, 마리." 나타샤는 갑자기 마리야 공작 영애가 그녀의 얼굴에서 오랫동안 보지 못한 장난스러운 웃음을 지었다. "그 사람은 왠지 깔끔하고 단정하고 산뜻해졌어. 꼭 욕조에서 나온 것처럼 말이야. 무슨 말인지 이해하지? 정신적으로 욕조에서 나온 것 같아. 그렇지?"

"응." 마리야 공작 영애가 말했다. "그는 많은 것을 얻었어."

"짧은 프록코트하며 짧게 깎은 머리하며. 정말, 정말 욕조에서 나온 것 같아…… 아빠는 종종……."

"난 그(안드레이 공작)가 피에르를 그 누구보다 좋아한 걸 이해해." 마리야 공작 영애가 말했다.

"그래. 그런데 두 사람은 서로 달라. 남자들은 서로 완전히 다를 때 친해진다더라. 틀림없는 사실이야. 정말 두 사람은 그 어디도 전혀 비슷하지 않잖아?"

"그래. 하지만 정말 놀라운 사람이야."

"그럼 잘 자." 나타샤가 대답했다. 그리고 그 장난스러운 미소는 그녀의 얼굴에 오랫동안 남아 있었다.

18

그날 피에르는 한동안 잠들 수가 없었다. 방 안을 이리저리 걸어 다니며 때로 얼굴을 찌푸리고 무언가에 대해 고심하다가 갑자기 어깨를 움츠리며 떠는가 하면, 때론 행복한 미소를 지었다.

그는 안드레이 공작에 대해, 나타샤에 대해, 그들의 사랑에 대해 생각하며 그녀의 과거를 질투하는가 하면 질투하는 자신을 책망하다가 스스로를 용서하기도 했다. 벌써 새벽 6시였지만 그는 여전히 방 안을 서성였다.

'어쩔 수 없지. 그렇게 하지 않으면 안 되니까! 어쩔 수 없어! 그러니까 그렇게 해야 해.' 그는 속으로 혼잣말을 하고는 서둘러 옷을 벗고 행복과 흥분을 느끼면서, 그러나 의심과 망설임 없이 침대에 누웠다.

'해야 해. 이런 행복이 아무리 이상하고 불가능해 보이더라도 그녀와 부부가 되기 위해서는 모든 걸 해야 해.' 그는 속으로 혼잣말을 했다.

이 일이 있기 며칠 전, 피에르는 페테르부르크로 떠나는 날짜를 금요일로 결정했다. 목요일, 그가 잠에서 깼을 때 사벨리치가 여행 짐을 싸는 것에 대한 지시를 받으러 왔다.

'페테르부르크에는 도대체 왜? 페테르부르크가 뭐라고? 페테르부르크에 누가 있는데?' 비록 혼잣말이었지만 그는 무심결에 이렇게 물었다. '그래, 이 일이 일어나기 전에, 아주 오래전에 뭔가가 그런 게 있었지. 무엇 때문에 난 페테르부르크로 떠나려 했고.' 그는 기억해 냈다. '그런데 대체 무엇 때문이지? 아마 난 갈 수도 있어. 이 사람은 정말 선량하고 면밀해. 모든 것을 정말 잘 기억해!' 그는 사벨리치의 노쇠한 얼굴을 쳐다보며 생각했다. '그리고 얼마나 기분 좋은 미소인가!' 그는 생각했다.

"어때? 자네는 여전히 자유를 원하지 않나, 사벨리치?" 피에르가 물었다.

"뭣 때문에 저에게 자유가 필요하겠습니까, 각하? 고인이 되신 백작님과 함께할 때도 (고인의 명복을 빕니다) 잘 지냈고, 백작님을 모시는 동안에도 모욕당한 적이 없는걸요."

"그럼 자녀들은?"

"자식들도 잘 지낼 겁니다, 각하. 그런 주인님들을 위해 사는 것도 괜찮습니다."

"그럼 나의 후계자들은?" 피에르가 말했다. "갑자기 내가 결혼을 하면…… 그런 일이 생길 수도 있으니까." 그는 자기도 모르게 미소를 지으며 덧붙였다.

"감히 말씀드리자면, 그건 좋은 일입니다, 각하."

'이런 일을 너무 쉽게 생각하고 있어.' 피에르는 생각했다. '그는 이 일이 얼마나 무섭고 위험한지 몰라. 너무 이르거나 너무 늦으면…… 무섭다!'

"어떤 분부를 내리시겠어요? 내일 떠나시는 건가요?" 사벨리치가 물었다.

"아니, 조금 연기하겠어. 그때 말할게. 귀찮게 해서 미안하네."

피에르가 말했다. 그는 사벨리치의 미소를 보며 생각했다. '하지만 정말 이상한 건, 이제 페테르부르크가 문제가 아니라 이 문제가 먼저 해결되어야 한다는 걸 사벨리치가 모른다는 점이야. 그는 알고 있는 게 틀림없어. 다만 모른 척하는 거지. 그에게 말해 볼까? 그는 어떻게 생각할까?' 피에르는 생각했다. '아니야. 나중에 하자.'

아침을 먹으면서 피에르는 공작 영애에게 전날 마리야 공작 영애의 집에 다녀왔으며, 그곳에서 만난 사람이 (누구를 만났는지 상상할 수 있겠어요?) 나탈리 로스토바라고 말했다.

공작 영애는 그 얘기를 들으며 피에르가 안나 세묘노브나를 만났다는 소식보다 더 특별한 것을 전혀 발견하지 못한 척했다.

"그녀를 아십니까?" 피에르가 물었다.

"공작 영애를 본 적이 있어요." 그녀가 대답했다. "그녀를 로스토프가의 아드님과 맺어 주려 한다는 얘길 들었어요. 그렇게 된다면 로스토프가로서는 아주 잘된 일이죠. 그 집이 완전히 파산했다고 말들 하더라고요."

"아뇨, 로스토바를 아시나요?"

"그때 그 얘기만 들었어요. 정말 안됐어요."

'아니, 공작 영애는 모르거나 모른 척하는 거야.' 피에르는 생각했다. '공작 영애에게도 말하지 않는 편이 좋겠어.'

공작 영애 역시 피에르가 여행 도중에 먹을 음식을 준비하고 있었다.

'이들은 정말 좋은 사람들이야!' 피에르는 생각했다. '아마 이 일에 더 이상 관심이 없을 텐데 이렇게들 해 주다니. 전부 나를 위해서. 정말 놀라워.'

같은 날 경찰서장이 원래 소유주들에게 곧 돌려줄 물건들을 수령하기 위해 그라노비타야 궁전으로 대리인을 보내자고 제안하러 피에르를 찾아왔다.

'이 사람도 똑같아.' 피에르는 경찰서장의 얼굴을 쳐다보며 생각했다. '얼마나 훌륭하고 잘생기고, 또 얼마나 착한 경찰인가! **이런 때에** 이런 하찮은 일을 하다니. 그런데 사람들은 경찰서장이 정직하지 않고 자기 이익을 위해 일을 처리한다고 말들 해. 정말 헛소리지! 어째서 이 사람이 자기 이익을 위해 일을 처리해서는 안 되는 거야? 이 사람은 그런 식으로 살아왔는데 말이야. 그리고 다들 그렇게 하잖아. 이렇게 기분 좋고 선량한 얼굴이 나를 바라보며 미소 짓고 있어.'

피에르는 마리야 공작 영애의 집으로 식사를 하러 갔다.

불탄 주택들 사이의 길을 따라 마차를 타고 가면서 그는 그 폐허의 아름다움에 놀랐다. 라인강과 콜로세움을 상기시키는 주택 굴뚝들과 무너진 벽들이 불타 버린 구역들 사이에서 서로를 가리며 그림처럼 뻗어 있었다. 마주치는 마차꾼들과 승객들, 목재를 자르는 목수들, 여자 상인들 그리고 작은 가게 주인들 모두 환하고 즐거운 얼굴로 피에르를 쳐다보며 마치 '아, 저 사람이에요! 그 일이 어떻게 될지 한번 지켜봅시다'라고 말하는 듯했다.

마리야 공작 영애의 저택에 들어설 때 피에르는 자신이 어제 이곳에 있었고, 나타샤를 만나 이야기를 나눈 것이 확실한지에 대한 의심이 들었다. '어쩌면 내가 상상한 것일 수도 있어. 들어가서 아무도 못 만날 수도 있어.' 그러나 방에 들어가는 순간, 자신의 모든 존재에서 순식간에 자유를 잃어버리면서 그녀가 있음을 감지했다. 그녀는 부드럽게 주름 잡힌 똑같은 검은 드레스를 입고 어제와 똑같은 머리 모양을 하고 있었으나 전날과는 완전히 달랐다. 만약 어제 그녀가 그런 모습이었다면 그가 방에 들어섰을 때 한순간이라도 알아보지 못했을 리 없었다.

나타샤는 그가 그녀를 어린아이로, 이후에는 안드레이 공작의 약혼녀로 알던 때와 똑같은 모습이었다. 질문하고 싶은 듯한 쾌활한 광채가 그녀의 눈동자에서 빛났다. 얼굴에는 다정하면서 기이하게 장난스러운 표정이 떠올라 있었다.

피에르는 식사를 했고 어쩌면 저녁 내내 앉아 있었을 수도 있다. 하지만 마리야 공작 영애가 저녁 기도에 가는 바람에 피에르도 그들과 함께 떠났다.

다음 날 피에르는 일찍 가서 식사를 하고 저녁 내내 앉아 있었다. 마리야 공작 영애와 나타샤는 분명 손님을 반가워했고, 피에르는 삶의 모든 관심을 지금 이 집에 쏟고 있었다. 그러나 그럼에도 불구하고 저녁쯤에는 모든 이야기가 되풀이되었고, 대화는 내내 시답잖은 화제들 사이를 오가다가 자주 중단되었다. 이날 저녁 피에르가 너무 늦게까지 머물러 있어서 마리야 공작 영애와 나타샤는 그가 얼른 가기를 기다리며 서로 눈짓을 주고받았다. 피에르도 그것을 알아차렸으나 떠날 수가 없었다. 힘들고 불편했지만 계속 앉아 있었는데 왜냐하면 일어서서 나갈 **수가 없었기** 때문이다.

마리야 공작 영애는 이런 상태라면 끝이 없을 거라고 생각한 듯 편두통을 하소연하면서 작별을 고했다.

"그럼 내일 페테르부르크로 가시는 건가요?" 그녀가 말했다.

"아뇨, 가지 않습니다." 피에르는 깜짝 놀라 마치 화가 난 듯 서둘러 말했다. "아, 아닙니다, 페테르부르크로요? 내일이군요. 하지만 작별 인사는 하지 않겠습니다. 당신이 맡길 일이 있을 수도 있으니 들르겠습니다." 그는 떠나지 않고 마리야 공작 영애 앞에 얼굴을 붉히고 서서 말했다.

나타샤는 그에게 손을 내밀고 밖으로 나갔다. 반면 마리야 공작 영애는 안락의자에 앉아 특유의 빛나는 눈빛으로 피에르를 찬찬히 바라보았다. 그녀가 방금 전에 보여 준 피로는 이제 완전히 가셨다. 그녀는 긴 대화를 할 태세를 갖추려는 듯 무겁고 긴 한숨을 내쉬었다.

나타샤가 방에서 나가자 피에르의 당황함과 불편한 기색은 한순간에 사라지고 그 자리를 흥분이 섞인 생기가 대신했다. 그는 재빨리 마리야 공작 영애 쪽으로 안락의자를 끌어당겼다.

"그래요, 난 당신에게 말하고 싶었습니다." 그는 마치 자신이 질문에 대답하기라도 하듯 그녀의 시선에 답하며 말했다. "공작 영애, 저 좀 도와주십시오. 난 어떻게 해야 할까요? 희망을 가져도 될까요? 공작 영애, 나의 벗, 내 말을 끝까지 들어주십시오. 나는 다 압니다. 내가 그녀에게 맞지 않다는 것을 압니다. 또 지금은 이런 이야기를 할 수 없다는 걸 압니다. 하지만 난 그녀에게 오빠가 되어 주길 원해요. 아뇨, 그렇게 하고 싶지 않습니다…… 그럴 수가 없어요……."

그는 말을 멈추고 두 손으로 얼굴과 눈을 비볐다.

"음, 그래서……." 그는 말을 이어 갔는데 조리 있게 말하기 위해 자제하는 듯했다. "내가 언제부터 그녀를 사랑하게 되었는지 모르겠습니다. 하지만 오직 그녀 하나만을, 내 모든 삶에서 그녀 한 사람만을 사랑했고, 그녀 없는 인생은 상상할 수도 없을 정도로 사랑합니다. 지금은 그녀에게 청혼하려고 결심한 상태가 아닙니다. 하지만 어쩌면 그녀가 나의 것이 될 수도 있고, 어쩌면 내가 그 기회를…… 기회를…… 놓칠 수도 있다는 생각에 무섭습니다. 말해 주십시오. 내가 희망을 가져도 될까요? 내가 어떻게 해야 할지 말해 주세요. 공작 영애." 그는 잠시 침묵했다가 그녀의 손을 가볍게 건드리며 말을 했는데 왜냐하면 그녀가 아무 대답도 하지 않아서였다.

"당신이 지금 나에게 한 말을 생각하고 있었어요." 마리야 공작
영애가 대답했다. "이제 당신에게 말씀드릴게요. 당신 말이 맞아
요. 지금 그녀에게 사랑을 고백하는 것은······." 마리야 공작 영애
는 말을 멈추었다. 그녀는 이렇게 말하려 했다. 지금 그녀에게 사
랑을 고백할 수는 없어요. 하지만 그녀는 그만두었다. 왜냐하면
이틀 전 갑자기 변한 나타샤에게서 만약 피에르가 자신의 사랑을
고백하면 나타샤는 모욕을 느끼지 않을 뿐 아니라 그녀도 그 하나
만 바라고 있음을 파악했기 때문이었다.

"지금 그녀에게 고백하는 것은······ 절대 안 돼요." 그래도 마리
야 공작 영애는 이렇게 말했다.

"그럼 도대체 난 무얼 해야 합니까?"

"이 문제는 나에게 맡겨 줘요." 마리야 공작 영애가 말했다.

"난 알아요······."

피에르는 마리야 공작 영애의 눈을 응시했다.

"저, 그럼······." 그가 말했다.

"난 알아요. 그녀는 당신을 사랑해요······. 아니, 사랑하게 될 거
예요." 마리야 공작 영애는 자신의 말을 수정했다.

그녀가 그 말을 끝내기도 전에 피에르는 펄쩍 뛰었고 놀란 얼굴
을 하며 마리야 공작 영애의 손을 잡았다.

"당신은 무엇 때문에 그렇게 생각해요? 당신은 내가 희망을 가
져도 된다고 생각하는 건가요? 그렇게 생각하는군요!"

"네, 그렇게 생각해요." 마리야 공작 영애는 미소 지으며 말했
다. "그녀의 부모님께 편지를 써요. 그리고 나에게 맡겨요. 때가
되면 내가 그녀에게 말할게요. 나도 그렇게 되기를 바랍니다. 내
마음도 그렇게 될 거라고 느껴요."

"아뇨, 그럴 리 없습니다! 너무나 행복해! 하지만 그럴 리 없어요…… 너무나 행복해! 아뇨, 그럴 리 없습니다."

피에르가 마리야 공작 영애의 손에 입을 맞추며 말했다.

"당신은 페테르부르크로 가요. 그게 더 좋아요. 내가 당신에게 편지할게요." 그녀가 말했다.

"페테르부르크로요? 가라고요? 좋습니다, 네, 갈게요. 하지만 내일 당신을 방문해도 될까요?"

다음 날 피에르는 작별 인사를 하러 왔다. 나타샤는 지난 며칠보다 약간 생기 없어 보였다. 하지만 그날 가끔 그녀의 눈에 시선을 던지던 피에르는 자신이 사라지고 있음을, 그도 그녀도 더 이상 존재하지 않음을, 행복감 하나만 존재함을 느꼈다. '정말로? 아냐, 그럴 리 없어.' 그는 자신의 마음을 기쁨으로 채우는 그녀의 시선과 동작과 말을 보며 속으로 혼잣말을 했다.

피에르가 나타샤와 작별하며 그녀의 가녀리고 마른 손을 잡았을 때 그는 무의식중에 그녀의 손을 더 오래 잡고 있었다.

'정말, 이 손이, 이 얼굴이, 이 눈이, 나에게는 낯선, 여성적 매력을 지닌 이 모든 보물이, 정말 이 모든 것이 영원히 나의 것, 나 자신만큼이나 나에게 익숙한 것이 될까? 아냐, 그건 불가능해!'

"잘 가요, 백작." 나타샤가 큰 소리로 말했다. "난 당신을 몹시도 기다릴 거예요." 그녀는 속살거리듯 덧붙였다.

그 단순한 말, 그리고 그 말에 같이 따라온 눈빛과 표정은 그 후 두 달 동안 피에르의 지치지 않는 회상과 해석과 행복한 공상의 대상이 되었다. '난 당신을 몹시도 기다릴 거예요…… 그래, 그래, 그녀가 어떻게 말했지? 그래, 난 당신을 몹시도 기다릴 거예요. 아, 너무 행복하다! 도대체 이게 무슨 일이지? 아, 정말 행복해!' 피에르는 속으로 혼잣말을 했다.

19

지금 피에르의 마음속에서는 엘렌과 약혼할 당시 현재와 비슷한 상황들에서 그의 마음속에 일어났던 것들을 전혀 찾아볼 수 없었다.

그때처럼 수치심으로 마음 아파하며 자신이 한 말을 반복하지도 않았고, '아, 무엇 때문에 난 그 말을 하지 않았을까? 어째서, 어째서 그때 **당신을 사랑합니다**라고 말했던가?' 하고 속으로 혼잣말을 하지도 않았다. 반면 지금 그는 그녀의 얼굴과 미소 하나하나 빠짐없이 상세히 상상하면서 그 무엇 하나 더하거나 빼고 싶지 않은 심정이었다. 그저 계속 되풀이하고 싶을 뿐이었다. 자신이 시작한 일이 잘한 건지, 못한 건지에 대해서는 의심하지 않았다. 다만 한 가지 무서운 의심스러운 생각이 가끔 들었을 뿐이었다. 이 모든 게 꿈은 아닐까? 마리야 공작 영애가 착각한 건 아닐까? 내가 너무 오만하고 자신만만한 게 아닐까? 난 믿고 있어. 그러나 당연한 수순으로 갑자기 공작 영애가 그녀에게 말해 버리면 그녀는 미소 지으며 대답하겠지. '정말 희한하네! 그 사람은 착각한 게 틀림없어. 그 사람은 이 사실을 모르는 건가. 자신은 인간, 그저 인간에 불과하지만 나는…… 난 완전히 다른 지고한 존재야.'

종종 이러한 의심만 피에르에게 떠올랐다. 그는 이제 어떤 계획도 세우지 않았다. 눈앞의 행복이 너무도 믿을 수 없었기 때문에 그 일이 일어나야 하지만 그 후로는 어떤 일도 일어나지 않을 것 같았다. 모든 것이 끝난 것이다.

자신이 감당할 수 없다고 여긴, 예상치 못한 기쁜 광기가 그를 사로잡았다. 그 한 사람뿐 아니라 온 세상 사람들에게도 인생의 의미는 오직 그의 사랑과 그녀가 그를 사랑할 가능성에 귀결되는 것 같았다. 가끔은 모든 사람들이 오직 한 가지, 미래의 그의 행복에만 신경 쓰는 듯 보였다. 이따금 모든 사람들이 자신과 똑같이 기뻐하면서 다른 것에 관심을 갖고 그에 종사하는 척하며 그 기쁨을 숨기려 애쓰는 것 같았다. 각각의 말과 개별의 몸짓에서 그는 자신의 행복에 대한 암시를 보았다. 그는 비밀스러운 동의를 드러내는 뜻깊은 행복한 시선과 미소로 만나는 사람들을 종종 놀라게 했다. 그러나 사람들이 그의 행복에 대해 알 수 없다는 것을 깨달았을 때에는 진심으로 그들을 동정하면서 그들이 몰두하는 모든 것이 신경 쓸 가치도 없는 완전히 무의미하고 하찮은 것임을 어떻게든 설명하고 싶은 바람을 느꼈다.

사람들이 그에게 공직을 제안하거나 또는 모든 사람들의 행복이 어떤 사건들의 이런저런 결과에 달렸다고 전제하며 어떤 공통의 문제들, 즉 국정과 전쟁 같은 것을 논의할 때, 그는 동정 어린 부드러운 미소를 지으며 이야기를 경청하다가 특유의 기이한 의견으로 대화 상대자들을 놀라게 했다. 그러나 인생의 진짜 의미, 즉 그의 감정을 이해했다고 생각되는 사람들뿐 아니라 그것을 이해하지 못한 불행한 사람들, 그 모든 사람들이 그 당시 그의 내면에서 환히 빛나는 감정을 통해 그의 눈앞에 나타났기 때문에, 피에르는 그 누구를 만나든 간에 조금도 힘들이지 않고 즉시 그 사람 안에서 좋은 점과 사랑받을 만한 모든 것을 발견했다.

업무와 죽은 아내와 관련된 서류를 검토하면서 그는 자신이 지금 알게 된 행복을 그녀가 몰랐다는 것에 동정을 느꼈을 뿐, 아내에 관한 기억에선 그 어떤 감정도 느낄 수 없었다. 이제 새 직위와 훈장을 받아 특히나 거만해진 바실리 공작은 동정심을 불러일으키는 선량하고 불쌍한 노인으로 보였다.

이후 피에르는 이 행복한 광기의 시간을 자주 떠올렸다. 이 시기 동안 그가 사람과 상황에 대해 수립하게 된 모든 견해는 그에게 평생 믿을 만한 것으로 남았다. 그는 이후에도 사람과 사물에 대한 이런 시각들을 버리지 않았을 뿐 아니라 내적인 의심과 모순이 생기면 이 광기의 시간에 가졌던 시각에 기댔고, 그 시각은 언제나 옳은 것으로 판명되었다.

'아마도 난 그때 이상하고 웃기게 보였을 거야. 하지만 그때 난 사람들 눈에 보이는 것처럼 미쳐 있는 게 아니었어. 반대로 그때야말로 그 어느 때보다도 가장 현명하고 명철했어. 삶에서 이해할 만한 가치가 있는 것은 전부 이해했고, 왜냐하면…… 난 행복했으니까.' 그는 생각했다.

피에르의 광기는 예전처럼 그가 사람들을 사랑하기 위해 그가 사람들에게서 미덕이라 부르는 것들, 즉 개인적 동기들을 기다린 데 있는 게 아니라, 사랑이 그의 마음을 가득 채워 그가 이유 없이 사람들을 사랑하면서 그들을 사랑할 만한 확고한 동기를 찾아냈다는 데 있었다.

20

피에르가 떠난 후 나타샤가 놀리는 듯한 미소를 지으며 피에르의 짧은 프록코트와 짧게 자른 머리카락, 진짜 욕조에서 나온 듯한 모습에 대해 마리야 공작 영애에게 말했던 그 첫날 저녁, 바로 그 순간부터 나타샤의 마음속에서는 감춰져 있어서 그녀 자신도 몰랐던, 그녀로서는 이겨 낼 수 없는 무언가가 잠에서 깨어났다.

모든 것(얼굴과 걸음걸이와 시선과 목소리)이, 그녀 안의 모든 것이 갑자기 변했다. 그녀가 예상치 않았던 생명력과 행복에 대한 소망이 표면으로 떠오르며 충족을 요구했다. 첫날 저녁부터 나타샤는 마치 자신에게 일어난 일을 전부 잊은 듯했다. 그 이후로 그녀는 한 번도 자신의 처지를 불평하지 않았고, 과거에 대해 한마디도 하지 않았으며, 미래의 즐거운 계획을 짜는 것을 두려워하지 않았다. 그녀는 피에르에 대해 별말이 없었지만 마리야 공작 영애가 그를 언급하면 오랫동안 꺼져 있던 광채가 그녀의 눈동자에서 타올랐고, 묘한 미소를 짓느라 입가엔 주름이 생겼다.

나타샤에게 생긴 변화들은 처음에 마리야 공작 영애를 놀라게 했다. 그러나 마리야 공작 영애가 그 의미를 깨달았을 때 그 변화들은 그녀를 슬프게 했다. '나타샤는 정말 오빠를 사랑하지 않아서 그렇게 빨리 오빠를 잊을 수 있었던 건 아닐까?' 마리야 공작 영애는 나타샤에게 일어난 변화를 혼자 곰곰이 떠올리며 이렇게 생각했다. 하지만 나타샤와 있을 때는 그녀에게 화를 내지도, 그녀를 비난하지도 않았다. 잠에서 깨어 나타샤를 사로잡은 생명력은 너무도 억제하기 힘들고 예상치 못한 것이었기에 나타샤와 함께 있을 때 마리야 공작 영애는 마음속으로라도 그녀를 비난할 권리가 자신에겐 없다고 느꼈다.

나타샤는 새로운 감정에 진심으로 푹 빠져 있었기 때문에 이제 자신이 슬픔이 아닌 기쁨과 즐거움을 느끼고 있다는 사실을 감추려고 노력하지 않았다.

그날 밤, 마리야 공작 영애가 피에르와 이야기를 나누고 자기 방으로 돌아왔을 때 나타샤가 문지방에서 그녀를 맞았다.

"그 사람이 말했어? 응? 그가 말했어?" 그녀는 질문을 반복했다. 기쁨과 동시에 자신의 기쁨에 대해 용서를 구하는 가련한 표정이 얼굴에 드러났다.

"문가에서 듣고 싶었어. 하지만 네가 나에게 말해 줄 거라는 걸 알아."

비록 마리야 공작 영애가 자신을 바라보는 나타샤의 시선을 이해하고, 그에 감동하며 흥분한 그녀를 보며 불쌍한 감정을 느꼈을지라도 나타샤의 말은 한순간 마리야 공작 영애의 마음을 상하게 했다. 그녀는 오빠와, 오빠에 대한 사랑을 떠올렸다.

'하지만 어쩌겠어! 나타샤도 달리 어쩔 수 없는데.' 마리야 공작 영애는 생각했다. 그녀는 슬프고 약간 엄격한 얼굴로 피에르가 한 말을 나타샤에게 모두 전했다. 그가 페테르부르크로 떠나려 한다는 말에 나타샤는 놀랐다.

"페테르부르크로?" 그녀는 이해하지 못한 듯 되풀이해서 말했다. 하지만 마리야 공작 영애의 슬픈 표정을 본 그녀는 그 슬픔의 이유를 추측하고 갑자기 울음을 터뜨렸다. "마리." 그녀가 말했다. "내가 무얼 하면 좋을지 가르쳐 줘. 난 나쁜 여자가 될까 두려워. 네가 말한 대로 할게. 가르쳐 줘……."

"그를 사랑해?"

"응." 나타샤가 속삭이듯 말했다.

"그런데 왜 우는 거야? 난 너로 인해 행복해." 그 눈물 때문에 나타샤의 기쁨을 완전히 용서한 마리야 공작 영애가 말했다.

"빨리는 아니겠지만 언젠가 그렇게 될 거야. 생각해 봐. 내가 그의 아내가 되고, 네가 니콜라와 결혼하면 얼마나 행복할지!"

"나타샤, 그 문제에 대해서는 말하지 말라고 부탁했잖아. 네 이야기를 하자."

그들은 잠시 침묵했다.

"그런데 페테르부르크에는 뭐 하러 가는 거지!" 나타샤가 별안간 말하고는 서둘러 자신의 질문에 대답했다. "아냐, 아냐, 그건 그렇게 해야…… 그렇지, 마리? 그렇게 해야……."

에필로그

제1부

I

1812년 이후 7년이 지났다. 유럽의 역사라는 격동의 바다는 해안가에서 잠잠해졌다. 그것은 조용해진 것처럼 보였지만 인류를 움직이는 신비한 (그 운동을 결정하는 법칙들이 우리에게 알려지지 않았기 때문에 신비한 것이다) 그 힘은 계속해서 활동하고 있었다.

역사라는 바다의 표면은 움직이지 않는 듯 보였으나 인류는 시간이 움직이는 것처럼 끊임없이 움직이고 있었다. 인간들의 결합인 다양한 집단이 만들어지고 해체되었다. 국가 형성과 붕괴의 동기들, 민족 이동의 원인들이 준비되고 있었다.

역사라는 바다는 예전과 달리 한 해안에서 다른 해안으로 격류하며 움직이지 않았다. 그것은 심해에서 들끓고 있었다. 역사 속 인물들은 예전처럼 한 해안에서 다른 해안으로 파도에 실려 옮겨 가지 않았다. 이제 그들은 한 장소에서 빙글빙글 도는 것 같았다. 예전에는 군 수뇌로서 전쟁과 원정, 전투를 지시함으로써 대중의 움직임을 반영하던 역사 속 인물들이 이제는 정치적이고 외교적인 견해, 법률, 조약으로 격렬하게 들끓는 움직임을 반영하고 있었다…….

역사 속 인물들의 이런 활동을 역사가들은 **반동**이라고 부른다.*

역사가들은 역사 속 인물들의 활동을 자신들이 이른바 반동이라고 부르는 것의 원인으로 기술하면서 그들을 엄격히 비판한다. 알렉산드르와 나폴레옹부터 마담 스탈, 포티우스, 셸링, 피히테, 샤토브리앙 등*에 이르기까지 당시 모든 유명한 인물들은 역사가들의 엄격한 판정 앞에서 **진보**에 협력했는가 또는 **반동**에 협력했는가에 따라 무죄나 유죄를 선고받는다.

역사가들이 기술한 바에 따르면, 러시아에서도 이 시기에 반동이 일어났는데 그 주범은 알렉산드르 1세, 즉 역사가들의 기술에 의하면 자유주의적으로 통치를 시작하고 러시아를 구원한 그 알렉산드르 1세였다.

오늘날의 러시아 문헌에서, 김나지움의 학생부터 박식한 역사가에 이르기까지 그 치세 때에 알렉산드르 1세의 잘못된 행동에 나름대로 돌을 던지지 않는 사람은 없다.

'그는 이러저러하게 행동해야만 했다. 이 경우에는 잘 행동했지만 저 경우에는 잘못했다. 치세 초기와 1812년에는 훌륭하게 처신했다. 그러나 폴란드에 헌법을 만들어 하사하고* 신성 동맹을 체결하고 아락체예프에게 권력을 주고 골리친과 신비주의를 장려하고 이후 시시코프와 포티우스를 격려한 것은 옳지 않았다.* 그가 군대의 전방 부대에 전념한 것은 잘못했다. 세묘놉스키 연대를 해산한 것은 옳지 않았다 등등.'

역사가들이 인류의 행복에 대한 자신들의 지식을 토대로 알렉산드르 1세에게 가한 모든 비난을 열거하기 위해선 아마 종이 열 쪽을 가득 채워야 할 것이다.

이 비난들은 무엇을 의미하는가?

역사가들이 찬성하는 알렉산드르 1세의 행동, 예컨대 자유주의

적 통치의 시작, 나폴레옹과의 전쟁, 1812년의 전쟁에서 보여 준 단호함, 1813년의 원정은 알렉산드르 1세의 인격을 형성한 혈통, 교육, 생활 등의 조건들과 동일한 근원에서 나온 게 아닐까. 역사가들이 비난하는 알렉산드르 1세의 행동들, 예를 들면 신성 동맹, 폴란드 왕국의 부활, 1820년대의 반동도 그 근원에서 나온 게 아닐까?

도대체 이 비난들의 본질은 무엇인가?

알렉산드르 1세처럼 인간이 오를 수 있는 권력의 최정상에 서 있던, 모든 역사적 광선이 집중되어 눈을 멀게 할 정도의 빛의 초점에 있는 듯한 그런 역사적 인물, 권력과 뗄 수 없는 음모와 기만과 아첨과 자기 망상의 영향을 세상에서 가장 강하게 받은 인물, 살아가는 동안 매 순간 유럽에서 일어나는 모든 일에 책임을 느낀 인물, 가상의 인물이 아니라 모든 인간과 마찬가지로 개인적 습관들과 욕망들, 선과 아름다움과 진리에 대한 갈망을 지닌 살아 있는 인물, 이런 인물이 50년 전에는 고상한 덕을 갖지 못했다는 것이 아니라 (역사가들도 이에 대해서는 비난하지 않는다) 젊은 시절부터 학문에 종사한 교수, 즉 자신이 한 강의와 자신이 읽은 책을 공책 한 권에 베끼는 오늘날의 교수가 지닌 것과 같은 인류의 행복에 대한 시각을 가지지 않았다는 점이다.

그러나 만약 50년 전 알렉산드르 1세가 민중들의 행복에 대해 잘못된 시각을 가졌다고 가정하더라도, 알렉산드르 1세를 비판한 역사가들이 인류의 행복에 대해 가진 시각 역시 어느 정도 시간이 흐른 뒤에는 잘못된 것으로 판명될 수도 있음을 부득이 가정하지 않을 수 없다. 역사의 발전을 추적하다 보면 해마다, 새로운 저자들이 나타날 때마다 인류의 행복에 대한 시각이 변하는 것을 알 수 있다는 점에서 이러한 가정은 매우 자연스럽고 불가피하다.

즉 선으로 여겼던 것이 10년 뒤에는 악으로 보인다. 정반대의 경우도 있다. 더욱이 우리는 역사 속에서 무엇이 악이고 무엇이 선인가에 대한 정반대의 시각들을 동시에 발견하기도 한다. 예를 들면 어떤 이들은 폴란드에 부여한 헌법과 신성 동맹의 체결을 알렉산드르 1세의 공적으로 평가하고 어떤 이들은 그것을 비난한다.

알렉산드르 1세와 나폴레옹의 활동에 대해서는 유익했는지 유해했는지 말할 수 없는데, 왜냐하면 우리가 그것이 무엇에 유익하고 무엇에 유해한지 말할 수 없어서다. 만약 그 활동이 누군가의 마음에 들지 않는다면 그것은 선이란 무엇인가에 대한 그의 제한적인 이해와 일치하지 않아서일 것이다. 1812년에 모스크바에 있던 내 아버지의 저택이 보존된 것, 러시아 군대의 영광과 페테르부르크 대학 및 그 외 여러 대학의 번영, 폴란드의 자유, 러시아의 위력, 유럽 세력의 균형, 유럽에서 진보로 알려진 어떤 종류의 계몽은 나에게 선으로 보일 수 있지만 동시에 나는 모든 역사적 인물들의 활동은 이런 목적들 말고도 내가 이해할 수 없는 보다 보편적인 또 다른 목적들을 갖고 있음을 인정해야 한다.

그러나 이른바 학문이 모든 모순을 화해시킬 가능성을 가지며, 역사 속 인물과 사건의 선악을 판단하는 불변의 척도를 갖는다고 가정해 보자.

알렉산드르 1세가 모든 것을 다르게 할 수 있었다고 가정해 보자. 그가 자신을 비난하는 사람들, 인류가 움직이는 궁극적인 목적을 안다고 공언하는 사람들의 지시에 따라, 또한 오늘날의 비판자들이 그에게 부여할 수도 있는 민족성, 자유, 평등, 진보의 (아마 이들 외에 다른 것은 없는 듯싶다) 강령에 따라 일을 처리할 수 있었다고 가정하자. 이러한 강령들이 가능했고 작성되어 알렉산드르 1세가 그에 따라 행동했다고 가정해 보자. 그렇다면 당시 정부의 노선에 반대했던 이들의 활동, 역사가들의 견해에 따르면 선하고 유익한 그 활동은 과연 어떻게 되었을까? 그런 활동은 없었을 것이다. 삶도 없었을 것이다. 아무것도 없었을 것이다.

인간의 삶이 이성에 의해 지배될 수 있다면 삶의 가능성은 사라질 것이다.

2

만약 역사가들이 그러듯 위대한 러시아나 프랑스의 위대함, 혹은 유럽의 균형이나 혁명 이념의 전파, 혹은 공통의 진보, 혹은 그밖의 무엇이든 간에 어떤 목적을 달성하기 위해 인류를 이끄는 것이 위대한 인물들이라고 가정할 경우, **우연**이니 **천재**니 하는 개념 없이는 역사의 현상을 설명하는 일이 불가능하다.

만약 금세기 초 유럽에서 일어난 몇몇 전쟁들의 목적이 러시아의 위대함이었다면 그 목적은 이전의 모든 전쟁과 침략 없이도 달성될 수 있었을 것이다. 또 만약 그것이 프랑스의 위대함이었다면 그 목적은 혁명과 제정이 없어도 달성될 수 있었을 것이다. 만약 목적이 이념의 전파였다면 병사들보다 도서 출판이 그 목적을 훨씬 더 잘 수행했을 것이다. 만약 목적이 문명의 진보였다면 인간과 그들의 부를 파괴하는 것 말고도 문명의 전파를 위한 더 합목적적인 다른 방법이 있었음을 아주 쉽게 가정할 수 있다.

그것은 왜 다른 방법이 아닌 그런 방법으로 일어났을까?

그것이 그런 방법으로 일어났기 때문이다. "**우연**이 상황을 만들었다. **천재**는 그것을 이용했다"고 역사가들은 말한다.

그러나 **우연**이란 무엇인가? **천재**란 무엇인가?

우연과 **천재**라는 단어는 실제로 존재하는 어떤 것을 의미하지 않으므로 정의를 내릴 수 없다. 그 단어들은 단지 현상을 이해하는 어떤 수준을 의미할 뿐이다. 나는 어떤 현상이 왜 일어나는지 모른다. 나는 내가 알 수 없다고 생각한다. 그래서 알기를 원치도 않고 **우연**이라 말한다. 나는 보편적인 인간의 속성과 일치하지 않는 행위를 일으키는 힘을 본다. 나는 그것이 왜 일어나는지 모르고 그것을 **천재**라 말한다.

매일 밤 양치기가 이끄는 대로 여물이 있는 특별한 우리에 몰려 들어가 다른 양들보다 두 배 살이 찐 양은 분명 양 떼들의 눈에 천재로 보일 것이다. 그리고 매일 밤 이 양이 공동의 우리가 아닌 귀리가 있는 특별한 우리에 들어가고 살이 많이 찐 이 양이 도살되어 고기가 되는 상황은 분명 일련의 특별한 우연성과 천재성의 놀라운 결합으로 보일 것이다.

그러나 만약 양들이 자기들에게 일어나는 모든 것이 오직 양들의 목적만을 달성하기 위해 일어난다고 생각하는 것을 그만두면, 자기들에게 일어나는 사건에 자신들이 이해할 수 없는 목적이 있을 수도 있음을 인정하면 양들은 곧 잘 먹여 살찌운 양에게 벌어지는 일에서 통일성과 일관성을 보게 될 것이다. 설령 어떤 목적으로 그 양이 사육되었는지 양들이 모른다 해도 최소한 그 양에게 일어난 일은 우연히 일어난 게 아님을 알게 될 것이고 따라서 **우연**이니 **천재**니 하는 개념은 그들에게 더 이상 필요하지 않을 것이다.

친숙하고 이해되는 목적을 알려고 하는 것에서 벗어나 최종 목적은 우리가 이해할 수 없다는 것을 인정하면 우리는 역사 속 인물들의 생애에서 일관성과 합목적성을 보게 될 것이다. 또한 그들이 야기한, 보편적 인간의 속성과 일치하지 않는 행동의 원인이 밝혀질 것이고, 따라서 우리에게 **우연**과 **천재**라는 단어가 불필요해질 것이다.

　유럽의 민중들이 일으킨 소요의 목적을 우리가 알 수 없다는 것, 다만 처음에는 프랑스, 그다음에는 이탈리아, 아프리카, 프로이센, 오스트리아, 스페인, 러시아에서 벌어진 살인이라는 사실만을 우리가 알고 있다는 것, 서에서 동으로의 이동과 동에서 서로의 이동이 이 사건들의 본질과 목적이라는 것을 인정하면 우리는 나폴레옹과 알렉산드르 1세의 성격에서 특수성과 **천재성**을 볼 필요가 없을뿐더러 그들이 나머지 전체 인간들과 똑같은 인간이라고 생각할 수밖에 없을 것이다. 그리고 이 사람들을 그런 인물들로 만들어 버린 사소한 사건들의 **우연성**을 해명할 필요도 없을 뿐 아니라 모든 사소한 사건들이 필연적이었다는 점도 명백해질 것이다.

　최종 목적을 알려는 생각을 버리면 우리는 어떤 식물에 대해서든 그것이 만들어 내는 색깔과 씨앗보다 그것에 더 잘 어울리는 다른 색깔과 씨앗을 생각할 수 없듯이, 그 모든 과거와 함께 수행해야 할 사명의 아주 사소하고 세세한 부분까지 일치하는 서로 다른 두 인간을 생각해 낸다는 게 불가능함을 명료히 깨닫게 될 것이다.

3

금세기 초 유럽에서 일어난 여러 사건들의 본질적인 의의는 그것이 유럽 대중의 서에서 동으로, 그 후 동에서 서로의 군사 행동이었다는 점이다. 이 운동의 발단은 서에서 동으로의 운동이었다. 서쪽의 여러 국민들이 모스크바까지의 군사 행동을 완수할 수 있기 위해서는 (그들은 그 운동을 완수했다) 다음과 같은 것들이 꼭 필요했다. 1) 동쪽 전투 집단과 충돌할 때 그것을 견딜 수 있는 규모의 전투 집단을 조직하는 것, 2) 기존의 모든 전통과 습관을 버리는 것, 3) 군사 행동을 할 때 그 운동에 수반될 기만과 약탈과 살인을 자신을 위해서, 그리고 그들을 위해서 정당화할 수 있는 사람을 수장으로 삼는 것.

그리고 프랑스 혁명을 시작으로 그다지 크지 않은 낡은 집단이 붕괴한다. 옛 관습과 전통이 붕괴한다. 그에 따라 새로운 규모의 집단, 새로운 관습과 전통이 하나씩 하나씩 서서히 생겨나고, 장래 운동의 선두에 서서 향후 일어날 일에 대해 모두 책임질 사람이 준비되어 간다.

신념도 습관도 전통도 이름도 없고 심지어 프랑스인도 아닌 한 인간*이 굉장히 기묘하게 보이는 우연으로 프랑스를 뒤흔드는 모든 당파들 사이를 움직이며 어느 편에도 붙지 않고 눈에 띄는 지위에 오른다.

동료들의 무지, 적들의 연약함과 지리멸렬함, 진정성을 띤 거짓들, 자신만만한 그의 편협함이 그를 군대의 수장으로 영전시킨다. 이탈리아 군대의 훌륭한 병사들, 싸우기를 꺼리는 적들, 어린아이 같은 뻔뻔함과 자기 확신이 그에게 군인으로서 영광을 가져다준다. 셀 수 없이 많은 이른바 우연이라는 것이 그가 가는 곳마다 동행한다. 프랑스 위정자들 사이에서 호감을 잃은 것도 그에게는 유리하게 작용했다. 자신에게 예정된 길을 바꿔 보려던 그의 시도들은 성공하지 못한다. 그는 러시아에 복무하는 것도 받아들여지지 않고, 튀르크에서도 임명을 받지 못한다.* 이탈리아 전쟁 동안에는 여러 번 죽을 고비를 겪었지만 그때마다 예기치 않은 방식으로 목숨을 건진다. 러시아의 군대, 그의 영광을 무너뜨릴 수 있었을 바로 그 군대는 여러 외교적 판단에 따라 그가 유럽에 있는 동안에는 그곳에 발을 들이지 않는다.

이탈리아에서 돌아온 그는 파리 정부가 붕괴 과정에 놓였으며, 그 정부에 발을 들여놓은 사람들은 피할 수 없이 제거되고 처형되는 것을 발견한다. 그런데 그 위험한 상황에서 벗어날 출구가 그의 앞에 저절로 나타난다. 무의미하고 이유도 없는 아프리카 원정이었다.* 또다시 이른바 그 우연이라는 것이 그를 동행한다. 난공불락인 몰타섬이 한 발의 충격도 없이 항복한다. 매우 무모한 명령들이 성공을 거듭한다. 훗날에는 단 한 척의 보트도 통과시키지 않을 적의 함대가 군대 전체를 통과시킨다.* 아프리카에서는 거의 무장하지 않은 주민들에게 수많은 악행을 행한다. 이러한 악행을 저지르는 사람들, 특히 그들의 지휘관들은 이것이 훌륭한 것이고, 영예로운 것이며, 카이사르와 마케도니아의 알렉산드로스 대왕이 한 것과 유사한 것이라고 스스로 확신했다.

스스로에 대해서는 어떤 것도 악하다고 여기지 않을 뿐 아니라, 자신의 온갖 범죄에는 납득하기 힘든 초자연적 의미를 더하며 자랑스러워하는 것으로 이루어진다는 **영예**와 **위대함**이라는 이상, 그 남자뿐 아니라 그와 연결된 사람들을 이끌고 있음이 분명한 이 이상은 아프리카에서 거침없이 발전해 나간다. 그가 어떤 일을 하든 모든 일이 그에게 성공을 가져다준다. 페스트도 그에게는 달려들지 않는다. 포로들에게 저지른 잔혹한 학살도 그의 죄로 치부되지 않는다. 어린아이처럼 경솔하고 이유도 없이 비열하게 곤경에 처한 동료들을 남겨 두고 아프리카를 떠난 것도 그에게는 공적이 되고, 또다시 적의 함대는 두 번씩이나 그를 놓친다. 그가 저지른 행운의 범죄에 이미 완전히 도취되어 자신의 역할을 감당할 준비를 하고 어떤 뚜렷한 목적도 없이 파리에 도착했을 그 당시, 1년 전만 해도 그를 파멸시킬 수도 있었을 공화 정부의 부패는 이제 극에 달했고, 그의 범죄, 당파와 무관한 참신한 인물로서 그의 범죄는 이제 그를 높이기만 할 뿐이었다.

그는 어떤 계획도 갖고 있지 않다. 그는 모든 것이 두렵다. 그러나 정당들은 그에게 매달리며 그의 참여를 요청한다.

이탈리아와 이집트에서 만들어진 자신의 영광과 위대함이라는 이상, 자기 숭배의 광기, 범죄의 대담성을 갖고 있으며, 거짓들이 진정성을 띠는 그 한 사람, 오직 그 한 사람만이 장차 일어날 일을 정당화할 수 있다.

그는 그를 기다리는 자리에 필요하다. 그 때문에 그의 의지와 무관하게, 그리고 그의 우유부단함, 무계획, 그가 저지르는 온갖 실수에도 불구하고 그는 권력 쟁취를 목적으로 하는 음모에 연루되고, 그 음모는 성공을 거둔다.

사람들은 그를 통치자들의 회의에 집어넣는다. 겁에 질린 그는 자신이 파멸했다고 여기며 도망치고 싶어 한다. 그래서 기절한 척 하고, 자신을 파멸시킬 게 분명한 무의미한 말을 지껄이기도 한다. 그러나 예전에는 명민하고 자긍심이 강했던 프랑스의 통치자들이었지만, 이제는 자신들의 역할이 다했다고 느끼면서 그보다 더 당황하여, 권력을 유지하고 그를 파멸시키기 위해서는 그들이 했어야만 할 그런 말들을 하지 않는다.

우연, 수백만 가지의 **우연들**이 그에게 권력을 부여하고, 마치 모든 사람들이 약속이라도 한 듯 그 권력의 확립에 협력한다. **우연들**은 당시 프랑스 통치자들을 그에게 복종하도록 만든다. 우연들은 파벨 1세*에게 그의 권력을 인정하도록 만든다. **우연**은 그에게 맞서는 음모를, 그에게 해를 끼치지 않을 뿐만 아니라 오히려 그의 권력을 견고하게 할 음모로 만든다.* **우연**은 앙기앵을 보내 나폴레옹으로 하여금 뜻하지 않게 그를 죽이도록 만들고, 그것을 통해 그가 힘을 가졌기 때문에 그가 권한을 갖고 있다고 다른 어떤 수단보다 더 강력하게 대중을 설득한다. **우연**은 그가 분명히 자신을 파멸로 이끌었을 영국 원정에 온 힘을 쏟고도 그 계획을 실행하지 못하게 하고, 우연히 오스트리아군을 거느린 마크를 공격하여, 전투도 치르지 않고 나폴레옹에게 항복하게 만든다. **우연**과 **천재성**은 그에게 아우스터리츠 전투에서의 승리를 가져다주고, 그리고 **우연히** 프랑스인뿐 아니라, 이후에 벌어질 사건들에 참여하지 않는 영국을 제외한 전 유럽이, 모든 사람들이 이전에는 그의 범죄에 공포와 혐오감을 느꼈음에도 불구하고 이제는 그가 갖고 있는 권력을, 그가 스스로에게 부여한 칭호를, 모든 이들에게 왠지 훌륭하고 이성적으로 보이는 위대함과 영예라는 그의 이상을 인정한다.

마치 앞에 놓여 있는 운동을 가늠하고 대비하기라도 하듯, 서쪽의 힘은 1805년, 1806년, 1807년, 1809년 몇 차례에 걸쳐 점차 더 강해지고 커지면서 동쪽으로 돌진한다. 1811년 프랑스에서 형성된 사람들의 그룹이 중부의 여러 나라 국민들과 하나의 거대한 그룹으로 합해진다. 사람들의 그룹이 증가함에 따라 그 운동의 선두에 선 인간을 정당화하는 힘도 계속 커져 간다. 거대한 운동을 앞두고 있던 10년의 준비 기간 동안 그 인간은 유럽의 모든 왕위를 지키는 인물들과 손을 잡는다. 정체가 폭로된 세상의 모든 권력자들은 아무 의미도 없는 **영예**와 **위대함**이라는 나폴레옹의 이상에 맞서 어떤 이성적인 이상도 내세우지 못한다. 그들은 앞다투어 자신들의 하찮음을 그에게 보여 주려고 애쓴다. 프로이센 왕은 위대한 인간의 자비를 구하고자 자기 아내를 보낸다. 오스트리아 황제는 이 남자가 황제들*의 딸을 그의 침소에 들이는 것을 자비로 여긴다. 여러 민족들의 성소의 수호자인 교황은 자신의 종교로 위대한 인간을 높인다. 나폴레옹이 자기 역할을 수행하기 위해 스스로 준비한다기보다 그의 주변의 모든 것들이 현재 일어나는, 또 장차 일어날 것에 대한 모든 책임을 받아들이도록 그를 준비시킨다. 그가 저지르는 모든 행위와 악행과 자잘한 기만은 즉시 주위 사람들의 입에서 위대한 행위의 형식으로 반영되지 않는 것이 없었다. 독일인들이 그를 위해 생각해 낼 수 있었던 최고의 축연은 예나와 아우어슈테트의 축제였다. 그만 위대한 게 아니라 그의 선조, 그의 형제들, 그의 의붓자식들, 처남들까지도 위대했다. 모든 것이 그의 이성의 마지막 힘까지 빼앗기 위해, 그리고 그의 무시무시한 역할을 준비하도록 이루어진다. 그리하여 그가 준비될 때 힘도 준비된다.

침략은 동쪽으로 향하고, 궁극적인 목표인 모스크바에 이른다.

수도는 점령된다. 러시아 군대는 언젠가 아우스터리츠부터 바그람에 이르는 예전의 전쟁들에서 적군이 격파되었을 때보다 더 심하게 파멸된다. 그러나 갑자기 지금까지 예정된 목표를 향해 일련의 끊임없는 성공으로 그를 연속적으로 이끌어 온 **우연들**과 **천재성** 대신, 보로디노에서의 코감기부터 혹한, 모스크바를 태운 불꽃에 이르기까지 무수히 많은 정반대의 **우연들**이 나타난다. 그리고 **천재성** 대신 전례에 없는 어리석음과 비열함이 나타난다.

침공은 달려가다 되돌아오고, 또다시 달려간다. 그리고 모든 우연은 이제 계속해서 그를 위한 것이 아니라, 그를 거스르기 위한 것이 된다.

그전에 일어났던 서에서 동으로의 운동과 놀라울 정도로 유사하게 동에서 서로의 역(逆)운동이 일어난다. 동에서 서로의 운동과 같은 시도들은 1805년, 1807년, 1809년에 대(大)운동에 앞서 있었다. 마찬가지로 거대한 규모의 그룹이 결성된다. 그리고 마찬가지로 중간에 위치한 여러 나라 국민들이 운동에 가담한다. 마찬가지로 중간에 동요가 발생하고, 마찬가지로 목표에 가까워짐에 따라 속도가 빨라진다.

파리, 즉 궁극적인 목표에 도달한다. 나폴레옹의 정부와 군대가 붕괴된다. 나폴레옹은 더 이상 아무런 의미를 갖지 않는다. 그의 모든 행위는 뚜렷하게 가련하고 추악하다. 그러나 또다시 설명할 수 없는 우연이 일어난다. 즉 동맹자들은 자신들에게 닥친 재앙의 원인으로 보는 나폴레옹을 증오한다. 힘과 권력을 빼앗기고 악행과 교활함이 폭로된 그는 10년 전이나 1년 뒤에 보였던 것처럼 마찬가지로 그들에게 무법의 강도로 보였을 것이다. 그러나 어떤 이상한 우연으로 아무도 이것을 보지 않는다. 그의 역할은 아직 끝나지 않았다. 10년 전과 1년 후에 무법의 강도로 여겼고, 여기게 될 인간을 프랑스로부터 이틀이 걸리는 (무언가에 대한 대가로 그에게 지불된 수백만의 돈과 근위대와 함께 영지로 받은) 섬*으로 보낸다.

4

여러 국민들의 운동은 자신들의 해안에 정착하기 시작한다. 대
(大)운동의 파도들이 물러났다. 그리고 잠잠해진 바다에 사회들
이 형성되고, 외교관들은 바로 자신들이 운동을 잠잠하게 한 사람
들이라고 상상하며 그것들을 따라 질주한다.

하지만 잠잠해진 바다가 갑자기 일렁인다. 외교관들에게는 자
신들이, 자신들의 비타협이 이 새로운 압력의 원인처럼 보인다.
그들은 군주들 사이의 전쟁을 기다린다. 그들이 보기에는 상황이
쉽게 해결되지 않을 것 같다. 그러나 파도, 그들이 감지한 파도의
너울은 그들이 기다리고 있던 곳으로부터 오지 않는다. 동일한 파
도가 운동의 동일한 출발점, 즉 파리에서 솟아오른다. 서쪽으로부
터 운동의 마지막 역류가 일어난다. 해결될 수 없을 것처럼 보이
던 외교상의 난맥들을 해결하고, 이 시기 군사 운동의 종료를 가
져올 수 있는 역류가…….

프랑스를 황폐하게 만든 사람이 단독으로 어떤 모의도 없이, 병
사도 거느리지 않고 프랑스에 도착한다. 어떤 파수꾼이든 그를 잡
을 수 있다. 그러나 이상한 우연으로 아무도 그를 잡지 않을 뿐만
아니라, 하루 전만 해도 저주했고 한 달 후에도 저주하게 될 그를

모든 사람들이 환호하며 맞이한다.

그는 최후의 연합 행위를 정당화하기 위해 아직 필요하다.

막은 끝났다. 마지막 연기도 끝났다. 배우에게는 옷을 갈아입고 분과 연지를 지우라는 지시가 내려진다. 이제 그는 더 이상 필요치 않게 된다.

그리고 그가 자기 섬에서 고독하게 스스로를 관객 삼아 보기 딱한 희극을 연기하고, 음모를 꾸미고, 이미 더 이상 정당화가 필요 없는 자기 행동을 정당화하기 위해 거짓말을 하고, 또 보이지 않는 손이 그를 이끌고 있을 때 사람들이 힘으로 간주했던 것이 과연 무엇이었는지를 온 세상에 드러내는 데 몇 년이 지나간다.

연극을 끝내고 배우에게 의상을 벗긴 후 무대 감독은 그를 우리에게 보여 주었다.

"그대들이 믿었던 것을 보시오! 여기 그가 있소! 그가 아니라 **내가** 그대들을 움직였다는 것을 이제 아시겠소?"

그러나 운동의 힘에 눈먼 사람들은 오래도록 그 말을 이해하지 못했다.

알렉산드르 1세의 생애, 즉 동에서 서로 진행된 역운동의 선두에 서 있던 그 인물의 생애는 훨씬 더 큰 일관성과 필연성을 보여 준다.

다른 사람들을 가로막은 채 동에서 서로 향한 그 운동의 선두에 서게 될 그 사람을 위해서는 무엇이 필요할까?

정의감, 유럽 정세에 대한 참여, 그것도 일정한 거리를 유지하고, 사소한 이해 때문에 아둔해지지 않는 참여가 필요하다. 또한 동료들, 즉 그 시대의 군주들을 능가하는 도덕적 우월성이 필요하다. 온화하고 매력적인 품성도 필요하고, 나폴레옹에 대항하는 개인적인 모욕도 필요하다. 그런데 이 모든 것이 알렉산드르 1세에게 있다. 이 모든 것이 그의 지난 생애 전체에 걸쳐 이루어진 이른 바 모든 **우연들**, 예를 들어 교육, 자유주의적 시책, 주위의 조언가들, 아우스터리츠, 틸지트, 에르푸르트 등을 통해 준비된다.

국민 전쟁 기간 동안 이 인물은 아무런 활약도 하지 않는다. 왜냐하면 이 인물이 필요하지 않았기 때문이다. 그러나 전 유럽의 전쟁이 불가피해지자 곧 이 인물은 자기 자리에 나타나 유럽 국민들을 연합시켜 그들을 목표한 바로 이끈다.

목표는 달성된다. 1815년의 마지막 전쟁 이후 알렉산드르는 인간이 오를 수 있는 권력의 정상에 선다. 과연 그는 권력을 어떻게 사용하는가?

알렉산드르 1세, 유럽의 중재자이자 젊은 시절부터 국민의 행복만 지향했으며 조국에서 자유주의 개혁의 첫 주창자였던 사람이 이제, 그가 최고의 권력을 가짐으로써 자국민의 행복을 만들어갈 가능성을 지닌 것처럼 보이는 그때에, 추방된 나폴레옹이 자기가 권력을 가졌다면 어떻게 인류를 행복하게 해 주었을까 하는 어린아이 같은 거짓된 계획을 짜고 있던 그때에, 자신의 소명을 완수한 후 자신에게 놓인 하느님의 손길을 느끼자 알렉산드르 1세는 문득 이 가상의 권력이 하찮은 것임을 인정하고, 그것으로부터 돌아서서, 그것을 자신이 경멸하던, 또 경멸할 만한 사람들의 손에 이양하고 다만 이렇게 말한다.

"'우리에게 돌리지 마소서, 우리에게 돌리지 마소서. 다만 당신의 이름을 영광되게 하소서.'*나도 그대들과 같은 인간이오. 내가 인간으로 살아갈 수 있도록, 나의 영혼과 하느님에 대해 사색할 수 있도록 내버려 두시오."

마치 태양과 에테르의 각 원자가 그 자체로 완결된 구(球)인 동시에, 그 거대한 크기 때문에 인간에게는 이해 불가능한 전체의 한 원자에 지나지 않는 것처럼, 그와 같이 각 개인도 자기 안에 나름의 목적을 지니지만, 사실 그는 그것을 인간에게는 이해 불가능한 전체의 목적에 기여하기 위해 지니는 것이다.

꽃에 앉아 있던 벌이 어린아이에게 침을 쏘았다. 그러자 아이는 벌을 무서워하며 벌의 목적은 사람들에게 침을 쏘는 것이라고 말한다. 시인은 꽃송이 안에 착 달라붙은 벌을 감상하며 벌의 목적은 꽃의 향기를 자기 안에 빨아들이는 것이라고 말한다. 양봉가는 벌이 꽃가루와 당즙을 모아 벌통으로 운반하는 것을 보며 벌의 목적은 꿀을 모으는 것이라고 말한다. 다른 양봉가는 벌 떼의 생태를 좀 더 가까이에서 연구한 후 벌이 어린 벌들을 먹이고 여왕벌을 기르기 위해 꽃가루와 즙을 모으며, 벌의 목적은 종의 존속이라고 말한다. 식물학자는 벌이 암수딴그루 꽃의 꽃가루를 묻혀 암술로 날아가 가루받이를 돕는다고 언급하면서, 벌의 목적이 그것에 있다고 본다. 또 다른 사람은 식물들의 이주를 관찰하다가 벌이 그 이주에 협력하는 것을 본다. 그 새로운 관찰자는 바로 이것이 벌의 목적이라고 말할 수 있다. 그러나 벌의 궁극적인 목적은 인간의 이성이 밝혀낼 수 있는 제1, 제2, 제3의 목적으로 소진되지 않는다. 이러한 목적들을 발견하는 데에서 인간의 이성이 더욱 고양되면 될수록 인간의 이성으로는 궁극적인 목적이 이해될 수 없음이 더욱 분명해진다.

인간은 오직 벌의 생태와 삶의 다른 현상들 사이에 존재하는 상응의 관찰만 가능할 뿐이다. 역사적인 인물들과 여러 국민들의 목적에 대해서도 동일한 것을 말할 필요가 있다.

5

1813년, 베주호프와 나타샤의 결혼식은 오래된 로스토프가에 마지막으로 기쁜 사건이었다. 그해 일리야 안드레예비치 백작이 죽었고, 항상 그렇듯 오래된 가문은 그의 죽음과 함께 몰락했다.

지난해의 사건들, 즉 모스크바 화재와 그로 인한 탈주, 안드레이 공작의 죽음과 나타샤의 절망, 페탸의 죽음, 백작 부인의 슬픔, 이 모든 것이 엎친 데 덮친 격으로 노백작의 머리를 강타했다. 그는 이 모든 사건들의 의미를 이해하지 못하고 자신이 이해할 수도 없다고 느끼는 듯 보였으며, 마치 그의 삶에 종지부를 찍을 새로운 타격을 기다리고 구하는 듯 늙은 머리를 정신적으로 숙이고 있었다. 때로는 두렵고 당황스러운 듯 보였으며, 때로는 부자연스럽게 활기차고 적극적으로 보였다.

나타샤의 결혼이 한동안은 표면적으로 그의 마음을 차지했다. 그는 오찬과 만찬을 준비하라고 지시해 가며 즐거워 보이려 했지만 그 쾌활함은 예전처럼 주위에 전달되지 않았으며, 오히려 그를 알고 사랑하는 사람들에게 동정심을 불러일으켰다.

피에르와 나타샤가 떠난 후, 그는 말이 없어졌고 우울함을 호소하기 시작했다. 며칠 뒤에는 병이 나 자리에 드러누웠다. 발병 초기부터 그는 의사들의 위로에도 불구하고 자신이 일어나지 못하리라는 것을 깨달았다. 백작 부인은 2주 동안 옷도 갈아입지 않고 안락의자에 앉아 남편의 머리맡을 지켰다. 그녀가 약을 줄 때마다 그는 흐느끼며 말없이 그녀의 손에 입을 맞추었다. 마지막 날, 그는 거의 통곡하다시피 하면서 스스로 느끼기에 자신의 가장 큰 죄인 파산에 대해 아내와 그곳에 없는 아들에게 용서를 구했다. 그는 성찬식과 성유식을 치른 뒤 조용히 죽었고, 다음 날 조문하러 온 사람들이 로스토프가가 세 들어 살고 있는 집을 꽉 채웠다. 그의 집에서 그렇게도 자주 식사를 하고 춤을 추고 조롱하던 많은 지인들이 이제는 다들 똑같이 자책과 감동을 느끼면서 누군가의 앞에서 변명하듯 속으로 중얼거렸다. '그래, 어쨌든 정말 좋은 사람이었어. 요즘 세상에 그런 사람은 이제 못 만나지…… 약점 없는 사람이 어디 있겠어?'

백작의 재정 상태가 너무 엉망이어서 만약 그런 상태가 1년만 더 지속되면 그 모든 게 어떤 식으로 끝날지 상상도 할 수 없는 바로 그 순간 그는 갑자기 죽었다.

니콜라이가 아버지의 부고를 받았을 때 그는 파리에 주둔한 러시아군 부대에 있었다. 그는 곧 퇴역을 신청했으나 허가를 기다리지 않고 휴가를 받아 모스크바로 왔다. 백작이 죽고 나서 한 달이 지나 재정 상태가 완전히 드러난바 누구도 짐작지 않은 온갖 자잘한 빚이 쌓여 만든 엄청난 총액에 모두 깜짝 놀랐다. 부채는 자산의 두 배였다.

친척들과 친구들이 니콜라이에게 상속을 포기하라고 충고했다. 그러나 니콜라이는 상속 포기라는 말에서 아버지에 대한 신성한 기억을 비난하는 표현을 보았기 때문에 그들의 충고를 듣지 않고 부채를 갚을 의무와 함께 유산을 상속받았다.

백작 생전에는 그 한없는 선량함이 지닌 막연하지만 강력한 영향에 얽매여 오랫동안 잠잠해 있던 채권자들이 갑자기 상환을 요구했다. 항상 그렇듯 먼저 받기 위해 경쟁했고, 미텐카와 다른 사람들처럼 무담보 약속 어음을 선물로 받은 사람들이 이제 가장 위압적인 채권자가 되었다. 그들은 니콜라이에게 예정일이나 휴식할 시간을 주지도 않았으며, 자신들에게 손해를 끼친 (만약 손해가 있었다면) 장본인인 노인을 동정하는 것처럼 보이던 사람들이 이제 그들 앞에서 명백히 아무 죄도 없는데 자발적으로 빚을 갚기로 한 젊은 상속자에게 무자비하게 달려들었다.

니콜라이가 생각한 자금 회전 방법들은 어느 것 하나 성공하지 못했다. 영지는 경매에 넘어가 반값에 팔렸으나 부채의 절반은 여전히 미지불 상태였다. 니콜라이는 스스로 생각하기에 금전상의 진짜 부채라고 인정되는 부채를 갚기 위해 매제인 베주호프가 건넨 3만 루블을 받았다. 그리고 나머지 부채의 채권자들이 상환을 못하면 감옥에 집어넣겠다고 위협하여 다시 근무를 시작했다.

그는 연대장 제1후보인 부대로는 갈 수 없었는데, 왜냐하면 이제 삶의 마지막 미끼나 마찬가지인 아들에게 어머니가 매달렸기 때문이다. 그래서 모스크바에 머물고 싶지도 않았고, 문관 근무도 혐오했지만 모스크바에서 문관 자리를 얻어 자신이 좋아하는 군복을 벗고 어머니와 소냐와 함께 십체프 브라제크 거리의 작은 집에 거처를 정했다.

그 무렵 나타샤와 피에르는 페테르부르크에 살고 있었는데 니콜라이의 이런 상황에 대해서는 자세히 알지 못했다. 매제에게 돈을 빌린 터라 니콜라이는 자신의 궁색한 처지를 숨기려고 애썼다. 니콜라이의 처지가 특히 안 좋았던 이유는 1천2백 루블의 봉급으로 자신과 어머니와 소냐를 먹여 살려야 했을 뿐 아니라 그들이 가난하다는 것을 어머니가 눈치채지 못하게 하면서 어머니를 부양해야 했기 때문이다. 백작 부인은 어린 시절부터 사치스러운 환경에 익숙했기 때문에 그렇게 하지 않고 살 수 있다는 것을 전혀 이해하지 못했다. 그래서 아들에게는 얼마나 짐이 될지 깨닫지 못하고 지인을 집으로 데려오기 위해 집에 없는 마차를 요구하고, 자신을 위한 값비싼 요리와 아들을 위한 와인을 요구하고, 나타샤와 소냐, 심지어 니콜라이에게까지 깜짝 선물을 하기 위해 돈을 요구했다.

소냐는 집안 살림을 맡아 하고, 친척 아주머니를 돌보며 그녀에게 소리 내어 책을 읽어 주고, 그녀의 변덕과 마음속의 혐오를 견디고, 니콜라이가 자신들의 궁핍한 처지를 노백작 부인에게 숨길 수 있도록 도왔다. 니콜라이는 소냐가 어머니를 위해 행한 모든 것에 갚을 수 없는 감사의 빚을 졌다고 느끼며 그 인내와 헌신에 감탄했으나 그녀와 거리를 두려고 노력했다.

소냐가 너무도 완벽하고 나무랄 게 없다는 이유로 니콜라이는 마음속으로 그녀를 비난하는 듯했다. 그녀는 사람들이 높은 가치를 매기는 모든 덕목을 갖추었다. 하지만 그로 하여금 그녀를 사랑하게 할 만한 것은 거의 없었다. 그래서 그가 그녀를 높이 평가할수록 그녀에 대한 사랑은 감소함을 느꼈다. 그는 그녀가 편지에서 자유를 주겠다고 한 말을 포착하여 두 사람 사이에 있었던 모든 일을 아주 오래전에 이미 잊었으며, 그 일은 결코 되풀이될 수 없다는 듯 행동했다.

니콜라이의 상황은 점점 더 나빠졌다. 봉급 일부를 저축하겠다는 생각은 헛된 꿈으로 드러났다. 저축은커녕 어머니의 요구를 들어주느라 조금씩 빚까지 졌다. 이러한 처지에서 벗어날 방법을 도무지 생각해 낼 수 없었다. 친척 아주머니들이 권하는 부유한 상속녀와의 결혼을 그는 반대했다. 자기 처지에서 벗어날 또 다른 출구인 어머니의 죽음에 대해서는 한 번도 머리에 떠올려 본 적이 없었다. 그는 아무것도 바라지 않고 아무것도 기대하지 않으며, 자신의 처지를 불평하지 않고 인내하는 데에서 마음속 깊이 음울하고 엄숙한 쾌감을 느꼈다. 자신을 동정하고 모욕적인 도움을 제안하는 옛 지인들을 피하려 애썼고, 그 어떤 기분 전환이나 여흥도 피했으며 심지어 집에서도 어머니와 카드놀이를 하는 것 말고는 아무것도 하지 않고 다만 말없이 방 안을 서성이거나 연달아 파이프 담배를 피울 뿐이었다. 자신의 처지를 견딜 수 있게 해 준다고 느끼는 유일한 기분인 우울함을 자기 안에 담아 두려고 노력하는 것처럼 보였다.

6

 겨울 초입에 마리야 공작 영애가 모스크바에 왔다. 그녀는 시중에 떠도는 소문을 통해 로스토프가의 처지와 사람들이 말하는 것처럼 '아들이 어머니를 위해 자신을 희생하고 있다'는 사실을 알았다.

 '그 사람이라면 분명 그렇게 할 거라 예상했어.' 마리야 공작 영애는 그에 대한 자신의 사랑을 기쁘게 확신하며 혼잣말을 했다. 자신과 로스토프 일가의 거의 친척과도 같은 친밀한 관계를 떠올리면서 그녀는 그들에게 가는 것이 자신의 의무라고 생각했다. 하지만 보로네시에서의 자신과 니콜라이의 관계를 떠올리자 방문이 두려워졌다. 가기 싫은 마음을 힘들게 억누르고 나서 모스크바에 도착하고 몇 주 후 로스토프가를 방문했다.

 니콜라이가 가장 먼저 그녀를 맞이했는데, 백작 부인의 방으로 가려면 그의 방을 지나야 했기 때문이었다. 그녀는 니콜라이가 자신을 보고 기뻐할 거라 기대했지만 니콜라이는 마리야 공작 영애를 처음 본 순간 차갑고 무뚝뚝하고 오만한 표정을 지었다. 니콜라이는 그녀의 건강에 대해 묻고는 그녀를 어머니 방으로 데려간 후 5분 정도 앉아 있다가 방에서 나가 버렸다.

공작 영애가 백작 부인의 방에서 나오자 니콜라이는 다시 그녀를 맞으며 유독 정중하고 무뚝뚝하게 대기실로 안내했다. 그는 백작 부인의 건강을 염려하는 그녀의 언급에도 단 한 마디 대꾸하지 않았다. '당신과 무슨 상관입니까? 날 좀 내버려 두십시오.' 그의 눈길은 그렇게 말하고 있었다.

"대체 왜 할 일 없이 돌아다니는 거지? 뭘 원하는 거지? 난 저런 아가씨들이나 저런 모든 인사치레를 견딜 수가 없어!" 공작 영애의 카레타가 집에서 멀어지자 그는 화를 참을 수 없었는지 소냐를 앞에 두고 큰 소리로 말했다.

"아, 어떻게 그렇게 말할 수 있어, **니콜라!**" 소냐는 간신히 기쁨을 숨기며 말했다. "그녀는 정말 착한 사람이야. **어머니**도 그녀를 무척 좋아해."

니콜라이는 아무 대답도 하지 않았는데 공작 영애에 대해선 더 이상 말하고 싶지 않은 듯했다. 하지만 그녀의 방문 이후 노백작 부인은 하루에도 몇 번씩 그녀에 대해 이야기했다.

백작 부인은 공작 영애를 칭찬했고, 그녀를 방문하라고 아들에게 요구했으며, 더 자주 그녀를 보고 싶다는 바람을 내비쳤는데 그러나 한편으로는 그녀에 대해 말할 때마다 항상 언짢은 기분을 느꼈다.

어머니가 마리야 공작 영애 이야기를 할 때 니콜라이는 조용히 있으려고 노력했으나 그 침묵이 백작 부인을 되레 성나게 했다.

"그녀는 정말 훌륭하고 좋은 아가씨야." 백작 부인이 말했다. "너도 그 아가씨를 방문해야 해. 어쨌든 너도 누군가를 만나야 하고. 안 그러면 우리와 함께 있느라 지루할 거야."

"하지만 그러고 싶지 않아요, 어머니."

"예전에는 만나고 싶다고 말하더니 지금은 그러고 싶지 않다는 거니. 애야, 정말 난 이해가 안 되는구나. 지루해하다가 갑자기 아무도 만나길 원치 않으니 말이다."

"저는 지루하다고 말한 적 없어요."

"그녀를 보고 싶지도 않다고 말한 사람이 바로 너잖아. 그녀는 정말 훌륭한 아가씨이고 너도 그녀를 맘에 들어 했는데 이제 와서 갑자기 이런저런 이유를 대는구나. 다들 나에게 뭔가 숨기고 있어."

"전혀 그렇지 않아요, 어머니."

"내가 무언가 불쾌한 일이라도 해 달라고 네게 부탁한 것도 아니고, 난 그녀가 방문했으니 너도 방문하라고 부탁하는 거잖니. 예의상 그래야 할 것 같아서……. 난 네게 부탁했으니 네가 어미에게 숨기는 비밀이 있다면 나도 이제 더 이상 참견하지 않으마."

"네, 갈게요. 어머니가 원하신다면."

"나는 아무래도 상관없어. 널 위해서 그런 거니까."

니콜라이는 콧수염을 씹으며 한숨을 내쉬곤 어머니의 주의를 다른 데로 돌리기 위해 카드를 늘어놓았다.

다음 날, 그다음 날, 또 그다음 날도 똑같은 이야기가 계속 반복되었다.

마리야 공작 영애는 로스토프가를 방문했다가 니콜라이로부터 뜻밖의 차가운 응대를 받은 후 로스토프가에 가고 싶지 않았던 자신의 판단이 옳았음을 인정했다.

'난 다른 것을 기대한 게 아니었어.' 그녀는 자존심을 세우려고 속으로 중얼거렸다. '그 사람에게는 볼일도 없었고, 난 다만 나에게 늘 친절하셨고 많은 은혜를 베푸신 노부인을 만나고 싶었을 뿐이야.'

그러나 이러한 이유들로 마음을 진정시킬 수 없었다. 자신의 방문을 떠올릴 때마다 후회 비슷한 감정이 그녀를 괴롭혔다. 그녀는 더 이상 로스토프가에 가지 않고 그 모든 것을 잊겠노라 굳게 결심했지만 자신의 불안정한 마음 상태를 끊임없이 느꼈다. 그리고 자신을 괴롭히는 것이 도대체 무엇인지 자문할 때 그것이 자신과 로스토프의 관계라는 것을 인정하지 않을 수 없었다. 그의 차갑고 정중한 어조는 그녀에 대한 감정에서 나온 것이 아니며 (그녀는 그것을 알고 있었다) 그 어조는 무언가를 감추고 있었다. 그녀는 그 무언가에 대해 해명해야 했다. 그전까지는 자신의 마음이 평온해질 수 없음을 그녀는 느꼈다.

한겨울 무렵 그녀가 조카의 공부를 봐주면서 공부방에 앉아 있을 때 하인이 로스토프가 방문했음을 알렸다. 그녀는 자신의 비밀과 동요를 드러내지 않겠다고 굳게 결심하고는 **마드무아젤 부리엔**을 불러 함께 응접실로 갔다.

니콜라이의 얼굴을 처음 보자마자 그녀는 그가 단지 예의상 의무를 이행하기 위해 방문했다는 것을 알아챘고, 자기 역시 그가 그녀를 대했던 것과 똑같은 태도를 취하리라 굳게 마음먹었다.

그들은 백작 부인의 건강에 대해, 공통의 지인들에 대해, 최근의 전쟁 소식에 대해 이야기했고, 손님이 예의상 앉아 있어야 할 10분이 지나자 니콜라이는 자리에서 일어나 작별 인사를 했다.

공작 영애는 **마드무아젤 부리엔**의 도움으로 이야기를 잘 이어 나갈 수 있었다. 그러나 마지막 순간 그가 자리에서 일어났을 때 그녀는 자신과 아무 상관도 없는 이야기를 하느라 지친 데다 자기 인생에는 이다지도 기쁨이 별로 없을까, 라는 생각에 몰두하여 멍한 상태가 되어 그녀 특유의 반짝이는 눈을 정면에 고정한 채 그가 일어나는 것도 모르고 미동도 없이 앉아 있었다.

그녀를 본 니콜라이는 그녀의 멍한 모습을 눈치채지 못한 척하기 위해 **마드무아젤 부리엔**에게 몇 마디 하고 나서 다시 공작 영애를 보았다. 그녀는 여전히 꼼짝 않고 앉아 있었는데, 그 상냥한 얼굴에는 고통이 어려 있었다. 불현듯 그는 그녀가 불쌍하게 느껴졌고, 그녀의 얼굴에 어린 슬픔이 어쩌면 자기 때문일 수도 있다고 어렴풋이 생각했다. 그는 그녀를 도와주고 뭔가 유쾌한 말을 하고 싶었다. 하지만 그녀에게 할 말이 도무지 생각나지 않았다.

"안녕히 계십시오, 공작 영애." 그가 말했다. 그녀는 정신을 차리고 얼굴을 붉히며 무겁게 한숨을 쉬었다.

"아, 죄송해요." 그녀는 마치 잠에서 깬 듯 말했다. "벌써 가시려고요. 그럼 안녕히 가세요! 그런데 백작 부인께 드릴 베개는요?"

"잠시만 기다리세요, 제가 금방 가져올게요." **마드무아젤 부리엔**이 말하고 방에서 나갔다.

두 사람은 이따금 서로를 바라보며 침묵을 지켰다.

"저기요, 공작 영애." 마침내 니콜라이가 슬픈 미소를 지으며 말했다. "얼마 전 일인 것 같은데요, 우리가 보구차로보에서 처음 만난 후로 정말 많은 시간이 흘렀네요. 그때는 우리 모두 참 불행하게 생각되었죠. 시간을 되돌릴 수만 있다면 아무리 귀중한 것이라도 주겠어요…… 물론 돌이킬 수는 없지만요."

공작 영애가 반짝이는 눈으로 그의 눈을 뚫어지게 쳐다보았다. 그녀는 마치 자신을 향한 그의 감정을 설명해 줄 그 말의 은밀한 의미를 이해하려고 애쓰는 듯했다.

"네, 그래요." 그녀가 말했다. "하지만 당신은 과거에 대해 조금도 아쉬워할 필요가 없어요, 백작. 지금 제가 이해하는 당신의 삶을 통해 보면 당신은 언제나 그것을 즐겁게 추억할 것인데 왜냐하면 지금 당신이 살면서 감수하는 희생은……"

"난 당신의 칭찬을 받아들이지 않겠습니다." 그가 서둘러 그녀의 말을 가로막았다. "오히려 난 끊임없이 나 자신을 비난합니다. 하지만 이건 전혀 재미도, 즐거움도 없는 이야기입니다."

그리고 그의 눈빛은 다시 이전처럼 무뚝뚝하고 차가워졌다. 그러나 공작 영애는 이미 그의 안에서 자신이 알고 사랑했던 바로 그 사람을 다시 보았고 이제는 그 사람하고만 이야기하고 있었다.

"내가 이런 말 하는 것을 당신이 허락해 주리라 생각해요." 그녀가 말했다. "저는 당신과 매우 가까웠고…… 당신 가족과도 가까워서 당신이 제가 관여하는 것을 부적절하게 여기지 않을 거라고 생각했어요. 하지만 제 실수였어요." 그녀가 말했다. 그녀의 목소리가 갑자기 떨렸다. "왜 그런지 모르겠어요." 그녀는 마음을 가다듬고 계속해서 말했다. "예전의 당신은 전혀 다른 사람이었는데……."

"왜라는 말에 대해서는 (그는 **왜**라는 말을 특히 강조했다) 수천 가지 이유가 있어요. 감사합니다, 공작 영애." 그는 조용히 말했다. "때로 힘들기도 해요."

'바로 그것 때문이었어! 그것 때문이야!' 마리야 공작 영애의 마음속에서 내면의 목소리가 말했다. '유쾌하고 선하고 개방적인 눈빛 하나만으로, 잘생긴 외모 하나만으로 내가 이 사람을 사랑한 게 아니었어. 난 이 사람의 고결하고 굳건하고 자기희생적인 정신을 사랑했던 거야.' 그녀는 속으로 중얼거렸다. '그래, 이 사람은 이제 가난한데 나는 부유해……. 그래, 단지 그것 때문이었어…….' 그녀는 예전의 상냥했던 그를 떠올리고 동시에 자신의 눈앞에 있는 그의 선하면서 슬픈 얼굴을 바라보며 그가 냉정해진 이유를 깨달았다.

"왜죠, 백작. 왜 그런데요?" 갑자기 그녀가 그에게 다가서며 자기도 모르게 소리 지르듯 말했다. "왠지 말해 줄래요? 당신은 말

해야 해요." 하지만 그는 침묵했다. "백작, 난 당신이 **왜** 이러는
지 모르겠어요." 그녀는 말을 이어 나갔다. "하지만 난 괴로워요,
난…… 솔직히 털어놓을게요. 당신은 나에게서 예전의 우정을 빼
앗으려 해요. 그 때문에 난 아파요." 그녀의 눈과 목소리에 눈물이
묻어 나왔다. "지금껏 살아오면서 행복해 본 적이 너무 적어서 그
무엇이든 상실하면 마음이 괴로워요……. 용서하세요. 안녕히 가
세요……." 그녀는 갑자기 울음을 터뜨리더니 방에서 나갔다.

"공작 영애! 잠깐만요, 제발." 그는 그녀를 멈춰 세우려고 소리
쳤다. "공작 영애!"

그녀가 돌아보았다. 몇 초 동안 그들은 말없이 서로의 눈을 응
시했고, 그러자 멀고 불가능해 보이던 것이 갑자기 가깝고 가능하
고 불가피한 것이 되었다……………………………………………………
………………………………………………………………………………
………………………….

7

　1814년 가을에 니콜라이는 마리야 공작 영애와 결혼하여 아내, 어머니, 소냐와 함께 리시예 고리로 거처를 옮겼다.

　3년 만에 그는 아내의 영지를 팔지 않고도 남은 빚을 갚았고, 사촌 누이의 사망 후 그녀로부터 약간의 유산을 상속받아 피에르에게 빌린 돈도 갚았다.

　그리고 다시 3년이 흐른 1820년 무렵 니콜라이는 재정 문제를 잘 처리하여 리시예 고리 부근의 작은 영지를 구입하고 그가 염원했던, 아버지의 소유였던 오트라드노예를 되사기 위해 교섭 중이었다.

　자신에게 필요해서 영지 경영을 시작한 그는 곧 그 일에 빠져들어 영지 경영은 그가 사랑하는 거의 유일한 일이 되었다. 소박한 영주였던 니콜라이는 새로운 문물, 특히 당시 유행하던 영국식 문물을 좋아하지 않았고, 영지 경영에 대한 이론서들을 비웃었다. 또한 공장과 고가의 제조품과 비싼 작물의 파종을 좋아하지 않았으며, 영지 경영의 어떤 한 부분에만 따로 몰두하지도 않았다. 그의 눈앞에는 언제나 영지의 개별적인 부분이 아니라 전체로서의 **영지** 하나만 있었다. 영지에서 가장 중요한 것은 토지도 아닌, 공기에 있는 질소와 산소도 아닌, 특별한 쟁기와 비료도 아닌 질소와 산소와 비료와 쟁기가 작용하도록 매개하는 주요 도구, 즉 농민이었다. 니콜라이가 영지 경영을 시작하여 그 경영의 다양한 부분에 깊이 파고들게 되었을 때 특히 농민이 그의 관심을 끌었다. 농민은 그에게 도구일 뿐 아니라 목적이자 심판관으로도 보였다. 처음에 그는 그들이 무엇을 원하고 무엇을 선과 악으로 생각하는지 이해하려 노력하면서 농민들을 관찰했고, 지시나 명령을 내리는 척하면서 농민들로부터 방법과 말과 좋고 나쁜 것에 대한 판단을 배웠다. 농민의 취향과 욕망을 이해하고 농민의 언어로 말하고 그 말의 은밀한 의미를 이해하는 법을 터득했을 때, 그들과 친숙해졌다고 느꼈을 때, 바로 그때가 되어서야 니콜라이는 그들을 관리하기 시작했는데, 이는 농민들과의 관계에서 그가 해야만 하는 의무를 수행한 것이었다. 그 결과 니콜라이의 영지 경영은 눈부신 성과를 거두었다.

영지 관리에 착수하면서 니콜라이는 어떤 재능과도 같은 통찰력으로 만약 농민들이 선출권을 갖고 있었다면 그들이 뽑았을 만한 사람들을 영지 관리인이나 촌장, 농민 대표로 실수 없이 임명했고 그 책임자들을 절대 교체하지 않았다. 비료의 화학적 속성을 조사하기 전에, **대차**(貸借)에 (그는 이렇게 비웃듯이 말하는 걸 좋아했다) 골몰하기 전에 먼저 농민들의 가축 수를 알아낸 뒤 모든 가능한 수단을 사용하여 그 수를 늘렸다. 그는 농민들의 대가족 형태를 유지하려 했고 분가를 허용하지 않았다. 게으른 자들, 방탕한 자들, 나약한 자들을 똑같이 주시하며 그들을 공동체에서 추방하려고 노력했다.

파종을 하고 건초와 곡물을 수확할 때 그는 자신의 밭과 농민들의 밭을 똑같이 감독했다. 덕분에 니콜라이처럼 파종과 수확을 그렇게 일찍 끝내고 그렇게 많은 소득을 낸 지주는 드물었다.

니콜라이는 집안 하인을 상대하는 걸 좋아하지 않았고 그들을 식객이라 불렀는데 사람들은 그가 이들을 방치해 버릇없게 만든다고 말들 했다. 하인에게 어떤 지시를 내려야 할 때, 특히 처벌이 필요할 때 항상 망설이며 사람들에게 조언을 구했지만 농민 대신 하인을 병사로 보낼 때에는 조금도 망설이지 않았다. 또 농민에 관해 지시를 내릴 때는 그 어떤 의심도 품지 않았다. 그가 어떤 지시를 내리든 한 명 혹은 몇 명 빼고 다들 그에 찬성했는데, 그 역시 이를 알고 있었다.

그는 자신이 그렇게 하고 싶다는 이유만으로 다른 사람에게 폐를 끼치거나 벌하는 것, 마찬가지로 자신의 개인적인 바람으로 다른 사람의 부담을 줄여 주거나 상을 주는 것을 스스로에게 허용치 않았다. 무엇을 해야 하고 무엇을 하지 말아야 하는지에 대한 척도가 무엇인지는 그 자신도 말할 수 없었을 것이다. 그러나 이 척도는 그의 마음속에 확고부동하게 자리 잡았다.

그는 자주 어떤 실패와 무질서에 대해 화를 내며 말했다. "우리 러시아 민중과는⋯⋯." 그리고 자신이 더 이상 농민을 견딜 수 없다고 생각했다.

그러나 그는 이런 **우리 러시아 민중**과 그들의 풍습을 진심으로 사랑했다. 바로 이 때문에 그는 영지 경영에서 좋은 성과를 거두는 유일한 수단과 방법을 이해하고 터득할 수 있었다.

마리야 백작 부인은 남편의 일 사랑에 질투를 느끼며, 자신이 그 사랑에 함께하지 못함을 아쉬워했다. 하지만 그녀는 자신과 상관없는 낯선 세계가 그에게 주는 기쁨과 슬픔을 이해할 수 없었다. 그가 새벽에 일어나 오전 내내 밭이나 탈곡장에서 시간을 보내고 파종이나 풀베기나 추수를 하다가 그녀와 차를 마시기 위해 올 때 왜 그리 생기 있고 행복해 보이는지 그녀는 이해할 수 없었다. 또 남편이 부유한 농부 마트베이 예르미신에 대해 말하면서, 다른 집은 아직 수확 전인데 그가 밤새 가족들과 곡물 다발을 옮겨 자기 밭에 낟가리를 모아 놨다고 열정적으로 이야기하며 감탄하는지 그녀는 이해할 수 없었다. 마른 귀리 싹에 따뜻한 가랑비가 내릴 때 어째서 그가 창가와 발코니를 오가며 콧수염 아래로 그처럼 기쁘게 미소 짓고 눈을 찡긋거리는지, 풀베기나 수확기에 위협적인 먹구름이 바람에 날려 저 멀리 떠나가면 어째서 햇볕에 빨갛게 탄 땀투성이가 된 남편이 쑥 냄새를 풍기고 머리카락에 용담초를 붙인 채 탈곡장에서 나와 "자, 이제 하루만 더 있으면 내 것도, 농부들의 것도 다 탈곡장에 들어가겠군" 하고 두 손을 비비며 말하는지 그녀는 이해할 수 없었다.

무엇보다 그녀가 이해하기 힘들었던 것은 항상 그녀의 바람을 먼저 알아채는 선량한 마음의 남편이, 일을 면제해 달라고 부탁하는 아낙과 농부들의 간청을 그녀가 전했을 때 어째서 낙담한 상태에 빠져 버리는지, 그 착한 **니콜라**가 어째서 완강하게 그 청을 거절하고 화를 내며 자기 일에 간섭하지 말라고 부탁하는지 하는 것이었다. 그녀는 그에게 그 자신이 열렬히 사랑하는 특별한 세계, 그녀가 이해할 수 없는 어떤 법칙을 가진 세계가 있음을 느꼈다.

때로 그녀가 그를 이해하려 애쓰면서 농민들을 위해 그가 베푼 공로와 선에 대해 말하면 그는 화를 내며 이렇게 대답했다. "전혀 그렇지 않아. 난 한 번도 그렇게 생각해 본 적 없어. 난 그들의 행복을 위해 이런 일을 하는 게 아냐. 이웃의 행복이라는 건 전부 시 (詩) 혹은 아낙들의 동화 같은 얘기야. 난 내 아이들이 길거리에 나앉지 않도록 해야 해. 내가 살아 있는 동안 우리 재산을 형성해야 해. 그게 전부야. 그러기 위해서는 질서가 필요하고 엄격함이 필요하지……. 바로 그거야!" 그는 다혈질답게 주먹을 쥐며 말했다. "물론 공정함도 필요하고." 그는 덧붙였다. "만약 농민이 헐벗고 굶주린 데다 말도 한 마리밖에 없으면 그는 자신을 위해서도 나를 위해서도 일하지 않을 테니까."

니콜라이가 자신이 다른 사람들을 위해, 선을 위해 무언가를 한다는 생각을 스스로 용납하지 않았기 때문에 분명 그의 모든 활동이 유익한 결과를 내게 된 것일 것이다. 그의 재산은 급속히 불어났다. 그래서 인근의 농민들이 자기들을 사 달라고 부탁하러 왔고, 그가 죽은 후에도 민중은 오래도록 그의 영지 경영에 대해 경건한 기억을 간직했다. "주인님은…… 농민들의 일이 먼저였고, 자신의 일은 나중이었어. 우리를 봐주지도 않았지. 한마디로 주인님이었어!"

8

영지를 경영하는 니콜라이를 괴롭힌 한 가지는 툭하면 주먹을 휘두르던 경기병 시절의 오랜 습관과 결부된 불같은 성미였다. 처음에는 그것이 비난받을 만한 것이라고 전혀 생각하지 않았지만 결혼 2년째 되는 해 그런 처벌에 대한 그의 시각이 돌연 바뀌었다.

어느 여름날, 죽은 드론에 이어 촌장으로 선출된 보구차로보의 촌장이 여러 건의 사기와 태만으로 고발을 당해 호출되었다. 니콜라이는 현관 계단에 있는 그에게로 갔고 촌장이 처음으로 몇 마디 대답을 하자마자 현관에서 비명과 구타 소리가 들렸다. 아침 식사를 하러 집에 들어온 니콜라이는 수틀 위로 고개를 바싹 숙이고 앉아 있는 아내에게 다가가 평소처럼 그날 아침 그의 관심을 차지한 것에 대해 이야기하기 시작했고 그러다가 보구차로보 촌장 이야기도 나왔다. 마리야 백작 부인의 얼굴이 붉어졌다 창백해졌다 했고, 그녀는 입술을 꼭 다문 채 여전히 고개를 숙이고 앉아 남편의 말에 아무 대꾸도 하지 않았다.

"정말이지 뻔뻔한 놈이야." 그는 생각만으로도 열이 오르는지 이렇게 말했다. "뭐, 취해서 몰랐다고 내게 말하면……. 무슨 일 있어, 마리?" 돌연 그가 물었다.

마리야 백작 부인은 고개를 들고 무언가 말하려 했지만 다시 고개를 숙이며 입술을 다물었다.

"왜 그래? 무슨 일이지, 여보?"

예쁘지 않은 마리야 백작 부인이지만 울 때는 언제나 사랑스럽게 보였다. 그녀는 아프거나 화가 나서 운 적은 결코 없었고, 항상 슬프거나 누군가 불쌍해서 울었다. 그리고 그녀가 울 때면 그 반짝이는 눈은 거부할 수 없는 매력을 띠었다.

니콜라이가 손을 잡자 그녀는 참지 못하고 울음을 터뜨렸다.

"**니콜라**, 나는 봤어요…… 그 사람이 잘못한 거지만 당신이, 왜 당신이! **니콜라**!" 그러더니 그녀는 두 손으로 얼굴을 가렸다.

니콜라이는 얼굴이 새빨개져서 잠시 침묵하더니 그녀에게서 물러나 묵묵히 방 안을 걸어 다녔다. 그는 그녀가 왜 우는지 깨달았지만 어릴 때부터 자신에게 익숙하고 지극히 평범하다 생각하던 것을 나쁘다고 하는 그녀에겐 내심 동의할 수 없었다.

'이건 그냥 하는 말이야, 아낙들의 동화지. 아니면 정말 아내의 말이 옳은 걸까?' 그는 스스로에게 물었다. 혼자 그 문제를 해결하지 못했기 때문에 그는 다시 그녀의 고통스러우면서도 사랑스러운 얼굴을 보았고 그러다 갑자기 그녀가 옳았으며, 자신은 오랫동안 스스로에게 죄짓고 있음을 깨달았다.

"마리." 그는 그녀에게 다가가며 나직이 말했다. "이런 일은 더이상 없을 거야. 당신에게 약속할게. 절대 없을 거야." 마치 용서를 구하는 소년처럼 그는 떨리는 목소리로 반복하여 말했다.

백작 부인의 눈에서 더 많은 눈물이 흘렀다. 그녀는 남편의 손을 잡고 입을 맞추었다.

"**니콜라**, 카메오*는 언제 깨뜨렸어요?" 그녀가 화제를 돌리려는 듯 라오콘* 머리가 새겨진 보석 반지를 낀 그의 손을 찬찬히 보며 말했다.

"오늘. 전부 그때……. 아, 마리, 그 일을 떠올리게 하지 말아줘." 그는 다시 얼굴을 붉혔다. "내 명예를 걸고 앞으로 이런 일은 다시 없을 거라 약속할게. 이것이 오늘 일에 대한 영원한 기억이 될 거야." 그는 깨진 보석 반지를 가리키며 말했다.

그 후 촌장들이나 관리인들과 이야기하면서 피가 얼굴에 몰리고 주먹이 불끈 쥐어질 때마다 니콜라이는 손가락의 깨진 반지를 빙빙 돌리며 그를 격노하게 만든 사람 앞에서 눈을 내리깔았다. 그러나 1년에 두어 번은 자제력을 잃었고 그럴 때면 아내에게 가서 고백하고 이런 일은 이번이 마지막이라고 또다시 맹세했다.

"마리, 당신은 분명 날 경멸하겠지?" 그가 말했다. "난 그래도 마땅해."

"차라리 당신이 피해요. 못 참겠다 싶으면 얼른 피해요." 마리야 백작 부인은 남편을 위로하려 애쓰며 서글프게 말했다.

현의 귀족 사회에서 니콜라이는 존경을 받았을지언정 사랑을 받지는 못했다. 귀족들의 관심사는 니콜라이의 흥미를 끌지 못했다. 이 때문에 어떤 이들은 그를 거만하다고, 다른 이들은 어리석다고 생각했다. 봄에 파종을 하고 수확까지 하는 여름 내내 그는 모든 시간을 영지 경영에 바쳤다. 가을에는 농사를 지을 때와 똑같이 업무적인 진지한 태도로 사냥에 필요한 것들을 가지고 떠나 한 달이고 두 달이고 사냥에 열중했다. 겨울에는 다른 마을을 방문하기도 하고, 독서를 하기도 했다. 그가 읽는 책은 주로 매년 일정 금액만큼 주문하는 역사서였다. 자신의 말마따나 그는 스스로를 위한 꽤 괜찮은 서고를 만들면서, 구입한 책은 전부 읽는다는 규칙을 세웠다. 그는 서재에 앉아 의미심장한 표정으로 이 책들을 읽곤 했다. 처음엔 의무로 생각하던 독서가 나중에는 습관적인 일과가 되었고, 특별한 만족감과 함께 자신이 진지한 일을 한다는 의식을 그에게 주었다. 겨울에는 일 때문에 출장 가는 것을 제외하면 대부분의 시간을 가족과 함께 집에서 보내며 어머니와 아이들의 사소한 관계에 끼어들기도 했다. 그는 아내와 점점 더 가까워졌고 그녀에게서 날마다 새로운 정신적 보물을 발견했다.

니콜라이가 결혼한 후에도 소냐는 그의 집에서 살았다. 결혼 전 니콜라이는 자책과 동시에 그녀를 칭찬하며 약혼녀에게 자신과 소냐 사이에 있었던 일을 전부 이야기했다. 그러고는 마리야 공작 영애에게 사촌 누이를 다정하고 친절하게 대해 달라고 부탁했다. 마리야 백작 부인은 남편의 잘못에 충분히 공감했고 그녀 역시 소냐에게 죄책감을 느꼈다. 자신의 재산이 니콜라이의 선택에 영향을 미쳤다고 생각했기 때문에 그 어떤 것에서도 소냐를 비난할 수 없었다. 그리고 자기 역시 소냐를 좋아하길 바랐지만 소냐를 사랑할 수 없었을뿐더러 종종 마음속에서 적대감을 느꼈고 그 감정을 억제할 수 없었다.

"그 있잖아." 나타샤가 말했다. "넌 복음서를 많이 읽었잖아. 거기에 소냐에게 들어맞는 부분이 하나 있어."

"뭔데?" 마리야 백작 부인이 놀라서 물었다.

"'있는 사람은 더 받아 넉넉해지고 없는 사람은 있는 것마저 빼앗길 것이다.'* 기억나? 소냐는 없는 사람이야. 왜 그러냐고? 난 잘 모르지만 어쩌면 소냐에게 이기심이 없어서일 수도 있지. 난 모르겠어. 하지만 소냐는 빼앗기는 사람이고 모든 것을 빼앗겼어. 때로 그 애가 너무 안됐어. 예전에 난 니콜라가 그 애와 결혼하기를 무척 바랐지만 그렇게 안 되리라는 걸 항상 예감했던 것 같아. 그 애는 헛꽃이야. 딸기에 있는 꽃 같은 거, 알지? 가끔 난 그 애가 불쌍하지만 이따금 소냐는 우리가 느끼듯 그렇게 느끼지 않는다는 생각이 들어."

마리야 백작 부인은 나타샤에게 복음서의 구절은 다르게 이해해야 한다고 설명했으나 소냐를 보면서 나타샤의 말에 동의했다. 실제로 소냐는 자신의 처지를 괴로워하지 않고 **헛꽃**이라는 자신에 대한 규정을 온전히 받아들이는 듯 보였다. 그녀는 사람들이라기보다 가족 전체를 소중히 여기는 듯했다. 고양이처럼 사람이 아닌 집에 애착을 갖는 듯 보였다. 그녀는 노백작 부인을 돌보고, 아이들을 귀여워하며 응석을 받아 주고, 그녀가 잘하는 작은 헌신을 쏟을 준비가 되어 있었지만 사람들은 무의식중에 그 모든 것에 미약하게 감사할 따름이었다.

리시예 고리의 대저택은 새로 재건되었으나 고인이 된 공작의 생전과 같지는 않았다.

궁핍한 시기에 건축되기 시작한 건물들은 소박함 그 이하였다. 오래된 석조 기초 위에 들어선 목조 주택은 내부만 회반죽이 칠해져 있었다. 칠하지 않은 마루가 있는 크고 넓은 홀 안에는 영지 소속 목수들이 영지의 자작나무로 만든 매우 단순하고 딱딱한 소파와 안락의자와 테이블과 의자가 놓였다. 집에는 몇 개의 하인용 방들과 손님용 별채가 있었다. 때로 로스토프가와 볼콘스키가의 친척들이 말 열여섯 마리와 수십 명의 하인들을 이끌고 온 가족이 함께 리시예 고리에 와서 몇 달 동안 지내곤 했다. 또 1년에 네 번, 즉 주인 부부의 명명일과 생일에는 하루나 이틀 예정으로 묵기 위해 1백 명에 달하는 손님들이 찾아왔다. 그 외 나머지 시간에는 평범한 일들과 차와 가정식 아침과 점심, 저녁이 있는 깨지지 않는 규칙적인 생활이 계속되었다.

9

1820년 12월 5일, 겨울의 니콜라이 축일 전야였다. 그해 나타샤는 아이들, 남편과 함께 가을 초부터 오빠네 집에서 머물렀다. 피에르는 페테르부르크에 있었다. 특별한 일 때문에 3주 예정으로 다녀오겠다고 말했는데 벌써 7주나 체류하고 있었다. 모두들 그가 돌아오기를 학수고대했다.

12월 5일, 로스토프가에는 베주호프 가족 말고도 니콜라이의 옛 친구인 퇴역 장군 바실리 표도로비치 데니소프도 손님으로 머물고 있었다.

6일은 손님들이 모이는 축일이므로 베시메트 대신 프록코트를 입고 코가 뾰족한 부츠를 신고 자신이 건축한 새 예배당에 가서 축하를 받고 손님들에게 자쿠스카를 권하고 귀족 대표 선거와 수확에 대해 이야기해야 한다는 걸 니콜라이 또한 알고 있었지만 축일 전날에는 평소처럼 보내는 것이 당연하다고 생각했다. 그래서 식사 전까지 니콜라이는 처조카의 영지인 랴잔 마을의 영지 관리인이 가져온 회계 장부를 검토하고, 업무상의 편지 두 통을 쓰고, 탈곡장과 외양간과 마구간을 돌아보았다. 다음 날이 수호성인의 축일이어서 다들 술에 취할 것이라 예상하여 예방책을 마련하고 식사 시간 무렵에 집으로 돌아왔지만 아내와 얼굴을 마주 보고 이야기를 나눌 틈도 없이 20인분의 식사가 준비된 긴 테이블 앞에 앉았다. 테이블 주위에는 어머니, 어머니의 곁을 지키는 노파 벨로바, 아내, 세 아이들, 남자 가정 교사, 여자 가정 교사, 조카와 그의 남자 가정 교사, 소냐, 데니소프, 나타샤, 그녀의 세 아이들과 여자 가정 교사, 고인이 된 공작의 건축 기사로 이제 리시예 고리에서 조용히 여생을 보내고 있는 미하일 이바니치 노인까지 집안 사람들 모두가 모여 있었다.

마리야 백작 부인은 테이블 맞은편 끝에 앉아 있었다. 자기 자리에 앉자마자 냅킨을 치우고 앞에 놓인 컵과 술잔의 위치를 재빨리 바꾸는 남편의 모습을 본 백작 부인은 그의 기분이 좋지 않음을 눈치챘는데, 그런 일은 종종 있는 것으로, 특히 수프를 들기 전이나 농사일을 하다 곧바로 식사하러 올 때가 그랬다. 마리야 백작 부인은 남편의 이런 기분을 아주 잘 알기에 자신의 기분이 좋을 때는 그가 수프를 다 먹을 때까지 조용히 기다렸다가 그와 이야기를 시작했을 때 그 자신이 아무 이유 없이 기분이 안 좋아 있었다는 사실을 인정하게 만들었다. 그러나 지금 그녀는 이런 관찰을 완전히 잊어버렸고 남편이 이유 없이 자기에게 화를 내서 괴로웠으며 스스로 불행하다고 느꼈다. 그녀는 그에게 어디에 다녀왔느냐고 물었다. 니콜라이는 대답했다. 그녀는 농장 일이 잘되어 가고 있는지 다시 물었다. 그는 그녀의 부자연스러운 어조에 불쾌한 듯 얼굴을 찌푸리고 재빨리 대답했다.

'역시 내가 착각한 게 아니야.' 마리야 백작 부인은 생각했다. '그런데 그이는 왜 나에게 화를 내지?' 마리야 백작 부인은 그가 대답하는 어조에서 자신을 향한 적의와 더 이상 말하고 싶지 않다는 바람을 읽었다. 그녀는 자신의 말이 부자연스럽다고 느꼈지만 몇 마디 더 묻지 않고는 견딜 수 없었다.

식사 중의 대화는 데니소프 덕분에 다른 사람들이 참여하면서 활기를 띠었고, 마리야 백작 부인도 남편과 이야기를 나누지 않았다. 사람들이 테이블에서 떠나 노백작 부인에게 감사를 전하러 갔을 때 마리야 백작 부인은 남편에게 입을 맞추고 한 손을 내민 채 자기에게 화내는 이유를 물었다.

"당신은 항상 이상한 생각을 하는군. 화를 내겠다는 생각도 하지 않았는데." 그가 말했다.

그러나 **항상**이라는 말은 마리야 백작 부인에게 이런 대답으로 들렸다. 그래, 화가 나서 말하고 싶지 않아.

니콜라이는 아내와 매우 화목하게 지냈기 때문에 둘을 질투하여 그들의 불화를 바라던 소냐와 노백작 부인조차 비난거리를 찾지 못할 정도였다. 하지만 그들 사이에도 적의를 느끼는 순간이 있었다. 이따금 굉장히 행복한 시기를 보내고 나면 갑자기 고독과 적대감이 그들을 덮치곤 했는데, 그러한 감정은 특히 마리야 백작 부인이 임신 중일 때 가장 자주 나타났다. 지금 그녀는 그 시기에 있었다.

"그럼, **신사 숙녀 여러분.**" 니콜라이가 큰 소리로 쾌활하게 (마리야 공작 영애는 자신을 모욕하기 위해 그가 일부러 그런다고 생각했다) 말했다. "나는 6시부터 계속 서 있었습니다. 내일도 고생해야 하니 오늘은 쉬러 가야겠습니다." 그리고 마리야 백작 부인에게 더 이상 아무 말도 하지 않고 소파가 있는 작은 방으로 가서 소파에 누웠다.

'**언제나** 이렇단 말이야.' 마리야 백작 부인은 생각했다. '모든 사람들과 얘기를 하면서 나에게만 말을 하지 않아. 알아, 그가 날 싫어하는 걸 알아. 특히 이런 상태에서는.' 그녀는 자신의 부른 배를 쳐다보고 거울 속 자신의 모습을, 다른 때보다 눈이 커 보이는 누렇고 창백한 여윈 얼굴을 바라보았다.

그러자 모든 것이 불쾌하게 느껴졌다. 데니소프의 고함과 큰 웃음소리도, 나타샤의 이야기도, 특히 소냐의 힐끔거리는 빠른 시선도 불쾌했다.

소냐는 언제나 마리야 백작 부인이 화를 내기 위해 선택하는 첫 번째 핑곗거리였다.

마리야 백작 부인은 손님들과 잠시 앉아 있었지만 그들이 무슨 말을 하는지 전혀 이해할 수 없어서 조용히 물러 나와 아이들 방으로 갔다.

아이들은 의자에 올라타 모스크바로 가는 놀이를 하고 있었는데, 같이 가자고 그녀를 초대했다. 그녀는 의자에 앉아 잠시 아이들과 놀아 주었지만 남편과 그의 이유 없는 짜증이 쉬지 않고 그녀를 괴롭혔다. 그녀는 일어나 소파가 있는 작은 방을 향해 뒤꿈치를 들고 힘겹게 걸어갔다.

'어쩌면 아직 안 자고 있을지도 몰라. 이야기를 해 봐야겠어.' 그녀는 속으로 중얼거렸다. 장남 안드류샤가 그녀를 흉내 내어 뒤꿈치를 들고 조용히 뒤따라왔다. 마리야 백작 부인은 그것을 눈치채지 못했다.

"마리, 아마 그는 자고 있을 거예요. 피곤했으니까요." 소냐가 소파가 있는 큰 방에서 (마리야 백작 부인에게는 어디를 가나 소냐와 마주치는 것처럼 느껴졌다) 말했다. "안드류샤가 니콜라이를 깨우지 못하게 하세요."

주위를 둘러보다가 안드류샤를 발견한 마리야 백작 부인은 소냐의 말이 옳다고 느끼면서도 바로 그 때문에 화가 났고, 심한 말을 하고 싶은 걸 간신히 참는 듯했다. 그녀는 아무 말도 하지 않았고 소냐의 말에 반발하듯 안드류샤에게 떠들지 말고 따라오라는 손짓을 하고 문으로 다가갔다. 소냐는 다른 문으로 나갔다. 니콜라이가 잠든 방에서는 그녀에겐 그 미묘한 차이까지도 익숙한, 그의 고른 숨소리가 들렸다. 그녀는 그 숨소리를 들으며 그가 자는 동안 고요한 밤의 정적 속에서 그녀가 꽤 자주 오랫동안 바라보았던 그 얼굴을, 그의 매끈하고 아름다운 이마와 콧수염과 얼굴 전체를 보았다. 니콜라이가 갑자기 몸을 뒤척이며 소리를 냈다. 그 순간 안드류샤가 문 뒤에서 소리쳤다.

"아빠, 엄마가 여기 있어요."

깜짝 놀라 창백해진 마리야 백작 부인은 아들에게 신호를 보냈다. 아이는 입을 다물었고, 마리야 백작 부인에게 무섭게 느껴지는 침묵이 1분쯤 흘렀다. 그녀는 니콜라이가 깨우는 걸 매우 싫어한다는 것을 알고 있었다. 갑자기 문 뒤에서 다시 끙끙거리는 신음 소리와 뒤척이는 소리에 이어 니콜라이의 불만에 찬 목소리가 들렸다.

"잠시도 쉬게 하질 않는군. 마리, 당신이야? 왜 아이를 여기로 데려온 거야?"

"그냥 살펴보려고 왔어요. 못 봤어요…… 미안해요……."

니콜라이는 기침을 하고 입을 다물었다. 마리야 백작 부인은 문에서 물러나 아들을 아이들 방으로 데려갔다. 5분 후, 아버지가 귀여워하는 검은 눈의 세 살짜리 막내 나타샤가 오빠한테서 아빠가 작은 소파 방에서 자고 있다는 말을 듣고 어머니 몰래 아버지에게 달려갔다. 검은 눈의 아이는 대담하게 문 여는 소리를 내면서 작고 오동통한 발로 힘차게 소파로 다가가 등을 돌리고 자는 아버지를 보고는 뒤꿈치를 들고 서서 머리를 괸 아버지의 손에 입을 맞추었다. 니콜라이가 감동의 미소를 지으며 돌아보았다.

"나타샤, 나타샤!" 문 뒤에서 백작 부인이 놀라 소곤대는 소리가 들렸다. "아빠는 자고 싶어 해."

"아니에요, 엄마, 아빠는 자고 싶어 하지 않아요." 어린 나타샤가 확신에 차서 말했다. "아빠는 웃고 있어."

니콜라이는 두 발을 내리고 일어나 딸을 안았다.

"들어와, 마샤." 그가 아내에게 말했다. 마리야 백작 부인은 방으로 들어와 남편 옆에 앉았다.

"난 애가 뒤따라 달려오는 걸 못 봤어요." 그녀는 머뭇거리며 말했다. "난 너무……."

니콜라이는 한 손으로 딸을 안고 아내를 바라보다가 아내의 얼굴에 나타난 미안함을 알아채고는 다른 팔로 아내를 안고 머리카락에 입 맞추었다.

"엄마한테 뽀뽀해도 되지?" 그가 나타샤에게 물었다.

나타샤는 수줍은 미소를 지었다.

"또 해." 니콜라이가 아내에게 입 맞춘 곳을 명령조의 몸짓으로 가리키며 아이가 말했다.

"난 모르겠어. 왜 당신은 내 기분이 나쁘다고 생각하는 거지?" 아내의 마음속 질문을 알고 있던 니콜라이는 그 질문에 답하며 되물었다.

"당신이 그럴 때면 내가 얼마나 불행하고 외로운지 당신은 상상도 못 할 거예요. 언제나 그렇게 느껴져요……."

"마리, 그만해. 바보 같은 소리야. 부끄럽지도 않아?" 그는 유쾌하게 말했다.

"당신은 나를 사랑할 수 없는 것 같아요. 난 너무 못생기고…… 그리고 언제나…… 그런데 지금은 이런 상태라……."

"아, 정말 웃기는군! 예뻐서 좋은 게 아니라 좋아서 예쁜 거야. 예뻐서 사랑받는 여자는 **말비나** 같은 여자들뿐이야. 그런데 내가 정말로 아내를 사랑하는 걸까? 난 사랑하지 않아. 그냥…… 어떻게 말해야 할지 모르겠어. 당신이 없으면, 그리고 어떤 고양이가 우리 앞을 지나갈 때면* 마치 내가 파멸한 것처럼 아무것도 할 수 없을 거야. 그럼 난 나의 손가락을 사랑할까? 난 사랑하지 않아. 하지만 이 손가락을 자르면……."

"아니, 그게 아니에요. 하지만 당신 말은 이해하겠어요. 그럼 나한테 화가 난 게 아니죠?"

"굉장히 화가 났지." 그는 웃으며 말하고는 일어나 머리를 매만지고 방 안을 걸어 다니기 시작했다.

"마리, 당신은 내가 무슨 생각을 하는지 알아?" 화해를 하자마자 그는 아내에게 자신이 생각하는 바를 소리 내어 말하기 시작했다. 그는 자신의 말을 들을 준비가 되었는지 아내에게 묻지 않았다. 그에게는 어쨌거나 상관없었다. 그에게 생각이 떠올랐다면 그녀에게도 떠오른 것이다. 그는 피에르에게 봄까지 자신들 집에 머물도록 설득하겠다는 계획을 그녀에게 이야기했다.

마리야 백작 부인은 남편의 말을 다 듣고 나서 자신의 의견을 말한 후 이번에는 자신의 생각을 말하기 시작했다. 그녀의 생각은 아이들에 관한 것이었다.

"이제 여인처럼 보이네요." 그녀는 나타샤를 가리키며 프랑스어로 말했다. "당신은 우리 여자들을 비논리적이라고 비난하지만, 여기 이 아이가 우리의 논리예요. 아빠는 자고 싶어 하셔, 라고 나는 말했는데 이 애는 아니에요, 아빠는 웃고 있어, 라고 했어요. 그리고 아이 말이 맞았어요." 마리야 백작 부인은 행복한 미소를 지으며 말했다.

"그래, 그렇구나!" 니콜라이는 강인한 팔로 딸을 높이 들어 올려 어깨 위에 앉히고는 딸의 작은 두 발을 잡고 방 안을 서성였다. 아버지와 딸이 똑같이 아무 생각 없는 행복한 얼굴이 되었다.

"그런데 있잖아요, 당신은 좀 불공평할 수도 있어요. 당신은 그 애만 너무 좋아해요." 마리야 백작 부인이 프랑스어로 속삭였다.

"그래, 그런데 어쩌겠어? ……나도 티를 안 내려고 노력하고 있어……."

그때 현관방과 대기실에서 누군가의 도착을 알리는 듯한 문고리 소리와 발소리가 들렸다.

"누가 왔나 보군."

"분명 피에르일 거예요. 내가 가서 볼게요." 마리야 백작 부인이 말하고 방에서 나갔다.

니콜라이는 그녀가 없는 동안 딸을 어깨에 태운 채 방 안을 빠르게 뛰어다녔다. 숨이 찼던 그는 깔깔거리며 웃는 딸을 재빨리 어깨에서 내려 가슴에 꼭 안았다. 뛰는 것은 그에게 춤을 연상시켰고, 그는 아이의 작고 동그란, 행복한 얼굴을 보며 자신이 노인이 되어 딸을 데리고 다니기 시작할 때, 그리고 죽은 아버지가 딸과 다닐라 쿠포르를 추곤 했듯이 자신과 딸이 마주르카를 추게 될 때 이 아이는 어떤 모습일까 생각했다.

"그가 맞아요, 그예요, **니콜라.**" 몇 분 후 마리야 백작 부인이 방으로 돌아와 말했다. "우리 나타샤가 이제 생기를 띠게 되었어요. 그녀가 얼마나 기뻐하는지, 늦게 온 것에 대해 그 사람을 혼내는 걸 당신은 봐야 해요. 자, 어서 가요, 어서! 이제 그만 떨어져요." 그녀는 아버지에게 꼭 붙어 있는 딸을 보고 웃으며 말했다. 니콜라이는 딸의 손을 잡고 밖으로 나갔다.

마리야 백작 부인은 소파가 있는 방에 남았다.

"절대, 절대로 믿지 않았을 거야." 그녀는 중얼거렸다. "이렇게 행복해질 거라곤……." 그녀의 얼굴이 미소로 빛나는 순간 그녀는 한숨을 쉬었고, 그녀의 깊은 시선에는 고요한 슬픔이 어렸다. 이 생에서는 자신이 느끼는 이 행복 말고 다다를 수 없는 또 다른 행복이 있는 것 같다고, 이 순간 문득 그 행복을 떠올렸다.

IO

나타샤는 1813년 이른 봄에 결혼해서 1820년에는 이미 세 딸과 간절히 바라던 아들이 있었고, 이 아들에게 요즘 모유 수유를 하고 있었다. 그녀는 살이 찌고 펑퍼짐해져서 이 튼튼한 어머니에게서 예전의 가녀리고 발랄한 나타샤를 찾아보기는 힘들었다. 얼굴의 윤곽은 또렷했고, 차분하고 부드럽고 명확한 표정을 지었다. 예전에 그녀의 매력 중 하나였던 끊임없이 타오르는 생기의 불꽃이 이제 그 얼굴에는 없었다. 지금은 자주 얼굴과 몸만 보일 뿐, 영혼은 전혀 보이지 않았다. 오직 강하고 아름다운 다산의 암컷만 보일 뿐이었다. 아주 드물게 예전의 불꽃이 그녀 안에서 타오를 때가 있었다. 지금처럼 남편이 돌아왔을 때, 아팠던 아이가 회복되었을 때, 혹은 마리야 백작 부인과 함께 안드레이 공작을 회상할 때 (남편과 있을 때는 그가 안드레이 공작에 대한 추억을 질투한다고 생각하여 그에 대해서는 절대로 이야기하지 않았다) 그리고 또한 매우 드물었지만 결혼 후 완전히 그만둔 노래를 하도록 무언가가 우연히 그녀를 유혹할 때도 그랬다. 성숙한 아름다운 몸 안에 예전의 불꽃이 타오르는 드문 순간에 그녀는 예전보다 훨씬 더 매력적이었다.

결혼 후 나타샤는 남편과 함께 모스크바, 페테르부르크, 모스크바 근교의 마을, 어머니의 집, 즉 니콜라이의 집에서 살았다. 사교계에서 젊은 베주호바 백작 부인을 보는 일은 거의 없었고, 그녀를 본 사람들은 불만스러워했다. 그녀는 사랑스럽지도 상냥하지도 않았다. 나타샤가 고독을 좋아해서가 아니라 (그녀는 자기가 고독을 좋아하는지 좋아하지 않는지 몰랐다. 심지어 고독을 좋아하지 않는 것처럼 여겨졌다) 아이를 임신하고 출산하여 아이를 키우고 매 순간 남편과 함께 생활하다 보니 사교계를 단념하지 않고는 그 요구를 충족시킬 수가 없었다. 결혼 전의 나타샤를 아는 사람들은 모두 그녀의 변화를 보면서 마치 이상한 무언가를 본 것처럼 매우 놀랐다. 노백작 부인 한 사람만 어머니의 직감으로 나타샤의 이 모든 급작스러운 언행이 그녀가 오트라드노예에서 농담이 아니라 진지하게 외쳤듯이, 단지 가정을 갖고자 하는 욕구, 남편을 갖고자 하는 욕구에서 비롯되었음을 이해했던 까닭에 어머니는 오히려 나타샤를 이해하지 못해 놀라는 사람들을 보고 놀라워하며 자신은 나타샤가 모범적인 아내와 어머니가 되리라는 것을 알고 있었다고 되풀이하여 말하곤 했다.

"그 애는 단지 남편과 자식들에 대한 사랑을 극단까지 밀어붙였을 뿐이야." 백작 부인은 말했다. "심지어 어리석을 정도로 말이야."

나타샤는 똑똑한 사람들, 특히 프랑스인들이 전파하는 황금률, 즉 여자는 결혼한 후에도 방심해선 안 되고 재능을 버려도 안 되고 처녀 때보다 더 외모에 신경 써야 하며 결혼 전에 남편이 아닌 사람을 유혹했던 것처럼 남편을 유혹해야 한다는 원칙을 따르지 않았다. 오히려 자신의 모든 매력을 곧바로 버렸는데, 그 매력들 중 하나인 노래는 특히나 강렬했다. 그녀는 바로 이 강렬한 매력 때문에 노래를 버렸다. 사람들이 말하듯, 그녀는 긴장을 풀어 버렸다. 나타샤는 자신의 몸가짐, 화법의 섬세함, 남편에게 자신의 가장 자신 있는 자세를 보여 주는 것, 옷차림, 자신의 요구로 남편을 몰아붙이는 것, 이 모든 것에 대해 전혀 신경 쓰지 않았다. 아니, 그녀는 이 원칙과 모두 반대되는 행동만 했다. 그녀는 처음부터 남편에게 어느 것 하나 숨기지 않고 자신의 전부를 내맡겼기 때문에, 예전에 자신의 본능이 사용하도록 가르친 매력들이 지금 남편의 눈에 우습게 보일 뿐이라고 생각했다. 남편과 자신의 관계는 그를 그녀에게 끌어당긴 그런 시적인 감정이 아니라 다른 것, 모호하지만 견고한 어떤 것에 의해 마치 자신의 몸과 영혼의 관계처럼 유지된다고 느꼈다.

남편을 매혹하기 위해 머리카락을 말고 로브론*을 입고 로망스를 부르는 것이 그녀의 눈에는 자기만족을 위해 치장하는 것과 마찬가지로 기이하게 보였을 것이다. 어쩌면 그녀 자신은 몰랐겠지만, 다른 사람의 마음에 들기 위해 꾸미는 것이 지금의 그녀에게는 좋았을 수도 있다. 하지만 그럴 여유가 전혀 없었다. 그녀가 노래도 부르지 않고, 꾸미지도 않고, 말투에 신경 쓰지 않았던 주된 이유는 그런 것들을 할 시간이 전혀 없었기 때문이었다.

널리 알려져 있듯이 그것이 아무리 하찮게 보일지라도 인간에게는 한 가지 대상에 완전히 몰입하는 능력이 있다. 그리고 인간은 아무리 하찮은 대상일지라도 그것에 관심을 집중하면 무한히 성장할 수 있다는 사실도 널리 알려져 있다.

나타샤가 완전히 몰입한 대상은 가족, 즉 그녀와 집에 분리할 수 없을 정도로 속하도록 붙들어야 할 남편과 임신하고 출산하고 젖을 먹이고 양육해야 할 자식들이었다.

그런데 그녀가 자신을 사로잡은 대상에 이성이 아닌 온 마음,

온 존재로 전념하면 할수록 그 대상은 그녀의 관심 속에 점점 자라난 반면 그녀가 느끼기에 자기 힘은 점점 더 약하고 미미해져서 한 가지 일에만 온 힘을 집중했지만, 그래도 역시 필요하다고 여겨지는 그 모든 것을 전부 해내지 못했다.

여성의 권리, 부부 관계, 부부의 자유와 권리에 대한 논의와 고찰은 지금 그렇듯 **문제**라고 불리지 않았을지라도 그때나 지금이나 똑같았다. 그러나 그런 문제들은 나타샤의 관심을 끌지 못했을 뿐 아니라 결정적으로 그녀는 그 문제들을 전혀 이해하지 못했다.

그 문제들을 가지고 있는 사람들은 오늘날과 마찬가지로 당시에도 결혼에서 가족을 통해 형성되는 온전한 의미가 아닌 부부가 서로에게서 얻는 쾌락, 즉 결혼의 시작 하나만 보는 이들이었다.

이러한 논의와 오늘날의 문제들은 어떻게 하면 식사에서 더 많은 만족을 얻을 수 있느냐의 문제와 비슷한데, 식사의 목적을 영양 섭취로, 부부 생활의 목적을 가정으로 생각하는 사람들에게는 오늘날과 마찬가지로 그때에도 문제가 되지 않았다.

식사의 목적이 신체에 영양을 공급하는 것이라면, 갑자기 두 끼 식사를 먹은 사람은 더 큰 만족을 얻을 수 있겠지만, 위가 두 끼의 식사량을 잘 소화하지 못하므로 식사의 목적을 달성할 수 없다.

만약 결혼의 목적이 가정이라면 많은 아내와 남편을 갖길 원하는 사람은 큰 만족을 얻을 수는 있겠지만, 어떤 경우에도 가정을 가질 수는 없다.

만약 식사의 목적이 영양 섭취이고 결혼의 목적이 가정이라면, 위장이 소화할 수 있는 양 이상은 먹지 않고 가정을 위해 필요한 것보다 더 많은 아내와 남편을 갖지 않을 때, 즉 일부일처일 때에만 모든 문제가 해결된다. 나타샤는 남편이 필요했다. 그리고 그녀에게 남편이 주어졌다. 남편은 그녀에게 가족을 주었다. 그래서 그녀는 더 좋은 남편이 필요하다고 생각하지 않았을 뿐 아니라 자신의 모든 힘을 남편과 가족을 돌보는 데 집중했다. 만약 상황이 이렇지 않았으면 어땠을까에 대해서는 상상도 할 수 없었고, 그런 상상에는 어떤 흥미도 느끼지 않았다.

나타샤는 대체로 사교계를 좋아하지 않았고 대신 친척들의 모임, 즉 마리야 백작 부인과 오빠와 어머니와 소냐와의 모임을 훨씬 더 소중하게 여겼다. 머리는 헝클어지고, 할라트를 입은 그녀가 아이들 방에서 기쁜 얼굴로 큰 보폭으로 걸어 나와 초록색 얼룩 대신 노란색 얼룩이 묻은 기저귀를 보여 줄 때 이제 아이가 훨씬 좋아졌네, 라고 위로의 말을 해 주는 사람들과의 교제를 나타샤는 소중히 여겼다.

나타샤는 자신을 너무도 풀어 버려서 그녀의 의상, 머리 모양, 때에 맞지 않게 내뱉는 말, 질투가 (그녀는 소냐와 가정 교사를 비롯하여 예쁘든 예쁘지 않든 모든 여자를 질투했다) 그녀와 가까운 많은 사람들의 평범한 농담거리가 될 정도였다. 사람들의 공통된 견해에 의하면, 피에르는 아내 밑에서 살았고 실제로도 그랬다. 결혼 초부터 나타샤는 자신의 요구를 선언했다. 피에르는 자기 삶의 모든 순간이 아내와 가족에게 속한다는, 그에게는 완전히 새로운 그녀의 사고방식에 크게 놀랐다. 피에르는 아내의 요구에 놀랐지만 그 요구에 만족하여 순순히 따랐다.

피에르가 아내에게 복종한 사항은 다음과 같았다. 그는 감히 다른 여자의 환심을 살 수 없을뿐더러 다른 여자와 웃으며 이야기할 수도 없었고, **그저** 시간을 때우려고 클럽에 식사하러 갈 수 없었고, 감히 충동적으로 돈을 쓸 수도 없었고, 용무 외에는 (그 용무에는 아내가 아무것도 몰랐지만 큰 중요성을 부여한 학문 연구가 포함되어 있었는데) 장기간 집을 비울 수도 없었다. 그 대신 피에르는 집에서 자신뿐 아니라 가족 전체도 자기 마음대로 할 수 있는 권한을 가졌다. 나타샤는 집에서 기꺼이 남편의 노예로 살았다. 피에르가 서재에 있을 때, 즉 무언가를 읽거나 쓸 때에는 집 안의 모든 사람들이 까치발을 하고 걸었다. 그가 어떤 것을 좋아하는 기색만 보이면 그게 무엇이든 간에 언제나 원하는 대로 실현되었다. 그가 희망하는 바를 표현하기만 하면 나타샤는 곧장 일어나 그것을 해 주기 위해 달려갔다.

온 집안이 오직 남편의 명령으로 생각되는 것, 즉 나타샤가 추측하려고 애쓰는 피에르의 희망들에 의해 지배되었다. 생활 방식, 생활 장소, 교제, 관계, 나타샤의 일, 자녀 양육이 피에르가 표현한 의지대로 되었을 뿐 아니라 나타샤는 대화 중 나타나는 피에르의 생각이 무엇으로 귀결될지 추측하려 애썼다. 그리고 그녀는 피에르가 원하는 것의 본질이 무엇인지 정확히 알아채고, 일단 본질을 파악하면 일단 자신이 선택한 것을 확고하게 지키려 했다. 피에르가 그 자신이 원한 것으로 바꾸려 하면 그녀는 피에르의 무기로 맞서 싸웠다.

예를 들어 피에르와 나타샤의 기억에 평생 남을 그 괴로운 시기, 즉 나타샤가 몸이 약한 첫아기를 낳은 후 유모를 세 번이나 바꿔야만 해서 절망한 나머지 병이 난 시기의 어느 날 피에르는 그녀에게 자신이 전적으로 동감하는 루소의 사상*을, 즉 유모를 쓰는 것이 부자연스럽고 해롭다는 사상을 전했다. 다음 아이가 태어났을 때 어머니와 의사들 그리고 남편까지도 그녀의 모유 수유에 대해 마치 전례 없는 해로운 일인 양 반대했지만, 나타샤는 자신의 견해를 고수하여 그 후로 모든 아이들에게 자기 젖을 물렸다.

매우 자주, 격분하는 순간에 부부는 한참 동안 말싸움을 했지만, 부부 싸움을 하고 나서 피에르는 아내가 반대하여 다투기까지

했던 자신의 생각을 그녀의 말뿐만 아니라 행동에서도 발견하면서 기쁨과 놀라움을 느꼈다. 그는 똑같은 생각을 발견했을 뿐 아니라 그녀의 표현에서 열정과 논쟁이 불러일으킨 쓸데없는 모든 것들이 사라졌음을 깨닫기도 했다.

7년의 결혼 생활 후 피에르는 자신이 나쁜 인간이 아님을 기쁘게 자각했는데, 아내에게 반영된 자신을 보았기 때문이다. 그는 자기 안에서 선한 것과 악한 것이 온통 뒤섞여 하나가 다른 하나를 탁하게 만드는 것을 느꼈다. 그러나 아내에게는 진실로 선한 것만 반영되어 있었다. 전혀 선하지 않은 것은 전부 다 버려졌다. 그리고 그러한 반영은 논리적 사유가 아닌 다른 것, 즉 신비하고 직접적인 반영에 의해 생겨났다.

두 달 전부터 로스토프가에 손님으로 와 있던 피에르는 표도르 공작으로부터 페테르부르크로 와서 피에르가 주요 설립자들 중 하나로 있는 어느 협회 회원들이 몰두하고 있는 문제를 함께 논의하자는 내용의 편지를 받았다.

나타샤는 이제까지 남편에게 온 모든 편지를 읽었듯 그 편지도 읽었고, 남편의 부재로 인해 자신이 겪게 될 온갖 어려움에도 불구하고 그에게 페테르부르크로 가라며 직접 권유했다. 그녀는 남편의 지적이고 추상적인 일을 이해하지 못했지만 그 모든 일에 크나큰 중요성을 부여했기 때문에 자신이 남편의 일을 방해할까 봐 늘 두려워했다. 편지를 읽은 피에르가 머뭇거리면서 무엇인가 질문하고 싶은 듯한 눈길을 던지자 그녀는 그 눈길에 대한 대답으로 페테르부르크에 다녀오되 돌아올 시기를 정해 달라고 요청했다. 그리하여 4주의 휴가가 주어졌다.

2주 전, 피에르의 휴가가 끝난 후부터 나타샤는 끊임없는 두려움과 슬픔, 초조함에 휩싸였다.

이 지난 2주 동안 현 정세에 불만을 느끼는 퇴역 장군 데니소프가 방문했는데, 그는 한때 사랑했던 사람의 전혀 다른 초상화를 보듯 놀라움과 슬픔이 어린 눈길로 나타샤를 바라보았다. 우울하고 무료한 시선, 엉뚱한 대답, 아이 방에 대한 이야기가 예전의 매혹적인 마법사 아가씨에게서 그가 보고 들은 전부였다.

나타샤는 이 시기 내내 침울하고 초조해했는데, 특히 어머니와 오빠 또는 마리야 백작 부인이 그녀를 위로하면서 피에르를 감싸기 위해 그가 늦는 이유를 찾아내려고 애쓸 때 더욱 그랬다.

"전부 바보 같은 말이에요. 다 쓸데없다고요." 나타샤가 말했다. "그가 하는 생각들은 아무 쓸모도 없고, 그 협회들도 바보 같아요." 그녀는 자신이 매우 중요하다고 굳게 믿었던 것들에 대해 이렇게 말했다. 그런 다음에는 외아들 페탸에게 젖을 먹이러 아이 방으로 가 버리곤 했다.

생후 3개월밖에 안 된 작은 존재를 가슴에 안고 그 오물거리는 입의 움직임과 작은 코의 숨소리를 느낄 때, 이 아기만큼 그녀에게 위로가 되는 현명한 말을 해 줄 사람은 아무도 없었다. 그 존재는 이렇게 말하고 있었다. '넌 화가 났구나. 질투하고 있어. 그에게 복수하고 싶지만 두려워하고 있어. 그런데 내가 바로 그 사람이야. 내가 그 사람이야……' 그러고 나면 대답할 말이 없었다. 그것은 진실 이상이었다.

그 불안한 2주 동안 나타샤가 안정을 찾으러 아이에게 너무도 자주 달려가 너무도 부산을 떠는 바람에 아이는 젖을 너무 많이 먹어 병이 나고 말았다. 나타샤는 아이가 아픈 것에 두려움을 느꼈지만 한편으로 그것이 그녀에게는 도움이 되었다. 아이를 간호하면서 남편에 대한 불안감을 좀 더 쉽게 참을 수 있었기 때문이다.

마차 승강장에서 피에르의 썰매 소리가 들렸을 때 나타샤는 아기에게 젖을 먹이고 있었고, 주인마님을 기쁘게 하는 법을 잘 아는 보모가 환한 얼굴로 소리 없이 빠르게 방으로 들어왔다.

"왔어요?" 잠든 아이를 깨울까 봐 조심조심 움직이며 나타샤가 재빨리 속삭였다.

"오셨어요, 마님." 보모가 속삭였다.

나타샤의 얼굴로 피가 몰렸고, 그녀의 두 발이 저절로 움직였지만 벌떡 일어나 달려갈 수가 없었다. 아기가 다시 눈을 뜨고 쳐다보았다. '넌 여기 있어.' 아기는 마치 이렇게 말하는 듯했고, 다시 꾸물꾸물 입술을 오물거렸다.

천천히 젖을 뗀 나타샤는 아기를 흔들어 주다가 보모에게 건네고 빠른 걸음으로 문을 향해 걸었다. 그러나 문가에서 멈추어, 기쁜 나머지 너무 빨리 아이의 곁을 떠난 자신에게 양심의 가책을 느낀 듯 뒤를 돌아보았다. 보모는 두 팔꿈치를 들어 침대 난간 안쪽에 아이를 옮기고 있었다.

"그냥 가세요, 가세요, 마님, 염려 말고 가 보세요." 미소를 지으며 여주인과 보모 사이에 흔한 허물없는 태도로 소곤거렸다.

그래서 나타샤는 가벼운 걸음으로 대기실을 향해 달려갔다.

파이프를 물고 서재에서 홀로 나온 데니소프는 비로소 나타샤를 알아보았다. 밝게 빛나는 기쁨의 빛이 그녀의 달라진 얼굴에서 급류처럼 흘러나왔다.

"왔어요!" 그녀가 뛰어가며 말하자 데니소프는 자신이 피에르를 별로 좋아하지 않음에도, 그가 돌아와 자신도 기뻐하고 있음을 깨달았다. 대기실로 달려간 나타샤는 키 큰 남자가 외투를 입고 목도리를 풀고 있는 것을 보았다.

'그야! 그! 정말이야! 여기 그가 있어!' 그녀는 속으로 중얼거리고는 쏜살같이 뛰어가 그의 가슴에 머리를 묻은 다음 살짝 떨어져서 성에에 덮여 빨갛게 언 피에르의 행복한 얼굴을 힐끗 쳐다보았다. '그래, 이 사람이 그이야. 행복하고 만족스러운⋯⋯.'

그 순간 갑자기 지난 2주 동안 그를 기다리며 겪은 온갖 괴로움이 떠올랐다. 그녀의 얼굴에서 빛나던 기쁨이 사라졌다. 그녀는 얼굴을 찡그렸고, 비난과 독설이 피에르를 향해 쏟아졌다.

"그래요, 당신은 좋았겠죠. 무척 기뻐하네요. 그동안 즐겁게 지냈겠죠……. 나는 어땠을까요? 아이들만이라도 불쌍히 여겨 줬더라면 좋았을 텐데요. 난 아이들에게 젖을 먹이는데, 젖이 나빠졌어요. 하마터면 페탸가 죽을 뻔했어요. 그런데 당신은 아주 즐겁네요. 네, 즐거워요."

피에르는 더 일찍 돌아올 수 없었기에 자신에게 잘못이 없음을, 그녀의 이러한 분출이 부적절함을, 그리고 이것이 2분 후에는 사라질 것임을 알았으며, 무엇보다도 자신이 즐겁고 기쁘다는 것을 알았다. 그는 미소 짓고 싶었지만 감히 생각도 못했다. 그는 무서워하는 듯한 불쌍한 표정을 지으며 허리를 숙였다.

"정말로 일찍 올 수가 없었어. 페탸는 어때?"

"이제 괜찮아요. 가 봐요. 당신은 부끄럽지도 않은가 봐요! 당신이 없는 동안 내가 어땠는지, 얼마나 괴로웠는지 당신이 봤어야 했는데……."

"당신은 건강해?"

"가요, 가." 그녀는 그의 두 손을 놓지 않고 말했다. 그들은 자신들의 방으로 갔다.

니콜라이 부부가 피에르를 방문했을 때 그는 아이 방에서 잠에서 깬 젖먹이 아들을 커다란 오른손 바닥에 올려놓고 어르고 있었다. 이가 나지 않은 입을 벌리고 있는 아이의 너부데데한 얼굴에 미소가 떠올라 있었다. 폭풍은 이미 오래전에 지나갔고, 남편과 아들을 사랑스러운 눈길로 바라보는 나타샤의 얼굴에 밝고 기쁜 태양이 빛나고 있었다.

"표도르 공작과는 잘 얘기했어요?" 나타샤가 말했다.

"응, 잘됐어."

"봐요, 지탱하고 있어요. (나타샤가 아들의 머리를 염두에 둔 것이었다.) 이 아이가 저를 너무 놀라게 해요!"

"공작 부인은 만나 봤어요? 그분이 정말로 남자와 사랑에 빠졌나요?"

"응. 상상할 수 있겠어……?"

그때 니콜라이와 마리야 백작 부인이 들어왔다. 피에르는 손에서 아들을 내려놓지 않고 몸을 숙여 그들 부부와 입맞춤을 나누고는 이런저런 질문에 대답했다. 그러나 재미있는 화제가 많은데도 피에르는 실내모를 쓰고 머리를 흔드는 아기에게 온통 주의를 빼앗긴 듯했다.

"정말 사랑스러워요!" 아기를 보며 아기와 놀아 주던 마리야 백작 부인이 말했다. "이게 바로 내가 이해할 수 없는 거예요, 니콜라." 그녀가 남편을 돌아보며 말했다. "어떻게 당신은 이 작은 매혹적인 기적들의 매력을 이해하지 못하는 거죠?"

"이해가 안 돼. 이해할 수 없어." 니콜라이가 냉담한 시선으로 아기를 보며 말했다. "고깃덩어리야. 가지, 피에르."

"중요한 건 이 사람이 정말 자상한 아버지라는 거예요." 마리야 백작 부인이 남편을 변호하며 말했다. "다만 아이가 한 살 정도 되었을 때에만……."

"아냐, 피에르는 아이들을 잘 돌봐." 나타샤가 말했다. "피에르는 자기 손이 아이들 엉덩이에 맞춰 만들어졌다고 말해. 봐 봐."

"뭐, 그것만은 아냐." 갑자기 웃음을 터뜨리며 피에르는 말했고, 아기를 고쳐 안아 보모에게 건넸다.

12

현실의 가정들이 저마다 그러하듯 리시예 고리의 집에도 전혀 다른 몇 개의 세계가 공존했고, 각 세계는 나름의 개별성을 유지하고 서로 양보하며 조화로운 하나의 전체 속으로 들어갔다. 즐겁든 슬프든 간에 집에서 일어나는 모든 사건은 모든 세계에 동일하게 중요했다. 그러나 개개의 세계에는 다른 세계와 별도로 어떤 사건에 기뻐하거나 슬퍼할 나름의 이유가 있었다.

따라서 피에르가 돌아온 일은 기쁘고 중요한 사건이었으며 모든 이들에게도 그렇게 작용했다.

주인을 말이나 감정 표현이 아닌 행위와 생활 방식으로 판단하기 때문에 주인에 대해 가장 믿을 만한 판단을 내리는 하인들은 피에르가 돌아온 것을 기뻐했는데, 피에르가 있을 때에는 백작 역시 날마다의 농사일을 그만두고 더 유쾌하고 친절해지며 모두가 축일에 비싼 선물을 받게 된다는 것을 알았기 때문이다.

아이들과 가정 교사들도 베주호프가 돌아온 것을 기뻐했는데, 왜냐하면 피에르만큼 그들을 공동생활 속으로 이끌어 주는 사람도 없었기 때문이다. 그가 말하는바, 모든 종류의 춤에 어울리는 에코세즈를 클라비코드로 연주할 수 있는 사람도 피에르뿐이었고, 게다가 그는 틀림없이 모두를 위해 선물을 가져왔을 것이기 때문이었다.

이제 열다섯 살이 된, 아마빛 고수머리와 아름다운 눈동자를 지닌 야위고 병약하고 영리한 소년 니콜렌카도 기뻐했는데 자신이 아저씨라 부르는 피에르를 열광적으로 좋아했기 때문이었다. 니콜렌카의 마음에 피에르를 향한 특별한 애정을 불어넣은 사람은 아무도 없었고, 니콜렌카가 그를 볼 기회는 매우 드물었다. 니콜렌카의 양육인인 마리야 백작 부인은 자신이 그를 사랑하듯 니콜렌카가 자기 남편을 사랑하게 하려고 온 힘을 쏟았고, 니콜렌카도 고모부를 사랑했다. 그러나 보일 듯 말 듯한 경멸을 품고 사랑했다. 니콜라이는 피에르를 숭배했다. 그는 니콜라이 고모부처럼 경기병이나 게오르기 훈장을 받는 사람이 아니라 피에르처럼 지혜롭고 선량한 학자가 되고 싶었다. 피에르와 함께 있을 때면 그의 얼굴은 언제나 기쁨으로 환해졌고 그가 말을 걸면 얼굴이 빨개지면서 숨을 헐떡였다. 그는 피에르의 말을 한마디도 놓치지 않고 나중에 데살과 함께 혹은 혼자서 피에르가 한 말을 하나하나 떠올리며 그 의미를 생각하곤 했다. 피에르의 과거 삶, 1812년까지의 불행(니콜렌카는 피에르에게서 이야기를 듣고 그것에 대해 막연하게나마 시적인 상을 그려 냈다), 모스크바에서의 모험, 포로 생활, 플라톤 카라타예프(니콜렌카는 피에르에게서 그에 대한 이야기를 들었다), 나타샤에 대한 사랑, 그리고 무엇보다 자신은 기억하지 못하는 피에르와 아버지의 우정, 이 모든 것들이 니콜렌카로 하여금 피에르를 영웅이자 성자로 만들게 했다.

아버지와 나타샤에 대한 단편적인 이야기, 고인을 말할 때 피에르가 보여 주는 흥분, 아버지에 관해 말할 때 나타샤의 신중하면서 경건하고 부드러운 태도에서 이제 막 사랑에 눈뜨기 시작한 소년은 아버지가 나타샤를 사랑했고 죽어 가면서 그녀를 친구에게 유언으로 맡겼다고 상상했다. 기억나지 않는 아버지가 소년에겐 상상할 수도 없는 존재, 가슴을 두근거리지 않고, 슬픔과 환희의 눈물 없이는 떠올릴 수 없는 신처럼 느껴졌다. 그래서 소년은 피에르가 돌아온 것에 행복해했다.

손님들도 피에르가 돌아온 것을 기뻐했는데, 피에르는 어떤 모임이든 그 자리에 언제나 활기를 불어넣고 사람들을 융화시키는 사람이기 때문이었다.

아내는 말할 것도 없이 집안 어른들도 그가 있으면 더 편하고 평온하게 지낼 수 있어 친구가 돌아온 것을 기뻐했다.

노부인들은 피에르가 가져올 선물에 기뻐했고, 무엇보다 다시 활기를 찾게 될 나타샤 때문에 기뻐했다.

피에르는 자신에 대한 이 다양한 세계의 다양한 시각들을 깨닫고 기대하는 바를 서둘러 세계에 전했다.

주의가 몹시 산만하고 잘 잊어버리는 피에르가 이번에는 아내가 작성한 목록대로, 장모와 처남이 부탁한 일도, 벨로바의 옷을 만들기 위한 옷감도, 조카들에게 줄 장난감도 잊지 않고 모든 것을 사 왔다. 결혼 초에는 사기로 한 물건을 잊지 말고 모두 사 오라는 아내의 요구가 이상하게 보였고, 첫 여행에서 사 오기로 한 것을 죄다 잊어버렸을 때 진심으로 슬퍼하는 아내를 보고 놀랐다. 하지만 나중에는 그것에 익숙해졌다. 나타샤가 자신의 것은 아무것도 부탁하지 않고, 그가 먼저 말을 꺼낼 때만 다른 사람의 것을 부탁한다는 사실을 알고 피에르는 이제 집 안의 모든 사람들을 위해 선물을 사는 데에서 그 자신도 예상치 못한 아이 같은 기쁨을 느꼈고 다시는 그 어떤 것도 잊어버리지 않았다. 그가 나타샤의 비난을 받는 경우는 다만 쓸모없고 너무 비싼 것을 샀을 때뿐이었다. 대부분의 사람들이 말하듯 피에르의 결점 혹은 자질, 즉 단정치 못한 몸가짐, 긴장이 풀린 모습에 나타샤가 인색함을 추가했다고 피에르는 말했다.

대저택에서 대가족 형태로 생활하게 되어 지출이 많아진 이후 피에르는 자신이 예전의 절반밖에 안 되는 생활비로 살고 있다는 것, 특히 최근에 전 부인의 빚으로 어려워진 재정이 회복되기 시작한 것을 알아차리고는 놀랐다.

생활하는 데 적은 돈이 든 것은 생활을 제약했기 때문이었다. 피에르는 언제든 그 방식을 바꿀 수 있는 사치스러운 생활에서 벗어났고 더 이상 그것을 바라지도 않았다. 그는 자신의 생활 방식이 죽을 때까지 확정되었고, 자신의 힘으로는 그것을 바꿀 수가 없다고 느꼈기 때문에 생활하는 데 돈이 적게 들었다.

피에르는 밝게 웃으며 자신이 사 온 물건들을 풀어 놓았다.

"어때!" 그는 상점 주인처럼 옥양목을 펼치며 말했다. 나타샤는 맏딸을 무릎에 앉힌 채 눈을 반짝이며 빠른 시선으로 남편과 옷감을 번갈아 바라보면서 맞은편에 앉아 있었다.

"벨로바를 위한 거죠? 좋네요." 그녀는 좋은 품질인지 살피려고 천을 만졌다.

"분명 1루블씩은 하겠죠?"

피에르가 가격을 말했다.

"비싸네요." 나타샤가 말했다. "아, 아이들과 **어머니**가 얼마나 기뻐할까요. 내 것을 살 필요는 없었는데……." 그녀는 요즘 유행하기 시작한, 진주가 박힌 황금 빗을 감탄의 눈길로 바라보며, 미소를 억누르지 못하고 덧붙였다.

"아델에게 넘어갔어. 계속 사라고 해서." 피에르가 말했다.

"내가 언제 이걸 꽂겠어요?" 나타샤는 땋은 머리에 빗을 꽂았다. "마셴카를 사교계에 데리고 나갈 때 꽂으면 되겠네요. 어쩌면 그때 다시 유행할 수도 있죠. 자, 가요."

그들은 선물을 들고 먼저 아이 방으로, 그다음에는 백작 부인에게로 갔다.

피에르와 나타샤가 옆구리에 선물 꾸러미들을 끼고 응접실로 들어갔을 때 백작 부인은 평상시처럼 벨로바와 앉아 그랑 파시앙스*라는 카드놀이를 하고 있었다.

백작 부인은 이미 예순이 넘었다. 그녀의 머리카락은 완전히 하얗게 세서 그녀는 리본으로 얼굴 전체를 감싸는 실내용 모자를 쓰고 생활했다. 얼굴은 주름투성이였고 윗입술은 처졌으며 눈은 흐릿했다.

너무도 빨리 아들과 남편을 연달아 잃은 후 그녀는 자신을 뜻하지 않게 잊힌 채 아무 목적도 의미도 없이 이 세상에 남게 된 존재로 여겼다. 그녀는 먹고 마시고 잠을 자고 밤을 새우기도 했지만 살아 있는 것이 아니었다. 삶은 그녀에게 아무런 인상도 주지 않았다. 삶에서 그녀에게 필요한 것은 평온 외에는 없었고, 그러한 평온은 오직 죽어서야 찾을 수 있는 것이었다. 하지만 죽음이 찾아올 때까지 그녀는 살아야만 했다. 즉 자신의 시간과 생명력을 소모해야 했다. 그녀에게서는 아주 어린 아이나 아주 늙은 노인들에게 현저히 보이는 특징이 매우 심하게 눈에 띄었다. 그녀의 삶에는 외적인 목표가 보이지 않았고, 그저 다양한 취미와 능력을 단련하려는 욕구만 보였다. 그녀는 먹고 자고 생각하고 말하고 울고 일하고 화내야 했는데, 이는 단지 그녀에게 위와 뇌와 근육과 신경과 간이 있기 때문이었다. 어떤 외적 자극을 받아 그녀가 이 모든 행동을 하는 게 아니었다. 생명력이 넘치는 사람들에게 이러한 행동은 다른 방식으로 나타난다. 생명력이 넘칠 때는 자신의 힘을 사용하려는 목적이 추구하는 목적에 가려져 눈에 띄지 않는다. 그녀가 말을 하는 이유는 단지 폐와 혀를 육체적으로 작동시켜야 했기 때문이었다. 어린아이처럼 운 이유는 코를 풀어야 했기 때문이었다. 다른 것들도 마찬가지였다. 힘이 넘치는 사람이 목적으로 생각하는 것을 그녀는 단지 하나의 구실로 생각하는 듯했다.

그래서 아침마다, 특히 전날 무언가 기름진 것을 먹은 경우에는 그녀는 화를 내고 싶은 욕구를 느꼈고 그럴 때는 벨로바의 귀가 어둡다는 점을 이용하여 가장 가까이 있는 그녀에게 쏟아 냈다.

그녀는 방의 맞은편 끝에서 벨로바에게 조용히 이야기하기 시작했다.

"오늘은 좀 더 따뜻한 것 같네요." 그녀는 속삭이듯 말했다. 그리고 벨로바가 "네, 왔죠"라고 대답하면 그녀는 화를 내며 "세상에나, 어쩌면 저렇게 귀도 어둡고 멍청할까!"라고 화를 내며 투덜거렸다.

또 다른 구실은 코담배로, 그녀에게는 코담배가 건조하거나, 눅눅하거나, 잘 안 갈린 듯이 느껴졌다. 그녀가 이렇게 짜증을 내고 나면 얼굴에 담즙이 퍼졌고, 따라서 그녀의 하녀들은 이러한 징후를 보고 언제 다시 벨로바의 귀가 어두워질지, 언제 다시 담배가 눅눅해질지, 언제 얼굴이 노랗게 변할지 알았다. 그녀는 담즙을 일하게 해야 하는 것과 마찬가지로 이따금 남은 사고 능력도 일을 시켜야 했고, 이를 위한 구실이 파이앙스였다. 울 필요가 있을 때, 그때의 구실은 고인이 된 백작이었다. 걱정해야 할 필요가 있을 때, 그때의 구실은 니콜라이와 그의 건강이었다. 독설을 쏟을 필요가 있을 때, 그때의 구실은 마리야 백작 부인이었다. 발성 기관을 연습시킬 필요가 있을 때 (이것은 대개 어두운 방에서 소화를 위해 쉬고 난 후인 6시에서 7시 사이에 일어났다) 그때의 구실은 똑같은 이야기들을 똑같은 사람들에게 말하는 것이었다.

비록 어느 누구도 그것을 말하지 않았지만 집 안의 모든 사람들이 노부인의 이런 상태를 알았고 모두들 그녀의 이런 욕구를 충족시켜 주기 위해 할 수 있는 한 온갖 노력을 했다. 오직 니콜라이, 피에르, 나타샤, 마리야가 드물게 주고받는 시선과 희미한 슬픈 미소를 통해 그녀의 상태에 대해 서로가 이해하고 있음을 알 수 있었다.

하지만 그 시선들은 그 밖에도 다른 것을 말하고 있었다. 그녀가 이미 삶에서 자기 할 일을 끝냈다는 것, 지금 그녀에게서 보이는 것이 그녀의 전부가 아니라는 것, 우리도 모두 똑같이 되리라는 것, 한때는 소중했고 한때는 우리와 똑같이 생명력이 넘쳤지만 이제 불쌍하게 된 이 존재를 위해 자제하고 그녀에게 기쁜 마음으로 순종해야 함을 그 시선들은 말하고 있었다. **메멘토 모리.*** 그들의 시선은 이렇게 말하고 있었다.

모든 집안 사람들 중 오직 매우 악한 사람들과 어리석은 사람들과 어린아이들만 이를 이해하지 못하고 그녀를 피했다.

13

피에르가 아내와 응접실로 왔을 때 백작 부인은 습관적으로 하는 그랑 파시앙스라는 정신노동에 빠져 있었다. 그래서 피에르나 아들이 집에 올 때마다 늘 하는 "때가 됐네. 때가 됐어, 이보게. 기다리다 지쳤어. 이런, 고마우이"라는 말을 습관적으로 하고 선물을 받은 후에도 습관적으로 "귀중한 건 선물이 아니야. 나 같은 늙은이에게도 선물하려는 그 마음이 고맙지"라고 말했지만 아직 끝나지 않은 그랑 파시앙스에 집중할 수 없었기 때문인지 피에르의 귀가를 불쾌해하는 것처럼 보였다. 그녀는 그랑 파시앙스를 끝내고 나서야 선물을 집어 들었다. 선물은 아름답게 세공한 카드 상자, 양치기 여자들이 그려진 뚜껑 달린 밝은 파란색의 세브르산 찻잔, 피에르가 페테르부르크의 세밀화가에게 주문한 죽은 백작의 초상화가 붙은 금제 담뱃갑이었다(백작 부인은 오래전부터 그것을 갖고 싶어 했다). 그녀는 지금은 울고 싶지 않았기 때문에 초상화를 무심히 쳐다만 보고 카드 상자에 더 관심을 가졌다.

"고맙네, 이보게, 날 위로해 줘서." 그녀는 평상시와 똑같이 말했다. "하지만 자네가 무사히 돌아와 가장 기쁘다네. 그런데 별일이 다 있더군, 자네, 아내를 혼 좀 내야겠어. 무슨 일이냐고? 자네가 없으니 완전히 미친 여자 같았어. 아무것도 못 보고, 아무것도 기억하지 못해." 그녀는 습관적인 말들을 했다. "봐요, 안나 티모페예브나." 그녀가 덧붙였다. "이 친구가 가져온 이 멋진 카드 상자를요."

벨로바는 선물을 칭찬하고 자신이 받은 옥양목에 감탄했다.

피에르, 나타샤, 니콜라이, 마리야, 데니소프는 백작 부인 앞에서 이야기하고 싶지 않은 많은 것들에 대해 서로 이야기를 나누어야 했다. 무언가를 숨기기 위해서가 아니라 백작 부인이 많은 것에서 너무도 뒤떨어져서 무슨 이야기를 시작했다가는 그녀가 엉뚱하게 던지는 질문들에 대답을 하고 그녀에게 이미 수차례 되풀이한 이야기를, 예컨대 누가 죽었고 누가 결혼했다는, 그녀가 다시 기억하지 못할 일들을 반복해야 하기 때문이다. 하지만 그들은 여느 때처럼 응접실의 사모바르 옆에서 차를 마시며 앉아 있었다. 피에르는 백작 부인 자신에게도 쓸모없고 아무도 관심이 없는 그녀의 여러 질문에 대답하며 바실리 공작이 늙었다, 마리야 알렉세예브나 백작 부인이 안부를 전해 달라 했고 그녀는 잘 기억하고 있다 등등의 이야기를 했다.

아무도 흥미를 보이지 않지만 피할 수 없는 이야기가 차를 마시는 동안 계속되었다. 둥근 테이블과 사모바르 주위에는 가족의 성인 구성원들 모두가 차를 마시기 위해 모였고, 소냐는 사모바르 옆에 앉아 있었다. 아이들과 가정 교사들은 이미 차를 다 마신 상태였고, 소파가 있는 옆방에서 그들의 목소리가 들려왔다. 모두가 테이블 앞 평소 앉는 자리에 앉았다. 니콜라이는 페치카 옆의 작은 테이블 앞에 앉았고 그에게 차가 전달되었다. 첫 번째 밀카의 딸인, 얼굴 털이 하얗게 세고 흰 털과 대조되어 또렷이 보이는 커다란 검은 눈을 가진 늙은 보르조이 개 밀카는 그 옆 안락의자 위에 누워 있었다. 곱슬거리는 머리에 콧수염과 구레나룻이 이미 반백이 된 데니소프는 장군용 프록코트의 단추를 푼 채 마리야 백작부인 옆에 앉아 있었다. 피에르는 아내와 노백작 부인 사이에 앉아 있었다. 그는 자신이 알기에 노부인이 흥미를 가질 만하고 이해할 만한 것을 이야기하고 있었다. 그는 외부의 사회적 사건들에 대해, 그리고 언젠가 노백작 부인과 함께 실질적이고 활기차고 개별적인 모임이었던 동년배 모임을 구성했지만 이제 대부분 세상에 뿔뿔이 흩어져 그녀처럼 자신들이 삶에 뿌린 것의 남은 이삭들을 거두며 여생을 보내는 사람들에 대해 이야기했다. 하지만 노백작 부인에게는 자신과 동년배인 그 사람들만이 유일하게 진지한 진짜 세상으로 보였다. 나타샤는 피에르의 활기찬 모습에서 여행이 재미있었고, 그가 많은 것을 이야기하고 싶지만 백작 부인 앞이라 못하고 있음을 알았다. 가족 구성원이 아닌 까닭에 피에르의 신중함을 이해하지 못하고, 게다가 매사에 불만이 많기까지 한 데니소프는 페테르부르크에서 벌어지는 일들에 대해 큰 관심을 보이며 세묘놉스키 연대에서 최근 일어난 일에 대한 이야기나 아락체예프에 대한 이야기, 혹은 성서협회*에 대한 이야기로 끊임없이 피에르의 주의를 환기시켰다. 피에르는 가끔 그 이야기에 몰두하여 말을 시작했지만 그때마다 니콜라이와 나타샤가 이반 공작과 마리야 안토노브나 백작 부인의 건강 이야기로 화제를 돌려놓았다.

"아니, 도대체 뭐야, 전부 미쳤지. 고스너*와 타타리노바*도 말이야." 데니소프가 물었다. "지금도 계속 진행 중이야?"

"진행 중이냐고?" 피에르가 외쳤다. "어느 때보다 더 심해. 성서협회는 이제 정부 그 자체야."

"**자네**, 그게 무슨 말인가?" 차를 다 마시고 나서 식후에 화를 내기 위한 구실을 찾고 싶은 듯 백작 부인이 물었다. "도대체 무슨 말이지? 정부라니, 난 이해할 수가 없네."

"네, 그건 말이지요, **어머니.**" 어머니의 언어로 어떻게 번역해야 할지 아는 니콜라이가 끼어들었다. "알렉산드르 니콜라예비치 골리친 공작이 협회를 만들었는데, 지금 큰 힘을 가졌다고 해요."

"아락체예프와 골리친." 피에르가 조심성 없이 말했다. "이 사람들이 이제 정부 그 자체야. 그것도 얼마나 대단한 정부인지! 그자들은 모든 것에서 음모를 보고 모든 것을 두려워해."

"아니, 알렉산드르 니콜라예비치 공작 같은 분이 무슨 잘못을 했다는 거지? 그분은 매우 존경할 만한 분이네. 난 전에 마리야 안토노브나의 집에서 종종 그분을 만났어." 백작 부인이 노여워하며 말했고, 아무도 대꾸하지 않자 더욱 화를 내며 말을 이어 갔다. "요즘 사람들은 아무나 비난하는구나. 복음협회가 대체 왜 나쁜 거지?" 그러고는 자리에서 일어나 (모든 이들도 일어섰다) 엄격한 얼굴로 소파가 있는 방의 자기 테이블로 유영하듯 걸어갔다.

정체된 듯한 슬픈 침묵이 흐르는 동안 옆방에서 아이들의 웃음소리와 목소리가 들려왔다. 아이들 사이에서 무언가 즐거운 소동이 일어났음이 분명했다.

"다 됐어, 다 됐어!" 어린 나타샤의 즐거운 외침이 다른 아이들의 목소리들 가운데에서 또렷이 들렸다. 피에르는 마리야 백작 부인과 니콜라이와 (그는 항상 나타샤를 보고 있었다) 눈짓을 주고받으며 행복한 미소를 지었다.

"놀랄 만큼 아름다운 음악이야!" 그가 말했다.

"안나 마카로브나가 긴 양말을 다 떴어요." 마리야 백작 부인이 말했다.

"오, 보러 가야겠네." 피에르가 벌떡 일어서며 말했다. "그런데 말이지." 그는 문가에 멈춰 서서 말했다. "내가 왜 이 음악을 특히 좋아하는지 알아? 전부 괜찮다는 사실을 내게 가장 먼저 알려 주는 것이 바로 저 아이들이기 때문이야. 오늘 집으로 오는데 집이 가까워질수록 두려움이 커지더군. 그런데 대기실에 들어서자마자 무언가에 크게 웃는 안드류샤의 웃음소리가 들렸어. 그래, 저 소리는 곧 모두 괜찮다는 뜻이구나⋯⋯."

"알아, 나도 그 느낌을 알아." 니콜라이가 확인하듯 말했다. "그런데 난 갈 수 없어. 긴 양말은 날 위한 깜짝 선물이 틀림없으니까."

피에르가 아이 방으로 들어가자 웃음소리와 고함 소리가 한층 커졌다. "자, 안나 마카로브나." 피에르의 목소리가 들렸다. "여기 가운데로 오세요. 그리고 내가 하나, 둘 구령을 붙인 다음 셋이라고 말하면 너는 여기에 서. 너는 내가 안으마. 자, 하나, 둘⋯⋯." 피에르의 목소리가 들렸다. 침묵이 흘렀다. "셋!" 그러자 방에서 아이들의 환희에 찬 탄성 소리가 울려 퍼졌다.

"두 개다, 두 개야!" 아이들이 소리쳤다.

그것은 안나 마카로브나가 자기만의 비법을 사용해 뜨개바늘로 한 번에 뜬 두 개의 양말이었는데, 그녀는 긴 양말을 다 뜨고 나면 언제나 아이들 앞에서 양말 한 짝 속에서 다른 한 짝을 엄숙히 꺼내 보였던 것이다.

14

그 후 곧바로 아이들이 밤 인사를 하러 왔다. 아이들은 모든 사람들과 입맞춤을 나누었고, 가정 교사들은 인사하고 나갔다. 데살과 그의 학생만 남았다. 가정 교사는 학생에게 아래층으로 내려가 자고 소곤거렸다.

"아니요, 무슈 데살, 저는 고모에게 이곳에 남게 해 달라고 부탁할래요." 니콜렌카 볼콘스키도 소곤거리며 대답했다.

"고모, 저도 남게 해 주세요." 니콜렌카가 고모에게 다가가며 말했다. 그의 얼굴에는 애원과 흥분과 환희가 어려 있었다. 마리야 백작 부인은 그를 바라보고 피에르를 돌아보았다.

"당신이 여기 있으면 이 아이가 떠나질 못해요……." 그녀가 그에게 말했다.

"내가 곧 이 아이를 당신에게 데려가겠소, 무슈 데살, 잘 자요." 피에르는 스위스인에게 악수를 청하며 말한 후, 미소를 지으며 니콜렌카를 향해 돌아섰다. "오랫동안 너를 못 본 거 같구나. 마리, 진짜 닮아 가는군!" 그는 마리야 백작 부인을 돌아보며 덧붙였다.

"아버지하고요?" 소년은 얼굴이 빨갛게 달아올라 환희에 찬 반짝이는 눈으로 피에르를 올려다보며 말했다. 피에르는 고개를 끄덕였고, 아이들 때문에 멈췄던 이야기를 다시 계속했다. 마리야 백작 부인은 캔버스를 손에 들고서 자수를 놓고 있었다. 나타샤는 눈도 떼지 않고 남편을 바라보았다. 니콜라이와 데니소프는 일어나 파이프를 요청하여 담배를 피우고, 사모바르 뒤에서 침울하고 완고하게 앉은 소냐로부터 차를 가져오고, 피에르에게 이것저것 질문했다. 곱슬머리의 허약한 소년은 눈을 반짝이며 누구의 눈에도 띄지 않게 한구석에 앉아 있었다. 그는 더블칼라 위로 나온 가는 목 위의 곱슬머리를 피에르가 있는 쪽으로 돌리면서 이따금 몸을 떨고 혼자 중얼거렸는데, 마치 어떤 새롭고 강렬한 감정을 경험하고 있는 듯했다.

대화는 정계 최고위층 사이의 소문에서 계속 맴돌았다. 대부분의 사람들은 보통 이런 소문에서 국내 정치가 가장 관심을 갖고 있는 바를 본다. 공직 생활에서 실패하여 정부에 불만을 갖게 된 데니소프가 생각하기에 지금 페테르부르크에서 벌어지는 일들은 모두가 어리석은 것들로, 그는 이 일에 대한 이야기를 기쁘게 들으면서 강하고 신랄한 표현으로 피에르의 말에 자신의 의견을 표명했다.

"예전에는 독일인이 되어야 했는데 이제 타타리노바와 마담 크뤼드너와 춤을 춰야 하고, 또 읽어야 할 것은⋯⋯* 에카르트샤우젠과 그 일당의 책들이군. 아, 우리의 훌륭한 보나파르트를 다시 풀어 주고 싶네. 그자라면 이런 바보같은 짓을 다 때려 부술 텐데. 슈바르츠* 같은 병졸에게 세묘놉스키 연대를 넘기다니 어떻게 이런 일이 있을 수 있지?" 그는 소리쳤다.

니콜라이는 데니소프처럼 모든 것에서 나쁜 점을 찾고 싶은 마음은 없었지만 그 역시 정부를 비판하는 것을 매우 가치 있고 중요한 일로 여겼고 A가 어느 부서의 대신에 임명되었다느니 B 장군이 어디의 현 지사로 임명되었다느니 군주가 무슨 말을 하고 대신이 무슨 말을 했다는 등의 이 모든 일들을 매우 중요하게 여겼다. 그는 이런 것에 관심을 가질 필요가 있다고 생각해 피에르에게 이것저것 물었다. 두 사람이 서로에게 하는 질문 때문에 대화는 정부 고위층에 대한 소문이 지니는 평범한 성격에서 좀처럼 벗어나지 못했다.

그러나 남편의 태도와 생각을 전부 아는 나타샤는 피에르가 한참 전부터 대화를 다른 방향으로 돌려 자신의 진솔한 생각, 새 친구 표도르 공작과, 이에 대해 의논하고자 페테르부르크에 다녀오게 만든 그 생각을 털어놓고 싶어 하면서도 그러지 못하는 것을 보고 표도르 공작과의 만남은 어떻게 되었냐는 질문으로 그를 거들었다.

"그게 무슨 말이야?" 니콜라이가 물었다.

"언제나 똑같은 이야기지." 피에르는 주위를 둘러보며 말했다. "모두 알고 있어. 사태가 너무도 추악하게 진행되고 있고, 그래서 이대로 더 이상 내버려 둘 수 없고, 정직한 사람들은 힘닿는 한 저항하는 것이 의무야."

"정직한 사람들이 대체 뭘 할 수 있겠나?" 니콜라이가 가볍게 눈살을 찌푸리며 말했다. "도대체 무엇을 할 수 있지?"

"그건……."

"서재로 가세." 니콜라이가 말했다.

이미 아까 전부터 누군가 수유하라고 자신을 부르러 올 거라 추측했던 나타샤는 보모가 부르는 소리에 아이 방으로 갔다. 마리야 백작 부인이 함께 갔다. 남자들은 서재로 갔고, 니콜렌카 볼콘스키는 고모부의 눈에 띄지 않게 서재로 따라가 창가의 책상 옆 그늘진 곳에 앉았다.

"그럼 자네는 어떻게 할 건가?" 데니소프가 물었다.

"영원한 환상이야." 니콜라이가 말했다.

"그건 바로……." 피에르가 말문을 열었다. 그는 자리에 앉지 않고 방을 걸어 다니다 멈췄다 하면서 손으로 빠른 동작을 취하며 이야기했다. "이런 거야. 페테르부르크가 처한 상황은 이래. 군주가 아무것에도 개입하지 않고 계시네. 신비주의에 푹 빠지셨지. (피에르는 이제 누구든 간에 신비주의를 용인하지 않았다.) 군주는 오직 평온만 찾으시는데 그분께 평온을 줄 수 있는 사람은 모든 것을 베고 압살하는 **양심도 명예도 없는** 자들이야. **마그니츠키, 아락체예프 같은 인간들**……. 만일 자네가 직접 영지 경영에 전념하지 않고 평온만을 바란다면 자네의 관리인이 잔인할수록 자네의 목적은 더 빨리 달성될 거라는 데 자네는 동의하나?" 그는 니콜라이에게 얼굴을 돌렸다.

"흠, 자네는 무엇 때문에 그런 말을 하는 거지?" 니콜라이가 말했다.

"음, 모든 게 망해 가고 있어. 재판소에서는 사기만 치고, 군대에는 훈련이다 둔전*이다 하면서 몽둥이만 있어. 민중을 괴롭히고 계몽을 억압해. 젊고 정직한 것은 무엇이든 파괴해! 이런 상태가 지속될 수 없다는 것은 모두가 알고 있어. 모든 것이 잔뜩 긴장되어 있고, 그러면 반드시 끊어질 거야." 피에르가 말했다. (정부가 존재한 이래 어떤 정부든 그 정부의 활동을 주시한 사람들이 항상 하는 말이다.) "내가 페테르부르크에서 그들에게 말한 건 딱 하나야."

"누구에게?" 데니소프가 물었다.

"누군지 자네들도 알아." 피에르는 의미심장하게 눈을 힐끗 치켜뜨고 말했다. "표도르 공작과 그들 모두에게. 계몽과 자선을 위해 경쟁하는 것*은 다 좋다 이거야. 목적도 훌륭하고 다 훌륭하지. 하지만 지금 상황에서는 다른 것이 필요해."

그때 니콜라이가 조카의 존재를 알아챘다. 그의 얼굴이 침울해졌다. 그가 조카에게 다가갔다.

"넌 왜 여기 있지?"

"왜라니? 있게 놔둬." 피에르가 니콜라이의 손을 잡으며 계속 말을 이었다. "그것으로는 부족하다고 나는 그들에게 말했어. 이제 다른 것이 필요하다고. 자네들이 잠자코 서서 팽팽히 당겨진 현이 끊어지기를 기다릴 때, 모두가 피할 수 없는 대변혁을 기다릴 때 더 많은 사람들이 전체의 파국을 막기 위해 더 꽉 손을 잡아야 한다고 말일세. 젊고 강한 자는 전부 그쪽으로 끌려 들어가 타락하고 있어. 어떤 자는 여자에게, 어떤 자는 명예에, 또 어떤 자는 허영과 돈에 끌려 저쪽 진영으로 넘어가고 있어. 자네들과 나처럼 독립적이고 자유로운 사람들은 앞으로 전혀 남지 않을 거야. 나는 모임의 범위를 넓히라고 말하고 있어. 미덕 하나뿐 아니라 독립과 활동도 **표어**로 삼으라고 말이야."

니콜라이는 조카를 내버려 두고 화가 나서 안락의자를 끌어당겨 앉았고, 피에르의 말을 들으면서 불만스러운 듯 기침을 하고 점점 더 얼굴을 찌푸렸다.

"대체 활동의 목적이 뭐야?" 그가 외쳤다. "자네들은 정부에 대해 어떤 관계를 가질 거지?"

"어떤 관계냐니! 조력자 관계지. 정부가 허용하면 모임이 비밀 결사가 될 필요는 없어. 이 모임은 정부에 적대적이지 않을 뿐만 아니라 진정한 보수주의자들의 모임이야. 말 그대로 신사들의 모임이지. 내일 푸가초프*가 내 아이들과 자네 아이들을 죽이러 오지 않도록, 아락체예프가 나를 둔전병으로 보내지 않도록, 우리는 오직 이것을 위해, 오직 공동의 복지와 공동의 안전이라는 목적을 위해 서로 손을 잡는 거야."

"그래, 하지만 비밀 결사잖아. 즉 적대감을 품은 해로운 모임이고, 이런 모임은 악을 낳을 수도 있어." 니콜라이가 목소리를 높이며 말했다.

"어째서지? 유럽을 구한 투겐트분트*가 (당시 사람들은 러시아가 유럽을 구할 거라고 감히 생각하지도 못했다) 해로운 걸 가져왔나? 투겐트분트는 선을 위한 동맹이고 사랑이고 상호 부조야. 이건 그리스도께서 십자가 위에서 설교하신 거야."

대화 도중 방에 들어온 나타샤는 기쁘게 남편을 바라보았다. 그녀는 그의 말에 기뻐한 게 아니었다. 심지어 그의 말은 그녀의 흥미를 끌지도 않았는데 왜냐하면 이 모든 것이 그녀에게 굉장히 단순한 것처럼, 자신이 오래전부터 이 모든 것을 알았던 것처럼 느껴졌기 때문이다. (그녀는 모든 것이 나오는 곳, 즉 피에르의 영혼을 알기 때문에 그렇다고 생각했다.) 그녀가 기뻐한 것은 남편의 생기 있고 열광적인 모습 때문이었다.

하지만 그녀보다 더 기쁘고 감격적으로 피에르를 보고 있던 이는 모두에게 잊힌, 더블칼라 위로 가느다란 목을 드러낸 소년이었다. 피에르의 모든 말이 그의 심장을 불태웠고, 그는 신경질적으로 손가락을 움직여 자신도 모르게 고모부의 책상에 있는 봉랍과 펜의 깃털을 손에 잡히는 대로 부러뜨리고 있었다.

"자네가 생각하는 그런 게 절대 아니야. 내가 제안하는 건 독일의 투겐트분트 같은 거야."

"어이, 형제, 소시지 같은 자들에게는 투겐트분트가 좋겠지. 하지만 난 모르겠고, 발음도 못하겠어." 데니소프의 크고 단호한 목소리가 들렸다. "모든 것이 추악하고 가증스럽다는 데에는 나도 동의하지만 투겐트분트만은 이해할 수도 없고 마음에도 안 들어. 그럼 **분트***는 어때, 바로 그거야. 그때는 나도 당신 편에 서겠어."

피에르는 미소를 지었고 나타샤는 소리 내어 웃었지만 니콜라이는 더욱 눈썹을 찡그리면서 혁명을 전혀 예견할 수 없고, 피에르가 말하는 모든 위험은 그의 상상에만 존재한다고 주장했다. 피에르가 반론을 폈는데, 피에르의 지적 능력이 더 뛰어나고 기민했기 때문에 니콜라이는 자신이 궁지에 몰린 것을 느꼈다. 그것이 그를 더욱 화나게 했는데 왜냐하면 그는 마음속으로 논증이 아니라 그보다 더 강력한 무언가에 의해 자신의 견해가 정당하다는 것을 알았기 때문이다.

"내가 자네에게 말하려 하는 건 바로 이거야." 그가 말했다. 그는 일어나 신경질적인 동작으로 파이프를 구석에 세워 놓으려다 결국 집어 던졌다. "난 자네에게 증명할 수 없어. 자네는 우리 나라의 모든 것이 추악하고, 조만간 대변혁이 일어날 거라고 말해. 그러나 난 그렇게 보지 않아. 하지만 자네는 서약이 조건적인 거라고 말하는데, 그 말에 대해 내가 자네에게 말하고 싶은 건 이거야. 자네는 나의 가장 좋은 벗이야. 그건 자네도 알고 있지. 하지만 자네가 비밀 결사를 만들어 정부에 저항한다면, 내가 아는 바로는 그 정부에 복종하는 것이 나의 의무라는 사실이야. 그래서 만약 아락체예프가 당장 기병 중대를 이끌고 자네를 공격하여 베어 버리라 명령하면 난 1초의 망설임도 없이 갈 거야. 그다음에는 원하는 대로 판단해."

그 말 이후에 어색한 침묵이 흘렀다. 나타샤가 먼저 입을 열어 남편을 옹호하고 오빠를 공격했다. 그 옹호는 연약하고 옹색했지만 목적은 달성되었다. 대화가 재개되었지만 그 대화는 니콜라이가 마지막 말을 할 때와 같은 불쾌하고 적대적인 어조를 이미 띠지 않았다.

저녁 식사를 하러 사람들이 일어났을 때 창백한 얼굴의 니콜렌카 볼콘스키가 눈을 반짝이며 피에르에게 다가왔다.

"피에르 아저씨, 아저씨는…… 아니…… 만약 아빠가 살아 계셨다면…… 아저씨의 의견에 동의하셨을까요?" 그가 물었다.

피에르는 문득 자신이 이야기하는 동안 이 소년에게서 어떤 특별하고 독립적이고 복잡하고 강렬한 감정과 사고의 작용이 일어났음을 깨달았고, 자신이 한 말을 떠올린 후에는 소년이 그것을 들었다는 것에 화가 났다. 그러나 소년에게 대답을 해야 했다.

"그랬을 거라고 생각한다." 그는 마지못해 말하고는 서재에서 나갔다.

소년은 고개를 숙였고 자신이 책상 위에 저지른 짓을 그제야 알아차린 듯했다. 그는 얼굴이 빨개져서 니콜라이에게 다가갔다.

"고모부, 죄송해요. 저도 모르게 그랬어요." 그가 부러진 봉랍과 펜을 가리키며 말했다.

니콜라이는 화가 나서 부르르 떨었다.

"괜찮아. 괜찮아." 그는 봉랍 조각과 펜을 책상 아래로 던지며 말했다. 자기 안에서 솟아오르는 분노를 겨우 억제하는 것 같았던 그는 소년에게서 얼굴을 돌렸다.

"너는 절대 이곳에 있지 말아야 했어." 그가 말했다.

15

저녁 식사 때 대화는 더 이상 정치와 사회에 관한 것이 아니라 니콜라이가 매우 좋아하는 1812년의 추억에 대한 것으로 이어졌다. 이를 먼저 꺼낸 사람은 데니소프였고, 피에르는 그 얘기만 나오면 특히 쾌활하고 익살스러워졌다. 그래서 친척들은 상당히 친밀한 관계가 되어 헤어졌다.

저녁 식사 후에 니콜라이는 서재에서 옷을 벗고 오랫동안 기다린 관리인에게 몇 가지 지시를 내린 뒤 할라트 차림으로 침실에 들었다. 그는 아내가 책상 앞에 앉아 있는 것을 발견했다. 그녀는 무언가를 적고 있었다.

"뭘 쓰고 있어, 마리?" 니콜라이가 물었다. 마리야 백작 부인의 얼굴이 붉어졌다. 그녀는 자기가 쓰고 있는 것을 남편이 이해하지 못하고 인정하지 않을까 봐 두려웠다.

그녀는 자기가 쓴 것을 그에게 숨기고 싶었지만, 다른 한편으론 그가 발견함으로써 그것을 털어놓게 된 것에 기뻐했다.

"일기예요, **니콜라.**" 그녀는 단정하고 커다란 글씨가 가득 쓰여 있는 파란색의 작은 공책을 내밀며 말했다.

"일기?" 니콜라이는 조롱 조로 말하고는 공책을 받았다. 공책에는 프랑스어로 다음과 같은 글이 적혀 있었다.

12월 4일, 오늘 큰아들 안드류샤가 잠에서 깬 후 옷을 입으려 하지 않아 마드무아젤 **루이즈**가 나를 부르러 왔다. 아이는 변덕을 부리며 고집을 피웠다. 내가 으름장을 놓았지만 아이는 더 화를 냈다. 일단 아이를 내가 맡기로 하고 보모와 함께 다른 아이들을 깨우고 나서 그 아이에게 널 사랑하지 않는다고 말했다. 아이는 놀란 듯 한참을 아무 말 없이 있었다. 그러다가 루바시카만 입은 채 나에게 뛰어올라 큰 소리로 우는 바람에 오랫동안 아이를 달랠 수가 없었다. 아이는 무엇보다 나를 슬프게 해서 괴로운 듯했다. 그 후 저녁에 나는 아이에게 작은 표 하나를 주었고, 아이는 나에게 입을 맞추며 다시 불쌍하게 울었다. 이 아이를 부드럽게만 대해 주면 아이를 데리고 뭐든 할 수 있다.

"표가 뭐야?" 니콜라이가 물었다.
"매일 저녁마다 난 큰 아이들에게 자신들이 어떻게 행동했는지 적힌 기록을 주고 있어요."
니콜라이는 자신을 향해 빛을 내는 눈동자를 힐끗 쳐다보고 계속 종이를 넘기며 읽었다. 일기장에는 아이들의 성격을 보여주거나 양육 방식에 대해 일반적인 제안을 하면서, 아이들의 생활 가운데 어머니에게 필요한 것들이 전부 기록되어 있었다. 그것은 대부분 사소한 일들이었다. 그러나 니콜라이가 이 육아 일기를 처음으로 읽는 지금은 부모 중 그 어느 쪽도 그렇게 생각하지 않았다.
12월 5일의 일기에는 다음과 같이 적혀 있었다.

미탸가 식사 도중 장난을 쳤다. 아빠는 미탸에게 피로그를 주지 말라고 지시했다. 그래서 미탸는 피로그를 받지 못했다. 다른 아이들이 먹는 동안 미탸는 너무나 불쌍하고 탐욕스럽게 그아이들을 쳐다보았다. 나는 벌로 단것을 주지 않는 것은 탐욕을키운다고 생각한다. **니콜라**에게 말해야겠다.

니콜라이는 공책을 내려놓고 아내를 바라보았다. 아내의 빛나는 눈동자가 무언가를, 즉 그가 자신의 일기를 인정할 것인지 아닌지를 묻고 싶은 듯 그를 바라보고 있었다. 니콜라이가 일기를인정했을 뿐 아니라 아내에게 감동했다는 것에는 의심의 여지가없었다.

'어쩌면 이렇게 깐깐하게 할 필요가 없을지도 몰라. 이런 게 전혀 필요하지 않을 수도 있어.' 니콜라이는 생각했다. 그러나 오직아이들의 도덕적 선만을 추구하는, 그녀의 영원한 정신적 긴장이그를 감동시켰다. 만약 니콜라이가 자기감정을 의식할 수 있었다면, 그는 아내를 향한 그의 확고하고 부드럽고 자랑스러운 사랑이주로 그녀의 영혼, 즉 그가 거의 접근할 수 없는 아내의 고결한 정신세계 앞에서 그 자신이 느끼는 이런 경이의 감정 때문이라는 사실을 발견했을 것이다.

영적 세계에 있는 그녀 앞에서 자신의 보잘것없음을 의식하며그는 그녀가 지적이고 선하다는 사실을 자랑스러워했고, 독립된영혼을 가진 그녀가 그에게 속해 있을 뿐 아니라 그 자신의 일부라는 사실에 더욱 기뻐했다.

"매우, 매우 찬성이야, 여보." 그는 의미심장한 표정으로 말했다. 그는 잠시 침묵했다가 덧붙였다. "그런데 난 오늘 추악하게 처신했어. 당신은 서재에 없었지. 피에르와 논쟁을 시작했는데 나도 모르게 감정이 격해졌어. 어쩔 수가 없었어. 그는 진짜 어린아이 같아. 나타샤가 그의 고삐를 잡지 않았다면 그에게 무슨 일이 일어났을지 나도 모르겠어. 당신은 무엇 때문에 피에르가 페테르부르크에 갔다 왔는지 상상할 수 있겠어? 그자들이 거기서 조직한……."

"네, 알고 있어요." 마리야 백작 부인이 말했다. "나타샤에게 들었어요."

"그럼, 당신도 알고 있군." 니콜라이는 논쟁을 떠올리는 것만으로도 격분하여 계속 말했다. "피에르는 정부에 맞서는 것이 모든 정직한 사람의 의무라면서 날 설득하려 하는데 그러면 서약과 의무가……. 당신이 그 자리에 없어서 유감이야. 모두가 나를 공격했어. 데니소프도, 나타샤도……. 나타샤는 웃기더라고. 사실 남편을 꽉 잡고 살면서 논쟁이라도 벌어지면 그 애는 자신의 언어도 없어서 그냥 남편 말을 그대로 따라 해." 니콜라이는 가장 소중하고 가까운 사람들을 비판하고 싶은 억누르기 힘든 갈망에 굴복하여 덧붙였다. 니콜라이는 지금 자신이 나타샤에 대해 한 말이 자신과 아내의 관계에서 그 자신에게도 똑같이 적용된다는 것을 잊고 있었다.

"네, 나도 그 점은 눈치챘어요." 마리야 백작 부인이 말했다.

"내가 의무와 서약이 가장 최상의 것이라고 피에르에게 말했더니, 그는 아무도 모르는 것을 주장하기 시작했어. 당신이 그 자리에 없었던 게 유감이야. 당신이라면 뭐라고 했을까?"

"난 당신이 전적으로 옳다고 생각해요. 난 나타샤에게도 그렇게 말했어요. 피에르의 말에 의하면, 많은 사람들이 고통받고 괴로워하고 타락해 가고 있고, 이웃을 돕는 것이 우리의 의무죠. 물론 그의 말은 옳아요." 마리야 백작 부인이 말했다. "하지만 그는 잊고 있어요. 우리에게는 하느님이 우리에게 명령한 다른 의무, 즉 보다 가까운 사람들에 대한 의무가 있다는 것을 말이에요. 그리고 우리는 위험을 무릅쓸 수 있지만 아이들을 위험에 내맡길 수는 없어요."

"그래, 그거야, 그거. 내가 그에게 말한 것도 바로 그거야." 니콜라이는 그 말을 지지했는데 마치 그는 실제로 자신이 그 말을 한 것처럼 느꼈다. "그런데 그는 이웃에 대한 사랑과 그리스도교를 언급하며 자기주장을 계속 펴는데, 이 모든 말을 서재에 몰래 숨어 들어와 봉랍과 펜의 깃털을 부러뜨리고 있던 니콜렌카 앞에서 했단 말야."

"아, 맞아요. **니콜라**, 니콜렌카 때문에 너무 힘들어요." 마리야 백작 부인이 말했다. "정말 특이한 아이예요. 게다가 우리 아이들을 돌보느라 내가 그 아이를 잊고 있을까 봐 두려워요. 우리는 모두 자녀들이 있고 친척들이 있지만 그 아이에게는 아무도 없잖아요. 그 아이는 언제나 혼자 생각에 잠겨 있어요."

"아냐, 그 아이 때문에 스스로를 자책하지 마. 당신은 그 아이를 위해 가장 자상한 어머니로서 그 애에게 할 수 있는 모든 것을 했고, 지금도 하고 있어. 물론 나도 그걸 기쁘게 생각해. 그 아이는 훌륭해. 훌륭한 소년이야. 오늘 그 애는 정신을 놓고 피에르의 말을 경청했어. 당신도 상상할 수 있을 거야. 우리가 저녁 식사를 하러 서재에서 나가던 중에 나는 아이가 내 책상 위에 있는 것들을 죄다 부러뜨린 것을 보았고 아이는 바로 자신이 했다고 말했어. 난 그 아이가 거짓말하는 걸 한 번도 본 적이 없어. 훌륭해, 훌륭한 아이야!" 니콜라이가 똑같은 말을 반복했다. 니콜라이는 심정적으로는 니콜렌카를 좋아하지 않았지만 언제나 그 아이가 훌륭하다는 것을 인정하고 싶어 했다.

"하지만 내가 어머니와 똑같은 건 아니죠." 마리야 백작 부인이 말했다. "난 내가 어머니가 아니라는 걸 느끼고 그 점이 날 괴롭혀요. 놀라운 아이예요. 하지만 난 그 아이가 너무 걱정스러워요. 사람들과의 모임이 그 아이에게 많이 유익할 거예요."

"뭐, 얼마 안 남았어. 올여름에는 그 아이를 페테르부르크에 데려갈 거야." 니콜라이가 말했다. "그래, 피에르는 언제나 몽상가였고, 앞으로도 그럴 거야." 그는 서재에서의 대화로 다시 돌아갔는데, 그 대화 때문에 흥분한 듯 보였다. "그곳에서의 그 모든 일이 나와 무슨 상관이야? 아락체예프가 선하지 않은 게 나와 무슨 상관이지? 난 결혼했고, 사람들이 날 감옥에 집어넣길 원할 만큼 많은 빚을 졌어. 이런 것을 보지도 이해하지도 못하는 어머니도 내게 의존하고 있어. 또 당신과 아이들과 일이 있지. 내가 내 만족을 위해 아침부터 밤까지 사무실에 있거나 일 때문에 돌아다니는 건가? 아니야, 난 알아. 어머니를 안심시키고 당신에게 빚을 갚고 아이들을 예전의 내가 그랬던 가난한 상황에 빠지지 않게 하기 위해 나는 일해야 한다는 걸 말야."

마리야 백작 부인은 인간이 빵만으로 배가 부른 게 아니라고, 그가 이런 일들에 너무 많은 의미를 부여한다고 말하고 싶었다. 하지만 그렇게 말할 필요도 없고 말해 봤자 무익하다는 것을 알았다. 그녀는 그의 손을 잡고 입을 맞추었다. 그는 아내의 이러한 몸짓을 자기 생각에 대한 찬성과 인정으로 받아들였고, 잠시 조용히 생각에 잠겼다가 다시 자신이 생각한 바를 소리 내어 말했다.

"당신도 알 거야, 마리." 그가 말했다. "오늘 탐보프 마을에서 일리야 미트로파니치가 (관리인이었다) 와서 말하기를, 숲이 8만 루블에 팔렸대." 그러고 나서 니콜라이는 생기 넘치는 얼굴로 빠른 시일 내에 오트라드노예를 되찾을 가능성에 대해 이야기하기 시작했다. "10년만 더 있으면 훌륭한 재정 상태에서 난 아이들에게 1만 루블을 남길 수 있을 거야."

마리야 백작 부인은 남편의 말을 들으면서 그가 하는 말을 전부 이해했다. 그녀는 그가 이렇게 자기 생각을 소리 내어 말할 때 가끔 자신이 무슨 말을 했는지 묻기도 하고, 그녀가 다른 것에 대해 생각하고 있는 것을 알아차리면 화를 낸다는 것을 알고 있었다. 하지만 그녀는 남편의 말에 조금도 흥미를 느끼지 않았기 때문에 남편이 눈치채지 못하도록 많은 노력을 기울였다. 그녀는 그를 바라보면서 다른 것을 생각한다기보다 다른 것을 느끼고 있었다. 그녀는 자신이 이해하는 것을 결코 이해하지 못할 이 남자에게 순종적인 부드러운 애정을 느꼈고, 바로 이것 때문에 더 강렬하고 부드럽게 그를 사랑하는 것 같았다. 그녀를 완전히 사로잡고 그녀가 남편의 계획을 자세히 파악하는 것을 방해하는 이런 감정 외에도, 그가 말하는 것과 일말의 공통점이 없는 여러 생각들이 그녀의 머리에 떠올랐다. 그녀는 조카에 대해 생각했고 (피에르의 이야기를 들으면서 조카가 흥분했다는 남편의 말에 그녀는 강한 충격을 받았다) 조카의 부드럽고 예민한 여러 성격상 특징들을 떠올렸다. 조카를 생각하다가 자기 아이들에 대해서도 생각했다. 그녀는 조카와 자기 아이들을 비교하지 않았지만 그들에 대한 자신의 감정을 비교해 보고 니콜렌카에 대한 감정에 무언가가 부족함을 발견해 슬퍼졌다.

이따금 나이 때문에 그 차이가 생긴다는 생각이 들었다. 그러나 니콜렌카 앞에서 죄를 지은 듯 느껴졌고 마음속으로 자신을 고쳐 나가고 불가능한 것, 즉 그리스도가 인류를 사랑했듯이 자신의 남편과 아이들과 니콜렌카와 모든 이웃을 이 삶 속에서 사랑하는 것을 완수하겠노라 스스로 결심하곤 했다. 마리야 백작 부인의 영혼은 언제나 무한하고 영원하고 완전한 것을 갈망했으므로 결코 평온한 상태에 있을 수가 없었다. 그녀의 얼굴에는 속에 감춰지고 육체에 억눌린 영혼의 숭고한 고통이 엄숙하게 떠올랐다. 니콜라이가 그녀를 바라보았다.

'아, 하느님! 아내가 죽으면 우리에겐 어떤 일이 일어날까? 마리가 저런 얼굴을 하고 있을 때마다 이런 생각이 들어.' 그는 이렇게 생각하고 이콘 앞에 서서 저녁 기도를 드리기 시작했다.

16

나타샤 역시 남편과 단둘이 있게 되자 부부 사이에서만 할 수 있는 대화를 남편과 나누었다. 즉 판단과 추론과 결론을 거치지 않고 논리학의 모든 규칙에 어긋나는 방식으로, 완전히 독특한 방식으로 매우 명료하고 빠르게 서로의 생각을 이해하고 전달했다. 그녀는 남편과 그런 방식으로 대화하는 데 익숙했기 때문에 피에르가 논리적으로 사고할 때면 그것은 그녀에게 두 사람 사이에 뭔가 문제가 있다는 신호로 느껴질 정도였다. 그가 신중하고 차분하게 논증하기 시작하고 그녀가 남편이 하는 방식에 말려들어 똑같이 하기 시작할 때면 그녀는 반드시 말다툼으로 이어지리라는 것을 알았다.

그들이 둘만 남은 바로 그 순간부터, 나타샤가 행복한 눈을 크게 뜨고 조용히 다가가 갑자기 빠르게 남편을 꽉 끌어안으며 "이제 당신은 완전히, 완전히 나의 것이에요, 나의 것! 당신은 떠날 수 없어요!"라고 말한 그때부터 논리학의 모든 규칙에 어긋나는 그 대화가 시작되었다. 한꺼번에, 그리고 동시에 완전히 다른 여러 일들을 이야기한다는 것만으로도 이미 논리학의 모든 규칙에 어긋났다. 많은 화제를 이렇듯 동시에 이야기하는 것은 명료한 이해를 방해하지 않았을 뿐 아니라 오히려 두 사람이 서로를 완전히 이해하고 있다는 가장 분명한 신호가 되었다.

꿈속에서는 그 꿈을 이끄는 감정 외에는 모든 것이 불확실하고 무의미하고 서로 모순되듯이, 이성의 모든 법칙에 어긋나는 이런 의사소통에서도 일관적이고 명료한 것은 언어가 아니라 언어를 이끄는 감정뿐이었다.

나타샤는 오빠의 일상에 대해, 남편 없이 그녀가 살 수 없을 만큼 괴로웠던 것에 대해, 자신이 마리를 더 사랑하게 된 것에 대해, 마리가 모든 면에서 자신보다 낫다는 것에 대해 이야기했다. 그 말을 하면서 나타샤는 자신이 마리의 우월함을 알고 있다고 진심으로 인정했지만 한편으로는 피에르에게 마리는 물론 다른 여자들보다 자신을 더 좋아한다고, 특히 그가 페테르부르크에서 많은 여자들을 보고 난 후인 지금 자신에게 그 말을 다시 해 주기를 요구했다.

피에르는 나타샤의 요구에 페테르부르크에서 귀부인들과 함께하는 야회와 만찬에 참석하는 것이 얼마나 힘들었는지를 이야기했다.

"난 귀부인들과 말하는 법을 완전히 잊어버렸어." 그가 말했다. "그냥 지루해. 게다가 난 굉장히 바빴거든."

나타샤가 그를 뚫어지게 보며 말을 이었다.

"마리는 정말 훌륭해요." 그녀가 말했다. "아이들을 얼마나 잘 이해하는지! 마리는 마치 아이들의 영혼만 보는 것 같아요. 어제만 해도 미텐카가 변덕을 부려서……."

"아, 그 아이는 자기 아버지를 정말 닮았더군." 피에르가 끼어들었다.

나타샤는 그가 미텐카와 니콜라이의 닮은 점에 대해 이런 언급을 하는 이유를 알았다. 그는 처남과의 논쟁을 떠올리곤 불쾌해져서 그것에 대해 나타샤의 의견을 듣고 싶었다.

"니콜렌카에게는 이런 약점이 있어요. 모든 사람이 받아들이지 않으면 오빠는 그 무엇도 절대 찬성하지 않아요. 하지만 난 이해해요. 당신은 **활동 분야를 새로 여는 것**을 중요하게 생각해요." 그녀는 언젠가 피에르가 한 말을 되풀이하며 말했다.

"아냐." 피에르가 말했다. "중요한 건 니콜라이에게 사유와 판단은 그저 시간을 때우는 식의 오락에 불과하다는 거야. 서고를 만들고는 있지만 구입한 책을 다 읽기 전에는 새 책을 사지 않는 것을 규칙으로 했잖아. 시스몽디*도 루소도 몽테스키외도 말이야." 피에르는 미소 지으며 덧붙였다. "당신도 알다시피 내가 얼마나 그를……." 그가 부드러운 어조로 바꾸어 말했다. 그러나 나타샤는 그럴 필요가 없다는 것을 느끼게 하려고 그의 말을 가로막았다.

"그럼 당신 말에 의하면, 오빠에게 사유란 오락……."

"그래, 하지만 나에게는 다른 모든 것이 오락이야. 페테르부르크에 머무는 동안 모든 사람들이 마치 꿈속에 나오는 사람들 같았어. 무언가가 나를 사로잡으면 다른 것은 모두 오락이 되어 버려."

"아, 당신이 아이들과 인사하는 걸 못 봐서 너무 아쉬워요." 나타샤가 말했다. "누가 가장 기뻐했어요? 리자 맞죠?"

"응." 피에르는 이렇게 말하고 그를 사로잡은 것에 대해 계속 이야기했다. "니콜라이는 우리가 생각을 해서는 안 된다고 말해. 그러나 난 그럴 수 없어. 이미 난 페테르부르크에서 그걸 느꼈는데 (당신에게 단언할 수 있어) 내가 없으면 이 모든 것이 붕괴되고 다들 각각 자기 쪽으로 끌어당기려 할 거야. 하지만 난 모두를 하나로 결합시키는 데 성공했고, 내 생각은 아주 단순하고 명료해.

내 말은 우리가 이런저런 것에 대항해야 한다는 게 아니야. 우리는 실수할 수도 있어. 내가 말하는 것은 바로 이거야. 선을 사랑하는 사람들은 서로 손을 잡으라, 오직 실천적인 선(善)을 유일한 기치로 삼자. 세르게이 공작은 훌륭하고 지적인 사람이야."

나타샤는 피에르의 생각이 위대한 사상이라는 점을 의심하지 않았지만 한 가지가 그녀를 혼란스럽게 했다. 그것은 그가 그녀의 남편이라는 사실이었다. '사회를 위해 이렇게 중요하고 필요한 사람. 이 사람이 나의 남편이란 말인가? 어떻게 이런 일이 일어났지?' 그녀는 그에게 이런 의심을 표현하고 싶었다. '이 사람이 정말로 가장 똑똑한 사람인지 아닌지 누가, 어떤 사람들이 판단할 수 있을까?' 그녀는 자문하면서 피에르가 진심으로 존경하는 사람들을 마음속으로 선별해 보았다. 그의 이야기에 따르면, 그가 플라톤 카라타예프만큼 존경하는 사람은 아무도 없었다.

"내가 무슨 생각을 하는지 당신은 알아요?" 그녀가 말했다. "플라톤 카라타예프를 생각했어요. 그는 어떻게 생각할까요? 지금 당신의 말에 찬성할까요?"

피에르는 그 질문에 전혀 놀라지 않았다. 아내의 사고 과정을 이해했던 것이다.

"플라톤 카라타예프?" 그는 이렇게 말하고 생각에 잠겼는데 마치 이 화제에 대한 카라타예프의 판단을 상상해 보려고 애쓰는 듯 보였다. "그는 이해하지 못했을 거야. 하지만 찬성했을 거라고 난 생각해."

"당신을 너무도 사랑해요!" 나타샤가 갑자기 말했다. "너무너무요."

"아냐, 반대했을지도 몰라." 잠시 생각하고 나서 피에르가 말했다. "그가 찬성하는 건 아마도 우리의 가정생활이었을 거야. 그는 모든 것에서 단정함과 행복과 평안을 보기를 간절히 바랐고, 난 그에게 자랑스럽게 우리 모습을 보여 줄 수 있는데……. 지금 당신은 우리가 떨어져 있던 것에 대해 말하지. 그런데 당신과 떨어진 후에 내가 당신에게 얼마나 특별한 감정을 갖게 되었는지 당신은 믿지 못할 거야……."

"그렇군요, 또……." 나타샤가 말을 시작했다.

"아니, 그게 아냐. 난 당신을 사랑하는 것을 결코 멈추지 않을 거야. 그리고 더더욱 사랑하는 것은 불가능해. 그것은 특별히…… 음, 그래……." 그는 말을 끝맺지 못했는데, 왜냐하면 마주친 두 사람의 시선이 남은 말을 해 주었기 때문이다.

"얼마나 바보 같아요!" 돌연 나타샤가 말했다. "밀월, 결혼 초가 가장 행복하다는 등의 말들이오. 난 지금이 가장 행복해요. 당신이 떠나지만 않으면 말이에요. 우리가 어떻게 싸웠는지 기억해요? 언제나 내가 잘못했어요. 언제나 나였어요. 그런데 우리가 무엇 때문에 싸웠죠? 이제는 기억도 안 나요."

"언제나 똑같은 것에 대해서였지." 피에르가 미소 지으며 말했다. "질투……."

"말하지 말아요. 참을 수 없어요." 나타샤가 소리 질렀다. 그녀의 눈이 적의에 찬 차가운 빛으로 반짝였다. 그녀는 잠시 침묵하고 나서 덧붙였다. "그 여자를 봤어요?"

"아니, 설령 보았다 해도 알아보지 못했을 거야."

두 사람은 잠시 침묵했다.

"아, 알아요? 당신이 서재에서 말할 때 난 당신을 보고 있었어요." 밀려오는 구름을 몰아내려고 애쓰는 것처럼 나타샤가 말했다. "당신과 그 애, 그 소년은 (그녀는 아들을 그렇게 불렀다) 완전히 닮았어요. 아, 그 아이에게 가 봐야겠어요……. 시간이 됐어요……. 가려니 아쉽네요."

두 사람은 잠깐 동안 침묵했다. 그러고 나선 갑자기 동시에 서로를 향해 돌아서더니 무언가 말하기 시작했다. 피에르는 자기만족을 느끼며 열정적으로 말했다. 나타샤는 조용하고 행복한 미소를 지으며 이야기했다. 말이 부딪친 두 사람은 동시에 입을 다물고 서로에게 양보했다.

"그런데 당신 뭐라고 했지? 말해. 말해 봐."

"아니에요. 당신이 말해 봐요. 나는 바보 같은 말을 했어요." 나타샤가 말했다.

피에르가 자신의 이야기를 들려주었다. 그것은 페테르부르크에서의 성공에 대한 자기만족적인 판단의 연속이었다. 이 순간 그는 자신이 러시아 사회 전체와 온 세상에 새로운 방향을 부여하도록 부름을 받은 것처럼 여겨졌다.

"내가 말하고 싶은 건 단지 거대한 결과들을 산출한 모든 사상은 언제나 단순하다는 거야. 만약 악한 인간들이 서로 연합하여 세력을 형성하면 정직한 사람들도 똑같이 해야 한다는 게 내 생각이야. 아주 단순하지."

"그래요."

"그런데 당신은 무슨 말을 하려 했어?"

"그냥 바보 같은 이야기예요."

"아냐. 말해 봐."

"아무것도 아니에요. 시시한 거예요." 나타샤는 미소를 지어 더욱 밝아진 얼굴로 말했다. "난 페탸에 대해 말하고 싶었어요. 오늘 보모가 그 애를 내게서 데려가려고 다가오니까 아이가 실눈을 뜨며 웃더니 나한테 달라붙더라고요. 아마 자기는 숨었다고 생각한 거죠. 정말 사랑스러워요. 페탸가 소리치고 있네요. 그럼, 갈게요!" 이렇게 말하고 그녀는 방에서 나갔다.

바로 그때 니콜렌카 볼콘스키의 방인 아래층 침실에서는 평상시처럼 이콘 앞의 램프가 밝게 타오르고 있었다. (소년은 어둠을 두려워했고 이러한 결점을 고칠 수 없었다.) 데살은 베개 네 개를 높이 포개어 놓고 자고 있었다. 로마인 같은 매부리코가 고르게 코 고는 소리를 냈다. 니콜렌카는 식은땀을 흘리며 막 잠에서 깨어나 침대에 앉아 눈을 크게 뜨고 앞을 바라보고 있었다. 악몽이 그를 깨웠다. 그는 꿈에서 자신과 피에르가 투구를 쓰고 있는 것을 보았다. 플루타르코스의 책*에 묘사된 그런 투구였다. 니콜렌카와 피에르는 큰 규모의 군대 선두에 서서 나아갔다. 그 군대는 가을에 주위를 날아다니는, 데살이 **성모의 실**이라 부르는 거미집과 같은 하얀 사선들, 대기를 가득 채우는 하얀 사선들로 이루어져 있었다. 앞에는 영광이 있었고, 그것은 똑같은 실이었지만 다만 좀 더 튼튼했다. 그들(그와 피에르)은 경쾌하고 즐겁게 목표를 향해 점점 더 가까이 전진했다. 갑자기 두 사람을 움직이던 실이 약해지면서 엉키기 시작했다. 힘들어졌다. 그런데 니콜라이 일리이치 고모부가 무섭고 엄한 자세로 그들 앞에 서 있었다.

"이건 당신들이 한 짓입니까?" 그가 부러진 봉랍과 깃털 펜을 가리키며 말했다. "난 당신들을 사랑했지만 아락체예프가 나에게 명령을 내렸으므로 난 제일 먼저 앞으로 나오는 자를 죽이겠습니다." 니콜렌카는 피에르에게 시선을 던졌다. 하지만 피에르는 없었다. 피에르는 아버지, 즉 안드레이 공작이었고, 아버지는 형상과 형체를 지니지 않았지만 그 자리에 있었다. 니콜렌카는 그를 보면서 사랑으로 약해지는 기분을 느꼈다. 자신이 무력해지고 뼈가 없어져 액체가 되는 것 같았다. 아버지는 그를 어루만지며 불쌍하게 여겼다. 그러나 니콜라이 일리이치 고모부가 그들 쪽으로 더 가까이 다가오고 있었다. 니콜렌카는 공포에 사로잡혔고 잠에서 깼다.

'아버지.' 그는 생각했다. '아버지, (집에는 두 점의 비슷한 초상화가 있었지만 니콜렌카는 안드레이 공작을 인간의 형상으로 상상해 본 적이 단 한 번도 없었다) 아버지는 나와 함께 계셨고 날 어루만져 주셨어. 아버지는 나를 인정하셨고 피에르 아저씨의 생각도 인정하셨어. 그분이 무슨 말을 하든 간에 난 그것을 해낼 거야. 무치 스체볼라*는 자기 손을 태웠어. 내 인생에 그런 일이 없을까 보냐? 어른들은 내가 공부하기를 원한다는 걸 알고 있어. 따라서 난 공부할 거야. 하지만 언젠가는 공부를 그만둘 거야. 그리고 그때 그것을 할 거야. 난 하느님께 오직 한 가지만 구할 거야. 플루타르코스의 인간들에게 일어난 일이 나에게도 일어나게 해 달라고. 그리고 난 똑같이 해내겠어. 더 잘 해낼 거야. 모든 사람들이 날 알고 모두가 날 사랑하고 모두가 나에게 감탄할 거야.' 문득 니콜렌카는 가슴이 죄어 오면서 울음이 복받치는 것을 느꼈고, 울음을 터뜨렸다.

"아파요?" 데살의 목소리가 들렸다.

"아뇨." 이렇게 대답하고 니콜렌카는 베개를 베고 누웠다. '그는 선하고 좋은 분이야. 난 그분이 좋아.' 그는 데살에 대해 생각했다. '그런데 피에르 아저씨! 아, 정말 훌륭한 사람이야! 그럼 아버지는? 아버지! 아버지! 그래, 난 심지어 그분도 만족해하실 그런 일을 해낼 거야……'

제2부

I

 역사의 대상은 여러 민족과 인류의 삶이다. 그러나 인류뿐 아니라 한 민족의 삶을 직접 포착하여 말로 포괄하는 것, 즉 서술하는 것은 불가능하다.

 고대의 역사가들은 모두 포착할 수 없을 것처럼 보이는 민족의 삶을 포착하기 위해 똑같은 방법을 사용했다. 그들은 민족을 다스리는 개별 인간의 활동을 서술했다. 그리고 그들에게 그 활동은 민족 전체의 활동을 표현하는 것이었다.

 어떻게 개별 인간들이 자신의 의지에 따라 민족을 움직였는가, 무엇이 이 인간들의 의지를 지배했는가라는 질문에 고대인들은 다음과 같이 대답했다. 첫 번째 질문에 대해서 그들은 선택받은 한 인간의 의지에 민족들을 종속시키는 신의 의지를 인정한다고 답했다. 그리고 두 번째 질문에 대해서는 선택받은 인간의 이 의지를 예정된 목적으로 이끄는 동일한 신의 존재를 인정한다고 답했다.

 고대인들은 신이 인간사에 직접 개입한다고 믿음으로써 이 질문들을 해결했다.

 새로운 역사학은 이론상 이 두 개의 가정을 부정했다.

인간이 신에게 종속되고 민족은 특정 목적을 향해 인도된다는 고대인들의 믿음을 부정한 후에 역사학은 권력의 현상이 아니라 권력을 형성하는 원인을 연구해야 했다. 그러나 새 역사학은 그렇게 하지 않았다. 새 역사학은 이론상으로는 고대인들의 견해를 거부하지만 실제로는 그들의 견해를 따른다.

신으로부터 권력을 부여받고 신의 의지에 따라 직접 인도되는 사람들 대신, 새 역사학은 비범한 초인적 능력을 부여받은 영웅 또는 군주부터 언론인에 이르기까지 대중을 이끄는 온갖 다양한 자질의 인간들을 내세웠다. 인류 운동의 목적으로 여겨졌던 이전 민족들, 즉 유대인, 그리스인, 로마인 등 여러 나라 민족들이 가졌던 신의 뜻에 합당한 목적들 대신 새 역사학은 자신의 목적을 제시했다. 그것은 프랑스인과 독일인과 영국인의 안녕, 그리고 가장 추상화된 형태로는 모든 인간 문명의 안녕으로, 이때 모든 인간은 대체적으로 대륙 북서쪽의 한구석을 차지한 몇몇 나라의 민족들을 가리켰다.

새 역사학은 고대인들의 믿음을 거부했지만 그것을 대체할 자신들의 새로운 견해를 제시하지 못했고 이러한 상황의 논리로 인해 황제들의 신권과 고대인들의 숙명을 거부한 척하는 역사가들은 다른 길을 거쳐 똑같은 결과에 이르게, 즉 다음과 같은 것을 인정하게 된다. 1) 민족들은 특정 개인들에 의해 인도되고, 2) 민족들과 인류가 그를 향해 움직이는 어떤 목적이 존재한다.

기번*을 비롯해 버클*에 이르기까지 최근 역사가들이 저술한 저작에는 비록 역사가들의 의견이 엇갈리고 견해가 참신해 보일지라도 다음의 두 가지 오래되고 불가피한 명제가 깔려 있다.

첫째, 그들의 견해에 의하면 역사가는 인류를 이끄는 개별 인물들의 (어떤 역사가는 이런 인물들이 군주, 사령관, 대신이라 생각하고 또 다른 역사가는 군주와 웅변가를 빼고 학자, 개혁가, 철학자, 시인을 포함시킨다) 활동을 기술한다. 둘째, 역사가는 인류를 이끄는 목적을 (어떤 역사가에게 이 목적은 로마, 스페인, 프랑스 왕국의 위대함이고, 또 다른 역사가에게 그것은 유럽이라 불리는 세계의 한구석에서 일어난 자유와 평등과 어떤 종류의 문명이다) 안다.

1789년 파리에서 소요가 일어난다. 이 소요는 확대, 확산되어 서쪽에서 동쪽으로의 민족 이동으로 나타난다. 그 운동은 몇 차례 동쪽으로 향했고 동쪽에서 서쪽으로 움직이는 반대 방향의 운동과 충돌하다가 1812년에 자신의 극한인 모스크바에 이른다. 한편 동쪽에서 서쪽으로 움직이는 반대 방향의 운동은 첫 번째 운동과 마찬가지로 중부의 여러 민족들을 끌어들이면서 눈에 띄는 대칭을 이루며 발생하여 첫 운동의 출발점이었던 곳, 즉 파리에 이르러서야 멈추었다.

이 20년 동안 거대한 면적의 밭은 경작되지 못했고 집들은 불탔으며 상업의 방향은 바뀌었고 수백만 명이 가난해지거나 부유해지거나 이주했다. 그리고 이웃 사랑의 계율을 따르던 수백만 명의 그리스도교 신자들이 서로를 죽였다.

이 모든 것은 무엇을 의미하는가? 이런 일이 일어난 이유는 무엇인가? 무엇이 이들로 하여금 집에 불을 지르고 자신과 비슷한 사람들을 죽이게 만들었는가? 이 사건들의 원인은 무엇인가? 어떤 힘이 사람들을 이런 식으로 행동하게 만들었는가? 바로 이러한 것들이, 과거 운동이 일어났던 시기의 회상록이나 구전과 맞닥뜨린 인류가 스스로에게 제기하는 무의식적이고 단순하면서 지극히 당연한 질문들이다.

이 질문들을 해결하기 위해 인류의 상식은 여러 민족과 인류의 자기 인식을 목적으로 삼는 역사학에 의지한다.

만약 역사학이 고대인들의 견해를 고수하려 한다면 이렇게 말할 것이다. 신은 자기 백성에게 상 또는 벌을 주기 위해 자신의 뜻을 이루고자 나폴레옹에게 권력을 주고 그의 의지를 이끌었다고 말이다. 그리고 이는 충분하고 명확한 대답이 되었을 것이다. 나폴레옹의 신적 의의를 믿을 수도, 믿지 않을 수도 있지만 그것을 믿는 사람은 그 시대 전체 역사의 모든 것을 이해할 수 있었고, 거기에 어떤 모순도 없는 것처럼 느껴졌을 것이다.

그러나 새로운 역사학은 그런 식으로 대답할 수 없다. 과학은 신이 인간사에 직접 개입한다는 고대인들의 견해를 인정하지 않는다. 따라서 과학은 다른 대답을 제시해야 한다.

새로운 역사학은 이 질문들에 답하며 다음과 같이 말한다. 당신은 이러한 이동이 무엇을 의미하는지, 왜 일어났는지, 그 사건들을 일으킨 힘이 무엇인지 알고 싶은가? 그렇다면 들어라.

루이 14세는 매우 오만하고 자신을 과신한 인간이었다. 그에게는 이런저런 정부(情婦)들과 이런저런 대신들이 있었고 그는 악정을 일삼았다. 루이의 후계자들은 나약했고 역시 프랑스에 악정을 펼쳤다. 그리고 그들에게도 이런저런 총신들과 이런저런 정부들이 있었다. 당시 몇몇 사람들은 책을 쓰기까지 했다. 18세기 말 파리에 스무 명가량의 사람들이 모여 만인은 평등하며 자유롭다고 말하기 시작했다. 이로 인해 파리 전역에서 사람들이 서로를 베고 죽이기 시작했다. 그들은 왕을 비롯하여 그 밖의 많은 사람들을 죽였다. 그 무렵 프랑스에 천재적인 인간이 있었는데, 바로 나폴레옹이었다. 그는 매우 천재적이었기 때문에 어디에서나 승리했다. 즉 많은 사람들을 죽였다. 그리고 무언가를 위해 아프리카인들을 죽이러 가서 그들 또한 훌륭히 해치웠고, 매우 교활하고 똑똑했기에 프랑스에 돌아와서는 모든 이들에게 자기를 따르라고 명령했다. 그러자 모두가 그에게 복종했다. 황제가 된 그는 다시 이탈리아와 오스트리아와 프로이센의 국민을 죽이러 가서 많은 사람들을 죽였다. 그런데 러시아에 알렉산드르 황제가 있었다. 그는 유럽의 질서를 회복하기로 결심하고 나폴레옹과 전쟁을 벌였으나 1807년에 갑자기 화친을 맺었고, 1811년에는 전쟁을 재개하여 또다시 많은 국민을 죽이기 시작했다. 나폴레옹은 60만 군대를 이끌고 러시아에 침입하여 모스크바를 점령하지만 느닷없이 그 도시를 버리고 도주했다. 그때 알렉산드르 황제는 슈타인과 여러 사람들의 조언을 받아들여 유럽의 평화를 파괴한 자에 맞서 무장하도록 유럽을 규합했다. 나폴레옹의 동맹자들 전부가 갑자기 그의 적이 되었고 무장한 군대는 새롭게 힘을 모은 나폴레옹에 대항하기 시작했다. 동맹자들은 나폴레옹을 물리쳐 파리에 입성한 후 나폴레옹을 퇴위시켰다. 5년 전만 해도, 그리고 그 후 1년 뒤에는 모든 이들이 그를 무법의 도적으로 간주했음에도 불구하고 그들은 그에게서 황제의 칭호를 박탈하지 않고 여전히 그에게 모든 경의를 표하면서 그를 엘바섬으로 유배 보냈다. 그때까지 프랑스인들과 동맹자들로부터 비웃음만 샀던 루이 18세가 왕위에 올라 그의 치세가 시작되었다. 나폴레옹은 옛 근위대 앞에서 눈물을 흘리며 퇴위하고 유배를 떠났다. 그 후 노련한 정치가들과 외교관들이 (특히 가장 먼저 자리를 성공적으로 차지하여 프랑스의 국경을 확장한 탈레랑) 빈에서 회담을 열었고 그 회담은 여러 민족들을 행복하게도 하고 불행하게도 했다. 그런데 갑자기 외교관들과 군주들이 거의 논쟁을 벌이다시피 했고 이미 그들은 자국 군대에 서로를 죽이라고 또다시 명령할 준비가 되어 있었다. 그러나 그때 나폴레옹이 1개 대대를 이끌고 프랑스에 돌아왔고, 그를 증오하던 모든 프랑스인들은 바로 그에게 복종했다. 하지만 동맹국의 군주들은 이에 분노하여 다시 프랑스인들과 전쟁을 벌였고 그들은 천재적인 나폴레옹을 격퇴한 후 그를 약탈자 취급하며 세인트헬레나섬으로 유배를 보냈다. 사랑하는 사람들과 사랑하는 프랑스로부터 분리된 유형자는 그 섬의 바위 절벽에서 천천히 죽어 갔고, 자신의 위업을 후세에 전했다. 그런데 유럽에서는 반동이 일어나 모든 군주들이 다시 자신의 국민들을 괴롭히기 시작했다.

이것을 역사 서술에 대한 조롱이나 희화화로 생각한다면 잘못이다. 오히려 이것은 어떤 질문, 즉 회상록 편집자와 각 나라의 역사 편찬자부터 당시의 세계사와 **문화**사라는 새로운 장르에 이르기까지 **모든** 역사가 제기하는 질문에 대해 아예 답을 주지 않거나 혹은 모순적인 답을 주는 것에 대한 가장 온건한 표현이다.

이 대답들이 기이하고 우스꽝스러운 이유는 새 역사학이 누구도 제기하지 않은 질문에 대답하는 어리석은 사람과 비슷하다는 점에서 찾을 수 있다.

만약 역사학의 목적이 인류와 여러 민족들의 움직임을 기술하는 것이라면 첫 번째 질문, 이에 대한 대답 없이는 다른 나머지 질문 모두를 이해할 수 없는 그 질문은 다음과 같다. 어떤 힘에 의해 여러 민족들이 움직이는가? 이 질문에 대해 새 역사학은 나폴레옹이 매우 천재적이었다, 루이 14세가 매우 오만했다, 이런저런 저술가들이 이런저런 책을 저술했다고 근심스레 말한다.

이 모든 것은 충분히 있을 법한 일이고, 인류도 이에 동의하겠지만 인류는 그것에 대해 묻는 것이 아니다. 만약 자기 자신을 토대로 하는 항상 똑같은 신의 권력을, 나폴레옹과 루이 황제와 저술가 같은 사람들을 통해 자신의 백성을 다스리는 신의 권력을 우리가 인정한다면 그 모든 것이 흥미로울 수 있겠지만 우리는 이러한 권력을 인정하지 않는다. 그러므로 나폴레옹과 루이 황제, 저술가 같은 이들을 언급하기 전에 우리는 이러한 인물들과 여러 민족들의 움직임 사이에 존재하는 관계를 보여 주어야 한다.

만약 신의 권력 대신 새로운 다른 힘이 있다면 그 힘이 무엇인지 설명해야 하는데, 왜냐하면 역사의 모든 관심은 바로 이 힘으로 귀결되기 때문이다.

역사는 마치 이 힘이 명명백백하고 모든 이들에게 알려져 있다고 생각하는 것 같지만 이 새로운 힘을 이미 알려진 것으로 아무리 인정하고 싶다 할지라도 역사학 저작들을 많이 읽은 사람일수록 역사가들이 저마다 다양하게 이해하는 그 새로운 힘을 과연 모든 사람이 다 알고 있을까라는 사실을 의심할 것이다.

2

어떤 힘이 민족들을 움직이는가?

전기(傳記)를 다루는 일부 역사가들과 각 민족을 연구하는 역사가들은 이 힘을 영웅과 군주만이 가진 권력으로 이해한다. 그들의 기술에 따르면, 사건은 오직 나폴레옹과 알렉산드르 같은 사람들 혹은 그들이 다루는 인물들의 의지로 생긴다. 사건을 움직이는 힘이 무엇이냐는 질문에 이런 부류의 역사가들이 내놓는 대답은 만족스럽다. 그러나 그것은 한 명의 역사가가 단 하나의 사건을 연구하는 경우에만 그렇다. 다양한 국적과 견해를 가진 역사가들이 동일한 사건을 기술하는 순간, 그들이 내놓는 대답은 그 즉시 모든 의미를 상실하는데 왜냐하면 그 힘에 대한 역사가들의 이해가 다양할 뿐 아니라 때로는 전혀 상반되게 해석되기 때문이다. 한 역사가는 나폴레옹의 권력에 의해 사건이 일어났다고 주장하고, 어떤 역사가는 알렉산드르의 권력에 의해 사건이 기인했다고 주장하며, 또 다른 역사가는 어떤 제삼자의 권력에 의해 사건이 발생했다고 주장한다. 게다가 이런 부류의 역사가들은 동일 인물의 권력의 토대가 되는 힘을 설명할 때조차 서로 모순되는 주장을 펼친다. 나폴레옹 옹호자인 티에르는 나폴레옹 권력의 토대가 미덕과 천재성에 있다고 말한다. 그러나 공화주의자 **랑프레**에 따르면, 그 힘의 토대는 국민을 상대로 한 나폴레옹의 사기와 기만이다. 이처럼 이런 부류의 역사가들은 상대방의 명제를 파괴하는 동시에 사건을 일으키는 힘에 대한 개념을 깨뜨리므로 역사의 본질적 의문에 대한 아무런 대답도 주지 않는다.

모든 민족을 다루는 일반 역사가들은 사건을 발생시키는 힘에 대한 개별 역사가의 관점이 옳지 않음을 인정하는 듯하다. 그들은 이 힘을 영웅과 군주의 고유 권력이 아니라 다양한 방향으로 뻗은 많은 힘들의 결과로 인정한다. 일반 역사가는 전쟁이나 국민의 정복을 기술할 때 한 인물의 권력이 아니라 사건과 결부된 많은 인물들의 상호 작용에서 사건의 원인을 찾는다.

이 견해에 따르면, 역사 속 인물들의 권력은 많은 힘들의 산물로 여겨지기 때문에 이미 그 자체로는 사건을 일으키는 힘으로서 고찰될 수 없을 듯싶다. 그런데 일반 역사가들은 대부분 권력의 개념을 자체적으로 사건을 일으키거나 사건의 원인이 되는 힘으로 파악한다. 그들의 기술에 따르면, 역사 속 인물은 시대의 산물이고 그 권력은 다양한 힘들의 산물일 뿐이다. 또 그의 권력은 사건을 일으키는 힘이기도 하다. 예를 들어 게르비누스*와 슐로서*를 비롯한 여러 역사가들은 나폴레옹이 프랑스 혁명과 1789년 이념 등의 산물이라고 주장하다가, 1812년의 원정과 그 밖에 자신들의 마음에 들지 않는 여러 사건들은 모두 잘못된 방향으로 나아간 나폴레옹의 의지의 산물이며, 1789년의 이념들은 나폴레옹의 전횡 때문에 중단되었다고 노골적으로 말한다. 혁명의 이념과 전반적인 분위기가 나폴레옹의 권력을 산출했다. 그리고 바로 그 나폴레옹의 권력이 혁명의 이념과 전반적인 분위기를 억압했다.

이런 기이한 모순은 우연이 아니다. 그것은 모든 단계에서 발견될 뿐 아니라 일반 역사가들이 남긴 기록들 역시 모순의 연속이다. 이 모순은 일반 역사가들이 분석의 토대에 발을 들여놓았다가 도중에 멈추기 때문에 생긴다.

합력(合力) 또는 합력을 구성하는 분력(分力)들을 발견하기 위해서는 분력의 총합이 합력과 같아야 한다. 일반 역사가들은 이 조건을 결코 준수하지 않았고, 따라서 합력을 설명하기 위해 그들은 불충분한 분력들 외에도 합력에 따라 작용하는 해명되지 않은 힘의 존재를 가정할 수밖에 없다.

특정 사건을 다루는 개별 역사가들은 1813년의 원정이나 부르봉 왕가의 복고를 기술하면서 이 사건들이 알렉산드르 1세의 의지에 의해 일어났다고 단언한다. 그러나 게르비누스 같은 일반 역사가는 개별 역사가들이 제시한 견해를 반박하면서 1813년의 원정이나 부르봉 왕가의 복고가 알렉산드르 1세의 의지 외에도 슈타인, 메테르니히,* **마담 스탈**, 탈레랑, 피히테, 샤토브리앙 등의 활동 때문이라는 점을 보여 주려고 애쓴다. 이 역사가는 알렉산드르 1세의 권력을 탈레랑, 샤토브리앙 같은 구성 요소들로 분해한 것이지만 구성 요소들의 총합, 즉 샤토브리앙과 탈레랑과 **마담 스탈** 등의 상호 작용은 합력 전체, 즉 수백만 명의 프랑스인들이 부르봉 왕가에 굴복한 현상과 동등하지 않은 것은 분명하다. 샤토브리앙과 **마담 스탈**과 그 밖의 여러 사람들이 이런저런 말을 서로 주고받은 것에서 도출되는 것은 수백만 명의 복종이 아니라 그들의 상호 관계이다. 그러므로 그들의 관계에서 수백만 명의 복종이라는 결과가 어떻게 나왔는지, 즉 하나의 A와 동등한 구성 요소들로부터 어떻게 1천 개의 A와 같은 합력이 나왔는지 해명하기 위해 역사가는 불가피하게 자신이 부정했던 권력의 힘을 다시 인정하고 그것을 여러 힘의 결과로 인정해야 한다. 즉 합력에 따라 작용하는, 아직 해명되지 않은 힘을 인정해야 하는 것이다. 바로 이것이 일반 역사가들이 하는 일이고, 그 결과 그들은 개별 역사가들뿐 아니라 자기 자신과도 모순된다.

시골 주민들은 비의 원인을 명확히 이해하지 못하므로 자신들이 비를 바라느냐 맑은 날씨를 바라느냐에 따라 바람이 비구름을 쫓거나 비구름을 몰고 왔다는 식으로 말한다. 일반 역사가들도 마찬가지로, 그들은 때로 자신들이 바라는 것이 자기 이론에 부합할 때에는 권력이 사건들의 결과라고 말하지만 때로 자신들이 다른 것을 입증해야 할 때에는 권력이 사건을 일으킨다고 말한다.

문화사가라 불리는 세 번째 부류의 역사가들은 때로 작가들과 귀부인들을 사건을 일으키는 힘으로 인정하는 일반 역사가들이 만든 길을 따라가면서 전혀 다른 방식으로 그 힘을 이해한다. 그들은 이른바 문화 속에서, 지적 활동 속에서 그 힘을 본다.

문화사가는 자신의 선조인 일반 역사가들을 철저하게 뒤따른다. 어떤 사람들이 이런저런 관계를 맺었다는 것으로 역사 사건이 설명된다면, 이런저런 사람들이 이런저런 책을 썼다는 것으로 역사 사건을 설명하지 못할 이유가 없지 않은가? 이런 역사가들은 살아 있는 모든 현상에 수반되는 모든 무수한 징후들 속에서 지적 활동의 징후를 뽑아내어 이것이 원인이라고 말한다. 그러나 사건의 원인이 지적 활동에 있음을 증명하려는 숱한 노력에도 불구하고 지적 활동과 여러 민족들의 움직임 사이에 어떤 공통점이 있다는 주장에 동의하려면 많은 양보가 필요하며 또한 어떤 경우에도 지적 활동이 인간 활동을 이끈다고 결코 가정할 수는 없다. 인간 평등에 대한 설교에서 비롯된 프랑스 혁명의 더없이 잔인한 처형들과, 사랑을 주장하며 일으킨 무자비한 전쟁 같은 현상들은 그 가정을 뒷받침하지 못하기 때문이다.

그러나 설령 역사를 가득 채운 이 복잡한 논의들이 전부 옳다고, 또한 **이념**이라 불리는 어떤 모호한 힘이 여러 민족들을 지배한다고 가정할지라도 역사의 본질적인 의문은 그대로 남아 있게 된다. 또는 군주들의 이전 권력에, 일반 역사가들이 도입한 고문들과 여러 인물들의 영향력에 **이념**이라는 새로운 힘이 더 부가되어 이 힘과 대중의 관계에 대한 설명을 필요로 한다. 나폴레옹이 권력을 잡았고 그로 인해 한 사건이 일어났다는 것은 이해할 수 있다. 좀 더 양보해서 나폴레옹이 다른 영향력과 함께 사건의 원인이 되었다고 볼 수도 있다. 하지만 『**사회 계약론**』이라는 저작이 어떻게 프랑스인들이 서로를 침몰시켰는가에 대한 의문은 그 새로운 힘과 사건의 인과 관계에 대한 설명 없이는 이해될 수 없다.

동시대를 살아가는 사람들 사이에는 의심할 여지 없이 연관성이라는 것이 존재하고 인류의 움직임과 상업, 수공업, 원예업 등 어떤 것이든 그 사이에서 이런 연관성을 발견할 수 있듯이, 인간들의 지적 활동과 그들의 역사적 행위 사이에서도 어떤 연관성을 발견할 수 있다. 하지만 문화사가들이 왜 인간들의 지적 활동을 모든 역사적 움직임의 원인이나 표현으로 제시하는지는 이해하기 어렵다. 역사가들이 이러한 결론에 이르게 되는 것은 다음의 이유에서일 뿐이다. 1) 역사를 기록하는 이들이 학자들이므로 상인과 농부와 군인이 당연히 그러하듯 학자들 역시 자신이 속한 계층의 활동이 모든 인류의 활동의 토대라고 생각한다. 2) 정신 활동, 계몽, 문명, 문화, 이념 등 이 모든 개념이 불명료하고 막연하며, 그 개념들의 기치 아래 훨씬 더 불명료한 의미를 지닌, 그래서 어느 이론에나 쉽게 갖다 붙일 수 있는 말을 사용하는 것이 매우 편리하다.

그러나 이런 종류의 역사가 지닌 내적 가치는 말할 것도 없고

(어쩌면 그런 역사는 누군가 혹은 무엇인가에 필요할지도 모른다) 점점 모든 일반 역사를 흡수하기 시작한 문화사의 주목할 만한 점은 그것이 여러 종교적, 철학적, 정치적 학설을 사건의 원인으로 진지하게 분석하면서 일단 1812년 원정과 같은 현실의 역사 사건을 기술할 때에는 자기도 모르게 그 원정은 나폴레옹의 의지의 산물이라고 단언하며 권력의 산물로 기술한다는 것이다. 이렇게 기술함으로써 문화사가들은 무의식중에 자신과 모순되거나 자신들이 생각해 낸 새로운 힘은 역사 사건들을 표현하지 않으며 역사를 이해하는 유일한 수단은 그들은 아마 인정하지 않는 듯 보이는 권력이라고 주장하게 된다.

3

기관차가 달린다. 기관차는 어떻게 움직이는가라는 질문이 떠오른다. 농부는 악마가 그것을 움직인다고 말한다. 다른 이는 바퀴가 움직이므로 기관차가 달린다고 말한다. 또 어떤 사람은 바람에 날리는 연기가 움직임의 원인이라고 주장한다.

농부의 말을 반박하는 것은 불가능하다. 그의 말을 반박하려면 누군가 악마가 존재하지 않는다는 사실을 증명하든지, 혹은 다른 농부가 그에게 악마는 없고, 어느 독일인이 기관차를 움직인 것이라고 설명해 주어야 한다. 그래야만 비로소 그들은 이런저런 모순들로부터 자신들 모두 틀렸다는 것을 알게 될 것이다. 그러나 바퀴의 움직임이 원인이라고 말하는 사람은 스스로를 반박하게 된다. 왜냐하면 그는 분석에 발을 디딘 이상 앞으로 더 나아가야 하기 때문이다. 그는 바퀴가 움직인 이유를 설명해야 한다. 그리고 기관차를 움직인 최후의 원인인 보일러 내부의 압축된 증기에 도달할 때까지 그에게는 원인 모색을 중단할 권리가 없다. 기관차의 운동을 바람에 날리는 연기로 설명한 사람은 바퀴에 대한 설명이 원인을 제시하지 못하는 것을 깨닫고 가장 먼저 눈에 띄는 특징을 취해 그것을 원인으로 제시한 것이다.

기관차의 운동을 설명할 수 있는 유일한 개념은 눈에 보이는 운동과 동등한 힘이라는 개념이다.

여러 민족들의 움직임을 설명할 수 있는 유일한 개념은 여러 민족들의 움직임 전체와 동등한 힘이라는 개념이다.

그런데 이 개념은 다양한 역사가에 의해 정말 다양하게, 눈에 보이는 운동과 전혀 동등하지 않은 힘으로 이해된다. 어떤 이들은 기관차에서 악마를 본 농부처럼 그 개념을 영웅이 직접 지닌 힘으로 본다. 또 어떤 이들은 바퀴의 운동을 본 사람처럼 그 개념을 다른 어떤 힘에서 발생하는 힘으로 본다. 또 어떤 이들은 바람에 날리는 연기를 본 사람처럼 그 개념을 지적 영향이라고 본다.

역사가 사건에 참여한 **모든** 사람의, 한 사람도 배제하지 않고 **모든** 사람의 역사로 기록되는 것이 아니라, 카이사르, 알렉산드르 1세, 루터, 볼테르와 같은 개별 인물의 역사가 기록되는 한, 인간이 자신의 활동을 하나의 목적으로 향하게 만드는 힘에 대한 개념 없이는 결코 인류의 움직임을 기술할 수 없다. 그리고 역사가들이 알고 있는 유일한 그 개념이 바로 권력이다.

오늘날의 역사 서술에서 사료(史料)를 다룰 수 있는 유일한 손잡이가 바로 이 개념이고, 버클처럼 이 손잡이를 부러뜨린 자는 사료를 다루는 다른 방법을 알지 못한 채 그것을 다룰 마지막 가능성을 잃어버린 것이나 같다. 역사 현상을 설명하기 위해 권력이라는 개념이 불가피하다는 점을 가장 잘 증명하는 이들은 권력이라는 개념을 부정하는 듯하지만 그것을 계속 이용할 수밖에 없는 일반 역사가들과 문화사가들이다.

인류의 여러 문제와 관련하여 역사학은 지금까지 통화, 즉 지폐와 주화 같은 것이었다. 전기적 역사와 개개 민족의 역사는 지폐와 비슷하다. 그것들이 무엇으로 보증되는가에 대한 문제가 발생할 때까지 누구에게도 피해 주지 않고 오히려 이익을 가져다주며 자기 임무를 다해 통용되고 유통될 수 있다. 영웅들의 의지가 어떻게 사건을 일으키는가라는 의문을 잊는다면 티에르의 역사는 흥미롭고 교훈적이며 시적인 분위기까지 띨 것이다. 그러나 제작의 용이성으로 인해 사람들이 지폐를 대량으로 만들거나 그것을 황금과 교환하고 싶어 하기 때문에 지폐의 실제 가치에 대한 의심이 발생하는 것과 마찬가지로, 누군가 단순한 생각으로 '나폴레옹은 도대체 무슨 힘으로 그런 일을 해냈을까?' 하고 질문한다면, 즉 통용되는 지폐를 실제 개념인 황금으로 교환하려 할 때, 이런 종류의 역사가 지니는 실질적 의미에 대한 의심이 발생한다.

일반 역사가들과 문화사가들은 지폐의 불편함을 인정하고 지폐 대신 금과 같은 밀도는 갖지 않지만 금속으로 된 주화를 만들기로 결심한 사람들과 유사하다. 그래서 화폐는 확실히 **금속 화폐**가 되지만 단지 **주화**일 뿐이다. 지폐는 여전히 잘 모르는 사람들을 속일 수 있지만 가치를 지니지 않은 주화는 아무도 속일 수 없다. 금은 교환에서뿐 아니라 실무에도 사용될 때에야 비로소 금이듯, 일반 역사가들도 권력이란 무엇인가? 라는 역사의 본질적 질문에 답할 수 있을 때에야 비로소 금이 될 것이다. 그러나 일반 역사가들은 이 질문에 서로 모순되는 대답을 하고, 문화사가들은 대답을 회피하며 엉뚱한 대답을 내놓는다. 금화와 유사한 토큰을 금화로 인정하는 데 동의한 사람들과 금의 성질을 모르는 사람들 사이에서 그 토큰이 통용 화폐로 사용되는 것처럼 일반 역사가들과 문화사가들도 인류의 본질적 물음에 답하지 않은 채 자신들의 어떤 목적을 위해 대학과 독자 대중, 이른바 그들이 말하는 진지한 책 애호가들 사이에서 통용 화폐로서 종사한다.

4

민족의 의지가 신이 선택한 한 사람에게 종속되고 선택받은 자의 의지는 신에게 종속된다는 고대인들의 견해를 거부하는 한, 역사는 다음의 두 가지 중 하나를 선택하지 않고는 모순 없이 단 한 걸음도 내디딜 수 없다. 인간사에 신이 직접 개입한다는 이전의 믿음으로 되돌아갈 것인가, 혹은 역사적 사건을 일으키는 이른바 권력이라는 힘의 의미를 명확히 설명할 것인가.

전자로 돌아가는 것은 믿음이 붕괴되었기 때문에 불가능하므로 권력의 의미를 설명해야만 한다.

나폴레옹은 군대를 소집하고 출정을 명령했다. 이 견해는 우리에게 너무도 당연하고 익숙해서 나폴레옹이 그렇게 명령했을 때 어째서 60만의 사람들이 전장에 나갔느냐는 질문조차 무의미하게 느껴질 정도다. 그는 권력을 가졌으므로 그가 내린 명령은 실행되었다.

만약 그의 권력이 신으로부터 주어진 것이라고 믿는다면 이 대답은 충분히 만족스럽다. 그러나 그것을 인정하지 않는 즉시 우리는 다른 사람들에 대한 한 사람의 권력이 과연 무엇인지 정의해야 한다.

이 권력은 약한 존재에 대한 강한 존재의 육체적 우위, 즉 헤라 클레스의 권력처럼 육체적 힘을 행사하거나 그것을 행사하겠다는 협박을 토대로 한 직접적인 권력일 수 없다. 또한 일부 역사가들이 단순한 생각 가운데 역사 속 인물은 영웅이고 천재성이라 불리는 비범한 정신과 지력을 부여받은 인간이 실제로 존재한다고 말할 때 염두에 두는 정신력의 우위에 토대한 것일 수도 없다. 그 권력이 정신력의 우위에 토대할 수 없는 이유는 나폴레옹처럼 그 정신력에 대해 역사가들의 견해가 서로 엇갈리는 영웅적 인간의 경우는 차치하더라도 수백만의 인간을 지배한 루이 11세나 메테르니히도 정신력에서 비범하지 않았을 뿐 아니라 오히려 대부분의 경우 그들이 통치한 수백만의 인간 그 누구보다 정신적으로 더 나약했음을 역사가 우리에게 보여 주기 때문이다.

권력의 근원이 그것을 소유한 인물의 육체적, 정신적 특징에 있지 않다면 인물의 외부, 즉 권력을 가진 인물과 대중의 관계에 있을 것임에 틀림없다.

권력에 대한 역사적 이해를 순금으로 교환해 주겠다고 약속하는, 역사의 환전상이라 할 수 있는 법학도 이와 같이 권력을 이해한다.

권력이란 대중 의지의 총합으로, 이것은 대중에 의해 선출된 통치자들에게 명시적 혹은 암묵적 동의에 의해 이양된 것이다.

국가와 권력은 만약 그것이 수립될 수 있다면 어떻게 수립되어야 하는가에 대한 논의로 이루어진 법학 분야에서는 이 모든 것이 매우 분명하지만 권력에 대한 이러한 정의를 역사에 적용할 경우에는 여러 설명이 필요하다.

고대인들이 불을 절대적으로 존재하는 무언가로 생각했듯이 법학도 국가와 권력을 그렇게 생각한다. 그런데 현대 물리학에서 불이 자연 요소가 아닌 현상인 것과 마찬가지로 역사에서 국가와 권력은 단지 현상일 뿐이다.

역사와 법학의 이러한 근본적인 견해 차이의 결과, 법학은 권력이 어떻게 수립되어야 하고 시간을 초월하여 부동으로 존재하는 권력이 무엇인지 상세히 말할 수 있으나 시간 속에서 변하는 권력의 의미에 대한 역사적 질문에 대해서는 아무 대답도 할 수 없다.

만약 권력이 지배자에게 이양된 대중 의지의 총합이라면 푸가초프는 과연 대중 의지의 대표자인가? 그렇지 않다면 어째서 나폴레옹 1세는 대표자인가? 나폴레옹 3세*가 볼로뉴에서 체포되었을 때는 그를 죄인으로 여기다가 이후 그가 체포한 사람들이 죄인이 된 이유는 무엇인가?

때로 두세 사람이 가담하는 궁정 혁명의 경우에도 대중의 의지는 새로운 인물에게 이양되는 것인가? 국제 관계의 경우에도 대중의 의지는 침략자에게 이양되는 것인가? 1808년 라인 동맹의 의지는 나폴레옹에게 이양되었는가? 1809년 아군이 프랑스군과 동맹을 맺고 오스트리아를 공격했을 때 러시아 대중의 의지는 나폴레옹에게 이양되었는가?

이 질문들에 대해서는 다음의 세 답변이 가능하다.

1) 대중의 의지는 언제나 그들이 선택한 한 사람 혹은 몇 사람의 지배자들에게 무조건 이양되므로 새롭게 출현한 권력, 즉 일단 이양된 권력에 맞서는 모든 투쟁은 현 정권에 대한 침해로 간주될 뿐임을 인정한다.

2) 대중의 의지는 어떤 일정한 조건에서 조건부로 통치자에게 이양된다는 점을 인정하고, 권력에 대한 모든 제약과 충돌, 나아가 붕괴까지도 통치자가 권력 이양의 토대인 여러 조건을 준수하지 않아 발생함을 제시한다.

3) 대중의 의지는 불명확한 미지의 조건에서 조건부로 지배자들에게 이양되며, 많은 권력의 출현과 그 투쟁과 파멸은 대중의 의지가 어떤 인물들에게서 다른 인물들로 이양되기 위한 미지의 조건들을 통치자들이 어느 정도 준수할 경우에만 발생함을 인정한다.

역사가들은 대중과 통치자의 관계를 위의 세 가지로 설명한다.

단순하게 생각하기 때문에 권력의 의미에 대한 질문을 충분히 이해하지 못하는 일부 역사가들, 즉 앞에서 언급한 개별 역사가들과 전기를 다루는 역사가들은 마치 대중 의지의 총합이 역사 속 인물들에게 무조건적으로 이양되는 것처럼 이를 인정한다. 그래서 이 역사가들은 어떤 한 권력에 대해 기술하면서 그 권력이야말로 유일하게 절대적이고 진정한 권력이며, 이 진정한 권력에 반대하는 다른 모든 힘은 권력이 아니라 권력의 침해, 즉 폭력이라고 추론한다.

그들의 이론은 태고의 평화로운 시기에는 적합하지만 다양한 권력이 동시에 발생하여 서로 투쟁하는 시기, 즉 민족들의 복잡한 삶의 격동기에 적용하기에는 적합하지 않다. 정통주의 역사가는 국민 공회*와 총재 정부*와 보나파르트가 단지 권력을 침해한 것이라고 주장할 것이며, 공화주의자와 보나파르트주의자의 경우에 전자는 국민 공회가, 후자는 제정이 진정한 권력이며 다른 나머지는 모두 권력을 침해한 것이라고 주장할 것이다. 이 역사가들의 권력에 대한 설명은 이렇게 서로를 부정하기 때문에 아주 나이어린 아이들에게나 적합할 것임에 틀림없다.

다른 부류의 역사가들은 역사에 대한 이런 시각이 잘못되었음을 인정하고, 권력이란 대중 의지의 총합을 통치자에게 조건부로 이양하는 것을 바탕으로 하며 역사 속 인물은 오직 국민의 의지가 암묵적인 동의로 그에게 지시한 강령을 수행하는 조건에서만 비로소 권력을 가진다고 말한다. 그러나 이 역사가들은 그 조건이 무엇인지 우리에게 말해 주지 않고, 설령 말한다 해도 그들의 주장은 항상 서로 모순된다.

역사가들은 국민운동의 목적이 무엇인가에 대한 나름의 견해에 의거하여 이러한 조건을 프랑스 국민이나 다른 나라 국민들의 번영과 부, 자유, 계몽으로 설명한다. 그러나 이러한 조건들에 대한 역사가들 사이의 의견 충돌은 말할 것도 없고, 이 조건들과 관련된 만인 공통의 유일한 강령이 존재한다고 인정할지라도 우리는 역사적 사실들이 거의 언제나 이 이론과 모순된다는 사실을 발견할 것이다. 만약 권력이 이양되는 조건이 국민의 부와 자유와 계몽에 있다면, 루이 14세*와 이반 4세*는 평온한 죽음을 맞이할 때까지 통치한 반면, 루이 16세와 찰스 1세*가 민중에게 처형당한 이유는 무엇일까? 이 질문에 대해 이 역사학자들은 강령에 위배된 루이 14세의 활동이 루이 16세에게 영향을 미쳤다고 답한다. 그렇다면 왜 그 활동이 루이 14세와 루이 15세에는 영향을 미치지 않고 루이 16세에게 영향을 미쳐야 했는가? 그리고 어느 기간 동안 영향을 미쳤는가? 이 질문들에 대한 답은 존재하지 않을뿐더러 존재할 수도 없다. 이런 시각으로는 왜 의지의 총합이 수 세기 동안 통치자와 그 후계자들로부터 움직이지 않고 있다가 그 후에 갑자기 50년 사이에 국민 공회와 총재 정부로, 나폴레옹, 알렉산드르 1세, 루이 18세, 다시 나폴레옹, 샤를 10세, 루이 필리프, 공화정, 나폴레옹 3세로 이양되었는지 거의 설명되지 않는다. 이처럼 한 인물에서 다른 인물로 급격히 대중 의지가 이양된 경우를 설명할 때, 특히 국제 관계와 침략과 동맹이 수반될 때 이 역사가들은 현상들 중 일부가 이미 의지의 올바른 이양이 아니라 외교관, 군주, 정당 지도자의 모략, 실책, 간계, 약점에 따른 우연이라고 본의 아니게 인정할 수밖에 없다. 따라서 내란, 혁명, 침략 등 역사 현상의 대부분은 이 역사가들에게 더 이상 자유 의지가 이양된 산물이 아니라 잘못된 방향으로 나아간 한 사람 혹은 몇몇 사람들의 의지의 산물, 즉 권력에 대한 침해로 보인다. 따라서 이런 부류의 역사가들에게도 역사적 사건은 이론에서 벗어난 현상으로 간주된다.

이런 역사가들은 몇몇 식물들이 발아하여 쌍떡잎식물이 되는 것을 보고 나서 생장하는 모든 식물은 쌍떡잎으로 갈라지며 성장한다고 주장하는 식물학자와 비슷하다. 이 식물학자들은 충분히 생장하고 가지를 뻗어 더 이상 쌍떡잎식물과 비슷한 모습을 띠지 않는 종려나무나 버섯, 심지어 참나무도 이론에서 벗어난 것이라고 주장한다.

세 번째 역사가들은 대중의 의지가 역사 속 인물들에게 조건부로 이양되지만 그 조건들은 우리에게 알려지지 않았다고 인정한다. 그들은 역사 속 인물들이 권력을 갖는 것은 단지 그들이 자신에게 이양된 대중의 의지를 실현하기 때문이라고 말한다.

하지만 그러한 경우 만약 국민을 움직이는 힘이 역사 속 인물이 아닌 국민 자신에게 있다면 이 역사 속 인물들의 의의는 과연 어디에 있는 것인가?

이 역사가들은 역사 속 인물들이 스스로를 통해 대중의 의지를 표현하고, 역사 속 인물들의 활동은 대중의 활동을 대표하는 것이라고 말한다.

그러나 이때는 다음의 의문이 생긴다. 역사 속 인물들의 모든 활동이 대중의 의지를 표현하는가, 아니면 그 활동의 어떤 일면만 그러한가? 만약 일부 사람들이 생각하듯 역사 속 인물들의 모든 활동이 대중의 의지를 표현한다면 궁정의 온갖 소문을 자세히 기록한 나폴레옹과 예카테리나의 전기는 국민 생활의 표현이라는 것인데, 그것은 분명 말도 안 되는 생각이다. 만약 가짜 역사 철학자들이 생각하듯 역사 속 인물들의 활동 가운데 일면만이 국민의 삶을 표현한다면 역사 속 인물의 활동 중 어떤 측면이 국민의 삶을 표현하는지 결정하기 위해서는 먼저 국민의 생활이 어떤지를 알아야 한다.

이러한 난관에 부딪힌 이 부류의 역사가들은 최대한 많은 사건을 포괄할 수 있는 매우 막연하고 포착하기 어렵고 일반적인 추상 개념을 고안해 내고는 이 추상 개념 속에 인류 운동의 목적이 있다고 말한다. 거의 모든 역사가들이 취하는 가장 흔하고 일반적인 추상 개념은 자유, 평등, 계몽, 진보, 문명, 문화다. 어떤 추상 개념을 인류 운동의 목적으로 제시한 역사가는 사후에 가장 많은 기념물을 남긴 사람들(황제, 대신, 장군, 작가, 개혁가, 교황, 언론인)을 선택한 뒤 자신의 견해에 의거하여 그 인물이 어떤 추상 개념에 얼마나 기여했는가 혹은 반대했는가에 따라 그들을 연구한다. 그러나 인류의 목적이 자유, 평등, 계몽, 문명이라는 것은 어떤 식으로도 증명할 수 없고 대중과 통치자 혹은 대중과 인류의 계몽자의 관계는 오직 대중 의지의 총합이 언제나 우리 눈에 잘 띄는 인물에게 이양된다는 자의적인 추측에만 기초할 뿐이므로, 주거를 옮기고 집을 불태우고 농사일을 버리고 서로를 죽인 수백만 명의 행동은 집을 불태우지도 않고, 농업에 종사하지도 않고, 자신과 비슷한 사람들을 죽이지도 않은 수십 명의 행동을 묘사한 기술 속에서 결코 표현되지 않는다.

역사는 끊임없이 이를 증명한다. 지난 세기말에 서쪽 나라들의 민족들의 동요와 그들의 동쪽으로의 돌진이 과연 루이 14세, 15세,

16세, 그들의 정부들과 대신들의 행동으로 혹은 나폴레옹, 루소, 디드로,* 보마르세* 등의 생애로 설명될까?

러시아 민족이 동쪽의 카잔과 시베리아를 향해 이동한 것이 과연 이반 4세의 병적인 성격과, 그와 쿠룹스키*가 주고받은 서신을 상세히 기술하는 것으로 드러날까?

십자군 원정 기간에 일어난 여러 민족들의 이동이 고드프루아*와 루이*와 그들의 귀부인들을 연구하는 것으로 설명될까? 여러 민족들이 어떤 목적과 통솔자 없이, 부랑자 무리와 함께, 은자 베드로*와 함께 서쪽에서 동쪽으로 이동한 사실은 우리에게 여전히 이해할 수 없는 것으로 남아 있다. 그보다 더 이해할 수 없는 것은 역사 속 인물들이 원정에 예루살렘 해방과 같은 이성적이고 신성한 목적을 명료하게 설정한 그때 그 이동이 중단되었다는 사실이다. 교황, 왕, 기사 들은 성지 해방을 위해 민중을 선동했지만 예전에 그들을 이동하게 했던 미지의 원인이 더 이상 존재하지 않았으므로 민중은 조금도 움직이지 않았다. 고드프루아와 미네징거*의 역사는 여러 나라 민중의 생활을 포용하지 못하는 듯하다. 그리하여 고드프루아와 미네징거의 역사는 고드프루아와 미네징거의 역사로만 그쳤고, 민중의 생활과 그들의 동기에 대한 역사는 알려지지 않은 채 남아 있다.

작가들과 개혁가들의 역사가 국민 생활에 대해 우리에게 설명해 준 것은 더더욱 적다.

문화사는 우리에게 작가나 개혁가의 동기와 생활 조건, 사상을 설명한다. 우리는 루터가 흥분하기 쉬운 성격을 지녔고 그가 이런저런 연설을 했다는 사실을 알게 될 것이다. 루소가 의심이 많았으며 이런저런 책을 썼다는 것도 알게 될 것이다. 그러나 우리는 무슨 이유로 종교 개혁 후 여러 민족들이 서로를 살육했는지, 프랑스 혁명기에는 왜 서로를 처형했는지 알지 못할 것이다.

최근 역사가들이 시도하듯 만약 우리가 이 두 역사를 결합한다할지라도 그것은 군주들과 작가들의 역사일 뿐 민족들의 삶의 역사는 아니다.

5

여러 민족들의 삶이 몇몇 인물들의 삶 속에 수용될 수는 없는데, 왜냐하면 이 몇몇 인물들과 국민들 사이에 연관성이 발견되지 않기 때문이다. 이 연관성이 의지의 총합이 역사 속 인물에게 이양된다는 것에 기초한다는 이론은 역사의 경험에 의해 확인되지 않은 가설에 불과하다.

대중 의지의 총합이 역사 속 인물에게 이양된다는 이론은 법학 분야에서라면 매우 많은 것을 설명하고 또한 목적을 위해 꼭 필요할 수도 있으나 이를 역사에 적용할 경우 혁명과 침략과 내란이 발생하는 순간, 역사가 시작되는 순간 이 이론은 아무것도 설명하지 못한다.

이 이론이 반박의 여지가 없어 보이는 이유는 민중의 의지를 이양하는 행위가 존재한 적이 없는 까닭에 이를 검증할 수 없기 때문이다.

어떤 사건이 일어나든, 사건의 주동자가 누구든 이 이론에 의하면 언제나 이러저러한 인물이 사건의 주동자가 된 것은 의지의 총합이 그에게 이양되었기 때문이라고 말할 수 있다.

이 이론이 역사의 질문에 제시하는 답변은 움직이는 가축 떼를 보면서 들판의 여러 곳에 있는 목초의 다양한 질이나 목동의 몰이는 전혀 신경 쓰지 않고 무리의 선두에 있는 것이 어느 가축인가만 보고 가축 떼가 이리저리 향하는 원인을 판단하는 사람의 답변과 비슷하다.

"가축 떼가 이 방향으로 움직이는 이유는 선두에 있는 동물이 그 방향으로 가축 떼를 이끄는 데다 나머지 모든 동물의 의지의 총합이 이 가축 떼의 우두머리에게 이양되었기 때문이다." 권력이 통치자에게 무조건적으로 이양됨을 인정하는 첫 번째 부류의 역사가들은 이렇게 대답한다.

"만약 선두에 선 동물이 바뀐다면, 그것은 그 동물이 가축 떼 전체가 선택한 방향으로 무리를 이끄는가에 따라 모든 동물의 의지의 총합이 한 통치자에게서 다른 통치자에게로 이양되기 때문에 발생한다." 대중 의지의 총합이 이미 알려진 일정한 조건 속에서 통치자에게 이양된다는 것을 인정하는 역사가들은 이렇게 대답한다. (이러한 관찰 방법을 적용할 경우 관찰자는 자신이 선택한 방향에 부합하여 대중의 방향이 바뀔 경우 이제는 앞쪽이 아닌 옆쪽에, 때로는 뒤쪽에 있는 것을 우두머리로 인정하는 일이 매우 잦다.)

"만약 선두에 선 동물이 계속해서 교체되고 무리 전체의 방향이 끊임없이 바뀐다면, 이것은 우리가 알고 있는 어떤 방향에 이르기 위해 동물들이 자신의 의지를 우리 눈에 띄는 어떤 동물들에게 이양했기 때문이다. 따라서 가축 무리의 이동을 연구하기 위해서는 우리 눈에 띄는, 사방에서 움직이는 가축 떼 안의 모든 동물들을 관찰해야 한다." 군주부터 언론인에 이르기까지 역사 속의 모든 인물들을 시대의 표현으로 인정하는 세 번째 부류의 역사가들은 이렇게 대답한다.

대중의 의지가 역사 속 인물들에게 이양된다는 이론은 단지 말바꾸기, 즉 질문의 문구를 다른 말로 표현한 것일 뿐이다.

역사적 사건들의 원인은 무엇인가? 바로 권력이다. 권력이란 무엇인가? 권력이란 한 인물에게 이양된 대중 의지의 총합이다. 대중의 의지는 어떤 조건에서 한 인물에게 이양되는가? 그것은 그 인물에 의해 모든 사람의 의지가 표현된다는 조건에서다. 즉 권력은 권력이다. 다시 말해 권력이라는 말은 우리가 그 의미를 이해할 수 없는 것이다.

만약 인간 지식의 범위가 하나의 추상적 사유에 국한된다면, 인류는 권력에 대한 **과학**의 설명을 검토한 후 권력이란 그저 말일 뿐이지 실제로 존재하지 않는다는 결론에 다다를 것이다. 그러나 현상을 인식하기 위해 인류에게는 추상 개념 외에도 사유의 결과를 검증하는 경험이라는 도구가 있다. 그리고 경험은 권력이 말이 아니라 실제로 존재하는 현상이라고 말한다.

권력이라는 개념 없이는 인간 활동의 총합에 대해 단 한 마디도 기술할 수 없음은 말할 것도 없고, 권력의 존재는 역사에 의해서뿐만 아니라 현대의 사건에 관한 관찰에 의해서도 증명된다.

한 사건이 일어날 때는 언제나 한 명 혹은 여러 명의 사람들이 나타나고 그의 의지에 따라 사건이 일어나는 것처럼 보인다. 나폴레옹 3세가 명령하자 프랑스군이 멕시코로 향한다.* 프로이센 왕과 비스마르크가 명령하자 군대가 보헤미아로 향한다.* 나폴레옹 1세가 명령하자 군대가 러시아로 향한다. 알렉산드르 1세가 명령하자 프랑스인들이 부르봉 왕가에 복종한다.* 경험은 어떤 사건이 발생하든 간에 그 사건이 그것을 지시한 한 명 혹은 여러 명의 의지와 항상 결부되어 있음을 우리에게 보여 준다.

역사가들은 인간 역사에 신이 개입한다는 것을 인정하는 오랜 습관에 의거하여 권력을 부여받은 인물의 의지의 표현에서 사건의 원인을 보길 원한다. 그러나 그런 결론은 추론에 의해서도, 경험에 의해서도 뒷받침되지 않는다.

한편으로 추론은 한 인간의 의지의 표현인 그의 말이 단지 전쟁이나 혁명 같은 사건으로 표현되는 전체 활동의 일부에 지나지 않음을 보여 주므로 불가해한 초자연적 힘인 기적을 인정하지 않는 이상, 그의 말이 수백만 사람들을 움직이게 만든 직접적인 원인일 수 있다고는 인정할 수 없다. 다른 한편으로 설령 그의 말이 사건의 원인이 될 수 있다고 인정한다 할지라도 역사는 역사 속 인물들의 의지의 표현이 대개 어떤 행위도 수반하지 않음을, 즉 그들의 명령이 자주 수행되지 않을 뿐 아니라 가끔씩 명령과 정반대되는 일도 발생함을 보여 준다.

인간사에 신이 개입한다는 것을 인정하지 않는다면 우리는 권력을 사건의 원인으로 인정할 수 없다.

경험의 관점에서 볼 때 권력은 한 인간의 의지 표현과 다른 사람들에 의해 일어나는 의지 수행 사이에 존재하는 의존 관계일 뿐이다.

이러한 의존 관계의 조건을 설명하기 위해 우리는 무엇보다 의지의 표현이라는 개념을 신이 아닌 인간과 연관시켜 그 개념을 복구해야 한다.

고대인들의 역사가 보여 주듯 만일 신이 명령을 내리고 자신의 의지를 표현한다면 신은 사건과 아무 관계가 없으므로 이 의지의 표현은 시간과 상관없을 뿐 아니라 어떤 동기에 의해 유발된 것도 아니다. 그러나 시간 속에서 활동하고 서로 연관되어 있는 인간들의 의지의 표현인 명령에 대해 말할 경우, 우리는 명령과 사건의 관계를 이해하기 위하여 다음과 같은 것들을 복구해야 한다. 1) 발생하고 있는 일 전체의 조건, 즉 사건과 명령하는 인물 모두의 시간 속 운동의 연속성. 2) 명령하는 인물과 명령을 수행하는 사람들 사이의 필수적인 관계의 조건.

6

시간에 의존하지 않는 신의 의지 표현만이 몇 년 혹은 몇 세기 후에 일어날 일련의 모든 사건들과 관계를 맺을 수 있고, 그 무엇에 의해서도 소환할 수 없는 신만이 오직 자신의 의지로 인류의 운동 방향을 정할 수 있다. 그러나 인간은 시간 속에서 움직이고, 사건에 직접 참여한다.

간과된 첫 번째 조건인 시간이라는 조건을 복구하면 우리는 그 어떤 명령도 후속 명령의 수행을 가능하게 하는 선행 명령 없이는 수행될 수 없음을 알게 될 것이다.

그 어느 하나의 명령도 자연 발생적으로 출현하여 일련의 사건들 전체를 포괄하지 않는다. 개개 명령은 다른 명령으로부터 나타나고 그 명령은 일련의 전체 사건이 아니라 언제나 사건의 한 가지 계기와 연관될 뿐이다.

예를 들어 나폴레옹이 군대에 출정 명령을 내린다고 우리가 말할 경우, 우리는 동시에 표현된 한 가지 명령 속에 서로 의존하는 일련의 연이은 명령들을 결합시킨다. 나폴레옹은 러시아 원정을 명령할 수도 없었고, 그런 명령을 내린 적도 없었다. 그가 명령한 것은 오늘은 이런저런 서류를 빈과 베를린과 페테르부르크로 발송하라, 내일은 이런저런 법령이라든지 육군과 해군과 군 경리부 등등에 보낼 명령서를 작성하라는 것으로 일련의 명령들을 구성하는 이 수백만의 명령들이 프랑스 군대를 러시아로 이끌었다.

만약 나폴레옹이 통치 기간 내내 영국 원정을 명령한다면, 그가 자신의 계획들 중 어떤 것에도 이 정도의 수고와 시간을 들이지 않는다면, 그러면서도 통치 기간 내내 계획을 실행하려는 단 한 번의 시도도 하지 않다가 (러시아와 동맹을 맺는 것이 유리하다고 스스로의 신념에 의거하여 언급했다) 러시아 원정을 감행한다면 전자의 명령들은 일련의 사건에 부합하지 않았고 후자의 명령들은 부합했기 때문에 그런 일이 일어난 것이다.

명령이 확실히 수행되려면 인간은 실현 가능한 명령을 표현해야 한다. 그러나 무엇이 실현되고 실현될 수 없는지를 아는 것은 수백만 명이 참여한 나폴레옹의 러시아 원정뿐 아니라 지극히 단순한 사건에서도 불가능한데, 왜냐하면 이런저런 것을 수행하다 보면 언제나 수많은 장애와 만날 가능성이 있기 때문이다. 실행된 명령은 늘 실행되지 못한 무수히 많은 명령들 가운데 하나다. 모든 불가능한 명령은 사건과 결합되지도 않고 실행되지도 않는다. 단지 가능한 명령들만 일련의 사건에 부합하는 일련의 명령들과 결합되어 실행될 뿐이다.

사건에 선행하는 명령을 사건의 원인으로 여기는 우리의 잘못된 생각은 하나의 사건이 일어나고 사건들과 연관된 수천 가지 명령들 가운데 하나가 실행됐을 때 실행이 불가능하여 일어나지 않은 일들을 우리가 잊기 때문에 생긴다. 게다가 이런 의미에서 우리가 착각하는 주요 이유는 역사 기술에서 일련의 무의미하고 사소한 온갖 사건들, 예를 들어 프랑스 군대를 러시아로 이끈 모든 사건들이 그 일련의 사건들이 일으킨 결과에 따라 한 가지 사건으로 통합되고, 그 일반화에 따라 일련의 모든 명령들도 의지의 한 표현으로서 통합되기 때문이다.

우리는 나폴레옹이 러시아 원정을 원했기 때문에 그것을 실행했다고 말한다. 그러나 실제에 있어서는 나폴레옹의 모든 활동에서 이 의지의 표현과 유사한 것을 결코 발견하지 못할 것이다. 우리는 그의 의지의 표현과 일련의 명령들이 매우 다양하고 모호한 방식으로 나타나는 것을 볼 것이다. 실행되지 않은 나폴레옹의 무수한 명령들로부터 1812년 원정을 위해 실행된 일련의 명령들이 생긴 것은 그 명령들이 다른 명령들과 구별되었기 때문이 아니라 그것들이 프랑스 군대를 러시아로 이끈 일련의 사건들과 부합했기 때문이다. 이는 마치 형판(型板)을 사용해 이런저런 형상들을 그릴 수 있는 이유가 물감을 칠하는 방향이나 방식 때문이 아니라 형판에서 오려 낸 형상 전체에 색을 칠하기 때문인 것과 같다.

따라서 우리가 명령과 사건의 관계를 시간 속에서 고찰할 때, 어떠한 경우에도 명령이 사건의 원인일 수 없으며 이 둘 사이에 일정한 의존 관계가 존재함을 발견할 것이다.

이 의존 관계가 어떤 것인지를 이해하기 위해서는 신이 아닌 인간에게서 나온 모든 명령에서 우리가 놓친 또 다른 조건, 즉 명령하는 인간도 사건에 참여하고 있다는 조건을 복구해야 한다. 명령하는 자와 명령을 받은 자의 이런 관계를 권력이라고 부른다. 그 관계는 다음에서 성립한다.

인간은 공동 행동을 위해 언제나 일정한 결합을 형성하고 공동 행동을 위한 목적이 다양할지라도 그 결합 안에서 활동에 참여하는 사람들 사이의 관계는 언제나 동일하다.

이러한 결합을 형성하면서 사람들은 항상 어떤 관계 속으로 들어가는데, 그것은 그들이 함께한 공동 행동에서 가장 다수의 사람들이 가장 직접적으로 참여하고, 가장 소수의 사람들이 가장 덜 직접적으로 참여한다는 것이다.

공동 행동을 수행하기 위해 사람들이 형성하는 결합들 가운데 가장 눈에 띄고 명확한 형태 중 하나가 군대다.

각 군대는 군대에서 언제나 가장 많은 수를 차지하는 최하층 사병, 그다음 계급으로 사병보다 적은 하사관과 부사관, 그리고 한 인물로 수렴되는 군 최고 권력에 이르기까지 그 수가 점점 줄어드는 상급자들로 구성된다.

군 조직은 원뿔 모양으로 완벽하고 정확하게 표현할 수 있다. 최대 지름을 가지는 밑면은 병사들로 이루어질 것이다. 더 높고 더 좁은 면은 군대의 더 높은 계급으로 이루어지고, 그렇게 원뿔 꼭대기에 도달하면 사령관이 그 정점을 이룰 것이다.

가장 많은 수를 차지하는 병사들은 원뿔의 최저점과 밑면을 형성한다. 병사는 직접 찌르고 베고 불태우고 약탈하며 언제나 상관들로부터 이런 행위를 하라는 명령을 받지만 자신은 결코 명령을 내리지 않는다. 부사관은 (이들은 그 수가 훨씬 적다) 병사들에 비해 더 적게 행동하는 반면 명령을 내린다. 장교는 직접 행동하는 일이 더 드물고 더 자주 명령을 내린다. 장군은 군대에 목표를 제시하며 진격하라고 명령할 뿐 무기는 거의 사용하지 않는다. 사령관은 행위 자체에 직접 참여하지 않고 다만 대중의 움직임에 대한 전반적인 명령만 내릴 뿐이다. 이와 똑같은 인간들의 상호 관계는 인간이 공동 행동을 위해 결합하는 모든 경우, 예컨대 농업, 상업 그리고 관청에서 나타난다.

따라서 하나로 융합된 원뿔의 모든 점이나 군대의 관등, 혹은 모든 관청과 일반 사업의 계급과 지위를 맨 아래부터 맨 위까지 인위적으로 분리하지 않는다면 하나의 법칙이 나타난다. 그 법칙에 따르면, 사람들은 단체 활동을 수행하기 위해 언제나 다음과 같은 관계를 이루는데, 사람들이 사건 수행에 더 직접적으로 참여할수록 명령을 내릴 가능성은 더 적어지고 그 수는 더 많으며, 행위 자체에 덜 직접적으로 참여할수록 더 많은 명령을 내리면서 그 수는 더 적다. 이것은 최하층부터 시작하여 최후의 한 사람, 사건에 가장 덜 직접적으로 참여하고 자신의 활동을 명령 내리는 일에 집중하는 그 한 사람에 이를 때까지 계속 적용된다.

명령하는 자와 명령받는 자의 이런 관계가 권력이라 불리는 개념의 본질을 형성한다.

모든 사건이 일어나기 위한 시간이라는 조건을 복구했을 때 우리는 명령이 실행되는 것은 일련의 상응하는 사건들에 관련될 때에만 가능함을 발견했다. 명령하는 자와 실행하는 자 사이의 연관성이라는 필수 조건을 복구했을 때, 우리는 사건 자체에 가장 덜 참여하는 것이 명령하는 자의 특성이며 그들의 활동은 오직 명령에만 집중되어 있음을 발견했다.

7

어떤 사건이 일어날 때 사람들은 그에 대한 견해와 희망을 표명하고, 사건은 많은 사람들의 단체 행동에서 발생하기 때문에 표명된 견해나 희망들 가운데 하나는 대략적이긴 하지만 반드시 실현된다. 표명된 견해들 가운데 하나가 실현될 때 그 견해는 사건에 선행하는 명령으로서 사건과 결부된다.

사람들이 통나무를 끌고 있다. 통나무를 어디로 어떻게 끌어야 할지 나름대로 자신의 견해를 표명한다. 그러고 나서 통나무를 끌다 보니, 그 작업이 그들 중 한 사람의 말대로 되었음이 밝혀진다. 그 사람이 명령을 내린 것이다. 이것이 원시 형태의 명령과 권력이다.

남들보다 손을 더 많이 움직여 일한 사람은 자기가 한 일을 숙고하고 전체 활동에서 생길 결과를 판단하고 명령을 내릴 가능성이 더 적다. 남들보다 더 많이 명령하는 사람은 말로 활동하느라 손으로 행동할 가능성이 더 적다. 하나의 목적에 활동을 집중하는 사람들의 집단이 큰 경우, 명령에 활동을 집중할수록 전체 활동에 직접 관여하는 일이 적은 사람들의 부류가 더욱더 눈에 띄게 드러난다.

인간은 혼자서 행동할 때, 언제나 자기 내면에 어떤 일련의 판단을 갖고 있는데, 그는 이 판단이 자신의 과거 활동을 이끌었고 현재 활동을 정당화하고 미래 행위를 예측하게 한다고 생각한다.

마찬가지로 사람들의 집단 또한 행동에 참여하지 않는 사람들에게 자신들의 공동 행동을 판단하고 정당화하고 앞으로의 일을 예측하게 한다.

우리가 알거나 혹은 알지 못하는 이유 때문에 프랑스인들이 서로를 쓰러뜨리고 베어 죽이기 시작한다. 그리고 그 사건에 상응하여 프랑스의 안녕과 자유, 평등을 위해 필요한 일이었다는, 사건에 대한 정당화가 사람들의 의지 표명이라는 형태로 나타난다. 사람들이 서로 베어 죽이는 것을 중단하자, 이는 권력의 통일과 유럽에 대한 저항 등이 필요했기 때문이라는 정당화가 뒤따른다. 사람들이 자신과 같은 이들을 죽이며 서쪽에서 동쪽으로 나아갔을 때에는 프랑스의 영광이니 영국의 비열함이니 하는 정당화가 수반된다. 역사가 말해 주듯 사건에 대한 이런 정당화는 어떤 보편적 의미도 갖지 않고, 인간의 권리를 인정하기 때문에 인간을 죽인다든지 영국을 모욕하기 위해 러시아에서 수많은 사람들을 죽인다든지 하는 자기모순에 빠지고 만다. 그러나 이런 정당화는 동시대의 의미에 있어 필연적 의의를 지닌다.

이런 정당화는 사건을 일으킨 자들의 도덕적 책임을 면제해 준다. 이런 일시적인 목적은 열차 앞에서 선로를 청소하는 솔과 비슷한데, 왜냐하면 그것이 인간의 도덕적 책임이라는 길을 청소해 주기 때문이다. 이런 정당화 없는 어떤 사건을 검토할 때 떠오르는 매우 단순한 질문, 수많은 인간들이 공동으로 범죄, 전쟁, 살인 등을 저지르게 되는 이유는 무엇인가, 라는 질문을 해명할 수 없다.

오늘날 유럽의 복잡한 정치 및 사회 생활 형태에서 군주, 대신, 의회, 신문에 의해 규정되고 지시되고 명령되지 않았을 어떤 사건을 생각해 내는 게 가능할까? 국가의 통일, 국민성, 유럽의 균형, 문명에서 정당화를 발견할 수 없는 공동 행동이 과연 존재할 수 있을까? 발생한 모든 사건은 어떤 표명된 희망과 필연적으로 일치하고 그 정당성을 획득하며 한 사람 혹은 여러 사람들의 의지의 산물로 여겨지게 된다.

선박이 어느 쪽으로 움직이든 그 앞에서는 선박이 가르는 파도의 흐름이 항상 보일 것이다. 선박에 있는 사람들에게는 이 흐름이 눈에 보이는 유일한 움직임일 것이다.

우리는 오직 이 흐름의 움직임을 매 순간 가까이서 보고 그 움직임을 선박의 움직임과 비교할 때 비로소 이 흐름의 움직임이 매 순간 선박의 움직임으로 결정되며, 우리 역시 알지 못하는 사이에 움직이고 있었기 때문에 착각에 빠졌음을 확신하게 될 것이다.

역사 속 인물들의 움직임을 매 순간 주시하고(즉 발생하고 있는 모든 사건의 필연적 조건인 운동의 시간적 연속성이라는 조건을 복구하고) 역사 속 인물과 대중의 필연적인 연관성을 시야에서 놓치지 않는다면, 우리는 파도의 흐름에서 보았던 것과 동일한 것을 보게 될 것이다.

선박이 한 방향으로 나아갈 때 그 앞에는 그와 동일한 파도의 흐름이 있고, 선박이 자주 방향을 바꾸면 앞에서 달리는 파도의 흐름도 자주 바뀐다. 그러나 선박이 어느 방향으로 방향을 바꾸든 그 움직임에 선행하는 흐름이 항상 있을 것이다.

어떤 일이 발생할지라도 그 일은 항상 예견되고 명령된 것으로 판명될 것이다. 선박이 어느 쪽으로 향하든 간에 파도의 흐름은 선박의 움직임을 이끌지도 강화하지도 않으면서 앞에서 거품을 일으키고, 멀리서 보면 자의적으로 제멋대로 움직일 뿐 아니라 선박의 움직임까지 이끄는 것처럼 보일 것이다.

역사가들은 사건과 관계를 맺는 명령으로서의 역사 속 인물들의 의지 표현만을 검토하기 때문에 사건이 명령에 의존한다고 생각했다. 우리는 사건 자체와 역사 속 인물과 대중의 관계를 검토하면서 역사 속 인물들과 그 명령들이 사건에 의존한다는 것을 발견했다. 이 결론에 대한 확실한 증거는 수많은 명령들이 있다 해도 다른 원인이 없으면 사건이 일어나지 않는다는 것이다. 그러나 어떤 사건이든 간에 일단 사건이 발생하면 끊임없이 표현되는 다양한 인물들의 모든 의지 중 의미적으로나 시간적으로나 명령으로서 사건과 관계를 맺는 의지가 즉각 발견될 것이다.

이러한 결론에 도달했으므로 우리는 역사에 관한 다음의 두 본질적인 질문에 직접적이고 분명하게 대답할 수 있다.

1) 권력이란 무엇인가?

2) 어떤 힘이 여러 민족의 움직임을 일으키는가?

1) 권력이란 어떤 인물이 다른 인물들과 맺는 관계로, 이 인물은 현재 발생하고 있는 공동 행동에 대한 견해와 예측과 명분을 많이 표명할수록 사건에는 덜 참여한다.

2) 여러 민족의 움직임을 일으키는 것은 역사가들이 생각하듯 권력도, 지적 활동도, 심지어 두 가지의 결합도 아닌, 사건에 참여하는 **모든 사람**의 활동, 사건에 가장 직접적으로 참여할수록 가장 덜 책임을 지고 그 반대도 성립하는 형태로 언제나 서로 연결된 모든 사람의 활동이다.

정신적 측면에서는 사건의 원인이 권력인 것처럼 보이고, 육체적 측면에서는 권력에 복종하는 사람들이 원인인 것처럼 보인다. 그러나 육체 활동을 수반하지 않는 정신 활동은 생각할 수 없으므로 사건의 원인은 어느 한쪽이 아니라 그 두 가지의 결합이다.

다시 말해 우리가 고찰하는 현상에는 원인이라는 개념이 적용되지 않는다.

만약 인간 이성이 자신을 대상으로 유희하는 것이 아니라면 마지막 분석에서 우리는 인간의 이성이 사유의 모든 영역에서 도달하게 될 한계인 영원이라는 원(圓)에 다다를 것이다. 전기는 열을 발생시키고, 열은 전기를 발생시킨다. 원자들은 서로를 끌어당기기도 하고 밀어내기도 한다.

우리는 열과 전기의 상호 작용과 원자에 대해 이것이 왜 발생하는지 말하지 못하고 달리 생각할 수도 없기 때문에, 그래야만 하니까, 그것이 법칙이니까 그렇다고 말한다. 역사 현상에 있어서도 마찬가지다. 전쟁이나 혁명은 왜 일어날까? 우리는 모른다. 우리가 아는 것이라곤 단지 이런저런 행위를 실현하기 위해 사람들이 어떤 결합을 형성하여 모두가 참여한다는 것이다. 그리고 우리는 달리 생각할 수 없기 때문에 그것은 그런 것이다, 그것이 법칙이다, 라고 말한다.

8

만약 역사가 외적 현상에 관한 것이라면 그것의 단순하고 명백한 법칙을 제시하는 것만으로도 충분하고, 이것만으로 우리의 논의 역시 끝낼 수 있을 것이다. 그러나 역사의 법칙은 인간에 관한 것이다. 물질의 입자는 우리에게 자신은 끌어당기고 밀어내야 할 필요를 전혀 느끼지 않으며, 따라서 그 법칙은 사실이 아니라고 말할 수 없다. 그러나 역사의 대상인 인간은 나는 자유로운 존재이고, 따라서 법칙에 종속되지 않는다고 직접 말한다.

말로 표현되지 않았을지라도 인간의 자유 의지에 대한 문제는 역사가 내딛는 매 걸음에서 느낄 수 있다.

진지하게 사유하는 역사가라면 누구나 본능적으로 이 질문에 도달할 것이다. 역사의 모순과 불명료함, 그리고 역사라는 학문이 가고 있는 잘못된 길은 이 질문이 해결되지 않았다는 사실에 의거한다.

만약 개개인의 의지가 자유롭게 발현된다면, 즉 사람이 나름대로 자기가 원하는 대로 행동할 수 있다면 역사 전체는 서로 아무 연관이 없는 일련의 우연에 지나지 않는다.

만약 1천 년의 시간에 걸쳐 수백만 명 가운데 단 한 명이라도 자유롭게 행동할 가능성을, 즉 자신이 원하는 대로 행동할 가능성을 지녔다면 법칙을 따르지 않는 이 사람의 자유로운 행동 하나가 모든 인류에 적용될 법칙의 존재 가능성을 모두 파괴할 것이다.

만약 인류의 행위를 지배하는 법칙이 단 하나라도 존재한다면 자유 의지란 있을 수 없는데, 왜냐하면 인간의 의지는 그 법칙에 종속되어야 하기 때문이다.

예로부터 인류 최고의 지성들을 사로잡았던 질문, 예로부터 그 모든 거대한 의미 속에서 제기된 질문은 바로 이 모순 속에 존재한다.

문제는 우리가 신학적·역사적·윤리적·철학적 시각 등 어떤 시각에서 인간을 관찰 대상으로 바라볼 때, 존재하는 모든 것이 그러하듯 인간 역시 종속되어 있는 필연이라는 공통의 법칙을 발견한다는 데 있다. 그런데 우리가 다른 것들을 인식할 때와 마찬가지로 인간을 내부로부터 바라보면 우리는 스스로 자유롭다고 느낀다.

이성과 완전히 분리되어 있고, 그와 무관한 이 의식은 자기 인식을 위한 근원이다. 인간은 이성을 통해 스스로를 관찰한다. 그러나 오직 의식을 통해서만 자신을 알게 된다.

자기를 인식하지 않고는 그 어떤 관찰이나 이성의 응용도 생각할 수 없다.

이해하고 관찰하고 추론하기 위해 인간은 먼저 자신을 살아 있는 존재로 의식해야 한다. 자신이 살아 숨 쉬는 존재임을 알고 있는 인간은 자신이 욕망하고 있는 존재임을 아는 것과 같고, 이는 곧 자신의 의지를 의식하는 것이다. 인간은 생의 본질을 이루는 자신의 의지를 자유로운 것으로 의식하며, 그와 달리 의식할 수는 없다.

만약 자신을 관찰하면서, 인간이 자기 의지가 항상 동일한 법칙에 따라 나아간다는 사실을 알게 된다면 (음식 섭취의 필요성을 관찰하든, 두뇌 활동을 관찰하든, 그 무엇을 관찰하든) 항상 동일한 자기 의지의 방향을 의지의 제한이 아닌 다른 것으로는 이해할 수 없다. 자유롭지 않은 것은 제약받을 수도 없다. 그 사람에게 인간의 의지가 제한된 것처럼 보이는 것은 그가 의지를 자유로운 것으로 의식하기 때문이다.

당신들은 내가 자유롭지 않다고 말한다. 그런데 나는 한 팔을 들었다가 내렸다. 이 비논리적인 대답이 자유에 대한 반박할 수 없는 증거임을 모든 사람이 알고 있다.

그 대답은 이성에 속하지 않는 의식의 표현이다.

만약 자유에 대한 의식이 이성과 분리되어 있고 그로부터 독립적인 자기 인식의 근원이 아니라면 그 의식은 판단과 경험에 종속될 것이다. 그러나 실상 그러한 종속은 결코 존재하지 않을뿐더러 생각도 할 수 없다.

일련의 경험과 판단이 각 사람에게 제시하는 것은 관찰 대상으로서의 인간이 일정한 법칙에 속해 있어 그것에 복종하며, 일단 인력의 법칙이나 비침투성의 법칙을 인식한다면 그는 이 법칙들과 투쟁하지 않는다는 사실이다. 그러나 바로 그 일련의 경험과 판단이 제시하는 또 다른 사실은 인간이 자기 내면에서 완전한 자유를 의식하는 것은 불가능하고, 인간의 모든 행위는 그 육체와 성격에, 그리고 그에게 작용하는 여러 요인에 좌우된다는 것이다. 그러나 인간은 결코 그 경험과 판단의 결론에 복종하지 않는다.

경험과 판단을 통해 돌이 아래로 떨어진다는 사실을 알게 된 인간은 그것을 무조건 믿으며 모든 경우에서 자신이 알게 된 법칙의 실현을 기대한다.

그러나 자신의 의지가 법칙에 종속되어 있음을 확실히 깨달은 인간은 그것을 믿지 않으며 믿지도 못한다.

동일한 성격을 지닌, 동일한 조건에 처한 인간은 예전과 동일한 행동을 하기 마련이라고 경험과 판단이 제아무리 인간에게 가르쳐 주어도, 인간은 동일한 성격을 지니고 동일한 조건에서 항상 동일하게 끝나기 마련인 행위를 1천 번째 할 때에도 자신은 자신이 원하는 대로, 경험 이전의 행동을 할 수 있다고 확신한다. 야만인이든 사상가든 간에 인간이 동일한 조건에서 두 가지 행위를 상상하기란 불가능하다는 것을 판단과 경험이 아무리 명백히 증명한다 하더라도 인간은 이런 무의미한 개념 (자유의 본질을 이루는) 없이는 삶을 상상할 수 없다고 느낀다. 인간은 설사 그 존재 가능성이 불가능할지라도 그것이 있다고 느낀다. 왜냐하면 자유라는 개념이 없으면 인간은 삶을 이해할 수 없을 뿐 아니라 단 한 순간도 살 수 없기 때문이다.

사람들의 모든 갈망과 생을 향한 충동이 자유를 확대하기 위한 갈망에 그친다면 인간은 살 수 없을 것이다. 부와 빈곤, 명예와 무명, 권력과 예속, 힘과 나약함, 건강과 질병, 교양과 무지, 노동과 여가, 포식과 기아, 미덕과 악덕은 단지 자유의 크고 작은 정도일 뿐이다.

자유가 없는 사람은 자신의 삶을 잃은 사람이라고 생각할 수밖에 없다.

만약 이성에 있어 자유라는 개념이 동일한 순간에 두 가지 행위를 할 가능성 혹은 원인 없는 행위 같은 무의미한 모순으로 나타난다면, 그것은 의식이 이성에 속하지 않음을 증명할 뿐이다.

반박의 여지가 없는 부동의, 경험과 판단에 종속되지 않는 자유에 대한 이러한 의식, 모든 사상가들이 인정하고 모든 이들이 예외 없이 감지하는 이 의식, 그것 없이는 인간에 대한 어떤 개념도 고안해 낼 수 없는 이 의식은 문제의 다른 측면을 이루기도 한다.

인간은 전지전능하고 지고지선한 하느님의 창조물이다. 그렇다면 인간의 자유에 대한 의식에서 비롯된 개념인 죄란 무엇인가? 이것은 신학의 문제다.

인간의 행위는 통계로 표현되는 일반적인 불변의 법칙에 종속된다. 그렇다면 자유에 대한 의식에서 비롯된 개념인 사회에 대한 인간의 책임은 무엇일까? 이것은 법학의 문제다.

인간의 행위는 타고난 성격과 그것에 영향을 미치는 여러 동기에 의해 일어난다. 그렇다면 자유에 대한 의식에서 비롯되는 행동들의 선악에 대한 의식과 양심은 무엇일까? 이것은 윤리학의 문제다.

인류 공통의 삶과 관계된 인간은 그 삶을 규정하는 법칙에 종속된 것처럼 보인다. 하지만 그 인간은 이런 관계와는 상관없이 자유로운 존재로 여겨진다. 여러 민족과 인류의 과거 삶을 어떻게 보아야 하는가? 인간의 자유로운 활동의 산물로 보아야 하는가, 자유롭지 못한 활동의 산물로 보아야 하는가? 이것은 역사의 문제다.

지식이 대중화되었다고 자부하는 오늘날에 이르러서야 무지의 강력한 무기인 출판이 널리 보급된 덕분에 의지의 자유라는 문제는 문제 자체가 존재할 수도 없는 수준으로 국한되었다. 오늘날 이른바 진보적인 사람들의 대다수, 즉 무지한 무리는 문제의 한 가지 측면에만 몰두하는 자연 과학자의 연구를 문제 전체를 해결하는 것으로 여겼다.

인간의 삶은 근육 운동으로 표현되고, 근육 운동은 신경 활동의 제약을 받기 때문에 영혼과 자유는 없다. 우리는 우리가 알지 못하는 시기에 원숭이로부터 발생했기 때문에 영혼과 자유는 없다. 사람들은 이렇게 말하고 쓰고 인쇄하지만 그들은 지금 자신들이 생리학과 비교 동물학을 통해 그토록 열정적으로 증명하려고 애쓰는 그 필연의 법칙이 수천 년 동안 모든 종교와 모든 사상가에 의해 인정되었을 뿐 아니라 단 한 번도 부정되지 않았다는 점을 상상해 보지도 않는다. 그들은 이 문제에서 자연 과학의 역할이 단지 문제의 한 측면을 설명하기 위한 도구로 기능한다는 것을 깨닫지 못한다. 왜냐하면 관찰의 관점에서 볼 때 이성과 의지는 뇌의 분비물에 불과하고, 인간은 일반 법칙에 따라 우리가 모르는 시기에 하등 동물에서 발생했을 수도 있다는 주장은 이성의 관점에서 인간은 필연 법칙에 속한다는 진리, 수천 년 동안 모든 종교와 철학 이론이 인정한 이 진리를 새로운 측면에서 설명하는 데 그칠 뿐, 자유의 의식에 의거한 정반대의 다른 측면을 지닌 이 문제의 해결을 조금도 진전시키지 않는다.

인간이 우리가 모르는 시기에 원숭이로부터 발생했다면 그것은 인간이 우리가 아는 시기에 한 줌의 흙에서 발생했다는 것과 마찬가지로 납득할 만하다. (전자의 경우에 X는 시간이고, 후자의 경우에 X는 발생이다.) 인간의 자유에 대한 의식이 인간을 지배하는 필연 법칙과 어떻게 관계 맺는가의 문제를 비교 생리학과 동물학으로 해결할 수는 없는데, 왜냐하면 우리가 개구리, 토끼, 원숭이에게서 관찰할 수 있는 것은 단지 근육-신경 활동에 불과하지만 인간에게서는 근육-신경 활동과 함께 의식 또한 관찰하기 때문이다.

이 문제를 해결하려고 하는 자연 과학자들과 그 숭배자들은 마치 교회의 한쪽 벽면에만 회반죽을 칠하라는 지시를 받은 미장공이 작업반장이 자리를 비운 틈을 타 창문, 이콘, 발판을 비롯하여 아직 굳지도 않은 벽까지 열심히 회반죽을 칠해 놓고 나서 미장의 관점에서 모든 것이 고르고 매끄럽게 칠해졌다며 기뻐하는 것과 흡사하다.

9

역사학은 자유와 필연이라는 문제를 해결하는 데 있어 그 문제를 제기하는 다른 지식 분야와 비교할 때 장점을 갖고 있는데, 그 장점은 역사학의 경우 이 문제가 인간 의지의 본질 자체와 관련 있는 것이 아니라 과거의 일정한 조건에서 발현한 의지에 대한 표상과 관련 있다는 것이다.

이 문제를 해결하기 위해 역사학은 추상적 학문을 대하는 경험적 학문의 입장으로 다른 학문들을 대한다.

역사학의 대상은 인간의 의지 자체가 아니라 의지에 대한 우리의 표상이다.

그러므로 역사학에는 신학, 윤리학, 철학과 마찬가지로 자유와 필연이라는 모순된 두 개념의 결합에 대한 해결할 수 없는 비밀이 존재하지 않는다. 역사는 인간 삶에 대한 표상을 연구하는데, 이 표상 속에서 두 가지 모순의 결합이 이미 실현되었다.

비록 각 사건이 어느 부분은 자유롭게, 어느 부분은 필연적으로 보일지라도 실제 생활에서 개별 역사 사건과 개별 인간 행위는 미세한 모순을 느끼지 않고 분명하고 명확하게 이해된다.

자유와 필연이 어떻게 결합되고, 이 두 개념의 본질이 무엇인가라는 문제를 해결하기 위해 역사 철학은 다른 학문들과 정반대의 길을 걸을 수 있고, 또한 그래야만 한다. 역사학은 자기 안에서 자유와 필연에 대한 개념을 정의하고, 이렇게 만들어진 정의에 삶의 현상들을 적용하는 것이 아니라 삶에 속하는 수많은 현상들, 항상 자유와 필연에 지배되는 것처럼 보이는 이 현상들로부터 자유와 필연에 관한 개념 자체의 정의를 도출해야 한다.

많은 사람들 혹은 한 사람의 활동에 관한 어떤 표상을 고찰하더라도 우리는 그것의 일부는 인간의 자유에서 생긴 산물로, 일부는 필연 법칙에서 비롯된 산물로 이해할 수밖에 없다.

여러 민족의 이동, 야만족들의 침입, 나폴레옹 3세의 명령 또는 한 시간 전에 여러 방향의 산책길 중 하나를 택한 인간의 행위 등을 말할 때 우리 눈에는 그 어떤 모순도 보이지 않는다. 이 인간들의 행위를 이끄는 자유와 필연의 기준은 우리에게 명확히 규정되어 있기 때문이다.

우리가 현상을 고찰할 때 그 관점의 차이에 따라 자유의 크고 작음에 대한 표상이 달라지는 경우는 매우 흔하다. 그러나 항상 동일한 것은 인간의 모든 행위가 우리에게 자유와 필연의 어떤 결합으로 보인다는 것이다. 어떤 행위를 고찰하든 우리는 그 안에서 일정량의 자유와 일정량의 필연을 발견한다. 그리고 어떤 행위에서든 우리가 자유를 많이 발견할수록 필연은 더 적게 발견되고, 필연을 많이 발견할수록 자유는 더 적게 발견된다.

필연에 대한 자유의 비율은 행위를 고찰하는 사람의 관점에 따라 작아지거나 커지기도 하지만, 그 비율은 항상 반비례한다.

물에 빠져 다른 사람을 붙잡으려다 그 사람마저 빠뜨리는 사람, 또는 아기에게 젖을 먹이느라 지치고 굶주려 먹을 것을 훔친 어머니, 또는 규율에 익숙해져서 명령에 따라 대오를 이루고 무방비 상태의 인간을 죽인 사람. 이런 사람들의 상황을 아는 이에게 이들의 죄는 덜한 듯 여겨진다. 즉 이들이 덜 자유롭고 필연의 법칙에 더 종속된 것처럼 보인다. 그러나 그 사람이 물에 빠진 상태였고 어머니는 굶주려 있었으며 병사가 대오에 속해 있었음을 알지 못하는 이에게는 이들이 보다 더 자유로워 보인다. 마찬가지로 20년 전에 살인을 저지르고 그 후 아무런 해를 끼치지 않고 사회에서 조용히 사는 사람은 20년이 지나 그의 행위를 관찰하는 이에게 죄가 덜한 것처럼, 그의 행위가 필연 법칙에 더 종속된 것처럼 보인다. 그러나 그가 살인을 저지른 바로 다음 날 그 행위를 관찰한 이에게는 그것이 보다 자유로운 행위로 보인다. 마찬가지로 미치광이, 술 취한 자, 극도로 흥분한 사람의 행위는 그 행위를 한 사람의 정신 상태를 아는 이에게는 덜 자유롭고 더 필연적인 것처럼 보이고, 모르는 이에게는 더 자유롭고 덜 필연적인 것처럼 보인다. 이 모든 경우 행위를 관찰하는 자의 관점에 따라 자유에 대한 개념은 확대되거나 축소되고, 그에 따라 필연에 대한 개념도 축소되거나 확대된다. 따라서 필연이 크게 보이면 자유는 작게 보인다. 그 반대도 마찬가지다.

종교, 인류의 상식, 법학 그리고 역사학 역시 필연과 자유의 이러한 관계를 동일하게 이해한다.

자유와 필연에 대한 우리의 표상이 확대되고 축소되는 모든 경우는 예외 없이 오직 다음의 세 가지 근거를 갖는다.

1) 행위를 한 인간과 외부 세계의 관계,

2) 인간과 시간의 관계,

3) 인간과 행위를 유발한 원인의 관계.

1) 첫 번째 근거는 크거나 작은 정도의 차이가 있는 인간과 외부 세계의 관계, 즉 인간이 자신과 동시에 존재하는 모든 것에 대

해 점하는 일정한 위치에 대한, 명료성의 측면에서 정도의 차이가 있는 개념이다. 바로 이것이 물에 가라앉는 인간이 육지에 있는 인간보다 덜 자유롭고 필연에 더 종속된다는 점을 분명하게 만드는 근거이다. 바로 이것이 인구 밀도가 높은 지역에서는 다른 사람들과 밀접한 연관을 맺고 살아가는 사람의 행위, 가족이나 직무, 사업에 매인 사람의 행위가 고독하게 홀로 지내는 사람의 행위보다 명백히 덜 자유롭고 필연에 더 종속되는 것처럼 보이게 만드는 근거이다.

우리가 주위의 모든 것과의 관계를 배제하고 누군가를 고찰할 경우 그 사람의 각 행위는 자유로운 것처럼 보일 것이다. 그러나 그를 둘러싸고 있는 관계를 볼 경우, 그와 관계 맺고 있는 어떤 것이든 (그와 이야기하는 사람이든, 그가 읽는 책이든 몰두하는 일이든, 심지어 그 주변의 공기든, 그 주변의 물건에 떨어지는 빛이든) 볼 경우 우리는 이런 개별 조건들이 그에게 영향을 미치면서 행위의 한 측면이라도 지배하고 있음을 깨닫게 된다. 이러한 영향을 보는 한 그의 자유에 대한 우리의 표상은 축소되고 그가 종속되는 필연에 대한 표상은 확대된다.

2) 두 번째 근거는, 정도의 차이가 있는 인간과 세계의 시간적 관계로, 이는 인간의 행위가 시간 속에서 차지하는 위치에 대한 개념으로 명료함의 정도에서 차이가 있다. 인류의 출현을 야기한 최초의 인간이 저지른 타락이 현대 인간의 결혼보다 분명 자유롭지 못한 것으로 보이는 것은 바로 여기에 근거한다. 그리고 수 세기 전에 살았던, 시간 속에서 나와 이어진 사람들의 생활과 활동을 아직은 그 결과를 모르는 현대의 생활보다 내가 자유롭게 보지 않는 것도 바로 여기에 근거한다.

이 점에서 자유와 필연의 정도에 대한 표상의 점진적 변화는 행위의 수행부터 그에 대한 판단까지의 시간 간격에 달려 있다.

만약 내가 현재 처해 있는 조건과 거의 동일한 조건에서 한 1분 전의 내 행동을 고찰한다면 나의 행위는 나에게 명백히 자유로워 보일 것이다. 그러나 한 달 전의 내 행동을 검토할 경우 다른 조건에 놓인 내가 부득이 인정할 수밖에 없는 것은 내가 만약 그 행위를 하지 않았다면 그 행위로 인해 생긴 유익하고 유쾌하고 심지어 필수적이기까지 한 많은 것들이 존재하지 않으리라는 점이다. 만약 내가 10년 이상의 먼 과거의 행위를 회상한다면 내 행위의 결과는 나에게 훨씬 더 분명하게 보일 것이고 그 행위가 없었다면 어떻게 되었을까 상상하는 일도 힘들 것이다. 회상을 통해 과거로 계속 거슬러 올라갈수록, 또는 추론을 통해 더 먼 미래로 나아갈수록, 어느 쪽이든 다 똑같지만 행위의 자유에 대한 나의 판단은 더욱 의심스러워질 것이다.

마찬가지로 우리는 인류의 전반 사안에 자유 의지가 관여하는 비율에 대한 그 확실한 수열을 역사에서도 발견한다. 막 일어난 현대의 사건은 우리에게 의심할 여지 없이 모든 유명 인물들이 한 행위의 소산으로 보인다. 그러나 시각적으로 더 멀리 떨어진 사건에서 우리는 그 결과 이외의 다른 결과를 상상할 수 없는, 그것의 필연적 결과를 이미 알고 있다. 그리고 우리가 더 먼 과거의 사건을 검토할수록 그 사건들은 우리에게 덜 자유로운 것으로 보인다.

오스트리아-프로이센 전쟁은 우리에게 의심할 여지 없이 교활한 비스마르크와 그 외 인물들의 행위에 따른 결과로 보인다.

나폴레옹 전쟁은 이미 의심스럽긴 하지만 여전히 우리에게 영웅들의 의지의 산물로 보인다. 그러나 십자군 원정에서 우리는 이미 시간 속에 분명히 자리를 차지한 사건을 보게 되고, 그것 없이는 유럽의 새로운 역사를 생각할 수도 없다. 그러나 십자군 원정의 연대기 필자들에게는 그 사건 역시 몇몇 인물의 의지의 산물로 보였을 뿐이다. 민족 이동에 대해서는 오늘날 그 누구도 유럽 세계의 부흥이 아틸라*의 독단 때문에 일어났다고 생각하지 않을 것이다. 우리가 역사에서 더 먼 과거에서 관찰 대상을 찾을수록 사건을 일으키는 인간의 자유는 더욱 의심스러워지고 필연 법칙은 더욱 분명해진다.

3) 세 번째 근거는 인과의 끝없는 사슬에 우리가 어느 정도 접근할 수 있다는 것이다. 이성은 인과의 사슬을 필연적으로 요구하므로, 우리가 이해한 각각의 현상, 즉 인간의 각 행위는 그 사슬 내에서 앞서 행한 일의 결과로, 또한 뒤에 행할 일의 원인으로 자신의 분명한 자리를 차지해야 한다.

이 세 번째 근거로 인해 한편으로는 관찰에 의해 도출된, 인간이 종속된 생리학적·심리학적·역사적 법칙을 더 많이 알수록, 행위의 생리학적·심리학적·역사적 원인을 충실히 관찰할수록, 다른 한편으로는 관찰된 행위가 더 단순할수록, 관찰 대상인 사람의 성격과 지능이 덜 복잡할수록 자신과 다른 사람들의 행위는 우리에게 더 자유롭고 덜 필연적인 것처럼 보인다.

악행이든 선행이든 혹은 선과 악을 구별할 수 없는 경우이든 간에 우리는 어떤 행위의 원인을 완전히 이해하지 못할 때 그 행위에서 최대의 자유를 인정한다. 악행의 경우 우리는 그런 행위에 대한 처벌을 요구하고 선행인 경우에는 그 행위를 높이 평가한다. 선악을 구별할 수 없을 경우, 우리는 최대의 독자성과 고유함, 자유를 인정한다. 그러나 수많은 원인들 중 하나라도 명백해지면 우리는 어느 정도의 필연을 인정하여 범죄에 대한 처벌을 덜 요구하고 선행의 공로를 덜 인정하고 고유하게 보이는 행동의 자유도 덜 인정할 것이다. 범죄자가 악인들 사이에서 자랐다는 것만으로도 이미 죄는 경감된다. 부모의 자기희생, 보상받을 가능성이 있는 자기희생은 이유 없는 자기희생보다 더 잘 이해되기에 공감을 덜 불러일으키고 덜 자유로워 보인다. 종파와 정당의 설립자 혹은 발명가의 행동이 무엇을 토대로 하여 어떻게 준비되었는지 알 때 그들에 대한 우리의 놀라움은 줄어든다. 만약 우리가 수많은 경험을 했다면, 만약 우리의 관찰이 사람들의 행위 속에서 원인과 결과의 상호 관계를 더 잘 연결한다면 사람들의 행위는 더 필연적이고 덜 자유롭게 보일 것이다. 만약 관찰되는 행위가 단순하면서 동시에 무수히 많다면 그 행위가 필연적이라는 우리의 표상은 더욱 확실해질 것이다. 정직하지 않은 아버지를 둔 아들의 정직하지 않은 행위, 특정 상황으로 전락한 여인의 나쁜 행실, 다시 술을 마시는 술꾼의 행동 등은 그 원인을 잘 이해할수록 덜 자유롭게 보인다. 만약 관찰 대상인 인간이 어린아이나 미치광이나 바보처럼 지적 발달의 가장 낮은 단계에 있을 경우, 우리는 행위의 원인이나 성격과 두뇌의 단순함을 알기 때문에 이미 너무 많은 필연과 너무 적은 자유가 우리에게 보이고, 따라서 행위를 유발하는 명백한 원인 하나를 알게 되면 즉시 그 행위를 예언할 정도가 된다.

오직 이 세 가지 근거를 토대로 모든 법률에 존재하는 죄에 대한 책임 능력 면제와 죄를 감면해 주는 상황이 성립된다. 그 행위를 논의 대상으로 하는 인간 조건에 대한 앎의 정도에 따라, 행위의 수행부터 그에 대한 판단에 이르는 시간 간격의 정도에 따라, 행위의 원인에 대한 이해 정도에 따라 책임 능력은 크게 보이거나 작게 보인다.

IO

이처럼 자유와 필연에 대한 우리의 표상은 외부 세계와 맺는 관계의 정도에 따라, 시간 간격의 정도에 따라, 우리가 인간 생활의 현상을 관찰하는 근거가 되는 원인에 대한 의존도에 따라 단계적으로 축소되거나 확대된다.

따라서 외부 세계와의 관계가 가장 잘 알려지고, 사건 발생 이후부터 판단하는 시기까지의 기간이 가장 길고, 행동의 원인이 가장 잘 이해되는 상황에서 인간을 관찰할 때 우리는 최대의 필연과 최소의 자유에 대한 표상을 얻게 된다. 그러나 외부 조건에 대한 의존도가 가장 작은 사람을 관찰할 때, 그 사람의 행위가 현재와 아주 가까운 시기에 수행되고 그 행위의 원인이 우리에게 알려지지 않았을 때 우리는 최소의 필연과 최대의 자유에 대한 표상을 얻을 것이다.

그러나 우리가 아무리 자신의 관점을 바꾸고, 인간과 외부 세계의 관계를 아무리 명확하게 이해할지라도, 시간의 간격이 크든 작든, 원인을 아무리 잘 이해하든 이해하지 못하든 그 어떤 경우든 간에 우리는 결코 완전한 자유도 완전한 필연도 상상할 수 없다.

1) 우리가 외부 세계의 영향을 받지 않는 인간을 아무리 상상한

다 해도 공간 속에서의 자유에 대한 개념을 결코 얻을 수는 없을 것이다. 인간의 모든 행위는 인간을 둘러싼 것과 인간의 육체에 의해 불가피하게 조건 지어진다. 내가 손을 올렸다가 내린다. 나의 행위는 나에게 자유로운 행위로 보인다. 그러나 모든 방향으로 손을 올릴 수 있는지에 대해 자문할 때 나는 주위의 물체들과 내 육체 구조상 행위에 대한 장애물이 적은 방향으로 손을 올렸음을 알게 된다. 만일 내가 가능한 모든 방향 가운데 한 곳을 골랐다면 그것은 그곳에 장애가 더 적었기 때문이다. 나의 행위가 자유로우려면 어떤 장애물도 맞닥뜨리지 않아야 한다. 인간을 자유로운 존재로 상상하려면 우리는 공간 밖에 있는 인간을 상상해야 한다. 하지만 그것은 분명 불가능하다.

2) 우리가 아무리 판단의 시간을 행위의 시간에 근접시킨다 해도 우리는 결코 시간 속에서의 자유에 대한 표상을 얻지 못할 것이다. 왜냐하면 내가 1초 전에 한 행동을 관찰하더라도 그 행동은 그것이 실행되는 그 순간에 구속되므로 나는 여전히 행동의 부자유를 인정할 수밖에 없기 때문이다. 내가 손을 올릴 수 있을까? 나는 손을 올린다. 그러나 이미 지난 그 순간에 손을 들지 않을 수는 없었을까 하고 자문한다. 이를 확인하기 위해 다음 순간에는 손을 올리지 않는다. 그러나 내가 손을 올리지 않은 때는 내가 자유에 대해 자문한 그 최초의 순간이 아니다. 시간은 이미 흘렀고, 시간을 잡는 것은 나의 권한 밖 일이다. 내가 그때 올린 손은 지금 내가 움직임을 멈춘 이 손이 아니고, 내가 그 행동을 했을 때의 공기는 지금 나를 에워싼 이 공기가 아니다. 첫 번째 행동이 이루어진 순간은 다시 돌아오지 않으며, 그 순간 나는 오직 한 가지 행동만을 할 수 있었다. 그리고 내가 어떤 행동을 했다면 그 행동은 오직 한 가지일 수밖에 없었다. 내가 다음 순간에 손을 올리지 않았다는

사실이 내가 손을 들지 않을 수 있다는 것을 증명하지는 않았다. 나의 행동은 한순간에 오직 하나일 수밖에 없기 때문에 다른 것일 수는 없었다. 그 행동을 자유로운 것으로 상상하기 위해서는 현재 안에서, 과거와 미래의 경계에서, 즉 시간 밖에서 상상해야 하는데 그것은 불가능하다.

3) 원인을 이해하기가 아무리 어려워도 우리는 결코 완전한 자유의 표상, 즉 원인이 부재한다는 생각에 이르지는 않을 것이다. 자신 혹은 타인의 행동에서 의지 표현의 이유가 우리에게 아무리 이해되지 않더라도 이성의 첫 번째 요구는 원인을 가정하고 그것을 탐구하는 것이다. 원인이 없으면 그 어떤 현상도 생각해 낼 수 없기 때문이다. 나는 어떤 원인에도 좌우되지 않는 행위를 하기 위해 손을 올리지만 원인 없는 행위를 원한 것 자체가 내 행위의 원인이다.

설령 우리가 모든 영향력으로부터 완전히 자유로운 인간을 상상하고 그 인간이 현재에 행한, 어떤 원인도 없는 순간적 행위만을 관찰하면서 거의 0이나 다름없는 필연의 잔여물을 가정한다 할지라도 우리는 인간의 완전한 자유라는 개념에 도달하지 못할 것이다. 시간 밖에서 그 어떤 원인에도 좌우되지 않고 외부 세계의 영향을 전혀 받지 않는 존재는 이미 인간이 아니기 때문이다.

마찬가지로 우리는 일말의 자유 없이 오직 필연의 법칙에만 종속되는 인간 행위를 결코 상상할 수 없다.

1) 인간이 놓인 공간적 조건에 대한 우리의 지식이 아무리 늘어날지라도 공간이 무한하듯 이 조건의 수 역시 무한하기 때문에 그 지식은 결코 완전해질 수 없다. 따라서 인간에게 미치는 영향의 **모든** 조건이 해명되지 않는 한, 완전한 필연은 없고 어느 정도의 자유가 있게 된다.

2) 우리가 관찰 대상인 현상과 그 현상에 대한 판단까지의 시기를 아무리 연장해도 그 시기는 유한한 반면 시간은 무한하다. 따라서 이 점에서도 완전한 필연은 결코 있을 수 없다.

3) 어떤 행위의 원인들의 사슬을 아무리 잘 이해한다 하더라도 그 사슬이 무한하기 때문에 우리는 그 사슬 전체를 알 수 없다. 그러므로 우리는 역시 완벽한 필연을 얻지 못할 것이다.

하지만 그 외 우리가 0이나 다름없는 가장 작은 자유의 잔여물을 가정하고, 죽어 가는 인간이나 태어나 백치 같은 존재에게 일말의 자유도 없음을 인정한다 할지라도 우리는 그로 인해 오히려 자신들이 관찰하는 인간에 대한 개념 자체를 파괴하고 말 것이다. 왜냐하면 자유가 존재하지 않는 순간 인간도 존재하지 않기 때문이다. 따라서 최소한의 자유의 잔여물도 없이 필연의 법칙에만 종속된 인간 행위를 상상하는 것은 완전히 자유로운 인간 행위를 상상하는 것만큼이나 불가능하다.

따라서 자유 없이 필연의 법칙에만 종속된 인간 행위를 상상하려면 우리는 **무한한** 수의 공간 조건들, **무한한** 시간적 기간과 일련의 **무한한** 원인들을 알고 있다고 가정해야 한다.

필연의 법칙에 종속되지 않는, 절대적으로 자유로운 인간을 상상하려면 우리는 **공간, 시간, 인과 밖**에 있는 인간을 상상해야 한다.

첫 번째 경우, 만약 자유 없는 필연이 가능하다면 우리는 그 필연에 의해 필연의 법칙을 정의하는 것에, 즉 내용 없는 형식에 이르게 될 것이다.

두 번째 경우, 만약 필연 없는 자유가 가능하다면 우리는 공간과 시간과 인과 밖에 있는 무조건적 자유에 이르겠지만, 무조건적이고 그 무엇의 제약도 받지 않는다는 점 때문에 그 자유는 무(無)이거나 형식 없는 내용에 불과하다.

우리는 대체로 인간의 세계관 전체를 형성하는 두 가지 근거, 즉 이해할 수 없는 삶의 본질과 그 본질을 규정하는 법칙에 이를 것이다.

이성은 다음과 같이 말한다. 1) 그것에 가시성을 부여하는 모든 형태들을 소유하고 있는 공간, 즉 물질은 무한하며 다른 식으로는 생각할 수 없다. 2) 시간은 한순간의 쉼도 없는 무한한 운동이며 그 밖에 다른 식으로는 생각할 수 없다. 3) 인과 관계는 시작도, 끝도 가질 수 없다.

의식은 다음과 같이 말한다. 1) 나는 나 하나이고 존재하는 모든 것은 나뿐이고 따라서 나는 공간을 포함한다. 2) 나는 흐르는 시간을 현재라는 정지된 시간으로 측정하고, 현재 안에서만 스스로를 살아 있는 존재로 인식한다. 따라서 나는 시간의 외부에 있다. 3) 나는 스스로를 나의 삶에 일어나는 모든 현상의 원인으로 느끼기 때문에 인과 관계의 외부에 있다.

이성은 필연의 법칙을, 의식은 자유의 본질을 표현한다.

그 무엇의 제약도 받지 않는 자유란 인간의 의식 안에 있는 생의 본질이다. 내용 없는 필연은 세 가지 형식을 지닌 인간의 이성이다.

자유는 고찰의 대상이다. 필연은 고찰의 대상이다. 자유는 내용이다. 필연은 형식이다.

형식과 내용으로 서로 관계를 맺는 인식의 두 근원을 분리했을 때 우리는 비로소 상호 배타적이고 불가해한 자유와 필연이라는 개별적 개념들을 얻게 된다.

두 근원이 결합할 때 비로소 인간의 삶에 대한 명확한 표상이 생긴다.

내용과 형식이 결합하듯 두 개념의 결합 속에서 서로를 정의하는 이 두 개념 밖에서는 삶에 대한 어떤 관념도 존재할 수 없다.

우리가 인간의 삶에 대해 아는 것이라곤 단지 자유와 필연, 즉 의식과 이성 법칙의 어떤 관계일 뿐이다.

우리가 자연이라는 외부 세계에 대해 아는 것은 단지 자연의 힘과 필연, 혹은 삶의 본질과 이성 법칙 사이에 존재하는 어떤 관계일 뿐이다.

자연의 생명력은 우리의 외부에 있고 우리는 그것을 인식할 수 없다. 우리는 그 힘을 인력, 관성, 전기, 축력 등으로 부른다. 그러나 우리는 인간의 생명력을 인식하여 그것을 자유라고 부른다.

그러나 모든 사람이 느끼지만 그 자체를 이해할 순 없는 인력이 우리가 그것을 지배하는 필연 법칙을 아는 한에서만 (모든 물체는 무게를 가진다는 원초적인 지식으로부터 뉴턴의 법칙에 이르기까지) 이해 가능한 것과 마찬가지로, 각 사람이 느끼지만 그 자체를 이해할 수 없는 자유의 힘은 우리가 그것을 지배하는 필연 법칙을 (모든 인간은 죽는다는 사실부터 매우 복잡한 경제적, 역사적 법칙에 대한 지식에 이르기까지) 아는 한에서만 이해 가능하다.

모든 지식은 삶의 본질을 이성의 법칙 아래 둔 것에 불과하다.

인간의 자유는 인간에 의해 그 힘이 인식된다는 점에서 다른 힘과 구별된다. 그러나 이성이 보기에 그 힘은 그런 힘과 전혀 다르지 않다. 인력, 전기력, 화학 제품의 힘이 서로 다른 이유는 그것이 이성에 의해 다양하게 규정되기 때문이다. 마찬가지로 인간의 자유라는 힘 역시 그 이성이 그것에 부여한 정의에 의해서만 다른 자연력과 구별될 뿐이다. 필연이 없는 자유, 즉 자유를 규정하는 이성의 법칙이 없는 자유는 인력, 열, 식물의 힘과 조금도 다르지 않은데 왜냐하면 이성에게 있어 그것은 단지 정의되지 않은 찰나

적인 생의 감각에 불과하기 때문이다.

천체를 움직이는 힘의 정의하기 어려운 본질, 열이나 전기나 화학 약품의 힘 혹은 생명력의 정의하기 어려운 본질이 천문학, 물리학, 화학, 식물학, 동물학 등의 내용을 형성하듯 자유의 힘의 본질 역시 역사의 내용을 형성한다. 그러나 모든 과학의 대상이 생의 이러한 미지의 본질이 발현된 것이고 그 본질 자체는 단지 형이상학의 대상에 지나지 않는 것처럼, 공간과 시간과 인과의 종속 관계 안에 있는 인간의 자유의 힘의 발현은 역사의 대상이 되지만, 자유 자체는 형이상학의 대상이다.

경험 과학에서는 우리에게 알려진 것을 필연 법칙이라 부르고, 알려지지 않은 것을 생명력이라 부른다. 생명력은 우리가 삶의 본질에 관해 아는 것 이외의, 우리에게 알려지지 않은 나머지 부분을 표현한 것일 뿐이다.

역사에서도 마찬가지로 우리에게 알려진 것을 필연 법칙이라 부르고, 알려지지 않은 것을 자유라 부른다. 역사에 있어 자유는 우리가 인간 삶의 법칙에 관해 알고 있는 것 이외의, 아직 우리가 모르고 있는 나머지 부분에 대한 표현일 뿐이다.

II

역사는 시간 속에 존재하는 외부 세계와의 관계 및 인과의 종속 관계 안에서 인간의 자유가 발현하는 현상을 고찰하면서 이성의 법칙으로 자유를 규정한다. 따라서 역사는 자유가 이성의 법칙에 의해 규정되는 한에서만 과학이 된다.

역사가 인간의 자유를 역사적 사건에 영향을 줄 수 있는 힘, 즉 법칙에 종속되지 않는 힘으로 인정하는 것은 천문학이 천체를 움직이는 자유로운 힘을 인정하는 것과 같다.

이렇게 인정하는 것은 법칙, 즉 모든 지식의 존재 가능성을 파괴한다. 만약 자유롭게 운동하는 천체가 단 하나라도 있다면 케플러와 뉴턴의 법칙은 더 이상 존재하지 않고, 천체의 운동에 대한 어떤 표상도 존재하지 않을 것이다. 만약 인간의 자유로운 행위가 단 하나라도 존재한다면 어떤 역사 법칙도, 역사 사건에 대한 어떤 표상도 존재하지 않을 것이다.

역사에는 인간의 의지가 운동하는 선(線)들이 존재한다. 선의 한쪽 끝은 미지 속에 감춰져 있고, 다른 한쪽 끝에서는 현재에 속한 인간의 자유에 대한 의식이 시공간과 인과의 종속 관계 안에서 움직인다.

우리 눈앞에서 이 운동 범위가 확장될수록 운동의 법칙은 더욱 분명해진다. 역사의 과제는 이 법칙을 포착하여 규정하는 것이다.

오늘날 학문이 자신의 대상을 보는 관점으로는, 그리고 학문이 인간의 자유 의지에서 여러 현상들의 원인을 찾으며 준수하는 방법으로는 학문을 위한 법칙을 표현하는 것이 불가능하다. 왜냐하면 인간의 자유를 아무리 제한해도 우리가 자유를 법칙에 종속되지 않는 힘으로 인정하는 순간, 법칙은 존재할 수 없기 때문이다.

이 자유의 경계를 무한으로 설정할 때, 즉 자유를 무한소로 고찰할 때에만 우리는 우리가 원인에 도달하는 것이 완전히 불가능하다는 사실을 확신하게 될 것이고 그때가 되어서야 역사의 원인을 고찰하는 대신에 법칙을 고찰하는 것을 자신의 과제로 삼을 것이다.

이미 오래전부터 이 법칙들에 대한 고찰이 시작되었다. 옛 역사학이 현상의 원인을 끊임없이 세분화하며 자기 파멸로 가는 것과 함께 역사학이 습득해야 할 새로운 사고방식이 형성되고 있다.

이 길을 따라 인간의 모든 학문이 걸어갔다. 학문 중에서도 가장 정밀한 수학은 무한소에 도달하자 미분의 과정을 버리고 그 미지의 무한소들을 모두 합하는 새로운 과정에 착수한다. 원인이라는 개념을 버린 수학은 또 다른 법칙, 즉 미지의 무한소의 모든 요소에 공통적인 특징을 탐구한다.

비록 형식은 다르지만 여타 학문들 역시 똑같은 사유 방법의 과정을 따랐다. 뉴턴이 인력의 법칙을 말했을 때 그는 태양이나 지구가 끌어당기는 성질을 갖고 있다고 말한 것이 아니라 최대의 것에서 최소의 것에 이르기까지 모든 물체가 서로 끌어당기는 듯한 성질을 갖고 있다고 말했다. 물체가 운동하는 원인에 대한 질문을 제쳐 두고 무한대부터 무한소에 이르는 모든 물체에 공통적인 성질을 표명한 것이다. 자연 과학도 이와 마찬가지로 원인에 대한 물음은 제쳐 두고 법칙을 탐구한다. 역사학도 같은 노선에 있다. 만약 역사학이 사람들의 생활 속 일화들을 기술하는 대신 여러 민족과 인류의 움직임을 연구 대상으로 삼는다면 원인이라는 개념을 제쳐 두고, 서로 동등하며 굳건히 결합된 자유의 모든 무한소 요소들에 공통적인 법칙을 탐구해야 한다.

I2

코페르니쿠스의 법칙이 발견되고 증명된 이후, 태양이 아닌 지구가 움직인다는 사실을 인정하는 것 하나가 고대인들의 우주론 전체를 붕괴시켰다. 이 법칙을 부정한 후 천체의 운동에 대한 옛 견해를 유지하는 것은 가능했지만, 부정하지 않은 채 프톨레마이오스적 우주에 대한 연구를 계속하는 것은 불가능했을 듯싶다. 그러나 코페르니쿠스의 법칙이 발견된 이후에도 프톨레마이오스적 우주는 계속해서 오랫동안 연구되었다.

출산이나 범죄 발생의 수가 수학적 법칙에 종속되고, 어떤 지리적·정치 경제적 조건들이 이런저런 통치 형태를 결정하고, 주민과 토지의 관계가 민족의 이동을 가져온다는 사실이 표명되고 증명된 이후, 그 이후로 본질적으로 역사가 토대를 둔 기반들이 붕괴하고 말았다.

새로운 법칙을 부인한 후, 역사에 대한 이전의 견해를 유지하는 것이 가능했을 수 있다. 그러나 그 법칙을 부인하지 않은 채 역사적 사건을 사람들의 자유 의지의 산물로 계속해서 연구하는 것은 불가능했던 것처럼 보인다. 왜냐하면 어떤 지리적·민족적·경제적 조건들의 결과로 인해 어떤 통치 형태가 확립되었거나 어떤 민족 이동이 일어났다면, 우리가 보기에 통치 형태를 확립하거나 민족 이동을 불러일으킨 인물들의 의지는 더 이상 원인으로서 고찰할 수 없기 때문이다.

그럼에도 종래의 역사학은 자체의 명제들과는 완전히 상반되는 통계학·지리학·정치 경제학·비교 문헌학·지질학의 법칙들을 갖고 계속 연구되고 있다.

물리 철학에서는 신구 시각의 투쟁이 오랫동안 그리고 끈질기게 진행되어 왔다. 신학은 구시각을 옹호하고 나서며 신시각이 계시를 파괴한다고 비난했다. 그러나 진리가 승리를 거두자 신학도 새로운 토대 위에 견고하게 구축되었다.

현대에도 역사에 대한 신시각과 구시각의 투쟁이 오랫동안, 그리고 끈질기게 진행되고 있다. 그리고 똑같이 신학은 구시각을 옹호하고 나서며 신시각이 계시를 파괴한다고 비난한다.

이 경우든 저 경우든 투쟁은 양쪽 모두의 열정을 불러일으키고 진리를 억누른다. 투쟁의 한편에는 수 세기에 걸쳐 건축된 모든 것, 건축물에 대한 두려움과 안타까움이 나타나고, 다른 한편에는 파괴에 대한 열정이 나타난다.

새롭게 출현하는 물리 철학의 진리와 투쟁하는 사람들에게는 자신들이 그 진리를 인정하면 하느님과 우주 창조와 눈의 아들 여호수아의 기적*에 대한 믿음이 무너질 것 같았다. 코페르니쿠스와 뉴턴의 옹호자들, 그중에 예를 들어 볼테르 같은 사람에게는 천문학의 법칙들이 종교를 무너뜨릴 것처럼 보였고, 그래서 그는 인력의 법칙을 종교에 맞설 무기로 이용했다.

지금도 똑같이 보인다. 필연 법칙을 인정하면 영혼, 선악 그리고 이 개념 위에 세워진 모든 국가 제도와 교회 제도가 붕괴할 것처럼 보인다.

볼테르가 자기 시대에 그랬던 것처럼 지금도 똑같이 필연 법칙을 수호하려는 소명받지 않은 옹호자들이 종교에 맞서는 무기로 필연 법칙을 이용한다. 그 당시 그랬던 것처럼, 즉 천문학에서 코페르니쿠스의 법칙이 그랬던 것과 마찬가지로, 역사학에서 필연 법칙도 국가 제도와 교회 제도의 토대를 파괴하기는커녕 오히려 확고하게 하고 있다.

당시 천문학의 문제에서처럼 오늘날 역사학의 문제에서도 모든 시각 차이는 가시적 현상들의 척도로 쓰는 절대 단위의 인정 여부에 토대하고 있다. 천문학에서 그 단위는 지구의 부동성이었다. 역사학에서 그 단위는 개인의 독립성, 즉 자유다.

천문학에서 지구가 움직이고 있다는 사실을 인정하기 어려운 것은 지구가 움직이지 않는다는 직접적인 감각을 부인하고, 또 마찬가지로 행성들이 움직이고 있다는 그와 같은 감각을 부인해야 한다는 점 때문이다. 그와 같이 역사에서도 개인이 공간과 시간과 인과 관계의 법칙에 종속된다고 인정하기 어려운 것은 자신의 개인적 독립성에 대한 직접적인 감각을 부인해야 하기 때문이다. 그러나 천문학의 새로운 시각이 "사실 우리는 지구의 움직임을 느끼지 않는다. 그러나 지구의 부동성을 가정할 경우에 터무니없는 결론에 이를 것이다. 반면 우리가 느끼지 못하는 그 운동을 가정하면 우리는 법칙에 이르게 된다"라고 말했듯이, 역사학의 새로운 시각도 이렇게 말한다. "사실 우리는 우리의 종속성을 느끼지 않는다. 그러나 우리의 자유를 가정하면 터무니없는 결론에 이를 것이다. 반면 외부 세계, 시간, 인과 관계에 대한 자신의 종속성을 인정하면 우리는 법칙에 이르게 된다."

첫 번째 경우에는 공간 속에서의 부동성에 대한 의식을 부정하고 우리에게 감지되지 않는 운동을 인정해야 했다. 이 경우에도 그와 마찬가지로 인식되는 자유를 부정하고 우리에게 감지되지 않는 종속성을 인정하는 것이 필요하다.

19 **베레지나강** Berezina River. 드네프르강의 지류로 그리 넓지 않은 강이지만, 프랑스 군대는 이 강을 건너며 병력의 절반 가까이를 잃었다.

20 **필리** Fili. 15세기 중엽부터 널리 알려진 모스크바 부근의 역사적인 마을이다. 나폴레옹 침략 당시, 9월 1일 이곳에서 열린 작전 회의에서 모스크바로부터 철수한다는 방침이 결정되었다.

24 **크로사르** Krosar. 나폴레옹의 스페인 원정에 참가한 프랑스군 장교로 알려져 있다.

사라고사 포위전 사라고사는 스페인 북동부 아라곤 지방의 주도로, 사라고사 포위전으로 잘 알려져 있다. 제1차 사라고사 포위전은 1808년 6~8월 동안 지속되었는데, 중세 시대에 세워진 사라고사 성벽은 현대적 포격에 견딜 수준이 아니어서, 제1차 포위전이 시작된 후 프랑스군의 포격에 무너지고 말았으나, 사라고사 시민들이 골목길 하나하나에서 죽기로 싸워 결국 프랑스군을 물리쳤다. 그리고 12월에 제2차 사라고사 포위전이 시작되었을 때는 만반의 준비를 해 둔 주민들의 저항으로 쉽게 함락하지 못했으나 이 과정에서 많은 민간인 사상자와 전염병이 발생하여 결국 사라고사 주민들이 프랑스군에 조건부 항복을 하면서 마무리되었다.

27 **페치카** 러시아의 벽난로인 페치카는 오늘날 우리가 일반적으로 알고 있는 벽난로와 조금 다르다. 특히 러시아 농가의 페치카는 일반적으로 그 위에 조그만 공간이 있고, 이곳에 침구 등을 깔고 침상으로 사용하기도 한다.

31 **프리틀란트 전투** 1807년에 발생한 전투로, 나폴레옹 보나파르트가 프로이센의 프리틀란트에서 전술적 천재성을 보여 주며 러시아 제국군을 무찌르고 대승을 거둔 전투이다. 이 전투를 계기로 러시아는 프랑스와 평화 조약을 맺는 수순을 밟게 되었다.

35 **모스크바 총사령관** 러시아는 17세기 후반 표트르 대제 이후 문무 관등 체계를 정비했지만, 영토 확장 정책과 함께 무관이 중시되는 사회였다. 특히 전시에는 귀족 문관 등이 전쟁에 참여하며 무관 직을 수행했다. 나폴레옹 전쟁 당시 모스크바 총독도 전투가 과열되면서 1812년 7월부터 총사령관으로 불렸다.

36 **아브구스틴** Avgustin. 영어 이름인 어거스틴 혹은 프랑스어 이름인 오귀스탱에 해당하는 러시아어 이름이다. 유명한 설교자이자 모스크바의 대주교였던 아브구스틴은 비노그라츠키(A. V. Vinogradskii, 1776~1819)의 사제명이다.

라스톱친 백작은~명령을 내리기도 했다 이 구절은 당시의 역사적 상황에 대한 이해를 필요로 한다. 전쟁 당시 『함부르크 신문』에 실린 나폴레옹의 편지와 연설이 러시아어로 번역되어 모스크바에 전단으로 나돌았다고 한다. 상인 베레샤긴이 그 전단지를 작성했다는 죄목으로 체포되었으나, 사건의 실질적인 주동자는 클류차료프(F. P. Klyucharyov)라는 소문이 나돌았다. 라스톱친은 아들의 친구인 베레샤긴을 위해 탄원한 모스크바의 우체국장인 클류차료프를 의심하고 체포하여 유형을 보냈다.

이 사건에 관여한 것에 대한 시 "나는 타타르인으로 태어났다. 나는 로마인이 되기를 원했다. 프랑스인들은 나를 야만인이라 불렀다. 러시아인들은 조르주 당댕이라 불렀다."(톨스토이 주)

39 **짧은 옷을 입은 예수회 신부** 로마 가톨릭 소속 수도회인 '예수회'에서 '짧은 옷을 입은 예수회 신부'란 평회원을 의미한다. 1534년 8월

15일에 군인 출신 수사였던 이냐시오 데 로욜라에 의해 설립되었다. 예수회는 전통적인 수도회가 내세우는 3대 서원인 청빈, 정결, 순명 외에 구원과 믿음의 전파를 위해 맡겨지는 교황의 파견 사명을 지체 없이 실행하겠다는 네 번째 서원이 덧붙여져 있다. 이는 예수회만의 특징으로 이 같은 정신은 종교 개혁의 물결로부터 가톨릭교회를 지키고, 내적 쇄신을 이루는 데 중요한 역할을 하게 해주었다. 이 수도회는 전통적인 수도회의 모습 중에서 과감하게 탈피하는 개혁적인 모습을 보여 준다. 그러나 1773년 교황 클레멘스 14세는 노예제에 저항하는 예수회를 불편해하는 포르투갈, 스페인, 프랑스에서 들어온 추방 청원을 받아들여 예수회를 해산했다. 예카테리나 여제는 예수회의 열렬한 옹호자였고, 피우스 7세는 1801년 러시아에서 교단의 재건을 인가했다. 그러나 1820년 무렵 예수회는 페테르부르크와 모스크바 전역에서 추방되었다. 그들은 러시아와 프로이센 등지에서 활동하다가 40년 후에 복권되어 현재까지 유지되고 있다.

41 **대죄인가** 가톨릭교에서의 죄 개념이다. 인간의 죄들 가운데 인간의 자유 의지에 의해 하느님을 거역하고 짓는 죄를 '대죄(大罪, mortal sin)'라고 일컬었으며, 사후 심판 후 지옥에서 고통을 겪게 되는 죄이다.

48 **버림받은 여자와 결혼하면……** 「마태오의 복음서」 5장 32절과 「루가의 복음서」 16장 18절을 참조.

51 **살로** salo. 돼지고기 비계를 소금에 절인 요리로 우크라이나 전통 음식 가운데 하나지만, 러시아, 벨라루스, 헝가리, 폴란드, 불가리아, 루마니아, 체코, 슬로바키아 등 슬라브족이 즐겨 먹는 음식이기도 하다.

62 **추이카** chuika. 농민과 상인 계층이 즐겨 입던 전통적인 방한복의 일종이며 털로 된 긴 옷의 형태이다.

76 **좌마 기수들** 사두, 육두, 팔두 마차의 첫 번째 열의 말에 탄 마부를 일컫는다.

77 **맘젤** mam'zelle. 프랑스어 '마드무아젤'의 러시아식 발음이다.

82 **고블랭 직물** 고블랭직(織)의 꽃무늬가 있는 모전(毛氈)이다. 15세기 중엽 프랑스 염색업자인 고블랭(Gobelins)이 만들어 낸 것에서 비롯되었으며, 채색 씨실을 사용해 정교하고 화려한 직물을 직조하여 왕실에 납품한 것으로 알려져 있다.

89 **마리야 카를로브나** Mar'ya Karlovna. 본문의 내용에서 언급되는 마담 쇼스의 정확한 이름을 확인할 필요가 있다. 제2권 제4부 제10장(루이자 이바노브나)과 이곳(마리야 카를로브나)에서 차이가 있다. 작가의 혼동일 수 있다.

91 **손수건을 꺼내 매듭을 지으면서** 러시아 민간 관습의 하나로, 추후 무엇인가에 대한 기억을 쉽게 떠올리기 위한 것이라고 한다.

114 **보야르** boyar. 중세 러시아 귀족 사회의 특권층으로, 차르와 그 부인의 측근인 대귀족을 일컫는다.

122 **머리를 빡빡 민 사람들** 당시 러시아의 죄수들은 머리를 밀어 깎았다. 그러므로 최근에 감옥에서 풀려난 죄수들임을 암시한다.

132 **키타이고로드** Kitai-gorod. 현재 모스크바 중심부에 위치한 지역으로, 상업, 문화, 행정 중심지이다. 러시아어로는 '중국인 마을(kitai gorod)'을 뜻한다. 그러나 크렘린과 접한 이 지역에 실제로는 지역명과 달리, 중국인 거주자의 분포가 높은 편은 아니다. 어원에 대한 정확한 학설은 정립되지 못한 상황이다.

136 **회상록** 라스톱친 백작이 저술한 『모스크바 화재의 진실』(1823)을 가리킨다.

공포 정치 프랑스 혁명 고양기라 할 수 있는 1793년 9월 5일부터 1794년 7월 27일까지 로베스피에르와 공안위원회의 주도로 실시된 자코뱅당의 독재 정치를 말한다. 루이 16세의 처형 뒤 민중의 지지를 받던 자코뱅당은 1793년 6월, 국민 공회에서 지롱드파를 추방하고 정권을 장악했다. 같은 해 10월, 국민 공회는 임시 정부를 '혁명 정부'로 개칭하고 공포 정치를 승인했다. 혁명 정부의 권한은 대(對)유럽 전쟁을 수행하기 위해 필요한 최고 가격제와 물자 통제, 배급제로 더욱 강화되었으며, 공안위원회, 보안위원회, 혁명 재판소 등의 기관을 통하여 반대파를 탄압했다. 또한 위반자에 대한 처형이 이루어져 약 30만 명이 체포되고 약 1만 7천 명이 공식적으로 처형되었으며, 수많은 사람이 재판도 받지 못한 채 감옥에서 죽었다고 한다. 그러나 자코뱅당 내부의 알력으로 지도자가 자주 바뀌었고, 1794년에 테르미도르의 반동으로 공포 정치는 끝났다.

140　**메시코프**　모스크바의 변호사였던 메시코프(Petr Alekseevich Meshkov)는 1812년 베레샤긴의 '선언문'을 베껴 쓴 일로 귀족 신분과 직위를 박탈당하고 사병으로 군대에 끌려갔다가, 1816년 알렉산드르 1세로부터 사면을 받았다.

163　**대학생이 총살당했다는 것도 알았다**　1809년 10월 12일, 프리드리히 슈탑스라는 10대 후반의 학생이 빈의 쇤브룬 궁전 앞에서 근위대 열병식에 참가한 나폴레옹을 암살하려 했다.

173　**9월 7일 전투**　프랑스군은 그레고리력을 사용해 모스크바 대전투를 9월 7일로 표기하지만, 율리우스력을 사용하는 러시아군은 보로디노 전투를 8월 26일로 표기한다. 톨스토이도 작품 곳곳에서 8월 26일로 적었다.

176　**탈마, 라 뒤세누아, 포티에, 소르본, 대로입니다**　탈마(François-Joseph Talma, 1763~1826)는 프랑스의 연극배우로 코메디프랑세즈 극단에서 활동하며 셰익스피어 극을 상연하여 성공을 거두었다. 비극에 뛰어난 재능을 보였으며 연극에서 리얼리즘을 잘 표현한 연출로, 19세기 프랑스 낭만주의와 사실주의의 선구자가 되었다. 1799년 국립 극단에서 활동하며 나폴레옹의 총애를 받았다. 뒤세누아(C. J. Duchénois, 1777~1835)는 인기 있는 여배우였고, 포티에(Ch. G. Potier, 1775~1838)는 유명한 희극 배우였다. 소르본은 13세기 중엽에 세워진 파리 대학이다. 그리고 대로(les boulevards)는 그 자체로 '통속극'을 뜻하는 만큼, 연극이나 극장과 연관이 깊은 단어다.

189　**트로이차**　Troitsa. 성삼위일체 수도원으로 모스크바 근교에 위치해 있다. 성 세르기이 수도원이라고도 불리며, 중세 러시아의 위대한 성인으로 꼽히는 성 세르기이가 설립한 것으로 러시아 정교의 중

심지였다.

227 **두 황후** 파벨 1세의 미망인이자 알렉산드르 1세의 어머니인 마리아 표도로브나 황태후와 알렉산드르 1세의 아내 옐리자베타 알렉세예브나 황후를 말한다.

228 **성 세르기이의 이콘을 군주에게 보낼 때 대주교가 쓴 서한을 낭독해야만 했다** 성 세르기이는 1380년 타타르와의 전투에 나서는 블라디미르 공국의 대공 드미트리 돈스코이를 축복하였고, 드미트리 돈스코이는 쿨리보코 전투에서 타타르로부터 처음으로 승리를 얻어 냈다. 대주교가 성 세르기이의 이콘을 군주에게 보내는 것은 이런 역사적 맥락에서 정교의 호국적 역할을 의미한다.

230 **페트로폴** Petropol'. 프랑스어 페트로폴은 페테르부르크에 위치한 페트로파블롭스크 요새를 가리킨다.

오스트리아 군기를 보내는 바이다 외교 문서와 함께 오스트리아 군기를 함께 보내는 것은 러시아와의 동맹을 깨고 나폴레옹과 연합한 오스트리아를 비꼬기 위함이다.

232 **폐하의 탄신일** 알렉산드르 1세는 12월 1일에 태어났다. 여기서 탄생일은 군주의 명명일을 의미한다.

234 **[알렉산드르 이바노비치] 쿠타이소프** Aleksandr Ivanovich Kutaisov (1784~1812). 제1포병대를 지휘한 장군으로 보로디노 전투에서 전사했다.

267 **무엇을 의미하는지에 대해서는 한마디도 꺼내지 않았다** 인척 사이의 결혼을 금지하는 러시아 정교회의 교회법을 의식한 것이다. 안드레이 공작과 나타샤가 결혼하면 니콜라이와 마리야 공작 영애는 교회법상 결혼을 할 수 없다.

280 **[드미트리 미하일로비치] 셰르바토프** Dmitrii Mikhailovich Shchervatov(1760~1839). 모스크바현 세르푸호프군의 귀족 단장이다.

294 **매** 여기서 '매'라는 단어는 러시아인들이 친한 사람을 부를 때 사용된 애칭이다.

296 **프롤라와 라브라** 프롤라(Frola)와 라브라(Lavra)는 가축의 수호성

인이다.

300 **휴가 중인 군인은 바지 밖으로 나온 루바시카지** 농민들이 루바시카를 바지 밖으로 빼 입었다면 병사들은 바지 안에 넣어 입었다. 따라서 이 말은 군대를 벗어난 군인은 농민에 가깝다는 것을, 군대의 규율을 지킬 의무가 없다는 것을 의미한다.

농민 러시아 단어 농민 '크레스티야닌(krest'yanin)'은 그리스도교를 의미하는 '흐리스티아닌(hkristianin)'에서 유래했다.

316 **공중의 새들을 보아라. 그것들은 씨를 뿌리거나 거두거나 곳간에 모아들이지 않아도 하늘에 계신 너희의 아버지께서 먹여 주신다** 「마태오의 복음서」 6장 26절의 구절이다.

324 **죽음은 깨어남이야** 안드레이 공작의 말 "난 죽었어. 그리고 깨어났지. 그래, 죽음은 깨어남이야"에서 나타나는 잠과 죽음 사이의 연관성을 톨스토이는 독일의 철학자 요한 고트프리트 폰 헤르더(1744~1803)의 잠과 죽음에 대한 개념에서 차용했다.

330 **지구는 멈춰 있고~사이에 있는 것만큼의 차이가 있다** 톨스토이는 그 당시 존재했던 태양계에 대한 두 개념(프톨레마이오스의 개념과 코페르니쿠스, 갈릴레오의 개념)을 염두에 두고 있다.

331 **뭐라가 시야에서 러시아군을 놓치지 않았다면** 처음에 쿠투조프는 모스크바에서 떠나 랴잔 가도를 따라 퇴각하다가 카자크 부대가 랴잔 가도를 따라 계속해서 퇴각하도록 지시한 후 자신은 1812년 9월 5일 툴라 가도로 방향을 틀었다. 이 거짓 작전을 뮈라는 알아채지 못했고, 9월 중순 나폴레옹은 러시아군의 주요 병력이 위치한 곳에 들어섰다.

332 **툴라 공장** 모스크바에서 남쪽으로 193킬로미터 떨어진 툴라(Tula)는 철광산과 가까워 석탄업, 제조업, 제철업, 군수업이 성했다.

344 **토르반** torban. 우크라이나 민족의 현악기로, 바로크의 류트와 솔터리(psaltery)의 특징이 결합된 악기이다.

347 **[바실리 바실리예비치] 오를로프-데니소프** Vasilii Vasilyevich Orlov-Denisov(1775~1844). 프랑스와의 전쟁에서 카자크 기병 연대를 지휘하며 여러 전투에 참가했으며 특히 타루티노 전투에서 활약

이 두드러졌다. 아버지는 돈 카자크의 아타만이었고, 할아버지는 카자크 최초의 백작이었다.

351 [카를 표도로비치] 바고부트 Karl Fyodorovich Baggovut (1762~1812). 타루티노 전투에서 전사한 노르웨이 혈통의 러시아 장군으로 용감한 장군들 중 하나였다. 그의 전사 후 알렉산드르 1세는 "조국에 유용한 용감한 지휘관을 잃었다"는 내용의 친서를 바고부트의 미망인에게 보냈다.

353 쿠투조프는 다이아몬드 훈장을 받았고 베니히센도 다이아몬드와 10만 루블을 받았으며 쿠투조프는 황금 장검과 다이아몬드 훈장, 월계관을 받았고 베니히센은 성 게오르기 다이아몬드 훈장을 받았다.

358 4천 년의 시간이 나폴레옹의 위대함을 지켜본 이집트에서 이 문구는 1798년 6월 20일, 이집트에서의 이른바 피라미드 전투(혹은 엠바베 전투) 전날 프랑스 군인들에게 나폴레옹이 한 말이다. ("제군들이여! 4천 년의 시간이 오늘 이 피라미드의 높이에서 그대들을 지켜보고 있다.")

360 [이반 바실리예비치] 투톨민 Ivan Vasilievich Tutolmin(1760~1839). 비밀 고문관, 시종, 국무 위원, 원로원 위원, 명예 후견인이었고 나폴레옹이 모스크바에 입성했을 때 모스크바에 남아 고아원을 감독하고 있었다.

364 협력하기를 지체하지 말라 이 두 포고문은 알렉산드르 이바노비치 미하일롭스키다닐렙스키(Aleksandr Ivanovich Mikhailovskii-Danilevskii, 1789~1848)가 1839년에 발표한『1812년 조국 전쟁에 대한 기술』에서 톨스토이가 인용한 것이다.

366 팽과 벌인 논쟁 나폴레옹의 비서이자 기록 담당관으로 두 권의 저서『나폴레옹 황제의 역사를 복구하기 위해 그해 사건들에 대한 짤막한 개괄을 그 내용으로 하는 1812년에 대한 원고』를 쓴 아가통 장 프랑수아 팽(Agathon Jean François Fain, 1778~1837)과 아돌프 티에르(Adolphe Thiers, 1797~1877)가 벌인 논쟁은 티에르의『제국사』에 나와 있다.

368 포즈냐코프 Poznyakov. 상인 가문으로, 16세기의 유명한 상인이자

여행자인 바실리 포즈냐코프로부터 시작되었다.

372 **세리** seryi. 러시아 단어로 '회색'을 의미한다.

비슬리 vislyi. 러시아 단어로 '축 처진'을 의미한다.

385 **니콜라든 블라스든** 성 니콜라(Nikola) 교회, 성 블라스(Vlas) 교회를 가리킨다. 니콜라와 블라스는 러시아 성인의 이름이다.

387 **[외젠 로제 드] 보아르네** Eugène Rose de Beauharnais (1781~1824). 나폴레옹의 황후 조제핀과 남편 알렉상드르 드 보아르네 자작의 아들로 나폴레옹의 양자가 되었다. 1809년 오스트리아와의 전투 때 이탈리아에서 군대를 지휘했다. 1812년 나폴레옹은 이탈리아에 있던 보아르네를 불러 프랑스 군대의 제4군단(일명 '이탈리아 군') 통수권을 맡겼다.

394 **도로호프의 파르티잔 부대** 러시아 군대가 모스크바에서 퇴각하면서 연대장 이반 세묘노비치 도로호프(Ivan Semyonovich Dorokhov, 1762~1815)는 쿠투조프의 명령에 따라 대략 2천 명에 이르는 대규모 파르티잔 부대를 지휘했다. 이 부대는 프랑스군 일부와 수송대를 격파하는 일련의 작전에서 성공을 거두었다.

[장바티스트] 브루시예 Jean-Baptiste Broussier(1766~1814). 프랑스의 장군으로 보아르네 군대의 한 사단을 지휘했다.

396 **[알렉산드르 니키티치] 세슬라빈** Aleksandr Nikitich Seslavin (1780~1858). 1812년의 나폴레옹 전쟁과 1813~1814년의 유럽 원정에서 혁혁한 공을 세운 러시아의 장군이자 파르티잔 지휘관이다.

405 **[안나 루이즈 제르멘 드] 스탈** Anne-Louise Germaine de Staël(1766~1817). 프랑스의 수필가로 나폴레옹과 오랫동안 사이가 좋지 않았으며 1802년에 추방되어 1812년에는 러시아에 거주했다. 쿠투조프와 편지를 주고받았고, 쿠투조프의 총사령관 임명을 축하하기도 했다. 그녀의 러시아 체류를 푸시킨은 미완의 소설 『로슬라블레프』(1831)에서 동정심을 가지고 보여 주었다.

408 **무통이라는 단순한 병사** 레지스 바르텔레미 무통뒤베르네(Régis Barthélemy Mouton-Duvernet, 1769~1816)는 프랑스의 장군으로

가난한 집안에서 태어나 보병에 자원입대했다. 툴롱 포위전에 참가했고, 오스트리아·프로이센·러시아와의 전투 등 수많은 전투에 참여하여 자작 작위를 받았다. 부르봉 왕정 복고를 격렬히 비판하다 총살당했다.

417 강해지거나 약해진다는 것에 동의한다 이러한 시각은 특히 독일의 군사 이론가이자 역사가인 카를 폰 클라우제비츠(Carl von Clausewitz, 1780~1831)에게서 특징적으로 드러나는데 클라우제비츠는 전쟁을 다른 수단들에 의해 정치가 계속되는 것으로 정의했다.

425 데니스 [바실리예비치] 다비도프 Denis Vasilievich Davydov (1784~1839). 러시아의 군인이자 시인으로, 1812년 8월 21일 자신이 성장했던 곳이기도 한 보로디노 전투 이전에 파르티잔 부대 창설을 바그라티온에게 맨 처음 제안했다. 푸시킨, 뱌젬스키와 함께 문학 서클 아르자마스 모스크바 지부를 대표했으며 시인으로서 푸시킨의 존경을 받았다.

429 부르카 burka. 양털이 달린 펠트로 만든 소매 없는 외투로 캅카스의 의복이다.

432 뱌지마 전투 나폴레옹의 군대가 스몰렌스크 가도를 따라 퇴각하던 시기의 첫 번째 주요 전투는 1812년 11월 2~3일, 뱌지마에서 벌어졌다. 밀로라도비치 휘하의 러시아 전위 부대가 프랑스군을 상대로 승리를 거두었다. 이 전투로 프랑스군은 완전히 사기를 잃었다.

437 플라스툰 plastun. 쿠반 부대(예전의 흑해 부대)의 보병 카자크로, 보초와 정찰 임무를 수행하던 이를 가리킨다.

443 셰르바티 shcherbatyi. '얽은', '꺼칠한', '울퉁불퉁한'을 의미하는 형용사이다.

449 바뀐 두 이름 모두에서 연상되는 봄이 어린 소년의 이미지와 잘 어울렸다 '베센니(Vesennii)', '비세냐(Visenya)'는 각각 러시아어 형용사와 명사 '봄의(vesenni)', '봄(vesna)'과 발음이 유사하다.

451 체크멘 chekmen'. 카자크식 남성용 상의 혹은 카자크 장교들의 제복 상의를 가리킨다.

461 카라바흐 Karabakh. 현재 아르메니아 동부와 아제르바이잔 남서

부에 위치한 지역으로 소캅카스 고원에서 쿠라강과 아라스강 사이의 저지대까지 이어져 있다. 카라바흐는 산악 초원 지대의 경주 및 승마를 위한 말로, 이름은 말의 원산지(아제르바이잔의 일부인 남캅카스 지역)에서 온 것이다. 카라바흐는 그 기질이 좋고 빠르기로 유명했다.

472 **[장앙도슈] 쥐노** Jean-Andoche Junot(1771~1813). 프랑스 혁명과 나폴레옹의 러시아 원정에 참여한 프랑스의 정치가이자 장군이다.

478 **피에르도 알고 있는 이야기** 톨스토이는 이 슈제트를 발전시켜 단편 「하느님은 진실을 보나 빨리 말하지는 않을 것이다」(1872)를 완성했다.

479 **마카르** Makar. 상업 중심지였던 니즈니노브고로드에서 열렸던 마카리옙스키(줄여서 마카르) 시장을 지칭한다.

489 **10월 28일, 영하의 추위가 시작되면서** 러시아군의 적극적인 행동이 이루어진 뒤 1812년 10월 28일에 나폴레옹은 퇴각하면서 자신의 주거처를 스몰렌스크로 옮겼다. 당시 기온은 영하 12도였고, 11월 1일 무렵에는 영하 17도까지 떨어졌다.

496 **위대한 황제가 최후에 영웅적인 군대를 버리고 떠난 것** 나폴레옹은 1812년 12월 5일, 자신의 군대를 뮈라에게 남기고 파리로 떠나 버렸다.

501 **[조제프 드] 메스트르** Joseph de Maistre(1753~1821). 프랑스의 사상가, 작가, 법률가, 외교관으로 프랑스 혁명 직후의 시기에 사회 계급과 절대 군주제를 옹호한 반계몽주의자이다.

525 **두려움이 없고 나무랄 데 없는 기사** 이 관용구는 당대 뛰어난 장군으로 명성을 떨쳤던 프랑스의 장군인 피에르 뒤 테라일(Pierre du Terrail, 1473~1524)을 지칭하는 말이다.

526 **폴로트냐니예 자보디** Polotnyanye Zavody. 칼루가에 있는 촌락으로 쿠투조프는 여기서 러시아군의 주요 병력과 함께 머물렀다.
그가 나폴레옹과 밀약을 맺었고 그에게 매수되었다는 윌슨의 기록을 톨스토이가 인용한 것이다. 로버트 토머스 윌슨(Robert Thomas Wilson, 1774~1849)은 러시아 사령부에서 영국 연합군을 대표했고, 동시에 알렉산드르 1세의 비밀 제보자였다. 알렉산드르 1세에게 보내는 편지에서 윌슨은 쿠투조프가 아무것도 하지 않고 있으며, 심지어 적을 공격하는 계획에 적대적이라고 그를 비난했다. 이 비난은 그의 일기 『나폴레옹 보나파르트의 러시아 침공과 1812년 프랑스 군대의 퇴각 당시 사건에 대한 기록들』에 남아 있다.

527 **교활하고 거짓말 잘하는 신하로 등장한다** 보그다노비치의 『1812년의 역사: 쿠투조프의 성격과 크라스노예 전투의 불만족스러운 결과들에 대한 고찰』.(톨스토이 주)

528 **피라미드에서 내려다보는 4천 년에 대해** 이 말은 이집트 원정 때 나폴레옹이 한 말이다.

532 **크라스노예 전투의 첫날이었다** 이날은 이틀 전에 일어난 전투가 정점을 찍은 때였다. 11월 5일 러시아군은 나폴레옹을 오르샤로 퇴각시키며 크라스노예를 탈취했다.

544 **폴리온** Polion. 아마 나폴레옹을 가리키는 말일 것이다.

550 **전쟁에서 결정적인 사건** 톨스토이는 베레지나 도하를 전쟁 과정에서 매우 중요한 사건으로 보는 역사가들(대표적으로는 M. I. 보그다노비치)과 논쟁했다.

554 **[파벨 바실리예비치] 치차고프** Pavel Vasilievich Chichagov (1765~1849). 1812년 쿠투조프를 대신하여 도나우 함대를 통솔하여 베레지나 전투에 참가했다. 프랑스군의 베레지나 도하 이후 적의 퇴로를 차단하지 못했다는 비난을 받았다. 1813년 외국으로 나가 생의 말년을 보냈다.

560 **그는 죽었다** 쿠투조프는 1813년 4월 28일, 러시아군이 국외 원정을 하던 때 독일의 분츨라우에서 병사했다.

561 **의사들이 그를 치료하고 피를 뽑고 물약을 주었는데도 불구하고 그는 건강을 회복했다** 이 부분은 의술에 대한 톨스토이의 불신이 역설적으로 표현된 것이다.

616 **반동이라고 부른다** 이 언급은 1815년 9월, 오스트리아와 러시아, 프로이센이 체결한 신성 동맹의 초기 활동을 염두에 둔 것이다. 1815년 11월, 프랑스의 부르봉 왕가도 이에 서명했다.

알렉산드르와~포티우스, 셸링, 피히테, 샤토브리앙 등 톨스토이는 자신의 견해 및 역사가들의 평가와 모순되는 일련의 역사 속 인물들을 나열하고 있다. 포티우스 또는 스파스키(Pyotr Nikitich Spaskii, 1792~1838)는 러시아의 수도원장으로 프리메이슨을 박해하고 아락체예프와 교류하여 알렉산드르 1세에게 영향을 미쳤다. 프리드리히 빌헬름 요제프 폰 셸링(Friedrich Wilhelm Joseph von Schelling, 1775~1854)은 독일의 관념론 철학자로 러시아의 철학자들, 차다예프와 슬라브주의자들에게 영향을 주었다. 젊은 시절에는 프랑스 혁명 사상에 동조했으나 이후 보수 노선을 취했다. 요한 고틀리프 피히테(Johann Gottlieb Fichte, 1762~1814)는 독일의 관념론자이자 철학자로 1800년대 초에는 프랑스 혁명과 18세기의 계몽사상에 동조하였으나 이후 프랑스 혁명을 비판했다. 프랑수아 오귀스트 르네 드 샤토브리앙(François Auguste René de Chateaubriand, 1768~1848)은 프랑스 작가이자 외교 정치가로 1792년 프랑스 대혁명 때 반혁명군에 가담했으나 생각을 바꿔 1797년에는 프랑스 혁명을 정당화했다. 나폴레옹에 반대하여 부르봉 왕가 편에 섰다.

폴란드에 헌법을 만들어 하사하고 나폴레옹 전쟁의 결과를 수습하기 위해 열린 1815년 빈 회의의 결정에 따라 승전국 러시아는 폴란드 왕국을 지배하게 되었다. 1815년 11월, 알렉산드르 1세는 폴란드 왕국의 헌법에 서명했고, 폴란드 왕국은 입헌 군주제의 지위를 얻었다. 폴란드에 주어진 자유주의 헌법은 러시아의 차르 제도에 의해 끊임없이 제한받았다.

시시코프와 포티우스를 격려한 것은 옳지 않았다 1820년 10월, 표트르 대제가 조직한 가장 오래된 세묘놉스키 근위병 연대에서 병사들을 잔인하게 취급하는 데 항거하는 반란이 일어났다. 반란의 주동자들은 처형되었고 연대는 해산되었다.

623 **프랑스인도 아닌 한 인간** 나폴레옹이 태어난 지중해의 섬 코르시카에서 독립 투쟁이 일어났을 때 이를 진압할 능력이 없었던 제노바 공화국은 1768년에 섬을 프랑스에 매각했다. 나폴레옹의 아버지는

이탈리아계였다.

624 **튀르크에서도 임명을 받지 못한다** 실총(失寵) 후 하릴없이 지내던 나폴레옹은 1794년 8월 말, 튀르크의 군사 고문관으로 파견해 달라고 프랑스 공화국의 군사위원회에 지원한다.

무의미하고 이유도 없는 아프리카 원정이었다 나폴레옹은 영국을 파멸시키기 위해서는 이집트를 정복하는 것이 필요하다고 생각하여 1798년 5월에 아프리카 원정을 시작했다.

적의 함대가 군대 전체를 통과시킨다 1798년 넬슨 제독의 지휘 아래 프랑스군을 쫓던 영국 함대를 폭풍우가 덮치는 바람에 프랑스군은 툴롱에서 무사히 빠져나갔다.

626 **파벨 1세** Pavel I(1754~1801). 로마노프 왕조의 아홉 번째 군주로 1796년부터 1801년까지 러시아를 통치했다. 독일 공국의 공주와 결혼한 후 일관성 없는 불안정한 정책을 펼쳤는데, 1789년에 오스트리아와 함께 대프랑스 동맹을 맺어 프랑스군과 싸웠다가 1799년에 영국, 프로이센과의 동맹을 파기하고 프랑스와 동맹을 맺었다. 그의 정책에 반감을 가진 귀족 신하들에 의해 암살당했다.

그의 권력을 견고하게 할 음모로 만든다 1803년 영국이 교사하고 왕당파와 결탁하여 부르봉 왕조의 부흥을 꾀한 모로(Moreau) 장군의 음모를 가리킨다. 나폴레옹은 이 음모를 진압한 후 프랑스 원로원의 승인을 받아 1804년에 제정의 황제가 되었다.

627 **황제들** 프란츠 2세를 가리키는 말로, 그는 당시 오스트리아 제국과 신성 로마 제국의 황제를 겸하고 있었다.

629 **프랑스로부터 이틀이 걸리는 섬** 연합 군대가 파리에 입성한 후 1814년 4월, 나폴레옹은 제위를 이양해야 했다. 연합 승리군은 나폴레옹의 황제 직위를 유지시킨 채 엘바섬을 영지로 주어 유배 보낸다.

632 **우리에게 돌리지 마소서. 우리에게 돌리지 마소서. 다만 당신의 이름을 영광되게 하소서.** 「시편」 115편 1절. 1812년의 승리를 기념하는 메달에도 알렉산드르의 명령으로 이 문구가 새겨졌다.

652 **카메오** cameo. 보석을 조각한 장신구를 지칭하는 용어로, 상층부와 하층부로 나뉘며 조각 같은 돋을새김이 있는 것이 특징이다.

라오콘 Laocoon. 그리스 신화 속 아폴론을 섬기는 트로이의 신관이다. 트로이 전쟁 때 그리스군의 목마에 감춰진 속임수를 눈치채고 트로이 성안에 목마를 끌어들이지 말라고 했기 때문에 포세이돈의 분노를 사 해신이 보낸 큰 바다뱀에게 두 자식과 함께 죽임을 당했다.

654 **있는 사람은 더 받아 넉넉해지고 없는 사람은 있는 것마저 빼앗길 것이다** 「마태오의 복음서」 25장 29절.

662 **고양이가 우리 앞을 지나갈 때면** 두 사람 사이가 나빠짐을 의미하는 관용어이다.

667 **로브론** robron. 후프 스커트의 일종으로 후프(테, 예전엔 철사나 고래 뼈를 사용)를 사용해 옷을 부풀린 스커트.

670 **루소의 사상** 루소의 이 사상은 소설 『에밀』(1760)에 특히 잘 나타나 있다. 톨스토이는 1822년 프랑스 판본을 읽었다.

681 **파시앙스** 영어로 페이션스(patience)는 혼자 하는 카드 게임을 일컫는 말로, 솔리테어(solitaire)라고도 부른다. 둘 이상일 때는 그냥 파시앙스라 부른다.

683 **메멘토 모리** Memento mori. '죽음을 기억하라', '너는 반드시 죽는다는 것을 기억하라'는 뜻의 라틴어이다.

686 **성서협회** 성서의 번역 및 배포를 목적으로 1812년 러시아 제국에 설립된 초교파적 기관으로, 알렉산드르 1세의 승인을 받아 알렉산드르 니콜라예비치 골리친이 설립을 주도했다. 이 기관은 지금도 러시아에 남아 있다.

[요하네스] 고스너 Johannes Gossner(1773~1858). 독일의 신학자이자 신비주의자로 1820년에 페테르부르크 성서협회 회장으로 초빙되었다.

[예카테리나 필리포브나] 타타리노바 Ekaterina Filippovna Tatarinova (1783~1856). 신비주의자, 분리파 교도로 1817년 페테르부르크에 '영적 동맹'이라는 종교적, 신비주의적 분파를 만들었다. 이들은 거세파, 채찍파와 유사했다.

690 **타타리노바와 마담 크뤼드너와 춤을 춰야 하고, 또 읽어야 할 것은** 데니소

프는 1812년 전쟁 동안 러시아의 장군들에게 압력을 행사한 독일 인들을 언급하다가, 독일 출신의 신비주의자들을 맹신하는 러시아 사교계의 인물들에 대해 말하고 있다. 바르바라 율리아네 폰 크뤼드너(Barbara Juliane von Krüdener, 1764~182)는 독일의 신비주의자이자 작가로 러시아 외교관과 결혼했다. 한때 알렉산드르 1세에게 신비주의 사상을 전할 정도로 친분이 있었으나 그 영향력은 점차 약해졌다. 카를 에카르트샤우젠(Karl von Eckartshausen, 1752~1803)은 독일의 신비주의자이자 작가로 공직 생활을 하면서 당시의 종말론적 신비 사상운동의 중심인물로 활약했다. 러시아에서도 그의 서적은 큰 인기를 끌었다.

[표도르 에피모비치] 슈바르츠 Fyodor Epimovich Shvarts (1783?~1869). 1820년에 세묘놉스키 연대장이 된 인물로, 그의 거칠고 무례한 언동 때문에 부하들로부터 큰 반발을 샀다.

692 **둔전** 알렉산드르 1세 때 아락체예프가 도입한 군 조직 체계 (1810~1857)로, 병사에게 군사 복무와 농사일의 의무를 함께 지운 제도이다.

693 **계몽과 자선을 위해 경쟁하는 것** 데카브리스트들의 비밀 결사 '복지동맹'과 관련된 러시아문학자유애호가협회의 주요 구호로, 이 협회의 월간지는 『계몽과 자선의 경쟁자』였다.

[예멜란 이바노비치] 푸가초프 Yemelyan Ivanovich Pugachov (1740~1755). 돈 지방 출신의 카자크로, 1773년 예카테리나 2세의 치세 중 스스로를 표트르 3세(표트르 3세는 예카테리나 2세에 의해 폐위되어 1762년에 암살됨)라 칭하며 카자크 농민 반란을 일으켰다.

694 **투겐트분트** Tugendbund. 독일어로 '선의 동맹'을 의미하는 투겐트분트는 1808년 쾨니히스베르크에서 만들어진 비밀 정치 결사로, 프로이센을 점령한 프랑스인들과 투쟁하면서 독일 민족정신의 부흥을 목표로 했다.

695 **분트** bunt. 러시아어로 '폭동'을 의미한다. 투겐트분트에서 '연합'을 의미하는 독일어 bund와 '폭동'을 의미하는 러시아어 bunt의

발음상의 유사성을 토대로 언어유희를 하고 있다.

707 **[장 샤를 레오나르 시몽드 드] 시스몽디** Jean Charles Léonard Simonde de Sismondi(1773~1842). 스위스의 경제학자이자 역사가로,『정치 경제학의 신원리』(1819)에서 정통파 경제학과 자본주의를 비판하였고, 공동체적인 개량주의를 주장하여 사회주의의 시초가 되었다.

711 **플루타르코스의 책**『영웅전』을 가리킨다.

712 **무치 스체볼라** Mutsii Stsevola. 플루타르코스의『영웅전』에 등장하는 로마의 용맹한 청년 무키우스 스카에볼라(Mucius Scaevola)를 가리킨다. 무키우스는 조국을 침략한 적의 진지에 홀로 침투했다가 붙잡혀 오른손을 잃으면서도 용감한 모습을 보여 주며 자신과 같은 청년이 3백 명 더 있다고 거짓말함으로써 적군이 겁에 질려 도망가게끔 했다. '스카에볼라'는 왼손잡이를 의미한다.

716 **[에드워드] 기번** Edward Gibbon(1737~1794). 영국의 역사가로『로마 제국 쇠망사』가 그의 대표적 저서이다.

[헨리 토머스] 버클 Henry Thomas Buckle(1821~1862). 영국의 역사가로 역사의 진행을 기계적인 작용으로 보면서, 자연 과학의 규범을 역사학에 적용시키려는 태도 때문에 비판을 받았다. 저작으로『영국 문명사』가 있다.

723 **[게오르크 고트프리트] 게르비누스** Georg Gottfried Gervinus (1805~1871). 독일의 역사학자이자 정치가이다.

[프리드리히 크리스토프] 슐로서 Friedrich Christoph Schlosser (1776~1861). 독일의 역사가로 하이델베르크 대학 교수를 역임했다.

724 **[클레멘스 폰] 메테르니히** Klemens Wenzel Lothar Fürst von Metternich-Winneburg zu Beilstein(1773~1859). 오스트리아의 정치가이자 외무 재상으로 프랑스의 외무상 탈레랑과 더불어 당시 유럽의 유능하고 중요한 외교관들 중 하나였다.

733 **나폴레옹 3세** 샤를 루이 나폴레옹 보나파르트는 프랑스(제2공화정)의 첫 대통령이자 제2제정의 황제, 마지막 세습 군주로 나폴레

옹 1세의 조카이다.

734　**국민 공회**　프랑스의 국민 공회(1792~1795)는 1792년 8월 봉기 이후 보통 선거를 통해 성립되었고, 왕정을 폐지하고 공화국을 선포하여 제1공화국을 수립했다.

　　총재 정부　프랑스의 총재 정부는 반로베스피에르파에 의해 일어난 테르미도르의 쿠데타 성공 후 수립된 정부로, 나폴레옹이 쿠데타를 일으켜 권력을 잡기 전(1795~1799)까지 존재했다.

735　**루이 14세**　Louis XIV(1638~1715). 루이 13세와 오스트리아 앤 여왕의 아들로 5세가 되기 전 왕위에 올랐다. 중앙 집권화를 추진하여 절대 군주, 태양왕으로 알려져 있고 치세 동안 프랑스는 경제적 번영을 누렸다.

　　이반 4세　Ivan IV(1530~1584). 러시아의 차르(재위 기간 1547~1584)로 흔히 이반 뇌제라고도 불린다. 강력한 중앙 집권 체제를 확립했고 영토를 확장하였으나 가혹한 공포 정치로 인해 폭군이라는 명칭도 얻었다.

　　찰스 1세　Charles I(1600~1649). 제임스 1세의 아들로 잉글랜드·스코틀랜드·아일랜드의 군주였다. 의회와 권력 투쟁을 벌이다 내란에서 의회파가 승리함으로써 처형되었다.

738　**[드니] 디드로**　Denis Diderot(1713~1784). 세기말 프랑스의 대표적인 계몽주의 사상가이자 철학자, 작가이다.

　　[피에르 오귀스탱 카롱 드] 보마르셰　Pierre Augustin Caron de Beaumarchais(1732~1799). 프랑스의 극작가로『피가로의 결혼』,『세비야의 이발사』등을 썼다. 루이 14세의 밀사였고 미국의 독립운동에 개입하기도 했다. 프랑스 혁명 중 이유 없이 투옥되었고 이후 혁명 정부에 협력했다.

　　[안드레이 미하일로비치] 쿠릅스키　Andrei Mikhailovich Kurbskii(1528~1583). 쿠릅스키 대공은 이반 4세와 절친한 관계였다가 이후에는 정치적 숙적이 되었다. 그가 이반 4세와 주고받은 서신은 16세기 러시아의 역사의 귀중한 사료이다.

　　고드프루아 [드 부용]　Godefroy de Bouillon(1060~1100). 십자군 전

쟁 때 제1차 십자군을 이끈 지휘자들 중 하나로 1099년 이슬람으로부터 예루살렘을 되찾아 예루살렘 왕국의 첫 통치자가 되었다.

루이 루이 7세는 신성 로마 제국의 콘라트 3세와 함께 제2십자군을 이끌었고, 루이 9세는 제7십자군을 이끌었다.

은자 베드로 Peter the Hermit(1050~1115). 프랑스의 수도자로 민중 십자군의 조직을 주도했으며 민중 십자군이 궤멸된 후 1차 십자군에 참여했다.

미네징거 Minnesinger. 12~13세기 독일의 음유 시인들이다.

742 **나폴레옹 3세가 명령하자 프랑스군이 멕시코로 향한다** 1862년 나폴레옹 3세가 멕시코 내전에 개입하도록 프랑스군을 멕시코로 파병한 것을 가리킨다.

프로이센 왕과 비스마르크가 명령하자 군대가 보헤미아로 향한다 1866년의 오스트리아-프로이센 전쟁을 가리킨다.

알렉산드르 1세가 명령하자 프랑스인들이 부르봉 왕가에 복종한다 영국과 러시아를 비롯한 연합군이 프랑스를 침공해 1814년 3월 말 파리를 함락시킴으로써 나폴레옹 전쟁은 막을 내리고, 1815년 빈 회의에서 알렉산드르 1세는 기독교의 정의와 사랑을 내세우며 신성 동맹을 제창하고 유럽의 복고 반동을 주도했다. 유럽의 가장 강력한 군주가 된 알렉산드르 1세는 나폴레옹의 퇴위 후 부르봉 왕가의 복고를 받아들이고, 새로운 왕 루이 18세의 정통성을 인정했다.

767 **아틸라** Attila(406~453). 로마 제국을 침략한 훈족 최후의 왕이다.

780 **여호수아의 기적** 「여호수아」 10장에 눈(Nun)의 아들 여호수아가 일으킨 기적이 나와 있다.

역사란 무엇이며, 어떻게 살 것인가

최종술(상명대 교수)

데카브리스트, 돌아오다

1825년 12월 14일, 러시아에서는 일단의 귀족 명문가 출신 청년 장교들이 전제 군주제를 타도하고 근대적 입헌 국가 체제를 수립할 목적으로 의거를 일으킨다. 러시아 혁명의 서막이자 19세기 전반 러시아사의 분수령이 된 '데카브리스트(12월당원) 혁명'이다. 민중이 배제된 위로부터의 혁명이 실패하면서 러시아는 개혁의 시대를 뒤로하고 니콜라이 1세(Nikolai I, 1796~1855) 치세(1825~1855)의 칠흑 같은 암흑기에 접어든다. 알렉산드르 1세(Aleksandr I, 1777~1825)의 동생으로 순탄치 않은 과정을 거쳐 제위에 오른 니콜라이 1세가 통치 첫날 마주한 혁명은 그를 죽는 순간까지 자유주의 운동에 대한 강박 관념에 시달리는 보수 반동주의자로 만들었다. 니콜라이 1세는 하느님의 섭리가 무신론과 자유주의, 혁명의 공포로부터 세상을 구원하도록 자신을 천거했다고 생각했다. 그는 내부의 적에 대한 무자비한 탄압에 그치지 않고 자유와 계몽의 대적으로서 유럽의 구체제적 질서를 수호하려 했다. 그가 유럽의 자유주의자들 가슴에 공포와 증오를 불어넣는 동안 러시아는 모든 개혁의 움직임이 중단된 채 오래도록 후진성의 상태에 머물러 있었다. 그런 러시아를 깊은 잠에서 깨어나게 한 것은 '크림 전쟁'(1853~1856)이었다. 크림 전쟁의 패배가 안긴 충격은 러시아 귀족 사회에 국가의 후진적 실상에 대한 각성을 일깨우고 개혁의 불가피성에 대한 공감대를 형성한다. 그리하여 러시아 사회는 1825년 이후 30년에 걸친 숨죽인 정적의 시기를 지나 다시 변화의 바람을 맞는다.

전쟁의 패배가 확실해진 시점에 찾아온 니콜라이 1세의 죽음과 더불어 시대의 변화를 뚜렷하게 알린 것은 바로 데카브리스트들의 귀향이었다. 고립된 혁명이 허무하게 실패로 끝나고 다섯 명의 지도자가 처형된 후 나머지 120여 명의 데카브리스트는 시베리아 유형에 처해졌다. 그리고 30년에 걸친 유형에서 살아남은 소수의 사람들이 새 시대의 도래와 함께 사면을 받아 1856년 러시아 사회의 중심부로 돌아온 것이다.

19세기 초 나폴레옹 전쟁 시기 러시아 사회의 백과사전인『전쟁과 평화』는 톨스토이(Lev Tolstoi, 1828~1910)가 바로 저 귀향한 데카브리스트에 관한 소설을 쓰겠다고 구상한 데서 비롯한다. 톨스토이는 만약 30년 전의 봉기가 성공했더라면 러시아를 계몽주의의 가치에 입각한 부강한 입헌 국가로 이끌었을지 모를 바로 그 데카브리스트에 대한 이야기를 쓰고 싶었다. 돌아온 데카브리스트의 운명을 그리며 그의 눈을 통해 압제에 숨죽이다 독재자가 죽자 갑자기 활기를 띠는 러시아 사회의 경박한 모습을 비판적으로 조명하고 싶었다. 애초에 작가가 구상한 작품은 지금의 모습과 전혀 달랐던 것이다. 보다 거대한 작품의 시작이 된 그 미완의 소설은『데카브리스트들(Dekabristy)』(1860)이다.

소설에서 1856년 이제는 노인이 되어 아내 나탈리야와 함께 두 자녀를 데리고 유형에서 돌아오는 주인공 표트르 라바조프의 원형이 된 실존 인물은 세르게이 볼콘스키(Sergei Volkonskii, 1788~1865) 공작이다. 톨스토이의 외가 쪽 먼 친척인 세르게이 볼콘스키는 시베리아 유형에 처해진 데카브리스트 중에서 가장 유명한 인물이었다. 알렉산드르 1세의 최측근이자 나폴레옹을 물리친 전쟁 영웅이었던 그는 '데카브리스트 의거' 후 니콜라이 1세의 끈질긴 회유를 뿌리치고 특권과 재산을 모두 포기한 채 시베리아로 떠났다. 그리고 그곳에서 농민과 고락을 함께하며 그들을 위한 삶에 젊음을 바쳐 '농민 공작'으로 존경을 받았다. 나탈리야의 원형인 그의 아내 마리야 볼콘스카야(Mariya Volkonskaya, 1805~1863)는 이혼을 전제로 귀족 작위를 유지하라는 주위의 권유에도 혁명가의 고난의 길을 함께한 열한 명의 '데카브리스트의 아내' 중 하나였다.

평생 참된 가치를 추구한 늙은 데카브리스트의 눈으로 변화에 직면한 러시아 사회를 바라보려던 톨스토이의 구상은 많은 시간에 걸친 고심에도 좀처럼 선명한 윤곽을 이루지 못했다. 주인공의 형상을 깊이 있게 그리려면 그에게 평탄한 삶과 출세의 보장된 길을 버리고 혁명가의 가시밭길을 걷게 한 동기가 무엇인지 자세히 알아야 했다. 그러자면 젊은 시절 그가 삶에서 겪은 체험과 내면에 품었던 이상이 생생히 대두되어야 했다. 결국 작가의 시선은 과거로 향한다. 톨스토이는 역사의 소용돌이에 몰두하며 우선 1825년 '데카브리스트 혁명'에 시선을 멈춰 보지만 거기에서도 자기 인물을 향한 질문들에 대한 답을 찾지 못하고 과거 속으로 더 깊이 몰두한다. 1825년 사건의 참여자들이 어떻게 애국적 거사에 이르게 되었는지, 무엇이 데카브리스트들을 차르에 맞서 일어서게 했는지를 보여 주려면 러시아에서 일어난 애국적 움직임의 파도와 시민 의식의 각성을 일으킨 보다 이른 역사적 사건들을 조명해야 했던 것이다. 톨스토이가 주인공의 과거를 찾아 떠난 여정은 그렇게 1812년 전쟁에 이른다.

데카브리스트들은 스스로를 "1812년의 자식"이라 칭했다. 1812년 전쟁은 나폴레옹의 침략에 맞서 조국을 수호한 "조국 전쟁"인 동시에 민중의 사회적 자유를 위한 정치 운동의 시원이었다. 근대 러시아 사회 변혁 운동의 시발점이 된 1825년 데카브리스트 혁명은 1812년 전쟁을 통해 각성한 귀족 인텔리겐치아가 민중에 대한 역사적 책임을 자각한 결과였다. 세르게이 볼콘스키는 1812년 전쟁 당시 알렉산드르 1세와 독대하며 나눈 대화를 이렇게 회상했다.

"〔······〕 군주는 내게 이런 질문을 했다. '군대의 정신 상태는 어떤가?' 나는 대답했다. '폐하! 사령관부터 개개 병사들에 이르기까지 모두가 조국과 폐하를 지키는 데 목숨을 바칠 준비가 되어 있습니다.' 그가 다시 물었다. '민중의 정신 상태는 어떤가?' 그 질문에 나는 이렇게 대답했다. '폐하! 민중을 자랑으로 여기셔야 합니다. 개개 농민이 다 조국과 폐하께 헌신하는 영웅입니다.' 군주가 또 물었다. '귀족은?' 나는 그에게 말했다. '폐하! 제가 귀족이란 것이 수치스럽습니다. 말은 많지만, 아무런 행동도 하지 않습니다.' 그때 군주가 내 손을 잡고 말했다. '그대 안에서 이런 감정을 보니 기쁘다. 고맙네, 많이 고마워.'"

그 같은 각성한 귀족의 자기 계급에 대한 수치심이 19세기 사회 변혁 운동의 시작이었다. 러시아 귀족이 품은 역사적 죄의식의 근원에는 18세기가 노정한 러시아 근대의 모순적 풍경이 자리한다. 표트르 1세(Pyotr I, 1672~1725)의 근대화 기획은 러시아 사회와 문화에 깊은 내적 균열, 즉 계몽의 결실을 누리는 특권 계급인 귀족과 억압된 민중의 대립을 낳았다. 민족 문화의 뿌리를 경시하고 망각해 왔던 러시아 귀족은 1812년 전쟁을 통해 민중을 발견한다. 나아가 귀족 인텔리겐치아는 기생적 특권 계층인 자기 존재의 위선을 뼈아프게 자각하게 된다. 귀족 계급의 역사적 죄과에 대한 인텔리겐치아의 참회와 민중을 위한 자기희생의 윤리와 함께 19세기를 관류하는 사회 변혁 운동의 막이 오른다.

데카브리스트 혁명이 1812년 나폴레옹 전쟁의 결과로 일어났으니 데카브리스트에 대한 이야기를 쓰려면 1812년 전쟁을 먼저 써야 했다. 그리고 톨스토이는 또 여기에서도 멈추지 않는다. 주인공의 내면세계에 몰두할수록 더 이른 젊음의 시기부터 그의 전 생애를 그려야 할 필요성이 대두된다. "우리의 실패와 수치를 묘사하지 않고 보나파르트의 프랑스와 맞선 전쟁에서 우리가 거둔 승리에 대해 쓰는 것은 부끄러운 일이었다." 이런 고백에 담긴 작가적 양심이 톨스토이로 하여금 1812년 수난의 기점이 되는 1805년의 사건들로까지 역사적 시야를 확장하게 한다. 1812년의 애국심과 민족의식의 각성에서 시민 의식의 형성에 이르기까지 '제3차 대프랑스 동맹' 및 나폴레옹과의 짧은 '밀월'의 시기 동안 러시아 군대가 겪은 실패와 귀족 사회가 드러내 보인 치부도 그려야 했던 것이다. 그렇게 점차 확대되고 심화된 구상 속에서 작품은 1805년에서 1850년대에 이르는 장대한 민족 서사시의 윤곽을 띠며 애초에 쓰려던 데카브리스트에 관한 미완의 소설을 거의 연상시키지 않게 된다.

『전쟁과 평화』는 그처럼 훨씬 더 장대한 서사시의 일부를 이루어야 했다. 톨스토이는 원대한 구상에 상응하는 작품의 잠정적 제목을 "세 시기(Tri pory)"로 정하고 집필에 착수한다. 제목에 상응하는 3부작 구성 속에 작품은 러시아 역사의 세 시기를 다루어야 했다. 제1부 혹은 첫 시기는 젊은 데카브리스트들을 양육한 역사적 토양인 19세기 초의 역사적 실제, 1812년 전쟁 시기 데카브리스트들의 젊은 시절을 그려야 했다. 제2부는 데카브리스트들의 적극적인 시민 의식이 형성되고 표출된 1820년대를 다루면서 혁명의 전 과정을 직접 묘사해야 했다. 마지막 제3부에서는 크림 전쟁과 니콜라이 1세의 죽음 그리고 사면받은 데카브리스트들의 귀향 등 중요한 역사적 사건이 연이어 일어난 1850년대의 현실을 재현하며 오래도록 갈망하던 변화가 러시아 정치에 도래하는 시대의 풍경을 그릴 예정이었다.

의미 있는 역사적 사건들이 가득한 아주 폭넓은 시간적 단면을 묘사해야 하는 그런 원대한 구상은 거대한 긴장과 예술적 힘을 작가에게 요구했다. 그와 같은 장대한 계획은 실현할 수 없다는 것을 깨달은 톨스토이는 결국 소설의 시간적 틀을 크게 축소해야 했다. 이에 작가는 첫 시기에 집중하기로 결정하고 1805년부터 1820년까지 약 15년에 걸친 역사를 다룬다. 전환의 1860년대가 떠안은 역사적 과제를 고민하던 톨스토이에게 "나는 민족의 역사를 쓰려고 애썼다"라고 말한 소설에서 무엇보다 중요한 것은 1812년 전쟁이 지닌 민족사적, 역사 철학적 의미였다.

최종적인 예술적 구상이 윤곽을 갖추었음에도 『전쟁과 평화』 집필은 쉽지 않았다. 중도에 작품을 내던졌다가 다시 매달리기 일쑤였던 작가는 5천 장이 넘는 초고 원고와 15개의 초고 이본을 남겼다. 톨스토이는 작품에 대한 극도의 책임감과 주제의 중요성에 대한 인식이 주는 중압감을 견디며 1863년에서 1869년에 이르기까지 약 7년에 걸친 시간과 노력을 들여 『전쟁과 평화』를 썼다. 애초 구상한 데카브리스트에 관한 소설 대신 역사적 사건과 사회 세태 및 인간의 운명에 대한 방대한 묘사와 작가의 풍부한 철학적 일탈이 함께 어우러진 세계 문학의 기념비가 그렇게 탄생했다.

이것은 소설이 아니다

총 333장으로 이루어진 네 권의 책에 28장에 이르는 에필로그가 더해진 『전쟁과 평화』의 장대한 서사에는 역사적 실존 인물과 허구적 인물을 합쳐 5백 명 이상의 인물이 등장한다. 역사적 사건의 흐름과 얽힌 인간 군상의 운명이 전개되는 여러 갈래의 플롯이 결집되는 작품의 중심에는 1812년 전쟁이 놓여 있다.

연대적 순서에 따른 특정한 시간적 틀을 다루는 각 권과 에필로그(제1권-1805년, 제2권-1806~1811년, 제3권-1812년, 제4권-1812~1813년, 에필로그-1820년) 전체를 우리는 제목에 상응하여 '전쟁'과 '평화'의 부분으로 나누어 볼 수 있다. '전쟁' 부분에서는 러시아군의 1805년 원정 모습과 스몰렌스크 함락, 보로디노 전투, 모스크바의 포기 그리고 파르티잔 전투와 나폴레옹의 퇴각에 이르는 1812년 전쟁의 주요 모습이 묘사된다. '평화' 부분에서는 정세와 인물들이 속한 러시아 상류 사회의 세태와 가족의 변천에 관한 이야기가 전개된다. 이 두 부분이 긴밀히 얽힌 가운데 인물들의 운명이 그려지고 주요 인물의 정신적 변화와 성숙이 전면에 나타난다.

『전쟁과 평화』는 '전쟁'과 '평화'뿐 아니라 '소설적' 장들과 '철학적' 장들로도 구분될 수 있다. 이때 소설과 철학을 구분하며 그중 하나를 제거하면 『전쟁과 평화』는 해체되어 존재하기를 그친다. (최종본의 정립 과정에서 철학적 부분에 대한 거센 비난에 직면했던 톨스토이는 그 부분을 삭제했다가 다시 복원한다.) 톨스토이가『전쟁과 평화』를 통해 이룬 주요 혁신 중 하나는 바로 소설적 서사와 역사 철학적 논설의 통합이다. 문학이 문학 그 이상의 의미를 지녔던 러시아 문학에서 톨스토이는 문학 텍스트에 사회적 이념을 집어넣는 것의 가치, 그 이상을 세계 문학에 유례가 없는 대규모의 실제로 구현했다. 톨스토이의 역사적 인물들은 문학 작품의 인물인 동시에 철학적 논설의 기초가 된다. 그들은 작품의 두 부분을 단일한 전체로 통합하는 연결 고리로 기능한다.『전쟁과 평화』에서는 철학적 논설 자체가 학술적이면서 예술적인 성격을 띤다. 톨스토이는 철학적 일탈 장면들에서 자주 논리적인, 심지어 수학적인 논증을 추구하지만 그와 더불어 그는 우선 예술가다. 전투 장면들과 결합된 작가의 장황한 일탈은 그 장면에 필요한 서사적 장중함을 부여하기도 한다.

톨스토이는『전쟁과 평화』에서 대하소설과 심리 소설의 본보기를 제시한 것으로 평가받는다.『전쟁과 평화』는 톨스토이 이후 활발히 창작된 대하소설의 구성 원리를 정초했다.『전쟁과 평화』의 독자는 아주 사소하고 기계적인 지적·감정적 움직임까지 포착하며 인간의 심리를 섬세하고 예리하게 파고드는 작가의 모습에도 경탄하며, 그가 기존의 인식을 낯설게 하면서 보여 주는 인간 심리의 새로운 차원이 지닌 보편적 의미를 수긍하게 된다. 기존의 역사 소설에 비할 때 톨스토이가『전쟁과 평화』에서 이룬 또 하나의 혁신은 역사적 실존 인물들이 허구적 인물 못지않은 예술적 형상으로 대두된다는 점이다. 톨스토이는 허구적 인물들과 동등한 차원에 놓인 그들의 심리도 예리하게 분석한다. 작가는 인간에 대한 이상화를 거부하며 역사적 위인은 물론 자신이 가장 애착을 느끼는 중심인물들까지 그 심리를 무자비하게 분석함으로써 불완전한 인간으로서 저마다 지닌 약점을 노출시킨다. 그 인간다운 내면의 모습이 『전쟁과 평화』의 인물들을 영원히 생동하는 존재로 만든다.

『전쟁과 평화』는 역사의 정확한 재현을 위해 애쓰면서도 회상기의 목적을 추구한 것이 아니라 실제 역사를 토대로 예술적 형상을 창조한 대하 역사 소설인 동시에 역사 철학적 논설이다. 사회 세태에 대한 날카로운 풍자이자 삶의 윤리적 문제를 제기한 윤리 소설이며, 가족의 변천사를 상세히 그리면서 가족 공동체의 이상을 추구한 가족 연대기이기도 하다. 독자는 인간 심리의 흐름과 내면세계에 대한 탁월한 분석에 주목하며 『전쟁과 평화』를 시련 속에서 성숙해 가는 인간의 모습을 그린 성장 소설로도 읽을 수 있다. 이렇듯 어느 하나의 장르에 귀속되지 않고 여러 장르가 복합된 속성을 띠는 『전쟁과 평화』의 장르에 대해 고심한 러시아 비평가 빅토르 시클롭스키(Viktor Shklovskii)는 톨스토이를 "위대한 창조자일 뿐 아니라 낡은 구성의 위대한 파괴자"라고 불렀다. 톨스토이 자신은 「책 '전쟁과 평화'에 관한 몇 마디 말」에서 이렇게 말했다. "이것은 소설이 아니다. 더욱이 서사시도 아니며, 역사 연대기도 아니다. 『전쟁과 평화』는 표현된 형식 속에서 작가가 표현하기를 원했고 표현할 수 있었던 것이다." 톨스토이 자신도 『전쟁과 평화』를 어느 한 장르에 귀속시키는 것이 불가능함을 지적하며 소설도 아니고 서사시도 아닌 그냥 책, 작가가 쓰고자 했고 쓸 수 있었던 내용에 꼭 부합하는 형식의 책이라고 말했다. 하지만 엄밀한 장르 규정을 피했음에도 톨스토이는 종종 『전쟁과 평화』를 『일리아드』나 『오디세이』와 비교하곤 했다. 내심 자기 작품을 호메로스의 서사시와 동등한 반열에서 평가하고 싶었던 것이다.

톨스토이의 생각은 작품이 지닌 아주 본질적인 장르적 특질을 드러낸다. 『전쟁과 평화』는 고대의 민족 영웅 서사시에 가까운 장르적 면모를 보이며, 서사시의 목적은 "특정 민족의 세계의 묘사"라고 말한 헤겔의 서사시의 범주에 상응하는 작품이다. 19세기 역사 소설의 발전과 함께 중요한 대규모의 역사적 사건들이 플롯의 토대에 놓인 거대 서사는 시의 영역에서 산문의 영역으로 옮겨 가는데, 톨스토이가 바로 그 장르의 혁신자이며 거대 산문 서사의 창시자다. 개별 인간의 삶도 민족의 삶도 매우 선명하게 비추는 전환의 시대 전체에 걸쳐 러시아와 유럽의 광대한 공간에서 벌어지는 행위에 대한 대서사가 펼쳐진다. 작가는 그 모든 것을 우주적인 시선으로 굽어보기도 하고, 현미경적인 시선으로 세밀하게 파고들기도 한다. 『전쟁과 평화』는 모든 것을 속속들이 알고 있는, 그리고 역사에 대한 독특한 시각을 가진 전지적 작가가 하고 싶었던, 그리고 할 수 있었던 말에 부합하는 형식을 갖춘 책이다. 그 말이란 무엇인가?

톨스토이는 19세기 첫 사반세기의 역사적 사실과 러시아 사회의 윤리적 문제와 시민 의식의 동향에 최대한 가까이 다가가기를 원했다. 그러면서 창작 과정에서 자신이 역사를 보며 품은 의문에 대한 답변을 추구했다. 그 의문이란 바로 역사의 근본 동인과 개인의 역사적 역할에 대한 물음이다. 역사를 최대한 진실하게 조명하고 자신이 던진 역사 철학적 질문에 대한 답을 찾기 위해 톨스토이는 1812년 전쟁에 관한 많은 회상기와 기록과 연구와 기사와 편지 등의 자료를 탐구했다. 보로디노 전투를 묘사하기 위해 역사적 현장을 직접 답사하기도 했다. 그러나 자료를 탐구할수록 역사적 인물과 사건에 대한 상반된 평가들로 인해 작가의 머릿속에는 혼란이 일었다. 그러자 톨스토이는 다른 사람들의 주관적 주장에서 벗어나 역사적 사건에 대한 자신의 평가를 소설에 반영하기로 결정한다. 『전쟁과 평화』의 독특한 형식은 작가가 역사 철학적 질문에 대해 스스로 내린 답의 구현이다.

역사란 무엇인가

톨스토이는 "과거에 대한 책"을 쓰면서 이렇게 말했다. "나는 과거에 대한 책을 쓰기 시작했다. 그리고 과거를 그리는 과정에서 과거가 알려지지 않았을 뿐 아니라 알려진 것도 실제와 전혀 반대로 기술되어 있음을 발견했다." 과거에 대한 무지와 잘못된 인식에 대한 이 깨달음으로부터 그가 「책 '전쟁과 평화'에 관한 몇 마디 말」에서 역사가와 벌이는 논쟁이 기원한다. 톨스토이가 『전쟁과 평화』를 기획하며 세운 주된 목표는 개인의 삶과 공동체의 삶을 막론하고 생의 '현실적' 짜임새를 역사가들이 그려 내는 '비현실적인' 풍경과 대비시키는 것이다. 그는 실제 삶을 역사가들이 불러내는 전경과 대비시켜 그중 어느 쪽이 현실 그대로의 삶이고 어느 쪽이 우아하게 잘 짜여 있으나 사실은 허구적인 구조물인가를 분명히 가려내려 한다.

『전쟁과 평화』의 작가는 역사가와 예술가를 대비시킨다. "역사가는 때로 진실을 구부리며 역사적 인물들의 모든 행위를 그가 특정 인물 속에 집어넣은 하나의 이념 아래 배열해야 한다. 예술가는 반대로 (······)" 톨스토이에 따르면, 예술가는 역사가가 도달할 수 없는 것을 본다. 『전쟁과 평화』에서 묘사되는 역사의 모습은 역사의 행보가 '삶의 움직임'이라는 작가의 생각에 의해 태동한다. 그는 역사의 과정이 '역사적 인물들'이 벌이는 행위의 결과이자 나머지 모든 사람들의 삶을 결정하는 '결정적 사건', 전쟁이나 정치적 위기와 같은 결정적 상황에 기초한다는 역사가의 관념과 논쟁한다. 이를테면 역사가의 관점에서 볼 때 1808년의 주된 사건은 나폴레옹과 알렉산드르 1세의 에르푸르트 회동과 러시아의 정치 개혁이다. 그러나 이 사건들을 묘사하면서 작가는 이렇게 말한다. "그러는 동안에도 삶은, 건강과 질병과 노동과 휴식에 대해 나름의 중요한 관심사를 가진, 사상과 학문과 시와 음악과 사랑과 우정과 질투와 열정에 대해 나름의 관심사를 가진 사람들의 진정한 삶은 여느 때처럼, 나폴레옹 보나파르트와의 정치적 친밀감이나 적대감 밖에서, 온갖 잠재적인 개혁 밖에서 그런 것들과 무관하게 흘러가고 있었다." 톨스토이는 역사는 정치가들의 행위에서 나온 결과가 아니라고, 역사적 사건의 의미는 깊은 인간적 관심사들로 채워진 일상적 삶의 움직임 속에 들어 있다고 말한다. '아날학파'의 미시사에 대한 지향을 연상시키는 톨스토이의 관점에서는 저마다의 삶이 다 의미 있는 것이다. 그 한없이 작은 요소들로부터, 개별 인간들의 행위와 충동과 운명으로부터 삶의 전체적인 광경과 후에 '역사'라고 부르는 것이 형성된다.

역사가는 사건이 일어난 시대와 동떨어진 자신의 시대로부터 묘사되므로 '죽은' 사건들을 다루고 그 위에 자신의 관념의 자국을 올려놓으며 진실을 왜곡한다. 이에 대한 비판으로 톨스토이는 실제로 일어난 일과 후에 공식적 평가를 통해 세상에 공개되는 것의 대비를 거듭하고, 그의 인물들이 기억을 되새기는 중에 현실을 왜곡하는 장면들을 등장시킨다. 한 예로 쇤그라벤 전투 에피소드에서 톨스토이는 첫 전투에 참여하는 군인에게 자연스러운 공포를 체험하는 니콜라이 로스토프의 모습을 제시한다. 그러나 후에 그 전투에 대해 동료들에게 이야기하며 니콜라이는 자기도 모르게 실제 사실을 윤색한다. 톨스토이는 모든 사건이 주관적 인식을 거치며 그 속에서 정형적인 틀에 갇힌 생각의 작용에 처해진다고 말한다. 역사가들은 목격자들의 그런 증언들을 바탕으로 목격자들의 현실 왜곡에 자신의 왜곡을 덧붙인다. 그래서 역사가들은 사건의 객관적인 광경을 제시한다고 하면서 자기도 모르게 거짓말을 한다.

역사가는 또 다른 어려움에도 봉착한다. 역사가는 역사적 현상들의 원인, 시작과 끝을 규정하려 하지만 저마다의 현상에는 무수히 많은 원인들이 있다. 톨스토이가 보기에 역사에서 일어나는 저마다의 현상은 그에 앞선 무한한 원인들의 결과여서 사건이 지닌 의미를 속속들이 인식하는 것은 불가능하다. 보로디노 전투를 앞두고 마지막으로 재회한 안드레이와 피에르가 전쟁에 대해 나누는 대화 장면은 역사의 행보에 대한 톨스토이의 생각이 소설의 층위에 투영된 한 예다. 안드레이는 전쟁이 체스와 비슷한 게 아니냐는 피에르의 말을 온갖 다양한 우연이 개입하는 전쟁의 역설에 대한 말로 배격한다.

톨스토이는 해명되지 않은 사건들의 공허한 연쇄를 드러낼 뿐인 역사학에 대한 불만을 표출한다. 인간의 삶을 규정하는 요인은 매우 다양하지만, 역사가들은 그런 요인들 중에서 정치적 또는 경제적 측면 등 단지 몇 가지 측면만을 선택하여 그것을 사회 변화의 일차적이고 결정적인 원인인 것처럼 표현한다고 지적한다. 수많은 이유들 중 밝혀진 일부는 우연의 일치일 뿐이어서 원인을 밝히는 것은 무용하다. 그렇다고 역사가 '우연'의 산물인 것은 아니다. 톨스토이는 인과 관계의 사슬, 역사의 법칙은 엄연히 존재한다고 믿는다. 어떤 일이 어떻게 일어나는지 우리가 알지 못하는 이유는 인간이 그 이성의 한계로 인해 일차적 원인의 복합성과 극히 미세한 궁극적 단위를 보지 못하기 때문이다. 그런 궁극적인 단위를 파악하는 데 필요한 자료를 충분히 보고 듣고 기억하고 기록하고 정리하는 능력이 우리에게 결핍되어 있기 때문이다. 그는 당대의 역사학이 표현하는 것은 "인류의 실제 역사를 이루는 요소들 중에서 불과 0.001퍼센트에 지나지 않을 것"이라고 말한다.

톨스토이는 또 역사가들이 모든 사건은 여러 가능성 가운데 어느 하나의 실현이라는 점도 고려하지 않는다고 비판한다. 삶의 모든 마디는 무수한 대안적인 결과를 내포하고 있지만 역사가는 실현된 결과만 취급하고 대안적 가능성을 고려하지 않는다. 그 결과, 역사는 과학으로 포장된 역사학에 의해 풍요롭고 복잡한 삶의 다양성과 전혀 무관한 일직선으로 곧게 펴진다. 역사가는 부단한 흐름인 실제의 삶을 단절적으로 제시한다.

예술가로서 톨스토이는 사실과 논리와 이성에 의해 인도되는 역사가가 도달할 수 없는 것을 인식하고 보여 주려 한다. 그는 전체로서의 삶의 흐름을, 모든 대안적 가능성의 싹을 지닌 생생한 삶을 포착하고 묘사하려 시도한다. 단절된 개별적 에피소드들은 서사의 흐름에 의해 연속성을 갖는 동시에 플롯의 단선성은 에피소드들의 모자이크적 짜임의 다양성에 의해 상쇄된다. 그 때문에 톨스토이에게는 바로 그런 방대한 예술적 자료, 무수히 많은 인물과 사건이 필요했던 것이다. 그는 마치 아무것도 빠뜨리지 않고 모든 것에 자기 자리를 찾아 주려 애쓰는 것 같다. 서술자가 한 플롯 노선에서 다른 노선으로 옮겨 갈 때 남겨진 사건의 시간은 멈추지 않고 그 속의 삶도 사라지지 않는다. 그것은 서술자에 의해 '조명되지 않은' 지점에서 이어지다가 자신의 때가 되면 다시 모습을 드러낸다. 톨스토이의 『전쟁과 평화』는 개별적인 운명들뿐 아니라 (러시아군과 프랑스군, 모스크바 주민들, 포로들 등과 같은) 집단에도 기초한다. 그는 무한하고 영원한 세계 속의 인간 공동체의 삶을 그린다. 그래서 톨스토이의 책은 일반적인 소설의 틀을 벗어나 고대 서사시의 유사성을 획득한다. 톨스토이가 내심 원한 것처럼 그의 동시대인들은 『전쟁과 평화』를 "러시아의 일리아드와 오디세이"로 불렀고, 오늘날 『전쟁과 평화』는 '소설이자 서사시'라고 불린다.

위인은 없다

궁극적인 원인을 알 수 없는 삶의 흐름인 톨스토이의 역사에 위인이 설 자리는 없다. 이와 관련하여 톨스토이는 『전쟁과 평화』에서 다음과 같은 역설을 즐겨 피력했다. 군인이나 정치가가 권력의 피라미드에서 높이 오르면 오를수록 그만큼 더 그들은 역사의 실제적 본질을 이루는 삶의 주역이라 할 수 있는 보통 사람들로 이루어진 그 피라미드의 기저에서 점점 더 멀리 떨어진다는 것, 그 결과 기층에서 멀리 떨어진 그런 인물들은 이론적으로는 권위를 떨치지만 그들의 언행이 역사에 끼치는 영향력은 그만큼 약해진다는 것이다. 톨스토이에게 위인은 사회 현실에 대한 책임을 기꺼이 떠맡을 만큼 무지하고 허영심 많은 범인일 뿐이다. 자신의 의지나 이상과 관계없이 진행되는 삶의 흐름 속에서 자신의 초라함과 무력함을 시인하기보다는 자신의 이름으로 정당화되는 모든 잔혹함과 불의함, 비참함에 대한 비난을 기꺼이 자처하는 사람들이다.

1812년 모스크바의 상황을 그린 장면에서 톨스토이는 개인적 관심사에 골몰한 사람들, 영웅의 감정을 느끼지 못한 채 묵묵히 일상에 힘쓰는 사람들이야말로 역사의 주역이며, 그들이 조국과 공동체에 가장 유용하다고 말한다. 반대로 사건의 전체 흐름을 이해하려고 애쓰며 역사에 동참하려는 사람들, 믿기지 않는 자기희생 또는 영웅적인 행위를 벌이거나 거대한 사건에 참여하는 사람들은 가장 무용한 자들이다. 역사를 창조하는 것은 민중이다. 톨스토이의 생각에 따르면, 아주 탁월한 인간조차 개별 인간은 역사에서 아무것도 결정하지 못한다. 역사는 모든 사람이 함께 창조하는 것이다. 역사는 살아 있는 조직이다. 그 속에서 개개의 점이, 개개의 구성 원자가 이웃한 것들과 접촉하며 전체를 살아 움직이게 한다. 톨스토이가 보기에 최악의 인물은 사실상 누구도 책임질 수 없는 일을 두고 끊임없이 서로를 헐뜯는 떠버리들이다.

"오직 무의식적 행위만이 열매를 맺으며, 역사적 사건 속에서 어떤 역할을 맡는 개인은 결코 그 사건의 중요성을 깨닫지 못한다. 만일 그가 그 사건을 이해하려 한다면, 그는 자신의 이해력이 턱없이 부족하다는 사실에 크게 놀랄 것이다." 쇤그라벤 전투 에피소드에서 투신 포대의 활동은 작가의 이런 생각에 대한 예증이 된다. 사령부는 투신 포대의 존재를 잊었고 투신 자신도 자기 포대가 중요한 일을 하고 있다는 생각을 전혀 하지 못한다. 그러나 바로 그의 포대가 쇤그라벤 전투에서 가장 핵심적인 과업을 수행한다.

톨스토이에게 '과학적' 공식에 맞아떨어지는 도식을 지각할 수 있다는 주장은 하나같이 거짓된 것이다. 역사를 좌지우지하여 변형하고 결정하고 조정할 수 있는 인간은 아무도 없다. 그래서 톨스토이는 인간사에 관해 공식적인 전문가로 자처하는 사람들, 서구 군사 이론가들에 대해 심한 조롱과 신랄한 아이러니를 퍼붓는다. 미세해서 파악할 수조차 없는 엄청난 수의 원인과 영향, 어마어마하게 다양한 인간 행위의 경우의 수를 소화해 낼 만한 이론은 존재할 수 없기 때문이다. 이런 무한한 경우의 수를 자신의 '과학적' 법칙에 억지로 꿰맞출 수 있는 것처럼 속이는 자는 협잡꾼이거나 장님들을 이끄는 장님 지도자가 분명하다. 톨스토이는 인간의 무력함과 우둔함, 맹목성의 면모를 숨기려 하는 이런 정교한 기계에 평범한 인간이 이해하는 삶의 흐름, 일상의 범속하고 자질구레한 현실에 대한 관찰을 대비시킨다.

톨스토이는 그와 같은 착각에 빠진 인간 부류 가운데 정점인 나폴레옹을 혐오에 차서 비웃으며 준엄하게 심판한다. 나폴레옹은 탁월한 지성이나 직관의 번뜩임, 또는 역사가 제기하는 문제에 올바로 대답할 수 있는 독보적인 능력으로 자신이 사건을 이해하고 통제한다는 점을 타인들이 믿도록 최면을 걸고 그런 자기 확신을 근거로 행동한다. 그는 역사의 자유로운 조정자인 것처럼 유럽의 지도를 마음대로 바꾸며 민족들의 움직임을 관장한다. 그러나 톨스토이는 「책 '전쟁과 평화'에 관한 몇 마디 말」에서 나폴레옹 같은 권력형 인간이 사실은 가장 부자유스러운 인간이라고 말한다. 권력형 인간은 그 '공적'과 '위대함'의 관객인 사람들의 시선 아래 놓인 '무대' 위의 삶을 산다. 그들은 대중이 원하는 역할을 끝없이 연기한다. 나폴레옹은 전쟁을 "군사 작전의 무대"로, 운명의 말들을 가지고 벌이는 "체스 놀이"로 여기지만, 톨스토이는 그를 마차 안에서 끈을 당기며 마차를 몬다고 생각하는 어린아이 혹은 공연이 끝나서 더 이상 쓸모가 없어지면 궤짝 바닥에 처박히는 꼭두각시 인형에 비유한다. 나폴레옹은 세상이 자신의 의지에 따라 움직인다고 생각하지만 사실 그도 다른 인간들과 마찬가지로 삶의 흐름 속에 놓인 한 개인일 뿐이고 그 흐름의 원천이 존재할 테지만 인간은 알 수 없는 것이다. 톨스토이는 개인이 독자적으로 사건의 흐름을 이해하고 조정할 수 있다는 믿음이 엄청난 환각임을, 그런 주장을 믿는 사람들이 결국 지독한 오판의 당사자임을 폭로한다. 그는 위인을 목동이 도살하기 위해 살찌우는 양에 비유한다. 나폴레옹과 알렉산드르 1세를 포함한 역사상의 모든 위인은 초월적인 존재의 목표 속에서 움직이는 살찐 양에 불과하다. 역사의 정체를 밝혀 줄 어떤 진실한 법칙도 발견된 적이 없으니 사건의 원인을 개인의 행위 탓으로 돌리는 것은 알맞은 대답이 아니다. 톨스토이는 특정한 위인이나 사상의 지배적 역할에 대한 주장에 분노한다. 인류의 움직임의 방향을 결정하는 것은 한 인간의 의지가 아니다. 인간은 시간 속에 사는 사건의 참여자이며 모든 사건에는 수많은 원인이 있으니 어떤 것도 원인이 될 수 없다. 집단적 움직임이 모든 것을 결정한다. 그렇기에 세계사의 '지휘자' 역할을 자처한 나폴레옹의 주장도 그의 '위대함'도 우스꽝스럽다. 그리고 세상에 대한 그의 공격적이고 이기적인 태도, 세상이 그의 장난감일 뿐이라는 확신은 무시무시하다. 그는 그런 어마어마한 비극에 연루된 모든 배우 중에서 가장 가련한 동시에 가장 혐오스러운 인간이다.

역사적 위인, 낭만적 영웅으로서 나폴레옹이 지닌 권위의 보잘 것없음에 대한 폭로는 소설의 층위에서 그에 대한 주요 인물들의 인식 변화와 맞물린다. 작품 서두에서 안드레이 볼콘스키와 피에르 베주호프는 나폴레옹을 비범한 개인으로 존경한다. 특히 피에르의 신념은 너무 깊어 세상에서 가장 위대한 인간과의 전쟁을 거부할 정도다. 그러나 1812년에 그는 나폴레옹에게서 유럽 전체를 불행에 빠뜨린 적그리스도를 보고 자신의 옛 우상을 살해하는 것이 불가피함을 인식한다. 안드레이에게 나폴레옹은 그의 정신적 삶의 토대인 명예의 구현이다. 안드레이는 나폴레옹을 위대한 지휘관으로 숭배하며 그를 뒤따라 불멸의 명예를 얻기를 갈구한다. 그러나 아우스터리츠 전장에서 안드레이의 눈에 비친 나폴레옹은 자기만족에 빠진 보잘것없고 무가치한 인간에 불과하다.

그런 맹목적이고 오만한 위인의 대척점으로 톨스토이는 노회한 주색가에 아첨하는 조신(朝臣)의 모습을 한 쿠투조프를 그 인간적 결함과 함께 소박한 성품에 직관적인 안목을 겸비한 러시아 국민의 불멸의 상징으로 그린다.『전쟁과 평화』에서 쿠투조프는 전쟁의 승리가 아니라 병사들에 대해 근심하며 절망하는 노인이다. 군인답지 않은 나태함과 행동의 직접성을 보여 주는 그는 모든 상황에서 무엇보다 인간적인 면모로 대두된다. 쿠투조프는 자연인, '무대의 인간'이 아닌 '삶의 인간'이다. 그는 결코 '위대한 역사적 활동가'의 역할을 자임하지 않는다. 톨스토이가 쿠투조프에게서 보는 위대함은 그가 사건들의 불가피한 행보를 통찰하고 있으며, 그래서 사건의 자연적인 전개를 인위적으로 방해하지 않는다는 점이다.

아이자이어 벌린(Isaiah Berlin)의 말대로 인간이 생각하고 소망하는 모든 것을 좌지우지하는 냉혹한 법칙이 있다고 믿는 톨스토이의 생각은 그것 자체로 숨 막힐 듯 답답한 역사적 결정론의 신화다. 인간이 역사를 만들어 나가는 것이 아니라 역사가 인간의 도움 없이 스스로를 창조해 나가고 오직 사회적 벌통, 인간 개미집의 무의식적 생활만이 진정한 삶과 가치이기 때문에 보통 사람들은 말할 것도 없고 위인들조차 허울에 지나지 않는다고 말하는 것은 완전히 비역사적이고 교조적인 윤리적 회의주의다. 톨스토이는 역사를 바라보며 보편적인 해설의 원칙을 찾고자 하는 지향을 견지했다. 그러나 인간 개개인의 특성만이 진실이라는 그의 신념과 그 특성에 대한 분석만으로는 역사의 흐름을 충분히 설명할 수 없다는 그의 원칙 사이의 갈등은 풀리지 않은 채로 남는다. 실증적 자료를 유일하게 진실한 것으로 믿으려는 태도와 어떤 역사의 법칙이 있다는 확신 사이의 격렬한 긴장, 『전쟁과 평화』는 이런 격렬한 모순이 낳은 작품이다.

어떻게 살 것인가

작가 톨스토이의 천재성에 대한 폭넓은 인정과 달리 그의 역사철학은 동시대에 이미 격렬한 비판과 폄하의 대상이 되었다. 그러나 역사는 집단적 삶의 흐름이며 역사의 향방을 결정하는 것은 집단의 정신적 상태라는, 따라서 역사가는 폭넓은 삶의 흐름에 주목해야 하고 나아가 우연을 역사의 본질적 속성으로 고려해야 한다는 톨스토이의 생각은 역사학의 진전과 궤를 같이한다. 톨스토이에게 역사에서 무엇보다 지대한 관심의 대상은 인간의 구체적인 삶이다. "오늘날 유럽의 진실한 역사를 쓴다는 것은 한 인물의 생애를 구체적으로 조명하는 것이다." 톨스토이가 자신의 일기에 적은 이 구절은 역사를 대하는 그의 인문주의자적 태도를 대변한다. 톨스토이에게 역사에 대한 탐구는 삶의 철학, 인간 윤리의 문제와 불가분 결부된 것이다. 무엇을 할 것인가, 어떻게 살아야 하는가, 왜 우리는 여기에 있는가, 우리는 어떤 존재여야 하는가……? 톨스토이는 역사를 통해 이런 저주받은 질문에 대한 실증적 해답을 추구한다. 『전쟁과 평화』에서 사상가로서, '삶의 스승'으로서 톨스토이가 인간의 이 저주받은 질문에 제시한 답은 역사적 결정론과 불가지론의 모순에서 생겨난다.

윤리의 문제는 인간의 자유 의지를 전제로 한다. 톨스토이에게 있어 모든 것이 역사의 법칙에 종속된다면 자유의 문제는 어떻게 해결되는가? 톨스토이의 역사 철학의 구조에서 자유의 문제는 핵심적이다. 실로 역사가 인간이 속속들이 알 수 없지만 불가피하게 종속되어야 하는 자연법으로 결정된다면 그것은 인간이 자기 행동에서 자유롭지 못하다는 것을 의미하기 때문이다. 톨스토이에 의하면, 그럼에도 인간의 행동은 자유 의지에 따른다. 의지의 자유가 가능한 것은 바로 역사의 법칙들, 민족들의 움직임이 우리에게 알려져 있지 않기 때문이다. '다행히도' 인간은 역사 법칙의 실재를 느끼지 못하고 '행복한 무지의 삶'을 산다. 인간의 삶은 이성에 의해 통제되지도 파악되지도 않는다. 삶은 혼란스러운 흐름이고, 그것이 인간을 인간이게 한다. "자유가 없는 인간은 삶을 상실한 인간에 다름 아니기" 때문이다. 바로 이 점에 대해 톨스토이는 그의 역사 철학을 종합하는 에필로그에서 말한다. "이성이 인간의 삶을 지배할 수 있다고 생각한다면 삶의 가능성은 소멸하고 말 것이다." '어떻게 살 것인가?' 톨스토이에게 이 질문은 역사는 결정되어 있지만 그것을 모르는 인간이 자유로운 존재로 살기에 대두되는 것이다.

『전쟁과 평화』의 두 중심인물 안드레이와 피에르는 바로 그런 삶의 의미와 소명을 찾는 길 위에 선 인간이다. 가까운 친구로 높은 교양 수준과 뛰어난 인간적 자질을 지닌 두 젊은 귀족의 운명이 작품의 중심에 놓인 가운데 두 사람의 정신적 추구가 병렬적으로 전개된다. 이들은 조국을 위해 자신의 삶에서 위대한 무언가를 이루기를 열망한다. 그러나 바로 이 형상들을 통해, 그들의 삶의 전개를 통해 톨스토이는 어떤 위대한 과업을 이룩하겠다는 오만한 개인의 온갖 노력과 희망이 헛된 것임을 독자에게 불어넣는다. 무엇보다 역사를 창조하겠다는 것은, 홀로 대규모 사건의 행보에 영향을 끼치겠다는 것은 헛된 열망이다. 두 인물이 나폴레옹에 대해 보여 준 인식의 변화는 삶의 깨달음을 얻어 가는 과정의 일환이다.

나폴레옹에게 열광하며 명예를 좇아 군대에 들어가 "자신의 툴롱"을 찾던 안드레이는 아우스터리츠 전장에서 나폴레옹에 대한 재평가와 함께 자신의 이상에 환멸을 느끼고 내면의 변모를 겪는다. 이후 자신의 생에 몰두하며 타인의 생에 대한 간섭을 포기한 페시미즘 상태에 침잠해 있던 그를 나타샤와의 만남이 사회적 삶으로 복귀시키지만 스페란스키가 주도하는 국가 개혁 활동에 헌신하던 그는 다시 현실과 동떨어진 밀실에 환멸을 느낀다. 나타샤와의 사랑이 자유로운 세상으로의 출구가 되고 가정의 행복을 통한 충만한 삶을 꿈꾸게 하지만 나타샤의 배신과 파혼은 결국 1812년 전쟁의 와중에 그를 정의의 회복에 대한 고통스러운 갈구 속에서 죽음에 이르게 한다. 자신에게 고통을 안긴 인간에 대한 연민과 나타샤에 대한 변함없는 사랑으로 채워진 마지막 순간, 안드레이의 내면은 밝다. 그러나 실패와 환멸로 점철된 그의 삶은 결국 가슴 저미는 비극을 넘어 허망하다. 1812년에 안드레이는 전투에 뛰어들지도 못하고 죽음을 맞는다.

향락의 유혹에 약한 순진한 젊은이의 모습으로 사교계에 처음 입문하던 시절부터 비밀 결사 활동에 대한 몰입에 이르기까지 피에르의 자아는 소설의 페이지를 거치며 인상적인 발전을 보여 준다. 그도 안드레이처럼 삶에서 위대한 업적을 이루기를 꿈꾸지만 안드레이와 달리 수동적이고 관조적인 기질의 소유자인 탓에 그런 소망의 실현을 위한 정열적인 활동에 착수하지 않는다. 불행한 결혼으로 삶에 대한 총체적인 회의에 휩싸이면서부터 피에르의 삶에는 자신과 신의 추구, 자신의 소명에 대한 인식의 시도가 중심적인 것이 된다. 농민을 위해 벌인 일들이 능력의 부재와 굼뜸으로 인해 별다른 성과를 이루지 못하고, 선을 위해 결집된 동지들의 동맹으로 받아들인 프리메이슨을 개혁하려던 시도조차 실패하자 그는 환멸에 빠진다. 내면에 침잠한 채 일기를 쓰며 자기 분석의 시간을 보내던 그에게 내적 세계를 재건하도록 도운 것은 아이러니하게도 나폴레옹의 침략이다. 나폴레옹을 죽이고 러시아를 구하겠다는 순진한 환상에 사로잡혀 모스크바에 남았다가 프랑스군의 포로가 된 피에르는 민중 출신의 플라톤 카라타예프를 만나면서 이 만남이 새로운 삶을 향한 그의 부활에 결정적인 계기가 된다. 삶의 작은 행복이 주는 기쁨에 눈뜬 피에르는 죽은 친구의 약혼녀였던 나타샤의 남편이 되어 가정의 행복을 일군다.

『전쟁과 평화』에서 민중은 이상적인 삶의 영원한 원칙을 구현하며 역사와 삶에 대한 깨달음의 원천으로 작용한다. 톨스토이가 민중의 성격에 대한 자신의 이해를 표현하기 위해 창조한 두 농민 가운데 플라톤 카라타예프는 피에르에게 흔들리지 않는 세상의 토대에 대한 확신을 준다. 그는 자기에게 주어진 삶을 순종으로 받아들이고 소박한 기쁨에 찬 조화로운 삶의 지각 속에서 자연의 유기적인 일부로 살아가는 민중의 모습을 대변한다. 그의 '둥근' 외양과 내면은 민중의 도덕적 완전성에 대한 작가의 이해를 표현한다. 민중의 성격의 또 다른 대변자인 티혼 셰르바티에게 전쟁은 일상의 힘겨운 노동처럼 묵묵히 인내해야 할 대상이다. 허구적인 민중 출신의 인물들은 온유한 순종과 불굴의 인내 그리고 자연의 유기적 일부로 살아가는 소박한 삶의 기쁨과 같은 보편적인 유형적 의미를 러시아 민중에 부여한다. 그리고 그들과 역사적 실존 인물들의 병치는 1812년 전쟁을 민족 공동의 과업을 위한 투쟁에서 민중의 정신이 지닌 힘을 보여 준 민족사의 사건으로 바라보게 한다. 소설 속에 제시된 역사적 전환기의 국면은 민족 성격의 자질을 검증하는 장이다. 역사의 향방은 삶의 진리가, 도덕적 정당성이 러시아 민중에 있음으로 해서, 당위적 역사의 법칙을 소박한 민중의 심성이 느낌으로써 결정된 것이다. 그리고 중심인물 피에르의 민중과의 접촉은 진정한 삶에 대한 깨달음의 순간이다. 안드레이의 임종 전 고통은 카라타예프에 대한 이야기를 배경으로 묘사된다. 작가가 그를 때 이른 죽음에 이르게 한 이유를 설명해 주는 대목이다. 안드레이는 자신에게 악을 행한 이들을 이해하고 용서했으며, 애국주의의 열기를 함께 나누었으나 공동의 삶을 향한 마지막 걸음을 옮기지 못했다. 그는 자신이 죽을 운명에 놓였을 때 삶을 생각하고 이야기하는 이들에 대한 적대감을 억누르지 못하고 모든 세속적인 것으로부터의 단절감에 처한다. 안드레이의 정신적 추구는 끝까지 개인적이고 지적인 것에 머문다.

분산된 플롯들을 결집하고 두 중심인물의 운명의 교차점이 되는 나타샤 로스토바는 소설의 철학적, 도덕적 문제 틀에 있어 중심적 위치를 차지한다. 나타샤는 무의식적으로 민중적 삶의 지각을 체현한 인물로 카라타예프와 함께 열세 살 소녀에서 성숙한 여인이자 억척스러운 어머니로 변모하는 과정에 이르기까지 부단한 움직임으로서의 삶 자체, 삶의 기쁨을 구현한다. 기쁨과 행복의 갈망으로 삶의 충만한 체험에 열린 그녀의 세계에는 모든 것이 생성 중이며 모든 것이 생경하고 신선하다. 나타샤가 지닌 매력과 힘은 영혼의 개방성에, 사람들과 자연과 가족과 삶을 사랑하는 능력에 있다. 나타샤에게 삶은 논리적인 판단 대상이 아니다. 온통 충동이고 감정이고 욕망인 그녀에게 삶은 무의식적인 수용과 참을 수 없는 갈망의 대상이다. 안드레이에 대한 배신 역시 '지금, 당장'의 행복에 대한 갈망의 연장선에 놓여 있다. 그것이 정신적 위기를 가져오고 참혹한 자기 징벌로 나아가게 하지만 강인한 생명의 에너지는 참회와 전쟁이 안긴 고난의 시절을 거쳐 가는 삶의 지속을 허락한다.

『전쟁과 평화』에는 좋은 삶과 나쁜 삶, 선과 악의 경계가 뚜렷하다. 여기에서 선은 민중과 나타샤를 통해 대두되는 진정성, 자연성과 연관되고 악은 인위성, 삶의 모방과 연관된다. 작가의 이런 관념은 인물들의 관계 속에서도 그들의 묘사 방식 속에서도 발현된다. 진정한 삶을 사는 인물들은 스스로의 생각과 느낌에 충실하다. 톨스토이는 그들의 의식, 내적 세계를 묘사하고 그들의 눈으로 세계를 포착하여 이런저런 사건의 의미를 제시한다. 이를테면 아우스터리츠 전투는 안드레이의 의식을 통해 조명되고, 보로디노 전투는 피에르의 눈으로 포착되며, 쉔그라벤 전투는 니콜라이 로스토프에 의해 체험된다. 반면 쿠라긴가의 사람들 및 그들과 유사한 인물들, 즉 사교계의 거주자들은 늘 외부적으로 묘사되고 그들의 눈으로 세상을 보는 것은 허용되지 않는다. 톨스토이에게 그들 모두가 혐오의 대상인 이유는 무엇보다 그들의 삶이 인위적인 데, 가식 없는 소박한 삶을 살 능력이 결핍된 데 있다.

톨스토이는 나타샤가 아나톨의 유혹에 빠져 안드레이 공작과 파혼한 것을 "소설 전체의 분기점"이라고 말했다. 태평하고 순진한 믿음으로 삶을 대하는 나타샤의 태도는 그녀의 운명을 가지고 사악한 장난을 친다. 사교계의 잔혹한 법칙을 모르는 나타샤의 미숙함은 배신의 원인이 되고, 배신은 그녀로 하여금 소중한 사람인 안드레이 공작의 삶을 파괴한다. 엘렌과 아나톨과 돌로호프는 소설에서 악, 부자연성의 대표자들이다. 죽음, 평화의 대척점인 전쟁을 대표하는 그들은 로스토프가의 악마 같은 존재다. 이 에피소드에서 나타샤의 감정은 악의 유혹의 검증을 통과하지 못한다. 나타샤는 톨스토이가 지고한 진리와 '평화'의 중심을 보는 조화로운 사랑과 가정의 행복을 누리기엔 아직 준비되지 못한 것이다. 파국은 나타샤에게 갱신을 향한 충동과 미래의 삶의 전조가 된다. 나타샤에게서 삶의 진실을 보고 그녀를 사랑하게 된 피에르는 나락으로 떨어진 그녀에게 손을 뻗는다. 아나톨과의 일화는 그와 연루된 인물들의 자질을 드러낼 뿐 아니라 선이 불시에 너무나 쉽게 악에 사로잡혀 패배할 수 있음도 보여 준다. (소설 첫 부분에서 똑같은 일이 엘렌의 매력에 빠진 피에르에게도 일어난다.) 동시에 나타샤의 파멸적인 충동은 엘렌의 계산된 간계나 아나톨의 계산된 육체적 욕망과 달리 비합리적이다. 그 자체로 삶의 혼돈에 열린 나타샤의 삶의 자세가 지닌 참된 면모를 확증한다. 톨스토이의 말을 다시 상기하자. "이성이 인간의 삶을 지배할 수 있다고 생각한다면 삶의 가능성은 소멸하고 말 것이다."

『전쟁과 평화』의 톨스토이는 루소주의자다. 그는 본래 인간은 선하게 태어나는데 환경, 사회, 부패한 문명이 인간을 망친다는 루소의 주장에 동의하며 윤리적 회의주의로부터의 탈출구를 오염되지 않은 인간의 심성과 순박한 형제애에서 찾았다. 톨스토이는 문명에 물든 인간이 삶을 대하는 계산적인 태도, 삶을 합리적으로 조정하고 통제할 수 있다는 믿음은 인간의 오만한 무지에 기인한 거짓이라 믿어 정치 개혁을 부인하고 온갖 사회 공학을 비판했다. 그는 문명에 의해 길러진 거짓과 위선과 허영을 버리고 '자연으로 돌아가라'고 외친다. 우리는 우리가 이해할 수 있는 범위보다 더 넓은 어떤 거대한 계획의 일부에 지나지 않는다. 우리는 이 구도 전체 속에 그것이 주는 혜택을 입으면서 살고, 그 구도와 조화를 이루는 만큼만 지혜를 가진다. 톨스토이는 그 '태고의 지혜', '자연인'의 지혜가 농민을 위시한 '소박한 민중'에게 깃들어 있다고 믿는다. 삶의 흐름에 놓인 무한히 다양한 인과 관계의 망(網)을 깨닫기 시작하면 인간은 불가피한 운명에 겸손하게 순종할 것이다. 톨스토이는 인간이 스스로의 보잘것없음을 깨닫고 겸손해지는 순간, 자신이 세상에 군림하는 오만한 존재가 아니라 세상의 유기적 일부임을 깨닫는 순간, 인간의 조건에 대한 진실을 갑자기 깨닫는 순간을 그린다.

아우스터리츠 들판에 누워 의식을 잃어 가는 안드레이는 전장의 인물들이 품은 모든 야망에 대립되는 아름답고 평화로운 무한한 하늘을 마주하며 이상한 평안을 느낀다. 그에게 삶의 진리가, "새로운 빛"이 열리는 순간이다. 그는 하늘의 위대하고 영원한 평안과 마주하며 자신의 보잘것없음을 깨닫는다. 여기에 이미 톨스토이가 계속 회귀하게 되는 그의 삶의 철학이 들어 있다. 사람들은 그들이 사람이라는 것을 생각하지 않은 채, 무가치한 것들 때문에 싸운다는 것을, 환영을 좇아 삶을 내준다는 것을 깨닫지 못한 채 서로 싸우고 죽인다. 오직 가끔 계시에 의한 것처럼 어렴풋이 진리가 포착되는 순간이 그들에게 찾아온다. 가식과 허영에 잠긴 인간은 죽음, 무한과 마주할 때 다른 빛 속에서 삶을 보게 된다. 톨스토이에게 삶과 죽음은 늘 연관되어 있다. 영원, 죽음이라는 타자의 눈으로 인간이 자신을 보면 그가 품은 모든 열망은 헛되고도 헛되다. 그래서 그는 말한다. 인간은 순간순간 전체를 알 수 없는 혼돈 속에 그저 마주치며 깨지고 사랑하고 죽을 뿐이다. 그러니 세상에 군림하려 말고, 삶을 재고 통제하려 말고, 가식과 허영에 자신을 가두지 말고 삶의 흐름에 대한 순종 속에서 자연스럽게 자신을 발산하고 사랑하며 살라. 예측할 수 없는 다양한 가능성에 열린 삶은 계산이 아닌 믿음의 대상이다. 겸손하고 온유하게 전체의 조화로운 일부가 되어 서로 사랑하라. 역사는 순박한 심성에

깃든 진실과 선의 편이니. 『전쟁과 평화』는 선과 형제애의 인문
정신에 물든 소설이다.

'전쟁'과 '평화'

"태양과 에테르의 각 원자가 그 자체로 완결된 구(球)인 동시에,
그 거대한 크기 때문에 인간이 포착할 수 없는 한 전체의 원자일
뿐이듯, 저마다의 자아가 자기 안에 지닌 나름의 목적은 한편으로
인간이 알 길 없는 전체의 목적을 위한 것이기도 하다." 톨스토이
는 역사의 동력에 대한 성찰로 에필로그를 시작하면서 자신이 좋
아하는 생각, 즉 개개 인간은 자신의 사적인 운명으로 역사의 전
체 행보에 참여한다는 생각을 되풀이한다. 그리고 에필로그의 마
지막 장들은 그처럼 사적인 운명들이 참여하는 새로운 역사적 동
요에 대한 예감으로 침윤되어 있다. 톨스토이는 한 가정의 가장이
된 피에르가 다시 '위대한' 과업에 매진하는 모습을 보여 주며 가
족을 파괴할 새로운 갈등을 제시한다. 피에르가 몰두하는 국가 개
혁의 구상을 위한 비밀 결사 활동은 데카브리스트 활동의 명백한
암시다. 에필로그에서 피에르의 모습은 그의 프리메이슨 개혁 활
동 시절과 안드레이의 입헌 활동을 연상시킨다. 그러나 이번 활동
의 결과는 이전과 달리 참혹할 것이다. 역사를 아는 독자는 피에
르의 행복한 가족에 힘겨운 시련이 기다리고 있으며, 개인적으로
피에르 자신은 완전한 파멸에 이를 것임을 예감한다. 하지만 그것
은 어디까지나 예감일 뿐이다. 톨스토이는 불행에 대한 짙은 예감
을 드리우면서도 1825년에 피에르가 안드레이의 아들 니콜렌카
와 함께 데카브리스트 의거의 대열에 있으리라는 것을 명시적으
로 말하지 않는다. 소설은 볼콘스키가의 영지인 리시예 고리에 함

께 모인 행복한 두 가정의 평온한 대화로 마무리된다. 이 '열린 결말'을 통해 작가는 무엇을 말하고자 한 것일까?

가족의 대화 가운데 벌어지는 피에르와 니콜라이의 논쟁에서 작가가 누구의 편인지 파악하는 것은 불가능하다. 톨스토이는 한 인물의 올바름과 다른 인물의 불의함을 보여 주려는 것이 아니기 때문이다. 그의 목적은 아직은 아니지만 많은 사람들의 사적인 삶을 동요와 파국에 처하게 할 새로운 사회적 갈등의 윤곽을 제시하는 데 있다. 러시아 사회의 불구적인 모습에 고뇌하며 다시 사회적 삶에 활동적으로 참여하려는 피에르의 열망 속에서, 그리고 명민한 아이인 니콜렌카 볼콘스키의 영혼 속에서 미래의 전쟁의 싹이 자란다. 그러나 동시에 작가는 미래의 평화, 조화와 사랑의 씨앗도 아이들의 영혼 속에서 자라고 있음을 보여 준다.

톨스토이가 '1805년'이라는 제목으로 잡지에 연재하던 소설의 최종적인 제목의 하나로 염두에 두었던 것은 '끝이 좋으면 다 좋다'였다. 톨스토이는 그 제목을 거부하고 단행본 출판 계약을 맺으면서 제목을 '전쟁과 평화'로 결정한다. 두 제목에는 어떤 차이가 있을까? '전쟁과 평화'는 우선 작가의 윤리적 입장을 대변한다. 톨스토이에게 '전쟁'의 의미는 독특하다. 그것은 군대 간 충돌뿐 아니라 적의(敵意) 일반을 의미한다. '전쟁'은 전장뿐 아니라 평화로운 삶 속에도 있다. 다시 말해 제목에서 '전쟁'이라는 말은 군대의 전투 행위뿐 아니라 보다 더 중요한 의미로서 사람들을 반목에 빠뜨리고 영혼 속의 평화를 말살하는 모든 것을 뜻한다. 톨스토이가 "나는 민족의 역사를 쓰려고 애썼다"라고 작품에 대해 한 말을 다시 떠올려 보면 '전쟁'과 '평화', 나란히 놓인 이 단순하고 익숙한 두 낱말에 그가 인간 생존, 삶의 본질에 대한 핵심적인 이해를 담았다는 것을 이해할 수 있다. '전쟁'과 '평화'는 삶에 대한 두 대척적인 시각이다. 만약 삶이 이기적인 요구, 자신만의 염려, 분열, 적의, 질시, 탐욕이라면 그것은 전쟁이다. 만약 삶이 자신과의 조화, 사회적 평등을 통한 사람들과의 조화, 형제애와 가족애를 통한 결집에 대한 지향이라면 그것은 평화다. 소설 전체에 걸쳐 톨스토이는 인간 존재의 이러한 근원적인 모순을 탐구한다. 그리고 『죄와 벌』의 도스토옙스키(Fyodor Dostoevskii, 1821~1881)처럼 인간 속의 파괴적이고 적대적인 원칙에 예술적 선고를 내린다. 뼈아픈 잘못을 딛고 1812년 전쟁의 와중에 갱생의 길을 찾는 나타샤를 통해 드러나는 평화와 화해의 정신, 그녀의 염원과 기도 속에 진정한 삶에 대한 작가의 생각이, 평화로운 사랑의 공동체에 대한 그의 지향이 뚜렷이 각인되어 있다. "계급의 차이 없이, 반목 없이, 다 함께 하나의 세상을 이루어, 형제애로 하나가 되어 우리 기도하자." 나아가 '전쟁과 평화'는 '전쟁'과 '평화'가 부단한 삶의 흐름인 역사의 본질, 그 두 축임을 말한다. 톨스토이는 '끝이 좋으면 다 좋다'라는 제목이 뜻하는 설령 행복한 것일지라도 멈춤에 대한 생각 대신 '전쟁과 평화'라는 제목에 역사와 인간 정신의 부단한 움직임에 대한 생각을 구현했다. 죽음이 삶을, 악이 선을, 전쟁이 평화를 멈추지는 못한다. 『전쟁과 평화』는 삶의 토대에는 아름다움, 선, 진리가 있으며 악은 부차적이라는, 그것은 토대의 왜곡이라는 믿음, 스스로 모순을 조정하고 조화를 복원시키는 삶에 대한 믿음을 전한다.

해설을 쓰는 과정에서 리디야 긴즈부르크(Lidiya Ginzburg), 레프 오보린(Lev Oborin), 보리스 우스펜스키(Boris Uspenskii), 보리스 에이헨바움(Boris Eikhenbaum), 빅토르 시클롭스키, 세르게이 니콜스키(Sergei Nikolskii), 이고리 수히흐(Igori Sukhikh), 유리 미네랄로프(Yurii Mineralov), 옐레나 페트롭스카야(Yelena

Petrovskaya), 아이자이어 벌린, 이현우 등의 책과 글의 도움을 받았다. 책이 나오기까지 많은 염려와 수고를 끼친 을유문화사 편집부에 대한 고마움은 이루 말할 수 없다.

    레프 톨스토이의 장편소설 『전쟁과 평화(Война и мир)』는 1863년부터 1869년까지 약 6년에 걸쳐 쓴 것으로 알려져 있다. 이 기간 동안 작가는 수차례에 걸쳐 작품 구상과 구성을 변경하고, 또 끊임없이 문장과 문체를 교정했다.

    톨스토이는 오늘날과 같은 형태의 『전쟁과 평화』를 처음부터 구상한 것은 아니다. 작가의 언급에 의하면 시베리아에서 귀환한 데카브리스트를 주인공으로 하는 중편소설을 1856년에 계획했다. 그러나 그 시기에 작품 창작과 관련한 작가의 구체적인 메모나 글들은 발견되지 않으며, 실제적으로는 1860년 플로렌스를 여행하면서 1856년 시베리아 유형에서 돌아온 데카브리스트들 가운데 한 사람이자 먼 친척이었던 볼콘스키(S. G. Volkonskii) 공작과의 만남이 창작에 착수하는 계기가 되었다. 한동안 작업에 진척을 이루지 못하던 작가는 1863년 가을 다시 '데카브리즘'(1825년 12월 14일 사건)의 주제로 돌아왔으나, 이 사건의 사회적 원인을 찾는 과정에서 1812년 나폴레옹과의 전쟁과 그 이전의 사건들에 주목하게 된다. 곧 그는 1863년 10월 후반기에 쓴 자신의 일기에서 "1810~1820년대의 소설을 쓰고 있으며, 이것은 이전에 쓴 적이 없고, 생각지도 못했던 소설이다"라고 밝히고 있다. 1865년 『러시아 통보』에 소설의 일부분이 출판되었고, 그 내용은 데카브리스트를 주인공으로 삼으려 했던 원래의 구도에서 벗어나 1812년 전쟁과 그 이전 시기인 1805년 사건을 다루는 소설로 변모되었다. 작품의 제목이 된 '전쟁과 평화'는 1867년 3월에서야 작가의 글에서 처음으로 언급된다.

1869년 12월 12일, 제6권이 발행되면서 『전쟁과 평화』의 초판이 완간되었다. 동시에 1868~1869년에 제2판이 출판되었는데, 역시 6권으로 되어 있었고, 판매되었던 첫 4권은 새로운 식자(植字) 작업이 필요했다. 두 판본 모두에서 제5권과 6권은 동시에 출판되었고, 한 식자로 인쇄되었다. 엄밀하게 보면 이것은 책 겉장에 다른 표지를 갖는 한 판본의 확장된 발행이었다.

1873년 『8부로 된 톨스토이 백작의 작품집』이 발간되었고, 톨스토이는 이 작품집의 출간을 준비하면서 『전쟁과 평화』의 새로운 문체적인 수정 외에도 소설의 구조에서 중요한 변화를 시도했다. 즉, 이전의 6권을 4권으로 줄였고, 전쟁 이론과 역사 철학을 다루는 부분을 몇 곳 삭제하여 주 텍스트에서 분리하여 부록으로 옮기면서, '12년 출정에 관한 논문들'이라는 제목을 달았다. 그리고 작가가 직접 작품의 모든 곳에 있는 프랑스어를 러시아어로 번역했다. 이 작업 이후 톨스토이는 그의 생애 동안 더 이상 『전쟁과 평화』의 창작과 관련된 일에는 주의를 기울이지 않았다.

1886년에 톨스토이 창작집이 두 번 출간된다. 이 판본들에서 『전쟁과 평화』는 1873년 톨스토이가 행한 모든 문체적인 수정 사항과 4권으로 나눈 것만 제외하고 모두 제거되었다. 사실상 4권으로 된 분권 체계만 유지한 1868년~1869년 제2판본의 재판이었다.

톨스토이 탄생 100주년(1828~1928)을 기념하는 『레프 톨스토이. 작품전집(Лев Толстой, Полное собрание сочинений)』(총 편집 책임자: 체르트코프(В.Г.Чертков), 편집 위원회: 그루진스키 외(А.Е.Грузинский и др.), Т.1-90, 모스크바-레닌그라드(Москва-Ленинград), 국영 예술문학 출판사(Государственное издательство художественной литературы, 1928~1958)에 포함된 『전쟁과 평화』의 판본은 1873년 작가의 문체적인 수정과 작가 자신의 번역을 고려하면서도, 제2판본을 따른 것이었다. 이때 4권으로 나누는 것은 유지되었다.

본 번역에 사용된 『전쟁과 평화』의 판본은 『L. N. 톨스토이, 창작 전집 14권, 제4권~7권(Л.Н.Толстой, Собрание сочинений в четрнадцати томах. тт. 4-7)』, 국영 예술문학 출판사, 모스크바, 1951년 판본이며, 이 판본은 앞에서 소개한 톨스토이 탄생 100주년 기념 창작전집의 『전쟁과 평화』(тт.9-12)를 따른 것임을 밝힌다.

레프 톨스토이 연보

1828 **8월 28일** 모스크바 남부 툴라의 야스나야 폴랴나에서 아버지 니콜
   라이 일리치 톨스토이 백작과 볼콘스키 공작 가문 출신인 어머니 마
   리야 니콜라예브나의 넷째 아들로 태어남.

1830 여동생 마리야 탄생 반년 후 출산 후유증으로 어머니 사망.

1837 모스크바로 이사. 툴라에서 아버지 급사.

1844 카잔대학 동양학부 아랍 · 터키어과 입학.

1845 카잔대학 법학부로 전과.

1847 카잔대학 자퇴. 영지 야스나야 폴랴나로 귀향.

1848 모스크바에서 방탕한 생활.

1851 맏형 니콜라이가 있는 카프카즈로 가 자원병으로 전투 참여.

1852 포병 하사관으로 편입. 네크라소프의 추천을 받아 「동시대인」에 『유
   년 시절』 발표.

1854 「동시대인」에 『소년 시절』 발표. 세바스토폴로 옮겨 복무.

1855 「12월의 세바스토폴」, 「5월의 세바스토폴」 등 발표.

1856 셋째 형 드미트리 결핵으로 사망. 퇴역. 『지주의 아침』 발표.

1857 「동시대인」에 『청년 시절』 발표. 첫 유럽 여행 떠남.

1859 야스나야 폴랴나에 초급학교 설립.

1860	유럽 각국의 교육제도를 연구할 목적으로 두 번째 유럽 여행 떠남 (다음 해 4월 귀국). 맏형 니콜라이 결핵으로 사망.
1862	의사 베르스의 둘째 딸 소피아 안드레예브나와 결혼.
1863	『카자흐 사람들』 발표. 맏아들 세르게이 태어남.
1865	『러시아 통보』에 『1805년』 발표(『전쟁과 평화』의 1, 2부).
1869	『전쟁과 평화』 출판 완결.
1873	『안나 카레니나』 집필 시작. 영지로 구입한 바시키리야에 기근이 들자 기금 모집. 전 12권의 『초등 독본/초등 교과서』 간행.
1875	『러시아 통보』지에 『안나 카레니나』 연재 시작.
1878	『안나 카레니나』 단행본 출간.
1881	「사람은 무엇으로 사는가」 탈고. 가족과 모스크바로 이주.
1882	모스크바 인구 조사에 참여. 「그러면 우리는 무엇을 할 것인가」 기고. 「참회록」을 완성하여 「러시아사상」에 발표했으나 발행 금지됨.
1884	「나의 신앙은 무엇에 있는가」 탈고, 당국에 압수됨. 아내와의 불화로 최초의 가출 시도.
1885	블라디미르 체르트코프 등과 함께 민중을 위한 출판사 '중개인' 설립. 「사람은 무엇으로 사는가」, 「바보 이반의 이야기」, 「두 노인」 등 많은 민화 집필. 중편 『홀스토메르』 발표.
1886	『이반 일리치의 죽음』 탈고.
1887	희곡 「어둠의 힘」 간행.
1888	「어둠의 힘」이 파리에서 상연됨.
1889	『크로이체르 소나타』 탈고. 『코니의 이야기』 집필 시작(후에 『부활』이 됨).
1890	『크로이체르 소나타』 출판 금지.
1891	1881년 이후 저작물 및 앞으로 쓰일 저작물에 대한 저작권 포기 선언. 기근 농민들을 구제하기 위한 활동. 희곡 「계몽의 열매」 출간.
1892	「모스크바 통보」지에 「굶주림에 대하여」가 실림.
1894	「이성과 종교」 탈고. 두호보르교도와 만남.

1895	단편 「주인과 머슴」 탈고. 두호보르교도의 병역 거부 운동과의 관련하여 당국의 탄압 심해짐.

1895   단편 「주인과 머슴」 탈고. 두호보르교도의 병역 거부 운동과의 관련하여 당국의 탄압 심해짐.

1896   『하지무라트』 집필 시작. 두호보르교도에게 원조 자금 전달.

1897   『예술이란 무엇인가』 집필.

1898   『예술이란 무엇인가』 출판. 두호보르교도의 캐나다 이주 자금 마련을 위해 『부활』 집필에 전념. 「세르게이 신부」 탈고.

1899   『부활』 탈고.

1900   희곡 「산송장」 집필.

1901   러시아 정교회에서 파문당함. 「종무원 결정에 대한 대답」 집필. 건강 악화로 크림에서 요양.

1902   야스나야 폴랴나로 돌아옴. 『하지 무라트』 마무리.

1904   러일전쟁 발발. 러일전쟁에 반대하는 「반성하라」 기고. 둘째 형 세르게이 사망.

1908   사형 제도를 반대하는 「침묵할 수 없다!」 발표.

1909   탄생 80주년 기념 톨스토이 박람회가 페테르부르크에서 열림. 혁명 선동과 금서 유포 혐의로 비서 구세프 체포.

1910   **10월 28일** 가출. 11월 7일 아스타포보 철도역에서 사망. 11월 9일 야스나야 폴랴나에 묻힘.

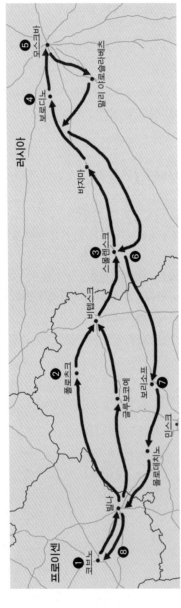

나폴레옹의 러시아 원정 지도(1812년)

1. 6월, 나폴레옹과 그의 군대가 네만강을 건너 러시아로 진군함.
2. 나폴레옹이 왼쪽 측면을 보호하기 위해 일부 병력을 폴로츠크로 보냄.
3. 탈영, 질병, 기아 등으로 병사가 줄어듦. 나폴레옹군, 스몰렌스크에 도착함.
4. 9월 7일, 보로디노 전투에서 프랑스 쪽에 3만에 명의 사상자가 발생하나 나폴레옹이 승리함.
5. 9월 14일, 나폴레옹, 모스크바 입성. 러시아, 항복하지 않음. 겨울이 되어 퇴각하게 됨.
6. 11월, 스몰렌스크로 회군한 나폴레옹군대는 부상자를 내버려 두고 계속 퇴각함.
7. 베레지나강을 건너는 도중에 수천 명이 익사함.
8. 프랑스군이 네만강을 넘어감. 나폴레옹은 러시아 원정 실패 이후 몰락함.

※ 지도에 나온 나폴레옹군의 진격 루트와 사상자 수는 연구자에 따라 다소 차이가 있음을 밝힌다.

주요 등장인물 가계도

볼콘스키가

엘리자베타
(리자, 리즈)
볼콘스카야
공작부인

안드레이
볼콘스키
공작

니콜라이
볼콘스키
공작

니콜라이
볼콘스키
공작

마리야
볼콘스카야
공작영애 ----결혼---- 니콜라이
로스토프
백작

로스토프가

일리야
로스토프
백작

나탈리야
로스토바
백작부인

피에르
(표트르)
로스토프
백작

베라
로스토바
백작영애

나탈리야
로스토바
백작영애

베주호프가

키릴
베주호프
백작

피에르
(표트르)
베주호프
백작 ----결혼---- 엘레나
쿠라기나
공작영애 ····사별

쿠라긴가

바실리
쿠라긴
공작

엘리나(엘린)
쿠라기나
공작부인

이폴리트
쿠라긴
공작

아나톨
(아나톨리)
쿠라긴
공작

드루베츠코이가

안나
드루베츠카야
공작부인

보리스
드루베츠코이
공작

새롭게 을유세계문학전집을 펴내며

을유문화사는 이미 지난 1959년부터 국내 최초로 세계문학전집을 출간한 바 있습니다. 이번에 을유세계문학전집을 완전히 새롭게 마련하게 된 것은 우리가 직면한 문화적 상황에 적극적으로 대응하기 위해서입니다. 새로운 을유세계문학전집은 세계문학의 역할이 그 어느 때보다 중요해졌다는 인식에서 출발했습니다. 오늘날 세계에서 타자에 대한 이해는 우리의 안전과 행복에 직결되고 있습니다. 세계문학은 지구상의 다양한 문화들이 평등하게 소통하고, 이질적인 구성원들이 평화롭게 공존할 수 있는 문화적인 힘을 길러 줍니다.

을유세계문학전집은 세계문학을 통해 우리가 이런 힘을 길러 나가야 한다는 믿음으로 만들어졌습니다. 지난 5년간 이를 준비하기 위해 많은 노력을 기울였습니다. 세계 각국의 다양한 삶의 방식과 문화적 성취가 살아 있는 작품들, 새로운 번역이 필요한 고전들과 새롭게 소개해야 할 우리 시대의 작품들을 선정했습니다. 우리나라 최고의 역자들이 이들 작품 속 한 문장 한 문장의 숨결을 생생히 전하기 위해 심혈을 기울였습니다. 또한 역자들은 단순히 번역만 한 것이 아니라 다른 작품의 번역을 꼼꼼히 검토해 주었습니다. 을유세계문학전집은 번역된 작품 하나하나가 정본(定本)으로 인정받고 대우받을 수 있도록 최선을 다했습니다. 세계문학이 여러 경계를 넘어 우리 사회 안에서 주어진 소임을 하게 되기를 바라며 을유세계문학전집을 내놓습니다.

을유세계문학전집 편집위원단(가나다 순)

김월회(서울대 중문과 교수)
김헌(서울대 인문학연구원 교수)
박종소(서울대 노문과 교수)
손영주(서울대 영문과 교수)
신정환(한국외대 스페인어통번역학과 교수)
정지용(성균관대 프랑스어문학과 교수)
최윤영(서울대 독문과 교수)

을유세계문학전집

을유세계문학전집은 계속 출간됩니다.

을유세계문학전집 연표